BASTEI
LÜBBE
TASCHENBUCH

ÜBER DEN AUTOR

Max Heubeck ist ein deutscher Fantasyautor und langjähriger Rollenspieler. Mit seinem Roman ALBEN UND TROLLE setzt er dieser Leidenschaft ein Denkmal und entführt uns nach Snogaard, wo die beiden Völker gemeinsam einer neuen Gefahr trotzen. Heubeck lebt in Berlin, und wenn er nicht gerade ins Schreiben vertieft ist, dann fegt er Schornsteine oder steigert als Telefonbieter auf Kunstauktionen. Neben Rollenspielen begeistert er sich für Star Wars und American Football.

MAX HEUBECK

ALBEN UND TROLLE

DIE SCHWARZE ARMEE

BASTEI
LÜBBE
TASCHENBUCH

BASTEI LÜBBE TASCHENBUCH
Band 20907

Dieser Titel ist auch als E-Book erschienen

MIX
Papier aus verantwortungsvollen Quellen
FSC® C019821

Originalausgabe

Dieses Werk wurde vermittelt durch die Literarische Agentur
Thomas Schlück GmbH, 30161 Hannover

Textredaktion: Friederike Haller, Berlin
Kartenillustration: Markus Weber, Guter Punkt, München
Titelillustration: © Alan Lathwell
Umschlaggestaltung: Guter Punkt, München | www.guter-punkt.de
Satz: two-up, Düsseldorf
Gesetzt aus der Bembo
Druck und Verarbeitung: Druckerei C.H. Beck, Nördlingen
Printed in Germany
ISBN 978-3-404-20907-1

1 3 5 4 2

Sie finden uns im Internet unter www.luebbe.de
Bitte beachten Sie auch: www.lesejury.de

Wir brachen auf in vollster Blüte,
lächelnd in die Wüste –
on a rainy day

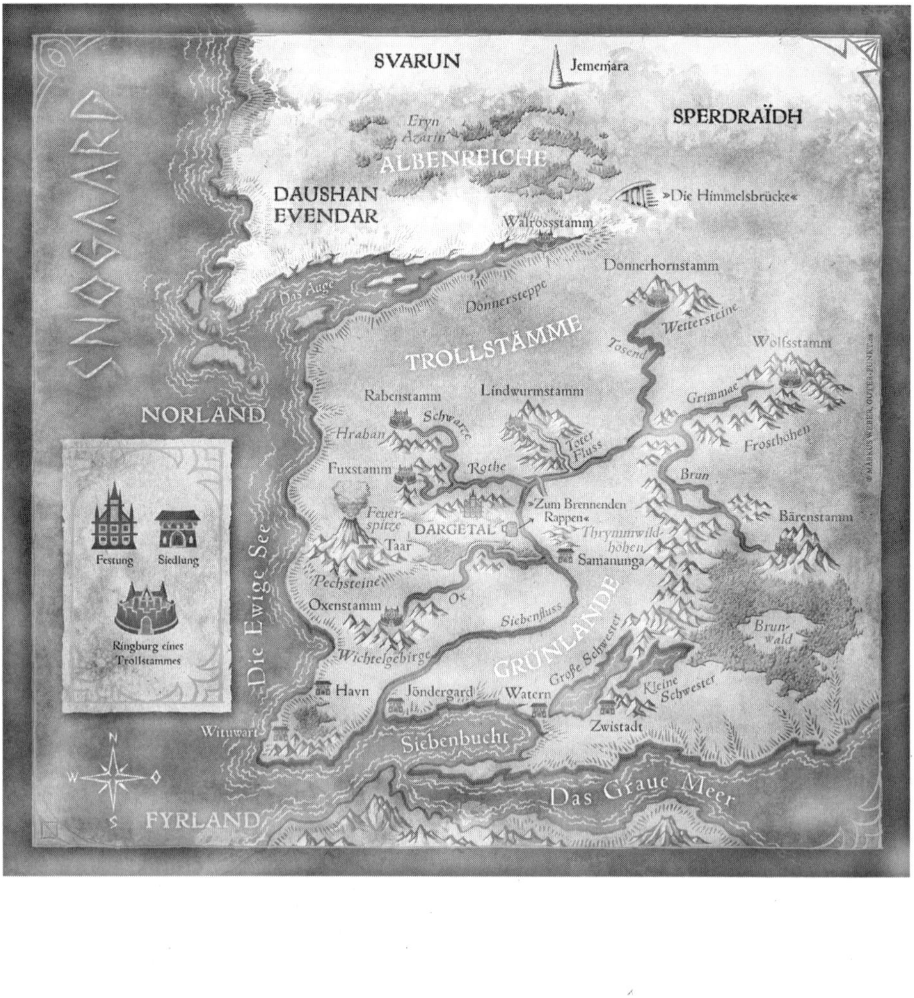
SNOGARD
SVARUN
Jemenjara
SPERDRAÏDH
Eryn Azarin
ALBENREICHE
DAUSHAN EVENDAR
»Die Himmelsbrücke«
Walrossstamm
Donnerhornstamm
Das Auge
Donnersteppe
Wettersteine
TROLLSTÄMME
Tosend
Wolfsstamm
Grimmac
NORLAND
Rabenstamm
Lindwurmstamm
Schwarze
Hraban
Toter Fluss
Frosthöhen
Fuxstamm
Rothe
Brun
Feuerspitze
»Zum Brennenden Rappen«
Bärenstamm
DARGETAL
Thrymnwildhöhen
Taar
Samanunga
Festung
Siedlung
Pechsteine
Oxenstamm
Ox
GRÜNLANDE
Siebenfluss
Brunwald
Ringburg eines Trollstammes
Die Ewige See
Wichtelgebirge
Große Schwester
Kleine Schwester
Havn
Jöndergard
Watern
Zwistadt
Wituwart
Siebenbucht
N
W
O
S
Das Graue Meer
FYRLAND
© MARKUS WEBER, GUTER PUNKT

Der Tod drei Streiche deiner harrt.
Der erste kalt dein Fleisch durchdringt,
der zweite trifft, dein Leib erstarrt,
der dritte und dein Herz zerspringt.

TROLLISCHE WEISHEIT ÜBER
DIE EISKLINGEN DER ALBEN

PROLOG IN DREI AKTEN

EINE SCHWARZE HOCHZEIT

I.

ABSEITS DES TRUBELS, der anlässlich der bevorstehenden Hochzeit im Dorf herrschte, stiegen drei Wanderer den Osthang des Widderkopfs hinauf. Der erste von ihnen war ein groß gewachsener Jüngling mit Namen Arve. Er war der älteste Sohn von Bredo, dem Erl von Wituwart. Wie ein Elch stakste er mit langen Schritten voran. An jeder Biegung, die der steile Pfad beschrieb, blieb er stehen und blickte sich um. Sein kleiner Bruder Lordi wich nämlich immer wieder vom Weg ab. Der Lausebengel wuselte zwischen den Sträuchern und Tannen umher, nur um seinen Kopf an unvermuteter Stelle mit einem lauten »Buh!« durch die Zweige zu stecken.

Als letzte der drei Wanderer stapfte Aylind den Berg hinauf, die vollen Wangen rosig vom Wind. Selbst hier oben konnte sie noch die salzige Meeresluft schmecken. Die junge Frau ging barfuß, ihre Stiefel hatte sie unter den Arm geklemmt. Sie liebte es, die Erde unter ihren Füßen zu spüren. Voll Wonne grub sie die Zehen ins Gras und hier und da auch in die letzten Flecken gefrorenen Schnees, die sich bis jetzt im Schatten der Bäume gehalten hatten.

Ein gutes Stück vor ihr hatte Arve sich gegen einen Felsen gelehnt und wartete. Er kaute auf einem Stück Birkenrinde, offensichtlich darum bemüht, seine Unruhe zu überspielen. Wenn Aylind ihn so sah, mit seinen dünnen Beinen und dem blonden Flaum, dann konnte sie kaum glauben, dass er heute heiraten würde. Als Kinder hatten sie viel Zeit miteinander verbracht, denn ihre Väter waren alte Weggefährten. Sie hatten im selben Bottich gebadet, hatten gemeinsam Schafe gehütet und waren nach Muscheln getaucht. Manchmal fühlte es sich an, als wäre seitdem nur ein einziger Winter verstrichen. Doch ihre Kindheit war schon lange vorüber. Nach ihrem 13. Namenstag hatten sich ihre Wege getrennt. Schließlich war Arve der Sohn des Erls und sie nur die Tochter eines einfachen Jägers. Während er im Schwertkampf und Runenlesen unterrichtet wurde, kümmerte sie sich um die kleine Hütte im Wald, in der sie mit ihrem Vater wohnte. Sie kochte, putzte und flickte, hackte Holz und fütterte die Hühner. Es war ein hartes und, seit ihre Mutter gestorben war, auch trostloses Leben. Aylind konnte sich nicht daran erinnern, wann sie das letzte Mal gemeinsam mit ihrem Vater gelacht hatte.

»Ach, Aylindchen«, hatte er eines Abends nach dem dritten oder vierten Krug Met gelallt. »Geh ins Dorf, geh tanzen. Lass dich nicht von der Schwermut deines Alten anstecken.«

Aber Aylind wollte nicht ins Dorf gehen, schon gleich gar nicht, um zu tanzen. Dort gab es niemanden, der sie erwartete, außer Garla, Stinke-Stine und die anderen Mädchen. Zum letzten Mittsommerfest hatten sie ihr ein rotes Kleid geschneidert. Entgegen aller Befürchtungen hatte es sogar gepasst, was keineswegs selbstverständlich war, denn Aylind war dick – vielleicht das dickste Mädchen in ganz Wituwart –, und Garla, Stinke-Stine und die anderen hatten nie an Gehässigkeiten gespart, wenn es darum ging, sie daran zu erinnern.

Aylind hätte es besser wissen oder wenigstens ahnen sollen, aber sie hatte die warnenden Stimmen ausgeblendet. Einen Abend mit den anderen zu feiern und zu tanzen, das hatte sie sich nicht nehmen lassen wollen. Doch schon nach dem ersten Reigen hatte das Kleid sein Geheimnis preisgegeben. Sie hatte getanzt, gelacht und geschwitzt und von einem Moment auf den nächsten hatte ihr Körper in Flammen gestanden, als würden sich Bienen und Brennnesseln um jeden Fetzen ihrer Haut zanken. Hagebeerenpulver! Der ganze Stoff war voll mit den blassgelben Samen gewesen. Aylind hatte sich das Kleid vom Leib gerissen und war in den Trog am Rande des Festplatzes gesprungen – begleitet vom Gepolter stampfender Füße und Gelächter. Garlas Stimme war ihr bis ins Mark gedrungen. Schrill und heiter.

»Hopp, hopp, hopp, Schweinchen lauf Galopp!«

An den Weg nach Hause, den sie als triefendes Elend zurückgelegt haben musste, konnte Aylind sich nicht mehr erinnern. Noch mehr als einen halben Mond nach dem Fest war ihre Haut gerötet gewesen, und die Narben unter den Achseln und Brüsten hatte sie bis heute behalten. *Hopp, hopp, hopp, Schweinchen lauf Galopp!*

Mehr noch als zuvor hatte Aylind sich seitdem zurückgezogen. Manchmal beschlich sie sogar das Gefühl, dass auch ihr Vater sie mied, denn seine Jagdausflüge wurden von Mal zu Mal länger. Oft war sie tagelang allein. Dann zog sie los, pflückte Beeren in dem dornigen Tobel hinter ihrem Haus, oder sie sammelte Algen am Strand, ganz gleich wie sehr es stürmte. Und wenn ihr Vater von der Jagd heimkehrte, dann half sie ihm beim Häuten der Robben und schmolz den Speck aus. Bei dem Gedanken an die ölige Arbeit rieb sie die Hände an ihrem Rock ab.

Es kam Aylind wie ein seltsamer Scherz des Schicksals vor, dass sie zum ersten Mal seit Jahren wieder einen Tag mit Arve verbrachte – den Tag seiner Vermählung. Sie wollte seufzen, was angesichts des Anstiegs zu einem lauten Schnaufen geriet.

Arve lachte sie an. »Na, was stöhnst du so? Hast wohl zu viel von den Kringeln genascht?«

Aylind hielt sich schuldbewusst den Bauch. In der Tat lagen ihr die Butterkringel schwer im Magen. Ein gutes Dutzend hatte sie zum Frühstück verspeist und ein paar weitere auf dem

Weg hierher. Sie konnte die Ringe unter ihrer Schürze spüren, wulstig und fett. Es gab Tage, an denen sie sich davor ekelte, sich selbst zu berühren. Ihre Haut erinnerte sie an Robbenspeck. Dabei wollte sie rank und schlank sein, so wie Arve.

Die Spinnenplage der letzten Jahre ist ein Fluch für mich gewesen, dachte Aylind. Anfänglich hatten sich die Leute vor den Spinnen gefürchtet. Nie zuvor hatten sie solch gespenstisches Getier gesehen. Die Leiber, kaum größer als ein Fingernagel, glitzerten wie Wassertropfen. Doch seit sich die Tauspinnen – so hatte man die Wesen im Dorf getauft – im vorletzten Frühling in Wituwart ausgebreitet hatten, hatte es keine Missernten mehr gegeben. Sie hatten sämtliche Schädlinge ausgemerzt. Kornkäfer und Felsenschrecken waren verschwunden, und selbst Mäuse schien es weniger zu geben. Die Speicher im Dorf waren zum Bersten gefüllt, und das hieß Butterkringel in Mengen.

Arve spuckte ein paar Birkenfasern aus und wischte sich mit dem Ärmel über den Mund. »Bist du sicher, dass es hier oben Eisglöckchen gibt? Ohne brauche ich mich nicht blicken zu lassen.«

»Ja«, keuchte sie. »Auf dem Gipfel ist der beste Platz, kühl und sonnig.«

Es war Hochzeitsbrauch, dass der Bräutigam der Braut einen weißen Blumenkranz überreichte. Aylind musste grinsen. Vermutlich brauchte Arve ihre Hilfe nicht nur beim Suchen, sondern auch beim Flechten, so ungeschickt wie er sich früher beim Krabbenpulen angestellt hatte.

»Wo ist Lordi denn schon wieder? Wir sind spät dran.« Arve sah sich ungeduldig um, doch dann hielt er plötzlich inne und wurde leichenblass. »Was mache ich nur, wenn sie hässlich ist? Vielleicht hat sie eine Trollnase.«

Er hatte seine Verlobte noch nie zu Gesicht bekommen. Erst heute kam sie mit ihrer Familie angereist. Skalden mochten die Schönheit von Vircca, der Tochter des Erls von Havn, preisen, aber auf das, was die Spielmänner in ihren Liedern sangen, sollte man sich lieber nicht verlassen.

Aylind runzelte die Stirn. »Trollnase? Dann schon lieber Albenohren, dann rutscht ihr der Kranz nicht in die Stirn.«

Arve schüttelte den Kopf, doch dann lachte er und knuffte sie in die Seite, so wie früher. »Los, gehen wir weiter.«

»Und Lordi?«

»Der findet uns schon. Ist ja nicht mehr weit.«

»Wie du meinst«, sagte Aylind und folgte ihm. Schon bald wurde der Wald um sie lichter, bis nur noch ein paar windschiefe Tannen ihren Weg säumten. Aylind freute sich schon auf den Ausblick über das Dorf und die See. »Sag mal, weißt du eigentlich wie der Berg heißt?«

Arve sah sie an, als hätte sie ihn gefragt, ob ein Stier Hörner habe. »Widderkopf natürlich.«

»Nein, ich meine den alten Namen.«

Arve zuckte mit den Schultern. »Widderkopf ist der einzige, den ich kenne.«

»Witwenstein«, hauchte Aylind ihm ins Ohr.

»Na, vielen Dank für die Aufmunterung.«

»Nein, nein, das ist wahr. Mein Vater hat es mir erzählt. Eine Frau vom Alten Volk soll in dem Berg wohnen oder besser gesagt ihr Geist.« Aylind mochte Märchen, besonders die schaurigen, bei denen sich die Nackenhaare aufstellten. Am allerliebsten waren ihr jedoch die Geschichten, von denen sie überzeugt war, dass sie einen wahren Kern besaßen, und diese gehörte dazu.

»Na los, erzähl schon«, forderte Arve sie auf. »Sonst hörst du ja nie auf, mich so anzustarren.«

Aylind wandte sich ab. Wie peinlich, sie hatte gar nicht gemerkt, dass sie ihn so lange angesehen hatte. Gesenkten Blickes ging sie weiter. Für eine Weile gab sie vor, die Wurzeln zu betrachten, die sich wie Würmer in den Fels des Berges gefressen hatten. »Die reinsten Stolperfallen«, murmelte sie.

»Komm schon, lenk nicht ab. Wo bleibt die Geschichte?«

Aylind räusperte sich. »Nun ja, hier oben auf dem Gipfel, gleich bei der Klippe, um genau zu sein, soll früher eine riesige Tanne gestanden haben – eine, die sich nicht wie die anderen dem Seewind beugte.« Sie geriet außer Puste, denn der Anstieg wurde immer beschwerlicher. Dennoch spürte sie Arves Augen weiter neugierig auf sich ruhen. Im ersten Moment war ihr die Aufmerksamkeit unangenehm, doch dann fühlte sie sich geschmeichelt und schnaufte durch. »Die Tanne war rabenschwarz und voller tückischer Nadeln. Oft sah man tote Vögel durchlöchert unter den Zweigen liegen. Kurz und gut, der Baum war den Menschen nicht geheuer. Eines Tages schickte deshalb eine Bäuerin ihren Mann los, um die Tanne zu fällen. Der Mann kam mit einem großen Beil, nahm Maß und holte aus …« Aylind hob die Stimme und warf die Arme in die Luft, so als würde sie eine Axt schwingen. »Doch als sich sein Beil in den Stamm bohrte, vernahm er ein leises Wimmern. *Finstere Zauberei*, dachte er und schlug umso heftiger zu. Splitter flogen, Harz spritzte, verklebte seine Haare und Hände. In blinder Wut hieb er auf den Baum ein, immer und immer weiter. Das Wimmern wuchs zu einem Kreischen an, bis es in einem letzten kalten Schrei erstarb. Da fiel der Wahn von ihm ab, und der Blick des Bauern klärte sich. Vor sich sah er keine Tanne mehr liegen, sondern den nackten Leib einer Albin – mitten entzwei geteilt. Und an seinen Händen klebte kein Harz, sondern ihr warmes Blut.« Aylind leckte sich über die Lippen und setzte zum Ende der Geschichte an. »Auch wenn die Albin tot ist, ihr Geist lebt im Berg weiter. Und immer, wenn sie in stürmischen Nächten ihr Klagelied anstimmt, dann folgen einsame Wanderer ihrem Ruf und stürzen sich von der Klippe.«

Für einen Augenblick herrschte beklommene Stille. Nur das Säuseln des Windes war zu hören.

Arve sah sie fragend an. »Meinst du, Rodegar ist von dem Geist verführt worden?«

Aylind überlegte einen Moment. Sie dachte an den jungen Torfstecher. Im letzten Herbst hatte man den Eigenbrötler tot am Fuß der Klippen gefunden. »Nein«, sagte sie schließlich, »ich glaube, Rodegar war einfach nur lebensmüde. Aber genug der Schauermärchen – da wären wir!«

Vor ihnen lag ein schmaler Bergrücken, windig und sonnenbeschienen. Auf dem Gipfel gedieh nichts außer graugrünen Flechten und ein paar kargen Büschen. Ein Baumstumpf war nirgends zu sehen. In einer Senke in der Mitte des Plateaus hatte sich Schmelzwasser gesammelt, und rund um den klaren Teich standen winzige Blumen. Eisglöckchen, so weit das Auge reichte. Ihre Blüten glitzerten silberweiß in der Morgensonne.

Aylind klatschte in die Hände. »Na, dann fang mal an zu sammeln!«

»Wie, du hilfst mir nicht?«

»Ich bitte dich, es bringt Unglück, wenn jemand anderes die Blumen für deine Braut pflückt.« Mit diesen Worten kehrte sie Arve den Rücken und ging auf die Klippe zu. An einem klaren Tag wie heute hatte man sicher eine famose Aussicht.

»Buh!«, machte es da laut, und sie zuckte zusammen. Hinter einem Felsen zu ihrer Rechten sah sie Lordis roten Schopf aufleuchten.

»He, du Kobold«, rief sie erleichtert. »Du hast mich ganz schön erschreckt.«

»Ich bin kein Kobold, ich bin Räuber Achthand! Also: Gold oder Leben!«

Aylind machte ein banges Gesicht. »Oh weh, der berüchtigte Achthand. Aber ich habe gar kein Gold, nur diese ollen Stiefel hier.«

Lordi legte die Stirn in Falten. Er schien angestrengt nachzudenken. »Na gut«, sagte er schließlich enttäuscht, »dann eben Stiefel oder Leben.«

Lachend händigte Aylind ihm die Stiefel aus. Arve, der das

Spiel beobachtet hatte, schien ganz und gar nicht einverstanden. Mit hochrotem Kopf rauschte er heran.

»Hör auf mit dem Quatsch! Hilf mir lieber Blumen pflücken und gib Aylind die Stiefel zurück!«

»Niemals!«, plärrte Lordi. »Ich bin Achthand, und Achthand teilt seine Beute mit niemand.«

»Los, her damit!« Er packte seinen Bruder am Kragen, schlang seinen rechten Arm um Lordis Hals und zerrte mit der linken Hand an den Stiefeln. Der erste landete zu Aylinds Füßen, der zweite flog im hohen Bogen über die Klippe, zweihundert Schritt in die Tiefe. Fassungslos blickten die drei ihm hinterher.

Lordi erholte sich als Erster von dem Schock und tat das einzig Richtige: Er nahm die Beine in die Hand und rannte flink wie eine Gämse den Berg hinunter.

»Na warte, du Strolch, das gibt Prügel!«

Arve wollte seinem Bruder nachsetzen, aber Aylind winkte ab. »Lass doch, den Stiefel finde ich bestimmt unten am Strand. Du solltest dich lieber um die Blumen für Vircca kümmern.«

Arve verharrte an ihrer Seite und starrte dem flüchtenden Jungen hinterher. Für ein paar Herzschläge verweilten sie so, und Aylind spürte das irre Verlangen in sich aufkeimen, seine Hand zu nehmen und einfach zu springen. Aber dann – ganz plötzlich – war der Spuk vorüber, und sie traten gemeinsam an den Klippenrand und schauten hinunter aufs Dorf.

Aylind ließ ihren Blick schweifen. Die Dächer der Grassodenhäuser waren im weiten Grün der Wiesen kaum zu erkennen, doch auf dem Festplatz bei der Alten Erle brannte ein Lagerfeuer. Es herrschte geschäftiges Treiben. Männer, Frauen und Kinder liefen durcheinander und trafen die letzten Vorbereitungen für die Feier. Hunde bellten aufgeregt in Erwartung des Festmahls. Das ganze Dorf war eingeladen und auch die Bauern von den umliegenden Höfen. Selbst gh'Runt der Mächtige wurde erwartet. Es war lange her, seit man zuletzt

Trolle in Wituwart gesehen hatte, vom Häuptling des Oxenstamms ganz zu schweigen. Scheinbar maß er der Vermählung große Bedeutung bei; wahrscheinlicher jedoch wollte er sich als Schutzherr der westlichen Grünlande nur von den vollen Kornkammern überzeugen. Nicht umsonst nannte man gh'Runt auch »den Gefräßigen«.

Aylind kniff die Augen zusammen und malte sich aus, dass zwei der wuselnden Punkte da unten Garla und Stinke-Stine wären. *Wie einfach dann alles wäre.* Sie streckte den Arm aus und tat so, als würde sie die beiden wie Ameisen zwischen ihren Fingern zerquetschen. Es fühlte sich gut an. Ein versonnenes Lächeln stahl sich gerade auf ihre Lippen, da stöhnte Arve auf.

»Oh weh! Dahinten sind sie schon, dahinten kommt meine Braut.«

Aylind nahm den Zug mit den Karren nur aus dem Augenwinkel wahr. Etwas anderes hatte ihre Aufmerksamkeit erregt – draußen auf dem Meer, das heute so ruhig und grau vor ihr lag wie ein blinder Spiegel. Am Horizont zeichneten sich Schiffe ab, keine Fischerboote, sondern Zweimaster mit spitzen schwarzen Segeln.

»Vier, fünf, sechs«, zählte sie leise. Nie zuvor hatte sie derart große Schiffe gesehen. Rasch kamen sie näher, hielten scheinbar direkt auf die Felsenbucht zu. Sie kamen nach Wituwart! Aylind wollte aufschreien, aber sie biss sich auf die Lippe. Weder die Leute im Dorf noch die Männer an Bord hätten sie hören können, und dennoch wurde sie das törichte Gefühl nicht los, dass der Schrei sie verraten hätte. Stumm, mit rasendem Herzen tippte sie Arve an die Schulter.

Er drehte sich um und folgte ihrem ausgestreckten Arm. Zunächst schien er nicht zu begreifen, was er sah, doch schließlich keuchte er entsetzt: »Bei allen guten Geistern, wir müssen ins Dorf. Wir müssen die Leute warnen!«

Eigentlich gab es einen Wachtposten, der oben im Küstenturm saß, die See beobachtete und nachts dafür sorgte, dass das Leuchtfeuer nicht ausging. Doch nahmen es die Wachen mit ihrer Pflicht selten zu genau und an einem Festtag wie diesem schon gleich zweimal nicht – Uriks Quittenbrand sei Dank. Wann waren denn jemals fremde Schiffe nach Wituwart gekommen?

Arve warf Aylind einen entschlossenen Blick zu. Dann nahm er ihre Hand, und sie rannten los, so schnell ihre Beine sie trugen.

II.

TANNENZWEIGE PEITSCHTEN Aylind ins Gesicht, Steine bohrten sich in ihre Sohlen. Ihre Lunge brannte. Jeder Schritt brachte ihren Bauch zum Schwingen. Sie spürte, wie ihr die Butterkringel hochkamen und schluckte den bittersüßen Geschmack hinunter. Immer wieder geriet sie ins Straucheln, doch sie hastete weiter. Angst trieb sie an, Angst, sie könnten zu spät sein. Ihr Weg führte bergab, durch dichtes Gehölz. Das Dorf hatten sie schon lange aus den Augen verloren, und es würde bis zur Mittagszeit dauern, bis sie die Grassodenhäuser wieder zu Gesicht bekämen. Sie mussten schneller sein als die Schiffe, sie mussten die Leute warnen. Nur vor wem? Woher kamen die schwarzen Schiffe, und wer war an Bord?

Hör auf zu grübeln, schalt sie sich, *lauf einfach weiter! Vater und der Erl wissen sicher, was zu tun ist.*

Neben sich sah sie, wie Arve immer blasser wurde. Anfangs hatte er sie lauthals angetrieben, doch nun keuchte er nur noch leise: »Weiter, weiter. Komm schon … Weiter!«

Als sich der Tannenwald endlich lichtete, stellten sie fest, dass die Sonne noch immer im Südosten stand. Nur eine dünne Rauchfahne verlor sich am Himmel. Aylind verlangsamte ihren Schritt, um zu verschnaufen. Sie konnte das Feuer riechen, gebratenen Fisch und Hammel – keine Anzeichen von Plünderei. Erleichtert strahlte sie Arve an.

»Hörst du es?«

Arve blieb schnaufend stehen und stützte sich auf den Knien ab. »Nein, ich höre nichts.«

»Genau das meine ich: kein Lärm. Wir sind vor ihnen da. Bei allen guten Geistern, wir haben's geschafft!«

Alle Anspannung fiel von Aylind ab, doch dafür brachen die Schmerzen durch. Benommen blickte sie an sich hinunter, so als wäre es nicht ihr Körper, den sie sah. Dornenzweige hatten sich in ihrem Wollrock verfangen, und ihre Füße waren dreckig und blutverschmiert.

»Na dann los«, sagte Arve, »oder wollen wir unseren Vorsprung wieder verspielen?«

Aylind sog scharf die Luft ein und versuchte das Pochen in ihren Zehen zu ignorieren. Die paar Schritte würde sie auch noch schaffen.

Sie folgten einem ausgetretenen Feldweg, vorbei an dem Schrein, an dem die Leute dem Widdergeist und seinen Wurzelmännchen huldigten. Die Schale vor dem Altar war reich gefüllt. Winteräpfel und ein halber Käselaib lagen in einem Meer aus Korn, flankiert von zwei vollen Metkrügen. Für gewöhnlich zankte sich eine ganze Schar Spatzen um die leckersten Opfergaben, aber heute war alles ruhig. Aylind beschlich ein ungutes Gefühl. Ob sie Arve darauf ansprechen sollte? Doch als sie wieder aufblickte, war er bereits hinter der nächsten Biegung verschwunden. Sie richtete ein Stoßgebet an den Widdergeist und seine fleißigen Helfer, dann eilte sie Arve hinterher.

Ihre Unruhe legte sich, als die Dorfhecke und die ersten grünen Dächer in Sicht kamen. Wituwart wirkte vollkommen friedlich. Die Leute waren sicher schon auf dem Festplatz bei der Alten Erle. Arve nahm eine Abkürzung und schwang sich über eine hüfthohe Felsmauer. Aylind biss die Zähne zusammen und kletterte hinterher. Gemeinsam marschierten sie über das Feld von Bauer Urik und duckten sich schließlich durch ein Loch in der Hecke. Arve tat einen Satz, um der Suhle hinter den Büschen auszuweichen. Aylind machte sich nicht die Mühe. Nach dem steinigen Weg bergab war der schlammige Boden eine Wohltat für ihre Füße. Und all das nur, weil Arve und Lordi sich um ihre Stiefel gestritten hatten. Wie vom Donner gerührt blieb sie stehen.

»Wo ist Lordi?«

»Ach, der kleine Racker ist sicher schon hier«, antwortete Arve zu ihr umgedreht, während sie um einen Schuppen bogen. Er sah die Soldaten nicht, Aylind schon. Sofort packte sie Arve am Kragen und riss ihn zurück hinter einen Haufen Brennholz.

»He, was soll das?«, beschwerte er sich, aber Aylind hielt ihm den Mund zu.

»Ruhig! Sie sind da.«

Arve starrte sie mit aufgerissenen Augen an. »Die Fremden? Von den Schiffen?«

»Ja, sie haben den Festplatz umstellt.«

Aylind lauschte angestrengt, was ihr nicht leichtfiel, da sie immer noch heftig keuchte. Auch Arve schnappte ordentlich nach Luft. Völlig erschlagen saß er mit dem Rücken zur Schuppenwand. Nur sein Brustkorb hob und senkte sich, als ob ein Kobold darin tanzte.

Erst als sich ihre Atmung allmählich beruhigte, konnte Aylind einzelne Geräusche ausmachen. Ochsen schnaubten, Hunde knurrten. Überall aufgeregtes Gemurmel, irgendwo weinte ein Kind. Immer wieder hörte sie Füße, die im Gleichschritt marschierten, und dann Stimmen, die in einer fremden Sprache Befehle brüllten. Darüber hinaus wirkte alles ruhig und gesittet. Das waren keine Seeräuber und, den Geistern sei Dank, auch keine Alben – die wären bei Nacht gekommen.

»Wir sollten nachsehen, wer sie sind«, flüsterte Aylind. Sie ließ ihre Worte verklingen und wartete einen Augenblick. Eigentlich wollte sie Arve den Vortritt lassen, doch als er keine Anstalten machte sich zu rühren, kroch sie selbst vor und linste über den Holzstapel. Sie schrak zurück. Irgendetwas verklebte ihr Mund und Nase. Hektisch fuhr sie sich übers Gesicht – Spinnweben. Zwischen dem Dachvorsprung und den Holzscheiten schwang ein Netz, darin saßen mehrere durchsichtige Leiber. Aylind zählte fünf Tauspinnen, von denen keine größer war als der Nagel ihres kleinen Fingers, und seufzte erleichtert. Von den Tieren ging keine Gefahr aus, ihre Bisse juckten kaum mehr als ein Mückenstich. Abermals reckte sie den Kopf in die Höhe und spähte durch das Netz hindurch.

»Kannst du was erkennen?«

Wie schön, dachte sie, *Arve ist wieder zum Leben erwacht*, doch sie verkniff sich einen Kommentar. »Es sind viele. Bestimmt hundert oder mehr.«

»Und wie sehen sie aus?«

»Hohe Helme – ganz in Schwarz. Hm, ihre Gesichter kann ich nicht sehen, aber vom Körperbau her könnten es normale Menschen sein. Sie stehen im Kreis rund um die Erle und das Podest, und sie haben Stäbe mit Klingen an den Enden.«

»Speere«, kommentierte Arve ihre Beobachtung.

Aylind rollte mit den Augen. »Ich weiß, wie Speere aussehen. Aber die Klingen sind länger, fast wie Schwerter, und sie glänzen – irgendwie ölig, würde ich sagen. Auf jeden Fall haben sie das ganze Dorf zusammengetrieben.«

»Was ist mit meinen Eltern? Siehst du sie oder Lordi? Und Vircca, was ist mit ihr?«

»Schau doch selbst nach«, erwiderte Aylind leicht genervt, »oder lass mich in Ruhe gucken!«

Darauf hielt Arve den Mund, und sie hatte Zeit, sich ein genaueres Bild von der Lage zu machen. Die fremden Krieger standen leicht versetzt in geordneten Zweierreihen. *Nein*, dachte sie, *aus dem Kessel gibt es kein Entkommen.* Einige Soldaten zogen in Vierertrupps von Tür zu Tür und durchsuchten die Häuser. Jetzt, da die Männer näher kamen, verstand sie, warum sie ihre Gesichter nicht hatte erkennen können – sie trugen dünne Schleier.

Aylind schluckte, ihnen blieb nicht mehr viel Zeit, bis man sie in ihrem Versteck finden würde. Hastig ließ sie ihren Blick schweifen. Unter den Eingekesselten entdeckte sie Bauer Urik mit seiner Familie, und auf dem Podest standen der Erl und sein Bruder Ebbo, der beste Speerwerfer in ganz Wituwart. An ihrer Seite waren einige Leute, die Aylind nicht kannte, darunter ein Mann mit einem silbernen Bart. Seinen Arm hatte der Alte schützend um ein Mädchen gelegt, das eine weiße Brautschürze trug. Das unscheinbare Ding musste Vircca sein, doch Aylind hatte keine Augen für sie. Wo, bei allen Geistern, war ihr Vater? Selbst Garla und Stinke-Stine völlig verängstigt zu sehen bereitete ihr keine Freude. Sie kaute nervös auf ihrer Unterlippe und suchte weiter, und endlich fand sie ihn im Schatten der Erle stehend. Für einen Herzschlag dachte sie, er hätte sie bemerkt, doch er starrte nur in Richtung des Waldes.

»Das ganze Dorf ist da«, sagte sie schließlich, »nur Lordi nicht. Und von Häuptling gh'Runt fehlt auch jede Spur. Hoffentlich kommt er bald mit seinen Trollen.«

Währenddessen standen die Soldaten still, dicht an dicht. Ihre Waffen bildeten ein tödliches Dickicht für jeden, der versuchen würde, vom Festplatz zu fliehen.

Arve rutschte unruhig hin und her. »Warum wehrt sich denn keiner?«

»Wie denn?«, schimpfte Aylind. »Mit Krügen gegen … gegen diese Schwertlanzen?«

Just in dem Augenblick brach Lärm aus. Zwei Soldaten traten die Tür zu einem Haus ein und zerrten eine Frau heraus, die im Arm einen Säugling hielt.

»Lasst mich, lasst mich! Hilfe! Ebbo!«

»Das ist Wairas Stimme!«

Alarmiert schnellte Arve in die Höhe und lehnte sich über den Holzstapel – viel zu weit für Aylinds Geschmack, aber die Fremden waren zum Glück abgelenkt. Ebbo, der mindestens ebenso groß war wie die Männer mit ihren Spitzhelmen, sprang vom Podest und preschte mit gesenkter Schulter voran. Er durchbrach die erste Reihe Soldaten. Wie ein Donnerschlag entlud sich die angespannte Stille. Bauern, Fischer und Hirten griffen nach allem, was nicht niet- und nagelfest war, und drängten ebenfalls vor.

Wie auf ein stummes Kommando schlugen die Krieger des inneren Kreises ihre Waffen zusammen. Funken stoben, und die ölig glänzenden Klingen flammten auf. Ein lautes Raunen ging durch die Menge, und der Pulk – eben noch mutig – wich zurück. Nur Ebbo rannte weiter. Wild um sich schlagend kämpfte er sich durch den äußeren Kreis und lief auf seine Frau zu. Zwei Soldaten scherten aus der Reihe aus, und der erste ließ seine Schwertlanze über den Boden kreisen. Ebbo stolperte über den Stab. Er rappelte sich gerade auf, da sprang der zweite Soldat heran und schlug zu. Die flammende Klinge traf Ebbo im Genick. Er zuckte noch einmal, dann blieb er reglos liegen.

Aylind hielte den Atem an, alle hielten den Atem an. Waira – keine zehn Schritte von ihrem Mann getrennt – sank in die Knie, ihren Sohn fest im Arm. Die Frau bebte am ganzen Leib, ein Schluchzen kam ihr jedoch nicht über die Lippen.

Plötzlich hörte Aylind ein Knurren. Nicht weit von ihrem Versteck sprang Ebbos Hund Fringür gegen den Reisigzaun seines Zwingers. Es dauerte keine drei Atemzüge, bis die Zweige barsten und er sich durch die Lücke zwängte – den breiten Kopf mit den Fangzähnen voran. Geifer flog von seinen Lefzen. In langen Sprüngen hetzte er auf die beiden Soldaten zu, die immer noch bei seinem Herrchen standen.

Er hatte sie fast erreicht, da vernahm Aylind ein vertrautes Surren: Ein Pfeil sauste durch die Luft. Sie blickte nach oben. Auf einem Grasdach schräg gegenüber der Erle stand der Schütze, ein schlanker Bogen baumelte in seiner linken Hand. Der Pfeil flog indes auf Fringür zu. Für einen winzigen Augenblick hoffte sie, das Geschoss würde den Hund verfehlen. Er machte einen weiten Satz … war fast da … da traf der Pfeil und blieb in seiner Kehle stecken. Röchelnd kroch Fringür vorwärts und legte den Kopf in den Schoß seines Herren. Dann seufzte er noch einmal und hörte auf zu atmen.

»Nein!«, gellte eine Kinderstimme quer über den Platz. Lordi schoss aus einem Brombeerstrauch hervor, das Haar zerzaust, das Gesicht zerkratzt. Er rannte im Zickzack, duckte sich unter den ausgestreckten Armen von Soldaten hinweg und warf sich schluchzend auf seinen Onkel und dessen Hund. »Ebbo! Fringür!«

Aylind sah, wie sich Arves Augen weiteten. Seine Muskeln spannten sich an. Er würde doch nicht etwa …

»Nein!«, raunte sie ihm zu, doch er sprang bereits auf. Gerade noch rechtzeitig erwischte sie ihn am Ärmel. Er wollte sie beiseitestoßen, und sie musste kurz mit ihm ringen, bevor sie die Oberhand gewann und es ihr gelang, ihn zu Boden zu reißen – zum ersten Mal war Aylind dankbar für ihre Pfunde. Im Rückwärtsfallen stießen sie gegen den Holzstapel. Ein paar Scheite lösten sich und fielen herunter. Der Haufen geriet gefährlich ins Wanken … ein weiterer Scheit rutschte ab … aber der Stapel hielt.

Ineinander verschlungen blieben Aylind und Arve liegen. Sie schnauften, lauschten und hörten Lordis Rufe verstummen, als er von den Kriegern weggezerrt wurde. Aylind dankte dem Widdergeist und seinen Wurzelmännchen für die hölzerne Deckung. Wie es schien, war ihr Gerangel unbemerkt geblieben. Nein, jetzt war nicht der Moment, um zur Heldin zu werden, auch wenn sie krank war vor Sorge um ihren Vater.

Nach ein paar Herzschlägen befreite Arve sich aus der Umklammerung und schlug ärgerlich ihre Hand beiseite. »Willst du, dass ich ein Feigling bin?«

»Nein, aber hast du denn nicht gesehen? Das ganze Dorf ist da, selbst mein Vater. Wir sind die Einzigen, die Hilfe holen können.«

Arve starrte sie grimmig an. Doch mit jedem Atemzug wich sein Groll ein bisschen mehr, bis er schließlich trotzig den Blick abwandte. »Und nun?«

»Nun versuchen wir herauszufinden, was sie wollen. Und dann schleichen wir uns davon, sobald es günstig ist.«

Ein schwaches Zischen erklang, dann noch eins und noch eins, viele weitere folgten. Aylind hörte, wie die Leute zu husten begannen. Kurz darauf wehte ein fürchterlicher Gestank zu ihnen herüber – so scharf, dass es in Nase und Augen brannte. Arve und sie spähten zwischen den Holzscheiten hindurch. Die Flammenklingen waren erloschen. Ein dünner Qualm hing jetzt über dem Festplatz. Deshalb trugen die Krieger Schleier – um sich vor dem Rauch zu schützen!

Mit einem Mal machten die Soldaten einen Schritt zurück und hämmerten die Schäfte ihrer Waffen auf den Boden, immer und immer wieder. Irgendwann begannen sie im Chor dazu zu skandieren: »A-ra-ket! A-ra-ket! A-ra-ket!«

Nach einer Weile gewahrte Aylind eine Gestalt, die sich von der Bucht her näherte. Sie war schlank und trug einen fein gewobenen Kapuzenmantel. Die Sonne spiegelte sich in dem silberweißen Stoff, dass es blendete. Als die Gestalt die Soldaten erreichte, trat einer von ihnen mit gesenktem Haupt vor und sprach zu ihr. Sie nickte, dann sah sie sich um, als ob sie etwas oder jemanden suchte. Ihr Blick schweifte über den ganzen Platz, schien sich jedes Haus, jeden Winkel des Dorfes einzuprägen. Schließlich hielt sie abrupt inne und kam direkt auf den Holzstapel zu.

Aylind rutschte das Herz in die Hose. *Bitte, liebe Wurzelmännchen, macht, dass sie uns nicht gesehen hat, macht, dass sie weitergeht.* Doch sie fürchtete, dass ihr stummes Gebet zwecklos war. Neben ihr hatte sich Arve mit einem Scheit bewaffnet, bereit, damit zuzuschlagen. Aylind hingegen machte sich klein.

Die Gestalt war kaum zu hören, aber Aylind spürte ihre Präsenz, fühlte, dass sie näher kam. Schritt für Schritt. Auf der anderen Seite des Holzstapels blieb sie stehen. Stoff raschelte. Ob sie die Kapuze zurückzog? Wie sie darunter wohl aussah? Aylind konnte nicht anders und blickte nach oben. Sie bemerkte, wie sich eine feingliedrige Hand auf das Netz legte. Die Spinnweben erzitterten. Und dann geschah etwas Seltsames: Die Tauspinnen krabbelten auf die gespreizten Finger zu. Als die erste die Spitze des Mittelfingers erreichte, schloss sich die Hand um das durchsichtige Tier, und die Gestalt wandte sich ab.

Wie von unsichtbaren Schnüren gezogen machte Aylind sich lang und lugte abermals über den Holzstapel. Sie hatte recht gehört, die Gestalt hatte ihre Kapuze zurückgeworfen. Ihr Kopf war kahlrasiert, ihre Wangen von kränklicher Farbe. Mann oder Frau? Aylind grübelte einen Augenblick. Sie studierte die Bewegungen, den weichen Gang, die Gesichtszüge, die schmale Nase – nein, es gab keinen Zweifel, dass sie eine Frau vor sich hatte, auch wenn sich unter dem dünnen Stoff ein knochiger Körper ganz ohne Rundungen abzeichnete.

Während die Fremde auf die Menschenmenge zusteuerte, setzte sie die Spinne in ihr rechtes Ohr. Die Soldaten des äußeren Kreises traten beiseite. Sogleich nahmen sie ihre Schwertlanzen in beide Hände und wollten ihr einen Weg durch den Pulk bahnen, aber die Leute wichen von allein zurück. Unberührt gelangte die Spinnenfrau bis zum inneren Kreis der Soldaten. Von vier Kriegern flankiert erklomm sie die Stufen zu dem Podest, das für die Hochzeit mit Schleifen und Birkenzweigen geschmückt war. Den Familien der Braut und des Bräutigams, die sich dort oben zusammengefunden hatten, schenkte sie nur einen kurzen Blick, bevor sie vor die Dorfgemeinschaft trat.

Aylind konnte Bredo ansehen, wie wütend er war. Der Kopf des Erls war hochrot angelaufen, und seine Frau schien beruhigend auf ihn einzureden. In der Tat bräuchte es nur einen Schubs, um die Spinnenfrau vom Podest zu stoßen – wären da nicht ihre Leibwachen. Gemurmel setzte ein und wurde lauter. Aylind glaubte die Spannung riechen zu können, so wie vor einem Sommergewitter. Die Spinnenfrau schien unbeeindruckt. Starr wie ein Fels stand sie da. Dann hob sie plötzlich die Arme und sprach die Leute in Meniscisch an: »Ihr Männer und Frauen von Wituwart, fürchtet euch nicht!«

Ihre Stimme klang tief, aber nicht unweiblich, und zudem seltsam vertraut. Und woher beherrschte sie ihre Sprache? Aylind lief ein Schauer über den Rücken. Hier war irgendeine Teufelei im Gange.

Arve packte sie am Oberarm. »Ich fass es nicht, ihre Stimme klingt genau wie die von Bauer Uriks Frau.«

Ja, das ist es!, dachte Aylind, Arve hatte recht.

»Euch soll nichts geschehen«, verkündete die Spinnenfrau, »solange ihr dem Willen Arakets Folge leistet.«

Wieder verfielen die Leute in ein ängstliches Murmeln, doch dieses Mal sorgte Bredo für Ruhe. Breitbeinig ging er auf die Spinnenfrau zu, bis ihm die Leibwächter ihre Klingen an die Brust setzten. »Wer bei allen Geistern soll dieser Araket sein, und was ist sein Wille?«

»*Ihr* Wille«, berichtigte die Spinnenfrau den Erl. »Bald werdet auch ihr Araket verehren – die Schlafende Herrin, Gottkaiserin von Ru-Tuan und Gebieterin über alle Wasser und anrainenden Gestade. Doch für jetzt verlangt sie von euch nur, dass ihr Tribut entrichtet.«

»Haha!«, lachte Bredo und schlug eine der Schwertlanzen beiseite. Sofort setzte sich eine andere auf seine Brust. »Von einer schlafenden Göttin habe ich noch nie gehört, und außerdem zahlen wir bereits Tribut. Niemand kann zwei Herren gleichzeitig dienen. Aber wenn Ihr ein wenig Geduld habt, dann könnt Ihr gemeinsam mit uns auf unseren Herren warten und die Sache mit ihm ausmachen, er ist bereits im Anmarsch. Allerdings würde ich Euch davon abraten. Häuptling gh'Runt vom Oxenstamm ist nämlich dreimal so groß wie Eure Männer, und seine Krieger scheuen weder Eisen noch Feuer.«

Die Spinnenfrau nickte langsam. Zweimal. Dann senkte sie ihr Haupt und schwieg.

Bredo warf ihr einen triumphierenden Blick zu. »Trolle – damit habt Ihr nicht gerechnet, darauf habt Ihr keine Antwort, was?«

»Das ist meine Antwort«, rief die Spinnenfrau und breitete die Arme aus. Ihre Stimme ließ Aylind frösteln. Als ihre Worte verklungen waren, hob die Spinnenfrau den Kopf und blickte in Richtung Ortseingang. Ein Wagen, gezogen von sechs kräftigen Ochsen, bahnte sich den Weg zum Festplatz. Er schien schwer beladen, denn die mannshohen Räder ächzten bei jeder Umdrehung.

Ein solch großes Gefährt hatte Aylind nur einmal zuvor gesehen. Damals war sie beim Beerensammeln einem Troll in seiner fahrenden Hütte begegnet.

Zwei Soldaten trieben die Tiere mit Stockhieben an, bis sie schnaubend bei der Erle stehen blieben. Darauf sprangen die beiden Männer auf die Ladefläche und rollten die Lederplane zurück. Die Leute stöhnten entsetzt auf. Mütter hielten ihren Kindern die Augen zu, doch Aylind konnte nicht wegsehen. Ein Haufen abgeschlagener Köpfe – riesig und gehörnt – kam zum Vorschein. Ganz oben auf dem Stapel thronte ein besonders wuchtiger Schädel. Seine Augen waren weit aufgerissenen, sein heller Bart blutgetränkt.

Es gab keinen Zweifel: Die Köpfe gehörten Häuptling gh'Runt und seinen Kriegern. Welch unheilige Kraft musste es gebraucht haben, um die Trolle zu enthaupten?

Oben auf dem Podest richtete sich die Spinnenfrau zu ihrer vollen Größe auf. Sie stand kerzengerade, vollkommen still, nur ihr Gewand floss wie schmelzender Schnee an ihr hinab.

»Bredo, Erl von Wituwart, mich dünkt Ihr seid nun frei, einer neuen Herrin zu dienen!«

Die Augen des ganzen Dorfes ruhten auf Bredo. Der Erl starrte immer noch fassungslos auf den Wagen und rang hörbar um seine Stimme. »Was … was bei allen Geistern wollt Ihr von uns?«

»Vorerst nur Proviant und …« Die Spinnenfrau machte eine Pause. Sie ging ein paar Schritte auf und ab und blieb schließlich dicht vor Bredo stehen. »Proviant und dazu vier Witwen und vier Waisen – arme Seelen, die euch sonst gewiss nur zur Last fallen. Ihr seht, wir meinen es gut mit euch. Ach ja«, fügte sie an und strich Vircca übers Haar, »und dieses zarte Geschöpf hier.«

Der Mann mit dem Silberbart stürzte vor. Er wollte die Spinnenfrau packen, doch ihre Wachen knüppelten ihn nieder. Eine Frau, die sich zuvor im Hintergrund gehalten hatte, warf sich vor der Fremden auf den Boden. »Bitte nehmt mir nicht meine Tochter. Ich flehe Euch an, habt Erbarmen!«

»Ich bedauere, das liegt nicht in meiner Hand. Aber vielleicht findet sich in Wituwart eine Mutter, die uns zum Ausgleich ihr Mädchen anvertraut?«

Ein Tumult brach los. Frauen kreischten, Männer brüllten und reckten die Fäuste in die Luft. Jemand schrie: »Nicht unsere Töchter!«

Und ganz Wituwart stimmte ein: »Nicht unsere Töchter, nicht unsere Töchter!«

Die Soldaten stellten sich schützend vor ihre Anführerin. Wieder klirrte Metall auf Metall. Vereinzelt flammten Schwertlanzen auf. Die Drohgebärde genügte, bis auf die Sprechchöre blieb es ruhig.

»Los!«, zischte Aylind. »Lass uns verschwinden.«

Doch Arve rührte sich nicht vom Fleck, seine Gesichtszüge waren eingefroren. »Nein, niemals! Vircca ist meine Versprochene, ich muss ihr helfen.«

»Wenn du ihr wirklich helfen willst, dann müssen wir zuerst uns selbst helfen.« Aylind war kurz davor, die Geduld zu verlieren. Zurücklassen wollte sie Arve jedoch auch nicht. »Beim Zorn des Widders, wenn wir die anderen Dörfer gewarnt haben, dann komme ich mit dir zurück, und wir befreien Vircca. Ich bin nämlich keine üble Bogenschützin.« Sie streckte Arve die Hand entgegen, aber schon in dem Moment, als er einschlug, bereute sie ihr Angebot. Sie wussten nicht einmal, woher die Männer mit den Schwertlanzen kamen. Wo also sollten sie mit der Suche beginnen? Hätte Arve sie nicht auslachen können, so wie jeder andere Kerl in Wituwart auch – denn wenn sie ehrlich war, dann konnte sie einen Langbogen noch nicht einmal richtig spannen. Oh verflucht, sie hätte einfach die Klappe halten sollen. Es gab wahrlich klügere Dinge, als sein Leben für ein wildfremdes Mädchen aufs Spiel zu setzen.

Arve nickte ihr zu. »Gut, wir gehen. Aber wir kommen wieder!«

III.

Geduckt schlichen Aylind und Arve hinter Bauer Uriks Schuppen entlang. Sie schlüpften durch das Loch in der Hecke und kehrten Wituwart den Rücken. Die wütenden Rufe der Dörfler immer noch in den Ohren, eilten sie über das Feld. Der Roggen stand viel zu niedrig, um ihnen Deckung zu geben, doch sie hatten die Felsmauer schon fast erreicht, und kurz dahinter begann der schützende Wald.

Aylind schnaufte, machte zwei, drei letzte Schritte, dann wuchtete sie sich über den Wall und plumpste auf der anderen

Seite zu Boden. Arve hingegen schwang sich locker hinüber. Er landete dicht neben ihr im Gras und schnitt dabei eine seltsame Grimasse.

»Ich glaube, ich wurde getroffen.«

Für einen Augenblick dachte Aylind, er scherzte, dann sah sie den Pfeil, der in seinem Oberschenkel steckte.

»Gutes Ziel«, ächzte er. »Bin wohl ein bisschen zu hoch gesprungen.« In seinem Gesicht rangen Ärger, Schmerzen und ein Grinsen miteinander. Der Ärger gewann und entlud sich in einem Faustschlag auf den Boden. Grasbüschel flogen auf.

Aylind wischte sich ein paar Spritzer Erde aus dem Gesicht, dann wagte sie einen Blick über die Mauer. Auf einem Dach am Dorfrand stand der Schütze und gestikulierte wild. Kurz darauf brachen zwei Krieger durch die Hecke, drehten sich suchend im Kreis und rannten schließlich in ihre Richtung.

»Schnell, sie kommen, wir müssen weiter!«

»Schnell? Du hast gut reden.«

Aylind reichte Arve die Hand und half ihm auf die Beine, doch schon nach dem ersten Schritt winselte er auf. »Ich kann nicht auftreten, verdammt! Lauf allein weiter, ich halte sie auf.«

»Kommt gar nicht in Frage!« Aylind legte seinen Arm um ihre Schulter, und gemeinsam humpelten sie los. »Siehst du, geht doch. Wir müssen nur da rüber ins Wäldchen.«

»Na bestens, und dann?«

»Spar dir die Kraft zum Laufen. Du bist nämlich nicht so leicht, wie du aussiehst.«

Sie folgten dem Feldweg ein kurzes Stück. Gleich hinter der ersten Biegung, unweit des Widder-Schreins, schlugen sie sich ins Gebüsch.

Arve verrenkte seinen Hals und spähte durch das Gezweig. »Wir sind zu langsam. Sie werden uns finden.«

»Das hoffe ich doch«, erwiderte Aylind trocken.

»Was!?«

»Vertrau mir, ich hab einen Plan.« *Wenn der allerdings aufge-*

hen soll, dachte sie, *dann hätte ich dem Widdergeist vorhin vielleicht mehr anbieten sollen als ein lumpiges Stoßgebet.* Zu spät.

Sie kamen nur langsam voran und machten Lärm wie eine Rotte Wildsäue. Zweige brachen, und ständig knisterte Laub unter ihren Füßen. Hinter einer Tanne mit ausladenden Ästen hielten sie an. Aylind wischte sich den Schweiß von der Stirn und blickte hinab auf ihre geschwollenen Füße. Vorsichtig versuchte sie mit den Zehen zu wackeln – vergebens, die einen taten zu weh, und die anderen waren taub.

Doch Arve machte ihr mehr Sorgen als ihre Füße. Er atmete schwer und musste sich am Baum abstützen, um sich hinzusetzen. Der Pfeil ragte mehrere Hand breit aus seinem Fleisch.

Aylind hockte sich neben ihn. »Der muss raus«, sagte sie und begann die Hose rund um die Wunde aufzureißen.

»Nein«, presste Arve zwischen den Zähnen hindurch. »Ich glaube, dann haut's mich um.«

»Aber so kommen wir nicht weiter ... Warte.« Aylind packte kurzerhand den Pfeil und brach ihn dicht über dem Schenkel ab.

»Au, verflucht!«, entfuhr es Arve. »Kannst du mich nicht warnen?«

Aylind wollte gerade eine Entschuldigung murmeln, da erschallte ein Ruf in einer fremden Sprache. Durch die Tannenzweige konnte sie die Silhouetten der beiden Krieger ausmachen, die ihnen gefolgt waren. Noch standen sie auf dem Feldweg, aber der erste schwang schon seine lange Klinge, um sich einen Pfad durchs Dickicht zu bahnen.

»Beim Widder«, fluchte Arve, »jetzt haben sie uns.«

»Nicht, wenn du aufstehst und weiterläufst.« Aylind legte Arves Arm wieder über ihre Schulter und stemmte sich mit ihm in die Höhe.

»Was hast du vor?«

»Frag nicht, lauf!«

Eng umschlungen stolperten sie durch den Wald. *Bloß nicht*

loslassen, mahnte Aylind sich selbst und umklammerte Arves Handgelenk, bis ihre Finger knackten. Sie spürte, dass er am Ende seiner Kräfte war. Bei jedem Schritt schnaubte er ihr laut ins Ohr, und dennoch konnte sie die Krieger hinter sich hören. Sie holten auf. Zweige knickten, Äste brachen, während ihr Stahl eine Schneise ins Unterholz fraß. Aylind sah sich um. Nur noch ein Steinwurf trennte sie von ihren Verfolgern.

»Komm schon!« Sie zerrte an Arve und hastete weiter, durch Tannensträucher und dichtes Gestrüpp. Ein Waldbach gurgelte zu ihrer Linken. Endlich! Sie drehte sich und hielt auf den Wasserlauf zu. Vielleicht ging ihr Plan doch noch auf.

Aylind fühlte ihre Zehen bersten, als sie in das eisige Wasser stieg. Die Steine unter ihren Füßen waren glitschig. Sie rutschte, fing sich und schleifte Arve wie einen nassen Sack ans andere Ufer.

Hinter ihnen preschten die Soldaten aus dem Gebüsch – die Schleier zerrissen, die Waffen gesenkt. Jetzt trennte sie nur noch das Bachbett, dann hätten die Männer sie gestellt.

Aylind blieb stehen. Ihr Herz raste. Verflucht, irgendwo hier musste es sein. Wasser platschte, als die Krieger in den Bach wateten. Sie blickte sich hektisch um – links, rechts oben – und endlich sah sie das Zeichen. Hinter einer umgestürzten Kiefer baumelte ein Strohmännchen von einem Zweig. Aylind ging los und zerrte Arve mit sich. Sie machten einen weiten Bogen um die Stelle. Die Krieger hingegen rannten geradeaus und sprangen über den Kiefernstamm. Sie kamen nicht weit.

Eisen ratschte, Laub stob auf, ein Mann schrie. Die Bärenfalle hatte zugeschnappt! Aylind drehte sich um, und auch Arve wagte einen Blick. Einer der Krieger lag auf dem Boden und krümmte sich. Sein Gesicht war schmerzverzerrt, denn sein Fuß steckte in einem Fangeisen. Sein Kamerad blieb jedoch nicht stehen, um ihm zu helfen. Mit gesenkter Schwertlanze stürmte er auf sie zu.

Es gab kein Entkommen. Aylind hatte keine Wahl. Sie ließ

Arve los, suchte den Boden ab und griff nach zwei faustgroßen Steinen. Den ersten schleuderte sie mit voller Kraft. Zu hoch. Der Soldat duckte sich und rannte weiter. Noch zehn Schritte. Sie wog den zweiten Stein in der Hand, zielte, warf und traf seine Schulter. Der fremde Krieger strauchelte, stoppte aber nicht, umklammerte seine Waffe nur noch fester. Noch fünf Schritte. Sie bückte sich, doch sie griff ins Leere – kein Stock, kein Stein, nichts als nasse Erde. Noch drei Schritte und die Lanze hatte sie durchbohrt. Aylind schloss die Augen, bereit zu sterben. *Nur bitte lass es nicht wehtun.*

Ein Surren füllte die Luft. Ein Einschlag und ein dumpfer Aufprall folgten. Ungläubig stellte Aylind fest, dass sie nicht aufgespießt war. Sie öffnete die Augen. Der fremde Krieger lag tot zu ihren Füßen. Sein Helm war verrutscht, und ein Pfeil steckte in seiner Stirn. Nur, wo war das Geschoss hergekommen, und wer war der Schütze?

Suchend drehte sie sich um. Neben ihr kniete Arve reglos auf dem Boden, den Kopf gesenkt und leise wimmernd. Eine Bewegung im Augenwinkel ließ Aylind den Blick heben. Hinter Arve löste sich eine Frau aus dem Schatten einer Tanne. Sie war in Felle gehüllt und trug einen Hornbogen. Der Anblick ihres Antlitzes raubte Aylind den Atem. Volle Lippen und Augen, so dunkel wie ein Waldsee, ließen sie an jene Baumgeister denken, die in den Märchen einsame Wanderer verführten. Allerdings war das nicht die ganze Wahrheit: Die linke Wange der Frau war eingefallen, als wäre sie vor langer Zeit mit einem Hammer zertrümmert worden, und als sie den Mund öffnete, offenbarte sie eine Reihe abgebrochener Zähne.

Aylind starrte die Frau sprachlos an, die an ihr vorüberschritt, ohne sie zu beachten.

»Harvol«, fragte sie mit rauer Stimme, »was ist mit dem anderen?«

»Erledigt«, kam die Antwort. Aylind zuckte zusammen. Erst jetzt bemerkte sie den grobschlächtigen Kerl, der sich über den fremden Krieger in der Bärenfalle beugte und Blut von einem Messer wischte. Nachdem er die Klinge einem prüfenden Blick unterzogen hatte, stand er auf und steckte sie in den Gürtel, gleich neben ein schartiges Schwert. Dann stieß er einen Seufzer aus und stapfte auf sie zu. Der Mann wirkte irgendwie aufgedunsen. Mit seinem strähnigen Haar und dem blassen Wanst, der unter seinem Lederpanzer hervorquoll, erinnerte er Aylind an eine Wasserleiche.

Beiläufig nickte er in ihre Richtung. »Und wer sind die zwei Hansel?«

Die Frau zuckte mit den Schultern. »Flüchtlinge aus Wituwart, nehme ich an.«

Arve stand ächzend auf. »Ihr … ihr müsst uns helfen. Diese Männer … sie haben uns überfallen … sie wollen meine Braut entführen.«

Harvol gab ein grollendes Lachen von sich, und die Bogenschützin verzog ihre Mundwinkel zu einem schiefen Grinsen. Arve blickte irritiert von einem zum anderen, bewegte stumm die Lippen. Offensichtlich suchte er nach den passenden Worten, um die beiden zu überzeugen. Aylind schüttelte den Kopf. Sie wollte ihm zu verstehen geben, dass er besser schweigen sollte, denn wie es schien, waren ihre Retter alles andere als ehrbare Leute.

Er übersah ihre warnenden Blicke, denn ein fiebriger Glanz lag bereits in seinen Augen. »Ich bin Arve, der Sohn des Erls. Mein Vater wird euch reich entlohnen, wenn ihr mir zur Seite steht.«

Harvols Lachen verstummte. »Kein Silber der Welt ist mir mein Leben wert. Und für ein verzogenes Söhnchen schmeiß ich's erst recht nicht weg.« Er packte Arve unterm Kinn und drückte ihn gegen den nächsten Baum. »Haben wir uns verstanden?«

Arve versuchte zu nicken. Harvol ließ ihn so ruckartig los, dass er taumelnd zum Stehen kam.

Die Bogenschützin machte sich indes an dem toten Krieger zu schaffen. Sie setzte ihren Fuß auf dem dunkel gepanzerten Brustkorb ab und zog den Pfeil aus seinem Schädel. Dann beugte sie sich vor und schob seinen blutigen Schleier beiseite. Für ein paar Herzschläge verharrte sie so und betrachtete sein Gesicht. Auch Aylind versuchte einen Blick zu erhaschen, aber Harvol stand ihr im Weg.

Schließlich erhob sich die Schützin und starrte nachdenklich in Richtung des Feldwegs, der gut verborgen hinter den Bäumen lag. »Wir sollten besser schnell verschwinden. Diese Fremden scheinen gut organisiert zu sein. Sie werden ihre Kameraden sicher bald vermissen.«

»Du und deine Magd«, fuhr sie an Arve gewandt fort, »ihr kommt mit!«

Ich bin nicht seine Magd, wollte Aylind protestieren, aber sie biss sich auf die Zunge. Stattdessen deutete sie auf Arves Schenkel. »Er kann nicht gehen, er ist verletzt.«

»Los jetzt! Oder muss Harvol euch Beine machen?«

»Wohin gehen wir?«

»Das werdet ihr schon sehen.«

Mit diesen Worten drehte sich die Schützin um und ging voran. Aylind wunderte sich. Die Frau blickte nicht nach unten und trotzdem entlockte keiner ihrer Schritte dem Waldboden auch nur das geringste Knistern.

Wie zuvor wollte Aylind Arve stützen, doch er schlug ihre Hand beiseite und humpelte schweigend an ihr vorbei. *Zu stolz, um sich vor Fremden von einer Magd helfen zu lassen*, dachte sie und war erstaunt, dass der Gedanke sie traf.

»Auf, auf, dickes Täubchen«, befahl Harvol und folgte ihr mit der Hand auf dem Schwertknauf.

Aylind war zu erschöpft, um auf den Weg zu achten. Immer wieder geriet sie ins Straucheln, wenn sie auf eine Wurzel oder in eine Kuhle trat. Einmal gab sogar die Erde unter ihr nach, und sie musste ihren Fuß aus einem Kaninchenbau befreien.

Es war nur eine Frage der Zeit, bis Arve stürzen würde, doch er stolperte vorwärts wie ein wandelnder Toter, den Blick starr geradeaus gerichtet. Unterwegs sah sie zwei weitere Strohmännchen von Zweigen baumeln. Eines war nackt wie jenes zuvor, das andere jedoch trug ein Mäntelchen, als Warnung vor einer Fallgrube. Es überraschte sie nicht, dass die Bogenschützin den Fallen mit traumwandlerischer Sicherheit auswich.

Erst als sie eine Weile später einen Tobel durchquerten, in dem Brombeersträucher und Brennnesseln wucherten, fiel es Aylind wie Schuppen von den Augen. Sie waren auf dem Weg zu *ihrer* Hütte. Aus der Ferne konnte sie bereits die knorrige Eiche ausmachen, die sich wie ein stummer Wächter über das Häuschen beugte. Unter dem Baum lungerten drei Kerle, raue Gesellen dem Anschein nach.

Einer von ihnen – ein zotteliges Männchen – hatte seinen Speer in den Boden gerammt und tanzte singend im Kreis herum. »Schnipp, schnapp, Rübe ab, Schnippe-di-dipp und Schnippe-di-dapp! Fitz, fetz Zunge raus, Fitte-di-di und Fitte-di-daus!«

Seine Kumpanen schienen sich an der Tanzeinlage nicht zu stören. Ein hünenhafter Kerl, den Aylind nur deshalb nicht für einen zu klein geratenen Troll hielt, weil ihm Bart und Hörner fehlten, lehnte dösend am Eichenstamm, die Kapuze tief ins Gesicht gezogen. Der Dritte im Bunde war ein Bengel von vielleicht vierzehn Wintern. Er war darin vertieft, einen rötlich schimmernden Bogen zu bewundern. Die Waffe war aus Eibenholz gefertigt, und Aylind kannte sie nur zu gut.

»Lass sofort den Bogen los! Er gehört meinem Vater.«

»Jetzt nicht mehr«, entgegnete der Bengel und rotzte ihr vor die Füße.

Aylind wollte sich auf ihn stürzen, doch Harvol packte sie am Kragen. »Schön hiergeblieben, Dickerchen.«

Die Beleidigung machte Aylind nur noch wütender. Sie

wand und wehrte sich, aber aus Harvols Griff gab es kein Entkommen.

»Wo ist Ascan?«, hörte sie die Bogenschützin fragen, und für einen Moment herrschte Ruhe.

Selbst der Zottel stoppte mitten im Tanz, machte eine halbe Drehung und hüpfte in die andere Richtung weiter. »Hi-hihinter dem Haus, wühlt in alter Erde!«

Alte Erde? Hinter dem Haus? Aylinds Magen zog sich zusammen. Dort lag ihre Mutter begraben.

Die Schützin winkte sie ungeduldig zu sich. »Wird's bald, ihr zwei? Ihr kommt mit zu Ascan!«

Das ließ Aylind sich nicht zweimal sagen und stapfte ihr hinterher. Arve und Harvol folgten. Hinter dem Haus fanden sie einen Mann in einem ausgebeulten Lederwams. Er kniete vor dem Grabbaum ihrer Mutter, tief in Gedanken versunken. In seinen Händen hielt er einen Kranz aus Eisglöckchen.

Die Schützin wartete einen Augenblick, gerade lang genug, um nicht unhöflich zu sein, dann räusperte sie sich.

»Was gibt es, Signe?«

»Die Schwarzen Krieger haben Wituwart überfallen.«

»Dieselben, die auch den fetten Ox und seine Trolle abgeschlachtet haben?«

»Ja«, erwiderte Signe. »Zwei von ihnen mussten wir töten, weil uns die beiden hier in die Quere gekommen sind.«

Auf das Stichwort schubste Harvol Arve und Aylind vor. Sie stolperte, ohne den Mann am Grab ihrer Mutter aus den Augen zu lassen. Was bei allen Geistern wollte dieser Ascan hier?

Bedächtig, geradezu zärtlich lehnte er den Blumenkranz an den Baum, dann stand er auf und drehte sich zu ihnen um. Sein Gesicht erinnerte Aylind an ein verdorrtes Feld, braun wie Sand und voller Furchen. Er musterte sie kurz aus wachen Augen, bevor er sich an Signe wandte. »Getötet, sagst du? Dann hast du also gesehen, wie diese Krieger hinter ihren Schleiern aussehen?«

»Schon …«, druckste sie, »Augen … Nase … Wangen … wirkte alles ein bisschen schmaler. Und ihre Haut war dunkel und doch … irgendwie fahl.«

»Dunkel und fahl?« Ascan zog seine linke Braue hoch. »Was soll das heißen?«

»Ach, was weiß ich, fremdländisches Volk halt.«

»Aber du musst doch wissen, was du gesehen hast.«

Signe wanderte auf und ab und fuchtelte dabei mit den Armen. »Verflucht, ich hab mit dem Kerl nicht angestoßen, ich hab ihm einen Pfeil zwischen die Augen gejagt. Und das nur, um den beiden Tölpeln hier das Leben zu retten.«

Harvol, der sich die ganze Zeit den Bauch gekratzt und geschwiegen hatte, sprang Signe zur Seite: »Ging wirklich ziemlich schnell das Ganze. Vielleicht kommen die Kerle mit ihren schwarzen Schiffen ja aus Fyrland.«

»Fyrland!« Ascan winkte halb belustigt, halb verärgert ab. »Dir haben sie wohl ins Hirn geschissen! Du weißt genauso gut wie ich, dass es dort nichts außer Feuer und Asche gibt. Ach, was rede ich, stellt mir lieber unsere Gäste vor – vielleicht wissen die mehr zu berichten.«

»Gäste?«, entfuhr es Aylind. Sie hatte endgültig genug. »Ihr seid wohl eher *meine* Gäste, auch wenn ich euch Räuberpack niemals in mein Heim einladen würde!«

»Soso«, erwiderte Ascan, »dann bist du also Brænars Tochter.« Wieder musterte er sie, nur dieses Mal eindringlicher. Für einen Moment hatte Aylind den Eindruck, sein Blick würde sich verfinstern, gerade so als ob er sie wiedererkannte oder sich an eine lange vergessene Begebenheit erinnerte. Doch schließlich lachte er auf: »Geradeheraus, ganz wie der Vater, der größte Jäger in den Widderlanden.«

Aylind war verdattert. Woher kannte dieser Ascan ihren Vater? *Und woher deine Mutter?*, fügte eine leise Stimme in ihrem Hinterkopf hinzu.

»Der hier behauptet der Sohn des Erls zu sein«, brummte

Harvol in die Stille hinein und klopfte Arve auf die Schulter. Arve, der wie benebelt dagestanden hatte, sackte zu Boden.

Im Nu hatte Aylind ihre Sprache wiedergefunden. »Pass doch auf, du Tier! Er ist verwundet.« Sie ging in die Knie und drehte Arve auf den Rücken. Besorgt legte sie ihm die Hand auf die Brust. Zum Glück konnte sie seinen Atem spüren.

»Sieht aus, als hätte er viel Blut verloren«, sagte Ascan, »aber er wird schon wieder. Bringt ihn zu Svilgür, er soll sich um die Wunde kümmern. Und dann packt alle Vorräte ein, die ihr finden könnt. Wir brechen auf.«

Der sonst so grobschlächtige Harvol hob Arve sanft hoch und trug ihn zurück zur Hütte. Aylind wollte ihm und Signe folgen, aber Ascan hielt sie zurück.

»Bleib noch ein wenig, es gibt Dinge zu bereden.«

Aylind warf Arve einen bangen Blick hinterher. Erst jetzt, da ihr Ascan von Angesicht zu Angesicht gegenüberstand, merkte sie, wie mulmig ihr eigentlich zumute war.

»Mach dir keine Sorgen um deinen Freund. Svilgür mag ein bisschen verrückt sein, aber bei ihm ist er in besten Händen. Er hat bisher noch jeden zusammengeflickt.«

Ascan packte sie an den Wangen und starrte ihr tief in die Augen. Aylind blinzelte und hielt die Luft an, als ihr sein stinkender Atem ins Gesicht schlug – eine Mischung aus Met und verfaulten Zähnen. Die Männer in Wituwart schauten sie niemals an, worüber sie sich häufig grämte, doch jetzt in diesem Augenblick wünschte sie sich nichts sehnlicher, als dass dieser alte Knilch sie ebenfalls für zu fett und unansehnlich hielt. Denn wer konnte schon ahnen, welche Geister in ihm spukten? Womöglich hatte der Widder ihn mit seiner Lust angesteckt.

»Vielleicht die Augen …«, murmelte Ascan nach einer gefühlten Ewigkeit und ließ sie los.

Aylind seufzte erleichtert auf und spürte plötzlich, dass sie dringend pinkeln musste. Nervös trat sie von einem Fuß auf den anderen.

»Hör auf zu zittern, Mädchen, oder glaubst du, ich will dir was antun?«

Aylind schwieg. Sie schämte sich fast für ihre alberne Angst und hoffte, dass sie nicht rot anlief.

»Du weißt, wer ich bin«, sagte Ascan schließlich.

Es war keine Frage und trotzdem hatte sie das Gefühl, antworten zu müssen. Verstohlen blickte sie auf seine rechte Hand, an der Zeige- und Mittelfinger fehlten. »Du bist Achthand, der Räuber.«

Ascan wackelte mit den Fingerstümpfen und grinste. »Einen furchteinflößenden Bogenschützen gebe ich nicht mehr ab.«

»Aber Kränze flechten«, rutschte es ihr heraus, »das kannst du noch.«

Sein Lächeln erstarb.

Aylind witterte die Gelegenheit und hakte nach: »Du kanntest meine Mutter. Du warst es, der damals nach der Beerdigung heimlich Blumenkränze für sie abgelegt hat. Vater hat sie alle verbrannt. Sie konnte Blumen nämlich nicht ausstehen.«

»Wenn er das sagt«, entgegnete Ascan mit einem bitteren Unterton.

»Frag ihn selbst, würde ich sagen, aber er ist ja gefangen, so wie all die anderen Leute auch.«

»Heute, morgen, übermorgen – die Schwarzen Krieger werden weiterziehen. Wituwart interessiert sie nicht mal einen Hasenschiss.«

»Mag sein«, erwiderte Aylind, »allerdings erst nachdem sie alle Vorräte geplündert haben. Und Kinder und Alte entführen sie auch – sie und diese Spinnenfrau.«

»Spinnenfrau?«

»Ja, eine Zauberin, die mit Spinnen redet und die Stimmen von anderen Leuten stiehlt. Sie will, dass der Erl und das ganze Dorf irgendeiner A-ra-ket die Treue schwören.«

»Eine Vorhut«, murmelte Ascan nachdenklich. »Diese Schiffe

sind nur eine Vorhut … für eine Armee … eine Invasion. Die anderen Dörfer müssen gewarnt werden.«

»Welche Dörfer? Havn, die Berghöfe oder die Fischer von der Siebenbucht?«

Ascan sah sie eindringlich an. »Alle. Alle Menschen, alle Trolle. Ganz Norland muss sich wappnen.«

»Wie soll das gehen? Selbst wenn die Schwarzen Krieger wieder abziehen – der Erl kann seine Leute nicht in alle Richtungen schicken. Und außerdem steht die Aussaat an.«

»Nein, so viel Zeit ist nicht. Du musst nach Samanunga reisen, zum Rat der Trolle.«

»Ich?« Aylind fiel die Kinnlade runter. Alles, was sie über die Stadt wusste, stammte aus Geschichten, und die wenigsten davon hielt sie für glaubwürdig. Sagenhaftes Samanunga – der Ort, an dem Gothamar einst das Bündnis aus Menschen und Trollen geschmiedet und sie gegen die Alben aus der eisigen Schwärze angeführt hatte, hoch in den Norden in die Schlacht um die Himmelsbrücke. Noch heute versammelten sich die Leute an derselben Stelle inmitten der Grünen Ebene. Jedes Frühjahr wurden dort mehr Zelte aufgeschlagen, als es Schafe auf den Weiden von Wituwart gab, zumindest behaupteten das die Alten im Wirtshaus.

Alben, Trolle und Spinnen spukten Aylind durch den Kopf. Schlachten wogten. Eine Welle aus flammender Schwärze rollte heran und drohte sie zu ersticken.

Da ertönte plötzlich ein Schmerzensschrei aus der Hütte. Aylind zuckte zusammen und erwachte aus ihrem Tagtraum. Ihr Mund war trocken. Sie musste die Augen abschirmen, denn das Licht, das durch die Tannenwipfel brach, schien ihr auf einmal feindlich und grell.

»Pfeil gezogen, Junge lebt«, bemerkte Ascan nüchtern.

Aylind lächelte müde, doch in Wahrheit fühlte sie sich hundeelend. Wie sollte sie sich so auf den Weg machen? »Warum gehst du nicht selbst nach Samanunga?«, fragte sie schließlich.

»Du und deine Bande, ihr kennt euch aus auf Reisen … ich kenne nicht mal den Weg.«

»Ich mag nicht so grausam und gemein sein, wie man sich erzählt, aber *so* gutherzig bin ich auch nicht. Wenn mich der Rat der Trolle in die Hände kriegt, dann schneiden sie mir mehr ab als zwei Finger, und aus meinen Leuten machen sie Krähenfutter. Und überhaupt: Einer Warnung aus dem Munde eines gesuchten Räubers werden sie wohl kaum Glauben schenken.«

»Dich würden sie wenigstens vor den Rat führen, aber mich? Mich würden sie gar nicht erst anhören.«

»Und ob sie dich anhören werden, schließlich ist einer ihrer Häuptlinge erschlagen worden, und du hast seinen Schädel gesehen, um es zu bezeugen.«

Häuptling gh'Runt vom Oxenstamm – Aylind musste an die Augen des toten Trolls denken und spürte ihre Knie weich werden. *Du kannst nicht auf Abenteuer ausziehen, dafür bist du nicht geschaffen!*, schrie alles in ihr, doch sie brachte nur ein Stammeln hervor: »Aber … mein Vater … und Vircca. Ich habe Arve versprochen zu helfen. Er will sie befreien.«

»Um deinen Vater würde ich mir keine Sorgen machen. Der kann gut auf sich allein aufpassen. Und deinen Arve päppeln wir schon wieder auf. Also, pack deine Sachen zusammen, bevor die Soldaten den Wald durchkämmen. Jeder Tag, jeder Augenblick zählt.«

Aylind schwieg. Sie war mit ihrer Weisheit am Ende. Doch dass ihr der berüchtigte Räuber Ascan Achthand dieses Unterfangen zutraute, erfüllte sie, wenn sie ehrlich war, mit einem gewissen grimmigen Stolz.

Ascan schien ihr Schweigen als Zustimmung zu deuten, denn er nickte ihr zu. »Lindrid wäre stolz auf dich gewesen.«

Seine Worte trafen sie wie ein Schlag in die Magengrube. Es war das erste Mal seit dem Begräbnis, dass jemand den Namen ihrer Mutter laut aussprach. Wie konnte er es wagen? Er hatte nicht das Recht dazu. Der Name gehörte ihr und ihrem Vater … und setzte doch Kräfte frei.

»Gut, ich gehe«, sagte sie. »Aber nicht ohne den Eibenbogen!«

»Den du nicht mal spannen kannst«, höhnte Signe, die sich geräuschlos von hinten genähert hatte.

Aylind ignorierte sie und starrte Ascan entschlossen an.

Er schien einen Moment zu überlegen, dann verzog er den Mund zu einem gequälten Lächeln und schüttelte den Kopf. »Gib ihr schon den verfluchten Bogen, ich hätte ihn eh nur verbrannt.«

1. KAPITEL

MJERELMYR UND DER STILLE RIESE

SECHS TROLLE STAMPFTEN über den Markt von Samanunga. Sie waren unbewaffnet, so wie es der alte Friedensschwur in der Stadt verlangte, doch das hieß nicht, dass sie weniger bedrohlich wirkten – vier Ellen groß und breit wie Scheunentore. Ein kurzer Blick genügte, um zu sehen, dass sie es eilig hatten. Ihre Füße durchpflügten den Morast, und mit jedem Schritt spritzte Schlamm auf. Der Matsch flog weit, so weit, dass er Mjerelmyr, der im Schneidersitz vor seinem Zelt saß, mitten ins Gesicht klatschte.

Was für Klotsäcke!, dachte er und hielt genervt mit seiner Arbeit inne. Er legte das Krähenskelett, das er seit einer geschlagenen Weile versuchte mit etwas Garn zusammenzuknoten, zu den übrigen Vogelknochen, die er vor sich auf der Decke ausgebreitet hatte. Nicht zum ersten Mal verspürte er Neid auf die feingliedrigen Finger der Menschen, mit denen er in derselben Zeit schon ein Dutzend Gerippe hätte zusammensetzen können. Er brummte.

Der Troll mit den buntgefärbten Hörnern war ein reisender Donnersänger, so wie sein Vater Jowkuraam vor ihm. Das herzhafte Lachen hatte er zweifelsohne von ihm. In seiner Stimme lag jedoch auch ein Zauber, behaupteten manche, der nur von seiner Mutter stammen konnte – der Schamanentochter kr'Tala. Vor vielen Jahren hatte sie Reißaus genommen, um mit Jowkuraam die Wunder der Welt zu entdecken.

Eine Stammestrollin und ein Herumtreiber – der Rabenstamm hatte sie auf Lebenszeit verbannt; nicht dass es für die beiden Freigeister einen Unterschied gemacht hätte.

Seinen Lebensunterhalt verdiente Mjerelmyr sich allerdings nicht mit dem Gesang, sondern mit dem Verkauf von Traumfängern, und dafür gab es in Snogaard reichlich Bedarf. Böse Geister und Alben lauerten überall, besonders nachts. Davon waren die meisten Leute überzeugt, auch wenn sich seit über hundert Jahren kein Alb mehr südlich des Auges hatte blicken lassen. Mjerelmyr hatte auf jeden Fall nicht vor, ihnen diesen Aberglauben auszutreiben – er war sein Geschäft.

Als er sein Gesicht vom Matsch befreit hatte, waren nur noch die breiten Rücken der Trolle zu sehen. Von hinten konnte man jedoch erkennen, dass ihre rechten Hörner abgesägt waren. Das hieß, sie waren Krieger des Donnerhornstamms, ein Haufen besonders kampfeslustiger Gesellen, die sich selbst verstümmelten, um aus ihren Hörnern mächtige Blasinstrumente zu schnitzen.

Grummelnd starrte Mjerelmyr ihnen hinterher. »Hätten sich wenigstens entschuldigen können …«

Doch mit einer Entschuldigung brauchte er nicht zu rechnen. Kein Troll, der einem der großen Stämme angehörte, würdigte ihn auch nur eines Blickes. Für einen Donnersänger, der sich vorwiegend mit Menschen abgab, hatten sie nichts als Verachtung übrig. Einen Feigling und Traumtänzer hatten sie ihn geschimpft, nicht nur einmal. Mjerelmyr hatte aufgehört, die Beleidigungen zu zählen. Sie machten ihm nichts mehr aus. Ein dickes Fell, ja, das hatte er gemein mit seinen wilden Brüdern, für die nur Geschichten zählten, die mit Blut geschrieben waren. Für seine Schlaflieder hatten sie hingegen kein Verständnis.

Mjerelmyr seufzte. Wenigstens waren die Kerle nicht auf seine Traumfänger getreten, und spätestens als er das Jauchzen der Kinder hörte, war sein Ärger verflogen. Die Füße der

Trolle hatten Krater hinterlassen, die sich glucksend mit trübem Wasser füllten. Ein paar Jungen machten sich einen Spaß daraus, mit Anlauf in die so entstandenen Pfützen zu springen. *Ihre Eltern werden sich bei der Abendwäsche sicher weniger darüber freuen*, dachte Mjerelmyr und musste schmunzeln.

Er atmete tief ein. Der Geruch von Lagerfeuern und dem Schlick des über die Ufer getretenen Siebenflusses lag in der Luft. Es war Frühling, und Samanunga erwachte zum Leben. Morgen tagte der Rat der Trolle. Neben den acht Großen Stämmen waren auch die Hüterinnen des Flusses vertreten, die einzigen Menschen, die einen Sitz im Rat innehatten. Was wohl dieses Mal besprochen würde? Sicher die Ernennung der neuen Hohen Hüterin – nichts, was die einfachen Leute kümmerte, solange ihnen der Fluss einen reichen Fang und eine gute Ernte bescherte.

Es ging munter zu wie eh und je. Von allen Seiten ertönte ein Rufen und Hämmern. Trolle wie Menschen waren dabei, Pflöcke in den Boden zu treiben, um das winterliche Dorf wie jeden Frühling in die größte Zeltstadt Norlands zu verwandeln. Nur glich das Labyrinth aus Lederplanen nie dem aus dem Jahr zuvor. Das hatte einen einfachen Grund: Wer zuerst kam, sicherte sich die beste Stelle. Ob Trolle, Viehtreiber oder Händler, sie alle wollten flussaufwärts lagern und trotzdem möglichst nah am Markt mit seinen Schenken. Am unbeliebtesten waren die Plätze neben den Gerbern und Schmieden, von deren Werkstätten stets ein beißender Qualm aufstieg. Und unter gar keinen Umständen wollte man neben dem Walrossstamm zelten, dessen Krieger als besonders übellaunig galten. Beim Streit um die besten Lagerplätze kam es jedes Jahr zu heftigen Keilereien. Einzig ein Steinkreis aus weißen Findlingen – fast so trutzig wie eine Ringburg – stand seit langem leer. Der Platz gehörte den Trollen vom ehrwürdigen Lindwurmstamm, die der Zusammenkunft allerdings seit mehreren Generationen ferngeblieben waren. Man munkelte, ein Fluch läge auf ihren Häuptlingen, seit sie vor dreihundert Jahren die Albenprinzessin Fëara getötet und ihre Schwester Isinvi entführt hatten. Genaueres wusste Mjerelmyr nicht, obwohl er sich dessen rühmte, in seinen vierzig Lebensjahren viele auch noch so obskure Geschichten aufgeschnappt zu haben.

Der Donnersänger hatte gerade wieder Garn und Krähengerippe in seine klobige Hand genommen, als ihn ein Schnaufen aufhorchen ließ. Auf dem Trampelpfad zu seiner Rechten stemmte sich eine zierliche Frau gegen ein Fass. Es war seine Nachbarin Märte. Ihre Füße drohten im Morast zu versinken, doch noch bevor Mjerelmyr aufstehen und ihr helfen konnte, hatte sie das Fass unter die Plane ihrer kleinen Garküche gerollt und es mit zwei Holzscheiten verkeilt. Dann schnappte sie sich einen Kochlöffel und eilte zu einem Topf, aus dem es gewaltig rauchte.

»Oh verflucht, jetzt ist mir auch noch der Speck angebrannt!«

In der Tat roch es etwas verkohlt, fand Mjerelmyr, aber nicht unappetitlich.

Während Märte damit beschäftigt war, Speck und Rüben mit einem Schwall Wasser zu löschen, näherte sich eine sonderbare Gestalt der Garküche. Aufrecht stehend mochte sie gut fünf Ellen messen – mehr als jeder Troll, den Mjerelmyr je gesehen hatte –, aber sie war kaum breiter als anderthalb Männer und ging gebeugt unter dem Gewicht eines Bündels, das sie auf dem Rücken trug. Die Gestalt war in einen zerschlissenen Mantel gehüllt, unter dessen Kapuze zwei spitze Hörner und, zu Mjerelmyrs Überraschung, ein goldener Helm hervorlugten. Mehr war nicht zu erkennen.

Nach ein paar Schritten hatte der dürre Riese die Garküche erreicht. Ächzend ließ er das Bündel von der Schulter gleiten und nahm auf dem Baumstamm vor dem Zelt Platz, der Märtes Gästen als Bank diente. Mit seinen knöchernen Fingern zog er die Kapuze zurück und nahm den Goldhelm ab. Ein Trollgesicht kam zum Vorschein – kantig, hager und doch jung. Der Fremde wirkte erschöpft. Vermutlich hatte er eine lange Reise hinter sich. Er strich sich gedankenverloren über den dünnen blonden Bart, schließlich brummte er leise und wandte sich der Wirtin zu.

»Werte Frau, sei so gut und bring mir einen Teller von deinem Eintopf.«

Märte lächelte verlegen. »Es tut mir leid, aber ich fürchte, der ist ungenießbar.«

»Für mich soll es reichen. Und wenn du dabei bist, schenk mir bitte auch einen Krug Met ein.«

Für einen Troll drückt sich der Fremde erstaunlich höflich aus, dachte Mjerelmyr und beobachtete Märte dabei, wie sie heimlich von dem Eintopf probierte. Überrascht zog sie die Brauen hoch.

»Gar nicht übel«, glaubte Mjerelmyr von ihren Lippen abzulesen.

Beschwingt tat sie dem Fremden eine ordentliche Portion auf und reichte ihm den Holzteller. Dann zapfte sie das Fass an und füllte einen Krug, der so groß war, dass sie ihn mit beiden Händen stemmen musste.

»Hier, dein Met. Ist übrigens gut, dass du so früh dran bist. Später hättest du bestimmt keinen Platz mehr bekommen.«

Der Fremde hatte sich ziemlich breitgemacht. Zusammen mit seinem Bündel belegte er fast den halben Baumstamm, doch das schien ihn nicht zu kümmern. In aller Seelenruhe schlürfte er von dem Eintopf und rülpste genüsslich.

»Wo kommst du eigentlich her?«, hakte Märte nach einer Weile nach. »Ich habe dich hier noch nie gesehen.«

»Von weit weg.« Der Riese machte keine Anstalten weiterzureden und nahm einen Zug aus seinem Humpen.

Die einsilbige Antwort des Trolls machte Mjerelmyr neugierig. Aufmerksam musterte er den Fremden, während der seinen Eintopf löffelte. Er konnte nichts entdecken, das ihn als Mitglied eines der großen Stämme ausgewiesen hätte. Kein Wolfs- oder Bärenfell zierte seinen Kragen und auch keine Rabenfedern. Für einen Troll vom Fuxstamm war er viel zu groß und für einen Walrosskrieger bei weitem nicht fett genug.

Erschrocken stellte Mjerelmyr fest, dass der Fremde seinen Blick bemerkt hatte. Der dürre Riese starrte zurück – mit grau funkelnden Augen, klar und ernst. *Seltsam*, schoss es Mjerelmyr durch den Kopf, irgendwie beunruhigte ihn das mehr, als wenn der Kerl Anstoß an seiner Neugier genommen und ihm eine Tracht Prügel angedroht hätte. Von daher war er froh, als sich der Markt belebte.

Trolle und Menschen hatten ihre Zelte errichtet und drängten nun in die Schenken. Obwohl ihm die Sicht auf Märtes Garküche schnell weitestgehend versperrt war, ertappte sich Mjerelmyr immer wieder dabei, wie er von seiner Arbeit aufsah, um sich zu vergewissern, dass der stille Riese noch da war. Durch die wenigen Lücken, die sich zwischen den Leuten auftaten, konnte er meist nicht mehr als dessen Hörner erspähen. Inzwischen hatten weitere Gäste auf der Bank vor Märtes Zelt Platz genommen. Es ging gesellig zu. Die Männer aßen und tranken, redeten und lachten, aber der Fremde kam mit keinem von ihnen ins Gespräch.

Als Mjerelmyr den letzten Knoten festgezurrt hatte, hob er das Krähenskelett hoch und schüttelte es. Es klapperte und hielt, stellte er zufrieden fest und legte es zu den anderen Traumfängern – vorwiegend Krähen, aber auch ein paar Eulen waren darunter und ein bunt bemalter Sperling, auf den er besonders stolz war.

»Feine Arbeit, dafür dass du so große Pranken hast.« Märte kämpfte sich mit einem Teller Eintopf durch die Menge und blieb vor ihm stehen. »Nur etwas langsam.«

Er lachte auf. »Ja, das stimmt wohl. Aber Geduld ersetzt die fehlende Fingerfertigkeit, hat meine Mutter immer gesagt.«

Märte fiel in sein Gelächter ein und reichte ihm den Teller, bevor die Suppe überschwappen konnte.

»Oh, kommt gerade recht. Welches Ungeheuer muss ich denn erschlagen, um mir das Süppchen zu verdienen?«

»Verdienen? Das hast du schon längst, weil du immer ein waches Auge auf mich und die Kleine hast, seit …«

Mjerelmyr nickte, er verstand. Es war nicht leicht für Märte gewesen, die Garküche allein weiterzuführen, nachdem ihr Mann Norvid im vorletzten Winter gestorben war. Der Ärmste war erstickt, erinnerte er sich. Ein blutiger Husten hatte ihn dahingerafft.

Märte sah ihn mit großen Augen an. »Griseldis schläft schlecht. Sie hat wieder diese Albträume. Ich dachte … natürlich nur, falls du Zeit hast … dann könntest du sie in den Schlaf singen und die Träume vertreiben.«

Mjerelmyr setzte eine vorwurfsvolle Miene auf. »Aber man *soll* träumen – im Guten wie im Schlechten. Träumen heißt vorwärts erinnern, und wenn man es zu lange nicht tut, dann verlernt man es.«

»Ich weiß. Es ist nur, sie wälzt sich seit Nächten im Schlaf, keucht und rasselt, und ich habe solche Angst, dass sie nicht mehr aufwacht. Ich weiß einfach nicht mehr weiter …«

Märtes Stimme brach, und Mjerelmyr fühlte sofort ein schlechtes Gewissen in sich aufkeimen. Er legte seine Hand auf ihre Schulter.

»Schon gut, schon gut, natürlich sehe ich nach ihr. Wo steckt sie denn?«

»Bei ihrer Tante, unten am Fluss. Dort schläft sie, solange mir die Gäste die Bude einrennen. Und das wird noch eine Weile so bleiben, zumindest bis der Rat getagt hat.«

»Ja, der Rat«, erwiderte Mjerelmyr nachdenklich. »Bin gespannt, was sie dieses Jahr zu besprechen haben. Ein paar Leute haben behauptet, dass der Oxenstamm noch nicht angereist sei. Hast du irgendwas gehört?«

»He, Wirtin!«, ertönte ein Ruf aus der Garküche. »Wo bleibt mein Met? Musst du erst noch die Bienen fangen?«

Märte verdrehte die Augen. »Ich glaube, ich schaue mal lieber nach meinen Gästen, bevor sie mir das Zelt abreißen.«

»Einen Augenblick! Ich wollte meinen Kram ohnehin gerade zusammenpacken.« Mjerelmyr stürzte die Suppe herunter und drückte Märte die leere Schale in die Hand. Dann griff er nach dem kleinsten Traumfänger in seiner Auslage und ließ ihn vor ihrer Nase baumeln.

»Was meinst du, ob Griseldis so ein Spatz gefallen würde? Den Schädel habe ich mit Zinnober bemalt.«

»Ganz sicher und tausend Dank, aber jetzt muss ich wirklich rüber, sonst brennt mir der zweite Topf auch noch an.«

»Natürlich, und mach dir keine Sorgen: Ich kümmere mich um die Kleine.« Mjerelmyr blickte der jungen Frau hinterher. Es war gut, sie wieder lächeln zu sehen. Er wartete noch einen Moment, bis sie in dem voll besetzten Küchenzelt verschwunden war, dann beugte er sich vor, um die Decke mit den Traumfängern zusammenzurollen. Zu spät! Jemand prallte gegen seinen Kopf und rammte ihn zur Seite.

»Aus dem Weg!«, erklang eine raue Stimme. Vier eisenbewehrte Stiefel tauchten auf, trampelten über die Decke und zermalmten die Vogelknochen.

Mjerelmyrs Schädel dröhnte. Er hatte immer noch das Gefühl, von einem Mammut überrannt worden zu sein, als er sich aufrappelte. Verschwommen sah er, wie sich zwei Trolle einen Weg durch die Menge bahnten – der eine groß mit wilder Mähne, der andere untersetzt und stiernackig. Graue Felle bedeckten ihre Leiber, ihre Arme waren nackt und narbenübersät. Die Leute wichen vor ihnen zurück. Kein Wunder. Niemand wollte Streit mit den Kriegern vom Wolfsstamm.

Mjerelmyr streckte sich und drehte den Kopf prüfend nach links und rechts. Ein lautes Knacken war die Antwort. Das Geräusch kam jedoch nicht von seinem Nacken, sondern aus seiner Faust. Er öffnete sie und betrachtete den Sperling oder besser gesagt dessen Überreste. Der Kopf war zerdrückt, die Knöchlein geborsten. Mjerelmyrs Blick wanderte nach unten zu den übrigen Traumfängern. Der Boden war bedeckt von ihren beinernen Splittern. Die Arbeit vieler Tage war dahin. Um ihn herum wurde es plötzlich still. Er hörte nur noch das Blut in seinen Ohren rauschen, laut wie seit langem nicht mehr. Grimmig starrte er den Wolfskriegern hinterher. Seine Finger zuckten, erinnerten sich, wie es war, eine Waffe zu halten, auch wenn er sich geschworen hatte, nie wieder eine zu schwingen. Doch das war lange her. *Die Keule*, hallte es in seinem Kopf, *nur zwei Schritte und du hast sie aus dem Zelt geholt.* Schon drehte er sich um und schob die Plane beiseite, da riss ihn ein lauter Ruf ins Hier und Jetzt zurück.

»He, ihr zwei!« Der stille Riese hatte sich von dem Baumstamm vor Märtes Küche erhoben. »Kommt zurück!«

Die beiden Wolfskrieger hielten an und drehten sich langsam um. Der Größere der beiden musterte den hageren Troll. Dessen Anblick schien ihn nicht zu beeindrucken, denn er lachte nur hämisch und wollte weitergehen. Sein Gefährte jedoch kniff die Augen zusammen und kam wiegenden Schrittes zurück. »Was hast du gesagt?«

»Dass du zurückkommen sollst«, entgegnete der Riese, »aber das tust du ja bereits.«

Jetzt, da er sich näherte, konnte Mjerelmyr sehen, dass der Wolfskrieger zwei Köpfe kürzer war als der Fremde, dank seiner Muskelberge jedoch mindestens ebenso schwer. Breitbeinig blieb er vor dem Riesen stehen. »Was willst du?«

Der Fremde streckte seinen Arm aus und deutete auf die Vogelknochen, die rings um Mjerelmyrs Decke verstreut lagen. »Womöglich ist es dir und deinem Waffenbruder entgangen, aber ihr habt die Auslage des Donnersängers verwüstet. Ehrenhaft, wie ihr seid, wollt ihr ihm gewiss eure Entschuldigung aussprechen und ihn für seinen Verlust entschädigen.«

Der große Wolfskrieger schloss zu seinem Gefährten auf und glotzte ungläubig in die Runde. Die Augen des kleineren verjüngten sich zu feindseligen Schlitzen. Er trat so nah an den Riesen heran, dass seine Hörner fast dessen Kinn berührten. »Wir sollen was?«

»Euch entschuldigen und …«

»Ich hab dich schon verstanden, du Waldschrat.« Der untersetzte Troll sprach leise, aber in jedem seiner Worte lag kalter Jähzorn. »Du wagst es, uns hinterherzuschreien? Uns? Siehst du nicht, dass wir Krieger vom Wolfsstamm sind?«

»Doch, sehr wohl. Nur wüsste ich nicht, dass euch das dazu berechtigt, anderer Leute Habe zu zerstören.«

Der Wolfskrieger starrte den Riesen schweigend an. Dann verzog er seinen Mund zu einem breiten Grinsen und zerquetschte den letzten heil gebliebenen Krähenschädel unter seinem Stiefel.

»Du siehst ja, wozu v'Ark vom Wolfsstamm berechtigt ist«, höhnte sein Gefährte.

In Mjerelmyr kochte es. Am liebsten wollte er die Kerle anbrüllen, doch er besann sich rechtzeitig und hielt den Mund. Schließlich hatte er versprochen, die kleine Griseldis in den Schlaf zu singen, und das ging schwerlich mit gebrochenem Kiefer.

Der Fremde räusperte sich und richtete sich auf, lang wie eine junge Tanne. »v'Ark, du bist eine Schande für jeden Trollkrieger.«

Seine Worte verhallten.

Ein …

Zwei …

Drei …

Vier Herzschläge verstrichen. Dann ging alles sehr schnell. v'Ark riss ein Schwert unter seinem Umhang hervor und drückte es dem Riesen an die Kehle. Der wehrte sich nicht, setzte stattdessen abermals zum Reden an. »Wir sind in Samanunga. Haben die Wölfe nicht ebenfalls den Friedensschwur geleistet?«

»Ich lege meine Waffen niemals ab«, knurrte v'Ark. »Da, wo ich herkomme, ist Krieg, und da, wo ich hingehe, ebenso. Überall, wo ich bin, ist Krieg!«

Die Haut des Riesen spannte sich gefährlich unter dem Druck der breiten Klinge. Mjerelmyr bemerkte, wie v'Arks Gefährte sich beunruhigt umsah. Wer in Samanunga mit Waffengewalt Blut vergoss, den erwarteten harte Strafen. Für gewöhnlich wurde einem der Körperteil abgeschlagen, den man verletzt hatte, und in diesem Fall wäre das v'Arks Kopf. Doch so zornig, wie es in seinen Augen funkelte, schien das dem Wolfskrieger vollkommen gleich zu sein.

Verdammt, fluchte Mjerelmyr innerlich, *warum geht niemand von den ganzen Gaffern dazwischen?* Immer blieb der Ärger an ihm hängen. Er schnaufte tief durch und gab sich einen Ruck. »He, hör mal, v'Ark, ich bin mir sicher, der Fremde wollte dich nicht beleidigen … Und deinen Stamm auch nicht. Er ist neu hier und kennt sich nicht aus.«

»Ja, lass den Klotsack doch in Ruhe«, pflichtete ihm der große Wolfskrieger bei. »gr'Ast wartet schon auf uns.«

gr'Ast, dachte Mjerelmyr, *das wird ja immer besser.* Wenn die beiden dem Häuptling des Wolfsstamms nahestanden, dann waren sie noch gefährlicher, als er vermutet hatte.

v'Ark bleckte die Zähne. »Mein Schwert ist für dein Blut zu schade.« Damit stieß er den Riesen von sich und wirbelte herum.

Der Blick seines Gefährten blieb jedoch auf dem Fremden haften. Eine stumme Warnung. Erst nach ein paar Atemzügen wandte er sich ebenfalls ab und verschwand hinter v'Ark in der Menge.

Mjerelmyr atmete erleichtert aus. »Puh, das war ganz schön leichtsinnig. Die Wölfe sind ziemliche Heißsporne, und die beiden gehören zu den Kriegern des Häuptlings.«

Der dürre Riese starrte unbeteiligt in die Ferne. Dann ließ er die Schultern sinken, schrumpfte wieder zusammen und war bucklig wie zuvor. »Die Zeiten haben sich tatsächlich geändert«, murmelte er.

Mjerelmyr war sich nicht sicher, von welchen Zeiten der Fremde sprach oder was er darauf erwidern sollte, darum ging er in die Knie und begann damit, die Knochen und Federn aufzusammeln.

»Verzeih, dass ich nicht mehr für dich tun konnte, Donnersänger.«

»Keine Ursache. Und außerdem wüsste ich nicht, wofür du mich um Verzeihung bitten müsstest.«

Mjerelmyr blickte auf, ein dankbares Lächeln auf den Lippen, doch der Riese hatte ihm bereits den Rücken zugewandt. Schweigend schulterte er sein Bündel und ging davon. Um ehrlich zu sein, war Mjerelmyr froh. Je länger man ihn zusammen mit dem Fremden sah, desto eher kam man auf den Gedanken, er hätte etwas mit ihm zu schaffen. Und wenn er eines nicht brauchte, dann war es die Aufmerksamkeit von gr'Ast und seinen Wolfskriegern.

Als Mjerelmyr mit dem Aufsammeln fertig war, nahm er den Sperling in die Hand und betrachtete das zerbrochene Skelett. Also kein Geschenk für Griseldis. Seufzend steckte er den Traumfänger in die Tasche. Dabei bohrte sich ein Splitter unter seinen Daumennagel. Mjerelmyr verzog das Gesicht. Es war nicht der Schmerz, der ihn peinigte, sondern lange vergrabene Erinnerungen, die mit jedem Tropfen Blut, der aus seinem Daumen quoll, klarer und bitterer wurde.

»Schlafe, Kindlein, schlafe fest, hinter Fels oder Geäst. Denn wenn der Alb im Traum dich findet, er ewig deine Seele bindet.«

Mjerelmyr hatte die letzten Zeilen mehr gebrummt als gesungen. Er hatte den Mund geschlossen gehalten und die Melodie allein durch seinen Brustkorb klingen lassen. Das Echo seiner Stimme wärmte die Kate, und das war gut so, denn das kleine Torffeuer war bis auf die Glut heruntergebrannt. Draußen fegte ein kalter Wind über das Wasser und ließ das Strohdach zittern. Umso zufriedener blickte Mjerelmyr auf Griseldis. Das Mädchen schlief friedlich, trotz des Sturmes, der sich über dem Siebenfluss zusammenbraute.

Ihre Tante schenkte ihm ein zahnloses Lächeln. »Fieles Dangk«, sagte sie.

Die alte Frau stammte von den Flussinseln und hatte nie Meniscisch oder Truulka gelernt. Während des Schlummerlieds hatte sie den Donnersänger stumm beobachtet, eingezwängt in ihre Schlafnische, da sein Leib die halbe Hütte füllte.

Mjerelmyr musste gähnen. Wie jedes Mal hatte ihn sein eigener Schlafgesang müde gemacht. Begleitet von den guten Wünschen der Frau duckte er sich durch die niedrige Tür und trat ins Freie. Die kühle Nachtluft weckte seine Lebensgeister. Auf dem Weg zurück ließ er den Tag vor seinem inneren Auge vorbeiziehen. Wenigstens ein Gutes hatte der Vorfall mit v'Ark gehabt: Wenn er morgen keine Traumfänger zu verkaufen hatte, dann könnte er seinem Marktstand getrost den Rücken kehren und sich anhören, was im Rat der Trolle besprochen wurde.

Die Sonne war bereits lange untergegangen, als Mjerelmyr bei seinem Zelt ankam. Er legte sich hin und versuchte zu schlafen, aber das Gemurmel in den Schenken und rund um die Lagerfeuer, das ihn für gewöhnlich in den Schlaf trug, hielt ihn heute wach. Der Wind heulte, und irgendwie klangen die Leute beunruhigt. Sie sprachen mit gedämpften Stimmen bis spät in die Nacht hinein. Zwischen den Böen konnte Mjerelmyr einzelne Wortfetzen aufschnappen.

»… habt ihr's gesehen?«

»Ja, ja, … es brennt.«

»Das hat es schon ewig nicht …«

»Wer steckt bloß dahinter?«

»Keine Ahnung … aber *ich* sehe gewiss nicht nach.«

Mjerelmyr wälzte sich ein letztes Mal auf seinen Schafsfellen, bevor er aufstand und vors Zelt trat. Vor Märtes Garküche saßen noch ein paar Männer beisammen, allesamt einfache Hirten. Einige von ihnen kannte er aus vergangenen Jahren, den alten Mogred zum Beispiel und Olkmar mit seinem tumben Sohn Freder. Immer wieder steckten sie die Köpfe zusammen, flüsterten und schauten hinauf in den Nachthimmel. Warum nur sorgten sie sich? Wenn ihn nicht alles täuschte – und er hatte ein gutes Wetternäschen –, dann würde der Sturm Samanunga verschonen. Mjerelmyr folgte den Blicken der Männer, und dann verstand er, worüber sie sprachen: Im Steinkreis des Lindwurmstamms brannte ein Feuer. Zum ersten Mal seit Trollgedenken.

2. KAPITEL

ISINVI UND DIE ERSTE DUNKELHEIT

ES WAR DUNKEL. Nur ab und an flimmerte es vor Isinvis Augen, grob gezackte Flecken in Rot und Orange. Der Duft von Wipfelhonig und Moschus war allgegenwärtig, dazu ein Geruch wie von frisch gefallenem Schnee. *Es riecht nach Fëara*, dachte Isinvi und seufzte in den Berg aus Tüchern, unter dem sie sich begraben hatte. Dass sie in der Reisetruhe an Bord des Schlittens ihrer Schwester Platz gefunden hatte, sprach weniger für ihre Gelenkigkeit, denn für die Menge an Kleidern, die hineinpassten. Fëara hatte ihre gesamte Garderobe mitgenommen, schließlich würde sie nicht nach Jemenjara zurückkehren. Ihr Vater Kjälvir – der Kaï von Svarun – hatte sie aus dem heimischen Eisturm verbannt.

Isinvi jedoch hatte nicht vor, ihre Schwester allein gehen zu lassen. Es brodelte in ihr – nein, es tobte wie ein Schneesturm. Sie wollte einfach nicht begreifen, dass ihr Vater Fëara verstieß, nur weil sie Garalin liebte, einen Sohn aus dem Geschlecht von Daushan Evendar. Die Zeiten, in denen die drei Albenreiche unterschiedlichen Göttern dienten, waren lange vorüber. Mit dem Sturz der Himmelsbrücke waren Ivari, Nuë und Tahrom entschwunden. Ihre Wunder von einst waren nur noch ein fernes Wispern und die Namen ihrer göttlichen Geschwister längst vergessen. Die wahren Feinde – Trolle und Menschen – saßen im Süden, hatte ihr Vater immer wieder betont und war doch zu engstirnig, um den alten Bruderzwist zu begraben.

Die Flatterhaftigkeit der Nomaden von Daushan Evendar machte ihn ebenso misstrauisch wie das wissende Auge der Herren von Sperdraïdh. Von der Ruine der Himmelsbrücke aus reichte ihr Blick viele Weiten gen Osten, Süden, Westen und auch in den Norden – bis nach Svarun, wo Kjälvir Kaï fast die Hälfte des Jahres in Dunkelheit regierte.

Als ihr Vater von Fëaras Liaison mit Garalin erfuhr, hatte er gedroht, sie in den Kerker werfen zu lassen. Deshalb war es einem Wunder gleichgekommen, dass er kurz darauf ihrer Hochzeit zugestimmt hatte. Ein Wunder, das nun in Fëaras Leib gedieh – Mond für Mond, Tag für Tag. Es geschah selten, dass eine Albin ein Kind erwartete, erst recht seitdem die Götter in Snogaard keine Macht mehr besaßen. Die Geburt eines Thronerben war ein Jahrhundertereignis. Hätte Kjälvir seine erste Tochter und Erbin schwanger einkerkern lassen sollen? Das hätte für Unruhe gesorgt, so viel verstand selbst Isinvi, die sich für gewöhnlich nicht darum scherte, was am Hofe von Jemenjara geschah. Viel lieber streifte sie durch die eisigen Weiten, allein oder auf dem Rücken ihres Vierhorns Kasma. Ihr Vater hatte ihr die weiße Antilope geschenkt, obwohl es eigentlich allein den Jemenjaden vorbehalten war, auf den edlen Tieren zu reiten. Die Albenritter hatten zuerst protestiert, waren jedoch verstummt, als sie sahen, was für eine begnadete Reiterin Isinvi war.

Der Gedanke, dass in den Adern seines Enkels das Blut von Daushan Evendar fließen würde, hatte Kjälvir keine Ruhe gelassen. Nächtelang war er durch die Korridore von Jemenjara gewandelt. Seine Wachen, seine Diener, selbst sein ältester Vertrauter, der Wolkenrufer Astalastal – sie alle hatten ihn in seiner düsteren Stimmung gemieden. Einzig Isinvi war dem Hall seiner Schritte gefolgt, hatte seinen Schatten über die Eiswände der Flure und Hallen huschen sehen.

Immer wieder hatte es ihren Vater in den schmalen Innenhof gezogen, zum Herzstein des Turmes. Das Relikt war eingefroren in eine Säule aus Eis. Wie ein Stachel ragte sie aus der Mitte des mächtigen Bauwerks hervor. Rund um ihre Spitze sammelten sich – von den Zaubern der Wolkenrufer angezogen – düstere Schwaden, die Jemenjara in ein graues Licht hüllten, das den Turm selbst an wärmsten Sommertagen vor dem Schmelzen bewahrte. Heimlich hatte Isinvi ihren Vater dabei beobachtet, wie er den faustgroßen Stein angestarrt hatte, so als suchte er in dessen eisblauem Schimmer nach Antworten. Auch wenn er keine Miene verzogen und kein Wort seine Lippen verlassen hatte – nie zuvor hatte sie ihn so verzweifelt gesehen.

Dann, letzte Nacht, hatte er doch gesprochen – zu ihr, wie Isinvi verwundert feststellte, obwohl sie sich im Schatten des Säulengangs, der rund um den Innenhof führte, versteckt hielt. Vorsichtig linste sie um die Ecke, nur um festzustellen, dass Kjälvir den Blick nicht vom Herzstein abgewandt hatte. Sein Gesicht war eine starre Maske. Nur seine Mundwinkel bewegten sich.

»Das Herz von Jemenjara, sagen die Leute und haben keine Ahnung, wovon sie reden. Nein, die Mitte unseres Turms ist kein Herz, das schlägt und blutet, und auch kein pulsierendes Nordlicht. In seinem tiefsten Innern ist es nur ein Splitter, ein Stück kaltgeschmiedetes Eisen, abgebrochen von dem Speer, den Hurka in der ersten Schlacht zwischen Riesen und Göttern unserer Herrin Nuë ins Auge stieß. Aber Nuë fiel nicht … nicht in dieser Schlacht und auch in keiner, die folgte. Den Splitter von Hurkas Speer jedoch trug sie im Auge, halbblind und wahnsinnig vor Schmerzen. Das, was wir Alben als Zeitalter des Zwielichts kennen, begann. Sterne flammten auf und verglühten, die Sonne verblasste. Die Welt wurde so trübe wie das Augenlicht der Einäugigen Göttin. Es sollte viele Generationen dauern, bis der Splitter zu wandern begann. Doch dann, eines Tages am Ende des Zwielichts, trat er aus Nuës Augapfel hervor, umhüllt von ihren frostigen Tränen. Endlich frei von Schmerz und Wahnsinn vermachte die Einäugige den Klumpen unseren Ahnen. Nichts anderes war der Splitter mehr, ein eisiger Klumpen, der fortan von Generation zu Generation vererbt wurde.«

Kjälvir hielt inne. Seine Stimme verhallte im langen Schacht des Innenhofs. Isinvi konnte förmlich sehen, wie das Echo von den Wänden prallte, bis es schließlich von den dichten Wolken verschluckt wurde. Irgendwo knackte es leise im Eis, dann herrschte Stille.

»Ja, dieser Klumpen ... Sein Kern aus Eisen soll uns Mahnung sein, uns daran erinnern, wer unsere Feinde sind ... Die Völker der Erde, des Steins und des Schlamms ... Menschen und Trolle, Ausgeburten der Riesen. Sein Eismantel jedoch – Nuës Tränen – soll uns Hoffnung spenden, uns daran glauben lassen, dass man Tod, Trauer, Schmerz und Verzagen überwinden kann, wenn man nur starken Willens ist. Teruveh, der Hüter des Steins, erkannte diese Macht, die immer noch in uns steckt, in jedem von uns, wenn auch stärker in manchen. Ich war da, als er den Herzstein pflanzte und Jemenjara gründete – eine Idee zuerst, geboren aus Hoffnung. Kein Mond war seit dem Sturz der Himmelsbrücke vergangen. Doch während alle anderen noch zweifelten, formte Teruveh bereits die ersten Blöcke aus Eis, mit den eigenen Händen und der Kraft seines Willens. Trolle und Menschen haben diese Zeit längst vergessen ... die Zeit nach dem Sturz. Sie halten uns für schwach ohne unsere Götter, aber in uns steckt immer noch ihr himmlischer Funke, ihre Ewigkeit.«

Abermals verstummte Kjälvir. Dann drehte er sich um, so starr und langsam, als wären seine Glieder eingefroren. Er blickte Isinvi an, und zu ihrer Verwunderung lag ein staunendes Funkeln in seinen Augen.

»Wir mögen für immer aus Imlar verbannt sein, aber wir haben unser eigenes Heim geschaffen, hier in Snogaard.«

Darauf legte er den Kopf in den Nacken. Isinvi tat es ihm gleich und starrte hinauf zu dem schmalen Schlitz, wo die Eisnadel und der ringförmige Turm – hunderte Schritte über ihnen – mit den dunklen Wolken verschmolzen.

»Isinvi, die Götter sind tot! Die Götter sind wir! Lass es jeden wissen, ganz gleich ob Alb, Mensch oder Troll: Wir sind die Herren von Jemenjara. Eines Tages wirst du an meiner Stelle herrschen. Wappne dich für diesen Tag. Sei so uneinnehmbar wie die Mauern dieses Turms. Leuchte in der Dunkelheit so kalt wie der Herzstein. Schare deine Untertanen um dich, doch gib ihnen niemals das Gefühl, dass dich ihre Belange kümmern. Lass sie um jeden deiner Blicke buhlen, um jedes deiner Worte betteln. Lass sie jedes deiner Lächeln wie ein Geschenk empfangen.« Das Funkeln in Kjälvirs Augen war zu einem irren Blitzen geworden, und seine Stimme knisterte wie Eis auf einem zugefrorenen See. »Vergiss niemals: Die neuen Götter sind wir!«

Das waren die letzten Worte, die Isinvi aus dem Mund ihres Vaters vernommen hatte, und sie hatten ihr Angst gemacht. Er war dabei, den Verstand zu verlieren. Ganz offensichtlich.

Und doch – Irrsinn hin oder her, sie spürte die leisen Fragen, die tief in ihrem Inneren wisperten und durch ihren Geist raunten. Was, wenn ihr Vater recht hatte? Was, wenn die Herrscher von Jemenjara tatsächlich göttergleich waren? Was würde von ihr erwartet, wenn sie ihrem Vater auf den Thron folgte? Über welche Kräfte würde sie verfügen, über wessen Schicksale gebieten?

Eiskalt schüttelte es sie. Isinvi wollte keine Antworten, und sie wollte auch nicht über den Turm herrschen, denn der Schatten, den die Wolken an seiner Spitze warfen, war nicht klar und dunkel, es war eine wabernde Finsternis, die ganz allmählich in Körper, Geist und Seele sickerte.

Im Morgengrauen hatte sie sich aus dem Turm gestohlen und dem Tross ihrer Schwester angeschlossen. Fëara war auf dem Weg in die Verbannung nach Daushan Evendar mitsamt ihren Dienerinnen und Leibwachen, und Isinvi hockte versteckt in ihrer Reisetruhe. Kjälvir Kaï, der König von Svarun, hatte sein Ziel erreicht. Er war dabei, seine in Ungnade gefallene Erbin fortzuschaffen. Mit ihr würde er jedoch auch seine zweite Tochter verlieren.

Wie eine Aussätzige hatte er Fëara behandelt, dabei war sie sanfter als die Schnauze eines Vierhornkälbchens. Isinvi an ihrer Stelle hätte nicht klein beigegeben. Nein, sie war wütend für zwei, und doch hatte sie ihren Groll hinuntergeschluckt und geschwiegen. Um ehrlich zu sein, schämte Isinvi sich. Vergangene Nacht am Herzstein hatte sie die Gelegenheit gehabt, aber sie hatte nicht das Wort ergriffen. Sie war vor Kjälvirs starrem Blick eingeknickt. Die ganze Nacht hatte es in ihr gelodert, doch mit Tagesanbruch war der glühende Zorn erloschen, und sie konnte wieder klare Gedanken fassen, nur lag der Turm da bereits viele Weiten hinter ihnen. Was, wenn sie – entgegen ihrer Überzeugung – in Jemenjara geblieben wäre? Sie hätte nur den Tod ihres Vaters abwarten müssen. Als seine Erbin hätte sie Fëara begnadigen können, und der Rückkehr ihrer Schwester hätte nichts im Wege gestanden. Nur – wie viele Jahre hätten dafür verstreichen müssen? Alben wurde dieser Tage selten älter als ein halbes Jahrtausend. Demnach dürfte ihr Vater schon lange nicht mehr am Leben sein, doch er war ein Wolkenalb; Kjälvir Kaï war zu einer Zeit geboren, als die Götter ihrem Volk noch Macht verliehen hatten.

Sie hätte geduldig sein sollen, schalt Isinvi sich, aber ihre Entscheidung war gefallen. Schon immer war sie die Impulsivere der beiden Schwestern gewesen. Wo sie zürnte, da schenkte Fëara ein Lächeln, und wenn sie noch schmollte, da streckte ihre Schwester schon längst die Hand zur Versöhnung aus. *Nein, ich hätte keine gute Skila abgegeben*, dachte Isinvi und knirschte mit den Zähnen, und unter den Kufen des Schlittens knirschte der Schnee.

Bald ruhig, bald rumpelnd glitten sie über die verschneite Ebene, das rhythmische Stampfen der Moschusböcke ihr ständiger Begleiter. Selbst unter den Tücherbergen konnte Isinvi das Trommeln der Hufe hören. Sie malte sich aus, wie der Atem der Zugtiere in dampfenden Schwaden aus den Nüstern stieg … und plötzlich traf es sie wie eine Trollfaust mitten in die Magengrube. Sie hatte Kasma zurückgelassen, ihr geliebtes Vierhorn. Nie wieder würde ihr die Kuh zur Begrüßung ins Gesicht pusten, nie wieder getrocknete Algen aus der Hand fressen.

Isinvi glaubte das Kitzeln von Kasmas Schnauze zu spüren, als sie ein Quietschen vernahm. Metall schabte, Holz knarzte. Die Truhe wurde geöffnet, und Helligkeit fiel herein. Eine schlanke Hand durchwühlte die Kiste, ertastete Isinvis Kopf und zuckte zurück. Stille. Drei … vier … fünf Herzschläge verstrichen. Dann wurden die Tücher zurückgerissen. Isinvi blickte in Fëaras Gesicht. In den Kristallaugen ihrer Schwester lag ein ängstliches Funkeln, in ihrer Hand zitterte ein Sivankva – ein Dolch aus Yladruum, gefrorenem Lebenssilber. Als sie begriff, wen sie vor sich hatte, entspannten sich Fëaras Gesichtszüge. Sie seufzte erleichtert, und in ihre Augen trat wieder ein sanfter Schimmer, wie Abendrot, eingefangen in einem Wolkenteppich.

Isinvi blies sich eine Strähne aus dem Gesicht und lächelte schief. »Warum der Sivankva? Du weißt doch, dass du dich eher selbst damit schneidest.«

Für einen Moment starrte Fëara ungläubig auf die Klinge, dann ließ sie die Waffe sinken und spielte nervös mit ihrem Amulett. Die silberne Schneeflocke war ein Geschenk von Garalin.

»Wenn du dich so erschreckt hast, warum hast du nicht nach den Wachen gerufen?« Isinvi deutete auf die Lederplane, die den Schlitten bedeckte. Im Sonnenschein zeichneten sich die Umrisse von Lanzenreitern auf den dünnen Tierhäuten ab – der Geleitschutz für ihre Schwester.

»Ich traue ihnen nicht«, raunte Fëara.

»Wegen Vater?«

Ohne zu antworten, nahm Fëara Isinvis Hand und legte sie auf ihren Bauch. Ihr Unterleib war zum Bersten gespannt. Es war ein seltener Moment der Zweisamkeit. Isinvi konnte sich nicht erinnern, wann sie ihre Schwester zum letzten Mal berührt hatte. Sie liebte, nein, sie vergötterte Fëara – sie war der Inbegriff von Anmut, makellos wie eine Statue aus Eis, nur mit einem warmen Kern. Doch jedes Mal, wenn sie ihr nah kam, wurde Isinvi ganz bang, erst recht seitdem Fëara schwanger war. Sie hatte Angst, sie könnte ihr wehtun, selbst mit der kleinsten Unachtsamkeit ihre Kleider besudeln, ihre Haut zerkratzen.

Plötzlich zuckte es unter Isinvis Fingern. Erschrocken riss sie die Hand zurück.

Fëara lächelte. »Keine Angst, es ist alles gut. Sie ist schon sehr lebendig.«

»Sie?«

»Ja, sie. Das spüre ich. Sie wird wie du sein, wild … und frei.« Dann, wie vom Blitz getroffen, kniff Fëara die Augen zusammen. Mit einem Schlag war alle Milde aus ihrem Blick gewichen. »Was machst du eigentlich hier? Bist du des Wahnsinns? *Ich* bin verbannt, nicht du! Wenn Vater erfährt, dass du hier bist …«

»Er wird es erfahren«, entgegnete Isinvi. »Und das soll er auch. Ich komme nämlich mit!«

Draußen lenkte ein Reiter sein Vierhorn näher an den Schlitten heran. Seine Stimme drang an ihre Ohren – gedämpft durch die Plane, doch deutlich genug, um zu erkennen, dass sie Astalastal gehörte, dem Ersten Wolkenrufer und Berater ihres Vaters. »Ist alles in Ordnung?«

Mit einem Handzeichen bedeutete Fëara Isinvi, wieder in der Truhe zu verschwinden. Hektisch schmiss sie ihr einen weißen Pelz über den Kopf. Kurz darauf hörte Isinvi, wie die Plane beiseitegeschoben wurde.

»Ja, alles in Ordnung«, sagte Fëara beiläufig – zu bemüht für

Isinvis Geschmack. »Mir war nur kalt, und ich habe meinen Fuchsmantel gesucht.«

»Darf ich Euch helfen, ihn anzulegen?«

»Danke, nein! Es ist schon viel besser … jetzt, wo von draußen die Sonne hereinscheint.«

Glück gehabt, dachte Isinvi und atmete erleichtert aus. Doch beim Luftholen kitzelte ihr das Fuchsfell in der Nase. *Zusammenreißen. Nur einen Augenblick noch. Dann ist er wieder weg.* Sie drückte die Zunge gegen den Gaumen, doch zu spät. Isinvi musste niesen.

»Wer ist da in der Truhe?«

»Ich!« Isinvi schlug den Mantel beiseite und steckte den Kopf aus der Wäsche.

Astalastal, der sich vom Rücken seines Vierhorns in den Schlitten gebeugt hatte, zuckte nervös mit den Mundwinkeln. Dann froren seine Gesichtszüge ein, und er wirkte noch hagerer, als es seine 700 Jahre für gewöhnlich verrieten. Die Sonne brach sich gleißend in seinen Augen, als er Isinvi ansah – vorwurfsvoll, strafend, so wie früher, wenn sie gealbert hatten, anstatt seiner Meditation zu folgen.

»Ich hatte keine Ahnung«, sagte Fëara hastig. »Ich habe sie eben erst entdeckt.«

»Dreht nicht um!«, flehte Isinvi ihn an.

»Umdrehen?« Astalastal schüttelte den Kopf. »Nicht jetzt. Ich muss voran, unsere Späher haben Trollspuren gesichtet.«

»Trolle?«, entfuhr es Fëara. »So weit im Norden?«

»Ich komme mit dir!«, rief Isinvi und kletterte aus der Truhe.

»Auf keinen Fall! Allein bin ich schneller.« Der Wolkenrufer trieb seinem Vierhorn die Hacken in die Flanken und preschte davon. Verdutzt starrten die Schwestern der aufstiebenden Schneewolke hinterher.

»Ob wir in Gefahr sind?« Fëara hielt die Hände vor ihren Bauch und verzog das Gesicht, ob vor Schmerzen oder Sorge, konnte Isinvi nicht erkennen.

»Sicher nur ein schneeblinder Troll, der sich verirrt hat«, sagte sie deshalb. Ein wenig Beruhigung konnte nicht schaden. »Nichts, womit deine Wachen nicht fertig würden. Ich frage mich eher, ob Astal nicht doch umkehrt, um mich zu verraten. Was meinst du?«

»Keine Ahnung«, seufzte Fëara. Dann ergriff sie Isinvis Hand. Eine unbeschreibliche Hitze ging von ihr aus, als hätten ihre Finger in Glut gebadet. »Aber weißt du was? Ich freue mich, dass du mitkommst, und ich lasse dich nicht mehr gehen. Ganz egal, was Astal sagt. Der Gedanke, dass meine Tochter umzingelt von Schneetänzerinnen aufwächst, diesen albernen Gänsen … schrecklich! Deine düstere Seele ist ein willkommenes Gegengewicht … ein Stück Svarun, ein Stück Heimat.«

Deine düstere Seele. Isinvi ließ sich die Worte ihrer Schwester auf der Zunge zergehen. Sie schmeckten bitter. Für einen Moment krampfte tief in ihr etwas zusammen, doch bei dem Lächeln, das ihr Fëara schenkte, konnte sie unmöglich wütend werden. Ganz im Gegenteil, sie war stolz auf das Vertrauen, das ihr ihre Schwester schenkte. Schon bald würde sie Tante sein.

Draußen wurde ein heiseres Kommando gebrüllt. Der Schlitten bremste und hielt ruckartig an. Isinvi krallte sich im Polster fest, um nicht von ihrem Sitz zu rutschen. Besorgt sah sie nach ihrer Schwester, die es genauso heftig durchgeschüttelt hatte.

»Alles in Ordnung«, versicherte Fëara mit einem Lächeln.

Doch Isinvi sah das vollkommen anders. Schließlich ging es um das Wohl ihrer Schwester und um das ihrer Nichte. Wütend schlug sie die Plane beiseite und brüllte den nächsten Reiter an: »Was soll das? Warum halten wir? Und dann so plötzlich! Wisst ihr nicht, dass eure Skil ein Kind erwartet?«

Der bis auf die Augen vermummte Krieger starrte sie überrascht an, doch dann senkte er seine Lanze und verneigte sich im Sattel. »Befehl von Astalastal, Isinvi Skil. Seht, dort vorn …« Seine Worte wurden von einer Windbö verschluckt. Pulverschnee wehte zu ihnen herein, wirbelte kurz durch die Luft und legte sich schließlich auf den Sitzen nieder.

Isinvi wischte sich die feinen Kristalle aus dem Gesicht und lehnte sich aus dem Schlitten. »Ich werde mal nachsehen, was es mit unserem Halt auf sich hat.«

Die Zugtiere standen dicht gedrängt und schnaubten. Dampf stieg von ihren zotteligen Leibern auf. Die Kutscherin hatte sich auf den Bock gestellt. Mit der einen Hand hielt sie die Zügel fest, mit der anderen schirmte sie die Augen gegen die tiefstehende Sonne ab.

»Könnt Ihr etwas sehen?«

»Nein«, rief die Kutscherin und starrte weiter in die weiße Wüste. Offensichtlich hatte sie Isinvi nicht erkannt, andernfalls hätte sie in aller Form und Höflichkeit geantwortet. Isinvi zuckte mit den Schultern. *Was soll's*, dachte sie und stieg aus dem Schlitten, schließlich hatte sie ja selbst Augen im Kopf.

Sie hatten an einem langgezogenen Hang gehalten. Am Fuß des Hügels türmten sich mannshohe Schneeverwehungen auf, seine Kuppe war von einer Reihe Felsen gekrönt. Einige Brocken waren schroff und übereinander gestapelt, andere erschienen seltsam rund wie Findlinge, glatt geschliffen von unzähligen Stürmen. Gleich zu ihrer Rechten stand ein einsamer Baum, von Frost überzogen. Mit seinen kahlen Ästen wirkte er wie ein nackter Wanderer oder vielmehr wie ein Wegweiser. Ein ungutes Gefühl beschlich Isinvi. Es kroch sie an. Ganz langsam zunächst, doch dann entlud es sich wie tausend Nadeln, die sich heißkalt in ihren Nacken bohrten. Sie fuhr herum. Sie sah vier Lanzenreiter, die im Trab zu ihnen aufschlossen. Ihre Nachhut. Sonst weit und breit nichts, außer Schnee – eisverkrustet und gräulich schimmernd dort, wo er schon lange lag, zart und weiß, wo er erst frisch gefallen war.

Alles schien friedlich. Die Sonne strahlte, die Wachen scherzten, nur die Vierhörner wieherten leise. Plötzlich begannen die Moschusböcke zu stampfen. Der Schlitten ruckte an, doch die Kutscherin hielt die Zügel fest in der Hand. Sie lehnte sich nach hinten und brachte die Tiere wieder zum Stehen. Unruhig. Schnaubend.

Ein langer Augenblick verstrich. Elendig lang. Isinvi spürte ihr Herz bis zum Halse schlagen … und dann erklang es: ein unterschwelliges Grollen wie das Knurren eines Bären, der aus dem Winterschlaf erwachte, dazu ein Geräusch, als würde er Steine zwischen seinen Kiefern zermahlen. Irgendwo in der Ferne zischte es leise. Neben ihr zitterten plötzlich die Zweige des Baumes, und oben auf der Hügelkuppe stob Schnee auf, bildete wabernde Wolken. Isinvis Augen durchdrangen den weißen Dunst. Die schroffen Felsbrocken waren eingestürzt und im Schnee verschwunden, schoben ihn vor sich her, den Hang hinab. Daher das Donnern, daher das Zischen. Die Schneewolke wirbelte, wurde immer dichter, nahm Isinvi die Sicht. Sie konnte nur noch erahnen, wie sich die runden Findlinge erhoben und der Lawine folgten. *Nein, keine Felsen*, dachte sie …

»Trolle! TROLLE!« Isinvi brüllte, aber niemand schien ihre Warnung zu beachten.

Der Anführer der Nachhut winkte der Kutscherin zu. »Schnell! Wende den Schlitten!«

Irrsinn!, schrillte es in Isinvis Kopf. Dafür war keine Zeit. Die Tiere waren viel zu unruhig. Bis der Schlitten gewendet hätte, wäre die Lawine heran. Es gab nur einen Weg: Flucht nach vorn. Nur war sie selbst zu weit weg, um den Schlitten zu lenken. Hektisch sah Isinvi sich um, griff nach einem der kahlen Äste und brach einen Eiszapfen ab. Mit voller Wucht schleuderte sie den Zapfen nach den Moschusböcken. Das Geschoss traf das hinterste Zugtier in die Flanke. Es keilte aus und sprang vor, und die anderen Tiere mit ihm. Unaufhaltsam preschten sie los. Die Kutscherin verlor das Gleichgewicht und fiel vom Bock. Ihr Arm verfing sich in den Zügeln. In vollem

Tempo wurde sie hinterhergeschleift, ihr Körper ein hüpfender Sack auf dem vereisten Boden.

Die Lanzenreiter spornten ihre Vierhörner an und setzten nach. Oben auf dem Hügelkamm folgten ihnen die Trolle. Doch Isinvi hatte nur Augen für den Schlitten. Auf breiten Kufen pflügte er durch den Schnee, spie eine weiße Fontäne hinter sich aus. Für einen Herzschlag wurde die Plane beiseitegeweht, und Isinvi erblickte das Gesicht ihrer Schwester. Selbst jetzt schien jede der Facetten in Fëaras Augen noch warm zu leuchten. Dann klappte die Plane zurück, und der Moment war vorüber.

Verwundert bemerkte Isinvi, dass sie rannte. Sie machte noch drei, vier Schritte, dann kam sie halb schnaufend, halb verzweifelt lachend zum Stehen. Unmöglich, sie würde den Schlitten nicht einholen. Stattdessen wandte sie sich in Richtung des Hanges. Das Zischen des Schnees und das Grollen der Felsen war zu einem einzigen Donnern angeschwollen. Gnadenlos walzte ihr die weiße Wand entgegen. Es war albern, es war unwürdig davonzurennen.

Isinvi richtete sich auf und blickte der Lawine entschlossen entgegen, maß aus dem Augenwinkel die Distanz zum Schlitten. Erleichtert atmete sie aus. Es war knapp, aber Fëara sollte entkommen – den Schneemassen wie auch den Trollen. Isinvi hingegen würde eins werden mit dem Eis und der Erde ihrer Heimat. Vereint mit Svarun, so wie ihre Ahnen.

Schon spürte sie den Kuss des Schnees, das sanfte Gestöber auf ihren Wangen. Dann war die grauweiß wirbelnde Masse heran … verschlang sie tosend … presste ihr die Luft aus der Lunge … und Isinvi und die Kälte wurden eins.

3. KAPITEL

MJERELMYR UND DER RAT DER TROLLE

Es WAR LANGE HER, dass Mjerelmyr das letzte Mal das Gefühl gehabt hatte, irgendwo dazuzugehören. Seit über zwanzig Jahren reiste er als Donnersänger durch die Lande und verkaufte Traumfänger. Zuerst hatte es ihm gefallen, dass die Menschen zu ihm aufsahen – nicht weil er fünf Köpfe größer war als sie, sondern weil sie sich von seinem Gesang und seinen Kreationen aus Knochen und Federn einen friedvollen Schlaf versprachen. Aus genau demselben Grund blickten die Trolle auf ihn herab. Inzwischen war ihm beides nicht geheuer – weder die abergläubische Scheu der Menschen noch der kalte Grimm der Trolle.

Doch heute war alles anders. Mjerelmyr stand nicht über und auch nicht unter irgendjemandem. Er war Teil der neugierigen Menge. Tausende Menschen und hunderte Trolle hatten sich wie jedes Frühjahr zur Tag- und Nachtgleiche zusammengefunden, um des alten Bündnisses zu gedenken – an ebenjener Stelle, an der es zwischen den beiden Völkern geschmiedet worden war. Vor über tausend Jahren hatte der Halbriese Gothamar sie gemeinsam gegen die Alben in die Schlacht geführt, um die Himmelsbrücke niederzureißen und die Alten Götter auf ewig in Vergessenheit zu bannen.

Heute, so hieß es, kündeten nur noch Trümmer von dem riesigen Bauwerk, das einst bis in die Wolken geragt haben sollte. Neun Felsbrocken hatte das siegreiche Heer damals mit nach Samanunga gebracht, um steinerne Throne aus ihnen zu hauen – einen für jeden Trollstamm sowie einen für die Menschen. Die Felsenthrone standen inmitten einer Senke, an deren Rand sich nun die Leute drängten und auf die Ankunft der Häuptlinge warteten.

Es herrschte volksfestartige Stimmung, wie jedes Jahr. Männer, die sich nie zuvor begegnet waren, standen brüderlich Arm in Arm, woran der Met, der die ganze Nacht geflossen war, sicher seinen Anteil hatte. Trolle stießen mit gewaltigen Humpen an oder maßen ihre Kräfte im friedlichen Horndrücken. Zu Mjerelmyrs Rechten grillten ein paar Frauen Speckwürste, so groß wie Riesenfinger. Immer wieder knackte und zischte es, wenn sie aufplatzten und Fett in die Flammen spritzte. Und zwischen den Zelten rannten Kinder umher und spielten Fang-den-Alb.

Doch das Treiben fand ein Ende, als ein Mammuthorn ertönte. Das Instrument war so groß, dass zwei Trolle gleichzeitig hineinblasen mussten, und es schallte so tief, dass es in Mjerelmyrs Brustkorb widerhallte. Selbst die Planen der Zelte meinte er vibrieren zu sehen. Die Menge quetschte sich noch dichter zusammen. Nur am nördlichen Rand, dort wo ein paar grobe Stufen in die Senke hinunterführten, tat sich eine schmale Gasse auf. Die Häuptlinge kamen.

Mjerelmyr spürte, wie jemand am Zipfel seiner Weste zog, und blickte nach unten. Olkmars Sohn Freder starrte ihn mit Glubschaugen an.

»Ich kann nix sehen.«

Der Junge war zu alt, um noch ein Kind zu sein, und würde doch nie zum Manne werden. Wahrscheinlich hatte der arme Bursche im Gedränge seinen Vater verloren. Mjerelmyr hielt Ausschau, konnte Olkmar jedoch nirgendwo entdecken.

»Na, dann hopp!«, sagte er schließlich und nahm Freder auf die Schultern. »Wir wollen doch nicht den Einmarsch der Häuptlinge verpassen.«

Ein freudiges Glucksen kam als Antwort, gefolgt von triefendem Speichel.

Mjerelmyr wischte sich gerade Freders Sabber aus dem Haar, als sich eine kleine Gruppe Trolle an ihm vorbeidrängte. Er spürte ihre Blicke. Verachtung, nein, schlimmer noch, Mitleid lag in ihren Augen. Für einen Moment ertappte er sich bei dem Gedanken, Freder einfach abzusetzen, doch dann schielte er schräg nach oben in das strahlende Gesicht des Jungen.

»Halt dich gut an meinen Hörnern fest. Hast du gehört, Kleiner?«

»Ja … Ja, ja, jaaa … Sie kommen, sie kommen!«

Mjerelmyr musste schmunzeln, angesteckt von Freders Begeisterung. Er selbst hatte die Häuptlinge schon oft gesehen, so oft, dass er sie allein am Gang erkannte. Der einhörnige d'Uum, Häuptling des Donnerhornstamms und Vorsitzender des Rates, marschierte eilig und mit wuchtigen Schritten voran. Fast schien es, als wollte er seinen Stellvertreter abhängen, denn a'Rd, der greise Führer des Rabenstamms, bewegte sich nur noch schlurfend vorwärts. Hinter ihm schaukelte br'Oog vom Bärenstamm in einem schläfrigen Trott heran. Ihm folgte breitbeinig gr'Ast, der einäugige Häuptling des Wolfsstamms, so als wäre er auf dem Weg zu einem Zweikampf und nicht zu einer Ratssitzung. t'Isk scharwenzelte indes um die frisch gekürte Hüterin vom Siebenfluss herum, die in ihrem schimmernden Gewand aus Algen geradezu unterging. Der Häuptling des Fuxstamms schien darauf bedacht, die kindliche Priesterin heil durch den Pulk zu lotsen, doch Mjerelmyr kannte ihn besser: Ohne seine Hörner war t'Isk kleiner als ein ausgewachsener Mann, und darum nutzte er jede Gelegenheit, seiner mageren Erscheinung trollische Größe zu verleihen – in diesem Fall, indem er sich mit einem Mädchen schmückte, das gerade mal zwölf Winter zählen mochte. Das Schlusslicht der Parade bildete ein Troll, den Mjerelmyr nie zuvor gesehen hatte. Der Koloss, anders war der dicke Kerl nicht zu beschreiben, quälte sich wie ein Wurm durch die Menge. Die Beine des Fremden waren so kurz, dass sie fast vollständig unter seinem Wanst verschwanden. Schwerfällig watschelte er vorwärts.

»Wer ist das?«, fragte Mjerelmyr in die Runde.

»Keine Ahnung«, spottete jemand. »Häuptling u'Rt ist wohl zu fett geworden und hat sein mageres Söhnchen geschickt.«

Einige Leute lachten, andere kicherten hinter vorgehaltener Hand. Doch schon im nächsten Moment blickten sie sich ängstlich um. Die Trolle vom Walrossstamm zu beleidigen, war nämlich keine gesunde Angelegenheit.

»Das ist i'Rk«, raunte eine vertraute Stimme Mjerelmyr ins Ohr, »u'Rts Bruder.«

Mjerelmyr drehte sich um. Für einen winzigen Moment konnte sich sein Herz nicht entscheiden, ob es einen Hüpfer tun oder stehen bleiben sollte. Hinter ihm stand eine Trollin – schlank, grauhäutig, Augen wie Kohlen. Seit jenem verhängnisvollen Sommer hatte z'Arwa sich kein bisschen verändert; dabei lag der Feldzug gegen den verlorenen Eberstamm und die Vetteln vom Träumenden Wald schon viele Jahre zurück. Sie war düster wie eh und je, von außen wie von innen. Diese Dunkelheit hatte Mjerelmyr fasziniert, er hatte sie geliebt. Krude Zeichen übersäten z'Arwas Stirn, Brust und Arme. Die Runen waren mit ihrem eigenen Blut gemalt, um sie vor Klingen zu schützen. Allein die flammenden Spitzen der Blutkrähenfedern, die sie in ihren Zopf geflochten hatte, verliehen ihr etwas Farbe. Sie war eine Tysjarka, eine Hexenkriegerin, doch ohne ihren Speer wirkte sie wie ein zahnloser Schneelöwe.

Ein Lächeln huschte über ihre Lippen, nahm ihren strengen Zügen für einen Moment die Schärfe. Dann nickte sie in Mjerelmyrs Richtung. »Dein neuer Freund?«

»Freund?«

z'Arwas Blick wanderte nach oben.

»Ach so«, stammelte Mjerelmyr. Er hatte Freder fast vergessen, so leicht saß der Junge auf seinen Schultern. »Er hat seinen

Vater verloren. Aber wir werden ihn schon finden, nicht wahr, Fredi?«

Freder reagierte nicht. Er starrte wie gebannt in die Senke, wo die Häuptlinge gerade dabei waren, Platz zu nehmen. Neun Quader standen dort im Kreis, moosbewachsen und verwittert, alle bis auf einen: Der von Albenzeichen übersäte Runenthron – der angestammte Platz der Lindwurmhäuptlinge – hatte Wind und Wetter getrotzt, all die Jahrhunderte hindurch. Der glatte Felsblock war seit drei Generationen verwaist, und wenn im nächsten Jahr die vierte folgte, dann durfte ein anderer Häuptling den Thron für sich beanspruchen und mit ihm die Vorherrschaft über die Trollstämme.

z'Arwa räusperte sich. »Ich habe dich gesucht, t'Aan. Du warst nicht auf dem Markt, dein Stand war leer.«

»Das ist nicht mehr mein Name, das weißt du ganz genau.«

»Schon gut, schon gut, ich bin nicht gekommen, um zu streiten. u'Krata schickt mich. Sie schwört immer noch auf deine Traumfänger. *Komm mir bloß nicht mit gefärbten Federn und Hühnerknochen zurück!*«, ahmte z'Arwa die alte Schamanin des Rabenstamms nach.

Mjerelmyr machte einen halben Schritt zur Seite – mehr Platz war in dem Gedränge nicht – und musterte z'Arwa. Irgendwie schaffte sie es jedes Mal, dass er sich wie ein Tölpel fühlte. Heute war es jedoch anders. Irgendetwas stimmte nicht. Erst hatte sie gelächelt, wenn auch nur kurz, und jetzt hatte sie auch noch gescherzt. z'Arwa hielt seinem Blick mit schwarzen Augen stand, doch ihre Finger spielten mit ihrem Zopf.

Sie ist nervös, dachte er überrascht, *das ist es!* Nur warum? Die Großnichte des Rabenhäuptlings war alles andere als ängstlich. Mjerelmyr hatte sie kämpfen sehen, gegen Trollkrieger, Vetteln und schlimmere Gegner.

»Du weißt, wie sehr u'Krata deine Handwerkskunst schätzt.« z'Arwa hob den Zeigefinger und verstellte abermals die Stimme: »*Keiner knüpft so feine Knoten wie der kleine t'A*...« Sie brach mitten im Wort ab und blickte hinunter in die Senke. »Diese Wirtin, ähm, Märte, nicht wahr? Sie hat mir gesagt, dass du Ärger mit dem Wolfsstamm hattest.«

Mjerelmyr winkte ab, doch er spürte, wie es in seinen Eingeweiden zu brodeln begann. Warum konnten sie ihn nicht einfach in Ruhe lassen – gestern die Wölfe und heute die Raben. Mit einem Seufzer schluckte er seinen Ärger hinunter.

»Immer raus mit der Sprache«, sagte er, so freundlich er konnte, »warum schickt u'Krata dich?«

»Sie braucht Traumfänger, große Traumfänger … für ihre Hütte … am besten Eulen, zur Not auch Krähen … einen für jede Himmelsrichtung.«

»Dann kommst du zu spät.« Mjerelmyr hatte Mühe, ein Grinsen zu unterdrücken. Der alten u'Krata nicht geben zu können, wonach sie verlangte, erfüllte ihn mit einem rebellischen Gefühl von Zufriedenheit.

»Zu spät? Was soll das heißen?« z'Arwa verzog ihre buschigen Brauen. »An wen hast du verkauft? Egal, u'Krata zahlt das Doppelte, und sie kann bei Häuptling a'Rd ein gutes Wort für dich einlegen.«

»Das hätte sie schon vor Jahren gekonnt, als ich nachts ans Tor der Rabenburg klopfte. Aber sie hat sich dagegen entschieden, und beinahe hätte ihr der Grimmwinter den Gefallen getan und den Schandfleck in ihrem Leben ausgemerzt. Aber hier stehe ich, immer noch quicklebendig.«

Seine tauben Zehen erinnerten Mjerelmyr bis heute daran. Drei eisige Nächte lang hatte er vor der Ringburg ausgeharrt, bis man ihn eingelassen hatte. Er war kein Trolling mehr gewesen, aber auch noch kein Troll, als erst sein Vater und bald darauf seine Mutter gestorben war. Bis dahin war sein Zuhause die Straße gewesen. Zusammen mit seinen Eltern war er von Ort zu Ort gezogen. Er hatte seinem Vater gelauscht, wie er Lieder sang, und von seiner Mutter gelernt, wie man Traumfänger knüpfte. Von einem Tag auf den anderen war er allein gewesen. Wohin hätte er gehen sollen, wenn nicht in die Berge von Hraban, zum Stamm seiner Mutter? In seiner Naivität hatte er geglaubt, man würde ihn aufnehmen wie einen verlorenen Sohn. Er hatte falsch geglaubt.

z'Arwa setzte ein mitleidiges Lächeln auf. »Schandfleck? Jetzt übertreibst du aber. u'Krata hat dich warten lassen, weil sie wissen wollte, aus welchem Stein du geschlagen bist – ein Streuner wie dein Vater oder ein Rabe wie deine Mutter.«

Mjerelmyr verspürte ein sengendes Gefühl in seiner Magengegend. »Mein Vater war Donnersänger, kein Streuner! Und überhaupt – all die Jahre, die ich bei euch war, hat sie mich nur geduldet, willkommen geheißen hat sie mich nie. Oder warum schickt sie dich, um ihre Bitte vorzutragen? Warum kommt sie nicht selbst?«

Darauf wusste z'Arwa anscheinend keine Antwort. »Ach«, sagte sie schließlich, »ich dachte, der Streit wäre längst begraben. Aber gut, von mir aus hege deinen Groll. Nur vergiss nicht: u'Krata ist die Schamanin des Rabenstamms. Dein Fleisch. Dein Blut. Deine Großmutter!«

»Du irrst dich«, entgegnete er trotzig. »Sie war vielleicht t'Aans Großmutter, aber ich bin Mjerelmyr, ob es euch passt oder nicht.«

»Mje-rel-myr«, wiederholte jemand seinen Namen mit rauer Stimme und zog dabei die Silben in die Länge wie tropfendes Harz. Mjerelmyr roch den Sprecher, noch bevor er ihn sah – den kalten Torfrauch von einer zu langen Nacht am Lagerfeuer, die Wolke Met, die ihn umhüllte. Es war r'Ilk, z'Arwas jüngerer Bruder. Er schob Menschen beiseite wie Strohpuppen und näherte sich mit einem hässlichen Grinsen. Eine Reihe schiefer Zähne blitzte unter seiner Hakennase auf. »Mje-rel-myr. Der Name ist viel zu lang, taugt nicht für einen Kampfschrei. Bevor du ihn ausstößt, bist du längst durchbohrt. Aber, was rede ich«, lallte er und machte einen Schritt auf den Donnersänger zu, den Kopf gesenkt, sodass seine Hörner auf

Mjerelmyrs Kehle zielten. »Wie ich sehe, bist du gar kein Troll mehr, sondern ein Packesel.«

Mjerelmyr spürte, wie sein Herz zu rasen begann. Seine Finger zitterten. Selbst wenn ihm etwas eingefallen wäre, er hätte nichts erwidern können, sein Mund war wie ausgedorrt. Angst, er hatte Angst, stellte er verwundert fest – vor einem Betrunkenen, der einen halben Kopf kleiner war als er? Doch dann dämmerte es ihm: Er hatte nicht Angst *vor*, sondern *um* jemanden. Um Freder.

Der Junge wippte auf seinen Schultern und fuchtelte aufgeregt mit den Händen, als t'Isk der Hohen Hüterin dabei half, auf den für sie viel zu hohen Thron zu klettern. r'Ilk machte indes einen weiteren Schritt auf sie zu; noch einen und er wäre in Hornstoßweite. Freder war sich der Gefahr, in der er sich befand, nicht bewusst, und es war zu spät, um ihn abzusetzen. Mjerelmyr schloss seine Pranken um die Waden des Jungen, dünn und blass wie Birkenzweige.

r'Ilk kam schwankend zum Stehen. Sein Atem roch wie ein offenes Fass Doppelmet. »He, Feigling, falls du pleite bist, in Taar gibt's Zauberer, die für Trollhörner ordentlich was springen lassen. Dir würden die bunten Dinger bestimmt nicht fehlen, genauso wenig wie deine Eier.«

»r'Ilk, genug!« z'Arwa baute sich vor ihrem Bruder auf und packte ihn bei den Hörnern. Er hielt dagegen. Seine Nackenmuskeln schwollen an, ihre Arme begannen zu zittern. Für ein paar Atemzüge maßen sie still ihre Kräfte. Dann schnaubte der junge Troll aus, beruhigte sich scheinbar … und riss plötzlich den Kopf herum. z'Arwa wurde zur Seite geschleudert, ließ jedoch nicht locker. Die Geschwister wirbelten durch die Menge. Leute stolperten, stürzten, wichen zurück. Im Nu entstand rings um sie eine freie Fläche.

z'Arwa zog r'Ilk mit aller Macht an sich und flüsterte beschwichtigend auf ihn ein. Er nickte im Takt zu ihren Worten. Schließlich – mit einem sanften Stoß gegen die wulstige

Stirn – ließ sie ihn los. Mit leeren Augen bahnte r'Ilk sich einen Weg durch die Massen. Er torkelte in Richtung des gefiederten Rabenbanners, das auf der anderen Seite der Senke im Wind flatterte.

In dem Augenblick ertönte das Mammuthorn zum zweiten Mal. Der Hall ging Mjerelmyr durch Mark und Bein, oder war es der Blick, den z'Arwa ihm zuwarf? Sie sah ihn vorwurfsvoll an, gerade so, als wäre es seine Schuld, dass ihr Bruder gewütet hatte. Es gab nicht viele, die dem Starren einer Tysjarka zu widerstehen vermochten. *Das* war das entscheidende Duell, nicht r'Ilks Pöbelei, dachte Mjerelmyr. Selbst wenn er die Luft anhalten müsste, bis er erstickte: Er würde nicht zuerst blinzeln!

Fünf …

Sechs …

Sieben …

Acht Herzschläge verstrichen.

z'Arwas Augen bohrten sich in die seinen. Mjerelmyr schluckte. Ein laues Lüftchen wehte, aber er fror. Er spannte die Muskeln an und unterdrückte den Schauder, der ihn in kalten Wellen überkam. Plötzlich verschwammen die Bilder auf z'Arwas Stirn und begannen zu tanzen. Verflucht, seine Augen tränten. Gleich würde er blinzeln …

Da erklang das Horn zum dritten und letzten Mal, und Freder kannte kein Halten mehr: »Es geht los, es geht los!« Die Stimme des Jungen überschlug sich, während er auf und ab wippte. *Platsch!* Ein dicker Speichelfaden traf Mjerelmyr und floss über seine bärtige Wange.

z'Arwa rümpfte die Nase. Dann blickte sie zur Seite und schloss die Augen, wenn auch nur für einen Wimpernschlag. Er hatte gewonnen, und sie wusste es. Die Hexenkriegerin mochte über Talismane aus blutigen Runen verfügen; *sein* Glücksbringer saß auf seinen Schultern und hüpfte quietschvergnügt vor sich hin. Mjerelmyr machte keine Anstalten, sich die Spucke aus dem Gesicht zu wischen, er trug sie als Ehrenzeichen, sehr zu z'Arwas Missfallen. Angewidert verzog sie die Mundwinkel.

»Ist mir egal wie du's anstellst, aber sieh zu, dass du neue Traumfänger machst, und zwar schnell. Hier!« Sie warf ihm einen klimpernden Beutel zu.

Mjerelmyr konnte die Kanten des Hacksilbers durch das dünne Leder spüren – jede Menge Plättchen, mindestens zwei Dutzend, dem Gewicht nach.

»Wie gesagt, vier Traumfänger. Und groß müssen sie sein.«

»Ja, ja«, brummte er, »Eulenfedern, ich weiß.«

Offensichtlich war z'Arwa sein gleichgültiger Unterton nicht entgangen, denn sie warf ihm einen mahnenden Blick zu. »Du kennst deine Großmutter, sie wartet nicht gern.«

Mjerelmyr zuckte mit den Schultern. Er hatte keine Eile, seine Neugierde war dennoch geweckt. Wozu benötigte die alte Schamanin so dringend vier Traumfänger? Ihre Hütte war mit Salzsäckchen, Tierschädeln und allerlei anderen Fetischen besser gegen böse Geister geschützt als jeder andere Ort, den er kannte. Ob sie unter wahren Albträumen litt? Schwer vorzustellen, schließlich waren Alben schon seit Generationen nicht mehr in den Gefilden südlich des Immerschnees gesichtet worden, schon gar nicht in den Bergen von Hraban. u'Krata musste wirklich verzweifelt sein, wenn sie sich auf seine Traumfänger verließ. Denn wenn etwas, das er tat oder machte, gegen Albträume half, dann waren es nicht die Windfänger aus Federn und Knochen, sondern sein Gesang, davon war Mjerelmyr überzeugt.

»Wozu braucht sie die Traumfänger, warum jetzt?«, murmelte Mjerelmyr vor sich hin.

»Dunkle Träume«, raunte z'Arwa, drehte sich um und ging.

Ja, im Gehen war sie schon immer gut, dachte Mjerelmyr verbittert. Er blickte ihr kurz hinterher, dann sah er hinunter in die Senke. d'Uum war dabei, die Sitzung zu eröffnen.

Der Vorsitzende des Rates hatte die Arme gen Himmel gestreckt. Sein abgesägtes Horn – an der Spitze und am Trichter in Bronze gefasst – baumelte an einer Kette vor seiner vernarbten Brust. Seine Stimme donnerte durch das Rund.

»Ich grüße euch, ihr Häuptlinge der Großen Stämme …«, beim Anblick der zwei leergebliebenen Throne stutzte d'Uum für einen Moment, »… ihr Wächter der Sieben Quellen!«

Die Anführer von Bären-, Raben-, Wolfs- und Fuxstamm senkten ehrerbietig ihre Häupter.

»Ich grüße dich, Wächter über Salz und Eis!«, fuhr d'Uum mit der Begrüßung fort.

Der fette Gesandte vom Walrossstamm nickte zur Antwort, was aufgrund seines doppelten Doppelkinns kaum auffiel.

»Ich grüße dich, Hüterin des Siebenflusses!«

Auch die kindliche Priesterin in ihrem Algenkleid verneigte sich. Darauf blickte d'Uum nach oben zum Rand der Senke und drehte sich langsam im Kreis. »Und ich grüße euch, ihr Trolle und Menschen Snogaards!«

Die Menge antwortete mit einem tiefen »Humm!«, das weit über das Land hallte, und damit war die Begrüßung beendet.

»Nun denn«, verkündete d'Uum so laut, dass man es bis in die letzten Reihen hören konnte, »es gibt viel zu bereden in diesem Jahr. Dass uns die Lindwürmer nicht mit ihrer Anwesenheit beehren, ist nichts Neues, das kennt man ja von ihnen. Aber dass uns nun auch noch der Oxenstamm meidet?« d'Uum schüttelte den Kopf und lachte grimmig. »Ach, wer kann's ihnen verdenken? So üppig, wie die Ernten im Süden ausgefallen sein sollen, dauern die Festmahle wohl etwas länger. Und der gute gh'Runt ist, wie wir alle wissen, viel zu hungrig, äh, viel zu höflich, um sich von einem Tisch zu erheben, auf dem's noch was zu beißen gibt.« Er wartete kurz ab, bis das Gelächter der Menge verklungen war. »Nun, dafür gibt's zwei neue Gesichter in unserer Runde zu begrüßen. i'Rk Eisbrecher, den Gesandten vom Walrossstamm.«

Der fette Troll kniff seine Schweinsäuglein zusammen und

prustete so laut, dass sein Schnauzbart zitterte: »Umff, Häuptling u'Rt entrichtet seine Grüße. Die Lage an der Grenze verlangt seine Anwesenheit auf der Zantburg. Die Alben sind in Aufruhr. Irgendetwas geht da vor im Land des Tanzenden Schnees. Wir müssen wachsam sein.«

»Richtet dem Häuptling unseren Dank für seine Wachsamkeit aus«, antwortete d'Uum mit pflichtbewusster Miene. Dann widmete er sich der Priesterin. »Mutter Tjelveigh hat ihre letzte Reise den Fluss hinunter, hinaus auf die Ewige See angetreten.« Er hielt für mehrere Atemzüge inne – mehr aus Anstand, denn aus echter Anteilnahme, vermutete Mjerelmyr. »Doch ein neues Licht scheint jetzt in unserer Mitte: Ardara, die Erste ihres Namens, getauft und getränkt mit den Wassern der Sieben Quellen, ist die frisch erkorene Hüterin des Flusses.«

Die kindliche Priesterin erhob sich. Dabei schlug sie, wenig elegant, nach den Fliegen, die zu Dutzenden um ihr Algenkleid surrten. Sie öffnete den Mund, augenscheinlich um etwas zu erwidern, aber d'Uum ignorierte sie und setzte seine Rede fort: »Dieses Jahr ist ein besonderes Jahr, denn heuer jährt sich die Abwesenheit der Lindwurmhäuptlinge zum 99. Mal. Lange haben wir ihre Weisheit und Tatkraft vermisst. Hat es uns geschadet? Uns, den Stämmen, die Jahr für Jahr treu zusammenkommen, um den Schwur zu erneuern, sich auszutauschen und einander mit Tat und Kraft beizustehen?«

Die Leute starrten ihn gebannt an.

»Ich sage: Nein!«, rief d'Uum, und Beifall brandete auf. »Ich sage: Wir kommen auch ohne den Lindwurmstamm aus. Und deshalb brauchen wir einen neuen Führer, einen, dessen Geschlecht sich nicht vor Albenflüchen fürchtet, einen, der sich nicht in seiner Festung verkriecht, einen, der sich kümmert, um die Menschen und Trolle Snogaards. Wir verdienen einen Neubeginn. Wir brauchen einen Neubeginn!«

»Lang lebe d'Uum! Lang lebe d'Uum!«

Während die Menge tobte und klatschte, musste Mjerelmyr an die gestrige Nacht denken. Das Feuer im Steinkreis des Lindwurmstamms – war es nur ein dummer Streich gewesen, oder war das alte Herrschergeschlecht tatsächlich zurückgekehrt? Hatte d'Uum es deshalb so eilig, seinen Führungsanspruch zu untermauern? Was hatte er zu befürchten? Eins war doch offensichtlich: Der Runenthron in der Mitte der Senke stand nach wie vor leer.

Häuptling d'Uum hob den Arm, und die Menge verstummte. »Sagt, mein guter a'Rd, herrscht hier bei uns im Rat nicht das Recht der vierten Generation?«

Der Rabenhäuptling strich seine wirren Brauen beiseite. »Gewiss, gewiss«, krächzte er. »Wenn ein Thron des Rates drei Generationen leer steht und mit Beginn der vierten nicht neu besetzt wird, so ist das Anrecht auf ihn erloschen und, ähm, wird neu vergeben. So zuletzt geschehen im Falle des Schneelöwenstamms zu Gunsten des Fuxstamms vor 293 Jahren, will ich meinen. Oder waren es 294? Auf jeden Fall war das damals keine leichte Sache …«

Seine Stimme ging in einem plötzlichem Aufruhr unter. Der Lärm kam vom nördlichen Rand der Senke. Eine alte Trollin mit grauem Bürstenschnitt und riesigen Hängebrüsten bahnte sich einen Weg durch die Menge. Sie kletterte die Stufen hinunter, bis sie in der Mitte des Rates stand.

»Das ist w'Arla vom Oxenstamm«, flüsterte ein Mann.

Mjerelmyr erinnerte sich gut an die Frau des Oxenhäuptlings, und mit der Erinnerung stieg ihm der Geruch von Stockbrot und Zwiebelmus in die Nase. Als Trolling hatte er an ihrer Tafel gesessen. Während sein Vater die Ballade von Kilvi und Isvander vorgetragen hatte, hatte er so viel von dem Brot und Mus in sich hineingestopft, bis ihm fast der Bauch geplatzt war. Damals war w'Arlas Haar lang und braun gewesen und ihr Gesicht weniger faltig.

Die Trollin stemmte die Hände in die Hüften und holte tief

Luft. »Habt ihr nichts Wichtigeres zu tun, als euch darüber den Kopf zu zerbrechen, wer im nächsten Jahr auf dem dämlichen bekritzelten Felsen sitzt? Nicht dass der Runenthron den Lindwürmern jemals Glück gebracht hätte. Und außerdem sollte man die Schuppen des Drachen nicht verteilen, bevor er nicht seinen letzten Rauchkringel geblasen hat.«

gr'Ast lehnte sich auf seinem Felsenthron vor und musterte die Trollin aus seinem gelben Auge. »Ich wüsste nicht, dass du vor dem Rat vorsprechen darfst«, bellte der Wolfshäuptling.

»Oh, ich habe nicht vor vorzusprechen, ich habe vor, an der Sitzung teilzunehmen.« Darauf drehte w'Arla sich um und setzte sich auf den Oxenthron.

Ein Raunen und Gelächter ging durch die Menge.

»Was soll das?«, entfuhr es d'Uum. »Mach dich nicht lächerlich, Weib. Oder willst du den Thron für deinen Mann mit dem Hintern polieren?«

»Nein«, erwiderte w'Arla nüchtern, »ich gedenke seinen Platz einzunehmen. Er ist tot.«

Die Leute keuchten auf und redeten aufgeregt durcheinander – so laut, dass selbst br'Oog aus seinem Schlummer erwachte. Der Bärenhäuptling rieb sich verdutzt die Augen. »Wie, ein Trollweib auf dem Thron? Seit wann gibt es das denn?«

Die anderen Häuptlinge schüttelten die Köpfe, teils ratlos, teils aufgebracht.

»Nun lasst sie schon reden!«, rief a'Rd mit heiserer Stimme dazwischen. Es dauerte einen Moment, bis sich die Menge wieder beruhigt hatte.

w'Arla nickte zum Dank in Richtung des Rabenhäuptlings, der leise vor sich hin hustete. »Wenigstens einer unter euch, der noch gut erzogen ist. Gerade von dir, d'Uum, hätte ich mehr Achtung erwartet. Schließlich hast du schon als Trolling auf meinem Schoß gesessen und an meiner Titte genuckelt, als du geweint hast vor Hornschmerzen.«

Abermals brachen die Leute in ohrenbetäubenden Lärm aus, doch dieses Mal überwog das Gelächter, in das auch Freder und Mjerelmyr einfielen.

d'Uums Kopf lief scharlachrot an. Dann hieb er mit der Faust auf den Felsenthron, so hart, dass man Steinsplitter abplatzen sah. »Ruhe! Ruuu-heee!« Sein Bart und seine Stimme bebten vor Zorn. Es kostete ihn sichtlich Mühe, die Beherrschung zu wahren. »Ich werde dir deine Beleidigung noch einmal nachsehen, Weib. Dein Verstand muss vor Trauer ja ganz getrübt sein.«

»Hab Dank für deine Anteilnahme«, entgegnete w'Arla mit kühler Miene, »als solche deute ich deine Worte. Aber ich bin nicht gekommen, um mit euch den Tod meines Mannes zu betrauern, auch wenn ihm viele von euch nahestanden. Es war ihm stets eine Ehre, an der Seite deines Vaters in die Schlacht zu ziehen, d'Uum. Und ich kann mich noch gut an das Leuchten in den Augen der beiden erinnern, wenn sie blutig und zerfetzt von der Tatzelwurmjagd heimkehrten. Sogar deine Besuche, t'Isk, hat er genossen, auch wenn du ihn über die Jahre beim Würfeln um das eine oder andere Pfund Silber erleichtert hast. So laut wie an jenen Abenden habe ich meinen gh'Runt nur selten lachen hören.«

»Die Ehre war ganz meinerseits«, erwiderte t'Isk mit einem vielsagenden Grinsen. »Schließlich war er der Einzige, der noch mit mir gespielt hat. Ich meine mich sogar zu erinnern, dass er bei meinem letzten Besuch auf der Oxburg – das muss vor drei Wintern gewesen sein – beim Würfeln gegen mich gewonnen hat.«

»Wenn du mit ›gewonnen‹ meinst, dass er weniger verloren hat als üblich, dann magst du recht haben.«

»Vielleicht, vielleicht«, schnurrte t'Isk und hob entschuldigend die Hände, »meine Erinnerung ist nicht immer die beste.«

»Und br'Oog«, fuhr w'Arla kopfschüttelnd fort, »guter alter br'Oog. Ich glaube, es gab keinen Morgen, nachdem du gh'Runt mit deinem Hollermet abgefüllt hast, an dem er seine Stiefel selbst ausziehen konnte – das kann ich fürwahr bezeugen.«

Trolle wie Menschen lachten herzhaft auf, und einige, die noch ihre Trinkhörner von letzter Nacht bei sich hatten, stießen lauthals an. »Auf gh'Runt!«, ertönte es aus dutzenden Kehlen.

Selbst br'Oog, der zu Beginn noch ganz vergnatzt dreingeschaut hatte, zuckte kurz mit dem Mundwinkel. Dann brummte er leise und murmelte etwas wie »mögen seine Hörner ewig wachsen« in seinen Rauschebart.

w'Arla saß indes schweigend auf dem Fels. Für einen Moment schien sie mit den Tränen zu kämpfen, doch dann erhob sie fest ihre Stimme: »Ja, mein Mann ist tot, gh'Runt der Mächtige, Häuptling des Oxenstamms und Schutzherr über die Wichtelberge und angrenzenden Lande. Aber, wie ich schon sagte: Ich bin ich nicht gekommen, um zu trauern. Ich bin hier, weil ich Rache will, Rache für seinen Tod. Er wurde umgebracht auf dem Weg zu einer Hochzeit in den Widderlanden. Hinterrücks überfallen und ermordet … von einer fremden Macht. Und während ich hier rede, mag es sein, dass die Oxburg schon längst belagert wird. Doch bevor ihr denkt, dass euch eine alte Witwe nur die Ohren vollheulen will – ich habe einen Zeugen mitgebracht.« Mit diesen Worten blickte sie in Richtung Treppe und rief: »Komm herunter, Mädchen! Komm her!«

Eine Menschenfrau erschien am Rand der Senke. Was Alter und Leibesfülle betraf, so hätte sie leicht w'Arlas Enkelin sein können, hätten ihr nicht die Hörner gefehlt. Zögerlich wie ein Reh, das eine von Wölfen umlauerte Lichtung betritt, ging sie die Treppe hinunter. Ihren Blick hielt sie starr auf die Stufen gerichtet.

Die Leute rings um Mjerelmyr begannen aufgeregt zu tuscheln. Er hatte Mitleid mit der jungen Frau. Gewiss war es kein Leichtes, unter den strengen Augen der Ratsmitglieder die Senke zu betreten.

a'Rd lehnte sich vor, bis sein grauer Bart den Boden streifte. »Nur keine Furcht, Frau. Sag uns einfach, wer du bist und von wo du kommst.«

»Aylind, Brænars Tochter … aus Wituwart, Herr.«

»Soso, Aylind aus Wituwart«, wiederholte a'Rd, »dann bist du weit gereist. w'Arla sagt, du hast gesehen, wie ihr Mann, der ehrwürdige gh'Runt, den Tod gefunden hat?«

»Nein, das habe ich nicht«, antwortete die Menschenfrau so leise, dass es kaum zu verstehen war.

d'Uum sprang verärgert auf. »Was soll das Possenspiel, w'Arla? Bringst uns irgendein Waschweib her, das nicht weiß, wovon es redet?«

Die Trollin wollte schützend den Arm um die junge Frau legen, doch die blickte zum ersten Mal auf und schaute dem tobenden Häuptling direkt in die Augen. »Ich habe seinen Kopf gesehen – abgeschlagen, aufgetürmt auf einem Berg von Trollschädeln.«

Die Menge stöhnte auf vor Entsetzen, doch d'Uum brachte sie mit einem kurzen Stoß in sein Horn zum Schweigen. »Mädchen, verrate mir eins: Wer sollte es wagen, einen Trollhäuptling samt seiner Krieger zu köpfen?«

»Soldaten«, erwiderte Aylind. »Sie kamen mit Schiffen, schwarz und vollkommen verschleiert, gerüstet mit hohen Helmen und brennenden Lanzen. Eine Zauberin führt sie an, und sie huldigen einer schlafenden Göttin, die sie Araket rufen.«

d'Uum lachte ungläubig auf. »Und wo, bei Kilvi, soll diese Schwarze Armee herkommen?«

»Aus Ru-Tuan – das hat die Zauberin gesagt; wo immer das Land auch liegen mag, bislang habe ich niemanden getroffen, der es weiß.«

Unter den Häuptlingen machte sich ratloses Schweigen

breit. Etliche Atemzüge lang kratzten sie sich die Bärte und starrten einander stumpfsinnig an. *d'Uum so ruhig Rede und Antwort zu stehen – die junge Frau hat Mumm*, dachte Mjerelmyr, während er im Geiste all die Sagen durchforstete, die er von seinem Vater gelernt hatte. Nein, er war sich sicher, weder eine schlafende Göttin noch ein Land namens Ru-Tuan kamen darin vor.

»Verzeihung«, erklang da eine helle Stimme. Ein vorwurfsvoller Unterton war nicht zu überhören. »Es gibt etwas, das ich bereits eingangs zu erwähnen suchte ...« Ardara hatte sich erhoben und auf den Sitz ihres Felsenthrons gestellt. Die Hüterin des Flusses war jetzt fast ebenso groß wie die sitzenden Trolle und hatte endlich auch deren Aufmerksamkeit. Sie verneigte sich in w'Arlas Richtung. »Mein aufrichtiges Beileid für deinen Verlust.«

»Danke.« Die alte Trollin machte ein erstauntes Gesicht. Wie es schien, war sie genauso überrascht wie die anderen Häuptlinge, dass die kindliche Priesterin das Wort ergriffen hatte.

»Das, was ich zu berichten habe«, fuhr Ardara fort, »ist in dieser Sache von großer Bedeutung, will ich meinen. Gestern Nacht erreichte mich die Botschaft einer Glaubensschwester aus Jöndergard. Die Dörfer an der Siebenbucht sind vor gut einem halben Mond von Fremden überfallen worden. Die Plünderer wurden ebenfalls als schwarz gewandet und verschleiert beschrieben. Genau acht Geiseln sollen sie in jedem Dorf genommen haben, vier Witwen und vier Waisen.«

»Genau wie bei uns«, rief Aylind sichtlich aufgewühlt.

Ein dicker Knoten zog sich tief in Mjerelmyrs Innern zusammen. *Genau acht*, hallten die Worte der Hüterin in seinem Schädel nach. Seltsam, irgendwie machte das die Sache unheimlicher, als wäre das ganze Dorf verschleppt oder getötet worden.

»Havn hingegen war vorgewarnt«, erklärte Ardara. »Die Palisaden waren bemannt und die Köcher gefüllt. Das war ihr Untergang. Die Stadt soll überrannt und bis aufs letzte Haus niedergebrannt worden sein. Was aus dem Tempel der Hüterinnen wurde, ist mir nicht bekannt.«

Wieder herrschte Stille, ernste Blicke wurden ausgetauscht. Dieses Mal war es br'Oog, der als Erster das Schweigen brach: »Dreckige Schweinerei, was den Dörfern und Städten im Süden passiert ist, und auch deinem ehrwürdigen Gatten, werte w'Arla. Aber ich denke, ich spreche nicht nur für mich, wenn ich sage, dass es Sache der Grünländer ist. Zu lange haben die Menschen nicht ihre eigenen Burgen gebaut, nicht ihre eigenen Schwerter geschmiedet, nicht ihre eigenen Söhne zu Kriegern erzogen, sich stattdessen darauf verlassen, dass wir sie vor den Alben und anderen Gefahren schützen.« Der Bärenhäuptling räusperte sich, was wie ein tiefes Grollen klang. »Lasst es mich deutlich sagen: Der Oxenstamm war den Grünländern zu lange zu nah. Kein Wunder, dass gh'Runt sich von der Weichlichkeit der Menschen hat anstecken lassen. Oder etwa nicht?«

»Doch, doch«, beeilte sich t'Isk, ihm beizupflichten.

»Das sehe ich genauso«, brummte gr'Ast, und i'Rk gab ein erstaunlich deutliches »Hm« von sich. Selbst a'Rd leistete keine Widerrede.

Allerdings wagte es auch keiner von ihnen, w'Arla in die Augen zu sehen, denn die hatten gefährlich zu funkeln begonnen.

»Aber Grünländer Bier, das sauft ihr, und ihre Hammel verschlingt ihr auch!« w'Arla schnaufte so erbost, dass ihre Brüste wippten wie die Euter einer Kuh im vollen Galopp. »Damit es in eure Spatzenhirne reingeht: Wer braut und wer Vieh hütet, der kann keine Burgen bauen und auch keine Schwerter schmieden. Und überhaupt, wo waren denn die Augen eurer Späher und wo die Äxte eurer Krieger?« Die alte Trollin warf t'Isk und gr'Ast vorwurfsvolle Blicke zu. »Wer soll denn die

Leute warnen und wer soll sie beschützen, wenn nicht ihr? Warum kommt ihr eigentlich nach Samanunga, wenn die alten Schwüre nur Saufparolen für euch sind? Um eure Ärsche auf den Felsen zu kühlen? Und du, mein guter br'Oog, du hältst am besten weiter Winterschlaf, anstatt die Luft mit deinen dummen Reden zu verpesten.«

Die Häuptlinge waren sprachlos, und Mjerelmyr ebenso. Während die Ratsmitglieder betreten dreinblickten, hatte er Mühe, sich ein Grinsen zu verkneifen. Er konnte sich nicht erinnern, je Zeuge gewesen zu sein, wie jemand derart zusammengestaucht worden war – und dann auch noch Trolle von solchem Rang.

Nachdem w'Arla zwei- oder dreimal tief Luft geschnappt hatte, wandte sie sich an d'Uum. Der Häuptling des Donnerhornstamms hatte sich während ihrer Tirade auf seinem Thron zurückgelehnt. Er schien angestrengt nachzudenken und knirschte dabei mit den Kiefern, als wollte er sein eigenes Horn zermahlen. Schließlich hob er langsam die Hände und klatschte – einmal … zweimal … dreimal. Ein selbstgefälliges Grinsen trat auf seine Lippen. »Nur zu, w'Arla, spuck's schon aus! Welchen Rat willst du *mir* mit auf den Weg geben?«

Die alte Trollin starrte d'Uum mit offenem Mund an. Sie hatte wohl eher mit wüsten Beschimpfungen gerechnet, und Mjerelmyr, wenn er ehrlich war, auch. Doch schon im nächsten Augenblick hatte w'Arla ihre Stimme und ihren Eifer wiedergefunden: »Ich sage dir Folgendes, d'Uum, jetzt kannst du zeigen, dass du nicht nur reden, sondern auch führen kannst. Jetzt kannst du beweisen, dass du es verdienst, auf dem Runenthron zu sitzen.«

»Ähm, im nächsten Jahr«, ergänzte a'Rd und sah sich verwirrt um. »Es ist doch noch nicht so weit, oder doch?«

Kaum jemand schien seinen Einwurf zu bemerken – schon gar nicht d'Uum, der sich erhob und entschlossen vor die Menge trat: »Ich werde die Stämme in den Süden führen und diese Schwarze Armee vernichten. Selbst wenn sie Boten der Alten Götter sind, ich werde sie vor mir her treiben, bis sie in ihren eigenen Feuern brennen und nur das Meer ihre Flammen löschen kann.« Er umklammerte sein Horn und reckte es grimmig in die Höhe. »Heute Abend werden wir Swar‘og‘Wika über unser Schlachtenglück befragen. Wir ziehen in den Krieg!«

Rund um die Senke brachen Menschen wie Trolle in Jubelschreie aus. Ihre Gesichter, in denen Mjerelmyr kurz zuvor noch Angst und Verzagen gesehen hatte, waren nun wutverzerrt. Er selbst war stumm geblieben. Er kannte und hasste den Krieg, ganz gleich für welche Sache er geführt wurde.

Die Schreie hallten immer noch in seinen Ohren nach, als Olkmar sichtlich erleichtert auf ihn zukam. Sofort hob er Freder von seinen Schultern und setzte ihn wohlbehalten bei seinem Vater ab. Der Hirte griff nach Mjerelmyrs Pranke, um sie, von einem Dankesschwall begleitet, kräftig zu schütteln und erst nach einem guten Dutzend Atemzügen wieder loszulassen. Freder winkte ihm noch einmal zu, dann machten sich Vater und Sohn auf den Weg. Gedankenverloren sah Mjerelmyr ihnen nach. Dann glitt sein Blick hinüber zum Rabenbanner, und er erwischte sich dabei, wie er nach z‘Arwa Ausschau hielt. Kein schwarzer Zopf, keine rote Feder zeigten sich. Stattdessen erblickte er den stillen Riesen von gestern, der nachdenklich zwischen den Leuten stand, so als würde er nicht dazugehören. So wie Mjerelmyr.

4. KAPITEL

Isinvi und die zweite Dunkelheit

Es war dunkel. Nicht wie in einem finsteren Loch, eher so, als hätte man Isinvi einen grauen Schleier übergestülpt. An manchen Stellen drang ein gleißendes Licht hindurch, das sich schmerzhaft in ihren Kristallaugen brach. Sehen konnte Isinvi jedenfalls nichts. Wenn sie nicht wüsste, dass die Götter aus Snogaard verbannt waren, hätte sie schwören können, dass Nuë ihre schützende Hand über sie gehalten hatte.

Sie versuchte sich zu rühren, doch ihre Glieder waren taub, versuchte zu atmen, doch sie schluckte Schnee. Ein kaltes Brennen füllte ihre Lunge, ein wildes Zucken durchfuhr ihren Leib. Isinvi ruckte hoch, spuckte den Schnee wieder aus und bekam plötzlich Luft. Sie war in einen Hohlraum vorgestoßen, zumindest mit dem Kopf und den Schultern. Ein paar Felsen hatten sich so verkeilt, dass sie eine kleine schützende Höhle vor den Schneemassen bildeten. Nur – wie lange würde das Geröll halten?

Sie musste raus, musste sich irgendwie befreien aus dem eisigen Grab. Isinvi spannte die Muskeln an, ließ wieder locker, wiederholte den Vorgang ein Dutzend Mal, bis Leben in ihre Hände und Füße zurückgekehrt war. Dann hielt sie die Luft an, tastete sich an dem Felsen entlang und bewegte sich mit schaufelnden Bewegungen durch das kalte Weiß, dem gleißenden Licht entgegen.

Isinvi kämpfte sich vor, atmete gepresst. Für eine Weile

hörte sie nur das Knirschen des Schnees um sich herum, aber dann vernahm sie ein Poltern, ein Stampfen, ein dumpfes Klirren und Schreie. Es wurde gekämpft. War ihre Schwester den Trollen etwa doch nicht entkommen?

Isinvi ließ alle Vorsicht außer Acht und stieß sich von den Felsen ab. Der Geröllhaufen hielt. Trotzdem kam sie nur langsam voran. Atemlos schlängelte sie sich durch Schnee und Schutt wie ein Fisch durch halb gefrorenes Wasser. Sie gierte nach Luft, streckte sich dem Licht entgegen. Dabei streiften ihre Finger etwas Längliches und Hartes. Ein Trollbein! Isinvi zuckte zurück, zählte im Geist bis drei, aber nichts geschah. Niemand durchwühlte den Schnee, niemand stürzte sich auf sie. Sie lauschte. Der Kampfeslärm, inzwischen leiser, schien immer noch weit entfernt.

Doch Isinvi hatte andere Sorgen. Ihre Lunge brannte. Lange würde sie nicht mehr durchhalten. Tastend streckte sie die Hände aus, und dieses Mal war sie sich sicher: Es war kein Troll, den sie berührte, es war der Baum. Sie klammerte sich an den Stamm, zog sich hoch und brach keuchend durch die Schneedecke.

Die Luft schmeckte süß, und Isinvi atmete gierig ein, so gierig, dass ihr schwindelig wurde. Ein paar Herzschläge später sah sie wieder klar. Rundum. Das ganze Unheil. Der Schlitten war umgestürzt, die Deichsel gebrochen. Die Tiere lagen davor mit verdrehten Hälsen, von Felsbrocken erschlagen. Am Fuß des Hanges kämpften die überlebenden Wachen gegen eine Horde Trolle. Im Tiefschnee gefangen waren sie ihrer Beweglichkeit beraubt. Ein leichtes Opfer für die Keulen und Hämmer ihrer hünenhaften Gegner.

Hinter dem Schlittenwrack sah Isinvi einen Troll aufragen. Leicht gebeugt stand er da, ein Bart wie ein Dornengestrüpp, eine Axt in den erhobenen Pranken. Er schien jemanden anzustarren, der zu seinen Füßen lag. Doch es war nicht der Anblick, der Isinvi das Blut in den Adern gefrieren ließ, es war die Stimme. Hell und wohlklingend, und doch knurrte sie Fetzen einer ungehobelten Sprache. Es war ihre Schwester, die in Truulka sprach.

»Bitte nicht! Ich habe Schätze, viele Schätze.«

»Ich nehme mir, was ich will!«, höhnte der Troll und verlagerte sein Gewicht.

Fëara stieß ein Stöhnen aus.

Mehr musste Isinvi nicht hören. Sie lief los, in Richtung Schlitten, und ihr Herz pochte wild. Sie rannte, sank ein und kämpfte sich frei. Ihr Herz pochte wild. Sie sprang über Felsen, glitt über Eis. Ihr Herz pochte wild. Sie hastete weiter, war fast schon da. Ihr Herz pochte wild.

»Bitte«, erklang Fëaras flehende Stimme, »ich trage ein Kind in mir.«

»Umso besser, zwei Alben auf einen Streich!« Der Troll streichelte seine Axt. »Das wird Kharn freuen.«

»Sieh … mich … an!«, röchelte Fëara und stieß einen Schwall unverständlicher Worte aus. Ein Todesfluch!

»Nein!«, schrie Isinvi und hetzte um den Schlitten herum.

Zu spät. Die Axt fuhr nieder. Ein kaltes Krachen, ein Schädel platzte. Der Schnee färbte sich rot. Isinvi kniff die Augen zusammen, versuchte den Anblick ihrer Schwester auszublenden, doch er brannte sich ein wie ein blutiger Schatten auf weißem Grund. Wie in Trance zog sie ihren Sivankva, nahm Anlauf und sprang ab. Hoch durch die Luft flog sie dem Troll entgegen, prallte gegen seinen Rücken und trieb ihm den Dolch in den wulstigen Nacken. Dann fiel sie rückwärts zu Boden.

Die Klinge reagierte augenblicklich. Isinvi sah, wie sich das Yladruum verflüssigte und in das warme Fleisch des Trolls eindrang. Das Heft der Waffe löste sich und landete neben ihr im Schnee, noch bevor sie den Dolch hatte rausziehen können, um ein zweites Mal zuzustoßen.

Der Troll drehte sich um. Ein Grinsen zierte seine bärtige

Fratze, entblößte seine schiefen Hauer. Nie zuvor hatte Isinvi einen Troll mit derart langen Hörnern gesehen. Er musste ein Häuptling sein.

»Der erste Streich kalt dein Fleisch durchdringt«, brummte er und wischte sich gelangweilt über die Wunde am Nacken. Flüssiges Silber tropfte von den Fingern seiner linken Pranke. Mit der anderen schlug er kurzerhand zu.

Isinvi sah die Axt auf sich zukommen, unendlich langsam, dutzendfach, hundertfach, durch jede Facette ihrer kristallenen Augen. Sie wartete ab, rollte erst im letzten Moment zur Seite. Eine Handbreit neben ihr fuhr das Axtblatt in den Boden. Eis klirrte, Schnee stob auf.

Der Troll hob die Waffe, dieses Mal mit beiden Händen. Er ließ sie niedersausen, heftig wie einen Orkan. Doch Isinvi war schon längst in Sicherheit. Drei Umdrehungen. Dieses Mal zur anderen Seite.

Der Troll lachte grimmig und stapfte ihr nach. »Der erste Streich kalt dein Fleisch durchdringt, der zweite trifft und dein Leib erstarrt. Ha, wir können das Spiel lange spielen, du hast ja keine zweite Klinge.«

Der Troll ließ seine Axt nun dicht über den Boden fahren. Wie eine Sense. Von rechts nach links, von links nach rechts. Mit breiten Schwüngen trieb er Isinvi vor sich her. Sie rollte und rollte, dabei wollte sie aufspringen. Nur wie bei dem tödlichen Pendel? Wie sollte sie entkommen? Noch eine Umdrehung und ihre Flucht war zu Ende. Sie kam schwindlig zum Erliegen; wie passend, neben ihrer Schwester im blutroten Schnee.

Isinvi starrte in den Himmel, sah verschwommen, wie sich ihr Verfolger über sie beugte und mit der Axt ausholte. »Halt still, dann tut's nicht weh.«

Sie wollte nach Fëaras Hand greifen, aber sie spürte etwas anderes unter dem Mantel ihrer Schwester: den Sivankva! Isinvi riss den Dolch aus der Scheide, fuhr hoch und rammte ihm dem Troll zwischen den Fellen hindurch in den Schenkel. Erleichtert hörte sie das leise Zischen, als das Lebenssilber der Klinge mit seinem Fleisch verschmolz. Und dieses Mal ließ sie den Dolch stecken, denn sie wusste, was jetzt geschah.

Der Trollhäuptling senkte sein Haupt, glotzte sie dämlich an und erstarrte zu einer Säule. Die Axt glitt aus seinen Händen. Ein letztes Mal rollte Isinvi zur Seite, um ihr auszuweichen. Die Waffe schlug polternd auf und blieb im Blut ihrer Schwester liegen. Dieses Stück Eisen war für immer verflucht, so viel war sicher.

Isinvi erhob sich in einer fließenden Bewegung. Dann wischte sie sich den Schnee aus dem Gesicht und trat an den Troll heran. Eiskristalle aus gefrorenem Rotz hingen in seinem Bart, aus seinen Nasenlöchern stiegen mit jedem Atemzug übelriechende Schwaden auf. All das kümmerte Isinvi nicht. Sie verspürte keinen Ekel, nur Hass. Dieses Ungetüm hatte ihre Schwester ermordet, ihr Antlitz mit nur einem einzigen Hieb ausgelöscht. Isinvi stellte sich auf die Zehenspitzen und hauchte ihm entgegen: »Der zweite Streich trifft, dein Leib erstarrt. Und weißt du, was das Beste ist? Ich werde dich jetzt töten, und du kannst dabei zusehen. Ganz langsam werde ich dich aufschlitzen, dich ausweiden, dich verbluten lassen …«

Der Troll zeigte keine Regung. Wie auch, er war ja erstarrt, und dieser Zustand würde noch eine Weile andauern.

Isinvi suchte nach einer geeigneten Waffe. Die Trollaxt kam nicht in Frage, sie war viel zu schwer. Vielleicht täte es auch ein Splitter von der gebrochenen Deichsel oder die Lanze des verschütteten Reiters, die dort drüben aus dem Schnee ragte?

So tief war Isinvi in ihre Mordfantasien versunken, dass sie die Schatten erst bemerkte, als sie sie bereits umzingelt hatten. Ein Dutzend Trolle bildete einen Kreis um sie. Nur zögerlich rückten sie vor. Der Anblick ihres erstarrten Häuptlings schien die Krieger einzuschüchtern. Auf ebener Erde oder glattem Eis hätte Isinvi die Ungeheuer ausgetanzt, im Tiefschnee würde es eine Hatz, die sie nicht gewinnen konnte. Verflucht, Fëara war tot – warum sollte sie leben?

Ein tiefes Pfeifen durchschnitt plötzlich die Luft. Aus dem Augenwinkel sah Isinvi, wie eine Wurfkeule von hinten heranrauschte. Sie duckte sich, mehr aus Reflex, denn aus echter Gegenwehr. Von links und rechts stießen Spieße nach ihr. Isinvi verbog sich, und die Waffen glitten ins Leere. Noch. Denn die Trolle kamen näher. Die Schlinge zog sich zu.

Da erklang ein tiefes Grollen, und die Lindwurmkrieger hielten inne.

»Halt!«, glaubte Isinvi den Häuptling brummen zu hören. »Lasst sie leben!«

5. KAPITEL

Mjerelmyr und die zweiköpfige Seherin

Es war früh am Abend. An den Ufern des Siebenflusses waren die Mücken erwacht. In dichten Wolken tanzten die Plagegeister Troll, Mensch und Vieh um die Ohren, während die Sonne über der Tundra sank und die Zeltdächer von Samanunga in ein friedliches Gold tauchte. Bier und Met waren den ganzen Tag über in rauen Mengen geflossen. An jedem Lagerfeuer hatte man sich die Geschichte von der alten Oxin erzählt, wie sie Bär, Wolf und Fux das Fell über die Ohren gezogen hatte. Mit jeder Erzählung waren w'Arlas Flüche derber und ihre Gegenüber – die drei Häuptlinge – kleiner und kleiner geworden.

Außer bei den Betroffenen sorgte die Geschichte für äußerste Heiterkeit, ja, sie erleichterte sogar die bangen Herzen, die ob des Geredes über einen bevorstehenden Krieg voll Sorge waren. Eine Schwarze Armee, die vor nichts und niemandem Halt machte, sei in die Grünlande eingefallen. Die Soldaten, so hieß es, brannten alles nieder und fraßen anschließend die verkohlten Leichen.

Mjerelmyr war sich sicher, dass es dummes Geschwätz war. Was man nicht sah und was man nicht kannte, das machte Angst. So war es schon immer gewesen.

Viele Leute kampierten am Rand der Senke, um sich die besten Plätze zu sichern, denn es kam äußerst selten vor, dass Swar'og'Wika in aller Öffentlichkeit weissagte. Mjerelmyr kümmerte das nicht. Er war groß genug, um über die Köpfe der Menschen hinwegzusehen und sogar über die der meisten Trolle.

Außerdem hatte er die zweiköpfige Seherin schon einmal getroffen. Als Junge hatte er sie in ihrer Höhle nahe der Stadt aufgesucht – genauer gesagt hatte er seine Mutter begleitet, und, um ganz genau zu sein, hatte er die Höhle auch nicht betreten, sondern davor gewartet. Mjerelmyr konnte sich jedoch noch gut an den Moment erinnern, als die bucklige Seherin mit den kurz geschliffenen Hörnern ihren Kopf durch den Knochenvorhang gesteckt hatte. Ihr Haar hatte ihren Leib umschlungen wie ein Dutzend dunkle Tücher, nur dass es feucht glänzte und nach ranzigem Fett roch. Dicke Warzen hatten ihr Kinn geziert, und ihre Knollnase war so groß gewesen, dass in den Löchern Schwalben hätten nisten können. Kurzum, Swar'og'Wika war eine widerliche Erscheinung. Nur eines hatte ihr gefehlt, um einen vollends verstörenden Anblick abzugeben: ein zweiter Kopf. Erst Jahre später hatte Mjerelmyr sich einen Reim auf ihren Beinamen gemacht. Mit »zweiköpfig« mussten die Leute das Zweite Gesicht meinen, schließlich war sie eine Seherin.

Lächelnd hatte Swar'og'Wika seine Mutter zu sich in die Höhle gewinkt. Zuvor jedoch hatte sie eine Horde dreckstarrender Mädchen hinausgescheucht – ihre Dienerinnen. Mjerelmyr hatte sich an seine Mutter klammern und sie daran hindern wollen, das finstere Loch zu betreten. Immerhin war ein beunruhigend gelber Qualm aus der Felsspalte über dem Eingang aufgestiegen. Doch er hatte sich wie ein ganzer Troll verhalten und sie gehen lassen. Eine gefühlte Ewigkeit saß er da wie ein Häufchen Elend, davon überzeugt, seine Mutter niemals wiederzusehen. Er malte sich aus, wie er den Vorhang aus Tierknochen und Schädeln – sieben hingen an jeder Schnur – beiseiteriss und in die Höhle rannte, um seine Mutter aus einem dampfenden Kessel zu befreien. Doch er traute sich nicht. Es war das letzte Mal gewesen, dass Mjerelmyr als Kind Angst gehabt hatte.

Nach einer Weile lenkte ihn seine Neugier ab. Er beobachtete die Mädchen, allesamt dürr und schmutzig, die ihm äußerst seltsam vorkamen – nicht nur, weil einige Augenklappen trugen und anderen ganze Haarbüschel fehlten. Das eigentlich Beunruhigende war, dass sie den Moment ohne Aufsicht nicht nutzten, um herumzutollen. Keine von ihnen lachte oder lächelte auch nur. Sie starrten ihn stumm an mit Augen, die älter wirkten als die eines Greises. Und dann begannen sie zu singen: ein Kinderlied, das traurig aus ihren Mündern klang.

Es musste wohl sieben Strophen gehabt haben, und er hätte schwören können, sie auch alle gehört zu haben. Aber es waren nur der Refrain und die ersten drei Strophen, die ihm im Gedächtnis geblieben waren. Bis heute jagten sie ihm einen Schauer über den Rücken, wenn er sie summte.

Brüderchen, fahr den Fluss hinab,
geh auf weite Reise.
Ich bleib hier und näh mein Glück
auf siebenfache Weise.

Ich send dir mein Lächeln nach,
damit du nimmer trauerst.
Hoff, die Sonne lacht für dich,
dass du mich nicht bedauerst.

Ich geb dir ein Haar von mir,
damit das Glück dir hold ist,
ganz gleich, ob's mein letztes wär,
da du mein Herzensgold bist.

Ich schenk dir zwei Steine fein,
voller Glanz und Lichter.
Kann nun nicht mehr bei dir sein,
doch so bin ich dir dichter.

Brüderchen, fahr den Fluss hinab,
geh auf weite Reise.
Ich bleib hier und näh mein Glück
auf siebenfache Weise.

Dann, ganz plötzlich, war seine Mutter aus der Höhle gestürmt. Ihr Gesicht war bleich gewesen. Sie hatte seine Hand gepackt und ihn hinter sich hergezerrt, vorbei an den Mädchen, die ihm zuwinkten mit von Nadeln zerstochenen Fingern. Der Vorhang rasselte und klapperte immer noch, als sie schon einige Schritte vom Höhleneingang entfernt waren. Mjerelmyr hatte nicht anders gekonnt, er hatte sich umgedreht, und der kurze Blick hatte ausgereicht, um zu begreifen, wovor ihn seine Augen und sein Verstand zuvor verschont hatten: Die untersten Schädel an den Schnüren waren keine Tier-, es waren Kinderköpfe.

»Alles wird gut, alles wird gut«, hatte ihm seine Mutter panisch eingebläut und ihm dabei über die Hörner gestrichen. Mjerelmyr hatte nie herausgefunden, was sie in der Höhle der Seherin erfahren hatte. Doch in den Jahren darauf war nichts, aber auch gar nichts gut geworden. Im folgenden Winter war sein Vater bei einer Bergwanderung verunglückt. Seine Mutter hatte den Tod nie verwunden. Auf den Tag genau ein Jahr später war sie, von Gram erfüllt, eingeschlafen. All das lag inzwischen Jahrzehnte zurück, und doch, dachte Mjerelmyr bitter, war es sicher kein gutes Omen, Swar'og'Wika heute wiederzusehen.

Sein Herz pochte, als die Seherin eine gute Weile nach Sonnenuntergang die Senke betrat. Die Hüterin und die Häuptlinge erwarteten sie bereits, ebenso w'Arla, der niemand zu widersprechen wagte, als sie erneut auf dem Thron ihres Mannes Platz nahm.

»Bei Kilvi, da bist du ja endlich!«, rief d'Uum und winkte die Seherin ungeduldig heran.

Swar'og'Wika war nicht allein gekommen. Zwei Mädchen mit verbundenen Augen hingen ihr an den Fersen, um ihr Haar wie eine Schleppe zu tragen. Gleich dahinter hatten sechs weitere Mädchen einen krummen Ast geschultert, an dem ein großer Kupferkessel hing. Sie ächzten unter dem Gewicht, und bei jedem Schritt, den sie machten, schwappte eine sumpfige Brühe über. Als Letztes folgte ein Mädchen mit gerupftem Schädel. Es hielt eine knöcherne Schale in den Händen. *Keines der Lumpenkinder kann älter als elf Winter sein*, dachte Mjerelmyr, und er erinnerte sich an das, was Märte ihm einmal erzählt hatte: Swar'og'Wika war ständig auf der Suche nach neuen Dienerinnen und nahm begierig Waisen auf, am liebsten die Mädchen, die die Hüterinnen vom Siebenfluss abgewiesen hatten.

Plötzlich hörte Mjerelmyr, wie die Leute neben ihm leise murrten. Ohne es zu merken, hatte er sich vorgedrängt. Er stand nun ganz dicht am Rand der Senke, keine zwanzig Schritte vom Geschehen entfernt.

Swar'og'Wika war im Schein einer Feuerschale stehen geblieben, mitten zwischen den Thronen. Unter ihrem wuchernden Haar, das der Seherin als Umhang diente, war sie in ein enges Gewand aus Krötenleder gekleidet. *Nein*, verbesserte Mjerelmyr sich auf den zweiten Blick, *sie ist nackt*; ihre warzige Haut war lediglich von getrocknetem Schlamm bedeckt.

»Ehrenwerte Häuptlinge«, sagte sie, nachdem sie sich vor allen Thronen – auch dem leeren Runenthron – verbeugt hatte, »ihr habt mich rufen lassen?«

Ihre Stimme klang lieblich, ganz anders als ihr Äußeres vermuten ließ. Trotzdem oder vielleicht gerade deswegen meinte Mjerelmyr, ein tiefes Unbehagen unter den Leuten zu spüren.

Selbst manchen Ratsmitgliedern konnte er ansehen, dass ihnen die Gegenwart der Seherin nicht geheuer war. In t'Isks Augen flackerte es unruhig, und gr'Ast fletschte stumm die Zähne. Nur i'Rk, der Troll aus dem hohen Norden, saß ungerührt wie ein Eiszapfen auf seinem Felsen.

»Du hast dir Zeit gelassen«, bemerkte d'Uum barsch.

Swar'og'Wika verbeugte sich abermals. »Verzeih, großer Häuptling, ich wollte nicht unvorbereitet erscheinen.«

»Also weißt du bereits, was wir von dir wollen?«

»Ja, das ist meine Bestimmung: Ich schaue Dinge und Schicksale, ganz gleich, wohin ich sehe.«

Augenwischerei, dachte Mjerelmyr. Sicher war eines ihrer Mädchen heute Mittag bei der Senke gewesen, um ihr vom Rat der Trolle zu berichten.

»Nun denn«, rief d'Uum, »dann wollen wir keine Zeit verlieren. Ich will die Schwarze Armee vernichten. Verrate uns, was das Kriegsglück für uns bereithält, wenn ich die Stämme in den Süden führe.«

»Jawohl!«, »Auf, auf!« und »In den Kampf!«, brüllten die Leute.

Doch nicht alle Häuptlinge wirkten bei der Aussicht auf den Feldzug begeistert. t'Isk und a'Rd, die ihre Stämme weniger blutig anführten als die meisten Trolle, spendeten gerade genug Beifall, um nicht als Abweichler zu erscheinen.

»Im Blut liegt Wahrheit«, sagte Swar'og'Wika und fuhr sich mit der Zunge über die dunklen Lippen. »Ich würde das Blutorakel befragen, nur fürchte ich, es gibt da eine Schwierigkeit …«

»Raus mit der Sprache!«, knurrte d'Uum. »Was ist es?«

Swar'og'Wikas Blick wanderte in Richtung des leeren Runenthrons. »Das Blutorakel kann nur befragt werden, wenn man ihm Blut von den Hüterinnen und den Gesandten *aller* acht Stämme opfert.«

Für mehrere Atemzüge schien d'Uum die Worte der Seherin nicht zu begreifen, denn er runzelte die Stirn, doch dann verwandelten sich die Runzeln in Zornesfalten. Ohne Vorwarnung sprang er auf. Er griff nach Swar'og'Wika. Erst im letzten Moment ließ er den Arm sinken und packte stattdessen eine ihrer Dienerinnen am Kopf. Wutschnaubend drückte er zu. Der Schädel platzte, und das Mädchen sackte zu Boden. »Willst du mich lächerlich machen, Hexe? Bist du darum gekommen?«

»d'Uum, d'Uum«, raunte a'Rd heiser, »beruhige dich. Nicht *sie* ist deine Feindin, die Schwarze Armee …«

Mjerelmyr war speiübel, nicht wegen des grausamen Anblicks, sondern weil sich niemand an dem Tod des Mädchens zu stören schien. Die meisten Leute tranken, schwatzten und gafften weiter, als wäre nichts geschehen. Selbst im Gesicht der Hohen Hüterin zeigte sich kein Mitgefühl. Und das Schlimmste war: d'Uum würde davonkommen. Er hatte den Friedensschwur nicht verletzt, er hatte keine Waffengewalt benutzt.

Mjerelmyr würde heute Nacht zu den Geistern beten und sie um einen qualvollen Tod für den Häuptling des Donnerhornstamms bitten – auch wenn das die Kleine nicht wieder lebendig machte.

Unterdessen stieg Swar'og'Wika über den schmächtigen Körper des Mädchens hinweg und bedeutete ihren Dienerinnen mit einem Wink ihn fortzuschleifen. Stumm kamen sie dem Befehl nach. Dann kniete die Seherin vor d'Uum nieder und küsste den Boden zu seinen Füßen.

»Wenn du es wünschst, oh Mächtiger, dann kann ich dein eigenes, dein ganz persönliches Schicksal erfragen.«

»Mein Schicksal«, zürnte d'Uum. »Nichts als Ausflüchte. Was soll ich damit? Geh mir aus den Augen, Hexe, bevor ich deine ganze Brut zerquetsche!«

»Haltet ein!«, erschallte eine Stimme. »Ich werde von meinem Blut geben, damit das Orakel befragt werden kann.«

Alle Köpfe drehten sich in Richtung des Rufenden, und aus

der Menge löste sich eine schlaksige Gestalt: der stille Riese mit dem Goldhelm. Wie am Tag zuvor ging er gebeugt, denn er trug immer noch das längliche Bündel auf seinem Rücken.

d'Uum sah ihn mit glühenden Augen an. »Und wer bei Kilvis brennender Fotze bist du?«

Der Riese antwortete nicht. Er schritt ruhig durch die Menge, schob sanft ein paar Leute beiseite und stieg die Treppe hinunter.

Währenddessen erhob sich gr'Ast von seinem Thron und trat an d'Uums Seite. »Wenn ich nicht irre, ist das der Schrat, der gestern mit meinen Wolfskriegern Streit gesucht hat.«

»Sprich, Fremder«, rief d'Uum, »hast du Unfrieden nach Samanunga gebracht?«

Der stille Riese blieb zwischen den Thronen stehen. »Unfrieden?«, fragte er und sah die Häuptlinge verständnislos an. »Ich bringe keinen Unfrieden, ich bin ihm allenfalls auf der Spur.«

Noch bevor d'Uum oder gr'Ast etwas erwidern konnten, erhob a'Rd seine brüchige Stimme: »Sag, wer bist du, wenn du uns dein Blut anbietest?«

»h'Ryn, Sohn des ä'Hn, Sohn des aa'Ä, letzter Erbe des Lindwurms.«

»Das kann ja jeder behaupten«, entfuhr es d'Uum mit einem hämischen Lachen. Doch der suchende Blick, den er den anderen Häuptlingen zuwarf, verriet seine Unsicherheit.

»Ich bin Träger von Kharn«, sagte h'Ryn. Er setzte das Bündel ab und begann, es zu enthüllen. Zum Vorschein kam eine langstielige Axt, deren Blatt glutrot im Feuerschein glänzte.

»Die Lindwurmaxt«, flüsterten die Leute.

»Das Feuer im Steinkreis war ein Zeichen«, rief jemand aus der Menge, und ein anderer schrie: »Der Lindwurm ist zurück!«

»Lügner!«, brüllte d'Uum, dass Geifer flog. »Ein Albenfluch liegt auf der Waffe. Niemand traut sich, sie zu führen.«

a'Rd hatte sich derweil erhoben und war auf h'Ryn zu gehumpelt. Er begutachtete die Axt. Andächtig wog er die Waffe in der Hand und fuhr mit dem Daumen über das Blatt. »Hm, hier und da schartig und doch scharf … eisgraue Schuppen am Griff … Ich will meinen, das ist Kharn, so wie ich sie in Händen deines Großvaters aa'Ä erinnere.«

h'Ryn schenkte a'Rd ein dankbares Lächeln, dann wandte er sich an die anderen Ratsmitglieder. »Ihr seht, ich spreche die Wahrheit.«

»Das mag schon sein«, sagte w'Arla und kratzte sich das Stoppelkinn. »Nur warum kommst du erst jetzt? Nach all den Jahren?«

»Um den Runenthron zu besteigen und uns zu befehlen«, fuhr d'Uum dazwischen. »Was sonst? Aber lass mich dir eines sagen: Niemand hier kennt dich, niemand hier traut dir.« Die letzten Worte hatte der Häuptling des Donnerhornstamms nur noch ausgespuckt. Er ging wütend auf und ab, blieb schließlich stehen und starrte wie gebannt auf die Axt, die der alte a'Rd noch immer in der Hand hielt.

Mjerelmyr sah t'Isk und w'Arla bange Blicke tauschen. Für einen Moment fürchtete er, dass d'Uum nach der Waffe greifen würde, aber dann wandte der Häuptling sich ab und trottete zurück zu seinem Thron.

h'Ryn nahm die Lindwurmaxt wieder von a'Rd entgegen und rammte sie mit dem Dorn in den Boden. »Ich verstehe eure Verwunderung und auch euren Unmut, aber der Thron gehört meinem Stamm, seit die Himmelsbrücke eingerissen wurde. Wir waren die ersten und die treusten Diener Gothamars. Ich bin der letzte Sohn aus einer langen Reihe von Häuptlingen. Ich kann nicht für die sprechen, die vor mir waren, doch ich weigere mich, mein Schicksal in Kauf zu nehmen wie ein hornloser Greis. Ich weigere mich, mich dem Albenfluch, der auf dieser Waffe liegt, zu beugen. Noch hat jeder, der sie trug, einen grausamen Tod gefunden, aber ich will und ich werde frei sein in meinen Entscheidungen, bis zum letzten Atemzug.« h'Ryn schwieg, sein hageres Gesicht eine grimmige Maske. Dann, ganz plötzlich, fiel die Anspannung von ihm ab, und er lehnte sich erschöpft auf den Schaft seiner Axt. »So wahr ich hier stehe, ich versichere euch: Ich trachte nicht nach Führerschaft. Ich bin hier, um euch in dieser Zeitenwende beizustehen – Menschen wie Trollen. Und wenn ich euch mit meinem Blut helfen kann, dann werde ich es geben.« Darauf streckte er der Seherin seine nackten Unterarme entgegen. »Wenn es sein muss, bis zum letzten Tropfen.«

»Jaja, schöne Rede«, grunzte d'Uum und ließ sich geräuschvoll auf seinen Thron fallen. Für mehrere Atemzüge musterte er h'Ryn abschätzig, dann rollte er mit den Augen. »Na gut, wenn du schon mal hier bist, Lindwurm, lass uns endlich mit dem verdammten Orakel beginnen. Worauf wartest du noch, Seherin?«

Ein zufriedenes Lächeln huschte über Swar'og'Wikas Gesicht und ließ die Warzen an ihrem Kinn tanzen. Die Seherin klatschte in die Hände. Sofort versammelten sich ihre Dienerinnen um den Kupferkessel und tauchten die Arme in die dunkle Flüssigkeit. Als sie sie wieder herauszogen, wanden sich dicke Würmer in ihren Händen. Dann eilten sie zu den Ratsmitgliedern und setzten die Blutegel an – auch bei h'Ryn, der unter d'Uums finsteren Blicken auf dem Runenthron Platz genommen hatte. Mjerelmyr bildete sich ein, ein leises Schmatzen zu vernehmen, als sich die Tiere in Waden und Armbeugen saugten.

Nach einer kurzen Weile begannen die Mädchen damit, die Egel zu lösen. Sie sammelten die Würmer ein, die auf gut ihre doppelte Größe angeschwollen waren, und brachten sie Swar'og'Wika in der knöchernen Schale. Die Seherin wirkte abwesend. Sie murmelte in einem holprigen Rhythmus vor sich hin, schien sich in Trance zu versetzen, bis ihre Augen nach innen rollten und nur noch das blanke Weiß zu erkennen war. Währenddessen gruben sich ihre Finger mit den gewundenen Nägeln immer tiefer in die Schale. Begleitet von einem zweistimmigen Flüstern zerquetschte sie die Egel und knetete sie zu einer blutig breiigen Masse: »Wache auf und sprich zu mir … wache auf und sprich zu mir … wache auf und sprich zu mir!«

Die Leute am Rand der Senke tauschten ängstliche Blicke aus. Sie rückten näher zusammen. Manche hielten sich gar die Ohren zu.

Mjerelmyr traute seinen Augen nicht. Der eisige Isvander möge ihn holen! Er hörte zwei Stimmen, ganz deutlich, aber er sah nur einen Mund, der sich bewegte. Keine ihrer Dienerinnen unterstützte die Seherin bei ihrem Zauberspruch. Alles, was sie taten, war, die langen Strähnen ihrer Herrin so zu richten, dass sie alsbald splitternackt dastand.

Die Menge hielt den Atem an, und endlich begriff Mjerelmyr wirklich, warum Swar'og'Wika die zweiköpfige Seherin genannt wurde. An der Stelle, wo eigentlich ihre linke Brust hätte sein sollen, befand sich ein eingefallenes Kindergesicht – ohne Nase, dafür mit einem Atemschlitz, blinden Augen und einem runden, zahnlosen Mund. Zärtlich, wie einen frisch geborenen Trolling, begann Swar'og'Wika den Kopf mit dem Blut der Häuptlinge zu füttern. Und der Kopf fraß und fraß und fraß bis auf die letzte Handvoll.

Wieder erklang das zweistimmige Flüstern. Die Münder der beiden Köpfe bewegten sich im Gleichtakt. »Du bist erwacht, nun sprich zu mir … du bist erwacht, nun sprich zu mir … du bist erwacht, nun sprich zu mir!« Immer und immer wieder.

Schließlich warf Swar'og'Wika ihren Kopf in den Nacken und verstummte. Die Missgestalt redete allein weiter, doch dafür umso deutlicher. Ihre Stimme war kehlig schmatzend, und sie sprach in einer Sprache, die feindlich in Mjerelmyrs Ohren klang. Menschen, Trolle, Häuptlinge – sie alle hingen an den Lippen der Missgestalt, gebannt und voller Schauder.

»Angghak rulpur
ghakrisz werr'yg'werrosz.
Yghal wy'traos wor'dorchiim.
Ord'hekem ord'chastyfal,
traos ordak'ashekem.«

Nachdem das letzte Wort den zahnlosen Mund verlassen hatte, beugte Swar'og'Wika sich wieder vor. Behutsam bedeckte sie den zweiten Kopf mit ihrem Haar, so zart, als würde sie ein Kindlein betten. Lange Zeit verstrich, ehe es die Ersten wagten, sich zu räuspern. d'Uum sah sich um, unsicher, ob er die Seherin ansprechen sollte. Doch als niemand anderes das Wort ergriff, fragte er mit etwas zu lauter Stimme: »Und, was hat dir das Orakel verraten?«

»Im Blut liegt Wahrheit«, antwortete die Seherin betont langsam. Dabei verzog sie das Gesicht, als bereitete ihr das Reden Schmerzen. Sie schöpfte eine Handvoll Sumpfwasser aus dem Kessel, um ihre Kehle zu befeuchten. Dennoch klang ihre zuvor liebliche Stimme nun ganz rau. »Nie hat das Orakel klarer zu mir gesprochen.«

Die Ratsmitglieder blickten sie erwartungsvoll an. a'Rd, der schon etwas schwerhörig war, beugte sich mit der Hand am Ohr vor, und gr'Ast schabte unruhig mit den Fingern über seinen Felsenthron.

»Folgendes hat das Orakel offenbart«, sagte Swar'og'Wika heiser.

»Die Schwarze Flut,
verschlingen wird sie Mensch und Troll.
Ein Überleben nur mit des Erbfeindes Beistand.
Bringt ihm sein Seelenpfand,
und Hilfe wird euch zuteil.«

Die anderen Häuptlinge nickten bedächtig, aber d'Uum stand auf und ging drohend auf die Seherin zu. »Das ist der Wortlaut?«

»Ja«, erwiderte sie und kauerte sich zusammen, in Erwartung seines nächsten Wutausbruchs. Doch der blieb aus. Der Häuptling des Donnerhornstamms kehrte ihr den Rücken zu und setzte sich grübelnd auf seinen Felsenthron.

Mjerelmyr konnte sich vorstellen, dass die Weissagung weder d'Uum noch den anderen Ratsmitgliedern schmeckte. Ganz gewiss wollte keiner der Erste sein, der ihre Bedeutung offen aussprach. Er selbst musste unwillkürlich an die Geschichte von der gefangenen Albenprinzessin denken, die ihm sein Vater jedes Mal erzählt hatte, wenn sie an der Rothe entlanggewandert waren.

Indes wurde die Unruhe unter den Leuten immer spürbarer. Als erste Unmutsrufe erklangen, gab sich w'Arla einen Ruck. »Nun«, stöhnte die alte Trollin, »irgendjemand muss ja das Schweigen brechen. Eine eindeutigere Weissagung habe ich in der Tat nie vernommen. Dafür gebührt dir unser Dank, Swar'og'Wika. Wenn ich es recht verstehe, dann verfügt weder ein einzelner Stamm noch unser altes Bündnis aus Trollen und Grünländern über die Macht, die Schwarze Flut – sprich die Schwarze Armee – aufzuhalten.«

w'Arla blickte kurz in die Runde und sprach weiter, als sie von allen Seiten zustimmendes Nicken erhielt. »Wer der Erbfeind ist, dessen Beistand wir bedürfen, brauche ich wohl kaum zu erwähnen.«

»Alben!«, spuckte gr'Ast wütend aus.

»Danke, dass *du* das für mich übernommen hast«, sagte w'Arla grimmig. »Bleibt nur die Frage, was es mit diesem Seelenpfand auf sich hat, mit dem wir die Hilfe der Alben … ähm … erkaufen können.«

»Das, denke ich, ist leicht beantwortet«, erwiderte a'Rd, und seine Augen blitzten auf einmal ganz gelb und wach im

Feuerschein. »Hat nicht dein Urgroßvater, h'Ryn, den tödlichen Überfall auf die Prinzessin angeführt und ihre jüngere Schwester verschleppt?«

»Ja, das war vor dreihundert Jahren«, antwortete h'Ryn knapp.

»Ihr Name ist Isinvi«, ergänzte t'Isk mit einem wissenden Lächeln. »Die Prinzessin ist Kjälvir Kaïs einziges lebendes Kind und somit sicherlich sein größter Schatz, sein Seelenpfand, wenn man so will. Ich habe sie vor Jahren einmal in der Dargetal-Feste besucht, tief unter der Erde, hinter Mauern aus Salzstein, bewacht von den Versehrten. Ich erhoffte mir, von ihr mehr über die Sitten und Gebräuche der Alben zu erfahren, womöglich sogar ihre klangvolle Sprache zu erlernen – einen Wunsch, den ich schon lange hege, um den Feind besser zu verstehen.«

t'Isk erntete misstrauische Blicke, doch er fuhr unbeirrt fort: »Wenn ich eines gelernt habe, dann dass sie über die Jahrhunderte in Gefangenschaft unberechenbar geworden ist. Meist schweigt sie oder kichert in sich hinein. Wenn sie doch mal spricht, dann in Rätseln. Zumindest hat sie mir nie gerade heraus auf meine Fragen geantwortet. Sie ist vollkommen irre und gefährlich dabei. Selbst die Versehrten, Veteranen vieler Schlachten, trauen sich nicht mehr zu ihr ins Verlies. So manche von ihnen hat sie mit einem bloßen Flüstern und ihren Fingernägeln verletzt. Und das will einiges heißen, schließlich tragen die alten Krieger Narben am ganzen Körper, haben Glieder oder Augen verloren. Nicht auszudenken, welche Macht Isinvi hätte, säße sie nicht hinter Stein und Salz fest, wenn ihr Geist frei wäre und sie ihren Wächtern Albträume bringen könnte. Sie hätte sie alle längst mit sich in den Wahnsinn gerissen.« t'Isk seufzte bedeutungsvoll. »Aber sie ist und bleibt unsere wertvollste Geisel. Immerhin hält sie uns eines der drei Albenreiche vom Hals. König Kjälvir lässt doch noch die Waffen ruhen, oder?«

Der Fuxhäuptling und die anderen Ratsmitglieder sahen i'Rk abwartend an. Die Aufmerksamkeit war dem Gesandten des Walrossstamms sichtlich unangenehm.

»Ja«, sagte er schmatzend und nahm die Schwarte, auf der eben noch herumgekaut hatte, aus dem Mund. »Es herrscht nach wie vor Waffenruhe mit Svarun. Und wenn man es genau nimmt, dann auch mit den anderen Albenreichen.«

»Wie das?«, entfuhr es Ardara. »Gibt es im Norden denn keinen Krieg mehr mit den Alben?«

Die Frage der kindlichen Priesterin schien i'Rk zu verwirren. »Nun ... äh ... doch ... und doch nicht.«

Während d'Uum bereits ungeduldig mit dem Horn an seiner Kette spielte, sprang t'Isk dem Walross-Gesandten zur Seite. »Soweit ich weiß, gibt es an der Grenze zu Daushan Evendar immer wieder Scharmützel mit den Schneetänzern von Königin Iavari. Und auch König Morven ist nicht untätig, wie ich hörte. Von Sperdraïdh sendet er wie eh und je seinen düsteren Geist aus und versetzt Trolle wie Menschen in Albträume. Selbst etliche Weiten südlich der Ruinen ist an einen ruhigen Schlaf nicht zu denken.« t'Isk hielt einen kurzen Moment inne. Im Gegensatz zu i'Rk schien er die Aufmerksamkeit der anderen auszukosten. »Aber es gibt schon seit längerem keine albischen Vorstöße mehr zu verzeichnen. Ist dem nicht so?«

»Könnte man so sagen«, pflichtete i'Rk ihm bei.

»Beim Barte von Isvander«, krächzte a'Rd, »das sind gute Nachrichten. Die Alben sind misstrauisch und wachsam untereinander. Ich kann verstehen, dass Iavari und Morven ihre Truppen nicht gegen uns in die Schlacht schicken wollen, solange Kjälvir die seinen schont.« a'Rd legte den Kopf schräg, als würde er fernen Stimmen lauschen. Dann fuhr er sich mit der Hand über Stirn und Augen und blickte wach in die Runde. »Hätte es das Blutorakel nicht geweissagt, dann hätte ich meine Zweifel, ob es weise ist Isinvi auszuliefern. Aber so ...«

»Weissagung hin, Weissagung her«, polterte d'Uum. »Ich werde nicht zusehen, wie wir unser einziges Faustpfand aus der Hand geben, nur um die Alben um Hilfe anzubetteln. Jeder weiß, dass man ihnen nicht trauen kann. Mit Kjälvirs Dankbarkeit brauchen wir bestimmt nicht zu rechnen. Und habt ihr schon mal an das Albenweib gedacht? Sicher dürstet sie nach Rache!«

»Ich teile deine Sorge«, sagte w'Arla. »Nur, was nützt uns Isinvi als Geisel gegen die Schwarze Armee?«

Nichts, glaubte Mjerelmyr von den Gesichtern der Menschen rings um sich herum abzulesen, und er war ganz ihrer Meinung.

w'Arlas mütterlicher Ton schien d'Uum nur noch wütender zu machen. »Lieber sterbe ich im Kampf gegen diese Armee mit ihren Feuerklingen, bevor ich mich im Schlaf von Alben heimsuchen lasse. Aber das kannst du nicht verstehen, du bist ein Weib.«

»Es stimmt, ich bin nie in den Krieg gezogen und habe keine Axt geschwungen, außer um Tannen zu fällen, aber ich habe zwei stolze Söhne großgezogen. r'Uut starb neben seinem Vater, und r'Ook wird ihm bald ins Grab folgen, wenn wir hier noch lange reden. Er ist zu jung, um die Verteidigung der Oxburg anzuführen, und dennoch tut er es. Wir haben niemanden sonst. Unsere Krieger sind tot … abgeschlachtet … nicht von den Alben, sondern von den Fremden. Sie sind es, die unseren Zorn verdienen!« Nun war es w'Arla, deren Stimme vor Wut und Trauer bebte. »Ob uns der Albenkönig helfen wird, wenn wir ihm seine Tochter bringen? Das vermag ich nicht zu sagen. Ich kann mich nur auf die Weissagung verlassen, und ich bin bereit, das Risiko einzugehen, wenn ich damit meinen Sohn und meine Leute retten kann. Die meisten von ihnen sind nämlich keine Krieger, die sich nach dem Schlachtentod sehnen. Sie wollen leben und ihre Kinder und Kindeskinder aufwachsen sehen.«

gr'Ast fuhr knurrend in die Höhe. »Verschon mich mit deinem Leid, Oxenweib! Mein halbes Leben schon kämpfe ich gegen die Alben, nur damit du und deinesgleichen ruhig schlafen können. Ich habe dutzende Kameraden sterben sehen, mit aufgerissenen Augen, mitten im Schlaf. Andere haben vor lauter Albträumen ihren Verstand verloren, und wer dafür stimmt, Isinvi auszuliefern, der hat seinen ebenfalls verloren. Ich sage: kein fauler Handel mit den Alben. Wir kämpfen allein gegen die Schwarze Armee, und wir werden sie auch allein vernichten!«

»So ist es«, brummte br'Oog und nickte bestimmt. »Kein Handel mit dem Erbfeind.«

d'Uum lehnte sich vor, die mächtigen Pranken auf die Knie gestützt. »Das siehst du sicher genauso, h'Ryn«, sagte er mit bedrohlichem Unterton. »Schließlich habt ihr Lindwürmer die Prinzessin damals gefangen, und ihre Schwester war es, die eure Axt verflucht hat. Also, was sagst du?«

h'Ryn schwieg mit versteinerter Miene und i'Rk und Ardara ebenso.

»Bestimmt haltet ihr mich für einen alten Narren, der zu viel grübelt«, rief a'Rd in die angespannte Stille hinein. »Aber was, wenn man mit den Fremden reden kann? Nicht dass ich es glaube. Nur eins ist sicher: Wir müssen mehr über diese Schwarze Armee herausfinden. Sind sie gekommen, um zu plündern oder um zu bleiben? Oder sind sie gar eine Geißel der Alten Götter? Das Mädchen sprach doch davon, dass sie einer schlafenden Göttin huldigen. Wer vermag schon zu sagen, was sich dahinter verbirgt? Und was hat es mit diesen Entführungen auf sich … acht Waisen und Greise aus jedem Dorf. «

»Ich habe meine Späher bereits ausschwärmen lassen«, sagte t'Isk. »Doch es wird Tage, wenn nicht halbe Monde dauern, bis ich Genaueres berichten kann.«

t'Isks Späher waren berüchtigt. Nichts blieb ihren Augen

verborgen, kein Geheimnis ungelüftet. Doch nur die wenigsten von ihnen waren das, was man vertrauenswürdig nennen konnte. Schmuggler und Fallensteller fanden sich ebenso in ihren Reihen wie wandernde Gaukler und die mysteriösen Sunen – jene verschlagenen Alben, die bei ihresgleichen in Ungnade gefallen waren, da mit Hilfe dunkler Magie entstanden. Keiner von ihnen glich dem anderen, gemein war ihnen nur der kleine Wuchs.

Ob der Rat Isinvi ausliefern würde? *Es läuft auf eine Abstimmung hinaus,* dachte Mjerelmyr, und deren Ausgang war alles andere als gewiss.

Swar'og'Wika unterbrach ihn in seinen Gedanken. »Aus eurem Blut habe ich noch etwas anderes herausgeschmeckt«, sagte sie und leckte sich die Lippen, als müsste sie sich den Geschmack in Erinnerung rufen. Mit mahnend erhobenem Zeigefinger drehte sich die Seherin im Kreis. »Zieht ihr in den Krieg und missachtet die Weissagung, dann werden alle neun von euch sterben … alle bis auf einen.«

»Wir sind Trolle, wir sind Krieger. Wir fürchten den Tod nicht!«, schmetterte d'Uum ihr entgegen.

»Wer redet von Tod? Der Eine, der überlebt, wird in Gefangenschaft enden. Besiegt, gedemütigt. Ein Leben ohne Ehre bis zum letzten Atemzug, und der liegt noch in ferner Zukunft. Vielleicht wirst ja du dieser Eine sein?«

»Du kannst mich nicht schrecken, Seherin. Und nun geh mir aus den Augen, bevor ich dir deine Köpfe abreiße!«

d'Uums Brust war bedrohlich angeschwollen. Sein Atem stieg dampfend gen Himmel. Doch er wartete ab, bis Swar'og'Wika, gefolgt von ihren Dienerinnen, die Senke verlassen hatte. Dann räusperte er sich und blickte in die Runde. »Lasst uns abstimmen. Ich für meinen Teil werde mein eigenes Schicksal schmieden. Mit Blut und Eisen. Ohne die Hilfe der Alben. Darum sage ich: Das Albenweib bleibt im Kerker!«

»Ich schließe mich an«, rief gr'Ast. »Wolf und Donnerhorn

haben schon immer Seite an Seite gekämpft. So auch in dieser Schlacht.«

»Im Gegensatz zu euch befindet sich der Oxenstamm bereits im Krieg«, entgegnete w'Arla. »Wir sind dankbar für jede Hilfe, doch am dankbarsten für die, die uns Hoffnung auf Sieg und Leben spendet. Und deshalb müssen wir Isinvi zurück zu ihrem Vater bringen. Das ist unsere einzige Chance – die Weissagung irrt nie.«

»Geplündert, entführt, ermordet«, sagte Ardara grimmig. »Ich sorge mich um die Menschen in den Grünlanden. Hier im Rat bin ich ihre Stimme. Seid versichert, wir Hüterinnen schätzen Swar'og'Wikas finstere Zauber nicht, doch wir wissen auch, dass Macht in ihnen liegt – die Macht zu erkennen, wie sich die Dinge wenden.« Die Priesterin blickte zu Boden, und ihre Stimme verlor an Kraft, und mit einem Mal wirkte sie wie ein ganz gewöhnliches Mädchen. »Mögen die Geister mir verzeihen, aber wenn wir die Schwarze Armee aufhalten wollen, dann nur mit Hilfe der Alben.«

»Oh, ich bin mir sicher, dass die Geister dir verzeihen«, erwiderte a'Rd mit einem Zwinkern. »Wenn es überhaupt etwas zu verzeihen gibt. Außerdem kann ich dir nur beipflichten: Auch ich halte große Stücke auf die Zauberei. Schließlich nenne ich die weise u'Krata meine Schamanin, und sie würde mir ganz sicher den Hals umdrehen, wenn ich etwas anderes sagte.« Offensichtlich wollte a'Rd knurren, um seine Worte zu unterstreichen, aber er verschluckte sich und röchelte nur vor sich hin.

Weise u'Krata … allein der Name seiner Großmutter – laut ausgesprochen – reichte aus, damit Mjerelmyr sich beobachtet fühlte. Er blickte sich um, doch niemand schenkte ihm Beachtung. Alle Augen waren auf den von Hustenkrämpfen geschüttelten Rabenhäuptling gerichtet.

Es dauerte, bis a'Rd wieder zu Atem kam. Schließlich fuhr er mit rot angelaufenem Gesicht fort: »Neben der Zauberei vertraue ich jedoch auch dem gesunden Trollverstand, und der sagt mir, dass man eine Geisel nicht ohne Verhandlung aus der Hand gibt. Haben wir die Zeit für Verhandlungen? Ich bezweifle es. Wem folge ich also, der Zauberei oder meinem Verstand? Ich mache es kurz: Ich werde mich enthalten.«

»Hört, hört«, murrte br'Oog, »der Rabe hat gekrächzt und doch nichts gesagt. War ja nicht anders zu erwarten. Von mir aus kann die Albin in ihrem Kerker verrotten, ich sage nein zur Auslieferung. Doch ganz gleich wie die Abstimmung ausgeht, ich kehre zurück in den Brunwald. *Dort* werde ich gebraucht, nicht hier oder auf irgendeinem Schlachtfeld in der Fremde. Lasst jedoch jeden wissen: Wer die Grenzen des Waldes verletzt, den wird nur eines erwarten – der sichere Tod.«

Es wurde ruhig in der Senke. Ein Blick in das Gesicht des Bärenhäuptlings genügte, um zu erahnen, dass seine Warnung nicht nur den Alben und der Schwarzen Armee galt.

Sechs der neun Ratsmitglieder hatten bislang abgestimmt, überschlug Mjerelmyr im Kopf. Zwei hatten sich für Isinvis Auslieferung ausgesprochen, drei dagegen. Nur der alte a'Rd hatte sich enthalten.

i'Rk atmete die ganze Zeit so geräuschvoll wie eine Walrossherde. Als er einmal besonders heftig schnaubte, rief t'Isk ihm zu: »Bitte, bitte, tu dir keinen Zwang an. Was willst du sagen?«

»Hmpf, ich … will gar nichts sagen. Außer dass es Sache der Grünländer ist … und vielleicht des Oxenstamms. Bis zum Auge wird die Schwarze Armee nicht kommen. Ist zu kalt, außer für die Alben und für uns.« i'Rk klatschte sich mit der flachen Hand auf den Bauch, doch seine Fettschicht erzitterte nicht im Geringsten. »Von daher enthält sich der Walrossstamm.«

»Ah, gut, verstehe«, erwiderte t'Isk und machte ein gequältes Gesicht. »Weise gesprochen, alle meine Vorredner. Ich kann die genannten Gründe beider Seiten gut nachvollziehen, und darum erscheint es mir nur gerecht, wenn auch ich mich enthalte. Natürlich sichere ich, ganz gleich wie die Entscheidung ausfällt, die uneingeschränkte Unterstützung des Fuxstamms zu.«

»Natürlich«, wiederholte d'Uum und klang dabei so, als wollte er t'Isk am liebsten vergiften. »Jetzt fehlt nur noch einer, oder will der sich etwa auch enthalten?«

Alle Augenpaare richteten sich auf h'Ryn. Der Erbe des Lindwurms saß kerzengerade auf dem Runenthron. Als Einziger wirkte er nicht wie ein Plünderer, der auf den Trümmern einer geschleiften Festung hockte – er wirkte erhaben. Für einen Moment meinte Mjerelmyr sogar die Runen zu h'Ryns Füßen schimmern zu sehen, doch das kurze Funkeln war nur dem Spiel der Flammen geschuldet.

»Nein, ich werde mich nicht enthalten«, sagte h'Ryn. Seine Stimme rollte durch die Senke wie ein tiefes Donnergrollen. »Nicht die Weissagung, sondern mein Stamm ist schuld daran, dass wir uns über das Schicksal einer Albin streiten. Dabei sollte im Angesicht der Bedrohung doch die Eintracht unserer Stämme im Vordergrund stehen. Ich weiß nur eines: Mein Urgroßvater br'Aal Albenbann hat König Kjälvirs erste Tochter erschlagen und seine zweite entführt. Als sein Erbe trage ich die Verantwortung für seine Taten, und deshalb stimme ich dafür, Isinvi zurück nach Svarun zu bringen.«

»Damit steht es unentschieden«, stellte t'Isk hastig fest. »Drei zu drei zu drei. Treffen wir uns morgen Abend wieder, wenn sich die Gemüter ein wenig beruhigt haben, und stimmen noch einmal ab.«

t'Isk und einige der anderen wollten bereits aufstehen, als a'Rd das Wort ergriff. »Wartet, ihr Klotsäcke! Bin ich denn der Einzige hier, der sich an die alten Gesetze des Rates erinnert? Ein Gleichstand wird durch die Stimme des Runenthrons gebrochen.«

Die Ratsmitglieder starrten den Rabenhäuptling an – die

einen wütend, die anderen hoffnungsvoll. Oben am Rand der Senke begannen die Leute wild durcheinanderzureden.

»Ich möchte dennoch zu bedenken geben«, rief a'Rd, so laut es seine brüchige Stimme zuließ, »dass es äußerst unvorsichtig ist, Isinvi ohne jede Vorgespräche auszuliefern.«

»Sie wurde ohne Vorwarnung entführt, und so soll sie auch zurückkehren«, entgegnete h'Ryn. »Wenn wir von König Kjälvir Hilfe erwarten wollen, dann müssen wir schon in Vorleistung treten. Und außerdem fehlt uns die Zeit …«

d'Uum riss sein Horn von der Kette und deutete mit der Spitze auf h'Ryn. »Wenn das dein letztes Wort ist, dann zähl nicht länger auf die Krieger des Donnerhornstamms.« Noch bevor h'Ryn antworten konnte, sprang d'Uum auf und stürmte davon. br'Oog schloss sich ihm leise fluchend an.

»Was ist mit euch?«, fragte h'Ryn in die Runde. »Ich halte niemanden auf.«

Keiner rührte sich. Selbst gr'Ast, d'Uums engster Verbündeter, schüttelte den Kopf. »Nein, ich bin zwar nicht deiner Meinung, aber ein Beschluss ist ein Beschluss, ganz gleich wie knapp er zustande gekommen ist.«

»Gut«, sagte h'Ryn, »denn noch einen Stamm hätte ich nur ungern verloren. Und was die Weissagung betrifft – wir wissen zwar, *dass* die Schwarze Armee angreifen wird, doch wir wissen nicht *wann* oder *wo*. Das heißt, dass die Verteidigung zwischen den Stämmen gut abgestimmt werden muss, während ich Isinvi zurückgeleite. Dafür braucht es einen erfahrenen Krieger, einen, der Norland von Küste zu Küste kennt, einen, der von allen geachtet wird. Würdest du das übernehmen, gr'Ast?«

Der Häuptling des Wolfsstamms stieß ein überraschtes Lachen aus. »Ha, bei Kilvi … aus dieser Gruppe gewählt zu werden … ich weiß nicht, ob das eine Ehre sein soll oder eine Beleidigung.« Sein Blick schweifte durch den Kreis der Verbliebenen – eine alte Trollin, eine kindliche Priesterin und zwei Häuptlinge, von denen der eine gebrechlich und der andere kleinwüchsig war. »Ehre hin, Ehre her. Was bleibt mir anderes übrig, als ja zu sagen?«

h'Ryn verneigte sich. »Danke, wir stehen in deiner Schuld.«

»Jaja.« gr'Ast machte eine wegwerfende Handbewegung. »Warnen muss ich dich trotzdem. d'Uum ist stolz, und er verzeiht nicht. Niemals. Ich kenne ihn aus vielen Schlachten, und ich werde meinen Wolfskriegern nicht befehlen, die Waffen gegen ihn zu erheben, sollte er versuchen, dich bei deinem Unterfangen aufzuhalten.«

»Das verstehe ich«, sagte h'Ryn. »Doch nicht nur deshalb ist Eile geboten. Was brächte es, wenn ich mit der Hilfe der Alben zu spät zurückkäme? Morgen früh breche ich auf. Allerdings werde ich die Reise nur schwerlich allein bewältigen können.« Mit einer Miene, so aufmunternd wie die eines Trauerredners, blickte er in die Runde und dann auch hinauf zu den Versammelten am Rand der Senke. Täuschte Mjerelmyr sich, oder hatte h'Ryn ihm eben zugenickt?

»Ich kann von niemandem erwarten, dass er mich begleitet«, fuhr der Erbe des Lindwurms fort. »Schließlich führt der Weg durch wenigstens eines der verfeindeten Albenreiche – durch das Land des Tanzenden Schnees oder vorbei an den Ruinen der Himmelsbrücke. Viele weitere Gefahren, die wir jetzt noch nicht einmal erahnen, mögen unterwegs lauern. Von daher müssen wir auf Schnelligkeit und Heimlichkeit setzen, und zur Not auch auf List und Tücke. Eine kleine, schlagkräftige Gemeinschaft sollte es sein. Wäre es nicht ein Zeichen unseres Zusammenhalts, wenn sich im Lager der Neinsager und im Lager derjenigen, die sich enthalten haben, jeweils ein Begleiter fände?«

h'Ryn schloss die Augen und lehnte sich zurück. Keines der Ratsmitglieder schien erfreut über seine Bitte. *Doch sie vor der versammelten Menge auszuschlagen*, dachte Mjerelmyr, *stünde ihnen mindestens ebenso schlecht zu Gesicht.*

»Ich habe gehört, dass man in der Nähe der Himmelsbrücke nicht schlafen kann«, raunte ein Frau.

»Musst du ja gewohnt sein«, erwiderte eine andere, »so laut wie dein Mann schnarcht.«

Die Leute lachten erleichtert auf, doch die Heiterkeit währte nicht lange. Schon bald wurde hitzig diskutiert – über die Schneestürme in den Albenlanden, die so dicht seien, dass man die eigene Hand nicht vor Augen sehen könne, und über die albischen Eisklingen, die einem das Blut in den Adern gefrieren ließen.

Mjerelmyr bemerkte, wie Ardara immer unruhiger auf ihrem Thron hin und her rutschte. a'Rrd hatte sein Gesicht in den Händen vergraben, und t'Isk versuchte sein Bestes, möglichst unbeteiligt zu wirken.

»Hmpf!«, schnaubte i'Rk plötzlich so laut, dass alle zusammenfuhren. »Ich kann dich an die Grenze zum Land des Tanzenden Schnees bringen, ich reise ohnehin in den Norden.«

h'Ryns Miene hellte sich auf. »Sei bedankt, i'Rk, ich fürchtete schon, ohne ortskundigen Führer auskommen zu müssen.«

»Und ich werde einen meiner Wolfskrieger mit dir schicken. Die können es mit zehn Alben aufnehmen.« gr'Asts einsames Auge leuchtete entschlossen in der Dunkelheit.

»Aber was, wenn sie schlafen?«, fragte t'Isk betont unschuldig. »Können sie es dann auch mit zehn Alben aufnehmen? Sind deine Krieger etwa gegen Albträume gefeit? Ich fürchte, du hast nicht gehört, was ich vorhin sagte. Isinvi ist wahnsinnig – nicht dass es einen wahnsinnigen Alben bräuchte, um euch Albträume zu bescheren, aber besser wird es dadurch nicht. Spätestens in der ersten Nacht wird sie euch heimsuchen, euren Verstand auswringen wie einen Lappen, euch dunkle Dinge einflüstern. Sie wird euch zu ihren Puppen machen, mit euch spielen. Und wenn ihr wieder aufwacht, wer kann schon sagen, was ihr dann tun werdet … euch gegenseitig an die Gurgel gehen womöglich.«

Für einen kurzen Augenblick herrschte Ruhe, doch dann erhob h'Ryn sich, und zum ersten Mal lag eine Spur von Zorn in seiner Stimme: »Wenn du so redest, dann frage ich mich, warum du nicht *gegen* Isinvis Freilassung gestimmt hast.«

t'Isk lächelte nervös. Er wollte etwas erwidern, aber h'Ryn fiel ihm ins Wort: »Ich bin mir sicher, du hattest deine Gründe … genau wie ich. Ich habe nämlich nicht vor, Isinvi träumen zu lassen.«

»Und wie willst du das anstellen?«, fragte a'Rd durch seine buschigen Augenbrauen. »So viel Salz kannst du unmöglich mitschleppen, um sie jeden Abend darin zu betten. Da müsstest du schon mit einer Handelskarawane ziehen.«

»Ein berechtigter Einwand. Aber wie ich hörte, gibt es unter uns jemanden, der Menschen, Trolle und sicher auch Alben in einen traumlosen Schlaf wiegen kann. Allein mit dem Klang seiner Stimme.«

h'Ryn hielt inne und blickte nach oben, und dieses Mal hatte Mjerelmyr keinen Zweifel, dass der Erbe des Lindwurms ihn meinte – *bei allen verfluchten Geistern!*

»Was ist, Donnersänger, wirst du uns begleiten?«

Der Tag hat so gut begonnen, dachte Mjerelmyr. Er war einer von vielen, einer von ihnen gewesen, doch nun spürte er alle Blicke auf sich, so schwer, dass es ihm den Atem raubte. Darum nickte er nur stumm. Dann drehte er sich um und ging. Er wollte nur noch weg von hier. Und außerdem musste er packen. Es sollte bitterkalt in den Albenlanden sein, selbst für Trolle.

6. KAPITEL

ISINVI UND DIE DRITTE DUNKELHEIT

ES WAR DUNKEL. Isinvi erwachte auf einem kalten Steinboden, so wie die letzten hunderttausend Tage … und noch länger. Sie hatte aufgehört zu zählen. Ein leichter Windzug strich ihr übers Gesicht, ließ ihr dünnes weißes Haar erzittern. Von irgendwo wehte ein salziger Lufthauch, in dessen Sog sie eine dunkle Silhouette auszumachen glaubte. Es war ihr Vater, der überraschend plump herangeschlurft kam. Der Schein der Funzel, die er in seiner übergroßen Hand hielt, reichte kaum bis zu den Höhlenwänden. Das flackernde Licht zeichnete scharfe Schatten auf sein Gesicht. Seine Wangen wirkten noch eingefallener, seine Augenhöhlen noch tiefer als sonst. Er war ein wandelndes Skelett.

Kjälvir blieb stehen und klopfte gegen die Eiswand. Seine Faust war wie ein Hammer. »Das ist das Herz unseres Turmes, Isinvi. So glatt und ungreifbar, so kalt und unnahbar musst du sein.«

Doch warum, bei allen vergessenen Göttern, rieselte dann salziger Staub mit jedem Faustschlag herab? Salz, dieser verfluchte Traumfänger. Seit abertausenden Nächten hatte Isinvi niemanden mehr heimgesucht – weder Alb noch Mensch, noch Troll. Sie war in keine Träume mehr eingedrungen, hatte sich nicht an ihnen laben können. Sie streckte die Zunge heraus, schmeckte den Salzstaub und kicherte allem Übel zum Trotz.

»He, hörst du mich?« Ihr Vater sprach plötzlich mit seltsam tiefer Stimme. *Gib den Leuten nie das Gefühl, als würden dich ihre Belange kümmern. Lass sie um jeden deiner Blicke buhlen, um jedes deiner Worte betteln ...* Kjälvir räusperte sich, dass es durch die ganze Höhle donnerte, und seine Gestalt wuchs an, auf die doppelte Größe. »Hast du gehört? Ich werde nicht betteln.«

Die salzige Luft, die große Gestalt. Isinvi streifte die innere Dunkelheit ab, aus der sie erwacht war. Die Halluzinationen waren das Einzige, was echten Träumen nahe kam, doch sie gaben ihr keine Kraft und keine Hoffnung. Für einen flüchtigen Augenblick noch sah sie das Gesicht ihres Vaters, dann durchbrach sie ihren eigenen Wahn und erblickte die zerhackte Visage eines Trolls und um sich herum die Wände des Salzstollens – des Kerkers, in dem sie seit Jahrhunderten gefangen war.

Der Kerl mit der gespalteten Lippe war keiner ihrer Wärter, denn die trauten sich schon lange nicht mehr zu ihr herein. Vorsichtshalber schoben sie die Schalen mit Grütze und Wasser nur noch unter der Tür hindurch.

»Geh weg und erfriere!«, zischte Isinvi und spie aus. Die salzige Spucke brannte auf ihren Lippen.

»Nichts lieber als das – zumindest der erste Teil. Aber erst schreib das Jahr und deinen Namen auf.« Der Troll mit der Hackfresse hielt ihr eine Wachstafel entgegen.

War etwa schon wieder ein Jahr vergangen? Ja, dachte Isinvi, es war lange her, seit das letzte Mal jemand mit ihr gesprochen hatte ... außer ihr selbst. Wer war es noch im letzten Jahr gewesen? Der Alte mit den krummen Armen oder der mit den gesplitterten Hörnern? Keiner der Boten war je zweimal zu ihr gekommen. Das wunderte Isinvi nicht. Wer auch immer ihrem Vater ein Lebenszeichen von ihr überbrachte, brauchte nicht mit einer Belohnung zu rechnen. Kjälvir Kaï würde den Boten bei lebendigem Leibe einfrieren lassen. So viel war sicher.

Es würde, so nichts Unvorhergesehenes geschah, ein weiteres Jahr verstreichen, bis wieder jemand mit ihr redete. Isinvi wollte diesen seltenen Moment der Gesellschaft auskosten, auch wenn es bedeutete, dass sie sich der kruden Sprache der Trolle bedienen musste – die ihre verstanden die tumben Gesellen nämlich nicht. Daher konnten sie die Lebenszeichen auch nicht selbst verfassen.

Sie nahm die Wachstafel und den Griffel, den ihr die Hackfresse anbot. »Damit kann ich nicht schreiben, der ist viel zu klobig für die feinen Schwünge.«

»Mit dem hast du früher auch geschrieben, Skil.«

Aus seinem schiefen Mund klang die Anrede wie eine Beleidigung. Überhaupt war es ein Wunder, dass er auch nur ein einziges Wort auf Chaladlam kannte. Vielleicht hatte er im Norden gegen Alben gekämpft? Die Frostnarben in seinem Gesicht sprachen dafür.

Isinvi ließ ihren Blick nach unten gleiten, zum borstigen Bart des Trolls und zu dem mächtigen Brustkorb. Sicher würde seine Stimme die ganze Höhle zum Dröhnen bringen. Die Choräle der Jemenjaden hatte sie immer gemocht, vor allem die düsteren, bevor sie in die Schlacht zogen.

»Sing für mich.«

Der Troll grunzte überrascht und verdrehte die Augen. »Wie gesagt, ich werde nicht betteln.«

»Und«, säuselte Isinvi, »was willst du dann tun, um mich zum Schreiben zu bewegen?«

»Jedenfalls nicht singen.« Hackfresse ballte die Fäuste, dass seine Knöchel knackten.

»Oh, trau dich, es ist ganz einfach und tut gar nicht weh. Sing für mich. Sing für mich! SING FÜR MICH!«

Isinvi zuckte und schnellte in die Höhe, wie an unsichtbaren Fäden gezogen. Ein Stechen fuhr ihr durch die Glieder. Sie wankte kurz, die Füße taub und der Kopf ganz leicht nach Jahrhunderten Gefangenschaft. Dann biss sie die Zähne zusammen und stand fest vor ihm. Ihre Stirn reichte nicht mal bis zu seiner Brust. Sie streckte den Arm aus, fuhr mit den Fingern durch die langen Borsten seines Bartes, spürte seinen Atem auf ihrem Handrücken.

»Bitte, bitte … bitte sing für mich.«

Seine Barthaare zitterten. Er bebte, kaum merklich, aber er bebte. Hackfresse hatte Angst. *Irgendwie jämmerlich*, dachte Isinvi, so einen groben Klotz bibbern zu sehen. Auch wenn er sein Bestes tat, um seine Furcht zu unterdrücken, und seine Muskelberge anspannte.

Isinvis Hand strich über seine Fellweste, suchte eine Öffnung und tippte ihm gegen die Brust – ganz leicht mit den Fingerspitzen. »Wirst du jetzt für mich singen?«

Hackfresse erwachte aus seiner Starre. Er schnaubte aus. Die Luft pfiff leise, als sie durch seine gespaltenen Lippen entwich.

»Das ist doch schon der Anfang eines Liedes …«, trällerte Isinvi.

Aber der Troll blickte nur umso grimmiger drein und schüttelte den Kopf.

»Ich könnte dir die Augen ausstechen«, sagte Isinvi und hielt ihm den Griffel unter die Nase. »Dann würdest du den Weg nach Jemenjara nicht finden. Aber warum solltest du auch?« Sie ließ die Wachstafel fallen. »Du hast ja kein Lebenszeichen von mir, und kein Lebenszeichen bedeutet keinen Friedenspakt. Dann würde mein Vater gen Süden marschieren mit seinen Kriegern und Wolkenrufern und dafür sorgen, dass die Dunkelheit auch zu euch kommt. Aber das kann dir ja gleich sein, denn dann bist du schon lange blind …« Isinvi lachte auf, stieß sich mit einem Fuß ab und wirbelte auf einem Bein herum, drehte sich im Kreis, immer und immer wieder. Und mit jeder Drehung nahm sie mehr und mehr Schwung auf. Sie könnte einfach in die Höhe springen, ihm erst das eine, dann das andere Auge ausstechen.

Jetzt …

… jetzt …

… oder jetzt.

Doch nein …

… nein …

… *und nein*, säuselte es mit jeder Drehung in ihr Ohr. Fëaras Stimme. Körperlos und trotzdem warm, so wie eh und je.

Du musst ihm nicht wehtun, flüsterte es direkt in Isinvis Kopf. *Er ist nur ein Lakai. Sieh ihn dir an, er hat selbst schon genug gelitten. Lass Güte walten, Güte ist das Einzige, was am Ende zählt.*

Isinvi machte einen letzten Kreisel, trudelte aus und blieb stehen. Für ein paar Herzschläge sah sie den Troll ganz klar vor sich, die Krater und Beulen in seinem Gesicht, die gespaltene Lippe wie eine tiefe Schneise in einer Landschaft aus Haut und Fleisch. Dann verschwamm er wieder vor ihren Augen, und alles, was Isinvi hörte, war das Bersten von Knochen. Bilder von Fëaras gespaltenem Schädel blitzten vor ihr auf.

»Güte? GÜTE?«, kreischte sie. »Sie haben dich erschlagen. So … so … und so!« Isinvi hatte den Arm erhoben, den Griffel in der Hand, und stach auf ihren Kopf ein. »So … so … und so!«

»Hör auf!«, brummte Hackfresse und stürzte sich auf sie. Er umklammerte sie wie ein Bär. Einen Moment lang dachte Isinvi, sie würde in seinen Armen ersticken. Seine ranzige Fellweste wäre das Letzte, das sie roch, aber das machte ihr nichts aus. Wenigstens wäre dann alles zu Ende. Hier und jetzt. Doch dann ließ er sie los, so plötzlich, wie er sich auf sie gestürzt hatte. Salzige Luft strömte in ihre Lunge und machte sie schwindlig. Nur verschwommen nahm sie wahr, dass Hackfresse an seiner Weste nestelte und ein blassgrünes Tuch hervorzog.

»Das hier … Ich geb dir das hier, wenn du deinen Namen und das Jahr auf die Tafel schreibst.«

Der Stoff schimmerte sanft, floss wie Wasser durch seine wulstigen Finger. Das Tuch war gewiss nicht von Troll- oder Menschenhand gefertigt worden. Nein, ein Stoff, so fein gewoben, war allein einer Skil oder Skila würdig. Das Tuch musste aus Fëaras Reisetruhe stammen. Isinvi schlug das Herz bis zum Hals.

»Welches Jahr?«, fragte sie mit trockener Stimme. »Wie lange bin ich schon hier?«

»Dreihundert … dreihundert Jahre.«

Isinvi hob die Tafel auf. Mit zitternder Hand kritzelte sie ihren Namen und die Jahreszahl in das Wachs. Dann reichte sie dem Troll die Tafel und riss ihm das Tuch aus den Pranken. Ganz dicht hielt sie es vor die Nase, vergrub ihr Gesicht darin. Tatsächlich – ein Hauch von Moschus, Wipfelhonig und frischem Schnee. Selbst nach dreihundert Jahren hatte der Stoff seinen Duft nicht ganz verloren, erinnerte sie immer noch an Fëara. Aber auch daran, wie sehr sie selbst stank. Nach Dreck und Schweiß und Verzweiflung. Isinvi war es nicht wert, das Tuch ihrer Schwester in ihren schmutzigen Fingern zu halten. Angewidert von sich selbst ließ sie es zu Boden gleiten. Sie wusste, dass sie zu hässlicheren Dingen bestimmt war.

Güte walten lassen … Güte, höhnte die Stimme ihres Vaters in ihrem Kopf, *du hättest ihm die Augen ausstechen sollen!*

Isinvi blickte auf und sah, wie Hackfresse die Kerkertür hinter sich schloss, hörte, wie der Troll sie verriegelte. Seine Funzel schimmerte unter dem Türspalt hindurch, genauso blass wie ihre Hoffnung. Mit jedem schlurfenden Schritt, den Hackfresse machte, wurde das Licht schwächer, bis es schließlich ganz verblasste und Isinvi wieder in der Dunkelheit saß.

1. INTERMEZZO

Ascan in den Bergen

Ascan Achthand biss die Zähne zusammen und presste. Jedes Mal, wenn der Räuberhauptmann pinkelte, brannte sein Schwanz, als würde er Obstler pissen – teuren Obstler, so wenig wie herauströpfelte. Selbst beim Kacken hatte er Schmerzen. Manchmal wunderte es ihn, dass er keine Goldklumpen schiss, so hart war das, was er tagtäglich in die Büsche drückte. Jeder Morgen war ein einziger Krampf. Warum seine Leute immer noch zu ihm aufsahen, war Ascan ein Rätsel. Er tat sein Bestes, sich nichts von seinen Zipperlein anmerken zu lassen. Oder wussten sie Bescheid und klopften ihm hinter seinem Rücken dafür auf die Schulter? *Gut gemacht, Alter, du kannst zwar nicht mehr Bogenschießen und deine Axthiebe waren auch schon mal kräftiger, aber Hut ab vor deinem morgendlichen Kampf auf dem Donnerbalken.*

»Ascan?« Signes Ruf drang durch die Sträucher. Ihre Schritte klangen eilig.

»Verflucht! Kann ich nicht mal in Ruhe scheißen?«

»Du hockst schon seit dem Frühstück im Gebüsch.«

»Was ist denn?«, fragte er immer noch ungehalten.

»Barkfred und Lef sind zurück. Sie brechen auf.«

»Die Scifari?«

»Ja.«

Scifari – Schifffahrer – war der Name, den er den Fremden gegeben hatte. Seine Männer hatten sie »die Verbrannten« taufen wollen, wegen ihrer flammenden Lanzen und geschwärzten Helme. Doch Ascan hatte sich durchgesetzt. Die meisten seiner Leute waren einfache Kerle und leicht zu beeindrucken. Da wäre es dumm gewesen, die Fremden mit einem unheimlichen Namen zu belegen und stark zu reden – stärker, als sie es ohnehin schon waren. Außerdem war es nicht die Bewaffnung der Schwarzen Krieger, die Ascan beunruhigte. Wesentlich mehr beschäftigte ihn die Tatsache, dass sie die Ewige See überquert hatten. Niemandem zuvor war das gelungen, nicht einmal den Riesen aus der Alten Zeit – oder er hätte in irgendeiner beschissenen Ballade darüber gehört.

In dunklen Schiffen waren die Scifari gekommen, mit Masten hoch wie hundert Jahre alte Tannen. Dorthin hatten sie auch die Gefangenen gebracht, jeweils acht aus jedem Weiler, den sie geplündert hatten. Vier Greise und vier Kinder aus jedem Dorf, und sie alle waren im Bauch der Schiffe verschwunden, die vor Wituwart vor Anker lagen, so viel hatten seine Späher im Schutz der Dünen beobachten können.

Ascan griff eine Handvoll Laub und wischte sich den Arsch ab. »Gut, packen wir's.«

»Los!«, brüllte Signe mit heiserer Stimme. Sie liebte es, die Kerle anzuschreien, und Ascan liebte es, ihr dabei zuzuhören. »Wir brechen auf! Eierkraulen ist vorbei, ihr Klotsäcke.«

Mit Stolz verfolgte er durchs Gestrüpp, wie seine Leute das Lager abbrachen. Schnell und geübt. Eine Hand wusste, was die andere tat. Nur wenige Atemzüge verstrichen, dann war das Feuer gelöscht, die Asche verstreut und die Ranzen geschultert. Niemand, der in ein paar Atemzügen über diese Lichtung ging, käme auf die Idee, dass hier eben noch zwei Dutzend Bewaffnete gelagert hatten.

Seit einem halben Mondlauf folgten sie den Scifari auf ihrem Weg am Fuß der Berge entlang. Wousigl war der sechste Weiler, den die Schwarzen Krieger geplündert hatten. Ascan war sich nicht sicher, was er hoffte über sie herauszufinden, aber irgendetwas lag in der Luft, irgendeine Seltsamkeit. Eine

Spinnenfrau, wie die dicke Aylind sie beschrieben hatte, hatten sie bislang allerdings nicht zu Gesicht bekommen.

Ascan schnürte seinen Hosenlatz, rückte den Gurt mit den Wurfbeilen zurecht und trat vor seine Männer, die abmarschbereit auf ihn warteten.

Signe sah ihn fragend an. »Wohin soll's gehen, Hauptmann? Den Scifari hinterher oder ins Dorf?«

»Ins Dorf«, erwiderte Ascan. »Wir wissen ja, wohin sie ihre Beute bringen.«

»Diesmal nicht zu den Schiffen«, plärrte Lef aufgeregt. Die Augen des Bengels leuchteten mit seinen roten Pickeln um die Wette.

»So, so, und wie kommst du darauf?«

»Weil sie nicht zur Küste ziehen«, sagte Barkfred, »sondern weiter ins Landesinnere.« Der Hüne mit der Saufeder deutete in Richtung Nordosten, wo Tannenwipfel dunkelgrün im Wind wogten, so weit das Auge reichte.

Ascan hielt einen Moment lang inne. Es machte ihn stutzig, dass die Scifari von ihrer Routine abwichen. Bislang waren sie nach jedem einzelnen Raubzug zu ihren Schiffen zurückgekehrt, auch wenn das lange Märsche bedeutete. Doch Überraschung hin oder her, ein Ascan Achthand ließ sich nicht in seine Entscheidungen reinreden, schon gar nicht von einem pickligen Bengel. Außerdem hatte er in Wousigl noch eine Rechnung zu begleichen.

»Wir brauchen Proviant oder ist jemand anderer Meinung?« Er sah seine Männer an. Jedem einzelnen starrte er in die Augen. Ohne zu blinzeln. Und jeder einzelne schaute zu Boden. Selbst die Walbeinstatuen in Havn wären seinem Blick ausgewichen. Im Niederstarren war er ein verdammter Meister. Dafür brauchte man keine zehn Finger und auch keinen kräftigen Pissstrahl. »Gut, wenn die Herrschaften keine Einwände haben, dann gehen wir also ins Dorf.«

Signe klatschte in die Hände, um die Männer anzutreiben.

Auch Arve war noch unter ihnen. Trotz seiner Pfeilwunde hatte der Sohn des Erls nicht geschwächelt. Humpelnd war er ihnen gefolgt, in der Hoffnung, sie würden seine Verlobte befreien. Nicht dass Ascan eine solche Heldentat plante, aber wer war er, einen Verliebten aufzuhalten? Er selbst hatte einst um seine Liebe gekämpft … und sie verloren – an Brænar, den Jäger.

Brænar und er waren in der Jugend Freunde gewesen, gemeinsam durch dick und dünn gegangen – bis sie für dasselbe Mädchen schwärmten; die schöne und mutige Lindrid. Ihre Blicke und Küsse hatten allein Ascan gehört, nur wollte Brænar das nicht wahrhaben. Ganze Monde lang war er ihr hinterhergeschwänzelt, hatte ihr geschmeichelt und ihr Geschenke gemacht, die sie zwar süß, aber kindisch fand. Gemeinsam mit Ascan hatte sie über seine Bemühungen gelacht, nicht bösartig, eher so wie man sich über einen tollpatschigen Welpen amüsierte, der über seine eigenen Pfoten stolpert.

Brænar hatte sich jedoch nicht beirren lassen. Trunken vom Apfelbier hatte der junge Jäger beim Mittsommerfest schließlich um Lindrids Hand angehalten. Ebenso trunken hatte sie geantwortet: »Wenn du den Blumenkranz dahinten vom Dach schießt, dann gehör ich dir.«

Auf einen Schlag war Brænars Blick klar und ernst gewesen, und Ascan erinnerte sich, wie er darüber gelacht hatte, bis ihm Tränen das Gesicht hinunterliefen. Als glaubte Brænar tatsächlich, er könne ein Ziel treffen, das weiter entfernt lag, als er einen Kirschkern spucken konnte – er war ein verdammter Robbenfänger und kein Waidmann.

Brænar hatte erst den Kranz in hundert Schritt Entfernung und dann Lindrid gemustert. »Schwörst du, dass du dann meine Frau wirst? Schwörst du das beim Widdergeist?«

»Ja«, hatte sie gelallt und ebenfalls gelacht, »dann gehöre ich dir. Das schwöre ich beim Widdergeist.«

»Dann musst du mir auch einen Schuss zugestehen«, hatte

Ascan gesagt, mehr aus Prinzip als aus Sorge, und er hatte einen Pfeil von der Sehne schnellen lassen – zu hastig, zu gedankenlos, zu kurz, weil Brænar aus dieser Distanz noch nie irgendetwas getroffen hatte. Nur dieses eine Mal. Dieses eine verfluchte Mal. Ascan hatte nicht einmal hingesehen. Er hatte nur gehört, wie der Kranz zu Boden fiel. Ungläubig hatten Lindrid und er den leeren Dachgiebel angestarrt, wo eben noch die Blumen gebaumelt hatten.

Lindrid heulte die ganze Nacht. Und heiratete Brænar.

Ascan blieb der Hochzeit fern und kehrte Wituwart den Rücken. Er unternahm keinen Versuch, Lindrid zum Mitkommen zu überreden, denn ein Schwur, den man auf den Widdergeist leistete, war bindend. Und so war Ascan ein einsamer Wanderer geworden, ein Wilddieb und ein Räuber.

Jetzt sah er grübelnd in die Ferne. Ob Brænars Tochter Samanunga erreicht und den Rat der Trolle gewarnt hatte? Seine Leute, allen voran Signe, hatten die dicke Maid verspottet und gegen sie gewettet. Aber wenn in Aylind auch nur ein Funken vom Mut ihrer Mutter steckte, dann würde sie es schaffen. Dessen war Ascan sich sicher.

Bei Arve hingegen plagten ihn Zweifel. Der Jüngling schien wild entschlossen und verstand es sogar, ein Schwert zu schwingen. Besonders helle war er jedoch nicht. Ascan feixte. Mit dem Verband aus Moos und Birkenrinde, den Svilgür ihm angelegt hatte, sah Arve eher wie ein Waldgeist aus als wie ein Held, der seine Holde zu befreien gedachte. Nun, wenn ihm die Geister gewogen wären, dann hätte der Bursche vielleicht eine Chance.

Sie erreichten Wousigl nach einem kurzen Marsch. Wie ausgestorben lag der Weiler da – das Gehöft, die Ställe und die Bauernkaten, umringt von Tannen und Fichten. Auf einem Handkarren im Schatten eines Hauses hockte ein schwarzer Hahn. Reglos. Als sie das Örtchen betraten, legte er den Kopf in den Nacken. Ein klägliches Krächzen entwich seinem

Schnabel. Peinlich berührt brach er sein Krähen ab und erstarrte. Wieder herrschte Stille.

Für einen Moment keimte in Ascan die Hoffnung auf, die Bauern hätten seine Warnung befolgt und sich rechtzeitig vor den Scifari versteckt. Er wusste es besser. Von allen Ältesten, die in der Umgebung das Sagen hatten, war Hiruveij der Misstrauischste. Der alte Kämpe, der Seite an Seite mit den Trollen vom Oxenstamm gekämpft hatte, war selbst hochbetagt noch eine eindrucksvolle Erscheinung. Die Geschichten, wonach er ausgewachsene Kiefern mit einem Schlag fällte, mochten übertrieben sein. Dennoch hatte Ascan Hiruveijs Hof stets gemieden, wenn er seine Achthand-Steuer eintrieb. Das Jucken in seinen Fingerstümpfen erinnerte ihn an den Grund.

Plötzlich löste sich Lef aus der Gruppe und schlich zu dem Karren, auf dem der Hahn saß. Er breitete seinen Umhang aus, machte einen Satz und warf ihn über den Gockel. Mit einem breiten Grinsen präsentierte er das zappelnde Bündel.

»Schön loslassen, Bürschchen, sonst ist die Rübe ab.« Hinter dem Jungen hatte sich ein Mann mit einer Holzfälleraxt aufgebaut – die Stirn zerfurcht, der Bart schlohweiß. So abrupt, wie der Alte erschienen war, musste er hinter der Hausecke gelauert haben.

Lef schielte vorsichtig über die Schulter. Sein Lächeln erstarrte, als er die Axt erblickte, der einst Ascans Finger zum Opfer gefallen waren. Sofort ging er in die Knie und legte den zusammengeknüllten Mantel ab. Der Stoff bewegte sich kein bisschen. Anscheinend hatte der Hahn beschlossen, sich tot zu stellen.

»Sei gegrüßt, Hiruveij«, sagte Ascan im Plauderton, obwohl er nicht vorhatte zu schwatzen. Ohne die Augen zu bewegen, maß er die Distanz. Acht Schritte. Außerdem war der Dorfälteste einen Kopf größer als Lef. Das war machbar, fand Ascan, denn kaum jemand wusste, dass das Beil an seiner linken Seite nur von einem dünnen Bändel gehalten wurde.

Ein Ruck, eine Bewegung und das Wurfbeil wäre in der Luft. Umso besser, dass Hiruveij seinen Blick und seine Gedanken nicht zu erahnen schien.

»Was willst du hier, Achthand?«, zürnte der Alte. »Dem Widder auch noch deine anderen Finger opfern? Du weißt ja, wo der Richtblock steht.«

Ascan holte Luft und lockerte seinen Wurfarm. Mit dem nächsten Atemstoß würde er Hiruveij das Beil zwischen die Augen schleudern.

In dem Moment traten Bauern aus den übrigen Katen hervor – Männer und Frauen mit Mistgabeln und Knüppeln bewaffnet, die Gesichter zu harten Fratzen verzogen.

Ascan spannte die bereits gelockerten Muskeln wieder an. Stumm zählte er die Reihen. Seine Leute waren in der Überzahl und kampferprobter obendrein. Sie würden das Scharmützel gewinnen, aber es würde ein Blutbad geben, und Lef müsste dran glauben. Verflucht, wenn er schon kein Meisterschütze mehr war, dann hatte er sich wenigstens dessen gerühmt, immer gut auf seine Männer aufzupassen.

»Also, was willst du?«, rief Hiruveij.

»Lass den Jungen in Frieden«, entgegnete Ascan, »und gib uns zwei fette Sauen, dann ziehen wir unseres Weges.«

»Ha, da kommt ihr zu spät! Die Schwarzen Krieger haben alles geplündert.«

Ein Rascheln zu Lefs Füßen lenkte alle Blicke gen Boden. Der Hahn zappelte sich aus dem Umhang frei, verdrehte den Kopf in alle Richtungen und rannte hektisch davon.

»Alles geplündert?« Ascan sah dem rasenden Gockel hinterher. »Lügen steht dir nicht. Ihr habt sicher noch ein paar Ferkel versteckt, oder willst du behaupten, ihr hättet meine Warnung nicht erhalten?«

»Deine Warnung, pah!« Hiruveij spuckte auf den Boden. »Ein Haufen Ratten und Krähen seid ihr. Fresst euch da durch, wo das Elend am größten ist. Aber von uns kriegt ihr nichts!«

»Sie haben meine Tochter verschleppt«, schrie plötzlich eine Bäuerin. Ihre Kleidung war schmutzig, das Haar hing ihr strohig vom Kopf. Die Verzweiflung stand ihr ins Gesicht geschrieben.

»Und meine Großmutter«, fügte jemand leiser hinzu.

Gut so, dachte Ascan, *vielleicht wenden sich die Bauern in ihrem Unmut gegen den Alten*. Das musste er nutzen.

»Ich habe euch vor den Scifari gewarnt«, verkündete er deshalb laut und deutlich. »Ihr hattet genug Zeit, euch und eure Lieben in Sicherheit zu bringen. Doch dieser grantige alte Bock hat euch wohl nicht gehen lassen, was?«

»Ja, ganz recht«, erwiderte Hiruveij, »oder glaubst du, wir verstecken uns im Wald, damit du und deine Gesellen hier seelenruhig plündern können?«

»Wir müssen nicht plündern, wenn du endlich die zwei Schweine rausrückst.«

Hiruveij hob drohend die Axt. »Schert euch davon oder zahlt mit eurem Blut!«

Ascan zögerte. Er wollte kein Blutbad, nicht jetzt. Doch er spürte die Blicke von Signe, Harvol und den anderen im Rücken. Er musste etwas tun, um ihren Respekt nicht zu verlieren.

»Ihr Leute von Wousigl«, erklang es plötzlich zu seiner Rechten. Arve war an seine Seite getreten. »Manche von euch kennen mich vielleicht, ich bin Arve, Sohn von Bredo.« Er ließ zwei Atemzüge verstreichen, wartete, bis er ihre Aufmerksamkeit hatte. »Ihr guten Leut, lasst mich euch sagen: Ich teile euer Schicksal. Dieselben Krieger, die euch heimsuchten, haben mich auf meiner Hochzeit überfallen und meine Braut geraubt. Wir sind ihnen auf der Spur, und ich verspreche euch, wenn wir sie stellen, dann befreien wir nicht nur meine Frau, sondern auch eure Kinder und eure Alten.«

Hiruveij stieß ein kehliges Lachen aus. »Niemals! Die sind euch armseligem Haufen über.«

Niemals! Wenigstens in dem Punkt war Ascan sich mit Hiruveij einig.

Arve gab sich jedoch nicht so leicht geschlagen. Eins musste man ihm lassen – der Junge verstand es, Reden zu halten. »Mag sein, sie haben Schilde aus Eisen und brennende Waffen. Aber in unserer Brust schlagen brennende Herzen, und außerdem kennen wir das Land. Ihr Leute von Wousigl: Wir sind eure einzige Hoffnung!«

Leere Worthülsen … doch sie fruchteten.

Die zerzauste Bäuerin war die Erste, die ihre Stimme erhob. »Ich will meine Tochter wiedersehen. Also lasst uns ihnen helfen.«

»Ja, geben wir ihnen, was sie brauchen«, pflichtete ihr eine junge Frau bei, und schließlich nickten auch die anderen.

»Hm, nun gut«, sagte Hiruveij zögerlich. »Zwei Ferkel können wir wohl entbehren.«

Lef nutzte die Gelegenheit und stahl sich aus der Reichweite von Hiruveijs Axt. Das Ganze behagte Ascan gar nicht. Nun stand er nicht nur schwächer da als der alte Sack, sondern auch noch schwächer als Arve, dieser dumme Junge. Wie bloß sollte er die Sache noch zu seinen Gunsten drehen?

Er überlegte kurz und begann zu reden: »Ihr seht ja, dass wir den Sohn des Erls auf seiner Jagd begleiten. Wir stehen nämlich im Dienst seines Vaters. Zum Dank dafür hat mir der Erl einen Befehl mit auf den Weg gegeben« – Ascan hielt inne, hob seine rechte Hand und wackelte mit den fehlenden Fingern – »nämlich dass du, Hiruveij, mir meine Knochen auszuhändigen hast.«

»Deine Knochen rausrücken?« Hiruveij musterte Ascan argwöhnisch, dann blickte er hinüber zu Arve und wartete auf dessen Antwort.

»Ohne mich«, raunte Ascan durch den Mundwinkel, »wenn du jetzt nicht lügst, Junge.«

Arve räusperte sich. »Ja, so hat es mein Vater befohlen.«

Ascan grinste zufrieden. Er sah Hiruveij an, dass er am liebsten Gift und Galle gespuckt hätte. Stattdessen kam er auf sie zu und schlug in Arves Hand ein. »Abgemacht, zwei Ferkel und Achthands Finger.«

7. KAPITEL

MJERELMYR UND DAS WASSERROSS

ALS ENDLICH DER MORGEN GRAUTE, hatten sich die Winde der letzten Tage gelegt. Sie hatten einen nassen Gruß hinterlassen: Regen, Regen und nochmals Regen. Der Siebenfluss, ohnehin schon durch das Schmelzwasser aus den Bergen angeschwollen, hatte in der Nacht großes Unheil angerichtet und einige Zelte mitsamt ihren Bewohnern fortgerissen.

Mjerelmyrs Lagerplatz lag zwar weit genug von den Fluten des Hochwassers entfernt, verschont hatte ihn der Regen allerdings nicht. Der Donnersänger hockte vor seinem Rucksack und stopfte ein klammes Bündel aus Socken hinein. »Wäsche, Kessel, Schnur, Talg, Zunder«, zählte er leise vor sich auf. »Ich denke, ich habe alles.« Er sah sich in seinem leeren Zelt um. Er würde es zurücklassen müssen und hoffen, dass es noch stand, wenn er zurückkehrte. Falls er zurückkehrte. Märte und Griseldis alleinzulassen fiel ihm nicht leicht, aber h'Ryn war der erste Troll seit langem, mit dem er eine gewisse Verbundenheit verspürte. Der Riese war ein Außenseiter wie er selbst, wie konnte er ihm da seinen Wunsch abschlagen?

»Schrecklich, das mit den Kindern«, sagte Märte. Die Wirtin stand im Zelteingang und hatte ihm beim Packen zugesehen. »Die zwei werden immer noch vermisst. Bei dem Wetter heißt das nichts Gutes, das Wasser ist ja noch ganz eisig. Einfach im Schlaf davongespült. Nicht auszumalen, wenn Griseldis …« Ihre Stimme erstarb.

Mjerelmyr blickte auf, während er seinen Ranzen schnürte. Er sah, dass Märte Tränen über die Wangen liefen. Für einen Moment schauten sie einander schweigend an – auf Augenhöhe. Dann stand er auf und tat etwas, was er selten machte: Er umarmte Märte. Keine Frage, Mjerelmyr mochte die Menschen, nur für gewöhnlich nicht so nah. Doch wer konnte schon sagen, ob er die Wirtin jemals wiedersehen würde?

Märte, zunächst sichtlich überrascht, vergrub sich in seinen Armen. Für zwei oder drei Atemzüge verharrten sie so. Dann ließ Mjerelmyr die Menschenfrau wieder los.

»Oh«, schniefte sie, »ich fürchte, jetzt haben wir's zerdrückt.«

Mjerelmyr blickte auf ein braunes unförmiges Etwas, das Märte ihm entgegenhielt. Der Klumpen sah nicht nach viel aus, roch jedoch nach ihrem köstlichen Nussbrot, von dem er so gerne naschte.

»Wär doch nicht nötig gewesen«, murmelte Mjerelmyr verlegen, als er das Backwerk entgegennahm.

»Und ob! Und da ist noch etwas. Seldis! Gri-seldis!« Die Tochter der Wirtin spähte schüchtern hinter dem Küchenzelt hervor. »Na komm schon«, rief Märte, »schließlich hast du den halben Tag gesucht und die ganze Nacht geknüpft. Wär doch zu dumm, wenn's umsonst gewesen wäre.«

Die Kleine zögerte kurz, dann stapfte sie auf Mjerelmyr zu. In ihren Händen hielt sie ein abenteuerliches Gerippe aus Vogelknochen. Drei kaputte Krähenköpfe baumelten an einem Brustbein, und ein einzelner Flügel stand im schiefen Winkel davon ab wie die Finne eines Schwertwals. Mit gesenktem Blick überreichte Griseldis ihm das Kunstwerk. Dann huschte sie zurück und versteckte sich hinter dem Rock ihrer Mutter.

»Das sind die restlichen Knochen«, sagte Märte. »Seldis hat sie im Matsch gefunden. Wir dachten, es ist an der Zeit, dass du mal etwas Glück hast. Also Zeit für einen Glücksbringer.«

»Oh … äh … danke … ich werde gut auf ihn aufpassen.« Mjerelmyr war dankbar, dass er Märte und Griseldis den Rücken zuwenden musste, um das Brot in seinem Rucksack zu verstauen. So sahen sie nicht, wie ihm ein, zwei Tränchen in die Augen schossen. Er blinzelte und wischte sich mit der Hand übers Gesicht. *Gut, alles trocken.* Mit einem Doppelknoten band er den Talisman am Griff seiner Stabkeule fest und drehte sich wieder um. Es war so weit, es gab keinen Grund mehr, seinen Abschied noch länger hinauszuzögern. Außerdem wollte er h'Ryn und die anderen nicht warten lassen.

»Mögen die Geister über euch wachen!«

»Ich bin mir sicher, das werden sie«, erwiderte Märte. »Gib lieber auf *dich* Acht, Donnersänger. Du wirst schon sehen, wenn du zurückkehrst, wird man Lieder über dich singen.«

Mjerelmyr teilte die Zuversicht der Wirtin nicht, weder was seinen Ruf noch was seine Rückkehr betraf. Er lächelte trotzdem und trottete los. Wenigstens wusste er, dass für Märte und Griseldis gesorgt war. Das beruhigte ihn. Wie ein guter Wichtel hatte er u'Kratas Hacksilber in der Garküche unter einem Sack Bohnen versteckt. Angenommen hätte Märte es gewiss nicht. Doch wenn sie es fand, würde er schon längst über den Siebenfluss und alle Berge sein.

Samanunga wirkte ausgestorben. Auf dem Weg zum Nordrand der Senke – dem vereinbarten Treffpunkt – kam Mjerelmyr an vielen verlassenen Zelten vorbei. Sicher gehörten sie Leuten, die sich an der Suche nach den vermissten Kindern beteiligten. Er hätte das Gleiche getan, wenn er nicht zu dieser aberwitzigen Reise aufbräche.

Aus anderen Zelten ertönte indes das Schnarchen derjenigen, die in der letzten Nacht zu viel gesoffen hatten. Mit Suchenden und Säufern, damit hatte Mjerelmyr gerechnet, nur nicht mit der freien Fläche, die sich einige Schritte weiter vor ihm auftat. Der platt gestampfte Boden und die tiefen Einbohrungen deuteten darauf hin, dass hier vor Kurzem noch zahlreiche Zelte gestanden hatten – Trollzelte der Größe nach.

Während Mjerelmyr über die Brache schritt, versuchte er sich daran zu erinnern, wer hier gelagert hatte. Ein riesiger Dunghaufen verriet es ihm. Solche Berge konnte nur eine Donnerbestie scheißen. Die Dickhäuter waren von kolossalem Umfang, vor allem aber waren sie das Totemtier des Donnerhornstamms. Wie es aussah, war Häuptling d'Uum mit seinem Gefolge noch in der Nacht aufgebrochen. *Wohin sie wohl gezogen sind?*, grübelte Mjerelmyr im Weitergehen, den Blick auf den Boden gerichtet, um nicht in die Scheiße zu treten.

»Schwarze Flut unter schwarzen Flügeln.« Wie aus dem Nichts tauchte z'Arwa vor ihm auf, und er zuckte zusammen. »Viele werden untergehen, nur Alben aus ihr auferstehen.« Sie trat ihm in den Weg.

Mjerelmyr sah sie verständnislos an.

»Du wolltest doch wissen, was u'Krata träumt. Und nun tust du nichts gegen ihre Albträume, sondern machst sie auch noch wahr!«

»Ich … wir … wären nicht unterwegs, wenn a'Ard dagegen gestimmt hätte, die Albin auszuliefern. Warum hat er das nicht getan?«

»Weil er ein Tattergreis ist, der seinen Schwachsinn hinter Weisheit zu verstecken sucht.« z'Arwa spuckte ihm vor die Füße und trat zur Seite. »Viel Glück!«, zischte sie, dass es wie ein Fluch klang.

Mit einem flauen Gefühl im Magen ging Mjerelmyr weiter. Dass ihm z'Arwas Meinung immer noch so wichtig war, sie ihn immer noch so packte? War sie wirklich wütend auf ihn oder war ihr Auftauchen vielleicht nur ein unbeholfener Versuch gewesen, sich zu verabschieden? Während er darüber nachgrübelte, erreichte er die Senke. Die anderen waren bereits da. Zu seinem Missfallen stellte Mjerelmyr fest, dass gr'Ast ausgerechnet v'Ark geschickt hatte, um h'Ryn zu begleiten, jenen Flegel, der ihm gestern seine Traumfänger zertreten hatte. Mjerelmyr unterdrückte einen Fluch.

h'Ryn, v'Ark und i'Rk drängten sich gemeinsam mit den verbliebenen Ratsmitgliedern unter einer Plane, die eigens für sie aufgespannt worden war. Um sie herum hatte sich eine kleine Traube von triefnassen Schaulustigen versammelt: düster dreinblickende Trolle vom Rabenstamm, waffenstarrende Wolfskrieger und ein paar zwielichtige menschliche Gestalten, die wohl darauf hofften, dass irgendetwas für sie abfiel, und seien es nur Neuigkeiten, die sie am Abend in einer der Schänken gegen einen Krug Met zum Besten geben konnten. Unter ihnen stand auch die dicke Maid, die vom Überfall der Schwarzen Armee berichtet hatte.

Sie hieß Aylind, wenn Mjerelmyr sich recht entsann. Über der Schulter trug sie einen mannshohen Bogen. Falls ihn sein Gefühl nicht trog, dann musterte sie ihn neugierig, als er an das behelfsmäßige Zelt herantrat. Zu seinem Unbehagen war kein Platz mehr unter der Plane, sodass er sich gezwungen sah, am Rand, gleich unter der Traufe, stehen zu bleiben.

h'Ryn entdeckte ihn sofort und nickte ihm zu. »Gut, der Donnersänger ist hier. Dann sind wir vollzählig.«

»Wurde auch Zeit«, knurrte v'Ark. Der Wolfskrieger warf Mjerelmyr einen abschätzigen Blick zu. Dann verzog er den Mund zu einem breiten, alles andere als freundlichen Grinsen. »Hier«, sagte er und reichte ihm die Zügel von einem zotteligen Troll-Pony. »Wer Kinder in den Schlaf singt, der kann bestimmt auch gut mit Tieren.«

Mjerelmyr zuckte zusammen, als sich ein Schwall Wasser vom Zeltdach in seinen Kragen ergoss. Das Pony hingegen blieb ruhig stehen. Begraben unter Säcken, Körben und Kisten erinnerte es ihn an eine vierbeinige Ausgabe von i'Rk – stämmig und unerschütterlich.

»Wie heißt es?«, wollte Mjerelmyr wissen, während er sich über den nassen Nacken wischte.

v'Ark sah ihn verständnislos an.

»Das Pony, hat es einen Namen?«

»Pony … Namen … Kinderkram. Dingen, die ich fresse, gebe ich keinen Namen.«

»Hoffentlich erinnerst du dich an *meinen* Namen, wenn das nächste Mal dein Magen knurrt.«

»Ja, hoffentlich.« v'Ark stieß ein heiseres Lachen aus, das wie ein rostiger Topf klang, den man gegen Felsen schlug.

Mir wird schon noch ein passender Name für das Pony einfallen, dachte Mjerelmyr und strich dem Tier über die Nüstern.

Die Häuptlinge waren immer noch dabei, h'Ryn und seine kleine Gemeinschaft zu verabschieden – mit guten Ratschlägen und salbungsvollen Worten. Die Rabenfedern an a'Rds Umhang raschelten, als er sich zum Abschluss seiner Rede in alle Himmelsrichtungen verbeugte. »Möget ihr auf eurer Reise stets Rückenwind haben und an der Spitze eines freundlich gesinnten Albenheeres zurückkehren.«

»Winde sind launisch«, brummte gr'Ast, »aber v'Arks Schwerter sind verlässlich … und blutdurstig. Sie werden dir treu zu Diensten sein, h'Ryn. Es sei denn, du stellst dich gegen sie oder unsere Waffenbrüder vom Donnerhornstamm.«

Ja, dachte Mjerelmyr. Der zornige d'Uum und seine Donnerhornkrieger bereiteten ihm mehr Sorgen als die Alben, denn die waren noch weit weg, im hohen Norden. Andererseits – sofern ihre Reise erfolgreich war, kämen die Krieger des Ewigen Volkes bald her. Und das in großer Zahl. Eine Königstochter im Tausch gegen ein ganzes Albenheer. Mjerelmyr musste an z'Arwa denken und was sie über u'Kratas Träume gesagt hatte: *Schwarze Flut unter schwarzen Flügeln. Viele werden untergehen, nur Alben aus ihr auferstehen.*

Deshalb hatte u'Krata die Traumfänger von ihm verlangt. Die alte Schamanin hatte geahnt, was auf die Lande der Trolle und Menschen zukam. Und gesetzt den Fall, die Alben kamen tatsächlich, um Seite an Seite mit Mensch und Troll gegen die Schwarze Armee zu kämpfen – wer vermochte schon zu sagen, ob sie am Ende wieder friedlich gehen würden? Seine

Großmutter wollte gefeit sein gegen die düsteren Träume, die die Alben womöglich brachten – mit allen Mitteln, selbst so verzweifelten wie ein paar zusammengeknüpften Vogelknochen.

»Der Wind der Raben, die Schwerter der Wölfe – habt ihr sonst nichts vergessen?«, fragte w'Arla mit spöttischer Miene und wedelte mit einem kurzen Ast herum. »Die Versehrten leben zurückgezogen. Warum sollten sie euch glauben und Isinvi freilassen, hä? Was wollt ihr ihnen überbringen? Warme Worte des Rates? Ihr braucht ein Stimmholz, nur das wird sie überzeugen.«

»Stimmt«, pflichtete t'Isk ihr bei. »Hauptmann sh'Arr ist ein störrischer Eber. Der Versehrteste hätte mich beinahe nicht in die Festung gelassen, als ich Isinvi besuchte. Na ja, besonders gastfreundlich waren die Eber noch nie. «

»Dummschwätzer«, murrte v'Ark leise. »Lag wohl eher daran, dass sich die Füxe wie Karnickel in den Eberlanden breitgemacht haben.«

Mjerelmyr konnte v'Ark nicht widersprechen. Nach der Niederlage im Drei-Vettel-Krieg war der Eberstamm in alle Winde versprengt worden, und sh'Arr, ihr größter Krieger, hatte sich den Versehrten anschließen müssen. Die Füxe hatten die Gunst des Schicksals genutzt und die Eberlande geplündert.

»Also, Häuptlinge«, rief w'Arla, »worauf wartet ihr? Mäuler auf und die Beißer anstrengen!« Die alte Trollin biss in das Holzstück und reichte es weiter. Ihre Zähne hatten eine deutliche Spur hinterlassen – als Beweis ihrer Zustimmung zum Ratsbeschluss. Wer die Zahnabdrücke der Ratsmitglieder bei sich trug, dem hatte sich Mensch wie Troll zu beugen. Jedenfalls wollte es so das Gesetz.

Das Stimmholz kreiste von t'Isk über i'Rk zu gr'Ast, landete bei Ardara, die Mühe hatte, den Mund weit genug aufzubekommen, und schließlich bei a'Rd, der mit schmerzverzerrtem Gesicht auf dem Ast herumkaute. h'Ryn verpasste dem Holz als Letzter seinen Abdruck und steckte es in den Gürtel. Seine Augen flackerten unruhig. Offensichtlich konnte er es nicht erwarten, endlich loszukommen.

t'Isk klopfte ihm auf die Schulter. »Ich habe übrigens dem Fährmann aufgetragen, euch überzusetzen. Ts, der Lump wollte doch tatsächlich drei Stangen Silber herausschlagen. Wegen des Hochwassers. Ich konnte ihn auf zwei herunterhandeln, geradeso.«

»Danke«, erwiderte h'Ryn, »aber auch die kannst du dir sparen. Wir werden am Ostufer des Flusses entlangziehen.«

Die Versammelten starrten den Hünen ungläubig an.

»Aber ... aber das ist ein Umweg«, klagte t'Isk. »Und außerdem habe ich den Halsabschneider bereits bezahlt, das ganze Silber vorgestreckt.«

Mjerelmyr fragte sich stumm, *wer* hier der Halsabschneider war. Er traute es t'Isk zu, dass er dem Schiffer nur *eine* Stange Hacksilber gezahlt hatte, um die zweite zu unterschlagen, wenn er sie von den anderen Häuptlingen aus der Ratskasse zurückforderte.

»Warum bittest du den Fährmann nicht, bei der Suche nach den Kindern zu helfen?«, schlug h'Ryn vor. »Und was das Silber betrifft ... das will ich dir ersetzen, wenn ich wieder zurück bin.«

t'Isk machte eine säuerliche Miene. Ehe er sich jedoch beschweren konnte, bekam er Unterstützung von a'Rd, der schelmisch in die Runde zwinkerte. »Du weißt schon, dass die Dargetal-Feste im Westen liegt, h'Ryn, oder?«

»Die nächste Überquerung ist erst bei der Schwimmenden Brücke möglich«, fügte gr'Ast hinzu, »hinter Schlingenthal.«

»Ja«, pflichtete t'Isk ihm bei, »und das liegt fast einen Viertelmond nördlich von hier.«

Ihre Einwände perlten an h'Ryn ab wie die Regentropfen auf der gefetteten Plane, unter der sie standen – alle bis auf

Mjerelmyr, der gerade wieder einen kleinen Schwall abbekam. Von daher war er froh, als sie endlich aufbrachen.

Ins Ungewisse, dachte er; *in den sicheren Tod*, unkte eine Stimme in seinem Unterbewusstsein. Hatte Märte nicht behauptet, er würde als besungener Held zurückkehren? Danach sah es nicht gerade aus. Niemand jubelte den vier Trollen zu, als sie Samanunga verließen. Im Gegenteil. Die Leute verabschiedeten sie mit scheuen und doch gierigen Blicken, wie ausgehungerte Krähen, die nur auf einen Fehltritt warteten, um sich an ihren Kadavern zu laben. Allein Aylind nickte Mjerelmyr aufmunternd zu, aber das mochte auch Einbildung sein.

Sie hatten die Stadtgrenze gerade hinter sich gelassen, als h'Ryn anhielt, um Kharn von den Lumpen zu befreien, in die er die Waffe gehüllt hatte. Dann schwang er die verfluchte Axt über die Schulter und ging voran, tief gebeugt und dennoch ebenso groß wie seine Begleiter. i'Rk walzte ihm hinterher, auf eine Harpune aus geschnitztem Walbein gestützt. Trotz seiner Masse sank er kaum in den aufgeweichten Boden ein, seinen flossengleichen Füßen zum Dank.

Mjerelmyr folgte den beiden. In der Rechten trug er seine Stabkeule, an deren Griff Griseldis' Talisman klapperte; in der Linken hielt er die Zügel des fetten Ponys. Das Tier schien ebenso neugierig wie gefräßig zu sein. Wann immer Mjerelmyr nicht aufpasste, streckte es seinen Hals vor und knabberte an den Schnüren des Glücksbringers.

v'Ark indessen war überall zu finden. Bald vor, bald hinter ihnen durchstreifte er die flache Gegend, überraschend flink und unauffällig für einen Troll.

Der Horizont, auf den sie zuhielten, war nicht mehr als ein trüber Strich in der Ferne, dort wo der graue Himmel und die matschbraune Ebene miteinander verschmolzen. Die ohnehin spärlich gesäten Sträucher hatten noch keine Blüten getrieben, und die Gräser und Flechten waren im Schlamm versunken so wie Mjerelmyrs Füße.

Matsch, platsch,
Matsch, platsch,
machte es mit jedem Schritt.

h'Ryn führte sie entlang eines kaum auszumachenden Pfades, weg vom Ufer des Siebenflusses. Wenigstens war es der kürzeste Weg gen Norden, wenn sie schon einen derartigen Umweg zur Dargetal-Feste machten. Mehrfach überlegte Mjerelmyr, ob er h'Ryn auf den Umweg ansprechen sollte. Aber als Außenseiter wollte er sich nicht durch Geschwätzigkeit hervortun, während sich seine Gefährten in trollisch grimmiger Schweigsamkeit übten.

Gegen Mittag tauchte v'Ark hinter ihnen auf, obwohl sie ihn zuletzt weit vor sich gesichtet hatten.

»Schleicht rum wie ein Fuchs«, murrte der sonst so wortkarge i'Rk.

Mjerelmyr wandte sich um und musterte den sich nähernden Wolfskrieger: Der rostrote Bart, die gedrungene Gestalt und die unterschwellige Hastigkeit in seinen Blicken und Bewegungen – vielleicht war mehr an i'Rks Bemerkung dran, als er selbst vermutete? Vielleicht floss tatsächlich ein Tropfen Fuxblut in v'Arks Adern?

Kommentarlos stapfte v'Ark an ihnen vorbei und ging auf h'Ryn zu. Der Lindwurmhäuptling hatte seine Langaxt abgesetzt und streckte sich. Seine Knochen antworteten mit einem lauten Knirschen, als wären sie zwischen zwei Mühlsteine geraten. Er selbst verzog keine Miene.

»Und?«, fragte er.

v'Ark schüttelte den Kopf. »Weit und breit keine Spur von d'Uum und seinen Kriegern.«

»Bist du sicher?«

»Ja, versteinerte Scheiße noch mal. Ein Troll auf einer Donnerbestie ist ja wohl schwer zu übersehen auf dem flachen Land, auch wenn's diesig ist.«

»Schon gut«, murmelte h'Ryn und machte eine beschwichtigende Geste. »Es ist nur … Ich bin mir sicher, dass d'Uums Spione unter den Leuten waren, als wir aufbrachen. Eigentlich sollte ihn unser Umweg auf die falsche Fährte locken. Andererseits – vielleicht hat er auch gar nicht vor, sich uns in den Weg zu stellen.«

»So oder so«, sagte Mjerelmyr, »es ist doch gut, dass die Donnerhörner nicht hier sind, oder?«

»Vermutlich schon«, erwiderte h'Ryn. »Nur hatte ich gar nicht vor, auf dieser Seite des Flusses weiterzureisen. Wenn du allerdings niemanden gesehen hast, v'Ark, dann ist der Umweg womöglich doch die sicherste Route, wenn wir Ärger aus dem Weg gehen wollen.«

»Ich habe nicht gesagt, dass ich *niemanden* gesehen habe, nur keine *Donnerhörner*. Ein Jäger war da schon, allerdings weit hinter uns.«

»Jäger oder Kundschafter?« h'Ryn musterte den Wolfskrieger aus zusammengekniffenen Augen.

»Jäger, Fallensteller, Kundschafter – was weiß ich? Ein einsamer Wanderer auf jeden Fall. Ganz sicher kein Troll. Wenn du willst, dann find ich ihn und schlag ihm den Schädel ein. Musst es nur sagen.«

»Nein, gewiss nicht«, entgegnete h'Ryn. »Aber ich will kein Wagnis eingehen. Vielleicht ist es ja doch ein Kundschafter, der in d'Uums Diensten steht. Ich denke, wir sollten meinen ursprünglichen Plan umsetzen: Wir werden den Fluss überqueren und am Westufer weiterreisen.«

»Verflucht, wie stellst du dir das vor?« Ein bedrohliches Knurren lag in v'Arks Stimme. »Selbst querfeldein dauert es fünf Tage bis zur Schwimmenden Brücke. Oder sollen wir zurück nach Samanunga? Stein und Scheiße noch mal, das wird einen Empfang geben für den *ruhmreichen* Lindwurmhäuptling!«

h'Ryn zeigte keine Regung, aber Mjerelmyr bemerkte, wie sich seine Fäuste fester um den Griff seiner Axt ballten. Bei

Kilvi und Isvander, sie waren noch nicht einmal einen halben Tag gereist, und schon drohten sie sich gegenseitig an die Gurgel zu gehen. Er musste etwas tun, die beiden irgendwie ablenken.

Er räusperte sich und trat zwischen die Streithähne. »h'Ryn hat bestimmt einen Plan«, hörte er sich selbst sagen, noch bevor er richtig nachgedacht hatte.

h'Ryn, v'Ark und i'Rk glotzten ihn wie vom Donner gerührt an. Gut, wenigstens hatte er jetzt ihre Aufmerksamkeit.

»Was für einen Plan?«, murmelte i'Rk und rieb sich das Doppelkinn.

»Nun ... ja ...«, antwortete Mjerelmyr betont langsam, um Zeit zu gewinnen, »vielleicht ... womöglich ... wahrscheinlich ...«

»Wahrscheinlich was?«, fragten i'Rk und v'Ark wie aus einem Maul.

»Hm, also, ich könnte mir vorstellen, dass h'Ryn ein Boot am Ufer versteckt hat.« Mjerelmyr sah den Lindwurmhäuptling mit einer Mischung aus Hoffnung und Verzweiflung an. Auch die Blicke der anderen richteten sich nun auf ihren Anführer, der auf seine Axt gelehnt dastand und grinste.

h'Ryns fein geflochtener Bart baumelte wie ein leerer Galgenstrick, als er den Kopf schüttelte. »Nein, kein Boot. Am Fuße der Thrymmwildhöhen gibt es eine Furt.«

»Eine Furt?«, höhnte v'Ark. »Das wüsst ich aber!«

»Anscheinend nicht.«

Mjerelmyr seufzte innerlich. Gerade hatte er die beiden beruhigt, und schon waren sie dabei, den nächsten Streit vom Zaun zu brechen.

»Die Furt ist nur wenigen bekannt«, erklärte h'Ryn.

»Ja«, brummte i'Rk, »aus gutem Grund. Dort hausen nämlich ein Wasserross und andere böse Geister.«

»Ein paar Strudel, Untiefen, spitze Steine – mag schon sein, aber Geister?« h'Ryn streichelte abwesend über die Schuppen am Stiel seiner Axt. »Bei meinem Stamm erzählt man sich nichts Übles über die Thrymmwild-Furt.«

v'Ark lachte spöttisch. »Was sollen sie bei deinem Stamm auch erzählen? Leben ja nicht mehr viele.«

Zu Mjerelmyrs Erleichterung überging h'Ryn die Spitze. »Ein Wasserross wäre mir allemal lieber als d'Uums Horde. Außerdem fürchten Geister blankes Eisen, und davon haben wir genug.« h'Ryn nickte in Richtung der beiden Schwerter, die in v'Arks Waffengurt steckten. »Drum sage ich: Auf zur Furt!«

»Eine dumme Idee«, grummelte i'Rk, als sie sich wieder in Bewegung setzten, »aber mich fragt ja keiner.«

Es war immer noch diesig, und erst nachdem sie ein gutes Stück gewandert waren, konnten sie im Norden einen flachen Höhenzug ausmachen. Die Thrymmwildhöhen schienen zu leben, zu atmen. Ihre Hügelkuppen ähnelten Riesenköpfen, fand Mjerelmyr, und die Nebelwolken waren der Pfeifenrauch, den sie ausstießen.

»Schön rund!« v'Ark lachte dreckig. »So stell ich mir Kilvis Arsch vor … oder ihre Titten … oder beides!«

Mjerelmyr kniff die Augen zusammen und schämte sich fast, dem Wolfskrieger im Stillen recht geben zu müssen. Die Berge erinnerten tatsächlich an eine liegende Riesin mit prächtigen Rundungen. So oder so – aus den Hügeln quoll dichter Nebel hervor, der sich in Schwaden teilte und in der Ebene verlor. h'Ryn führte sie geradewegs in ein schmales Tal, in dem die Sicht kaum weiter reichte als ein Dutzend Schritte.

»Hier erspähen uns keine feindlichen Augen«, sagte er so leise, als führte er ein Selbstgespräch.

Das Tal war karg. Vereinzelt säumten ein paar tote Bäume ihren Weg. Mit ihren kahlen Ästen wirkten sie wie skelettierte Riesen, und ihre blassen wurmgleichen Wurzeln brachten sie ein ums andere Mal zum Stolpern.

»Fluten«, schimpfte i'Rk, »einfach fluten sollte man das Tal, mit Walpisse.«

Sie drangen immer tiefer in die Schlucht vor, bis sich ihr Trampelpfad nach Westen wandte. Manchmal hatte Mjerelmyr das Gefühl, der Nebel klammerte sich mit feuchten Fingern in seinen Haaren und Kleidern fest – keine Einbildung, wie er an den Tropfen sah, die in den Bärten der anderen glitzerten. Ihm war leicht schwummrig von dem Fäulnisgeruch, der sie begleitete, seit sie die Schlucht betreten hatten. Er schnäuzte aus und blickte seinem Schnodder hinterher, wie er zu Boden flog. Aber auch das half nicht, um die Nase von dem Gestank zu befreien. An den Hängen und hier unten im Tal – überall wucherten halb verrottete Pflanzen.

i'Rk zwinkerte ihm verschwörerisch zu. »Ich sag's ja: Walpisse. Wäre 'ne Wohltat dagegen.«

»Ach halt's Maul«, knurrte v'Ark und schob sich an ihnen vorbei. Dann zog er seine Breitschwerter und begann auf ein Dickicht aus verfaulten Farnen einzuhacken. Seine Klingen scheuchten ein paar Mooshühner auf, doch vor allem schlugen sie eine weite Schneise. Mjerelmyr hielt die Luft an und folgte v'Ark und h'Ryn durch das Gestrüpp. i'Rk seufzte und schloss sich ihnen an.

Es dauerte nicht lange, bis sich das Farnendickicht lichtete und sie einen frischen Windhauch auf ihren Wangen spürten. Die Hügel zu ihrer Linken und Rechten waren deutlich abgeflacht. Endlich! Sie hatten das Tal verlassen. Vor ihnen schimmerte ein silbernes Band unter dem Nebel. Das musste der Siebenfluss sein. Mjerelmyr konnte deutlich das Wasser rauschen hören.

»Wir sind da«, sagte h'Ryn. »Schnürt eure Ranzen gut fest. Alles, was nicht nass werden darf, tragt am besten auf dem Kopf. Mag sein, dass uns das Wasser an manchen Stellen bis zur Brust ragt.«

Mjerelmyr blickte an sich hinunter und dann hinüber zu v'Ark, der fast zwei Köpfe kleiner war als er. Auf Höhe seiner Brust befand sich des Wolfskriegers Kinn.

Sein Blick blieb v'Ark nicht verborgen. »Was glotzt du so? Kümmere dich lieber darum, dass unsere Vorräte nicht wegschwimmen!«

Wie gerne würde er v'Ark Wasser schlucken sehen, dachte Mjerelmyr. Ihrer schweren Knochen wegen waren Trolle keine guten Schwimmer. Ein Grinsen verbergend wandte Mjerelmyr sich ab und zurrte den Packsattel fest. Dann schnalzte er mit der Zunge und gab dem Pony einen Klaps. »Auf geht's, Dickerchen! Und nein, lass die Schnüre in Ruhe!«

Der kleine Tross setzte sich in Bewegung. Sie zwängten sich zwischen zwei Felsen hindurch und folgten einer steinernen Treppe hinunter zum Wasser. Die groben Stufen waren lang und flach und mit leuchtendem Moos bewachsen. Wie es schien, war der Weg schon lange nicht mehr benutzt worden.

Die Sonne hatte sich ein gutes Stück weiterbewegt, als sie endlich das Ufer erreichten. Auf einem Findling nahe dem Wasser nahm h'Ryn Platz. Der Lindwurmhäuptling sah aus wie ein lebender Toter, sein Gesicht war blass, seine Augen leer. Schweigend legte er Helm und Axt neben sich ab und rieb sich die Schulter, auf der er Kharn getragen hatte. Wenn ihm die verfluchte Waffe schon jetzt so zur Last fiel, wie sollten sie es dann bis zur Dargetal-Feste schaffen, fragte Mjerelmyr sich, geschweige denn bis ins Reich der Alben?

Keine zwanzig Atemzüge später erhob h'Ryn sich jedoch wieder, gerade so, als hätte ihn die kurze Verschnaufpause verjüngt. Breitbeinig stand er da und starrte auf den Fluss hinaus. Wie auf seinen stummen Befehl teilte sich der Nebel, und plötzlich hatten sie freie Sicht auf das andere Ufer, das unterschiedlicher nicht hätte sein können. Während diesseits das Wasser in zahllosen Felsspalten gluckste, wogte jenseits träge das Schilf, noch geknickt von der Last des erst kürzlich geschmolzenen Schnees. Dazwischen ragte eine Handvoll Inseln aus den Fluten des Stroms. Sie waren klein, kaum mehr als ein paar schroffe Felsen. An ihren Steilwänden klammerten sich Sträucher und Bäumchen wie Schiffbrüchige fest. Von den Werdern erklang ein lautes Krächzen, und ständig flatterten Vögel aus der Böschung empor oder landeten mit zappelnden Fischen im Schnabel.

»Kormorane«, brummte i'Rk missmutig. »Ein schlechtes Omen.«

In der Tat galten die Vögel als Unheilsbringer. Nicht ohne Grund verzichtete Mjerelmyr beim Knüpfen seiner Traumfänger auf ihre schwarzen Federn.

»Ziemlich breit hier der Fluss«, sagte v'Ark scheinbar beiläufig, doch Mjerelmyr glaubte einen Hauch von Beunruhigung in seiner Stimme zu hören.

»Ja«, antwortete h'Ryn, »zwei Bogenschussweiten, um genau zu sein. Aber die breiteste ist auch die flachste Stelle.«

»Worauf warten wir dann noch?«, entgegnete v'Ark ungeduldig.

»Darauf, dass ich den sichersten Weg über die Furt ausgemacht habe.« h'Ryn kniff die Augen zusammen und schwenkte den Kopf langsam hin und her, als würde er den Fluss im Geiste überqueren. Nach einer kurzen Weile schulterte er die Axt und winkte sie zu sich. »Folgt mir!«

Dann stapften sie los: h'Ryn vorneweg, sein Helm ein gülden funkelnder Wegweiser, gefolgt von i'Rk und v'Ark und schließlich Mjerelmyr mit dem Pony. Die Kisten und Körbe schwankten bedrohlich auf dem Rücken des Tieres, als sie sich einen Weg zum Ufer bahnten und in die Fluten stiegen.

Schon mit den ersten Schritten sickerte Wasser in Mjerelmyrs Stiefel, und spätestens nach drei weiteren begannen seine Füße eiskalt zu brennen. Er schüttelte sich. *Für einen echten Troll ist das nichts als ein angenehmes Prickeln*, redete er sich ein.

Sie kamen rasch voran. h'Ryn führte sie sicher durch das trotz des Hochwassers überraschend flache Flussbett. Nur selten stand ihnen das Wasser höher als bis zum Bauchnabel.

»Wenn nur diese spitzen Kiesel nicht wären«, fluchte Mjerelmyr leise. Selbst durch seine Hornhaut und die dicken Stiefel bohrten sich die Steine in seine Fußsohlen. Warum waren sie nicht längst von der Strömung glatt geschliffen? Fast mochte man meinen, ein böser Geist hätte die scharfkantigen Kiesel eigens gestreut, um die Furt unpassierbar zu machen.

Zu seiner Beruhigung stellte Mjerelmyr fest, dass es v'Ark, der gleich vor ihm ging, keinen Deut besser zu ergehen schien. Auch der Wolfskrieger setzte seine Schritte mit Bedacht und verzog sein Gesicht immer wieder vor Schmerzen.

Schon hatten sie die Mitte des Flusses erreicht, als sie, begleitet vom heiseren Krakeelen der Kormorane, die ersten Inseln passierten.

v'Ark reckte drohend die Faust in die Höhe. »Ja, spottet nur, ich komm gleich rüber und dreh euch die Hälse uuu…«

Platsch! Gluck, gluck …

Im nächsten Augenblick war v'Ark verschwunden. Das Wasser kräuselte sich an der Stelle, wo er eben noch gestanden hatte.

Mjerelmyr ließ die Zügel los, sprang vor, streckte den Arm aus und stocherte mit der Keule in den grauen Fluten. »v'Ark! v'Ark!«

Keine Antwort, kein Widerstand, nur steiniger Boden.

h'Ryn und i'Rk drehten sich zu ihm um.

»Was ist?«, riefen sie.

»v'Ark ist weg!«, schrie Mjerelmyr, während er weiter den Fluss durchsuchte. Plötzlich spürte er eine Bewegung zu seinen Füßen. Es sprudelte und schäumte, dann teilte sich das Wasser, und v'Ark tauchte prustend auf. Mjerelmyr reichte ihm die Hand, aber der Wolfskrieger schlug sie beiseite.

»Pah! Lass mich! Bin nur ausgerutscht.«

»Das nächste Mal denke ich zweimal drüber nach, bevor ich dir helfe.« Doch v'Ark hatte ihn schon nicht mehr gehört. »So viel Unfreundlichkeit, was sagt man dazu?«, murmelte Mjerelmyr kopfschüttelnd, als er nach den Zügeln des Ponys griff und den anderen folgte.

Zwischen den Werdern wurde der Fluss flacher. Mit weiten Schritten wateten sie durch das hüfthohe Wasser. Die Abendsonne stand bereits tief, das andere Ufer war keine halbe Bogenschussweite mehr entfernt. Schon konnte Mjerelmyr die einzelnen Schilfhalme ausmachen, wie sie sich im goldgetränkten Fluss spiegelten.

Unvermittelt verspürte er einen Ruck, ein kräftiges Ziehen an seiner Waffe.

»Was?«, entfuhr es ihm, als er herumwirbelte.

Das Pony hatte es endlich geschafft, und wenn Mjerelmyr es nicht besser wüsste, dann hätte er gemeint, es grinste ihn triumphierend an, mit Griseldis' Talisman in der Schnauze.

»Sei ein braves Pferdchen und gib ihn wieder her«, flüsterte er auf das Tier ein. Behutsam streckte er die Hand aus, da öffnete das Pony sein Maul, und der Glücksbringer plumpste ins Wasser. Die Strömung erfasste das Vogelgerippe und trug es davon.

»Oh verdammt!« Mjerelmyr ließ abermals die Zügel los und wollte hinterherhechten, als er aus dem Augenwinkel eine Bewegung im Wasser wahrnahm, einen Strudel, der einen Moment zuvor noch nicht da gewesen war. Es wirbelte so heftig, dass selbst der Grund in Bewegung geriet. Die Kiesel tanzten im Kreis, bis sie sich zu einer Gestalt zusammensetzten. Umgeben von einem grünen Schimmer, bäumte sich vor Mjerelmyr ein steinernes Pferd aus dem Wasser auf. Algen wehten wie eine wilde Mähne um seinen Kopf, als das Wasserross aus dem Strom sprang. Eine nassfaule Brise schlug Mjerelmyr entgegen.

Vor Überraschung und Schrecken gelähmt glotzte Mjerelmyr den Geist an, während der mit felsenfesten Kiefern nach dem Pony schnappte und es mit Sack und Pack unter Wasser zog. Das Tier stieß ein klägliches Wiehern aus, dann war es verschwunden, verschluckt von den tosenden Wellen.

Unser Proviant, schoss es Mjerelmyr durch den Kopf, und nun hechtete er tatsächlich in den Fluss. Seine Augen hatte er weit aufgerissen, doch er sah nichts außer Gischt. Blind tastete er um sich, zog an den Zügeln, der Mähne, an allem, was er im Wildwasser zu greifen bekam.

Ein Hieb wie ein Pferdetritt traf ihn in die Seite. Er ließ das Pony los, wollte auftauchen, aber sein Arm steckte fest. Er schlug und trat um sich, zog und zerrte mit ganzer Kraft. Ohne Erfolg. Der Druck auf seinen Arm wurde immer stärker. Schon wurden seine Finger taub. Gurgelnd entwich ihm die Luft.

Mjerelmyr war kein Walross-Troll, der seinen Atem lange anhalten konnte. Ihm wurde schwarz vor Augen. Was, wenn er sich totstellte? Aber einen Geist trickste man sicher nicht so leicht aus. *Das war's dann wohl …*

Plötzlich drang ein hohles Kreischen an Mjerelmyrs Ohren. Er schlug die Augen auf. Kharn zerteilte vor ihm das Wasser. Die Axt traf den Flussgeist mitten in die Stirn. Funken stoben auf. Im nächsten Moment flogen die Kiesel, die eben noch das steinerne Ross gebildet hatten, auseinander und prasselten auf ihn ein; inmitten der schäumenden Strömung spürte er es kaum.

Sein Arm war wieder frei. Sofort schoss Mjerelmyr aufwärts, brach durch die Wasseroberfläche und japste nach Luft. Benommen sah er, wie h'Ryn über ihm stand, die Axt zum Schlag erhoben. Algen hingen triefend von ihrem Blatt. Noch immer durchsuchte der Lindwurmhäuptling das Wasser, doch das Leuchten des Geistes war erloschen.

Vorsichtig, ganz vorsichtig erhob Mjerelmyr sich, denn er traute seinem Gleichgewichtssinn noch nicht ganz. Er taumelte leicht, dann schärfte sich sein Blick, und er sah das Pony mitsamt ihrem Proviant den Siebenfluss hinabtreiben. Das arme Tier. Es war namenlos gestorben.

»Dafür?«, bellte es zornig über den Fluss. »Dafür hast du

die Zügel losgelassen? Unseren Proviant aufgegeben?« v'Ark starrte ihn finster an. In seiner Hand baumelte Griseldis' Talisman. Einer der drei Krähenköpfe fehlte bereits. Der Wolfskrieger schwang den Glücksbringer hin und her, dann warf er ihn hoch, fing ihn auf und schloss die Faust um ihn. »Knacken bestimmt ganz schön laut, die Knochen!«

Mjerelmyr sah, wie v'Ark lachte, hörte jedoch nur ein Rauschen … des Flusses … des Blutes in seinen Ohren. Für einen Moment war er wieder in der Senke, neulich Nacht beim Rat der Trolle, bei Swar'og'Wika und ihren Dienerinnen. Die Bilder, wie d'Uum dem Mädchen den Schädel zerquetscht hatte, zogen vor seinem inneren Auge vorüber. Und wenn v'Ark diesen Talisman zerbrach, dann war es fast so, als würde er Griseldis selbst zerbrechen. Noch bevor Mjerelmyr begriff, was er tat, ging er auf den Wolfskrieger zu und hob drohend die Keule.

»v'Ark!«, durchschnitt h'Ryns Stimme die angespannte Stille. »Gib ihm den Anhänger!«

Halb knurrend, halb lachend ließ v'Ark den Talisman fallen und wandte sich ab.

h'Ryn streckte den Waffenarm aus und fischte den Glücksbringer mit der Spitze seiner Axt aus dem Wasser. Er nahm ihn in die Hand und betrachtete die einzelnen Knöchlein, bevor er sie Mjerelmyr entgegenstreckte.

»v'Ark hat recht«, raunte h'Ryn ihm zu. »Ohne Proviant sind wir aufgeschmissen. i'Rk mag ein guter Jäger sein, nur wo soll er genug zu essen finden für vier ausgewachsen Trolle? Wir werden langsamer vorankommen, und d'Uum wird uns einholen, falls er uns mit seinen Kriegern folgt.«

Mit diesen Worten ließ h'Ryn den Talisman los, nicht ohne Mjerelmyr einen erschöpften wie eindringlichen Blick zu schenken. Dann drehte sich der Lindwurmhäuptling um und setzte seinen Weg in Richtung Ufer fort.

Mjerelmyr wendete den Glücksbringer nachdenklich in seiner Pranke. Das alberne kleine Ding hatte ihm eher Pech als Glück gebracht. Ja, verdammt, sie hatten recht auf ihn wütend zu sein, nur wollte er ihnen nicht recht geben. Schließlich war es nicht *seine* Idee gewesen, sie zu begleiten. Andererseits wollte er h'Ryn nicht im Stich lassen, sein Vertrauen nicht enttäuschen. Er würde es wiedergutmachen, und in ihm reifte bereits eine Idee. Mit einem grimmigen Lächeln hielt er auf das Schilfdickicht zu, bog die ersten Halme beiseite und kehrte dem Siebenfluss den Rücken.

8. KAPITEL

Mjerelmyr und der Brennende Rappe

Ein lautes Knurren übertönte das Rauschen des Flusses hinter dem Schilf.

»Ich hab Hunger«, maulte i'Rk und warf Mjerelmyr einen vorwurfsvollen Blick zu.

»Dann geh jagen«, erwiderte h'Ryn, während er Kharn von den letzten Algenresten des Wasserrosses befreite.

»Siehst du irgendwo Eisschollen, irgendwelche Robben, die ich aufspießen könnte?« i'Rk gestikulierte wild mit seiner Harpune herum. Natürlich trieben auf dem Siebenfluss keine Eisschollen, und in seinen Fluten schwammen gewiss auch keine Robben.

Flatsch! v'Ark schüttete das Wasser aus seinen Stiefeln und hämmerte mit der Faust gegen die Sohle, um die letzten Tropfen aus ihnen herauszuklopfen. Ihr Leder gab ein schmatzendes Geräusch von sich, als er mit angewiderter Miene wieder in sie hineinschlüpfte.

»Und jetzt?«, fragte der Wolfskrieger missmutig, doch h'Ryn, den er offensichtlich gemeint hatte, gab keine Antwort. Vermutlich hatte er keine.

Mjerelmyr fühlte sich verantwortlich. Schließlich war es seine Schuld, dass sie ohne Verpflegung dastanden. »Der Brennende Rappe«, murmelte er halblaut vor sich hin.

i'Rk winkte ab. »Nein danke, erst ein Wasserross und jetzt ein brennender Rappe? Ich habe genug von Pferden.«

v'Ark lachte heiser. »Der Rappe ist kein Pferd … eine Spelunke … für Strauchdiebe und Schmuggler.«

i'Rk grunzte. »Strauchdiebe und Schmuggler sind mir einerlei, solange sie uns Met und Schinken auftischen.«

»Ist allerdings nicht ganz leicht zu finden«, bemerkte v'Ark und sah Mjerelmyr finster an. »Der Rappe ist nämlich ziemlich gut versteckt, mitten im Träumenden Wald. Und im Übrigen scheiß ich drauf, ob die Knilche ihren Schinken freiwillig rausrücken. Ich nehme mir, was ich will. Ich frage nicht nach dem Preis.« Um seine Worte zu unterstreichen, zog er seine Schwerter ein Stück weit aus den Scheiden.

»Keine gute Idee«, meldete h'Ryn sich zu Wort.

»Was? Im Rappen einzukehren?«

»Nein«, entgegnete h'Ryn dem Wolfskrieger, »sich einfach zu bedienen.«

»Wohl Angst, Häuptling, was?« v'Ark verzog die Mundwinkel zu einem verächtlichen Grinsen.

h'Ryn schüttelte langsam den Kopf. »Du musst schon schlauer sein, wenn du mich reizen willst. Mal darüber nachgedacht, dass wir noch die Hilfe dieser *Knilche* brauchen könnten? Da macht es sich schlecht, mit Eisen zu verhandeln.«

»Jämmerlich!«, spuckte v'Ark aus. »Wir sind Wölfe und keine Kaninchen. Diese Schurken werden uns ordentlich über den Tisch ziehen. Aber wenn ich die Zeche nicht zahlen muss … mir soll's recht sein.«

»Nun«, mischte Mjerelmyr sich in das Gespräch ein, das er selbst angestoßen hatte, »allzu teuer sollte es nicht werden. Ich kenne den Wirt des Rappen, und er schuldet mir einen Gefallen.«

»Das wird ja immer besser«, spottete v'Ark. »Er weiß nicht nur, wo die Spelunke zu finden ist, er ist auch noch Stammgast.«

»Das würde ich nicht sagen«, erwiderte Mjerelmyr, die Hände zur Abwehr erhoben.

»Was würdest du dann sagen?« h'Ryn fuhr ein letztes Mal prüfend mit dem Daumen über das Axtblatt, bevor er sich aufrichtete und Mjerelmyr ansah.

»Ich habe zusammen mit Renno gekämpft«, erwiderte der Donnersänger. »Ist allerdings schon eine ganze Weile her … damals im Vettelkrieg.«

»Und? Auf welcher Seite?«, fragte v'Ark bissig.

»Auf der richtigen«, entgegnete Mjerelmyr nicht weniger wirsch. Er war diesem Unhold keine Erklärungen schuldig.

»Hm«, brummte h'Ryn, »ist dieser Renno vertrauenswürdig?«

Wieder stieß v'Ark sein raues Lachen aus. »Ein Mensch, ein Strauchdieb, bestenfalls Freischärler – vertrauenswürdig? Ich traue niemandem, der kleiner ist als eine junge Tanne!«

Wie kannst du dir dann selbst trauen?, dachte Mjerelmyr beim Anblick des kleinwüchsigen Wolfskriegers, und er musste sich auf die Zunge beißen, um den Gedanken nicht laut auszusprechen.

»Haben wir eine andere Wahl, wenn wir unsere Vorräte aufstocken wollen?« h'Ryn blickte sie fragend an. Niemand pflichtete ihm bei, aber es schüttelte auch keiner den Kopf. »Also gut, dann führe uns, Mjerelmyr. Ich glaube, wir alle würden uns über ein warmes Plätzchen freuen, wo wir unsere Felle … und Stiefel trocknen können«, fügte er mit einem Nicken in Richtung v'Ark hinzu.

Der letzte Rand der Sonne sank gerade hinter den Horizont, als sie nassen Fußes aufbrachen. Mjerelmyr hoffte, er erinnerte sich richtig und führte sie nicht in die Irre. Fast fünfzehn Jahre war es her, dass sie im Träumenden Wald gegen die drei Vetteln und die Trolle vom Eberstamm gekämpft hatten – er und Renno und z'Arwa. Am liebsten hätte er die Vergangenheit ruhen lassen, aber Renno war ihre beste, ihre einzige Hilfe, auf die sie zwischen hier und der Dargetal-Feste zählen konnten.

Während ihrer Wanderung im abendlichen Zwielicht wandelte sich die Landschaft rings um sie herum. Aus den Auen am Ufer des Siebenflusses wurden lichte Wälder, und selbst als die Sonne bereits untergegangen war, wurde es nicht wesentlich dunkler, denn die Geistertannen mit ihren silbrigen Nadeln und die Birken mit ihrer weißen Rinde schimmerten hell im Mondschein. Ein paar Käuzchenrufe in der Ferne waren die einzigen Lebenszeichen, die sie vernahmen. Kein Wunder, so laut wie sie durchs Unterholz stampften – sie machten Lärm wie ein Holzfällertrupp bei der Arbeit.

Sie waren schon ein ganzes Stück in den Träumenden Wald vorgedrungen – wobei Mjerelmyr sein Bestes gab, so zu tun, als kenne er den genauen Weg –, da hörte er v'Ark hinter sich schnüffeln.

»Ich rieche Feuer«, raunte der Wolfskrieger.

Mjerelmyr kniff die Augen zusammen und starrte in das Halbdunkel des Waldes. Tatsächlich, zwischen den Bäumen gewahrte er ein orangerotes Funkeln.

»Dachte mir schon, dass wir bald da sind«, log er. In Wahrheit war er sich nicht einmal sicher gewesen, ob sie die richtige Richtung eingeschlagen hatten.

»Na, dann wollen wir mal anklopfen«, sagte i'Rk geradezu leichtherzig und schlug Mjerelmyr auf die Schulter, um ihm zu bedeuten, dass er weitergehen sollte.

Wenig später erreichten sie eine Lichtung, die man, wie es schien, komplett umzäunt hatte. Die Palisade bestand aus doppeltrollgroßen angespitzten Baumstämmen.

»Spelunke?«, stellte h'Ryn misstrauisch fest. »Wohl eher eine Waldfestung.«

Die Stämme waren eng genug gesetzt, um wilde Tiere und andere ungebetene Gäste draußen zu halten. Trotzdem waren die Lücken so breit, dass man einen guten Blick hindurchwerfen konnte, und so drückten Mjerelmyr und v'Ark ihre Nasen gegen das feuchte Holz. Neben Rennos Hütte, die Mjerelmyr genauso windschief in Erinnerung hatte, wie sie dastand, ragte ein Blockhaus mit spitzem Giebel auf, das so hoch war, dass sogar Trolle aufrecht darin stehen können müssten. Hinter den mit Tierhäuten bespannten Fenstern des Hauses brannte Licht. In einem Lehmofen, der gleich neben einem klapprigen Hochsitz stand, loderte noch die Glut. Im hinteren Teil der Lichtung meinte Mjerelmyr außerdem den Schatten eines großen Stalls auszumachen.

v'Ark wandte sich zu h'Ryn um. »Der Ausguck ist nicht besetzt«, murmelte er, ohne den Mund zu öffnen.

»Aber hier beim Tor hängt eine Trommel«, sagte i'Rk in einer Lautstärke, die v'Arks Flüstern lächerlich machte. Im nächsten Augenblick hatte der Walrosstroll einen Ast gegriffen und schlug damit gegen den lederbespannten Reifen. Das Trommeln verklang dumpf zwischen den Tannenwipfeln, und eine Weile geschah nichts. Dann klapperte eine Tür, und sie hörten Stimmen. Wieder herrschte Ruhe, bis ein Rufen von hoch oben an ihre Ohren drang.

»Wer da? Freund oder Feind?«

»Wohl kein Feind«, polterte v'Ark ungeduldig. »Sonst hätten wir den morschen Zaun schon längst eingerissen.«

»Vielleicht lässt du mich das besser machen«, zischelte Mjerelmyr. Er trat einen Schritt zurück, blickte hinauf zum Hochsitz und verkündete mit voller Stimme: »Sagt Renno, der Donnersänger ist da, um ihn zur Eberhatz abzuholen.«

Hinter der Palisade flammte ein Licht auf. Ketten rasselten, Winden quietschten. Eine Feuerschale wurde an einem Seilzug in die Höhe gezogen, sodass der Platz vor dem Tor bald gut ausgeleuchtet war und die langen Gestalten der Trolle tanzende Schatten warfen.

»Vier Trolle!«, tönte es vom Hochsitz.

Zur Antwort wurden – unter lautem Stöhnen – zwei Balken beiseitegeschoben. Das Tor öffnete sich. Auf der Lichtung dahinter hatte sich ein Dutzend Menschenmänner versammelt. Im flackernden Schein der Flammen wirkten ihre Gesichter schief, und ihre Augen leuchteten grimmig. Einige von ihnen führten Speere oder Äxte, andere hielten gespannte Bögen bereit. In ihrer Mitte stand ein dunkelgelockter Mann. Er war in einen Ledermantel gehüllt, in dessen Kragen zwei kupferfarbene Wildschweine eingestickt waren – das Wappen des Eberstamms, der hier im Träumenden Wald sein blutiges Ende gefunden hatte. Der Anführer lehnte auf dem Knauf eines Breitschwerts. Er musterte sie. Dann spuckte er aus und drückte seine Klinge einer kleinen Gestalt in die Hand, die in seinem Schatten gekauert hatte. Mit offenen Armen und einem Grinsen, das so breit war, als hätte er es sich mit seinem Schwert ins Gesicht geschnitten, kam er auf sie zu.

»Ha, Mjerelmyr, du alter Räuber! Hat Isvander dich wieder ausgeschissen, was? Siehst zwar nicht gut aus, aber es ist gut, dich zu sehen.«

Obwohl der Mann deutlich schmächtiger als Mjerelmyr war, schlang er seine Arme mit einer Selbstverständlichkeit um ihn, die von einem überbordenden Selbstbewusstsein zeugte.

»Renno«, erwiderte Mjerelmyr tonlos. Dabei klopfte er dem Mann auf den Rücken und war froh, als der nach dem dritten, nicht mehr ganz so freundlich gemeinten Schlag endlich losließ.

»Gut siehst du aus, alter Knochen«, hustete Renno, ohne dass das Strahlen aus seinem Gesicht wich. »Und den Kindstöter schleppst du auch noch mit dir rum, was?«

Mjerelmyr blickte auf die Keule in seiner Pranke und verspürte augenblicklich ein Brennen in der Magengegend. »Und du?«, entgegnete er rasch. »Dir scheint immer noch die Sonne aus dem Arsch, wie's aussieht. Trägst immer noch alte Trophäen zur Schau.«

»Kennst mich ja«, sagte Renno und streichelte seinen Mantel just an der Stelle, wo die kupfergestickten Eber prangten, »bescheiden wie eh und je.«

Mjerelmyr zog die Brauen hoch. Bescheidenheit war nie eine von Rennos Stärken gewesen, Gastfreundschaft hingegen schon. »Was ist, willst du uns nicht reinbitten?«

»Äh, doch«, stammelte Renno, »immer rein mit euch.« Er setzte sich in Bewegung und führte sie zum großen Blockhaus.

Im letzten Moment, bevor der Mensch sich ganz abgewandt hatte, meinte Mjerelmyr zu sehen, wie ein Schatten über sein Gesicht huschte. Vor Anspannung? Aus Angst?

Rennos Männer senkten ihre Waffen, als sie an ihnen vorbeigingen. Die meisten schlossen sich ihnen an, doch zwei oder drei blieben zurück, um das Tor zu verriegeln.

»Wer sind deine Freunde?«, fragte Renno neugierig.

Das sind nicht meine Freunde, lag es Mjerelmyr auf der Zunge, doch der Höflichkeit halber wandte er sich nach links und rechts und stellte seine Gefährten mit Handzeichen vor: »Das hier ist h'Ryn, der Häuptling des Lindwurmstamms, und das sind i'Rk Eisbrecher vom Walrossstamm und v'Ark vom Wolfsstamm.«

»So, so, aha«, sagte Renno und nickte eifrig. »Eine bunte Truppe.«

Als er sich gerade wieder umdrehen wollte, fiel Mjerelmyrs Blick auf das Kind, dem es auf mysteriöse Weise gelang, stets im Halbschatten zu bleiben. Obwohl es immer noch Rennos Breitschwert trug, huschte es erstaunlich flink neben ihnen her. Nein, das war kein Kind, eher ein zierlicher Jüngling oder eine Maid mit zu kurzen Haaren … *Oder*, dachte Mjerelmyr mit einigem Unbehagen, *ein Sune*.

Die Sündenkinder der Alben – die Alleingeborenen – waren seit dem Fall der Himmelsbrücke aus den drei Königreichen des Ewigen Volkes verbannt. Sie alle waren von zartem Wuchs, gebrechlich gar. Aber kein Sune, so hieß es, glich dem anderen. Jedes trug sein eigenes absonderliches Mal. Mjerelmyr würde es im Auge behalten, so gut es ging, denn man sagte den Sunen nach, dass sie über finstere Zauberei geboten.

»Riecht so, als würden wir unseren Schinken bekommen«, brummte v'Ark, kurz bevor sie das Blockhaus betraten. »Hier stinkt's nämlich, als hätte 'ne ganze Viehherde geschissen.«

i'Rk machte ein hoffnungsfrohes Gesicht, doch Renno enttäuschte ihn. »Das waren nur ein paar Hirten auf der Durchreise«, erklärte der Wirt und winkte ab. »Sind heute Morgen mit ihren Waldrindern aufgebrochen.«

i'Rk ließ die Schultern hängen, so tief, dass seine Harpune über den Erdboden schleifte und eine Furche hinterließ. »Und die Hirten haben euch nichts dagelassen? Gar nichts? Nicht mal ein Kälbchen?«

Renno schüttelte den Kopf und grinste, fast so breit wie zu ihrer Begrüßung. »Keine Sorge, Freunde von Mjerelmyr müssen bei mir nicht hungern. Trotzdem, ziemlich leichtsinnig, ohne Verpflegung aufzubrechen. Oder ist euch unterwegs etwas zugestoßen?«

Mjerelmyr blickte starr geradeaus. Er hörte, wie i'Rk und v'Ark mit den Zähnen knirschten und irgendetwas Unverständliches brummten; sicher keine Nettigkeiten.

h'Ryn übertönte ihr Fluchen. »Die Geister des Flusses haben ein Opfer gefordert«, sagte er mit Grabesstimme. »Aber unsere Gaben und Mjerelmyr haben uns sicher zu dir geführt.«

»Das nenne ich ein Schicksal, auf das wir anstoßen sollten«, ächzte Renno, während er die Eingangstür aufstemmte. »Willkommen in meiner bescheidenen Bleibe!«

Ein köstlicher Duft nach Bier, Kohl und Geschmortem schlug ihnen entgegen. Zweifelsohne kam er aus dem dampfenden Kessel, der in der Mitte des langen Raumes über einem Feuer hing.

Mjerelmyr duckte sich durch den Türrahmen und betrat das Haus. Erst nach dem dritten Schritt stellte er fest, dass er tatsächlich stehen konnte, ohne sich den Kopf an der Decke zu stoßen. Mit einem wohligen Seufzer sog er die Wirtshausluft ein. Für einen Moment schloss er die Augen und genoss den

Geruch, der ihn an die vielen Abende mit seinen Eltern erinnerte – voll Geselligkeit und spannender Geschichten. Dann schlug er sie wieder auf und sah sich um.

Eingehüllt in Rauch und Dämpfe konnte Mjerelmyr ein Mütterchen erkennen. Mit einem Kochlöffel, der groß genug war, um einen Mann zu erschlagen – vermutlich hatte sie das schon, so grimmig wie sie guckte –, rührte die Alte in dem Kessel.

Die Dielen knarzten unter ihren Füßen, als Renno sie an zwei spärlich besetzten Tafeln vorbeiführte, hin zum hinteren Ende des Raumes. Dort stand ein hoher, beinahe runder Tisch und um ihn herum sechs Baumstümpfe. *Selbst i'Rks fetter Hintern wird darauf Platz finden*, dachte Mjerelmyr mit einem Feixen auf den Lippen.

v'Ark war stehen geblieben, um in den Kessel zu spähen. »Randvoll«, bemerkte er mit argwöhnischem Unterton. »Sieht fast so aus, als hättest du uns erwartet, Wirt.«

»Euch? Erwartet? Woher denn?«, sagte Renno eine Spur zu hastig, wie Mjerelmyr fand. »Im Rappen brennt immer ein Feuerchen. Und solange es brennt, dampft auch ein Kessel darüber. Nicht wahr, Hörla?«

Das Mütterchen drehte sich um und schenkte ihnen ein zahnloses Grinsen. Ihr Lächeln war in etwa so erbaulich wie ein Furunkel am Arsch. Es erinnerte Mjerelmyr an das von Renno. Ob die Alte seine Großmutter war?

»Die Suppe müsst ihr probieren«, tönte der Wirt. »Da schwimmen mehr Fettaugen drauf, als ein Troll Haare am Sack hat. Na los, tu ihnen auf, tu ihnen auf!«

Die alte Hörla ließ den Kochlöffel los. Für einen Augenblick blieb er in der dicken Suppe stehen, bevor er langsam kippte und gegen den Kesselrand schlug. Währenddessen hatte das Mütterchen sich bereits gebückt und einen Stapel Holzschalen hervorgezaubert. Missmutig tauchte sie die erste in den Kessel und schöpfte Suppe hinein.

Sie hatten sich gerade auf den Baumstümpfen niedergelassen, als v'Ark alarmiert hochfuhr. »Was war das?«

»Was war was?«, fragte Renno und sah sich irritiert um.

»Das Geräusch«, knurrte v'Ark. »Ein Brummen.«

Renno zuckte mit den Schultern. »Ich habe nichts gehört.«

»Ich auch nicht«, sagte i'Rk abwesend, während er in Richtung des Kessels starrte, wo Hörla gerade die letzte Schale füllte.

Mjerelmyr hielt unbewusst den Atem an und lauschte. Nach ein paar Herzschlägen schnaufte er durch. Nein, außer dem Knistern des Feuers und dem Gebrabbel der Leute konnte er nichts Auffälliges hören.

»Ah, die Suppe«, rief Renno erleichtert, als Hörla die erste Schale auf den Tisch knallte. Brauner fettiger Schleim spritzte auf und gesellte sich zu den verkrusteten Flecken, die die Tischplatte bereits zierten.

Erst als die letzte Suppe dampfend vor ihnen stand, setzte v'Ark sich wieder – nicht jedoch, ohne seine Schwerter zu ziehen und sie mit einem warnenden Blick in den Schankraum vor sich abzulegen. Einige der anderen Gäste senkten die Köpfe, andere starrten feindselig zurück. Sicher, vier bewaffnete Trolle waren für die meisten Menschen ein furchteinflößender Anblick, aber die Besucher des Rappen waren Schlagetots der übelsten Sorte und nicht so leicht zu beeindrucken. Eingeschüchtert oder nicht, Mjerelmyr sah, wie die Männer unter dem Tisch nach ihren Waffen griffen. Verdammt, der Abend drohte ungemütlich zu werden.

»Steck deine Klingen weg!«, raunte h'Ryn, ohne den Mund zu öffnen. Seine Stimme klang gepresst, und seine Augen blitzten kalt und grau wie das Eisen seiner Axt.

v'Ark rührte sich nicht. Ein … zwei … drei Atemzüge verstrichen, dann erst nahm er seine Schwerter und rammte sie zurück in die Scheiden. »Glaubt nicht, dass ich eure Ärsche rette, wenn hier irgendwas schiefläuft.«

»Na bestens«, sagte Renno, »jetzt, wo alle ihre Hände wieder frei haben: Wohl bekomm's!« Er wartete ab, bis sie alle von der Suppe gekostet hatten, dann klopfte er zweimal auf den Tisch und stand auf.

Das Zeug ist fettig wie Bratensoße, dachte Mjerelmyr, *und würzig*. Zwiebelringe und zerkochte Kohlblätter blieben ihm zwischen den Zähnen hängen.

»Salzig«, stellte i'Rk schmatzend fest.

v'Ark lachte heiser. »Ja, vor Alben brauchen wir uns heute Nacht nicht zu fürchten.«

Renno war indes zu einem kleinen Tisch hinübergegangen, der halb versteckt hinter einem Pfeiler stand. Daran saßen zwei Männer und ratzten. Offensichtlich hielten sie einen Verdauungsschlaf, denn sie hatten ihre Gürtel gelockert, und ihre Plauzen hingen blass über dem Hosenbund. Abermals klopfte Renno auf eine Tischplatte, doch dieses Mal energischer, um die beiden Kerle zu wecken.

»He, aufgewacht, ihr Klotsäcke! Macht gefälligst Musik, sonst schmeiß ich euch raus. Mir einfach das Bier wegsaufen ist nicht.«

Der eine hob seinen Kopf von der Tischplatte und gähnte. Seine Nase war plattgedrückt, wohl kaum von dem Nickerchen, eher von zu vielen Schlägereien. Der andere nahm seine Füße von dem Hocker, der unter dem Tisch stand, und streckte sich. Erst als der Kerl sich vorbeugte und den Hocker ächzend hervorholte, bemerkte Mjerelmyr, dass es in Wahrheit eine Trommel war. Plattnase griff derweil hinter sich und schnappte sich eine Schalmei. Beiläufig wirbelte er das Instrument durch die Luft wie ein überheblicher Duellant seine Klinge. Nachdem die Schalmei ein halbes Dutzend Kreise beschrieben hatte, setzte er sie nahtlos an die Lippen und begann zu spielen.

Die quakend klagende Melodie erinnerte Mjerelmyr an das Kreischen der Kormorane … an das Wasserross … ihr Packtier … seinen Patzer vom Siebenfluss. Er verspürte einen Anflug von schlechter Laune. Der Trommler hatte seine Finger inzwischen auf die Membran gelegt, bewegte sie langsam, dann immer schneller. Der erstaunlich zarte Klang – wie Regen auf einem Zeltdach – besänftigte Mjerelmyr und vertrieb seinen Ärger.

»Yllok!«, rief Renno, und aus dem Nichts erschien sein Diener.

Das kindliche Wesen musterte seinen Herren aus schwarzen Augen, dann senkte es das Haupt. »Ihr wünscht?«

»Sorg dafür, dass unsere Gäste angemessen erfrischt werden.«

»Sehr wohl.«

Kurz darauf rollten zwei junge Burschen unter Ylloks strenger Beobachtung ein Fass herbei. Dass die schmale Gestalt ein Sune war, daran bestand für Mjerelmyr nun kein Zweifel mehr. Die dunklen Augäpfel mussten das Zeichen seiner Schande sein. Auch v'Ark warf dem Wicht misstrauische Blicke zu. Noch immer trug das Sune das Schwert ihres Gastgebers, und das nach wie vor mit unerhörter Leichtigkeit.

Renno ließ es sich nicht nehmen, das Fass mit einem gönnerhaften Lächeln anzustechen. Sogleich zapften seine Burschen das Bier in riesige Steinhumpen – Überbleibsel aus der Schatzkammer des Eberstamms – und reichten sie den Trollen.

»Auf euer Wohl!«, prostete Renno.

»Und auf das deine!«, erwiderte h'Ryn mit erhobenem Krug.

Der herbe Tropfen kam Mjerelmyr gerade recht. Es gab nichts Besseres, um seinen von der Suppe versalzenen Gaumen zu kühlen. Auch i'Rk und v'Ark leerten ihre Humpen in einem Zug.

»Setz dich zu uns, Wirt«, sagte h'Ryn und deutete auf den freien Baumstumpf neben sich. Aus seinem Tonfall war nicht herauszuhören, ob es eine Einladung oder ein Befehl war.

»Vielleicht etwas Trollisches für unsere Gäste«, rief Renno den Spielmännern zu, während er sich setzte.

Die beiden Musikanten sahen sich kurz an. Dann legten sie die Instrumente beiseite und begannen in fast akzentfreiem Truulka zu singen. Mjerelmyr erkannte das Lied sofort – die Ballade von Kilvi und Isvander. Sein Vater hatte sie an langen Winterabenden vorgetragen, von Sonnenuntergang bis weit nach Mitternacht. Er bezweifelte, dass Plattnase und der Trommler die ganze Fassung kannten, alle Einzelheiten der unglücklichen Liebe zwischen den beiden letzten Riesen. Und er behielt recht. Schon nach der zweiten Strophe trällerten sie den Kehrreim, der eigentlich ans Ende der Ballade gehörte.

Ihr letzter Kuss
von Flammen bedacht,
sein stolz Eis
schmolz in glänzender Pracht,
sein stolz Eis
schmolz in glänzender Pracht.

Mitten während des Abgesangs stupste Renno Mjerelmyr in die Seite. Er nickte in Richtung der Stabkeule, die – zweieinhalb Schritt hoch – an den Tisch gelehnt stand.

»Dass du den Kindstöter noch mit dir rumschleppst … Ich dachte, du wolltest das Söldnerleben an den Nagel hängen.«

»Ich habe kein Kind erschlagen«, presste Mjerelmyr zwischen den Zähnen hervor.

»Ja, ja, ich weiß«, erwiderte Renno und winkte ab, nur um kurz darauf mit einem Zwinkern zu verkünden, »aber ihr Trolle gebt euren Waffen nun mal Namen. Wie hätte die Keule denn sonst heißen sollen? Den-alten-Mann-der-so-rührend-auf-die-Kinder-aufgepasst-hat-Töter?«

»Oha«, feixte v'Ark, »deine Keule hat eine Geschichte. Sicher hast du ein passendes Lied dazu, Donnersänger.«

Mjerelmyr war sich nicht sicher, wen er zuerst erwürgen wollte: v'Ark oder Renno, den Schwätzer.

h'Ryn, der damit beschäftigt war, eine Pfeife mit Rauchmoos zu stopfen, beugte sich vor. »Nun, ich denke, wir sind nicht hier, um Geschichten auszutauschen.«

Mjerelmyr fiel ein Stein vom Herzen. Die Ablenkung war gerade noch rechtzeitig gekommen, bevor er begann, sich um Kopf und Kragen zu reden, oder aus der Haut fuhr. Es ging niemanden etwas an, wem er mit seiner Keule den Schädel eingeschlagen hatte. Und außerdem hatte Krieg geherrscht.

In stiller Eintracht beobachteten Renno und die Trolle, wie h'Ryn sich eine Kerze vom Tisch schnappte und seine Pfeife an der Flamme anzündete. Das Moos begann zu glimmen, und Rauchwölkchen stiegen auf. Zufrieden lächelnd paffte der Lindwurmhäuptling einen Kringel in die Luft.

»Vielleicht werden wir eines Tages eine gute Geschichte zu erzählen haben, wenn wir heil von unserer Reise wiederkehren. Denn darum geht es nämlich: um unsere Reise.«

Scheinbar abwesend rieb Renno über die Kupferstickereien an seinem Mantel. Er begutachtete die Eberköpfe einen Moment, wie sie im Kerzenschein schimmerten, dann blickte er auf. »Ihr scheint in der Klemme zu stecken.«

v'Ark langte über den Tisch und packte Renno am Kragen. »Wer sagt das?«

Mit einem Schlag waren alle Augen auf sie gerichtet. Die Musik verstummte, am Nebentisch wurden Waffen gezückt.

»Na ja«, röchelte Renno und tippte v'Ark gegen den Arm, »zum einen deine Reaktion.«

Offensichtlich fühlte der Wolfskrieger sich ertappt, denn er ließ Renno los wie ein kochendes Ei.

»Und zum anderen?« h'Ryn sprach leise, aber seine Stimme war schneidend scharf.

»Zum anderen?« Renno sah ihn fragend an, während er sich den Hals rieb. v'Arks Pranke hatte Striemen hinterlassen.

»Du sagtest *zum einen*«, erklärte h'Ryn langsam, »dann gibt es doch gewiss auch ein *zum anderen*.«

»Nein … Nein, nein.« Renno lachte heiser. »Ich meinte nur wegen dem Schlamassel mit dem Flussgeist.« Der Wirt lehnte sich zurück und gab seinen Männern ein unauffälliges Zeichen, worauf sie zum zweiten Mal an diesem Abend ihre Waffen wegsteckten. Dann setzte er sich wieder gerade hin und strahlte sie mit einem selbstsicheren Grinsen an. »Also, wie kann ich euch helfen?«

h'Ryn trank sein Bier aus und stellte den Steinhumpen ab. Er donnerte den Krug nicht etwa in Trollmanier auf den Tisch, sondern hielt ihn umklammert und drückte ihn auf die Platte, bis sich das Holz bog und gefährlich ächzte.

»Wir brauchen Proviant. Proviant und ein Nachtlager. Aber keine Umstände, wir nehmen auch mit dem Stall vorlieb.«

»Kommt nicht in Frage«, entgegnete Renno entrüstet. »Ihr schlaft im Seitenflügel. Ihr werdet schon sehen, dort ist alles zu eurem Behagen eingerichtet – einem Trollhäuptling würdig, will ich meinen. Moosmatten und Bärenfelle, damit ihr von Kopf bis Fuß wohlgebettet seid, und ein eigener Kamin, in dem ein lustiges Feuerchen brennt. Yllok?«

Das Sune trat aus dem Schatten und verbeugte sich. »Es ist alles für Eure Gäste bereitet, Herr.«

»Haha, vorzüglich. Nur keine Bescheidenheit, füllt eure Krüge noch mal, dann bring ich euch in den Schlafsaal. Ihr seid doch sicher müde vom langen Marsch? Von Samanunga hierher – so weit reiten die meisten nicht mal an einem Tag.«

h'Ryn griff seinen Helm und seine Axt und stand auf. »Ja, ein paar Hörner Schlaf können uns gewiss nicht schaden.«

Alle warteten auf i'Rk, der sich gleich zwei Krüge Bier einschenkte – seinen eigenen und den, den h'Ryn hatte stehen lassen. Als der fette Walrosstroll endlich fertig war und sich ebenfalls erhob, führte Renno sie durch den Schankraum und zu einer Seitentür hinaus auf einen Flur.

»Wie geht's eigentlich z'Arwa?«

Die Frage des Wirtes traf Mjerelmyr aus heiterem Himmel. Für einen Augenblick fürchtete er zu erstarren.

»Mal was von ihr gehört?«

»Sie sendet ihre Grüße«, log Mjerelmyr, um das Gespräch zu ersticken. Erst die Sache mit dem Kindstöter und nun das. Er wollte sich keine weitere Blöße vor den anderen geben. Schon gar nicht hier, im Träumenden Wald, wo z'Arwa und er sich zum letzten Mal geküsst hatten. Er erinnerte sich noch genau an den verregneten Morgen, als sie aufgebrochen war – an den Geruch der nassen Erde, an das Geräusch der Tropfen auf den Tannenzweigen. z'Arwa hatte nur einen Abstecher in die Berge von Hraban machen wollen, um sich von ihrer Familie zu verabschieden, um mit ihm, dem verstoßenen Sonderling, durch Snogaard zu ziehen. Einen Sommer und einen Winter lang hatten sie sich gefühlt wie Kilvi und Isvander, wie in einer Legende aus der Alten Zeit. Der Krieg hatte sie zusammengeführt. Aber er hatte sie nicht zusammengehalten. Ihre Liebe war erloschen wie der Eberstamm.

Mjerelmyr seufzte leise. Auf genau dieser Lichtung hatte er auf z'Arwas Rückkehr gewartet … gezweifelt … gehofft. Drei Sommermonde lang. Er hatte Renno geholfen, die kleine Hütte zu bauen. Gemeinsam hatten sie die ersten Schnäpse aus Beeren und Wurzeln gebrannt, das Zeug an Wilderer und Strauchdiebe ausgeschenkt, den Brennenden Rappen ins Leben gerufen.

Eines Morgens hatte eine Blutkrähe in dem Baum vor der Hütte gesessen. Neugierig hatte sie Mjerelmyr beäugt. Das Tier sei ein Zeichen von z'Arwa, hatte er damals zu Renno gesagt, doch das war gelogen. Das Vieh war nur ein vermaledeiter Vogel gewesen. Ohne viele Worte war er gegangen und nicht wiedergekehrt. Bis heute.

»Ihr werdet Augen machen!«, verkündete Renno, während sie durch den Flur im Seitenflügel gingen.

Mjerelmyr blickte auf. Sie hatten vor einer fellbespannten Tür Halt gemacht. Renno öffnete sie und winkte die Trolle mit einer einladenden Geste hindurch. *Alle Achtung*, der Türrahmen war breit genug, dass sie sich beim Durchgehen nicht verrenken mussten.

Ein Luftzug ließ die Läden des einzigen Fensters klappern. Kerzen – breit und hoch wie Männerbeine – flackerten in den Nischen. Das hellste Licht ging jedoch vom Kamin aus. Lange konnte das Feuer darin noch nicht brennen, denn die Holzscheite waren noch zu einem ordentlichen Turm gestapelt.

»Und, habe ich zu viel versprochen?« Renno drehte sich mit ausgebreiteten Armen im Kreis.

Nein, hat er nicht, dachte Mjerelmyr. In den Ecken der geräumigen Kammer lagen Strohmatten und zusammengerollte Bärenfelle. Links und rechts neben dem Fenster standen zwei bunt bemalte Truhen.

h'Ryn sah sich nickend um, rüttelte prüfend am verriegelten Fensterladen und wandte sich dann an Renno. »Hab Dank. Mehr hätten wir für heute Nacht nicht erhoffen können. Trotzdem wird sie kurz«, mahnte er, »beim ersten Licht brechen wir auf. Es wird eine eilige Reise. Wie ich schon sagte, etwas Wegzehrung wäre daher äußerst willkommen.«

»Ihr habt Glück«, erwiderte Renno, »die alte Hörla hat letzten Winter viel gepökelt – Lachs und Wildschweinzungen.«

»Ho, ho!«, rief i'Rk. »Auf Hörla!« Mit einem großen Schluck leerte er den Humpen in seiner rechten Hand und stellte ihn auf einer der Truhen ab. Die Deckel, bemerkte Mjerelmyr, zierten überraschend feine Schnitzereien. Er fuhr mit den Fingerspitzen über die Linien, folgte ihrem verschlungenen Verlauf. Einst hatten sie wohl irgendwelchen Intarsien Platz geboten – Bernstein, Walbein oder Silber. Sicher waren die Kleinodien schon lange in Rennos Tasche gelandet. Bei dem Gedanken stieg Mjerelmyr ein süßlich bitterer Duft in die Nase. Er grübelte kurz, dann erkannte er den Geruch. Ein versonnenes Lächeln huschte ihm übers Gesicht.

Renno blieb seine Miene nicht verborgen. »Hab mir doch gedacht, dass du dich erinnerst.«

»Hm«, murmelte Mjerelmyr, »Vogelbeerenschnaps.«

»Ja, und immer noch das alte Rezept meines Vetters. Ich heb die Flaschen in den Truhen auf ... in Felle gewickelt ... sollen ja nicht frieren ... hehe, lauwarm, wie ein guter Furz ... so schmeckt das Wässerchen am besten.«

Mjerelmyr grinste müde. Die anderen hatten inzwischen damit begonnen, ihre Waffen abzulegen und die Bärenfelle auszurollen. Ihm hatten sie die ungemütliche Ecke an der Außenwand gelassen, am weitesten vom Kamin entfernt.

Renno stand eine Weile unschlüssig in ihrer Mitte und sah ihnen dabei zu, wie sie ihre Nachtlager bereiteten. »Nun denn, wenn ich nichts mehr für euch tun kann, dann gute Nacht.«

»Gute Nacht«, antworteten Mjerelmyr und h'Ryn.

i'Rk prostete dem Wirt mit seinem zweiten Steinhumpen zu, dass Bier überschwappte. Dann waren sie unter sich.

»War ein langer Tag«, sagte h'Ryn, während er seine Pfeife über dem Kamin ausklopfte, »und die nächsten werden nicht kürzer.« Darauf schritt er den gesamten Raum ab und löschte die Kerzen.

Im Schein des Kaminfeuers konnte Mjerelmyr sehen, wie v'Ark sich unter den Fellen an seine Klingen schmiegte.

»Würde mich nicht wundern, wenn dieser Arsch mit Ohren uns vergiftet hat«, knurrte der Wolfskrieger.

»Renno?«, fragte Mjerelmyr. »Wie kommst du darauf?«

»Ein Kerl, der so viel grinst, hat was zu verbergen. Dazu die alte Hexe und ein Sune. Bessere Giftmischer gibt es nicht.«

»Warum hast du dann von der Suppe gegessen und das Bier getrunken?« Auch wenn Mjerelmyr selbst ein merkwürdiges Gefühl hatte, wollte er v'Ark auf keinen Fall beipflichten.

»Keine Sorge, mein Magen hält was aus.«

»Schlaft jetzt«, raunte h'Ryn ungehalten.

i'Rk brauchte er nichts mehr zu befehlen – der dicke Troll schnarchte bereits, dass sich die Balken bogen.

9. KAPITEL

Mjerelmyr und die Flucht im Dunkeln

Klipp, klapp. klipp, klapp. Mit geschlossenen Augen lauschte Mjerelmyr dem Fensterladen. In dem hölzernen Klappern meinte er den Takt des Trommlers zu erkennen und im Säuseln des Windes die Schalmei des plattnäsigen Spielmanns. Er begleitete sie stumm, sang mit ihnen das Lied von Kilvi und Isvander.

Ihr letzter Kuss
von Flammen bedacht,
sein stolz Eis
schmolz in glänzender Pracht.

Mjerelmyr verspürte ein Kitzeln. Eine schwarzrote Feder strich über seine Stirn, eine dunkle Strähne legte sich seidenweich auf seine Wange. z'Arwas blasses Gesicht beugte sich über ihn und wollte ihn küssen.

Mjerelmyr zuckte zusammen und schlug die Augen auf. Es konnten unmöglich mehr als ein paar Atemzüge verstrichen sein, seit er sich hingelegt hatte, doch das Feuer im Kamin war bis auf die Glut heruntergebrannt. Das gleichmäßige Schnaufen aus den anderen Ecken der Kammer verriet ihm, dass seine Gefährten schliefen. Mjerelmyr gähnte und wollte sich auf die Seite wälzen, da meinte er neben i'Rks Schnarchen jemanden singen zu hören. Ob die Spielleute immer noch musizierten?

Unwahrscheinlich, es musste weit nach Mitternacht sein, und außerdem klang die Stimme viel zu hell. Er setzte sich auf und horchte in die Dunkelheit. Der Gesang kam nicht aus dem Schankraum, sondern von draußen. Ein Schauer überlief den Donnersänger, als er das Lied erkannte.

Brüderchen fahr den Fluss hinab,
geh auf weite Reise.
Ich bleib hier und näh mein Glück
auf siebenfache Weise.

Wer, bei allen Geistern, sang da vor dem Gasthaus? Im Brennenden Rappen gab es keine Kinder. Der … die … das Einzige, das eine ähnlich glockenklare Stimme hatte, war Yllok. Nur woher sollte das Sune das Lied von Swar'og'Wikas Mädchen kennen? Oder hatte der Wicht auch einmal in Diensten der zweiköpfigen Seherin gestanden?

Die Strohmatte knisterte, als Mjerelmyr aufstand. Zwei Schritte und er war beim Fenster. Er hielt den Atem an, dann schob er den Riegel beiseite und öffnete den Fensterladen. Zu seiner Überraschung quietschten die Angeln nicht im Geringsten. Ob er immer noch träumte?

Für einen Moment hoffte er, die kühle Nachtluft würde ihn zur Besinnung bringen. Aber nach wie vor hörte er die Kinderstimme klar und deutlich.

Ich schenk dir zwei Steine fein,
voller Glanz und Lichter.

Und jetzt sah er auch den Sänger, vielmehr die Sängerin – ein Mädchen in einem weißen Hemd. Ihr Gesichtchen schien blass im Mondschein. Die Kleine spazierte hinter dem Stall entlang. Wie eine Schlafwandlerin umkreiste sie ein paar Baumstümpfe.

Kann nun nicht mehr bei dir sein,
doch so bin ich dir dichter.

Das Mädchen hielt inne, drehte langsam den Kopf und starrte in seine Richtung. Mjerelmyr duckte sich zurück ins Halbdunkel der Kammer. Sein Puls raste. Es flimmerte grau vor seinen Augen. Auf einen Schlag fühlte er sich wie ein junger Trolling – wie damals, als er seine Mutter zu Swar'og'Wikas Höhle begleitet hatte.

Ob er die anderen wecken sollte? Nein, bestenfalls würden sie ihn auslachen, weil er sich wegen eines singenden Kindes in die Hose machte. Zudem herrschte schon seit einigen Herzschlägen Ruhe. Vielleicht war das Mädchen nur ein Hirngespinst.

Doch da war sie wieder, die Stimme. Dieses Mal leise summend. *Du alter Hasenfuß*, dachte Mjerelmyr verärgert: Mädchen oder Gespenst, er würde der Sache allein nachgehen. Allerdings war einem Geist nur mit Zaubern und Eisen beizukommen. Kurzerhand schnappte er sich Kharn und stieg aus dem Fenster. h'Ryn würde ihm die kurze Leihe schon nicht übelnehmen.

Das Mädchen hatte sich inzwischen wieder umgedreht und kehrte ihm den Rücken zu. Er musste die Augen zusammenkneifen, denn ihr Kleid gleißte geradezu gespenstisch in der Dunkelheit. *Die gefährlichsten Geister verbergen sich hinter harmlosen Gestalten*, hörte er seine Großmutter sagen. Die Rabenschamanin wusste, wovon sie sprach. Mjerelmyr umklammerte den Griff der Axt, bis sich die Lindwurmschuppen in seine Finger bohrten.

Ein Knacken ließ ihn herumfahren. Aus dem Augenwinkel nahm er eine Bewegung wahr, bei der Palisade zu seiner Rechten, wenigstens 15 Schritte entfernt. Wieder knackte es, diesmal hinter einem Busch. Tannenzweige wippten. Dann herrschte Stille, bis auf das Summen.

Brüderchen fahr den Fluss hinab,
geh auf weite Reise.
Ich bleib hier und näh mein Glück
auf siebenfache Wei…

Der Gesang brach jäh ab. Die Seitentür des Stalls flog auf. Eine Pranke schnellte hervor, packte die Kleine und zerrte sie hinein.

»Wirst du wohl leise sein!«, knurrte eine Stimme.

Ein Kind, kein Geist, schoss es Mjerelmyr durch den Kopf. Andernfalls hätte die Pranke ins Leere gegriffen.

Eilig schlich er vor und verbarg sich hinter der windschiefen Hütte. Dichter kam er an den Stall nicht heran, ohne sich zu verraten, schließlich war er ein Troll und kein Dieb in der Nacht. Trotzdem war er nun nah genug, um ein mehrkehliges Brummen zu vernehmen, dazu irgendein Schaben oder Scharren. Wie es schien, wurde im Innern des Stalls gestritten.

Sollte er die anderen warnen oder dem Mädchen helfen? Mjerelmyr hatte noch keinen Entschluss gefasst, als das Stalltor aufgestoßen wurde. Eine Horde Trolle stürmte heraus. Sechs … zwölf … achtzehn … alle von ihnen einhornig … und in ihrer Mitte d'Uum, der Häuptling des Donnerhornstamms. Nur ein schlanker Troll blieb im Toreingang zurück, bartlos und zweigehörnt, wohl noch zu jung für das Kriegerritual seines Stammes. Er hielt das Mädchen am Schopf gepackt und ließ es dicht über dem Boden baumeln. Die Kleine war erstarrt, wie ein Kätzchen im Maul seiner Mutter. Hinter den beiden sah Mjerelmyr den Schatten eines gewaltigen Tieres im Stall. d'Uums Donnerbestie war dort am Mittelpfeiler angekettet. Daher rührte der Viehgestank, den sie bei ihrer Ankunft gerochen hatten, und deshalb hatte Renno, dieser Heuchler, sie nicht im Stall schlafen lassen wollen.

Auf der Lichtung schwärmten die Donnerkrieger mit gezückten Waffen aus. Einige fingen an, das Gasthaus zu umstellen, andere folgten d'Uum zum Eingang. Renno öffnete die Tür, in der Hand eine Laterne. In ihrem Schein blitzte d'Uums abgesägtes Horn auf wie ein Halbmond.

»Sie schlafen tief und fest«, verkündete der Wirt. Noch immer lag ein breites Lächeln auf seinen Lippen, doch er klang angespannt.

»Zur Seite, Mann!« d'Uum stieß Renno zu Boden. Dann betrat er mit seinen Leuten das Gasthaus.

Falls sie jetzt noch nicht wach waren, kam für h'Ryn und die anderen ohnehin jede Hilfe zu spät. Mjerelmyr konnte nichts mehr für sie tun – für das Mädchen allerdings schon. Alle Augen waren von ihm abgewandt, da nun Krach und Gebrüll aus dem Gasthaus erschallten.

Jetzt oder nie. Mjerelmyr rannte in einem weiten Bogen zum Stall und lugte in das Tor hinein.

»Du willst mich beißen, du Made?« Der junge Troll stand mit dem Rücken zu ihm und beugte sich über das Mädchen, etwa sechs oder sieben Schritte entfernt. Er war in bronzebeschlagenes Leder gekleidet und trug ein kurzes Schwert an der Seite. In seinen Zopf, der ihm bis zum Hintern reichte, waren Knochensplitter eingeflochten. »Mich willst du beißen? Mich, u'Krr, Sohn des d'Uum?«

Der Häuptlingssohn bebte vor Zorn, doch das Mädchen blickte ihn nur stumm an – ohne Furcht oder Tränen in den Augen, bar jeden Ausdrucks. Die einzige Antwort kam von der Donnerbestie. Das Totemtier schnaubte, dass es dumpf von den Wänden hallte. Die Kette an seinem Fuß spannte sich, als der Dickhäuter ihnen seine gehörnte Schnauze zuwandte und sie aus winzigen Schweinsäuglein betrachtete.

Mjerelmyr hatte indes die ersten Schritte gemacht, leise und die Axt fest umschlossen, bereit dem Halunken eins mit der flachen Seite überzuziehen.

»Was starrst du mich so an, Hexenbalg?« u'Krr packte das Mädchen bei der Kehle und riss es hoch. Mit ausgestrecktem

Arm drückte er die Kleine an die Wand, bis ihre Augen hervorquollen. Er begann seinen Kopf zu schwingen. Sein Zopf wirbelte im Kreis und peitschte auf ihr Gesicht ein.

Klatsch, zack! Klatsch, zack! Jedes Mal, wenn die Knochensplitter trafen. *Klatsch, zack!* Die Haut des Mädchens platzte, Blut floss ihre Wangen hinab. Noch immer gab sie keinen Laut von sich.

Mjerelmyr machte einen Ausfallschritt, holte aus und schlug zu. Die Waffe war rasend schnell … schnitt zischend durch die Luft … und traf ihr Ziel nicht mit der flachen, sondern mit der scharfen Seite. Das Axtblatt drang durch Haut und Knochen und trennte u'Krrs Schädeldecke ab. Mitsamt seinen Hörnern fiel sie zu Boden. Als wäre ihm nichts geschehen, wirbelte der Häuptlingssohn weiter seinen Kopf herum … einmal … zweimal … dreimal. Blut spritzte an die Wände und in Mjerelmyrs Gesicht. Dann sackte u'Krr reglos zu Boden.

»Das habe ich nicht gewollt.«

Mjerelmyr blickte ungläubig an sich hinunter. Er hatte mit der Breitseite gezielt und musste im letzten Augenblick abgerutscht sein. Unmöglich, der Stiel der Axt war doch von feinen Schuppen übersät und absolut griffig. *Kharn ist verflucht*, schoss es ihm durch den Kopf. Vielleicht hatte die Waffe einen eigenen, einen bösen Willen.

Nur zu gern hätte Mjerelmyr die Axt fortgeworfen, aber es war nicht seine, und außerdem würde er sie heute Nacht noch brauchen. Und was, wenn er sie gar nicht loslassen konnte? Der Gedanke beunruhigte ihn. Er dachte ihn lieber nicht zu Ende.

Abermals schnaubte die Donnerbestie und zog an ihrer Kette. Der Pfeiler knirschte bedenklich. Sie sollten raus aus dem Stall, bevor das Dach einstürzte. Von draußen drang inzwischen kein Lärm mehr heran. Der Widerstand seiner Gefährten war anscheinend gebrochen. Kein Wunder, schließlich waren sie in der Unterzahl und dazu auch noch überrascht worden, und er – Mjerelmyr – hatte sie in den Hinterhalt geführt.

Der Donnersänger schüttelte sich. Vorwürfe konnte er sich später noch machen. Jetzt hatten sie keine Zeit zu verlieren. Er streckte dem Mädchen seine Pranke entgegen. Die Kleine sah ihn unbewegt an, genauso wie zuvor u'Krr. Schon wollte er sie sich einfach über die Schulter werfen, da griff sie zu und umschloss mit ihrem Händchen seinen Zeigefinger.

»Gut so, ich bringe uns in Sicherheit.« Mjerelmyrs Aufmunterung war mindestens ebenso an sich selbst wie an das Mädchen gerichtet. »Bleib immer schön bei mir, hörst du?«

Die Kleine sagte nichts, aber ihr Griff um seinen Finger wurde fester.

»Wie heißt du eigentlich?«

»Hundert«, antwortete sie seltsam verträumt.

Mjerelmyr stutzte. Einen Moment lang glaubte er, »Hunde« gehört zu haben, bis er begriff, dass sie »Hundert« gesagt hatte. Ein eiskalter Klumpen formte sich in seinem Bauch. Die zweiköpfige Seherin gab ihren Mädchen keine Namen, sie nummerierte sie. Sie waren entbehrlich. Neunundneunzig hatte es vor der Kleinen gegeben. Mjerelmyr musste unwillkürlich an den Knochenvorhang mit den Kinderschädeln denken, den er damals vor Swar'og'Wikas Höhle gesehen hatte.

Er lächelte Hundert zu und hoffte, dass seine Hauer ihr keine Angst einjagten. Zu seiner Erleichterung lächelte sie zurück. Wahrscheinlich hatte sie bei Swar'og'Wika weit Schrecklicheres gesehen als sein blutbesprenkeltes Gesicht. Mit ihr am Finger ging Mjerelmyr zum Toreingang. Er steckte den Kopf heraus und spähte in Richtung Wirtshaus. Nur noch zwei Donnerhornkrieger standen dort Wache. Die anderen mussten alle im Haus sein – groß genug war die Gaststube ja.

Er wollte gerade aus dem Stall treten, als er eine Gestalt bemerkte, die sich zwischen Hochsitz und Lehmofen verbarg. Sie war ziemlich breit, aber zu klein für einen Troll, stellte er erleichtert fest. Vermutlich war es einer von Rennos Männern, auch wenn er einen derart fetten zuvor nicht gesehen hatte.

»Ihr Geister des Waldes steht uns bei, verdeckt uns mit euren grünen Armen«, murmelte Mjerelmyr. Dann schnaufte er einmal tief durch. »Also los!«

Gemeinsam huschten sie bis zu der kleinen Hütte und von dort weiter zur Rückseite des Wirtshauses. Niemand schlug Alarm. Aus der Gaststube jedoch drang eine donnernde Stimme heraus. Die Tierhaut im Fenster zu ihrer Linken war eingerissen. Vermutlich Kampfspuren. Die Neugierde packte Mjerelmyr und die Sorge um seine Gefährten – mochte es sich auch um eine unfreiwillige Schicksalsgemeinschaft handeln, so gehörten sie für den Augenblick dennoch zusammen. Er machte einen Schritt zur Seite und linste durch den Riss im Vorhang. Die Tische und Bänke in der Gaststube waren umgestürzt. In der Mitte des großen Raums standen h'Ryn und i'Rk, die Hände mit dicken Tauen gefesselt, umzingelt von einem Dutzend Donnerhornkriegern sowie von Renno und seinen Männern.

d'Uum schritt vor den Gefangenen auf und ab. Sein Gesicht war rot angelaufen, seine Stimme rau. »Den Runenthron besteigen wie eine tote Hure und unser einziges Pfand verschleudern, das wir gegen die Alben haben – für wen hältst du dich? Für Gothamar? Für seine Wiedergeburt?«

h'Ryn starrte d'Uum erhobenen Hauptes an und schwieg.

Der Donnerhornhäuptling war kurz davor weiterzuwüten, als zwei seiner Krieger aus dem Seitenflügel in die Gaststube traten.

»Das ist alles, was wir gefunden haben.«

Der eine hielt h'Ryns Goldhelm in Händen, der andere betrachtete misstrauisch Mjerelmyrs Keule samt dem Traumfänger, der an ihr baumelte.

»Und Kharn?«, brüllte d'Uum. »Die Axt kann sich ja schlecht in Luft aufgelöst haben.«

»Die wird sich dein Verräter unter den Nagel gerissen haben. Donnersängern sollte man eben nicht trauen …«

Mjerelmyr musste seinen Augapfel verrenken, um den Sprecher durch den Schlitz zu entdecken. Im hintersten Winkel des Raumes stand v'Ark lässig an die Wand gelehnt, die Hände auf den Knäufen seiner Schwerter. *Wer ist hier der Verräter?*, dachte er zornig.

d'Uum schnaubte verächtlich. »Verräter? Humbug! Die kleine Seherin hat uns mit ihrem Hokuspokus hergeführt. Und wenn ich deine Meinung hören will, Wolfszwerg, dann frag ich dich. Bild dir nichts ein – nur weil unsere Stämme verbündet sind, heißt das nicht, dass ich dich verschonen muss. Also, wo ist deine verfluchte Axt?«, fuhr d'Uum an h'Ryn gewandt fort, ohne zu bemerken, dass v'Ark ihn finster anfunkelte.

»Ich habe sie dem Donnersänger anvertraut«, erwiderte h'Ryn, »und der ist längst über alle Berge.«

»Aber …«, begann einer der Strauchdiebe, doch Mjerelmyr konnte sehen, wie Renno ihn mit einem Knuff in die Seite zum Schweigen brachte.

»Den Donnersänger braucht ihr doch gar nicht«, sagte Renno. »Ihr wolltet den Lindwurm und den habt ihr. Dafür habt ihr mir das Silber versprochen.«

»Silber?«, knurrte d'Uum. »Sei froh, dass ich dir nicht den Kopf abreiße. Gieriges Räuberpack.«

h'Ryn hob die gefesselten Hände. »Wenn ich es bin, den du wolltest, d'Uum, hier bin ich. Verdien dir den Runenthron und bezwing mich im Zweikampf.«

»Ha!«, platzte es aus d'Uum heraus. »Du bist kein Häuptling, du bist nur ein Hochstapler ohne Ahnenwaffe. Ein Waldschrat. Worin läge da die Ehre, dich zu töten?«

Mjerelmyr spürte, wie Hundert an seinem Finger zog. Er sah zu ihr hinunter. Sie zeigte in Richtung Stall. Da! Ein brennender Pfeil surrte durch die Dunkelheit, hinein ins offene

Stalltor. Ein zweiter Brandpfeil zischte hinterher. Kurz darauf flackerte es rot und gelb hinter den löchrigen Lehmmauern. Die Pfeile mussten einen Heuballen getroffen haben.

Die Donnerbestie stieß einen Schrei aus, der Mjerelmyr durch Mark und Bein fuhr. Hundert klammerte sich an ihn – ihre erste menschliche Regung. Im Gasthof verstummte d'Uum, und schon gellten die ersten Rufe durch die Nacht: »Feuer! Feuer! Der Stall brennt!«

»Guntra!«, entfuhr es dem Donnerhornhäuptling.

Mjerelmyr spähte wieder durch das zerrissene Fenster.

Ein Ausdruck des Entsetzens lag auf d'Uums Gesicht, sein Totemtier schwebte in Gefahr. »Los, macht schon, bindet sie los!«

Die ersten Trolle stürzten aus dem Gasthaus, Renno und seine Mannen dichtauf. Sie hasteten zur Tränke und schnappten sich Eimer, doch zum Löschen kamen sie zu spät.

»Bleibt hier und passt auf!«, befahl d'Uum einer Handvoll Kriegern, dann rannte auch er ins Freie.

Ein panisches Brüllen drang aus dem Stall. Zwei Trolle sprangen mit Anlauf durch die Flammen und verschwanden hinter Rauch und Feuer. Ein lautes Knirschen ertönte. Das Stalldach gab nach und stürzte ein. Im selben Augenblick preschte Guntra durch das brennende Tor. Die Donnerbestie schleifte den Pfeiler hinter sich her, ihr Nackenfell stand in Flammen. Blindwütig trampelte das Tier über die Lichtung, zu nah am Hochsitz vorbei. Der Pfeiler verfing sich und riss den Holzturm ein.

»Haltet sie auf, haltet sie auf!«

Überall herrschte Chaos. Die Männer wollten löschen, was zu löschen war, und die Trolle versuchten ihr Totemtier zu beruhigen.

Abermals linste Mjerelmyr durch den Riss im Fenster. Vier einhörnige Trolle zählte er – und dazu v'Ark. Auf wessen Seite der Wolfskrieger wohl stand? Sei's drum, nur vier Wachen, eine bessere Gelegenheit würde er nicht bekommen.

Er ließ Hunderts Hand los, machte zwei Schritte zurück und hechtete durch das Fenster. Das dünne Leder gab sofort nach, klatschte ihm jedoch ins Gesicht und blieb an seinen Hörnern hängen. Er rollte ab und sprang auf, stolperte über einen der umgestürzten Tische. Verdammte Tierhaut! Nur verschwommen nahm er die beiden Schemen vor sich wahr – breite Haumesser in den Händen. Ohne klare Sicht holte er aus. Ein weiter Schwung fällte den ersten, schlug krachend in den Rücken des zweiten ein. Mjerelmyr lehnte sich gegen die Axt, bohrte sie tiefer in die Lunge seines Gegners, bis der röchelnd zu Boden ging.

Wo waren die anderen? Mjerelmyr riss sich das Leder vom Kopf und wirbelte im Kreis herum, Kharn, eine tödliche Wand aus Eisen, vor sich. Er sah i'Rk und h'Ryn.

Der Walrosstroll schmiss sich gegen seinen Bewacher. Seine Zentner brachten den Wolfskrieger ins Taumeln. h'Ryn setzte mit gesenktem Haupt nach und spießte ihm seine spitzen Hörner in den Hals. Hinter ihnen stand v'Ark, immer noch abwartend in der Ecke.

Wo war der vierte Wächter?

Mjerelmyr spürte eine Bewegung im Rücken. Er fuhr herum. Hundert war dabei, durch das Fenster zu klettern.

»Nein, bleib draußen, Kleine!«

Der letzte Wächter sprang hinter Hörlas Kessel hervor und krallte sich das Mädchen. Seine linke Klaue grub sich in ihre Kehle, während er hektisch mit seiner Klinge herumfuchtelte.

»Schön ruhig, Bunthorn, sonst passiert der Kleinen was! Und das willst du doch nicht. Hast ein weiches Herz, wie ich sehe. Du, Wolfskrieger, nimm ihm die Axt ab!«

v'Ark verschränkte die Arme und rührte sich nicht.

»He, bist du taub?«

Der einhörnige Troll sah nervös dabei zu, wie h'Ryn und i'Rk sich schnaufend aufrappelten. v'Ark ging zu ihnen hinüber und durchtrennte ihre Fesseln.

»Nur weil wir Wölfe nicht *gegen* euch Donnerhörner kämpfen, heißt das nicht, dass ich *für* euch kämpfe.«

»Na gut, dann eben so.« Der Wächter ließ sein Haumesser fallen und setzte das Horn, das um seinen Hals hing, an die Lippen.

»Halt ihn auf!«, rief h'Ryn von hinten.

Mjerelmyr spürte wie ein Zucken durch die Axt ging, sich auf Hände und Arme übertrug. *Schlag zu! Schlag zu!*, dröhnte es in seinem Schädel. Er kämpfte dagegen an, schließlich hatte der Kerl Hundert immer noch im tödlichen Griff.

Gleich würde es hier vor Donnerhornkriegern wimmeln. Doch kein Signal ertönte. Nur ein leises Gurgeln erklang aus der Kehle des Wächters. Eine lange Klinge steckte in seiner Achselhöhle – Yllok hielt sie am anderen Ende. Das Sune war wie aus dem Nichts erschienen und hatte Rennos Schwert tief in die Brust des Trolls getrieben.

Für einen Moment herrschte gespenstische Stille. Dann tat der Wächter seinen letzten Atemzug, und sein Horn fiel klappernd zu Boden.

»Schnell«, zischte Yllok, »wir müssen weg!«

Eigentlich hatte Mjerelmyr auf die Knie gehen und sich um Hundert kümmern wollen. Stattdessen spürte er eine brennende Wut in sich aufsteigen – aus seinem Waffenarm hoch in seine Brust und wieder zurück. Sein Herz hämmerte. Er drehte sich um und ging quer durch den Raum auf v'Ark zu, Kharn mit beiden Händen umgriffen.

»Warum hast du uns nicht geholfen?« Er wollte keine Antwort hören, nur diese Wut, diese unbändige Wut stillen.

»Was glaubst du denn, du Klotsack? Unsere Stämme sind verbündet. Wir haben einen Blutschwur geleistet. Aber einem wie dir bedeutet das anscheinend nichts.«

Wut … Wut … Wut … Mjerelmyr beschleunigte seinen Schritt.

h'Ryn sprang über eine Bank und stellte sich ihm in den

Weg. »Gib mir die Axt«, sagte er ruhig. »Sie hat für heute ihren Dienst getan.«

Mjerelmyr blieb stehen. Seine Schläfen pochten. Er war verwirrt.

»Komm, gib sie mir.« h'Ryn legte die Hand auf seine Schulter, die andere streckte er ihm entgegen.

Mjerelmyrs erster Impuls war, den Arm beiseitezuschlagen, aber die Berührung fühlte sich vertraut und verständnisvoll an. Seine Wut ebbte ab, das Rauschen in seinen Ohren verstummte. Erleichtert ließ er Kharn los. Für einen Atemzug wurde ihm schwarz vor Augen. Ein Schmerz durchfuhr ihn, als ob sich Widerhaken in seine Seele gebohrt und ihm Fetzen seiner Selbst entrissen hätten. Einen Moment noch hallte die schmerzende Leere nach, dann war es vorüber. h'Ryn stand mit gesenkter Axt vor ihm und sah ihn mit wissenden Augen an. Diese Wut, dieser Schmerz – es musste ihm mit Kharn genauso ergehen. Kaum zu fassen, welche Bürde der letzte Lindwurm mit sich herumtrug.

Ein kurzer Blick durchs Fenster genügte, um das Durcheinander auf der Lichtung zu erahnen. Die Flammen tobten höher und höher, die Donnerbestie schrie. Ein lautes Krachen und Splittern ertönte. Anscheinend hatte das Tier die Palisade durchbrochen.

»Wenn es euch beruhigt«, sagte v'Ark in den Lärm hinein, »dann erschlag ich dieses Hexenbalg, sonst findet d'Uum uns gleich wieder.«

»Nein!«, rief Mjerelmyr und baute sich vor Hundert auf, die völlig teilnahmslos wirkte.

Die anderen drei tauschten düstere Blicke aus.

h'Ryn schüttelte schließlich den Kopf. »v'Ark hat recht. Sie würde d'Uum wieder zu uns führen, und mitnehmen können wir sie nicht.«

»Nein, nein …«, entgegnete Mjerelmyr verzweifelt. *Komm schon, denk nach, es muss doch einen Weg geben, das Mädchen zu verschonen.* Sein Blick fiel auf Yllok, das ungeduldig mit den Füßen scharrte.

»Mich solltet ihr besser auch nicht erschlagen«, sagte es trocken. »Meister Renno hat mir nämlich aufgetragen, euch durch den Wald führen. Also sputet euch, wenn euch euer Leben lieb ist!«

Mjerelmyrs Herz machte einen Sprung. Das Sune kannte sich im Wald aus. Das war die Lösung!

»Yllok«, sagte er hastig, »versprichst du mir, dass du die Kleine versteckst und dich um sie kümmerst?«

»Was?« Der Wicht sah ihn entgeistert an.

»Versprichst du mir, dass du dich um Hundert kümmerst?«

»Für den Scheiß haben wir keine Zeit«, knurrte v'Ark und zog eins seiner Schwerter. »Ein Streich, und es ist vorbei. Ganz schmerzlos, wenn sie stillhält. Und dem Wicht würde ich auch nicht trauen!«

Aus i'Rks Kehle ertönte ein zustimmendes Grunzen.

Mjerelmyr ignorierte die beiden und starrte dem Sunen in die schwarzen Augen.

Yllok blickte irritiert zu Boden. »Warum sollte ich das tun?«

»Weil du weißt, was es heißt, allein zu sein – so wie sie. Allein unter Fremden, unter großem Volk.« Mjerelmyr machte eine kurze Pause. »Oder nicht, Alleingeborenes?«

»Gut«, zischelte es, »ich gebe dir mein Wort, aber nur, weil du ein Freund meines Meisters bist. Und jetzt los. Kommt mit!«

Yllok wartete, bis sie ihre Waffen gegriffen hatten, dann führte es sie aus dem Gasthaus über die vom Feuer erhellte Lichtung. Niemand schenkte ihnen Aufmerksamkeit. Rennos Männer rannten mit rußgeschwärzten Gesichtern zwischen Tränke und Stall hin und her, und die Trolle waren längst in den Wald entschwunden, auf der Jagd nach ihrem panischen Totemtier.

»Du weißt, dass kein Wort der Welt einen Sunen bindet«, raunte h'Ryn ihm zu.

Mjerelmyr erwiderte nichts. Ihm blieb nur zu hoffen, dass Yllok durch seine Zeit bei Renno anders war und zu seinem Wort stand. Doch alles Grübeln war umsonst, wenn sie d'Uum und seinen Kriegern nicht entkamen. Eile war geboten. Er bückte sich und nahm Hundert auf den Arm, während sie durch die brennende Bresche schritten, die Guntra in der Palisade hinterlassen hatte. In der Ferne waren Rufe zu hören. Sie schlugen die entgegengesetzte Richtung ein und glitten hinein ins Dunkel des Waldes.

»Wo warst du, als wir geschlafen haben?«, flüsterte h'Ryn ihm ins Ohr, nachdem sie schon eine Weile gegangen waren.

»Ich …«, setzte Mjerelmyr zu einer Erklärung an, brach jedoch ab. Sie würde zu lang und umständlich werden. »Ich glaube, ich habe d'Uums Sohn getötet.«

10. KAPITEL

Mjerelmyr und die Versehrten

Der morgen graute bereits, als Yllok anhielt. Das Sune kniete vor einem Gestrüpp aus Tannenbüschen und Brombeersträuchern nieder. Mjerelmyr beobachtete es dabei, wie es leise murmelnd an einem Zweig nach dem anderen zog. Was auch immer Yllok tat, es sah so aus, als könnte es eine Weile dauern, und dafür war er dankbar. Hundert war unterwegs auf seinem Arm eingeschlafen. Behutsam legte er das Mädchen auf einen Laubhaufen. Dabei öffnete sich ein Beutelchen, das sie um den Hals trug. Getrocknete Pilze purzelten heraus, blassgrün an Farbe. Die musste sie gegessen haben, um die Visionen zu empfangen, durch die sie d'Uum zum Brennenden Rappen geführt hatte. Deshalb also hatte sie so taub und teilnahmslos gewirkt.

Mjerelmyr deckte Hundert mit seinem Mantel zu und erhob sich. Auch die anderen wirkten erschöpft. Ihnen allen steckten zwei Tagesmärsche ohne nennenswerte Ruhepausen in den Knochen. i'Rk lehnte sich schnaufend gegen eine Fichte, deren Zweige bald ebenso zitterten wie sein Doppelkinn. h'Ryn setzte stumm seine Axt ab. Kharn hatte Spuren auf seiner Schulter hinterlassen; das Fell seiner Weste war an der Stelle fast vollkommen zerschlissen.

Ein lautes Knacken ließ sie hochfahren. v'Ark brach durchs Unterholz, sein Bart hing voller Blätter und Nadeln.

»Keine Verfolger«, keuchte er.

Wenigstens eine gute Nachricht, dachte Mjerelmyr und schloss für einen Moment die Augen – einen viel zu kurzen. Ylloks Stimme riss ihn aus dem Augenblickschlaf.

»Ah, hier ist es!«

Das Sune zupfte an einem dornigen Zweig, und der ganze Ast schnellte in die Höhe. Darunter war eine Kiste in den Erdboden eingelassen. Yllok stemmte sie mit einem Messer auf, haufenweise Nüsse, Zwiebelkränze und ein Tiegel Bärenfett kamen zum Vorschein.

»Das ist alles?«, entfuhr es i'Rk enttäuscht.

Ausnahmsweise musste Mjerelmyr dem verfressenen Walrosstroll recht geben. Der Proviant würde allenfalls für drei Tage genügen – für einen von ihnen.

Yllok überging ihre Enttäuschung. »Bedient euch, aber macht rasch!«

Im Licht des angehenden Tages waren die Augen des Sunen nicht mehr vollends schwarz, eher dunkelbraun und nur noch halb so unheimlich. Während i'Rk und v'Ark Nüsse und Zwiebeln in ihre Taschen stopften, beobachtete Mjerelmyr Yllok dabei, wie es sich neben Hundert hockte. Es schmatzte leise und zog die Stirn in Falten.

»So, so, Hundert heißt sie also. Ich mag den Namen. Er hat etwas Endliches … und gleichzeitig etwas Unendliches.«

Etwas Unendliches, hallte es in Mjerelmyrs Ohren nach, und ein aberwitziger Gedanke kam ihm. Hundert konnte damals noch nicht geboren gewesen sein, als seine Mutter von Furcht erfüllt aus Swar'og'Wikas Höhle gestürmt kam. Aber vielleicht hatte sie trotzdem etwas über die Weissagung der Seherin gehört? Vielleicht überlieferten die kindlichen Dienerinnen die Prophezeiungen von Generation zu Generation?

Schwachsinn, schalt Mjerelmyr sich und atmete durch. Er nutzte die Ruhe, um h'Ryn zu mustern. Der Lindwurmhäuptling hatte seine Weste abgelegt. Er bückte sich und riss eine Handvoll Moos aus dem Waldboden. Seine Gesichtszüge entspannten sich, als er das taufrische Grün auf seine geschundene Schulter presste.

Ihre Blicke trafen sich. Mjerelmyr fühlte sich ertappt wie ein Eindringling, doch h'Ryn winkte ihn zu sich herüber. Ein undeutbares Lächeln lag auf seinen Lippen.

»Kharn verstärkt die Wut in dir«, sagte er leise, »macht *den* stärker, der du in deinem tiefsten Innern bist.«

»Und wer bist du?« Die Frage war heraus, bevor Mjerelmyr seine Neugier hatte bändigen können.

h'Ryns Lächeln wurde trauriger. »Ich versuche, niemand zu sein.«

Er zog seine Weste an, schulterte die Axt und sah auffordernd in die Runde. »Wir brechen auf.«

Ein Stöhnen entfuhr i'Rk. h'Ryn überging es. »Yllok, ich muss dich um einen letzten Gefallen bitten. Du musst unsere Spuren verwischen.«

Das Sune sprang auf und nickte.

»Ich würde den Wicht in die Kiste sperren«, tönte v'Ark, »wer weiß, ob er nicht was im Schilde führt.«

»Das wird die Zeit zeigen«, sagte h'Ryn. »Nur haben wir davon immer weniger, wenn wir hier noch lange palavern.«

Mjerelmyr band den vorletzten der einst drei Krähenköpfe von seiner Keule los und legte ihn Hundert auf die Brust. »Pass gut auf sie auf«, murmelte er und betrachtete das Mädchen nachdenklich. »Was hat meine Mutter damals bloß in der Höhle erfahren?«

Hundert leckte sich über die Lippen. Ihre Augenlider flatterten. Einen Herzschlag lang glaubte Mjerelmyr, sie wolle ihm antworten. Doch sie seufzte nur und schlief weiter.

v'Ark winkte verärgert ab. »Ihr seid doch alle ein Haufen Blumenfresser!«

Und so brachen sie auf. Am ersten Tag folgten sie einem schmalen Pfad durch die Ausläufer des Träumenden Waldes. Sie gingen unter silbrig grünen Wipfeln begleitet von Kuckucksrufen und spottenden Hähern. Außer den Vögeln schien ihnen niemand zu folgen. Im Schutz einer Grube schlugen sie ihr Nachtlager auf. i'Rk entzündete ein kleines Feuer und briet die Zwiebeln im Bärenfett. Dazu fraßen sie eine Handvoll Nüsse und furzten um die Wette, bis sie schließlich mit knurrenden Mägen einschliefen.

Am zweiten Tag lichtete sich der Wald. Sie wanderten durch eine grüne Landschaft und folgten immer noch demselben Pfad, zumindest hofften sie das. Meist hatten sie freie Sicht. Weit und breit waren keine Verfolgter zu sehen – keine Trolle, keine Donnerbestie. i'Rks Laune verschlechterte sich, als h'Ryn ihnen bei der Mittagsrast verbot, sich zu stärken.

»Wir wissen nicht einmal, ob wir auf dem richtigen Weg sind. Also wird nur abends gegessen.«

»Und wenn schon«, schimpfte v'Ark. »Von der Albenhure kriegen wir noch nicht mal den Arsch zu sehen. Die lassen uns nicht rein ins Dargetal. Ohne das verfluchte Stimmholz glauben uns die Krüppel kein Wort.«

»Versehrte«, berichtigte h'Ryn ihn. »Die Versehrten sind ehrbare Krieger. Und genau so wirst du auch über sie reden, haben wir uns verstanden?«

v'Ark brummte etwas in seinen roten Bart hinein, das zumindest entfernt nach Zustimmung klang.

»Und ob sie uns glauben«, sagte h'Ryn, »das lass allein meine Sorge sein.« Darauf holte er mit seinen langen Beinen noch weiter aus, und die anderen hatten Mühe, mit ihm Schritt zu halten.

»Was ist mit dem Stimmholz passiert?«, rutschte es Mjerelmyr heraus, bevor er sich selbst einen Reim darauf gemacht hatte.

v'Ark sah ihn mit spöttischer Miene an. »Was wohl, Dummhorn? Glaubst du, d'Uum ist uns hinterhergeritten, um seinen fehlenden Zahnabdruck zu hinterlassen?« Der Wolfskrieger stieß ein bellendes Lachen aus.

»d'Uum hat das Stimmholz ins Feuer unter Hörlas Kessel geworfen«, erklärte h'Ryn, ohne sich umzudrehen.

Am späten Nachmittag gelangten sie an einen Bachlauf, dessen Ufer von Farnen überwuchert war. In der Strömung tummelten sich Forellen. Ein paarmal stieß i'Rk seine Harpune nach ihnen.

»Glitschige Bastarde!«

Die Fische waren zu flink für seine Waffe, die besser zum Walfang taugte.

Missmutig stapften sie durch das kalte Wasser. Schon kurz nachdem sie den Bach durchquert hatten – die Sonne stand noch hoch am bewölkten Himmel –, entschlossen sie sich zu rasten. In einem Birkenhain an einem Teich rollten sie ihre Felle aus. Keiner hatte Lust weiterzugehen, und niemandem stand der Sinn danach, Feuerholz zu sammeln. So verschlangen sie die letzten Zwiebeln roh und knabberten an den restlichen Nüssen.

»Wir hätten die Vorratskammer des Rappen plündern sollen«, seufzte i'Rk und ließ einen fahren.

Wenigstens ein Gutes hatte es, dass ihr Proviant zur Neige ging: Die Fürze wurden weniger und stanken nur noch halb so schlimm.

Am dritten Tag ließen sie die Auen hinter sich. Das saftige Gras wurde zu braunen Stoppeln und die klaren Teiche zu sumpfigen Tümpeln. Es war ein trostloses Land. Nur ein paar Graustorche staksten durch das trübe Wasser.

i'Rk stierte in Richtung der Vögel und leckte sich über die Lippen. »Vielleicht können wir einen fangen?«

»Vergiss es, ihr Fleisch ist ungenießbar, selbst für einen hungernden Troll. Sie fressen das da.« v'Ark blieb bei einer Pfütze stehen und deutete auf eine gepunktete Nacktschnecke. i'Rk und Mjerelmyr beobachteten ihn dabei, wie er auf das daumendicke Tier trat. Scharlachroter Schleim quoll unter seinem Fuß hervor. »Das ist pures Gift.«

h'Ryn hatte nicht angehalten. Tiefer gebeugt denn je trottete er vorwärts. Immer häufiger wechselte er Kharn von einer Schulter auf die andere. Mjerelmyr machte sich Sorgen. Ob h'Ryn es bis zur Dargetal-Feste schaffte? Am liebsten hätte er ihm die verfluchte Axt entrissen und sie zu den giftigen Schnecken in den Sumpf geschleudert. Doch er hatte Angst, dass er sich ihrem Willen beugen und sie nicht loslassen würde.

Ihren Pfad hatten sie indes schon lange verloren, so viel war sicher. Dafür entdeckten sie gegen Mittag einen Wegweiser. Der geborstene Trollschild trug das Wappen des Bärenstamms. Ein verblasster roter Pfeil deutete gen Nordwesten. Sie folgten ihm – und all den weiteren Schilden; denen des Fux- und Rabenstamms, denen des Lindwurm- und Donnerhornstamms, denen des Oxen- und Wolfsstamms und denen des Walrossstamms. Sogar auf einen verwitterten Schild des Eberstamms stießen sie. Dargetal war Zufluchtsort und Wohnstatt für alle versehrten Trolle – unabhängig von ihrer Stammeszugehörigkeit. Kein Häuptling durfte Anspruch auf die Festung erheben, kein Stamm sie beherrschen. Genau das drückten die Schilde aus – jeder Trollkrieger, der für einen der großen Stämme geblutet und seine Knochen gebrochen hatte, war in der Dargetal-Feste willkommen, um dort seinen Lebensabend zu verbringen.

»He, Mjerelmyr, vielleicht hat einer der Eber noch eine Rechnung mit dir zu begleichen«, unkte v'Ark. »Solltest besser mit offenen Augen schlafen.«

»Die Eber waren nie meine Feinde«, entgegnete Mjerelmyr. »Nur ihr Bündnis mit den Vetteln hat sie dazu gemacht. Zu den Feinden aller Stämme übrigens.«

i'Rk nickte. »Ja, eine Schande, der Eberstamm ist ausgestorben. Dabei wären sie mir im Rat allemal lieber als die falschen Füxe.«

Mjerelmyr meinte zu sehen, wie v'Arks ohnehin stets finstere Miene kurzzeitig einfror. *Fuxblut*, dachte er nicht zum ersten Mal, *in seinen Adern fließt Fuxblut.* Dass er es trotzdem zum Wolfskrieger gebracht hatte, war angesichts seiner mickrigen Größe ein kleines Wunder, und unter den Wölfen hatte v'Ark sicher einen schweren Stand. Vermutlich war er deshalb so aufbrausend und glaubte sich ständig beweisen zu müssen.

»Dieser sh'Arr …«, flüsterte h'Ryn, ohne die Lippen zu bewegen. »Was weißt du über ihn?«

»Nichts«, entgegnete Mjerelmyr. »Das heißt, nicht viel. In der letzten Schlacht vom Träumenden Wald habe ich nicht gekämpft. Renno hätte dir sicher mehr erzählen können. Der hat seine Augen und Ohren überall.«

»Und was kannst *du* mir erzählen?«

»Nur dass die Vetteln sh'Arr damals einen Zaubertrank verabreicht haben sollen, einen Trank, der ihn unverwundbar machte. Anders war sein Kampfrausch nicht zu erklären. Hundert Krieger – Menschen wie Trolle – soll er erschlagen haben, bis das Gebräu schließlich anfing, ihn von innen aufzufressen. Äxte und Speere konnten ihm nichts anhaben, gegen den Vettelsud selbst war er jedoch nicht gefeit.«

»Gut«, sagte h'Ryn und nickte. »Das ist gut. Wir sollten uns verstehen, dieser sh'Arr und ich, zwei Verfluchte untereinander.«

Ab dem frühen Nachmittag hielten sie auf einen Gebirgskamm zu. Die Schilde waren nun nicht mehr zu verfehlen, und so erreichten sie gegen Abend das Dargetal. Die Schlucht war noch öder als die Moorebene, die sie den ganzen Tag durchwandert hatten. Nichts wuchs hier – kein Strauch, kein Farn, kein Moos, kein Gras. Sie waren noch nicht am Ende des schmalen Tals angelangt, da stieg ihnen ein vertrauter Geruch in die Nasen.

»Riecht wie bei uns am Fjord«, sagte i'Rk.

»Salz«, bemerkte Mjerelmyr. »Das muss das Salz aus dem Berg sein. Es soll unterirdische Quellen geben, die es ausspülen.« Dass er das von seiner Großmutter wusste, verschwieg er lieber. Er sträubte sich dagegen, die alte Schamanin zu erwähnen. Bei dem bloßen Gedanken an sie hätte er am liebsten eine Tanne ausgerissen, doch hier gab es nur Steine, Steine und nochmals Steine. Wütend trat er einen Klumpen beiseite und ignorierte den Schmerz, der daraufhin seine Zehen durchzuckte. In all den Jahren, in denen er um Anerkennung im Rabenstamm gekämpft hatte, hatte u'Krata nie ein gutes Wort für ihn übriggehabt.

»Wie dein Vater«, hatte sie jedes Mal gesagt, wenn sie enttäuscht von ihm war, wenn er gesungen hatte oder erst nach Sonnenaufgang aufgestanden war. Sie hatte ihn nicht angebrüllt oder ermahnt, sie hatte ihn einfach nur kopfschüttelnd angesehen. »Wie dein Vater.«

Und nun hatte sie tatsächlich die Dreistigkeit besessen, ihn um Traumfänger zu bitten. Plötzlich war er gut genug. Doch hochmütig wie sie war, hatte sie ihm dabei nicht mal in die Augen geschaut, sondern z'Arwa vorgeschickt, ausgerechnet z'Arwa.

Mjerelmyrs Blick fiel auf seine Gefährten. Er machte sich nichts vor, für h'Ryn war er nur Mittel zum Zweck. Seine Schlaflieder sollten sie vor den Albträumen feien, die ihnen die wahnsinnige Albin andernfalls angeblich bereiten würde. v'Ark spuckte auf ihn, wann immer sich die Gelegenheit bot, und für i'Rk gab es nichts Wichtigeres als das nächste Fressen. Trotzdem – Mjerelmyr reiste lieber mit ihnen in den sicheren Untergang, anstatt für seine Großmutter und den verlogenen Rabenstamm Traumfänger zu knüpfen. Sollte sie nur weiter unter Albträumen leiden!

Es dauerte nicht lang, da kamen sie an einen See. Milchig weiß erstreckte sich das Gewässer über die ganze Breite der Schlucht. Auf den Felsen in Ufernähe zeichnete sich eine salzige Kruste ab. Ein Damm führte auf den Salzsee hinaus. An seinem Ende lag eine umgestürzte Statue, groß wie vier Trolle. Einer ihrer Arme fehlte, ein Horn ebenso. Um die Hand des

Standbilds war ein Tau gewickelt, das im Wasser verschwand. Anscheinend reichte es bis zu dem Damm auf der gegenüberliegenden Seite, denn dort stand eine unversehrte Statue, die ebenfalls ein Tauende in den Händen hielt. Zu ihren Füßen lag ein Kahn vertäut, und hinter ihr führte ein Tor in die glatte Felswand. Die Dargetal-Feste war der Berg, der Berg war die Feste.

Inzwischen hatten sie den Damm betreten. Mjerelmyr besah sich die Statue und bemerkte, dass sie keineswegs umgefallen war. Sie stellte einen gestürzten Trollkrieger dar, einen Versehrten, dem ein Auge fehlte und dem man Hand und Horn amputiert hatte. h'Ryn bückte sich und entzifferte eine halb verwitterte Inschrift, die in den Boden des Steindamms eingemeißelt war: »KOM-ME … WUND … UND … GE-BRO-CHEN.«

Die anderen schenkten ihr keine Beachtung.

»Verdammte Walscheiße«, brummte i'Rk, »das Boot liegt am anderen Ufer.«

»Warum schwimmst du nicht rüber und holst es?«, fragte v'Ark und grinste spöttisch. »Ich dachte, ihr Walrösser seid gute Schwimmer.«

»Wir schwimmen nicht, wir gehen übers Wasser. Bei uns im Norden ist das Meer zugefroren.«

Die Stimmen der beiden zerrissen die Stille in der Schlucht. Ihr Echo war gerade verhallt, als sich eine Gestalt aus dem Schatten des gegenüberliegenden Kriegerstandbilds löste und in den Kahn stieg. Es war ein Troll mit zwei gesunden Armen und Hörnern.

Der Fährmann griff nach dem Tau, holte es aus dem Wasser und begann, den Kahn mit gemächlichen Bewegungen daran entlangzuziehen. Es dauerte eine halbe Ewigkeit, bis er den See überquert hatte. Mjerelmyr nutzte die Zeit, ihn genauer zu betrachten. Er war alt und von hohem Wuchs. Seine Hörner glichen denen h'Ryns – lang und spitz. Sein Bart war weiß, seine Augenhöhlen leer. Noch zwei Züge, und er war bei ihnen. Die Fähre schabte am Damm entlang und hielt an.

»Willkommen, Brüder!«, grüßte der Blinde sie. »Oder waren es etwa keine Trollstimmen, die ich vernommen habe?«

»Doch, das waren sie«, erwiderte h'Ryn mit einem seltsamen Glanz in den Augen, »vier an der Zahl.«

Der Fährmann erhob sich, der Kahn schwankte.

»Dann kommt her, so ihr Krieger seid, damit ich eure Narben und Verkrüppelungen fühlen kann. Nicht jeder kann Versehrter werden – nur die Mutigen und schwer Verwundeten.« Der blinde Troll streckte die Arme aus.

Zu Mjerelmyrs Verwunderung hielt h'Ryn still und ließ sein Gesicht abtasten. Der Alte fuhr mit den Fingern über die Wangen des Lindwurmhäuptlings, hinauf zur Stirn, zu den Hörnern und dem Goldhelm. Er hielt inne. Das Boot schaukelte immer noch leicht. Einen Augenblick lang glaubte Mjerelmyr, der Blinde wolle sich nur festhalten, doch dann gab er einen kehligen Laut von sich, der fast wie ein Schluchzen klang.

h'Ryn lehnte sich vor und legte seine Stirn gegen die des Fährmanns. »Ja, ich bin es, s'Kol, dein Häuptling.« Die beiden Trolle verharrten so, die Köpfe aneinander atmeten sie als eins.

i'Rk hatte sein Maulen eingestellt, und v'Ark verkniff sich seine bissigen Scherze. Sie begriffen, dass es ein besonderes Wiedersehen war, ein Augenblick, den man nicht störte. Selbst wenn man üblicherweise ungehobelt war.

Gerührt beobachtete Mjerelmyr die Szene. Er spürte, wie sich Tränen in seinen Augen sammelten. Es war ein Moment, wie er ihn lange nicht mehr erlebt hatte, ein inniger Moment voll Vertrauen und Zuneigung, ein Moment, wie er ihn gern in einer Ballade festgehalten hätte. Allerdings bezweifelte er, dass er die passenden Worte dafür finden würde.

»Du bist nicht verletzt«, sagte s'Kol schließlich erleichtert. »Aber dünn bist du geworden. Kharn schwächt dich.«

»Ich stehe noch«, antwortete h'Ryn und klang dabei mindestens ebenso erschöpft wie entschlossen.

Der alte Troll tätschelte seine Wange. »Sag, was bringt dich hierher? Du wolltest doch sicher nicht den alten Krüppel besuchen, den du vor deinem wahnsinnigen Vater beschützt hast.«

h'Ryn starrte s'Kol in die leeren Augenhöhlen. »Es tut mir leid. Es tut mir so leid, dass er dir das angetan hat.«

»Unfug! Nichts muss dir leidtun. ä'Hn war kein schlechter Kerl, aber schwach an Willen. Er hatte Angst vor Kharn. Er hat die verfluchte Axt nicht mal angerührt, und trotzdem ist er dem Wahnsinn erlegen. Dein Vater dachte, ich hätte den bösen Blick. Du bist anders. Du nimmst den Albenfluch auf dich und lässt ihn nicht blind wüten. Nur brechen … brechen wirst auch du ihn nicht.«

Beklommenheit machte sich in Mjerelmyr breit. Ein Blick in i'Rks und v'Arks Gesichter verriet ihm, dass auch sie endlich begriffen hatten: Auf ihrer Reise drohte ihnen nicht nur Gefahr von einer Albin, sondern auch von einer albenverfluchten Waffe.

»Isinvi«, fragte h'Ryn, »bist du ihr jemals begegnet?«

»Die Gefangene?« s'Kol schüttelte den Kopf. »Nein, ich habe zum Glück noch zwei gesunde Arme und Beine. Ich werde hier oben gebraucht, als Fährmann.«

»Aber sie lebt noch?«

Mjerelmyr konnte die Anspannung in h'Ryns Stimme hören.

s'Kol ließ den Lindwurmhäuptling los. Seine Miene verfinsterte sich. »Warum willst du das wissen? Glaubst du, der Fluch wird von Kharn weichen, wenn du sie mit der Axt erschlägst? Dann irrst du. Ihre Schwester hat den Fluch ausgestoßen, und er wird noch auf der Waffe liegen, wenn unsere Urenkel längst unter dem Schlamm des Siebenflusses begraben sind.«

»Das ist nicht der Grund, warum wir hier sind. Wir kommen im Namen des Rates, um Isinvi abzuholen und in ihre Heimat zurückzubringen.«

s'Kol ächzte. »Das ist blanker Wahnsinn! ... Aber es könnte den Fluch brechen.«

»Es geht nicht um Kharn«, erwiderte h'Ryn, »es geht um Snogaard. Die Grünlande werden überfallen, von einer fremden Armee von jenseits des Meeres. Ich stand ihr nicht gegenüber, aber es heißt, sie rücke unaufhaltsam vor, mit flammenden Waffen und faulem Zauber. Swar'og'Wika hat vor dem Rat geweissagt: Trolle und Menschen werden untergehen, wenn sie sich nicht mit den Alben verbünden. Und von den drei Albenreichen ist Svarun unsere einzige Hoffnung – das heißt, natürlich nur, wenn König Kjälvir seine Tochter lebendig wiedersieht.«

»Unversehrte haben zur Dargetal-Feste keinen Zutritt«, entgegnete s'Kol barsch. Er ließ mehrere Atemzüge verstreichen, bevor er weitersprach. »Aber in diesem Fall? Wer bin ich, mich einem Beschluss des Rates in den Weg zu stellen? Kommt, nennt mir eure Namen und steigt ein. Ich bringe euch zu sh'Arr. Er wird hören wollen, was ihr zu sagen habt.«

Einer nach dem anderen stellten sie sich dem blinden Troll vor und stiegen zu ihm in den Kahn. Die Überfahrt war eine wacklige Angelegenheit. Jedes Mal, wenn i'Rk sich kratzte oder in der Nase bohrte, bekam das Boot Schlagseite, und Wasser schwappte herein.

»Stillsitzen!«, knurrte s'Kol aus dem Mundwinkel.

Sie hatten noch nicht einmal die Hälfte der Strecke zurückgelegt, da waren ihre Hintern und Füße bereits klitschnass.

v'Ark griff ungeduldig nach dem Tau, um beim Ziehen zu helfen, doch das entlockte s'Kol nur ein weiteres Knurren: »Pfoten weg, ich bin hier der Fährmann!«

Behäbig wühlte sich der Kahn durchs Wasser, gähnend langsam kam der kahle Berg näher. Links und rechts neben dem steinernen Tor konnte Mjerelmyr jetzt eine Reihe schmaler Schlitze erkennen – Schießscharten. Die Festung war uneinnehmbar, hieß es. Er legte den Kopf in den Nacken und sah an der Felswand empor. Mehrere hundert Ellen über ihnen waren Stufen in den Berg gehauen. Die schmale Treppe schien im Nirgendwo zu beginnen und führte hinauf auf den Kamm.

Nur zu gern hätte Mjerelmyr sich zu s'Kol umgedreht und ihn nach den Stufen gefragt, er fürchtete jedoch, dass selbst die kleinste Bewegung das Boot zum Kentern bringen konnte. Wie tief der See wohl war? Er starrte in das trübe Weiß und sah, wie sich die Wasseroberfläche unter einer kalten Brise kräuselte. Der Wind schob die Wolken beiseite, die den ganzen Tag über ihren Köpfen gehangen hatten. Die Sonne sandte dicke Strahlen hinunter. Glitzernd brachen sie sich im See und ließen Mjerelmyr die Augen zusammenkneifen.

Alle waren erleichtert, als sie endlich im Schatten der Statue anlegten. Sie warteten, bis s'Kol den Kahn festgemacht hatte, dann gingen sie von Bord und folgten ihm. Trotz seiner Blindheit führte der alte Troll sie sicher über den Damm, schnurstracks auf den Berg zu.

ERHEBE DICH HEIL, VERSEHRTER, stand in das Felsentor gemeißelt.

»Komme wund und gebrochen, erhebe dich heil, Versehrter«, wiederholte Mjerelmyr die beiden Inschriften.

»Ganz recht«, sagte s'Kol, »nur trifft das auf euch nicht zu. Ihr seid die ersten Unversehrten, die die Hallen von Dargetal betreten, seit … seit immer, glaube ich.«

Gänzlich ungezeichnet waren auch sie nicht, fand Mjerelmyr. v'Ark und er hatten Narben aus so manchen Schlachten davongetragen, h'Ryn trottete gebeugt wie ein Buckliger, und i'Rks Nasenspitze war abgefroren.

»Das Tor steht ja offen«, bemerkte v'Ark.

s'Kol winkte ab. »Nur ein bisschen. Willst du meinen Kameraden etwa keine frische Luft gönnen?«

»Habt ihr keine Angst, dass euch die Albenhure entkommt?«

»Wie denn? So abgemagert ist sie auch nicht, dass sie durch den Spalt passt.«

v'Ark riss den Mund auf. Mjerelmyr sah ihm an, dass er lospoltern wollte, sich dann jedoch besann. »Und was, wenn jemand kommt, um sie zu befreien?«, fragte er schließlich.

s'Kol lachte leise. »Wäre nicht das erste Mal. Nur bräuchte es ein Dutzend Alben, um das Tor aufzustoßen. Und außerdem lägen tausende Tonnen Salz zwischen ihnen und ihrer Prinzessin. Die Nachtmahre hassen das weiße Zeug. Es brennt auf ihrer Haut wie glühende Kohlen und, viel wichtiger, es fängt ihren Geist ein.«

Der blinde Troll blieb vor dem Tor stehen. »Sonst noch Fragen, Junge?«

»Junge?«, schnaubte v'Ark. »Ich bin Krieger, und wenn du kein Krüppel wärst, dann …«

»Dann was?«, entgegnete h'Ryn.

»Dann wäre ich nicht hier«, sagte s'Kol in versöhnlichem Unterton. »Und nun kommt.« Mit der Schulter drückte er gegen das Felsentor. Zunächst geschah nichts, doch dann gab es knirschend nach und schwang auf. »Willkommen bei den Versehrten!«

Die Festung war anders, als Mjerelmyr sie sich vorgestellt hatte, nicht dunkel, feucht und zugig, ganz im Gegenteil. Sie standen in einer gewaltigen Halle, die so groß war, dass die Statuen aus dem Tal – genauer gesagt eine halbe Armee von ihnen – rauschende Feste darin hätten feiern können. Jetzt, wo das Tor sperrangelweit offenstand, fluteten Sonnenstrahlen den Berg. Die hohen Wände antworteten mit einem weißen Leuchten. An der Decke blitzten Salzkristalle auf. Doch alles Licht konnte nicht darüber hinwegtäuschen, wie verlassen die Feste war.

Unter einer Laterne saß eine Handvoll Trolle beim Essen. Es gab kalten Braten, dazu Holunderbier. i'Rks Magen knurrte bei dem Anblick – oder war es sein eigener? Mjerelmyr war sich nicht sicher.

Die Versehrten blickten auf und rülpsten ihnen zur Begrüßung entgegen. Dann aßen sie ungerührt weiter. Den meisten von ihnen fehlte eine Hand oder ein Arm. Manche waren nur ein unförmiger Haufen aus Haut und schief zusammengewachsenen Knochen. Einer hatte einen gespaltenen Schädel. Wie ein Köter lag er auf dem Boden. Die anderen fütterten ihn mit Bratensaft und Bier. Dabei lief die Hälfte aus seinem schiefen Mund und blieb in seinem Bart kleben.

Unter dem Schein einer anderen Laterne wurde gespielt. Ein Einäugiger und ein Hornloser warfen Knochenstäbchen. Abwechselnd sprangen sie auf und fluchten. Ob aus Frust oder Freude, erschloss sich Mjerelmyr nicht.

s'Kol blieb weder an dem einen noch dem anderen Tisch stehen. Er steuerte zielstrebig aufs andere Ende der Halle zu. Sie folgten ihm.

Im Gehen stieß v'Ark Mjerelmyr in die Seite. »Sind viel weniger, als ich dachte«, flüsterte er und deutete nach hinten. »Die Zauberer von Taar könnten aus den Knochen, die den Krüppeln fehlen, eine ganze Horde zusammennähen.«

»Ja, Frieden ist nicht gut für die Versehrten«, entgegnete s'Kol und grinste. »Zu Kriegszeiten sind wir mehr. Sollen sie ruhig kommen, deine Zauberer, und sich in der Knochenkammer bedienen, dann wird es wieder lebendig im Dargetal.«

»Knochenkammer?«, fragte Mjerelmyr.

»Ja«, sagte s'Kol, »wer es schafft, bringt seine verlorenen Gliedmaßen mit und lässt sie in der Knochenkammer bestatten.«

Das war wie ein Tod in Stücken – Mjerelmyrs Eingeweide verknoteten sich bei dem Gedanken.

Vor einer Nische machten sie schließlich Halt. Im Halbschatten hockte eine hagere Trollin auf dem Boden, eine Tysjarka. In die Hörner der Hexenkriegerin waren Runen eingekerbt, ihr Gesicht war schwarz bemalt. Beinahe zärtlich hielt sie ein Fässchen im Schoß, so wie eine Muhme ihr Lieblingskind.

»Zum Wohl, k'Rylu«, grüßte s'Kol die Trollin.

Mjerelmyr wunderte sich, wie der Blinde sie in der großen Halle gefunden, geschweige denn erkannt hatte, doch dann begriff er: Es war ihr Geruch, der ihn geleitet hatte. k'Rylus Gesicht war gar nicht schwarz angemalt – es war verkohlt und stank seltsamerweise immer noch nach verbranntem Fleisch.

»s'Kol«, erwiderte sie mit Reibeisenstimme, »wen schleppst du denn da an?« Widerwillig rollte k'Rylu das Fässchen von ihrem Bauch und erhob sich. Sie musterte das Grüppchen für ein paar Herzschläge, dann fiel ihr Blick auf die nassen Fußspuren, die sie hinterlassen hatten. »Hast sie wohl aus dem See gefischt, hä?«

»So ähnlich«, antwortete s'Kol und griff hinter sich, bis er h'Ryns Schulter zu fassen bekam. »Das hier ist mein Häuptling.«

k'Rylu sah ihn entsetzt an. »Der Wahnsinnige?«

»Nein, nein … sein Sohn … h'Ryn.«

»Na dann willkommen im Dargetal, h'Ryn«, sagte sie und verzog ihren Mund zu einem Schlitz von einem Lächeln. »Nur falls es dir entgangen ist, s'Kol, besonders versehrt sehen dein Häuptling und seine Kerle nicht aus.«

h'Ryn machte einen Schritt nach vorn. »Das ist richtig«, sagte er. »Wir sind auch nicht hier, um um Aufnahme zu bitten. Wir sind hier, um mit dem Versehrtesten zu sprechen – im Auftrag des Rates.«

k'Rylu schnalzte mit der Zunge. »So, so.«

»Ich würde sie ja selbst zu ihm führen«, erklärte s'Kol, »aber du weißt ja, ich kenne mich in den tiefen Tunneln nicht aus. Sei so gut und bringe uns zu sh'Arr.«

»Vier Unversehrte in unseren Hallen«, knurrte k'Rylu. »Ich weiß nicht … das schmeckt mir nicht … und sh'Arr wird es genauso wenig schmecken.«

Für eine Weile waren nur die angespannten Atemzüge der Trolle zu hören. Dann lehnte s'Kol sich plötzlich vor und verkündete in verschwörerischem Tonfall: »Mjerelmyr hier stammt aus einer Familie von Mostbauern. Die machen den süßesten Birnenwein in den ganzen Grünlanden. Wäre das nicht was gegen den Feuerfluch und die Schmerzen? Könnte mir vorstellen, dass sie dir ein paar Fässer zum Kosten liefern. Nicht wahr?«

Mjerelmyr räusperte sich, darum bemüht, sein Grinsen zu unterdrücken. »Nun, die Ernte letztes Jahr war gut. Ich wüsste also nicht, was dem entgegenstünde …«

k'Rylu leckte sich über die versengten Lippen und schluckte.

»Gut, kommt mit«, brummte sie, »ich bringe euch zu sh'Arr – aber auf deine Verantwortung, Alter!«

»Selbstverständlich«, beschwichtigte s'Kol und legte den Arm um sie.

h'Ryn schüttelte den Kopf. »Lügen?«, raunte er Mjerelmyr ins Ohr. »Nicht besonders ehrenhaft.« Doch als sie sich aufmachten, k'Rylu zu folgen, sah der Lindwurmhäuptling alles andere als verärgert aus.

11. KAPITEL

Mjerelmyr und Isinvi

Sie hatten nur k'Rylus kleine Laterne, doch mehr brauchten sie nicht. Das Licht der Funzel brach sich im Salzstein und ließ die Tunnel weißgrau funkeln, wo immer sie sich hinwandten – nach oben, nach unten, nach links, nach rechts, geradeaus oder im Kreis herum. Sie zwängten sich durch schmale Gänge, schritten über prächtige Korridore, durchquerten Höhlen mit gemütlichen Schlafkojen, staubige Rüstkammern und Säle, in denen die Kristalllampen längst erloschen waren. Nur auf eines trafen sie nicht: andere Trolle. Dargetal war ausgestorben, und der Berg schien das zu beweinen. Wasser tröpfelte überall von den Wänden und sammelte sich in schmalen Rinnen, floss ab und verschwand im Gestein. Manchmal hörten sie ein Glucksen aus der Tiefe oder gar ein zartes Rauschen. Die Rinnsale mussten unterirdisch den Salzsee speisen.

Wie ein Knäuel Schlangen kreuzten und wanden die Tunnel sich – immer enger, immer wirrer. Mjerelmyr hatte die Orientierung verloren. Seit einer Weile klang ihm ein Plätschern in den Ohren, das immer lauter wurde, obwohl *dieser* Gang vollkommen trocken war.

Plötzlich duckte k'Rylu sich durch einen seitlichen Torbogen und führte sie in eine schummrige Höhle. Die Luft war feucht, es roch nach Feuer. Ein Dutzend Kerzen brannten rund um einen kleinen Teich. An seinem Ufer knieten zwei Trolle und wuschen Kleider. Für Versehrte sahen die beiden ziemlich gesund aus, fand Mjerelmyr. Behände wrangen sie die Stoffe aus, bis schmutzig rotes Wasser in den Teich tropfte. Dann standen sie auf, der eine steif, der andere seltsam mit den Händen zitternd, jetzt wo er seine Arbeit beendet hatte. Ihre Bärte waren ausgeblichen, ihre Gesichter ausdruckslos.

k'Rylu grüßte die zwei mit einem knappen Nicken. *Von den beiden kann keiner der Versehrteste sein*, dachte Mjerelmyr, als es im Teich zu blubbern begann. Ein Kopf stieß durch die trübe Wasseroberfläche – blass und kahl, wie eine Made aus einer eiternden Wunde. Der hornlose Troll stütze sich mit den Ellenbogen am Rand des Teichs ab, prustete und wischte sich das Wasser aus dem Gesicht – mit zehn Stümpfen statt Fingern.

Zitterhand beugte sich zu ihm hinunter, sagte etwas und deutete in ihre Richtung. Der Hornlose wandte sich ihnen zu. Er starrte sie an. Sein Gesicht war von Beulen übersät, aus kleinen Schnitten an den Armen suppten Eiter und Blut.

Der verfluchte Vettelsud, schoss es Mjerelmyr durch den Kopf, das hatte er angerichtet, das war sh'Arr.

»Sieh an, sieh an«, sagte der Troll, »k'Rylu und s'Kol so tief unter dem Berg. Was hat das zu bedeuten? Und wen bringt ihr mir da? Nehmen wir jetzt schon Unversehrte auf? Sind wir etwa so wenige?«

Mit sh'Arrs Worten wehte ein widerlicher Gestank über das Wasser, eine Fäulnis, wie Mjerelmyr sie das letzte Mal bei den Kriegsgräbern im Träumenden Wald gerochen hatte. Er selbst hatte geholfen, sie auszuheben. Neben sich hörte er jemanden würgen, konnte jedoch nicht sagen, wer es war – selbst zu sehr damit beschäftigt, nicht zu kotzen.

»Du weißt genau, dass wir zu wenige sind«, ranzte k'Rylu zurück. »Aber solang's noch reicht, um dir die Wäsche zu waschen, ist alles in Ordnung. Ach, was rede ich blöde, s'Kol soll dir erklären, warum die hier sind. Schließlich hat er sie uns eingebrockt.«

»Eingebrockt«, schnaubte s'Kol, »von wegen. Wenn ich vorstellen darf, das ist mein Häuptling …«

»Ha«, platzte sh'Arr dazwischen, »bei Kilvis Brennender! Du machst mich wundern, und das gleich doppelt. Wo hast du denn deinen Häuptling ausgegraben? Ich dachte, dein Stamm wäre so mausetot wie meiner – du der letzte Wurm und ich der letzte Eber. Und nur falls du's vergessen hast: Wir Versehrten kennen keine Häuptlinge. Wir haben die Stämme und ihre Kriege hinter uns gelassen.«

»Kriege hinter sich lassen – Weicheier«, murrte v'Ark in Mjerelmyrs Richtung. »Erinnere mich daran, mich umzubringen, falls ich jemals zum Krüppel werde.«

»Komm schon, sh'Arr«, sagte s'Kol, »du weißt, wie ich's meine. Natürlich habe ich die Stammesdinge hinter mir gelassen. Aber das hier ist h'Ryn, mein Retter ... und ... und der fürwahr Letzte vom Blute des Lindwurms.«

h'Ryn kreuzte die Arme vor der Brust und verbeugte sich. »Isvander zum Gruße!«

»Hm«, brummte sh'Arr und stemmte sich aus dem Teich.

Sofort war Zitterhand zur Stelle und legte ihm den noch nassen Mantel um. sh'Arr erhob sich, stolperte fast über den Saum, schwankte kurz, stand felsenfest. »Das erklärt *wer* du bist, h'Ryn, aber nicht, *warum* du hier bist.«

»Ich ... das heißt wir ... i'Rk, v'Ark, Mjerelmyr und ich... wir kommen im Namen des Rates.«

»So, so, im Namen des Rates. Dann ist es also wichtig, nehme ich an. Keine Sache für einen späten Abend. Keine Sache, über die man hungrig oder müde sprechen sollte.«

»Nun«, entgegnete h'Ryn, »die Sache ist wichtig *und* dringlich. Wir werden verfol...«

sh'Arr unterbrach ihn. »Verflucht, das Wasser ätzt mir noch die letzte Haut von den Knochen, und trotzdem steig ich jedes Mal wieder rein.«

»Warum?«, fragte h'Ryn geduldig.

»Warum?« sh'Arr wischte sich mit dem Ärmel übers Kinn und sah ihn verwundert an. »Tu nicht so, als würdest du meine

Geschichte nicht kennen. Weil es Heilquellen sind. Darum. Das Salzwasser hindert das Vettelgift daran, sich auszubreiten.« Darauf öffnete er seinen Mantel und drehte sich ins Kerzenlicht. Sein Leib sah aus wie ein Schlachtfeld, übersät von Pusteln, Narben und Wunden. Er spuckte aus. »Genug der Ekelhaftigkeiten. Wenn ich mir den Mund mal wieder so richtig versalzen habe, dann brauche ich was Süßes. Was haltet ihr von Apfelringen?«

»Äh, gern«, erwiderte h'Ryn irritiert, unterstützt von i'Rks kräftigem Nicken.

»Haben wir noch Äpfel?«

»Neunzehn Körbe«, antwortete Zitterhand.

»Na, das soll reichen. Ihr müsst wissen, das Geheimnis liegt in der Auswahl der Äpfel. Winteräpfel sind die besten, die sind schön weich und haben die richtige Süße. Allerdings braucht man ein gut geschliffenes Messer, um sie nicht zu zerquetschen. Feine Ringe wollen wir haben. Und den richtigen Haselnussschnaps, den braucht's auch. Zum Einlegen nimmt man am besten den dreijährigen. Oh, und die Butter nicht vergessen, mit Butter sollte man nicht geizen. Die Äpfelchen sollen schön schwimmen im Fett … und im Honig.« sh'Arr lachte so heftig, dass einige Pusteln platzten. »Bei allen hungrigen Geistern, dann wissen wir ja schon, was es zum Frühstück gibt.«

Mjerelmyr konnte sich nicht vorstellen, bei dem Verwesungsgestank auch nur einen Bissen runterzukriegen.

»Wo seid ihr untergebracht?«, fragte sh'Arr.

»Noch nirgends«, sagte h'Ryn.

»Na, das sollten wir schleunigst ändern. k'Rylu, sorg dafür, dass sie eine Schlafhöhle finden. Oben bei der Halle. Wir sehen uns zum Morgenmahl.«

Damit schien das Gespräch beendet. Mjerelmyr spürte h'Ryns Unruhe, sah das Zucken in seinem Mundwinkel. »Ich glaube«, raunte er ihm zu, »jetzt ist nicht der Zeitpunkt. Eber sind stur. Lass uns bis morgen warten.«

»Ja, ich fürchte, du hast recht«, knurrte h'Ryn leise und wandte sich zum Gehen.

k'Rylu hatte sie in einer alten Wachkammer untergebracht. Sie hatten auf zerfledderten Strohmatten geschlafen, umgeben von morschen Schilden und rostigen Äxten. Wenigstens entschädigte das Frühstück für das unbehagliche Lager. Gemeinsam mit dreißig mehr oder minder versehrten Trollen saßen sie an der Tafel in der großen Halle und fraßen kalten Braten. Dazu gab es Rübenbrei und Dünnbier, so viel sie wollten, und die versprochenen Apfelringe, die in einem Sud aus Butter und Schnaps ersoffen.

sh'Arr hockte am Kopf der Tafel, zusammengekauert und in harzgetränkte Tücher gehüllt, die den Gestank seines faulenden Leibes aufnahmen. Zwischen Speis und Trank blieb wenig Zeit für Plaudereien. Nach den kargen letzten Tagen waren sie zu beschäftigt sich die Mäuler zu stopfen, allen voran i'Rk, dem ganze Bratenfetzen im Bart klebten.

Nachdem sh'Arr den letzten Bissen mit Butter und Bier hinuntergespült hatte, stieß er einen mächtigen Rülpser aus. »Nun, ihr müsst zugeben, dass es sich mit vollem Bauch besser reden lässt. Ihr saht gestern fast so elend aus wie ich. Ich hätte euch glatt als Versehrte aufgenommen, hahaha!«

Schlagartig ruhten die Augen aller Versehrten auf ihnen. sh'Arr wartete einen Moment und musterte sie. »Also«, fragte er schließlich, »warum seid ihr hier? Warum hat der gute s'Kol euch eingelassen?«

h'Ryn wischte sich mit dem Handrücken über den Mund. »Wie ich gestern Nacht bereits sagte, der Rat schickt uns. Mit einer wichtigen Aufgabe. Ein Krieg steht bevor, tobt schon in den Grünlanden und wird auch vor unseren Stammesgebieten nicht Halt machen.«

»Und wie *ich* bereits sagte«, entgegnete sh'Arr, »haben wir Versehrte mit den Kriegen der Stämme nichts mehr an den Hörnern. Wir heben unsere Schwertarme nicht für die eine oder andere Seite.« Grimmig lächelnd blickte er an sich hinunter. »Selbst wenn wir könnten.«

»Darum sind wir auch nicht hier. Darum schickt uns der Rat nicht. Die Flamme des Krieges lodert nicht zwischen den Stämmen. Es ist ein Brand, eine schwarze Flut, die uns von jenseits des Meeres droht. Eine Schwarze Armee fällt über die Küsten her und rückt vor, brennt Siedlungen nieder, entführt wahllos Leute.«

»Oh!«, rief sh'Arr belustigt. »Ist es Kilvi mit ihren Feuerriesinnen? Von der würde ich mich auch gern mal entführen lassen!«

Die Versehrten lachten, husteten, prusteten.

»Nein«, erwiderte h'Ryn und schüttelte gleichzeitig den Kopf, weil seine Antwort in dem Gelächter unterging.

»Dann rauft euch gefälligst zusammen und macht sie nieder!«

»Ihre Zahl ist groß und ihre Zauber finster.« Zum ersten Mal hörte Mjerelmyr Ungeduld aus h'Ryns Stimme heraus. »Den Oxenstamm haben sie bereits vernichtet.«

Das Lachen erstarb.

»Gut, dass ich endlich eure Aufmerksamkeit habe. Der Rat hat Swar'og'Wika befragt …«

»Die Zweiköpfige? Die ist schlimmer als jede Vettel.«

»Mag sein, mag sehr wohl sein, das macht ihre Weissagungen jedoch nicht weniger wahr.«

sh'Arr verzog das Gesicht. »Jaja, schon gut, dann raus mit der Sprache: Was hat sie geweissagt?«

»Dass Menschen und Trolle untergehen werden, wenn sie sich nicht mit ihren Erzfeinden verbünden – mit den Alben.«

sh'Arr verschränkte die Arme und lehnte sich zurück. »So ist das also, ihr seid wegen Isinvi hier. Ha! Die wird euch nicht helfen können, die ist verrückt. Außerdem, was soll eine Albin allein schon ausrichten gegen eine ganze Streitmacht?«

»Sie allein?« h'Ryn zuckte mit den Schultern. »Nichts. Aber sie ist der Schlüssel zu einem Albenheer, ein Heer, das Kjälvir entsenden wird, nachdem wir ihm seine Tochter zurückgebracht haben.«

In der Halle herrschte Stille. sh'Arr starrte h'Ryn ungläubig an. Seine Mundwinkel zuckten, dann grinste er und begann schallend zu lachen. »Das soll der Rat beschlossen haben? Hahaha – ein guter Witz!«

»*Kein* Witz«, erwiderte h'Ryn. »So hat der Rat entschieden, mit drei zu drei Stimmen bei drei Enthaltungen. Als Vorsitzender des Rates habe ich das Unentschieden gebrochen, wie es mein Recht ist.«

»Du? Vorsitzender? Das wird d'Uum nicht geschmeckt haben.«

»Hat es nicht. Er hält sich nicht an die Abstimmung und ist uns mit seinen Kriegern gefolgt, um uns aufzuhalten. Nur mit Glück und … Entschlossenheit konnten wir ihnen entkommen. Bestimmt sind sie uns weiter auf der Spur. Auf der Flucht mussten wir nämlich seinen Sohn erschlagen, der sich uns in den Weg stellte.«

Ein Raunen ging durch die Menge. Mjerelmyr spürte v'Arks und i'Rks stechende Blicke in der Seite. h'Ryn hatte doch tatsächlich für ihn gelogen.

»Tja«, tönte k'Rylu, »das passiert nun mal, wenn ein Trolling Krieger spielen will.«

Die Versehrten murmelten und nickten zustimmend.

h'Ryn indessen erhob sich. »Versehrtester, wir haben keine Zeit, wir müssen weiter. Deshalb brauchen wir deine Entscheidung: Wirst du uns Isinvi anvertrauen?«

sh'Arr schüttelte langsam den Kopf. »h'Ryn, Sohn des ä'Hn, du meinst es wirklich ernst, was? Du kennst die Geschichte der Gefangenen sicher besser als jeder andere hier. Wir Versehrten haben sie von deinen Ahnen übernommen. Seit dreihundert Jahren ist es unsere Aufgabe, sie zu bewachen … dafür zu sorgen, dass sie am Leben bleibt … dafür zu sorgen, dass die Alben dort bleiben, wo sie hingehören, im ewigen Eis jenseits der Himmelsbrücke. Und ihr wollt die Alben nun einfach hierherholen?« sh'Arr seufzte. »Jedes Jahr schicken wir einen unserer Jüngsten in den Norden, um König Kjälvir ein Lebenszeichen seiner Tochter zu bringen, um den Waffenstillstand mit Svarun zu wahren. Weißt du, wie viele von ihnen zurückgekehrt sind?«

h'Ryn schwieg.

»Richtig, keiner. Kein Einziger. Das ist die bittere Wahrheit. Gerade erst vor sieben Tagen habe ich einen Boten losgeschickt. t'Rell war ein guter Bursche. Wenn ich Isinvi jetzt freilasse, dann ist er für nichts und wieder nichts gestorben. Also, was auch immer diese Schwarze Armee im Schilde führt, das wahre Böse hockt im Immerdunkel, das wahre Böse sind die Alben!«

h'Ryn verbeugte sich, nicht nur vor sh'Arr, sondern vor allen Versehrten. »Wir verneigen uns vor euch in Demut. Wir alle – Trolle wie Grünländer – schulden euch dreihundert Jahre Dank, auch wenn wir ihn nie ausgedrückt haben und ihn nie angemessen ausdrücken werden können.« h'Ryn verbeugte sich abermals, und dieses Mal schlossen Mjerelmyr, i'Rk und v'Ark sich an, Letzterer murrend. So gebückt verharrten sie – vier, fünf, sechs, sieben Atemzüge lang.

»Bei Kilvi«, polterte sh'Arr schließlich, »hoch mit euch! Der Anblick ist ja nicht auszuhalten.«

s'Kol, der zu sh'Arrs rechter Hand saß, feixte. »Recht so, alter Freund. Und jetzt gib dir einen Ruck: Du weißt doch selbst, die Weissagungen von Swar'og'Wika sind düster … aber wahr.«

sh'Arr schnaubte. »Vorsicht, du blinder Klotsack, verdirb's nicht! Ich war gerade dabei, mich durchzuringen.« Dann wandte er sich an h'Ryn, die Augen zu Schlitzen zusammengekniffen. »Sie ist unsere einzige verdammte Aufgabe. Was meinst du, wie es hier zugeht, wenn sie weg ist? Hä?«

»Dann können wir endlich in Ruhe verrotten«, sagte k'Rylu.

Einen Augenblick herrschte Stille. Dann prustete jemand in sein Bier, und alle Versehrten brachen in Lachen aus. Selbst sh'Arr konnte nicht an sich halten.

Mjerelmyr und h'Ryn sahen sich irritiert an. v'Ark verdrehte die Augen, und i'Rk bediente sich heimlich vom Teller seines Nachbarn.

sh'Arr fing sich als Erster. Mit seinen Armstümpfen trommelte er auf den Tisch und sorgte für Ruhe. »Also gut, dann eben her mit dem Befehl des Rates, her mit dem verfluchten Stimmholz.«

»Das haben wir nicht mehr«, erwiderte h'Ryn.

Selbst die letzten Lachenden verstummten.

»d'Uum hat uns einen Hinterhalt gelegt und mir das Stimmholz abgenommen. Meine Gefährten können jedoch beschwören, dass wir es besaßen – i'Rk vom Walrossstamm, v'Ark vom Wolfsstamm und Mjerelmyr… einst vom Rabenstamm.«

sh'Arr nahm die Arme vom Tisch und verschränkte sie hinter dem Kopf. »Es gab Zeiten, da habe ich was auf die Worte von Häuptlingen gegeben. Damals, als i'Tz vom Fuxstamm – die Vetteln mögen seine Eier im Jenseits kochen – uns zu Hilfe eilen wollte. Zur Schlacht kamen er und seine Krieger zu spät, aber immer noch rechtzeitig, um zu plündern.«

»Ich bin nicht vom Fuxstamm«, entgegnete h'Ryn. »Auf das Wort des Lindwurms war immer Verlass.«

»Du sagst es: *war* Verlass. Nichts gegen dich … bist sicher ehrenhaft … aber auch verzweifelt.« sh'Arr nickte in Richtung von Kharn. Die Axt stand neben h'Ryn an den Tisch gelehnt. »Wenn ich die Chance hätte, so einen Fluch loszuwerden …

dafür würde ich einiges tun … und es mit der Ehre vielleicht nicht ganz so genau nehmen.«

h'Ryn streckte sich zu seiner vollen Höhe von fast vier Schritt. »Ist das dein letztes Wort? Du willst dich der Entscheidung des Rates widersetzen? Das Schicksal Snogaards hängt davon ab – und du? Willst lieber auf Isinvi hocken wie ein Huhn auf seinem Ei und jedes Jahr einen weiteren von euch zu ihrem Vater in den sicheren Tod schicken?«

sh'Arr starrte angespannt an h'Ryn vorbei und schwieg. Alle schwiegen.

Mjerelmyr wunderte sich. Müsste er nicht erleichtert sein? Sollte ihm bei der Aussicht, dass die Reise ins Immerdunkel von Svarun ausfiel, nicht ein ganzer Haufen Steine vom Herzen purzeln? Stattdessen verspürte er ein Ziehen im Bauch … ein flaues Gefühl … Leere. Ohne die Mission wäre er nicht besser dran als die Versehrten ohne Isinvi – er hatte keine Aufgabe, zumindest keine würdige. Schlaflieder für Kinder und Vogelknochen zusammenknoten waren *eine* Sache, aber wenn er ehrlich war, erfüllte ihn beides nicht. Betäubt von der Selbsterkenntnis sah er sich um.

s'Kol flüsterte auf sh'Arr ein, i'Rk bediente sich immer noch von den Tellern seiner Sitznachbarn, und h'Ryn machte ein bedrücktes Gesicht. Er war leichenblass. Schweißperlen traten ihm auf die Stirn. Sein Atem ging stoßweise, als würde er rennen. Mjerelmyr folgte seinem Blick bis zu Kharn. Wie gebannt starrte h'Ryn auf die Ahnenwaffe. Er trug einen Kampf aus, einen inneren Kampf, und er durfte nicht verlieren. Mjerelmyr griff nach seiner Keule, jederzeit bereit, die Axt wegzuschlagen, bevor h'Ryn nach ihr greifen konnte.

Da! h'Ryn sprang auf, und ein Dröhnen erfüllte plötzlich die Halle. Von draußen? Es kam von draußen! In der Schlucht wurden Hörner geblasen.

v'Ark und Zitterhand waren die Schnellsten. Sie sprangen auf, rannten zu den Schießscharten und blickten hinaus.

»Donnerhörner!«, rief v'Ark über die Schulter. »Ein ganzer Haufen, mindestens hundert.«

Mjerelmyr erreichte mit den anderen das Tor. s'Kol schob es auf. sh'Arr und k'Rylu traten hinaus, die Morgensonne im Rücken. Aus dem Schatten der Halle konnte Mjerelmyr d'Uum am anderen Ufer des Sees erkennen. Er saß auf Guntra, seiner Donnerbestie, und schirmte die Augen gegen die tief stehende Sonne ab. Um ihn herum hatten sich dutzende Trolle versammelt, Spieße und Äxte in die Höhe gestreckt, die Kriegshörner an den Lippen. Als sh'Arr auf den Damm hinaushumpelte, stießen sie hinein. Ein gespenstisches Echo hallte von den Wänden der Klamm. d'Uum hob seinen Arm, und das Echo erstarb.

»Was wollt ihr hier?«, rief sh'Arr. Seine Stimme klang schwach und einsam gegen das Dröhnen der Hörner. »Warum belagert ihr Dargetal?«

d'Uum richtete sich im Sattel auf und formte mit den Händen einen Trichter. »Wer spricht von Belagerung?«

»Nun, mit einer Streitmacht aufkreuzen und Kriegshörner blasen, das nenne ich eine Belagerung.«

»Dazu muss es nicht kommen, wenn ihr uns die Verräter ausliefert. Die, die euch weismachen wollen, dass ihr die Albenhure freilassen sollt.«

»Warum Verräter?«

»Konnten sie sich denn ausweisen?« d'Uum rutschte ungeduldig im Sattel hin und her. »Nein? Dachte ich mir, denn sie besitzen keine Vollmacht des Rates. Rückt den Lügenwurm und seine Maden raus, und wir ziehen unseres Weges!«

Mjerelmyr schluckte. Die Sache war gelaufen. Lüge, Verrat – d'Uum sagte genau das, was sh'Arr hören wollte.

Der Versehrteste hinkte zum Ende des Damms. k'Rylu folgte ihm, immer bereit, ihn notfalls zu stützen. Beim Kriegerstandbild machte er Halt.

»Wer sagt, dass nicht ihr die Verräter seid?« sh'Arrs Stimme klang nun kräftiger.

Die Donnerhornkrieger brüllten und rasselten mit den Waffen. d'Uum machte eine herrische Geste. Stille.

»Lass uns übersetzen, und wir bereden die Sache in Ruhe.«

»Ihr seid keine Versehrten, und Unversehrte dürfen keinen Fuß in die Festung setzen.«

»Und warum gewährt ihr dann den Verrätern Unterschlupf?«

»Oh«, rief sh'Arr, »du meinst diesen h'Ryn? Er ist versehrt. Vielleicht nicht am Leib, jedoch im Geist und im Herzen. Die anderen haben ihn nur sicher hergeleitet.«

»Nun«, entgegnete d'Uum, »dann werdet ihr uns ebenfalls einlassen müssen. Denn auch ich bringe einen Versehrten!«

Er stieg aus dem Sattel und hob ein riesiges Bündel vom Rücken der Donnerbestie – ein regloser Troll mit verbundenem Kopf und ohne Hörner. d'Uum legte den Körper neben der gestürzten Statue ab.

»Steht hier nicht: *Komme wund und gebrochen?* Ich bringe euch meinen Sohn, beinahe zu Tode geprügelt von den Feiglingen, denen ihr Unterschlupf gewährt. Also macht schon, schickt euer Boot und holt uns rüber!«

Mjerelmyr hielt den Atem an. Ein Brummeln erfüllte die Halle. Die Versehrten warfen ihm und seinen Begleitern missmutige, fast feindselige Blicke zu.

»Nein!«, hallte es laut durch die Schlucht. sh'Arr schüttelte den Kopf.

»Nein?«

»Nein! Dein Sohn war noch kein Krieger, also kann er auch kein Versehrter sein.«

»Oh! Oh!« d'Uums Gebrüll schallte wie Peitschenhiebe von den Felswänden. »Oh, wir können hier warten, bis ihr zur Vernunft gekommen seid und uns die Verräter ausliefert. Beratet euch! Wir haben Zeit. Zur Not, bis ihr alles verhungert seid. Fresst euer Salz, ihr Krüppel!«

sh'Arr und k'Rylu wandten sich wortlos ab und kamen zurück in die Halle. Das Tor wurde knirschend hinter ihnen zugezogen.

Mjerelmyr sah in die Gesichter seiner Gefährten. Keiner hielt seinen Blick. Er hatte ein schlechtes Gefühl. Kein Zweifel – die Versehrten würde sie ausliefern, sie ausliefern müssen.

sh'Arr schlurfte zu seinem Platz an der Tafel. Kurz davor wirbelte er herum. »Die kommen hierher und wollen mir drohen? In meinen See pissen?« Geifer flog aus seinen Mundwinkeln. Es stank widerlich. »Die Furunkel an meinem Arsch sind mehr wert als diese Klotsäcke. Niemand sagt mir, was ich zu tun habe!«

sh'Arr schnaubte wild. Mjerelmyr hatte Angst, dass seine Geschwülste aufplatzen könnten. Sie blieben heil. Erst nach einem Dutzend Atemzügen hatte sh'Arr sich so weit beruhigt, dass er weitersprechen konnte. »Wenn ihr es schafft, der Albin Vernunft einzuhämmern, dann gehört sie euch. Nur weiß ich nicht, wie ihr sie hier ungesehen rausbringen wollt. Aber das soll nicht meine Sorge sein.«

Wie am Tag zuvor führte k'Rylu sie tief in den Berg. Der Weg war ebenso wirr, die Tunnel ebenso verschlungen, nur ging es dieses Mal ausschließlich bergab. s'Kol, h'Ryn, i'Rk, v'Ark und Mjerelmyr folgten der Hexenkriegerin im Gänsemarsch. Am Ende des Ganges blieb sie vor einer Tür stehen, die mit einem schweren Eisenriegel gesichert war.

»Da wären wir«, krächzte sie. »Ab dahinter keine Waffen mehr! Ich warte hier auf euch.«

h'Ryn nickte und lehnte Kharn gegen die Tunnelwand. »In Ordnung, aber niemand fasst die Axt meiner Ahnen an. i'Rk, du bleibst hier, ihr anderen kommt mit.«

Mjerelmyr drückte i'Rk seine Keule in die Hand, v'Ark jedoch zögerte.

»Was soll der Schwachsinn? Ich geh noch nicht mal scheißen ohne meine Schwerter!«

k'Rylu verdrehte die Augen. »Auf dem Donnerbalken lauert auch keine Wahnsinnige, die dich zu ihrer Puppe macht.«

»Aberglaube«, knurrte v'Ark, »dämlicher Aberglaube.« Widerwillig lockerte er seinen Waffengurt und hängte ihn über i'Rks Schulter.

Währenddessen entzündete k'Rylu eine Fackel, die neben der Tür in einer Halterung steckte, und reichte sie Mjerelmyr. Dann schob sie den Riegel beiseite und drückte die Tür auf. Mit einem langgezogenen Quietschen gab sie nach. Ein Luftzug strich über Mjerelmyrs Wange. Die Fackel flackerte, erstarb fast, brannte auf.

Wir sind hier nicht willkommen, dachte er, *wir sollten da nicht rein,* und doch nagte eine Neugier an ihm, stärker als tausend Ratten.

h'Ryn machte einen Schritt und blieb im Türrahmen stehen. »Spricht sie unsere Sprache?«

»Seid froh, wenn sie überhaupt mit euch spricht«, unkte k'Rylu. »Viel Glück!«

So betraten sie Isinvis Kerker, eine Wohnhöhle wie viele andere, die sie durchquert hatten – Salzadern in den Wänden, Stroh auf dem Boden. Nur dieses Mal war sie nicht verlassen. Es hatte etwas unangenehm Endgültiges, als die Tür hinter ihnen zufiel und der Riegel von außen vorgeschoben wurde.

Mjerelmyr leuchtete die Höhle aus. Sie war beinahe rund und maß gut acht Schritt im Durchmesser. In der hintersten Ecke hockte eine Gestalt, in Lumpen gehüllt, kaum größer als ein zehnjähriges Menschenkind. Sie hatte ihnen den Rücken zugewandt und zeigte nicht die geringste Regung. Um sie herum lag ein Ring aus Stroh. Die Halme waren zu einem seltsamen Muster geordnet. Zwei Armlängen zu ihrer Linken bemerkte Mjerelmyr ein Tuch auf dem Boden, das im Fackelschein frischgrün strahlte.

h'Ryn ging bis in die Mitte des Raumes. Dort blieb er stehen und räusperte sich.

Isinvi murmelte und wippte im Gegentakt mit dem Oberkörper.

»Mein Name ist h'Ryn«, stellte h'Ryn sich vor.

Isinvi hielt sich die Ohren zu, hauchte und kreischte gleichzeitig: »Ihr seid gar nicht da … GAR NICHT DA … nicht, nicht da … ein Jahr ist noch nicht vorbei … nicht vorbei … nicht, nicht … NICHT VORBEI … GAR NICHT DA!«

»So viel dazu, ob sie unsere Sprache spricht«, raunte v'Ark Mjerelmyr zu.

»Doch, wir sind da«, sagte h'Ryn. »Sieh uns an.«

»Ich sehe euch an«, zischte Isinvi, ohne sich umzudrehen. »Ich sehe euch, aber ihr seid NICHT DA … nicht, nicht da!«

h'Ryn machte einen Schritt auf sie zu. »Ich bin ein Nachfahre des Trolls, der dich gefangen nahm …«

Kein guter Einstieg, schoss es Mjerelmyr durch den Kopf.

Isinvi erstarrte. Dann fuhr sie herum. Ihr Haar wirbelte wie Staubflusen um ihren Kopf. Sie fuhr auf, streckte die Arme aus, wollte sich auf h'Ryn stürzen … und brach zusammen. Noch bevor sie sich aufgerappelt hatte, war v'Ark bei ihr. Er packte sie von hinten an den Armen. In seinen Pranken wirkten ihre Glieder blass und dünn wie Birkenzweige.

»Mörder!«, fauchte sie. »Mörder! Ich töte dich, töte dich, töte dich!«

v'Ark riss die Albin hoch und schüttelte sie, bis sie endlich verstummte. h'Ryn trat ihr gegenüber und blickte ihr in die trüben Kristallaugen. Isinvi starrte hasserfüllt zurück. Sie atmete flach, dann immer tiefer. Schließlich verzog sie den Mund zu einem breiten Grinsen.

»Ich muss dich gar nicht mehr töten. Du bist ja schon tot, toter als der Blinde.« Sie deutete mit dem Finger auf s'Kol und lachte. »Der Alte sieht aus wie du, nur jünger. Ich muss gar nichts mehr tun, du bist ein toter Troll.«

»Ja, der Fluch deiner Schwester wirkt auch heute noch. Auf unsere Axt, auf jeden, der sie trägt.« h'Ryn hielt inne. Er schien Kraft für die nächsten Worte zu sammeln. »Ich bin gekommen, um dich zurückzubringen.«

Mjerelmyr meinte, ein klares Funkeln in Isinvis Augen zu erkennen.

»Und was, wenn ich nicht mitkommen will? Was dann, toter Troll, was dann?«

»Du *wirst* mitkommen, und wenn ich dich den ganzen Weg tragen muss!«

Darauf drehte h'Ryn sich um, ging zur Tür und klopfte. v'Ark schmiss Isinvi in die Ecke. Sie schien keinen Schmerz zu spüren, wand sich nur lachend auf dem Boden.

Endlich öffnete k'Rylu die Tür, und sie konnten den Kerker verlassen.

Armes Kindchen, dachte Mjerelmyr. Der kurze Augenblick hatte ihm gereicht, er wollte sich gar nicht erst vorstellen, was es bedeutete, dreihundert Jahre hier unten allein zu verbringen.

»Bringt ihr etwas Fettes zu essen«, hörte er h'Ryn sagen, »sie muss für die Reise zu Kräften kommen.«

»Das wird eine kurze Reise«, feixte k'Rylu. »Wie wollt ihr den Donnerhörnern entkommen? Die werden euch bald haben. Und wo kriege ich dann meinen Birnenwein her?«

Mjerelmyr ignorierte sie. Er hatte noch immer Isinvis Stimme im Ohr. *Der Alte sieht aus wie du.* Ein Gedanke reifte in ihm, er musste ihn nur noch laut aussprechen.

»Ich glaube, ich habe einen Plan.«

12. KAPITEL

Isinvi und Mjerelmyr

VIER TROLLE? In ihrem Kerker? Seit wann trauten sie sich wieder zu ihr herein? Alles Hirngespinste, Traumgestalten. Andererseits – wann hatte sie das letzte Mal geträumt? Isinvi lehnte sich gegen den Fels und zuckte zusammen. Das Salz brannte in ihrem Nacken. Sie genoss den Schmerz, drückte ihren Rücken noch fester gegen die Höhlenwand, atmete aus und wieder ein. Da war immer noch der Trollgestank – der Schweiß aus ihren Poren, das Bratenfett in ihren Bärten, der Muff ihrer feuchten Pelze. So rochen keine Hirngespinste. Außerdem taten ihre Knochen weh. Sie sah sich quer durch die Höhle fliegen, spürte den Aufprall. Bunte Hörner. Blinde Augen. Flammender Bart. Der Riese. Ja, vier Trolle waren hier gewesen.

Glaubst du, ich würde die Mörder deiner Schwester schicken, um dich zu holen? Die Stimme ihres Vaters dröhnte in ihrem Kopf. *Fëaras Mörder?*

»Nein«, hauchte Isinvi. »Nein. Nein.«

Sie sind nicht meine Mörder!, hallte es plötzlich durch die Höhle.

Isinvi starrte in die Dunkelheit. »Fëara?«

Hast du ihm in die Augen gesehen?, kam die Antwort aus dem Dunkeln. *Hast du h'Ryn in die Augen gesehen?*

»Ja, das habe ich, Fëara. Sie sind leer. Er ist so gut wie tot. Dein Fluch hat immer noch Macht, nach all den Generationen.«

Dann hast du auch gesehen … da ist keine Boshaftigkeit in seinen Augen. Alles, was er will, ist Sühne leisten.

Pah, Sühne, tönte die Stimme ihres Vaters. *Er ist der Nachfahre eines Mörders, und er bleibt ein Mörder … Mörder … Mörder … Mörder!*

Isinvi hielt sich die Ohren zu. Sie hatte das Gefühl, ihr Schädel würde platzen.

»Mörder! Mörder! Mörder!«

Es dauerte ein paar Atemzüge, bis sie begriff, dass sie die Klage ihres Vaters übernommen hatte, dass sie es war, die brüllte.

»Mörder!« Ein letztes Mal formten ihre Lippen den Schrei, dann sackte sie erschöpft zusammen.

»Isinvi? Isinvi, wach auf.«

Die Stimme klang sanft wie die ihrer Schwester, nur viel, viel tiefer. Die Schwärze in ihren Kristallaugen füllte sich mit gleißendem Licht. Zum Schutz hob Isinvi die Hand. Im Schein einer Laterne erkannte sie den Troll mit den bunten Hörnern. Er hatte sich neben sie gekniet. Hinter ihm stand der Glatzkopf mit dem flammenden Bart, daneben eine ausgemergelte Trollin. Isinvi rümpfte die Nase, denn ihr Schnapsatem war betäubend.

»Los«, knurrte Flammenbart, »zieh ihr schon den Sack über und dann los! Die Sonne geht bald auf.«

Isinvi zuckte zurück.

Bunthorn hob beschwichtigend die Arme. »Ich heiße Mjerelmyr, und der Sack hier«, er deutete mit dem Kinn auf den Leinenbeutel in seiner Linken, »dient deinem Schutz. Du warst zu lange hier unten. Die Fackeln in den Tunneln werden dich blenden und das Tageslicht erst recht.«

Also kein Traum. Die Trolle waren wirklich hier, um sie

zurückzubringen, oder zumindest, um sie irgendwo anders hinzubringen. Hätten ihre Hörner ihnen nicht die Gehirne aus den Schädeln gebohrt, dann wäre es vielleicht eine List, aber so?

Bunthorn sah sie an wie ein treuer Köter. »Du musst keine Angst haben.«

»*Du* solltest Angst haben«, zischte Isinvi. Drohungen in der donnernden Trollzunge auszustoßen – das machte ihr Freude. Wenigstens etwas, zu dem die Sprache gut war.

»Jetzt stülp ihr das Scheißding über, sonst mach ich's!«

Bunthorn winkte ab. »Lass gut sein, v'Ark …«

Doch Flammenbart ließ nicht gut sein. Er riss der Trollin die Laterne aus der Hand und leuchtete Isinvi ins Gesicht. Das Licht brach sich in den Facetten ihrer Augen, explodierte hinter der Stirn und stach ihr mitten ins Hirn.

»Gib her!« Isinvi griff nach dem Sack und zog ihn sich selbst über den Kopf. »Zufrieden?«

Bunthorn gab ein Brummen von sich.

Isinvi hatte keine Eile. Sie hatte Jahrhunderte in einsamer Gefangenschaft ausgehalten, was zählte da schon ein halber Tag? Heute Nacht würde sie sich rächen. Dann schützten die Trolle kein Salz und keine Mauern mehr. Sie würde in ihre Köpfe dringen, sich an ihren Träumen laben, Kräfte sammeln.

»Du bist noch ganz schwach auf den Beinen«, sagte Bunthorn. »Lass mich dich tragen.«

»Niemals!« Sie rappelte sich auf, kam taumelnd auf die Füße und trat zielsicher an den Trollen vorbei, in Richtung der geöffneten Kerkertür. Dafür brauchte sie ihr Augenlicht nicht, nach dreihundert Jahren kannte sie ihr Gefängnis in- und auswendig. Die Trolle begleiteten sie, hinter ihr knurrte einer. Während sie gingen, spürte sie immer wieder eine Pranke auf ihrer Schulter, die ihr den Weg wies. Gewiss war es Bunthorn.

Als sie endlich anhielten, war Isinvi schweißgebadet. Sie

hatte mehr Schritte gemacht als in den letzten dreihundert Jahren, war mehr getorkelt als gelaufen. Ein ums andere Mal hatte Bunthorn sie vor einem Sturz bewahrt. Nun drückte er sie sanft zu Boden.

»Setz dich, ruh dich aus.«

Isinvis Finger prickelten. Es war wärmer als in ihrem Verlies. Durch den grobmaschigen Stoff sah sie Kerzenlichter tanzen. Die Stimmen um sie herum klangen dumpf, ohne Hall. Sie mussten sich in einer kleinen Höhle befinden.

Isinvi stellte sich vor, wie sie zwischen den fetten Trollen saß, die nichts von ihrem Untergang ahnten. Sie biss sich auf die Lippe, um nicht zu lachen, schmeckte Blut. *Bald werde ich euer Blut schmecken*, dachte sie und kicherte doch.

»Halt dein Maul, Albenhexe!« Das war Flammenbarts knurrender Ton. Er schüttelte sie.

»Lass sie los!«, rief Bunthorn, und das Schütteln hörte auf. Ja, Bunthorn war ein treuer Köter. Ihn hatte sie auf ihrer Seite; seltsamer Troll.

»Ruhe! Alle miteinander!« Der Riese klang angespannt. »Ich muss nachdenken.«

Lindwurm!, Mörder!, flüsterte ihr Vater in ihr Ohr.

Nein, sein Ururenkel, flüsterte Fëara in ihr anderes.

Egal, was du sagst, ich werde dich rächen, Schwester. Jenseits des Salzes werde ich dich rächen. Ich werde ihnen den Schlaf rauben, einen nach dem anderen um den Verstand bringen. Flammenbart als Ersten – er ist gefährlich. Dann Bunthorn – soll er an seinen Schmeicheleien ersticken. Und zuletzt den Riesen – für ihn will ich mir Zeit nehmen, falls er lange genug lebt.

Ihr Vater und Fëara schwiegen. Stattdessen hörte sie den Riesen seufzen. »Mir gefällt dein Plan immer noch nicht, Mjerelmyr. Nur mag mir bei Isvanders frostigem Barte kein besserer einfallen. Wie es aussieht, haben wir keine andere Wahl.«

»Nein, haben wir nicht«, erwiderte Bunthorn. »Nicht, wenn wir bald loskommen wollen. Durchbrechen können wir die Belagerung nicht, und die Schwarze Armee wird bestimmt nicht auf uns warten. Sie wird weiter erobern und erobern.«

Schwarze Armee? Wen meinten sie? Die Truppen ihres Vaters? War er auf dem Vormarsch? Isinvi spitzte gespannt die Ohren.

»Gut«, sagte der Riese, »gehen wir noch mal alles durch. Bei Sonnenaufgang werde ich durch die Schießscharte rufen und d'Uum zum Zweikampf herausfordern, um unseren Streit zu klären. Dann wird das Tor geöffnet.« Der Riese hielt inne. Isinvi hörte ihn schnaufen, konnte seine Anspannung förmlich spüren. »Doch nicht ich werde hinaustreten, sondern s'Kol. Er wird meinen Goldhelm tragen und langsam mit dem Kahn übersetzen.«

»Ja, s'Kol ähnelt dir sehr«, sagte Bunthorn. »Er wird uns Zeit verschaffen, denn die Donnerhörner werden geblendet sein. Sie werden ihn nicht erkennen, bis er auf der anderen Seite des Sees angelegt hat.«

»Tiefstehende Sonne hin oder her«, murrte Flammenbart, »Hauptsache, der Blinde stolpert nicht.«

»Niemals«, brummte jemand, dessen Stimme Isinvi noch nicht kannte. Sie klang wie ein Schnauben. »Er kennt die Strecke wie seine Nasenlöcher.«

Flammenbart lachte heiser. »Dass du deine kennst, i'Rk, das wissen wir.«

Isinvi erahnte eine Bewegung. Flammenbart stand auf, gefolgt von einem Klirren von Eisen auf Stein. »Was meint ihr? Ein bisschen aufpoliert, und die alte Axt hier sieht aus wie Kharn.«

»Ja, könnte passen«, pflichtete Bunthorn ihm bei.

Kharn! Kharn! Allein beim Klang des Namens lief es Isinvi eiskalt den Rücken runter, und in ihren Eingeweiden brodelte es. Kharn war die Waffe, mit der ihre Schwester erschlagen worden war. Fëaras Fluch lag auf der Axt, ihr letzter Wille.

»Nun«, sagte der Riese, »wenn sie den Köder schlucken,

renne ich sofort nach oben, wo ihr beim Ausgang zur Felsentreppe auf mich wartet. k'Rylu wird die Tür öffnen und uns rauslassen. Wollen wir hoffen, dass die Sonne und mein Doppelgänger Ablenkung genug sind, damit d'Uum nicht sieht, wie wir über die Berge verschwinden.« Der Riese seufzte. »Einen Freund in den Tod schicken und ehrlos fliehen – das ist der wahre Fluch der Axt. Kommt, gehen wir, bevor ich es mir anders überlege.«

Die Trolle waren gerissener, als Isinvi gedacht hatte, vor allem dieser Bunthorn. Auf seiner Idee schien der Fluchtplan zu fußen. Aber es spielte keine Rolle, denn gleichgültig, wie klug sie waren – es blieb der Fluch ihrer Schwester: Kharn war Fëara, Kharn war Isinvis Verbündeter!

Sie konnte sich nicht erinnern, wann sie das letzte Mal eine solche Hoffnung verspürt hatte. Vielleicht brauchte sie die Trolle für diese Reise. Vielleicht würde sie tatsächlich nach Hause zurückkehren, ins Licht des Nordens. Auf einmal sah sie ihn ganz deutlich, den glänzenden Eisturm, goldgrau unter der Mitternachtssonne.

»Jemenjara«, seufzte Isinvi, und aus dem Seufzer wurde ein Lachen.

Ein Tritt in die Seite trieb ihr die Luft aus der Lunge. Sie krümmte sich und rang nach Atem.

»v'Ark!«, donnerte der Riese. »Das war das letzte Mal, dass du sie angefasst hast! Wir sind nicht ihre Folterknechte, wir sind ihre Wachen. Und du, Mjerelmyr, weichst ihr ab jetzt nicht mehr von der Seite. Verstanden?«

Jemand griff ihr unter die Arme und half ihr auf.

»Dann leckt ihr doch am Albenarsch«, schimpfte Flammenbart.

Gut … sehr, sehr gut, dachte Isinvi, *sie sind aufgewühlt, sie streiten. Das wird es leichter machen, in ihre Träume einzudringen und ihnen düstere Gedanken einzupflanzen.*

Sie wurde aus der Höhle geschoben und durch ein paar

kurze Tunnel geführt. Schon bald fühlte sich der Boden ebener an. Ihre Schritte hallten nun durch einen weiten Saal. Sie hielten an. Es roch nach Essen. Rings um sie herum murmelten dutzende Stimmen, tiefe Stimmen. Isinvi spürte, wie sie beobachtet wurde. Dumm wie Moschusböcke mampften und glotzten die Trolle, zumindest stellte sie es sich so vor. Vielleicht war es gut, dass sie verhüllt war, dachte sie. Sonst hätten sie ihr angemerkt, wie elend ihr war. So aber hatten sie Angst vor dem, was sie nicht sahen.

Plötzlich schlug ihr ein Pesthauch entgegen. Noch einmal hätte sie dreihundert Jahre in ihrem eigenen Kot darben können und nicht so übel gestunken. Isinvi wurde schwarz vor Augen. Sie sackte in Bunthorns Pranken zusammen. Er hielt sie aufrecht. Im Dämmerzustand hörte sie, wie jemand sprach.

»Ihr erwartet einen Abschied von den Versehrten? Mit Speck und Bier werden wir euch nicht eindecken, ihr müsst schon selbst zusehen, wo ihr bleibt. Aber schön, sh'Arr hat noch ein paar Worte für euch: Ich hätte euch an die Donnerhörner ausliefern können. Und dir, s'Kol, hätte ich befehlen können zu bleiben. Bei Kilvi, ich habe genug Fehler in meinem Leben gemacht, um Schurke in einem Dutzend Sagen zu sein, aber mich mit den Vetteln verbündet zu haben, soll mein letzter bleiben. Ja, mag sein, dass ihr mich angelogen habt, dass es gar kein Stimmholz gab. Mag sein, dass d'Uum den Rat immer noch anführt. Aber so viel habe ich aus meinen Fehlern gelernt: Ich rieche es, wenn jemand das Falsche tut. Und ihr … tut es nicht.«

Als die letzten Worte verklungen waren, räusperte der Riese sich. »sh'Arr, dir gebührt unser Dank. Doch nun lebe wohl, lebe wohl und auf Wiedersehen!«

sh'Arr lachte, dass es von den Wänden dröhnte. Er lachte und lachte, hustete, spie aus und lachte weiter. »Ich glaube nicht, dass ich auch nur einen von euch wiedersehe, selbst wenn ihr nicht ins ewige Eis beißt. Und jetzt haut ab, ihr Klotsäcke, und nehmt das Nachtweib mit. Ich will meinem Fleisch in Ruhe beim Verrotten zusehen!«

Isinvi wurde halb geschoben, halb getragen – fort aus der Halle, fort von dem Gestank. Auf einem Treppenabsatz blieben sie stehen. Zwei Trolle flüsterten miteinander.

»Du musst es nicht tun«, raunte der Riese. »Niemand erwartet das von dir, ich am allerwenigsten. Hörst du, s'Kol, du musst da nicht rausgehen.«

»Ach, Junge«, entgegnete s'Kol, »mein Leben war doch ohnehin nur geborgt, und du hast es mir geschenkt. Ich finde, da kann ich es den Geistern zurückgeben, um dir zu helfen. Und außerdem, wer sagt, dass d'Uum mich erschlägt?«

Ein Zittern lag in der Stimme des Riesen, als er sprach: »Das werde ich dir nicht vergessen. Der Lindwurm vergisst nie.«

»Wollen wir hoffen, dass dir viele Jahre zum Erinnern bleiben.«

Ehe der Riese etwas erwidern konnte, schallte es vom Fuße der Treppe herauf: »Die Sonne geht auf.«

Tatsächlich glaubte Isinvi, einen güldenen Schimmer durch den Stoff des Sacks zu erahnen.

»Los geht's«, knurrte Flammenbart.

»Bis gleich«, sagte Bunthorn.

»Ja«, antwortete der Riese, »ich komme sofort nach.«

Wieder setzten sie sich in Bewegung, wieder stolperte Isinvi mehr, als dass sie ging. *Dreihundert von euch habe ich auf dem Gewissen*, schoss es ihr durch den Kopf. Für jedes Jahr ein Troll. Bewaffnet mit einem Lebenszeichen von ihr waren die Trolle in ihr eisiges Grab gezogen. Ihr Vater hatte bestimmt keinen der Boten leben lassen. All die Trolle, all die Tode waren ihr drei Jahrhunderte lang egal gewesen. Doch jetzt, wo s'Kol dran glauben würde, war es plötzlich anders. Der Gedanke, dass er ein enger Freund des verfluchten Axtträgers war, schmeckte süß. Isinvi musste lächeln. Zum ersten Mal seit dreihundert Jahren verspürte sie Genugtuung.

Sie gingen eine Wendeltreppe hinauf. Schon bald war ihr schwindlig. Geleitet von Bunthorns Pranke schabte sie mal links, mal rechts an Felswänden entlang. Vor und hinter ihr stampften die Trolle. Isinvi hörte ihren eigenen Atem. Unter dem Sack tobte er wie ein Sturm in ihren Ohren, jedes Mal, wenn sie Luft ausstieß. Schritt um Schritt ging es aufwärts. Linker Fuß, rechter Fuß, ein Schnaufen. Linker Fuß, rechter Fuß, ein Schnaufen. Sie hielten an. Stille, bis auf ihr gemeinsames Keuchen. Isinvis Knie kribbelten, in einem Moment taub, im nächsten heiß. Am liebsten hätte sie ihre Knochen mit Schnee gekühlt, wenn nur dieser Schmerz nachließ. Das Keuchen wurde leiser, die Trolle schwiegen und warteten.

Nicht mehr lang, und sie würde unter freiem Himmel wandeln. Nicht mehr lang, und sie würde den Wind auf ihren Wangen spüren. Verfluchter Sack! Isinvi schüttelte sich, wollte ihn abstreifen, nur für einen kurzen Blick. Wie hell konnten die Fackeln schon sein? Sie spürte Bunthorns Pranke auf ihrer Schulter, sanft und stark.

»Heute Nacht«, sagte er, »heute Nacht kannst du dir den Frühlingswind um die Nase wehen lassen. Er ist schon ganz lind, wenn er aus dem Süden bläst.«

»Danke für die Wettervorhersage«, ätzte Flammenbart. »Lieber wäre mir allerdings, Isvander schickte uns einen Hagelsturm. Ein paar Eisbrocken auf ihr Albenköpfchen … knack, knack … und der Spuk hätte ein Ende.«

Flammenbarts Hass ließ Isinvi kalt. Damit konnte sie umgehen, schließlich waren ihre Völker seit Ewigkeiten verfeindet – die Trolle als Nachfahren der Riesen und die Alben als Gesandte der Götter. Bunthorn hingegen war ihr suspekt. Was versteckte er hinter seiner freundlichen Maske? Fast hatte sie den Eindruck, er könnte ihre Gedanken lesen. Ob er ein Schamane war? Die bunt bemalten Hörner, die klappernden Knochen, die er bei sich trug – all das sprach dafür. Trolle nutzten solchen Tand als Talismane. Abergläubische Narren;

in der Natur und all ihren Auswüchsen wähnten sie mystische Kräfte. Doch wahre Macht lag allein im Geist und bei jenen, die ihn formten. Und heute Nacht würde sie diejenige sein.

Ein Brummen riss Isinvi aus ihren Gedanken.

»Er kommt«, bemerkte der Fettwanst, den sie i'Rk nannten.

Das Echo von Schritten hallte die Treppe empor. Der Riese rannte. Dem Klang nach nahm er drei, vier Stufen auf einmal.

»Öffne die Tür«, keuchte er, als er endlich bei ihnen anlangte, »s'Kol sitzt schon im Boot. d'Uum hat die Herausforderung angenommen.«

»Ja, ja, mach ich ja gleich«, sagte die Trollin mit dem Schnapsatem. »Nur zwei Warnungen noch: Der Blutschnabel ist zwar nicht besonders hoch, seid jedoch vorsichtig, so kurz nach der Schmelze sind die Bergpfade glatt wie ein Albenarsch. Und außerdem leben Menschenfresser in den Bergen. Zur Sonnenwende bringen sie ihrem Berggott Opfer.«

»Du sagst es«, spottete Flammenbart, »Menschenfresser. Nur sind wir Trolle und bis an die Zähne bewaffnet.«

»Lach ruhig«, murrte die Trollin, »ich will nur sichergehen, dass ihr heil bleibt, denn der da schuldet mir drei Fässer Birnenwein.«

»Und die sollst du auch kriegen«, antwortete Bunthorn, »du hast mein Wort.«

»Das hoff ich für dich, sonst komm ich dich suchen und quetsch dir die Eier ab. Und jetzt: Viel Glück!«

Gleich darauf knirschte Stein auf Stein. Die Tür wurde geöffnet. Ein Windzug pfiff durch den Spalt und rüttelte an Isinvis Kleidern. Das Pfeifen wuchs zu einem Donnern an. Eine Bö erfasste sie, und sie folgte dem Sog. Sie taumelte hinaus ins Freie. Licht und Luft – endlich! Selbst durch den Sack schmeckte sie die Luft, kalt und klar. Begierig atmete Isinvi ein, bis ihr die Lunge brannte, bis ihr schwindlig wurde. Bunthorn fing sie auf und warf sie sich über die Schulter. Sie ließ es geschehen, atmete tiefer und tiefer, wollte in Luft ersticken.

Ein schwarzer Schlund tat sich vor ihren Augen auf, und Isinvi stürzte sich hinein.

Um sie herum war nichts als Finsternis, so wie an all den Tagen und in all den Nächten der letzten dreihundert Jahre. Sie spürte ihren Körper, jedes Rütteln und Schütteln, das ihn durchfuhr. Noch war ihr Schlaf nicht fest genug, um ihren Geist ziehen zu lassen, hinaus aus ihrer eigenen Schwärze, hinein in fremde Traumwelten. Irgendwo würde sie schon einen Träumenden finden.

Sie passte ihre Atemzüge Bunthorns Schritten an, bis sie schließlich den gleichen Rhythmus hatten. Immer weiter entfernte sie sich vom Außen und tauchte in ihr Innerstes. Völlige Stille, völlige Finsternis und dann ein Licht. Aus dem Augenwinkel sah sie am Horizont einen Reiter. Er trabte auf einer weißen Antilope durch eine Landschaft aus schwarzem Schnee. Es war eine schlanke Gestalt auf einem Vierhorn. Für einen Moment hoffte Isinvi, ihren Vater auf Kasma zu sehen, bevor sie sich daran erinnerte, wie sehr er das Reiten hasste und dass ihre geliebte Antilope schon lange tot sein musste.

Urplötzlich spornte der Reiter sein Tier an. Das Vierhorn preschte los. Schnee wirbelte auf und rieselte wie Asche zu Boden. Fasziniert beobachtete Isinvi die beiden in dem dunklen Dunst. Sie wollte auf sie zurennen, doch ihre Füße waren festgefroren in pechschwarzem Eis. Verzweifelt schwenkte sie die Arme und schrie: »Hier, hierher! Halt an! Haa…« Sie schluckte Schneeflocken. Staubtrocken füllten sie ihren Mund, raubten ihr die Stimme.

Nein, er gewahrte sie nicht. Schon hatten Reiter und Tier die Ebene überquert. Bald würden sie ihrem Blickfeld entschwinden, weit hinter ihrer linken Schulter. Isinvi versuchte den Kopf zu drehen, er rührte sich nicht. Jetzt sah sie nur noch die Hinterläufe der Antilope … und sie hielt an. Sie hielt an! Isinvi lachte. Sie konnte ihr Glück kaum fassen, der Reiter, ein Albenritter, wendete sein Vierhorn und lenkte es in ihre Richtung. Noch zweihundert Schritte. Gleich würde sie sein Gesicht sehen. Ob sie ihn kannte? Noch hundert Schritte. Gleich würde sie ihre Sprache hören – lieblich, melodisch. Was sollte sie nur sagen? Der Alb beugte sich dichter über den Hals seines Tieres. Das Vierhorn galoppierte, machte einen Satz und sprang auf sie zu. Ein Ruck fuhr durch Isinvi. Sie zuckte zusammen und …

… erwachte zu einem braunen Schimmer, den Geschmack von Flachs auf der Zunge. Kein trockener Schnee, sie hatte in den Sack gebissen. Und dann war da wildes Gebrüll und ein seltsamer Schwindel. Isinvi spürte, wie sie fiel. Blind griff sie um sich, fasste ins Leere. Eine Pranke packte sie am rechten Arm, sie krallte sich an einen Ärmel und schwang hin und her.

»Nicht loslassen!«, schrie Bunthorn.

Isinvi grub ihre Finger tiefer in den Stoff und baumelte im eisigen Wind. Sie legte den Kopf in den Nacken, der Sack rutschte runter. Für einen Herzschlag sah sie klar, denn Wolkenfetzen verdunkelten den Himmel. Bunthorn hing mit einer Hand an einem Felsvorsprung, und sie hing an ihm.

»Nicht zappeln!«

Isinvi spannte die Muskeln an und suchte mit den Füßen nach Halt, rutschte ab, fand keinen. Überall eisglatter Fels, darunter nichts als Abgrund. Wo waren die anderen? Suchend blickte sie wieder nach oben. Sonnenstrahlen brachen durch die Wolkendecke und brannten sich in ihre Kristallaugen ein. Alles verschwamm zu silbernen Schatten.

»Hey, hey da!«, hörte sie Bunthorn rufen. »Hilfe!«

Dort auf dem Bergpfad – ein hellgrauer Schemen in Nebelschwaden. Er lief weiter, schien sie im Tosen des Windes nicht zu hören. Noch einmal brüllte Bunthorn. Sein Ruf hallte in Isinvis Knochen wider. Ihr Arm zitterte, doch sie ließ nicht los. Der Schemen hielt an, kam näher und bückte sich über den Felsvorsprung. Es war Flammenbarts Silhouette, so viel konnte Isinvi erkennen. Er streckte seinen Arm nach ihnen aus – zu kurz!

»Greif nach der Wurzel!«, rief Flammenbart ihnen zu.

»Ich kann nicht«, antwortete Bunthorn und brummte nach unten: »Halt dich an meinem Nacken fest!« Mit einem Ruck zog er Isinvi hoch, bis sie sich an seiner Mähne festklammern konnte.

»Bereit?«

Sie nickte.

Einarmig holte Bunthorn Schwung, griff nach der Wurzel. Ins Leere! Zweimal, dreimal schaukelte er, sammelte seine Kräfte für einen weiteren Versuch.

Das Gleißen in Isinvis Augen ließ nach. Gestochen scharf zeichnete sich über ihr ein toter Busch mit toten Wurzeln ab – zu dünn und brüchig, um einen Troll zu halten. Flammenbart wollte, dass sie abstürzten.

»Nicht!«, schrie sie.

Zu spät. Bunthorn hatte bereits ausgeholt, reichte nach der Wurzel und … ein langer Arm griff den seinen. Der Riese lag dicht am Abgrund, flach ausgestreckt und mit dem Fettwanst als Gewicht auf dem Rücken. Mit vereinten Kräften zogen die beiden sie hoch, bis sie sich zitternd auf den Felsvorsprung rollten.

Der Riese schnaufte erleichtert auf. »Was ist passiert?«

»Ausgerutscht«, keuchte Bunthorn. »Sie hat im Schlaf wild gezuckt. Wäre mir fast runtergefallen. Verflucht glatt hier.«

Der Riese ächzte kurz und richtete sich auf. »Und warum hast du ihnen nicht geholfen, v'Ark? Du warst doch am nächsten dran.«

»Wollte er ja«, sprang Bunthorn dem Angesprochenen zur Seite.

Isinvi traute ihren Ohren nicht. Hatte er ihre Warnung überhört? Sie erhob sich, ein wütendes Funkeln in den Facetten ihrer Kristallaugen. Trolle waren unfähig, in Albenaugen zu lesen, doch Isinvi war sich sicher: Flammenbart wusste, dass sie ihn anstarrte.

Breitbeinig baute er sich über Bunthorn auf. »Wollen wir hoffen, dass den Donnerhörnern dein Spektakel entgangen ist.«

Zusammen blickten sie hinunter in die Schlucht, doch alles, was sie sahen, war das Glitzern des Sees.

»Ja«, seufzte der Riese, »wollen wir hoffen, dass s'Kols Opfer nicht umsonst war.«

»Wir wissen nicht, was geschehen ist«, murmelte Bunthorn, »vielleicht …«

Der Riese schüttelte den Kopf und wandte sich ab. »Lass gut sein, wir gehen weiter.«

Isinvi sah ihm hinterher, wie er gebeugt davonschlich, und zum ersten Mal erblickte sie Kharn – den Fluch, den letzten Willen ihrer Schwester – schwer auf seiner Schulter liegend. *Fëara*, schwor sie in Gedanken, *ich werde dich nicht enttäuschen. Er wird bezahlen: für beide Leben, für deins und für das deiner Tochter.*

Den ganzen Tag wanderten sie bergauf. Immer wieder wurden sie aufgehalten, dort wo Rinnsale ihren Pfad überspült und den kalten Fels mit einer dünnen Eisschicht überzogen hatten. Schließlich schickte der Riese Flammenbart los, um einen neuen Weg zu suchen, denn er war der Flinkste unter den Trollen.

Isinvi war dankbar für jede Rast. Sie nutzte sie, um in sich zu gehen und sich zurück in ihren Traum zu flüchten. Doch das Gesicht des Albenritters blieb verschwommen, und in der schwarz verschneiten Traumlandschaft konnte sie keine Landmarke entdecken. Inzwischen brannten ihre Beine schlimmer als ihre Augen. Fast sehnte sie sich danach, wieder getragen zu werden. Zum Glück wurde ihr Stolz nicht auf die Probe gestellt. Bunthorn gab zwar auf sie Acht, machte jedoch keine Anstalten, sie auf den Arm zu nehmen – wohl aus Angst, sie wieder fallen zu lassen. Wenigstens verbesserte sich ihre Sicht mit jeder zurückgelegten Weite. Gegen Nachmittag schlichen sich erste Farbtupfer in ihr grau mal graues Bild. Dreimal hatten sie den Gipfel des Blutschnabels vor Augen, dreimal täuschte sie ihr Blick.

So schlugen sie kurz vor Sonnenuntergang ihr Lager auf, noch bevor sie den Bergrücken überquert hatten. Es war ein jämmerlicher Ort, um zu rasten, nicht mehr als eine Mulde, zugig und feucht. Isinvi hätte nicht gedacht, dass sie sich so schnell nach ihrem Kerker zurücksehnen würde, zumindest für eine Nacht. Sie rollte sich hinter einem Stein zusammen und starrte in die Finsternis. Während die Trolle stritten, ob sie ein Feuer machen sollten oder nicht, ließ Isinvi ihren Blick schweifen. Die Felsformation vor ihren Augen erinnerte sie an eine Herde Moschusböcke. Beinahe meinte sie, die Tiere zu riechen.

»Komm«, sagte Bunthorn plötzlich zu ihr.

Isinvi rührte sich nicht.

Der Troll beugte sich über den Stein und wollte sie hochheben.

Sie schlug nach seinem Arm. »Fass mich nie wieder an!« Drei Atemzüge verstrichen, ehe sie mit einem honigsüßen Lächeln hinzufügte: »Außer ich erlaube es dir.«

»Verstanden. Aber ich habe etwas für dich.« Bunthorn zauberte ein Stoffbündel hinter seinem Rücken hervor.

»Was ist das?«

»Komm mit, dann wirst du es erfahren.«

Ihre Neugierde war groß, aber was sollten die Trolle von ihr denken, wenn sie einfach tat, wie ihr geheißen wurde? *Vergiss niemals: Die neuen Götter sind wir!,* echote die Stimme ihres Vaters in ihrem Kopf. Ach, verflucht! Isinvi vergewisserte sich, dass die anderen immer noch über das Feuer stritten, dann stand sie auf und folgte Bunthorn.

Er führte sie weg vom Lager. Sie kletterten einen Steilhang hinauf, bis sie an einen breiten Wildbach kamen. Dort blieb er stehen.

»Was soll ich hier?«

»Hast wohl Angst, dass ich dich ertränke?« Bunthorn lachte. Eine Lawine hätte schöner geklungen.

»Du? Mich ertränken?«, spottete Isinvi. »In Nettigkeiten vielleicht.«

»Ich dachte, vielleicht willst du dich waschen.« Bunthorn legte das Bündel auf einen flachen Felsen und klopfte zweimal darauf. »Den Weg zurück findest du sicher alleine.«

Darauf drehte er sich um und ging den Abhang hinunter. Isinvi schaute ihm hinterher. Er ließ sie tatsächlich allein. Sollte das eine Probe sein?

Beiläufig roch sie an ihren Lumpen. Sie stank ekelhaft, nach ranzigem Fett, schlimmer als die Trolle. Ein Bad wäre wahrlich keine schlechte Idee. Sie ging zu dem Felsen, auf dem das Bündel lag, und öffnete es. Ihr stockte der Atem. Vor sich sah Isinvi den Silberfuchsmantel ihrer Schwester, dazu zwei Reitkleider – ein nachtblaues mit Silberstickereien und ein rotbraunes mit breitem Ledersaum. Andächtig streichelte sie die Stoffe, fuhr mit den Fingern durch das Fell. Isinvi spürte, wie es ihr die Kehle zuschnürte. Nie in den letzten dreihundert Jahren hatte sie Fëara mehr vermisst als in diesem Moment. Sie wandte sich ab, rannte zum Bach und stürzte sich in die Fluten.

Die Strömung drückte sie runter, sie schluckte Wasser, ihr Kopf schlug gegen einen Stein. Prustend tauchte sie auf und ließ sich treiben, blieb rücklings auf einem Kieselbett liegen. Sie liebte die Kälte und Kraft des Wassers, genoss, wie es an ihrem Körper zerrte. Tropfen für Tropfen befreite es sie. Könnten ihre Augen weinen wie die der Trolle, so flössen jetzt Tränen. Doch ihr Blick blieb klar.

Isinvi starrte in den Nachthimmel, und mit einem Mal war ihr, als wäre seine Weite ein grausameres Gefängnis als die Enge ihres Kerkers. Der Wind flüsterte von Endlosigkeit, aber in ihrem Leben gab es nichts als Tod. Eine Bewegung hinter ihr riss sie aus ihrem Dämmerzustand. So viel Vertrauen hatte Bunthorn also doch nicht.

»Ich sehe dich«, rief sie, ohne sich zu rühren.

Jemand huschte davon, zu klein für einen Troll. Isinvi fuhr hoch. Jenseits des Bachs floh eine dicke Gestalt. Hastig kraxelte sie bergauf, trat Steine los und verschwand hinter Geröll. Hatte die Trollin mit dem Schnapsatem sie nicht vor Menschenfressern in den Bergen gewarnt? Vielleicht war das einer ihrer Kundschafter gewesen?

Isinvi Skil, Tochter von Kjälvir Kaï, Erbin des Throns von Svarun, Herrscherin von Jemenjara – nach dreihundert Jahren aus der Gefangenschaft befreit und von Menschenfressern verspeist. Bei dem Gedanken konnte Isinvi nicht anders, als zu lachen. Sie lachte immer noch, als sie sich wieder ausstreckte und ihren Kopf unter Wasser tauchte. Erneut genoss sie das Sprudeln und die Eiseskälte. *Nur eine Weile noch*, dachte sie, *einfach so liegenbleiben.* Als die letzten Luftblasen ihren Mund verlassen hatten, stand sie auf, frisch gewaschen und in sauberen Lumpen.

Isinvi ging zu den Kleidern und streichelte sie zart, wie schlafende Kinder, die sie nicht wecken wollte. Dann faltete sie sie zusammen und warf sie in den Bach. Eins nach dem anderen wurde fortgerissen.

»Sanfte Fëara, leb wohl«, sagte sie und dachte dabei an Kharn. »Nur dein Zorn soll fortleben!«

Triefend nass kehrte Isinvi ins Lager zurück. Mittlerweile flackerte dort ein mickriges Feuer, wohl der Kompromiss, den die Trolle ausgehandelt hatten.

»Da bist du ja«, grüßte Bunthorn sie. »So ein Bad tut gut, oder nicht?« Er stutzte. »Wo sind denn die Kleider?«

»Beerdigt«, entgegnete sie im Vorübergehen.

Bunthorn nickte, ein einfühlsames Lächeln auf den Lippen.

Teile nicht meine Gefühle!, hätte sie am liebsten gebrüllt, schwieg jedoch; er sollte nicht wissen, wie richtig er lag. Ohne ihn eines weiteren Blickes zu würdigen, hockte Isinvi sich neben Fettwanst ans Feuer.

»Die paar Flämmchen«, murmelte der ohne aufzuschauen, »sieht doch niemand da unten im Tal.«

»Aber vielleicht in den Bergen«, erwiderte sie.

»Was meinst du damit?«, knurrte Flammenbart.

Isinvi starrte in die Flammen und schwieg.

»He, hörst du schlecht? Was du damit meinst?«

»Nichts«, säuselte sie, »nichts, nichts, nichts.« Warum sollte sie die Trolle warnen? Überraschungen verdarb man schließlich nicht.

So klein und qualmig das Feuer auch war, sein Knistern hatte etwas Beruhigendes. Es hielt ihren Blick und ihre Ohren gefangen. Und so bemerkte Isinvi erst viel später, dass Bunthorn begonnen hatte zu singen. Genauer gesagt brummte er. Er ließ das Brummen in seinem Brustkorb zu einem Grollen anwachsen und summte mit den Lippen ein Lied dazu – eine süße, eine schwere Melodie. Isinvi spürte, wie der Gesang das Funkeln in ihren Augen löschte, sie eintauchen ließ in die tiefste aller Schwärzen. Und dann fiel sie in einen traumlosen Schlaf.

13. KAPITEL

MJERELMYR UND DIE OPFERGABE

In der Morgendämmerung hatte es zu regnen begonnen. Mjerelmyr saß auf einem Felsen. Wohl bedacht, seinen Hintern nicht zu bewegen – der Stein darunter war die einzige trockene Stelle –, schnürte er seinen Ranzen. i'Rk kniete vor den kümmerlichen Resten ihres Lagerfeuers und versuchte, es neu zu entfachen.

»Feuchter als ein Pottwalschwanz«, fluchte er und warf eine Handvoll Reisig beiseite.

»Dann wird's wohl ein kaltes Frühstück«, sagte Mjerelmyr, während er den Hang mit Blicken absuchte. h'Ryn und v'Ark waren im Morgengrauen aufgebrochen, um den sichersten Weg für ihren weiteren Aufstieg auszukundschaften.

Allem Regen und allen Trollflüchen zum Trotz schlief Isinvi immer noch tief und fest. Mjerelmyr war sich unschlüssig, ob es an den Strapazen der Reise lag oder an seinem Schlaflied. Fasziniert beobachtete er die Albin. Sie wirkte leblos, nicht wie ein faulender Leichnam, sondern wie eine Statue mit fahler Haut und weißem Haar. Ihre Kristallaugen besaßen keine Lider und hatten sich im Schlaf dunkelgrau eingetrübt.

Plötzlich fuhr Isinvi hoch. i'Rk und Mjerelmyr zuckten zusammen. Sie keuchte, schnappte nach Luft, als wäre sie aus tiefster See aufgetaucht. In ihren Augen tanzte ein unruhiger Nebel. Sie atmete stoßweise, ihre Rippen zeichneten sich unter den Lumpen ab.

Besorgt sprang Mjerelmyr auf. »Was ist?«

Isinvi hielt den Atem an. Der Nebel in ihren Augen legte sich und wich einem kalten Funkeln. »Komm … nicht … näher!«

Mjerelmyr blieb stehen. Sein Schlaflied hatte also gewirkt. Ein dumpfes Gefühl machte sich in ihm breit – Schuld.

»Lass mich erklären«, fing er an, doch i'Rk unterbrach ihn.

»Sie kommen zurück«, grunzte der Walrosstroll und winkte den Hang hinauf. Anscheinend hatte er nichts von Isinvis Entsetzen mitbekommen.

»Schwingt eure Ärsche hoch!«, brüllte v'Ark. »Wenn wir uns sputen, kommen wir über den Bach, bevor der Regen ihn in 'nen verdammten Fluss verwandelt.«

»Kein Frühstück«, brummte i'Rk. »Ich hasse diese Reise.«

Obwohl sie den Wildbach ohne Zwischenfall überquerten, erreichten sie den Blutschnabel-Pass erst gegen Abend. Die Wolken hingen tief über den Gipfeln. Es hatte sich eingeregnet. Ihr Abstieg gestaltete sich schwierig, denn die Wassermassen schienen selbst den härtesten Granit in Schlamm verwandelt zu haben. Seit sie vom Dargetal aufgebrochen waren, hatten sie keinen trockenen Rastplatz mehr gefunden. Selbst in einer verlassenen Höhle, die sie gestern Nachmittag entdeckt hatten, hatte knöcheltief das Wasser gestanden.

Wenn Mjerelmyr sich umschaute, sah er einen elenden Haufen – ihre Kleider und Bärte waren durchnässt, ihre Füße von Matsch besudelt. v'Ark hatte seine Erkundungsgänge fast gänzlich eingestellt.

»Bei dem Wetter lauert uns niemand auf«, hatte er h'Ryn entgegnet, als dieser ihn vorausschicken wollte. »Wer seine sieben Sinne beisammenhat, hat sich längst verkrochen.«

Verkrochen hätte Mjerelmyr sich ebenfalls gern. Er begann

i'Rks notorisch üble Laune zu teilen, auch wenn er sie nicht so bildhaft zur Schau stellte und darauf verzichtete, den aufgeweichten Boden mit den verschiedensten Formen von Walscheiße zu vergleichen. Am meisten sorgte er sich jedoch um h'Ryn. Manchmal schleppte sich der Lindwurmhäuptling nur noch mit geschlossenen Augen vorwärts. Kharn schien ihm mit jedem Schritt mehr Kraft zu rauben.

Auch Isinvi wirkte immer noch wacklig auf den Beinen, im Gegensatz zu ihnen sank die Albin jedoch nicht im Schlamm ein. Manchmal hellte sich ihre Stimmung sogar auf, meist zur Mittagszeit hin. Nach dem Aufwachen und vor der Nachtruhe gab sie sich dafür umso düsterer. Dann murmelte sie vor sich hin, ein bösartiges Funkeln in den Augen. Doch besser sie verfluchte sie tagsüber, als dass sie sie in ihren Träumen heimsuchte.

Allerdings fiel es Mjerelmyr Abend für Abend schwerer, das lange Schlaflied für Isinvi zu singen. Er hatte Sorge selbst einzunicken, bevor er die Melodie zum zwölften und letzten Mal wiederholt hatte. Von h'Ryn und den anderen gab es keine Worte des Danks oder der Anerkennung – nicht dass er damit gerechnet hatte.

»Wenn wir erst mal unten sind, ist es nicht mehr weit zum Zahn. Dann können wir uns stärken«, sagte h'Ryn. Wie eine Beschwörungsformel wiederholte er den Satz, immer und immer wieder. Die Burg des Lindwurmstamms zu erreichen war für sie alle Ansporn, für h'Ryn selbst jedoch am meisten. Ohne dieses Ziel vor Augen hätte er sicher schon längst schlappgemacht.

Am zweiten Tag ihres Abstiegs wurde das Vorankommen endlich erträglicher. Das Gefälle war flacher, und ein lichter Tannenwald verhinderte, dass der Regen den Boden unter ihren Füßen vollends abtrug. Bald würden sie die Ebene erreichen. Zuvor mussten sie nur noch ein Felsenlabyrinth durchqueren. Findlinge in allen Größen und Formen lagen quer über den Hang verstreut – teils nebeneinander und teils gestapelt, geradeso als hätten wahnsinnige Riesen hier vor Urzeiten gespielt.

»Es riecht nach Feuer«, bemerkte Isinvi am Rand des Labyrinths.

»Ich rieche nichts«, entgegnete v'Ark.

»Ich auch nicht«, brummte i'Rk.

Isinvi kicherte. »Kein Wunder, so wie eure Bärte stinken.«

v'Ark wollte gerade zurückschimpfen, als ihnen ein glutroter Schimmer inmitten der Felsen auffiel. Die Aussicht auf ein wärmendes Feuer und eine trockene Rast ließ sie instinktiv ihre Schritte beschleunigen.

»Halt«, raunte h'Ryn. Seine Stimme war zu schwach für einen echten Befehl. »Wir wissen nicht, wem das Feuer gehört, ob man uns freundlich gesinnt ist oder nicht.«

i'Rk plusterte sich zu seiner vollen Breite auf und schnaubte geräuschvoll aus. »Wir sind vier Trolle, was kann man uns schon anhaben?«

h'Ryn – tiefer gebeugt denn je – sah ihn von unten herauf an. »Mir würde eine Menge einfallen. d'Uum hat uns auf jeden Fall schon einmal gefunden, und die Rache für seinen Sohn lässt ihn bestimmt nicht ruhen. Also, v'Ark, nimm Mjerelmyr mit und sieh nach, was es mit dem Feuer auf sich hat.«

Widerwillig machte v'Ark sich auf den Weg. Mjerelmyr folgte ihm leicht geduckt. Die Hand hatte er auf das Krähenskelett am Griff seiner Keule gelegt, damit es nicht zur falschen Zeit klapperte.

»Was soll das werden?«, grummelte v'Ark. »Hör auf, so dämlich rumzuschleichen. Mit deinen bunten Hörnern leuchtest du zwischen den Felsen sowieso wie ein Fliegenpilz.«

Mjerelmyr fasste sich schuldbewusst ans Gehörn, auch wenn er wusste, dass der Regen die gelbrote Farbe längst abgewaschen hatte.

»Welchen Weg nehmen wir?«, fragte er.

»Den kürzesten«, schnauzte v'Ark und schlängelte sich zwischen zwei Brocken hindurch.

Sie kletterten über ein weites Geröllfeld, krochen unter Felsplatten hindurch und zwängten sich durch einen tunnelähnlichen Spalt, der so schmal war, dass Mjerelmyr den Bauch einziehen musste, um nicht stecken zu bleiben. Mit einem Schnaufen schälte er sich aus dem Tunnel heraus und prallte in v'Ark hinein, der vor der Spaltöffnung stehen geblieben war.

Mjerelmyr wollte sich schon entschuldigen, als er es sah: Keine fünfzig Schritte hangabwärts brannte das Feuer. Trotz des Regens schossen die Flammen hoch auf und tauchten die Szenerie in ein warmes Licht. Auf einer Lichtung inmitten des Felsenlabyrinths hatten sich aberdutzende Wilde versammelt – Männer, Frauen, Kinder, halb nackt und mit wirrem Haar. Wie weggetreten standen sie im Kreis um das Feuer. In ihrer Mitte ragte ein Findling spitz in die Höhe, daneben sah Mjerelmyr einen mächtigen Ur. Das Tier war an vier Pflöcken angebunden. Zuerst hatte es den Anschein, die Menschen wären stumm, aber dann hörte man unter dem Knacken des Feuers ein Summen aus vielen Kehlen. *Fast wie ein Bienenschwarm*, dachte Mjerelmyr, *als ob sie etwas oder jemanden rufen*. Das Summen wurde lauter, das Rind brüllte ängstlich, zerrte an seinen Fesseln, doch die Seile hielten.

»Ob sie uns bemerkt haben?«

v'Ark schüttelte den Kopf.

Ein nackter Mann trat in den Kreis. Er trug eine Kappe und Knochenketten, seine Muskeln glänzten fettig im Flammenschein. Ein Junge reichte ihm ein Messer und eine Bronzeschale, dann trat er vor den Ur und warf sich auf die Knie, wiegte seinen Körper im Takt des Summens.

»Ein Schamane«, flüsterte Mjerelmyr. »Er opfert den Stier dem Berggott.«

»Er könnte ihn auch *uns* opfern«, erwiderte v'Ark, »dann

wären wir endlich mal wieder satt. Lass uns die anderen holen und die Menschen vertreiben.«

Mjerelmyr zählte über hundert von ihnen, davon die Hälfte mit Speeren und Knüppeln bewaffnet. Er warf v'Ark einen prüfenden Blick zu. Wollte er wirklich einen Geist verärgern?

Der Wolfskrieger grinste. »Kleiner Scherz. Komm, wir gehen zurück.«

Der Schamane war indessen aufgesprungen. Wie ein Getriebener lief er im Kreis um Feuer, Stein und Ur. Abrupt blieb er stehen und zerrte eine Frau aus der Menge. Sie war gefesselt und breiter gebaut als der Rest von ihnen. Ihre grün wollene Kluft passte nicht zu den Wilden. Mjerelmyr kannte sie – nur woher?

Zwei Kriegerinnen rammten ihre Speere in den Boden. Mit Seilen bewaffnet eilten sie heran und banden die Frau an den Opferstein. Der Schamane fiel nochmals vor dem Ur auf die Knie. Er warf den Kopf in den Nacken, brüllte gen Himmel, stieß das Messer in den Hals des Stiers. Einen Moment lang herrschte Totenstille, dann zog er die Klinge wieder heraus. Blut schoss in die Bronzeschale, begleitet von wildem Jubel.

Das Tier stand noch immer, doch die Menge begann zu zappeln. Einer nach dem anderen tanzten sie heran, tauchten die Hände in die Schale, beschmierten sich mit Blut. Einige spuckten auf die Frau, andere rannten zu einem Höhleneingang und brüllten hinein. Frauen, Kinder, Männer liefen irr durcheinander. Inzwischen sackte der Stier zusammen.

»Das ist Aylind«, entfuhr es Mjerelmyr.

»Ei– wer?«

»Aylind. Die Frau aus Wituwart. Die Jägerstochter, die vor dem Rat gesprochen hat.«

v'Ark sah ihn verständnislos an. »Was macht sie hier?«

»Nicht geopfert werden!«, rief Mjerelmyr. Noch ehe er nachgedacht hatte, lief er los. Die berauschte Meute bemerkte ihn nicht.

Mjerelmyr holte weit aus, schwang rennend die Keule. Leute flogen links und rechts davon. Einige blieben regungslos liegen. Er war fast bei Aylind, da spürte er einen Stich. In seinem Schenkel steckte das Opfermesser. Der Schamane schnitt Grimassen und schrie einen Fluch. Mjerelmyr packte ihn am Kopf und drosch ihn gegen den Felsen. Seine Stirn platzte auf, der Mensch ging tot zu Boden.

Mjerelmyr riss sich die Klinge aus dem Bein und begann damit, Aylinds Fesseln zu zertrennen. Die Wilden kreischten. Steine hagelten auf Mjerelmyrs Rücken. Er machte sich noch breiter, um Aylind abzuschirmen, als plötzlich ein tiefes Grollen erklang. Die Wilden erstarrten, mit einem Schlag herrschte Ruhe auf der Lichtung. Mjerelmyr zuckte zusammen: Der Geist des Berges war erwacht.

Aylinds Augen weiteten sich. »Gib mir das Messer, ich schneide mich selbst los.«

Mjerelmyr überließ ihr die Klinge und drehte sich um. In der Höhle leuchtete ein Paar gelbliche Augen. Ein bösartiges Knurren drang hervor und fuhr ihm in die Beine, dann donnerte es leise durchs Labyrinth. Die Menge bildete einen Halbkreis, zog sich schweigend zurück, vereinzelt ertönten Klagerufe. Zu Mjerelmyrs Füßen ächzte eine der Kriegerinnen. Ihr Rückgrat war von seiner Keule zerschmettert. Verzweifelt grub sie ihre Finger in den Boden, versuchte, von dem Opferstein fortzukriechen.

Die gelben Augen kamen näher, ein Schemen zeichnete sich im Höhlenmund ab. Der Berggeist schien auf allen vieren zu gehen und war doch groß genug, um Mjerelmyr in die Augen zu sehen.

Bitte, Isvander, dachte Mjerelmyr, *lass es ein Spiel der Schatten sein.* Er streichelte über den Krähenkopf und packte den Keulengriff umso fester – jetzt war Zeit für etwas Glück.

»Bleib, wo du bist!«, beschwor er den Geist. »Wir sind nicht hier, um deine Ruhe zu stören.«

Ein kurzes Brummen war die Antwort. Dann trottete der Geist aus der Höhle hervor – ein Bär, kaum kleiner als ein Mammut, das schwarzbraune Fell von Moos durchwachsen. In seinem Nacken steckten zwei alte Speere. Er schwenkte seinen Kopf, sog zischend die Luft ein, witterte ihn und stürmte los.

Mjerelmyr wirbelte seine Keule umher, schuf vor sich eine Mauer aus Wind. Der Bär bremste ab und ging auf die Hinterbeine, war jetzt fast doppelt so groß wie ein Troll. Mjerelmyr schwang die Waffe unermüdlich weiter, versuchte so, das Tier auf Abstand zu halten.

Einmal, zweimal streifte er es – an der Flanke, am Kopf, doch sein Pelz war zu dick. Unbeeindruckt schnappte der Bär nach ihm. Mjerelmyr wich zurück. Aus dem Augenwinkel sah er, dass Aylind sich fast befreit hatte. Wenigstens konnte er ihr Zeit verschaffen.

»He, hierher!«, brüllte er und entfernte sich Schritt für Schritt vom Opferstein. Der Bär setzte nach. Mjerelmyr schlug kaum noch zu, seine Keule war zu harmlos – was gäbe er nur für einen Spieß. *Die Speere!*, schoss es ihm durch den Kopf.

Wieder schnappte der Bär nach ihm, doch dieses Mal wich Mjerelmyr nicht zurück. Er sprang zur Seite, holte weit aus und traf die Speere im Nacken des Ungetüms. Sie barsten und bohrten sich tiefer ins Fleisch. Mjerelmyr verlor das Gleichgewicht und fiel hin. Der Bär brüllte und ging auf die Hintertatzen, wollte sich wütend auf ihn stürzen.

Da flog von der Seite v'Ark heran, die Schwerter in den Pranken hoch erhoben. Eins hieb er gegen den Kiefer des Bären, das andere trieb er ihm tief ins Ohr. Dann prallte er ungebremst in den massigen Leib und ging rücklings zu Boden. Der Geist brach zusammen und begrub v'Ark unter sich.

Für einen Herzschlag schien die Zeit stehen zu bleiben … Mjerelmyr rappelte sich auf … Aylind war frei an seiner Seite … Die Wilden waren verstummt.

Dann, ganz langsam, kam der Bär auf die Beine. Er brummte, knurrte und verzog sich in die Höhle.

Ächzend stemmte auch v'Ark sich hoch. »He, Mistvieh! Komm zurück! Mein Schwert steckt noch in deinem Schädel.« Er schien nicht zu bemerken, dass sein Arm herabhing, gebrochen unter der Last des Ungetüms. Der blanke Knochen stach durch die Haut heraus, umgeben von roten Muskelsträngen.

Die Wilden begannen sich indessen zu fangen. Ihr Murmeln wuchs zu einem Schimpfen an. Schon fassten sie Mut und rückten näher.

»Komm, v'Ark!« Mjerelmyr half dem Wolfskrieger auf und schob Aylind vor sich in den Felsdurchgang. Als Letzter zwängte er sich selbst in den Spalt – im Rücken Wutschreie und fliegende Steine, doch niemand setzte ihnen nach.

»Du Klotsack bist ein verfluchter Geistertöter!« i'Rk klopfte v'Ark stolz auf die Schulter. Der verzog sein Gesicht und sog scharf die Luft ein.

»Dein Arm sieht übel aus«, bemerkte h'Ryn.

»Nichts, was einen Wolfskrieger umbringt«, knurrte v'Ark und bedeckte die Wunde mit seinem Fellumhang. »Außerdem ist der Geist nicht tot … hab ihn nur zurück in seine Höhle gejagt.«

v'Ark muss viehische Schmerzen haben, dachte Mjerelmyr. Wahrscheinlich war er zu stolz, um sich etwas anmerken zu lassen. Er würde ihm nachher helfen, den Bruch zu richten, wenn die anderen nicht dabei waren. Seine eigene Wunde erwies sich als nicht sehr tief, und seit er kühles Moos daraufpresste, hatte sie auch aufgehört zu bluten.

»So«, sagte h'Ryn und wandte sich an Aylind, die in einen Umhang gehüllt in ihrer Mitte saß. »Du bist uns also den ganzen Weg von Samanunga hierher gefolgt?«

»Ja.«

»Warum?«

»Da, wo ich herkomme, gibt es nichts, was mich hält. Ich hätte nicht mal gedacht, dass ich es von Wituwart bis nach Samanunga schaffe, um den Rat zu warnen.« Aylind schniefte und blickte sie trotzig an. »Aber das habe ich, und ich kann noch viel mehr …«

»Für d'Uum spionieren?«

Die Trolle drehten sich überrascht um. Isinvi hatte die ganze Zeit abwesend im Schatten gekauert, doch jetzt war sie aufgestanden. Ihre Augen funkelten hell.

Aylind zog den Umhang enger um sich. Sie wirkte ängstlich, ängstlicher als im Angesicht des Bären sogar.

»Sprich!«, befahl h'Ryn. »Spionierst du für d'Uum?«

Sie schüttelte den Kopf.

»Und warum hast du dich nicht zu erkennen gegeben?«

»Weil ich Angst hatte, dass ihr mich zurückschickt.«

»Ja, das hätten wir«, sagte h'Ryn mit ernster Miene.

Mjerelmyr musterte Aylind. Ihm schien, sie hatte auf dem Marsch etwas Wangenspeck verloren. Und so, wie sie dasaß, wirkte sie durchaus entschlossen. Eine Ahnung, nein, eine Gewissheit befiel ihn.

»Hattest du nicht einen Bogen?«

»Ja, die Menschenfresser haben ihn mir weggenommen.«

»Dann warst du es, die die Brandpfeile auf den Stall geschossen hat?«

Aylind nickte.

»Von mir aus«, schimpfte v'Ark, »dann hat sie uns eben den Arsch gerettet. Aber wenn wir dich nicht hätten, Bunthorn, dann wär's dazu gar nicht erst gekommen!« Er sprang auf, lief auf und ab und fuchtelte wütend mit dem verbliebenen Schwert herum. »Erst die Sache mit dem Proviant, dann der Hinterhalt beim Rappen und nun der Alleingang … preschst einfach mitten in die Opferzeremonie. Wenn uns die Donnerhörner und die Alben nicht umbringen – du tust's ganz sicher!«

»Ein Leben für ein Leben«, entgegnete Mjerelmyr trotzig. Er war ebenfalls aufgestanden. »Schon mal davon gehört? Wir schulden ihr was – alle!«

h'Ryn nickte. »Ja, deine Tat war ehrenhaft, Mjerelmyr, doch manchmal gibt es Aufgaben, die größer sind als unsere Ehre.« Der Lindwurmhäuptling blickte in Isinvis Richtung. »Wir haben ein Ziel, und das müssen wir erreichen.«

»Dann lasst die beiden zurück.« Isinvis Stimme war nur ein Säuseln.

»Na«, tönte v'Ark mit gläsernen Augen, »dass wir mal einer Meinung sind. h'Ryn, sie hat recht, setz die beiden aus und ersäuf die Albin, und dann führ uns mit Kharn gegen die Schwarze Armee.«

»Du redest irr«, erwiderte h'Ryn. »Der Zorn des Berggeists hat dich vergiftet. Wir *brauchen* Mjerelmyr, um behütet zu schlafen.«

»Albträume, so ein Schwachsinn! Wer daran glaubt, dem haben sie die Hörner gestutzt.« Noch einmal schritt v'Ark wütend auf und ab, dann setzte er sich abseits von ihnen hin.

»Schlaft jetzt«, sagte h'Ryn, »ich halte die erste Wache.« Mit Kharn auf dem Schoß starrte er in die Ferne, hinauf zum Gipfel. »Morgen Abend will ich den verfluchten Blutschnabel nicht mehr sehen.«

Mjerelmyr und die anderen zogen sich unter einen Vorsprung zurück. i'Rk verteilte Kanten von steinhartem Brot. Als Einziger begann er darauf herumzukauen.

»Die Menschenfresser«, flüsterte Aylind, »ob sie heute Nacht kommen?«

»Ich glaube nicht«, antwortete Mjerelmyr. »Es ist gut, dass v'Ark den Berggeist nicht getötet hat. Denn wenn er tot wäre, würden sie Rache wollen. So müssen sie ihn erst mal beschwichtigen.«

Er gähnte, er war hundemüde. Eigentlich hatte er v'Arks Arm versorgen wollen, allerdings glaubte er nicht, dass der Wolfskrieger sich helfen lassen würde – vielleicht morgen, wenn sein Groll verflogen war. So atmete Mjerelmyr tief durch und summte sein Schlaflied. Und in der Ferne, wenn man gut lauschte, hörte man die Wilden für ihren Berggott singen.

14. KAPITEL

Isinvi und der Zahn

Sieben Tage waren seit dem Kampf mit dem Geist vergangen. Sie hatten das Felsenlabyrinth umwandert und den Blutschnabel hinter sich gelassen. Ein freundlicher Flusstroll hatte sie über die Rothe gesetzt. Nun marschierten sie durch eine gelb-braune Heide, vorbei an sanften Hügeln und Turmruinen.

»Alles Land, was ihr seht, haben einst meine Vorväter beherrscht.« Der Riese ließ nachdenklich den Blick schweifen. »Viele Hirten standen unter ihrem Schutz. Und heute? Nicht ein einziges verwildertes Schaf.«

Die Schwermut des Riesen ließ Isinvi den ihren viel leichter ertragen. Außerdem gab es Anlass zu echter Freude. Ihre Augen und Beine hatten sich an die Freiheit gewöhnt. Die Trolle hingegen bauten ab. Der Riese brach unter Kharns Last fast zusammen, schon bald würde er sich dem letzten Willen ihrer Schwester beugen. Fettwanst klagte über dauernden Hunger, und Flammenbarts Arm hatte, ohne dass es die anderen bemerkten, zu faulen begonnen. Bunthorn lächelte ungerührt weiter und sprach zu ihr in netten Worten, doch Isinvi hatte seine Fassade durchschaut. In Wahrheit wurde er mit jedem Schlaflied, das er abends für sie sang, müder und müder.

Die Einzige, die Isinvi von Tag zu Tag lästiger wurde, war die Menschenfrau – ständig neugierig scharwenzelte sie umher wie eine übereifrige Magd. Ihre Augen, Ohren und Hände waren überall. Gerade jetzt wuselte sie durch das Lager, das sie im Schutz eines Steinhaufens – wohl ein ehemaliger Wachturm – aufgeschlagen hatten.

»Wir brauchen Reisig für ein Feuer«, brummte Fettwanst missmutig.

»Schon erledigt«, zwitscherte die Menschenfrau und ließ eine doppelte Handvoll Zweige fallen.

»Und Wasser?«

»Ich habe einen Bach auf dem Weg gesehen. Bin schon unterwegs.« Sie schnappte sich den Kessel, der so groß war, dass Isinvi darin hätte baden können, und stapfte davon.

Fettwanst seufzte, als sie außer Hörweite war. »Jetzt bin ich doch froh, dass wir die Kleine mitgenommen haben.«

»Kleine? Die sieht aus wie deine Tochter«, knurrte Flammenbart.

Isinvi lachte auf. Gegen die tiefstehende Abendsonne sah die Silhouette der Menschenfrau aus wie ein Zwitterwesen aus einer Wildsau und Fettwansts Doppelkinn. Isinvi schüttelte den Kopf, das Lächeln auf ihren Lippen erstarb. Sie wollte nur noch weg von hier, weg von den traurigen Gestalten. Ab wann wäre es wohl sicher, ihnen den Rücken zu kehren? Vermutlich nicht, bevor sie Svarun erreicht hatten – und das konnte dauern.

Isinvi dachte nicht im Traum daran, die Trolle triumphal mit ihr als Geisel vor ihren Vater treten zu lassen. Sie würde ohne sie nach Jemenjara zurückkehren, und sie musste allein sein. Jetzt! Wenigstens für einen Augenblick.

»Ich gehe mich erfrischen«, sagte sie in die Runde. Die Trolle hockten erschöpft im Gras. Keiner von ihnen widersprach ihr, und so ging sie davon.

Es dauerte nicht lange, da erreichte Isinvi einen klaren Teich. Sie kniete sich an sein Ufer und blickte hinein. Einmal mehr erschrak sie vor ihrem Spiegelbild – hageres Gesicht, strähniges Haar, Risse in den Facettenaugen. Sie war grau, grau, grau und manchmal fast unsichtbar. Dreihundert Jahre Dunkelheit hatten sie aller Farben beraubt. Sehnsüchtig schaute sie gen Norden. In Svarun gab es nur ewige Finsternis oder ewiges Licht. Jetzt, im bevorstehenden Sommer, ging die Sonne nie unter. Isinvi wollte nach Hause, alle Sonnenstrahlen in sich aufsaugen; das Licht würde sie heilen. *Aber ich bin hier, immer noch hier.* Wütend griff sie einen Stein, wollte ihn in den Teich werfen und ihr tristes Abbild auslöschen.

Die Sonne doppelte sich in der Wasseroberfläche, goldrot und warm wie Fëaras Augen.

Ja, du bist hier, raunte die Stimme ihrer Schwester. *Nach all den Jahrhunderten bist du immer noch hier, bist nicht zerbrochen. Du bist stark und wirst stärker. Ich hätte das nie geschafft.*

Ein Schatten bildete sich in der Tiefe des Teichs, verschlang alles Licht und zischte sie an. *Bring mir die Mörder deiner Schwester. Bring sie zu mir!*

Isinvi erkannte in der Schwärze das Gesicht ihres Vaters. »Warum hast du sie fortgeschickt?« Ihre Faust zitterte, sie warf den Stein. Das Schattenbild barst in konzentrische Kreise. Das Wasser plätscherte, kräuselte sich, wurde wieder klar. Statt in die Augen ihres Vaters blickte sie in ein Trollgesicht mit rotem Bart. *Wie kommt Flammenbart ins Wasser?*, war ihr erster Gedanke – aberwitzig und einen Herzschlag zu lang.

Isinvi fuhr herum. Flammenbart stand hinter ihr. Sie konnte seine Anspannung förmlich fühlen. Sein Arm schoss vor, er griff nach ihr.

Isinvi sah die Bewegung von allen Seiten. Unendlich langsam kam die Hand auf sie zu. Doch ihre Reflexe waren eingefroren. Im letzten Moment erst rollte sie zur Seite, kam auf die Beine … Flammenbarts Arm war zu lang. Er erwischte sie am Ärmel und schleuderte sie zu Boden. Der Aufprall trieb ihr die Luft aus der Lunge. Ein Nebel trübte ihre Kristallaugen, waberte kurz, hellte wieder auf. Flammenbart beugte sich über sie. Sein Bart rieb rau über ihre Wangen, seine Hauer blitzten gefährlich auf. Er legte seine Pranke um ihre Kehle.

»Endlich sind wir ungestört!«

»Hast du so oft von mir geträumt?«, stöhnte Isinvi.

Flammenbarts Wangen färbten sich puterrot.

»Riechst du das, Albenhure?« Sein linker Unterarm baumelte schwarz angelaufen vor ihrem Gesicht. »So riecht dein Tod!«

Isinvi atmete tief ein und machte ein entzücktes Gesicht. »*Unser* Tod, würde ich sagen.«

Flammenbarts Griff lockerte sich »Ohne dich hätte ich zwei gesunde Arme! Ohne dich könnte ich zwei Schwerter schwingen!«

»Krüppel.« Tonlos formten Isinvis Lippen das Wort.

Flammenbart presste sie in den Boden und drückte zu. Isinvi röchelte, ihr Nacken knackte. Sie rang nach Luft, plötzlich ließ er los. Lärm ertönte vom Lagerplatz. Rufe donnerten über die Heide.

»Was bei Kilvis Brennender ist hier los?«

Flammenart sprang hoch, Isinvi rappelte sich auf. Sie sahen, wie Fettwanst durchs Gestrüpp walzte – kurzatmig, jedoch erstaunlich schnell. Die Menschenfrau folgte ihm dichtauf.

Isinvi beobachtete das Geschehen. Da! Ein Mann brach durch die Sträucher und rannte auf sie zu. Er sah sie, änderte seine Laufrichtung.

Flammenbart zog sein Schwert und fasste es an der Klinge.

Fettwanst schnaufte laut: »Haltet den Die…«

Alles wirkte wie ein verschwommener Traum, eine alte Erinnerung, lebendig und doch fern. Der Wind, der über die Heide wehte, die hetzenden Menschen und Trolle. Für einen Augenblick hörte Isinvi das Keuchen der Moschusböcke, das Trommeln ihrer Hufe, für einen Augenblick sah sie sich an Bord des Schlittens, gemeinsam mit Fëara.

Ein Zischen holte sie zurück in die Gegenwart. Flammenbart hatte sein Schwert geschleudert. Wirbelnd schnitt es durch die Luft, scheinbar haarscharf an dem Mann vorbei, und doch fiel er hin. Fettwanst und die Menschenfrau waren sogleich bei ihm. Seine Flucht war zu Ende.

»Mit meinem Bogen«, schnaufte die Menschenfrau, »hätte ich ihn früher erwischt.«

»Braves, fleißiges, dickes Mädchen.«

Die anderen starrten Isinvi an. Ohne es zu merken, hatte sie laut gesprochen, allerdings auf Caladlam. Sie grinste.

In der Ferne tauchten der Riese und Bunthorn auf, sie kamen rasch näher.

»Die anderen beiden sind uns entwischt«, rief der Riese. »Was ist mit eurem Dieb?«

»Tot«, sagte Flammenbart.

Tot? Isinvi starrte irritiert zwischen den Trollen hindurch. Das Alter von Menschen zu schätzen fiel ihr schwer, aber trotz seiner Größe musste der Dieb noch ein Jüngling sein, denn sein Gesicht war glatt und bübchenhaft. Auf jeden Fall lag er auf dem Boden und atmete flach, die Hände auf den Bauch gepresst. Zwischen seinen Fingern quoll Blut hervor. Ein langer Schnitt verlief quer über seinen Unterleib. Isinvi konnte seine Gedärme sehen. Sie musste zugeben, dass Flammenbart ein gutes Auge hatte, und sein Schwert war scharf – zwei Gründe mehr, sich vor ihm in Acht zu nehmen.

Fettwanst feixte. »Guter Wurf, Geistertöter!«

Flammenbart hob stumm sein Schwert auf und verbarg seinen verletzten Arm rasch unter den Fellen.

Der Schatten des Riesen fiel auf den Jüngling. »Ich kenne dich, Bursche, du gehörst zum Oheim.«

Der Junge kniff die Augen zusammen und stöhnte: »Ja, Herr … ich … bin sein Urgroßneffe.«

»Weiß der Oheim von deinen Plündereien?«

»Nein, Herr … er weiß … von nichts.«

»Konnte ich mir auch nicht vorstellen, aber warum hast du meine Kammern geplündert?«

»Die Leute … sagten … du kommst nicht … zurück. Die

Zahnburg … sie steht leer.« Der Junge hatte zu schwitzen begonnen. Seine Hände waren blutverschmiert und rutschten ab. Er konnte seine Därme nicht mehr in sich halten.

»Nun bin ich wieder hier.« Der Riese betrachtete den Jungen ausdruckslos. »Sag, wie ist dein Name?«

»Kort.«

»Gut, Kort, ich kann dir nicht mehr helfen, ich kann dich nur von deinem Leid erlösen.«

Der Junge kniff die Augen noch fester zusammen und schnitt dabei eine schiefe Grimasse.

Isinvi blickte hinüber zu Kharn. *Ja, Fëara, hol dir dein Blut!* Dann sah sie dem Riesen tief in die Augen, er schaute zurück. *Es wird nicht das letzte Blut sein, das fließt.*

Der Riese hob die Axt und erlöste den Jungen.

Er bestand darauf, Kort ordentlich beizusetzen. Bunthorn und natürlich auch die Menschenfrau halfen ihm dabei, Steine zu suchen und aufzuschichten.

Flammenbart saß daneben und schüttelte den Kopf. »Ich verstehe dich nicht. Der Bengel hat dich bestohlen und du begräbst ihn.«

»Stimmt«, sagte der Riese, »ich schulde ihm nichts, dem Oheim schon … ihm habe ich viel zu verdanken. s'Kol hat mir gezeigt, wie man eine Axt schwingt. Der Oheim jedoch hat mir das Runenschnitzen beigebracht und die Sagen unserer Ahnen. All das, was ich von meinem Vater hätte lernen sollen.«

»Der Oheim ist ein Mensch!«

»Ja, v'Ark, ganz recht. Und einem aufrechteren Troll oder Mann wirst du nie begegnen.«

Der Riese nahm den letzten Stein und legte ihn auf Korts Grab. »Möge Isvander dich sicher ins Jenseits geleiten.«

Einen Augenblick verweilten sie schweigend, dann gingen sie gemeinsam zurück zum Lager. Fettwanst steckte die Rennerei anscheinend noch in den Knochen, denn er hinkte ein wenig hinterher. Isinvi ließ sich zu ihm zurückfallen.

»Wie seid ihr darauf gekommen, dass der Junge den Riesen bestohlen hat?« Sie deutete nach vorn.

»Hm, er und seine Kameraden sind mit ihrem Karren stecken geblieben. Aylind hat sie beim Wasserholen gesehen und ihnen gesagt, dass sie Hilfe holt. Als die drei uns Trolle sahen, nahmen sie Reißaus.«

Sie kamen zu einem voll bepackten Handwagen. Fettwanst griff in einen der Säcke auf der Ladefläche und fischte einen Silberkelch heraus. Das schlanke Trinkgefäß hatte einen Henkel in Form eines Lindwurmschwanzes. »So was gibt's nicht zweimal. Und das war auch drauf«, fügte er feixend hinzu und klopfte auf einen von fünf fetten Schinken.

Im Laufe des nächsten Tages erreichten sie die Schlangenzähne, ein schroffes und unwirtliches Gebirge. Nie zuvor hatte Isinvi solch glattes Gestein gesehen. Nur an wenigen Stellen hatten Flechten ihre Wurzeln in den Fels treiben können, und dort, wo sie es geschafft hatten, waren sie von derselben graugrünen Farbe wie der Stein.

»Der Zahn ist aus der Ferne schwer zu erkennen«, sagte der Riese, »sieht aus wie eine Felsspitze inmitten der Berge. Aber eine Aussicht hat man von dort … in alle Richtungen, über die ganze Ebene und auch hinunter ins Tal des Toten Flusses.«

Trotz seiner schwärmenden Worte sprühte der Riese nicht gerade vor Vorfreude. Wie auch, bei der Gewissheit in die verwaiste Burg seines Stammes zurückzukehren? Angesichts seiner Trauer sollte Isinvi eigentlich jubeln, jedoch spürte sie lediglich einen eisigen Klumpen in ihrer Magengegend. Ihr bangte vor einer anderen Frage: Was erwartete sie in Svarun? Wie würde ihr Vater sie empfangen? Erfreut oder eisig? Und was, wenn er tot war? In der Monotonie ihrer Gefangenschaft hatte Isinvi sich diese Frage nie gestellt; alles hatte unveränderlich geschienen. Doch jetzt, wo sie unter freiem Himmel an der Seite von Trollen und Menschen wanderte, war sie sich der Vergänglichkeit der Dinge zum ersten Mal wieder bewusst. In Momenten wie diesen nagte die Ungewissheit mehr an ihr, als es der Gedanke, auf Ewigkeit in ihrem Kerker festzusitzen, je getan hatte.

Die Laune der anderen hatte sich merklich verbessert. Fünf fette Schinken – inzwischen nur noch vier – und die Aussicht auf ein Dach über dem Kopf wirkten Wunder.

»Ich glaube, ich sehe ihn … da!« Die Menschenfrau streckte aufgeregt den Arm aus. Sie deutete auf eine zerklüftete Felswand.

»Gute Augen«, sagte der Riese. »Ja, das ist der Zahn.«

»Wird auch Zeit für ein Feuerchen«, brummelte Fettwanst, während sie ihre Schritte beschleunigten und einem steilen Pfad bergan folgten.

Der Turm ragte tatsächlich schlank und schief wie ein Schlangenzahn empor. Stufen zogen sich spiralförmig außen um seine Spitze. Ein breiter Ringwall umgab den Zahn, das rostige Eisengitter stand offen. Ein einsamer Rauchkringel zog vom Turm aus in die Höhe.

»Erwartet man uns doch?«, fragte die Menschenfrau, noch schnaufend vom Aufstieg.

Der Riese legte den Finger an die Lippen und griff nach seiner Axt. Dann schritt er durch das Tor. Die anderen Trolle folgten ihm mit gezückten Waffen. Flammenbart bildete die Nachhut.

Gemeinsam traten sie auf den Innenhof. Der Wind pfiff durch unzählige Ritzen im Gemäuer, irgendwo klapperte eine Tür. Isinvi blickte hoch, der Turm schien zu schwanken. Die anderen schwärmten aus, um sich umzusehen, doch die Kammern und Ställe im Ringwall waren alle leer.

Zuletzt ging der Riese zum Zahn und stieß die Eingangstür auf. Eine runde Halle erwartete sie. Die Wände waren kahl, im Kamin brannte kein Feuer. Umrisse von Fellen zierten den nackten Fels. Die Burg war bis aufs Letzte ausgeplündert. Nur in der Mitte der Halle stand eine Tafel, eine krude Landkarte war in die Tischplatte eingemeißelt. *Snogaard*, dachte Isinvi, zumindest so, wie es sich die Trolle vorstellten.

Der Riese hielt sich nicht lange auf. Er stieg die Wendeltreppe in der Innenwand des Turms empor. Vor einer geschlossenen Luke hielt er an. Er drückte dagegen, sie rührte sich nicht. Dann hämmerte er, keine Antwort erklang. Schließlich schwang er die Axt und brach das Holz mit drei mächtigen Hieben auf.

»Räuber, verzieht euch!«, schrillte es zu ihnen herab.

Der Riese senkte die Axt und kletterte durch die Luke. Isinvi und die anderen taten es ihm gleich. Schummriges Licht drang durch die Schießscharten. Die Glut in einem gewaltigen Kamin war fast erloschen. Auf einer Bank davor lag ein dürres Männchen unter Fellen begraben. Die Faust hatte der Greis zornig geballt.

»Hier gibt es nichts mehr zu holen!«

»Oheim, Oheim«, sagte der Riese, »ich bin es doch.«

»Oh, h'Ryn, du bist zurück«, antwortete der Alte mit brüchiger Stimme. »Verzeih, dass ich nicht besser aufgepasst habe. Wenigstens dein Silber und die Steine, die konnte ich retten.« Mit zitternder Hand deutete er auf eine Truhe am Fuße der Bank. Sie war aufgebrochen und leer.

Der Riese lächelte traurig. »Ich danke dir, Julferdh. Aber wo sind die anderen? Mehr als zwei Monde war ich nicht fort.«

»Als Erstes haben sich die Wanderarbeiter aus dem Bruch davongemacht. Du weißt, wie abergläubisch sie sind. Dann verlangten die Krieger ihren Sold. Manche wurden gierig, da hab ich sie verjagt. Und schließlich habe ich die Mägde zu ihren Familien geschickt – mit einer kleinen Mitgift, ich hoffe, in deinem Sinne.«

Der Riese nickte.

Der Greis kniff seine trüben Augen zusammen und starrte

in die Tiefe des Raums. Isinvi bezweifelte, dass er sie sah. »Ach, zu dumm, ich bin neulich gestürzt und komm nicht mehr recht hoch. Sonst hätte ich dir und deinen Gästen ein Mahl zubereitet.«

»Mach dir keine Sorgen«, erwiderte der Riese. »Du bleibst schön liegen und ruhst dich aus. Ich bringe dir Tannentee und etwas zu essen.«

Die Menschenfrau hatte bereits damit begonnen, das Feuer im Kamin zu schüren, und Fettwanst schnitt einen der Schinken in breite Streifen.

Die ganze Burg ist tot, dachte Isinvi, *weniger lebendig als meine Kerkerzelle.* Das Dämmerlicht in den Salzgewölben hatte wenigstens Raum für Tagträume gelassen, hier lag alles schonungslos offen. Das, was sie den Plünderern abgenommen und mitgebracht hatten, war das Einzige von Wert in diesen Mauern. Gedankenverloren wanderte Isinvi zur Treppe und stieg sie weiter empor.

»Geh nicht zu weit«, rief der Riese ihr nach. »Draußen sind die Stufen glatt und brüchig.«

Im Treppenaufgang sauste ihr der Wind um die Ohren. Der weite Himmel schien Isinvi zu rufen, doch sie ging nur bis zur nächsten Biegung. Allein auf des Turmes Spitze, über fünfzig Schritt hoch? Sie vertraute sich nicht, fürchtete sich vor dem Sog der Tiefe. Es war besser, sie blickte nur durch einen Fensterschlitz. Der Riese hatte nicht zu viel versprochen. Die Aussicht war prächtig, nur das Hinterland lag öde da, eingezwängt in ein schmales, sich öffnendes Tal. Raubmöwen zogen über einem ausgetrockneten Flussbett ihre Kreise. Hier würden die Vögel gewiss verhungern. Die Knochen der wenigen toten Schafe, an denen sie auf ihrem Weg vorbeigekommen waren und die Fettwanst mit einem sehnsüchtigen Blick bedacht hatte, waren längst abgenagt.

Isinvi ging zurück. Auf halbem Weg blieb sie stehen. Die Trolle sprachen laut, schienen wie üblich zu streiten.

»Dein Mitleid mit dem Alten in Ehren, aber wir sollten hier nicht zu lange rasten«, sagte Flammenbart hörbar genervt. »d'Uum ist nicht dumm, er wird uns hier suchen.«

»Ja, wie soll es weitergehen?« Isinvi erkannte Bunthorns Stimme.

»Ich kann euch bis an die Grenze zu den Albenreichen führen«, sagte Fettwanst. »Auf der Zantburg seid ihr immer willkommen. Hm, geräucherter Wal und Algenschnaps, es wird euch an nichts fehlen.«

»Ich danke dir für deine Gastfreundschaft«, erwiderte der Riese, »nicht weniger habe ich erwartet. Doch d'Uum wird uns nicht nur hier, sondern auch dort vermuten. Die Walrosslande sind keine sichere Route.«

»Im Schatten der Himmelsbrücke ist es keineswegs sicherer«, gab Bunthorn zu bedenken. »Ich glaube nicht, dass meine Schlaflieder stark genug sind, um uns vor Morven Kaï zu schützen. Von allen Albträumern soll er der mächtigste sein.«

»Deine Schlaflieder«, knurrte Flammenbart, »bringen doch nur dich selbst zum Gähnen.«

»Meinst du?«, entgegnete Bunthorn.

Flammenbart stieß ein heiseres Lachen aus, die anderen schwiegen.

»Glaubt ihr das alle?«, fragte Bunthorn in die Runde.

Mehrere Atemzüge verstrichen, bis der Riese wieder das Wort ergriff. »An der Himmelsbrücke vorbei ist nicht der Weg, der mir vorschwebte. Ich denke, wir sollten das Auge westlich der Zantburg überqueren, solange es noch zugefroren ist. i'Rk, kannst du uns hinüberführen?«

»Nun, das Eis ist im Frühjahr tückisch, an der einen Stelle dick, an der anderen dünn, dort wo Wale und Seeschlangen ihre Atemlöcher haben. Aber wenn es dein Wunsch ist …«

»Ja, das ist es«, antwortete der Riese. Dann wandte er sich an Bunthorn. »Mir wäre es lieb, du bliebst mit Aylind hier. Du könntest für mich nach Julferdh sehen.«

»Ist das dein Ernst?« Zum ersten Mal meinte Isinvi, echten Zorn in Bunthorns Stimme zu hören. »Was ist mit ihr? Wer soll ein Auge auf sie haben, auf sie aufpassen? Du hast mich wegen meiner Lieder mitgenommen!«

»Bunthorn zurücklassen?«, tönte v'Ark. »Der beste Entschluss seit wir aufgebrochen sind!«

Ein ungutes Gefühl beschlich Isinvi. Ohne Fettwanst und ohne Bunthorn, aus dem sie nach wie vor nicht schlau wurde, dafür mit dem Riesen, der kaum noch geradeaus gehen konnte, und mit Flammenbart, dessen Hass auf sie täglich wuchs – würde sie so Svarun lebendig erreichen? Isinvi hatte ihre Zweifel.

Von unten drang ein kehliges Grollen an ihre Ohren. Bislang waren die Trolle friedlich, aber wie lange noch?

»Ich«, raunte die Menschenfrau leise, aber deutlich, »ich glaube, der Oheim ist tot.«

Das Knurren der Trolle erstarb. Isinvi ging die Treppe runter. Der Riese beugte sich über den Greis, betrachtete ihn stumm und bedeckte ihn schließlich mit den Fellen.

»i'Rk«, sagte er, »du hast doch sicher noch eine Reserve Algenschnaps.«

Fettwanst zauberte einen riesigen Schlauch hervor. Die Trolle und die Menschenfrau ließen ihn kreisen. Dazu stopften sie sich mit zwei Schinken voll, während Bunthorn Trauerlieder zum Besten gab. Schlaflieder waren nicht darunter.

Isinvis Herz pochte. Die Trolle waren schnarchend eingeschlafen. Sie allein war noch wach. Vorsichtig, um niemanden aufzuwecken, legte sie sich vor dem Kamin auf den Boden. *Bitte, Schlaf, bitte komm! Lass mich träumen und in ihren Träumen wandeln.*

Eine halbe Ewigkeit lag sie wach. Sie lauschte dem Wind,

dem Knistern des Feuers, zählte im Geiste die toten Schafe im Tal. Isinvis Blick fiel auf Bunthorns Keule, das Krähenskelett an ihrem Griff. Sie wandte sich ab und stellte sich vor, wie der Traumfänger im Kamin in Flammen aufging. Eine plötzliche Wärme erfüllte Isinvi und trug sie hinüber ins Reich des Schlafs.

Um sie herum pulsierte Dunkelheit. Doch dort, am Ende eines Tunnels, schien ein Licht. Abseits eines Weges sah sie Bunthorn auf einer Waldlichtung stehen. Er war jung, und es war ein sonniger Tag. Neben ihm hatte sich ein Mann unter einen Baum gesetzt. Die beiden schienen Wache zu halten. Bunthorn lehnte auf seiner Keule, seine Finger spielten mit einer schwarzroten Feder.

Ob z'Arwa auch gerade an mich denkt?

Der Mann antwortete nicht. Nur Isinvi hörte Bunthorns Gedanken, sah die düstere Trollin vor seinem geistigen Auge.

Ein Rumpeln ließ sie aufhorchen. Ein Wagen, gezogen von einem Pony, kam des Weges entlang. Ein alter Mann saß auf dem Kutschbock, er hatte Leinen und Leder geladen.

Bunthorn trat ihm entgegen und hob den Arm. »Langsam, langsam, Väterchen! Das hier ist Kriegsgebiet. Was hast du da? Doch hoffentlich keine Lieferung für den Eberstamm?«

Der Alte hielt den Wagen an und wandte sich ruckartig in Richtung Ladefläche, schien nach etwas greifen zu wollen.

»Halt!«, rief Bunthorn.

Der Alte hörte nicht.

Bunthorn schlug nach seinem Arm. Das Pony machte einen Schritt, der Wagen rollte an, und Bunthorns Keule traf den Mann mitten auf den Kopf. Sein Schädel platzte, er fiel vom Bock. Die Lederhäute rutschten beiseite. Ein halbes Dutzend Kinder war darunter versteckt. Kriegsflüchtlinge! Verängstigt starrten sie Bunthorn an. Dutzende, hunderte, tausende weit aufgerissene Kinderaugen. Isinvi spürte Panik in Bunthorn aufsteigen.

Er durfte noch nicht aufwachen!

Sie sprang vor und zog die Lederhäute zurecht. Die Kinderaugen verschwanden. Er beruhigte sich wieder.

Isinvi zog sich in den Tunnel zurück und suchte nach einem anderen Licht. Ja, hier war sie richtig, in einer schummrigen Hütte. Ein Trolling mit roten Haaren kauerte in einer Ecke. Eine grimmige Trollfrau hatte sich vor ihm aufgebaut.

Der junge Flammenbart schluchzte: »Ich habe es nicht gestohlen, Geisterehrenwort.«

»Fuxblut lügt, Fuxblut stiehlt«, keifte ihn die Alte an und trat ihm in den Magen. Flammenbart wimmerte und krümmte sich. Dann blickte er auf mit rotglühenden Augen. Sein Bart wuchs rasch, ebenso seine Hörner, er wurde vom Trolling zum Troll.

Er riss seinen nackten Arm in die Höhe, der plötzlich faulte und zu Staub zerfiel.

»Ich bin kein Fux! Ich bin kein Krüppel!«, brüllte er Isinvi an.

»Doch, das bist du«, entgegnete sie.

Aus den Augenwinkeln sah sie eine Armee von Versehrten – keuchend, sabbernd, hinkend.

»So wirst auch du enden«, sagte Isinvi und deutete hinter sich, »es sei denn, du folgst mir.« Sie ging aus der Hütte in eine große Halle, stieg eine nicht enden wollende Treppe empor. Flammenbart, das hörte sie, war ihr dicht auf den Fersen. Höher und höher liefen sie hinauf, bis sie plötzlich im Freien standen, auf einer schlanken Turmspitze, dem Lindwurmzahn. Isinvi deutete in die Tiefe. Sie lächelte.

»Hier findest du deine Erlösung.« Sie genoss den eisigen Wind auf ihren Wangen. »Komm, v'Ark, tu es! Jetzt! Gleich sind sie da, um dich zu holen.«

Von der Treppe erklangen stampfende Schritte. Die Schatten der Versehrten flogen heran.

Flammenbart nickte und trat an den Rand.

Isinvi blickte mit ihm hinunter und sah ein silbern leuchtendes Tier. Auf seinem Rücken saß ein Reiter, der Albenritter aus ihrem kurzen Traum zu Beginn ihrer Reise. Er schaute zu ihr herauf, seine Kapuze fiel zurück, offenbarte ebenmäßige Züge, ein Gesicht verziert mit einer dünnen Narbe. Isinvi schämte sich in ihren Lumpen, wollte sich am liebsten vor ihm verbergen und schwebte doch zu ihm hinab.

»Komm, sitz auf, ich will dir etwas zeigen.«

Seine Stimme ließ Isinvi erbeben. Er zog sie zu sich auf den Rücken des Vierhorns, und sie ritten davon. Isinvi grub ihr Gesicht in seinen Mantel, sog seinen winterfrischen Duft in sich auf. An einem gefrorenen Teich hielten sie an und stiegen ab. Das Vierhorn zertrat das dünne Eis mit dem Huf. Nachtblaues Wasser quoll hervor.

»Schau hinein.«

Schüchtern trat Isinvi an den Teich und beugte sich vor. Sie sah sich selbst – zerzaust und in Lumpen –, wollte zurückweichen, aber der Reiter hielt sie fest. Langsam fielen ihre Kleider ab, ihre Haut war von Eiskristallen bedeckt. In silbernem Mondlicht gebadet blühte ihr Spiegelbild auf. Isinvi erkannte sich kaum wieder. Sie drehte sich zu ihm um, er lächelte sie an.

»Ich muss wissen, wer du bist … wie heißt du?«

»Wir sehen uns wieder«, antwortete er. »Das ist alles, was wir wissen müssen!«

2. INTERMEZZO

ASCAN AM SIEBENFLUSS

VIER TAGE WAREN SIE den Schwarzen Kriegern gefolgt – aus dem Wichtelgebirge hinunter ins Flachland und bis zu den Auen. Es war nicht leicht gewesen mit ihnen Schritt zu halten. Die Scifari hatten es eilig gehabt. Von Sonnenauf- bis Sonnenuntergang waren sie gen Osten marschiert. An einer weiten Flussbiegung hatte der Gewaltmarsch schließlich ein Ende gehabt. Dort erwartete ein riesiges Heer den Trupp. Dunkle Banner wehten, hunderte Feuer loderten, so weit das Auge reichte. Auf dem Siebenfluss dümpelten dutzende Zweimaster vor sich hin, stündlich gingen neue vor Anker und spuckten weitere Soldaten aus. Die Schwarze Armee war auf dem Weg landeinwärts, Richtung Samanunga.

Ein gutes Stück entfernt hockten Ascan und seine Mannen um ein kleines Lagerfeuer. Bei Einbruch der Dunkelheit würden sie es löschen, um sich nicht zu verraten. Zum Glück war die Nachhut der Scifari alles andere als aufmerksam. Warum sollte sie auch? Bislang hatte sich ihnen niemand nennenswert in den Weg gestellt – den paar verwegenen Bauern, die ihre Heugabeln aus Protest gegen die Eroberer erhoben hatten, war kaum Zeit geblieben, ihre Waghalsigkeit zu bereuen. Ihr Blut tränkte schon den Boden, kaum waren sie den Scifari entgegengetreten.

»Ri-ra rolle groll, pi-pa Blitz und Donner.« Svilgürs Zotteln flogen um seinen Kopf, als er seinen närrischen Veitstanz aufführte.

Barkfred blickte am Schaft seines Spießes entlang und begutachtete die Klinge, die er eben noch mit einem Wetzstein bearbeitet hatte. »Ja, ich finde auch, dass es nach Regen aussieht.«

»Zum Glück«, stöhnte Harvol und schälte sich aus seiner Rüstung. Der Lederpanzer gab ein schmatzendes Geräusch von sich, Schweiß floss ihm in Strömen den Nacken runter.

Im Frühling und Sommer war es in der Nähe des Stroms oft unerträglich schwül, so wie heute. Das Jucken in seinen Stümpfen brachte Ascan um den Verstand. Am liebsten hätte er sich seine Finger ein zweites Mal abgeschlagen. Verflucht, er hatte gehofft, dass es mit der Wetterfühligkeit besser würde, jetzt, da er seine Knochen wieder beisammenhatte. Er spuckte ins Feuer. Hauptsache Hiruveij, dieser Schweineficker, konnte nicht mehr damit prahlen, Achthands Finger als Trophäe zu besitzen.

Signe, die neben ihm saß, zog einen dünnen Ast aus der Glut. Sie erstickte die Flammen an seinem Ende und begann drei ineinander verschlungene Ringe in den Sand zu zeichnen.

»Den Bannern nach scheinen es drei Armeen zu sein.« Sie tippte nacheinander auf die Kreise. »Spinnen, acht Augen und die schwarz-weißen Zacken.«

»Wellen«, unterbrach Arve sie, »das sind Wellen, ähnlich wie unsere Runenzeichen.«

Signe sah auf. Niemand hatte die Eier, ihr in die Augen zu blicken – außer Arve, der es nicht besser wusste.

»Klugscheißer, dann eben Wellen. Sonst noch was?«

Arve schüttelte schnell den Kopf.

»Gut. Nachts könnten wir es schaffen, durch den äußersten Ring zu schleichen. Dort sind die Wachtposten dünner gesät. Nur wie wir bis in die Mitte vordringen sollen, ist mir ein Rätsel. Aber da müssen wir hin. Wenn mich nicht alles täuscht, sitzen da die Gefangenen.«

»Und wenn wir für Aufruhr sorgen?«, schlug Arve vor. »Wir könnten einen Brand legen.«

»Feuer?«, fragte Ascan belustigt. »Eine brillante Idee, wo die Scifari doch so unerfahren im Umgang mit Flammen sind.«

Seine Männer lachten auf, und Harvol spendierte einen satten Furz dazu. Arve lehnte sich beleidigt zurück. Der Sohn des Erls war bestimmt keine Widerworte gewohnt.

»Nein, keine Schleicherei und keine Sabotage«, sagte Ascan. »Ich bin für eine List. Lasst uns nutzen, was wir haben, oder wie mein Großvater sagte: Wenn einem das Leben einen Nachttopf hinstellt, dann sollte man auch reinkacken.«

Arve, Signe und die anderen sahen ihn verständnislos an. Er genoss ihre Erwartung, nur einen kleinen Augenblick noch, dann sprach er weiter:

»Die Helme der beiden Krieger, die ihr getötet habt – du schleppst sie doch noch mit dir rum, Harvol?«

»Ja«, brummte der Angesprochene und begann langsam zu grinsen, als er verstand, worauf Ascan hinauswollte.

»Na dann, setzen wir sie doch auf. Zwei schwarze Umhänge kriegen wir schon noch zusammengeschustert. Und wenn wir deinen Spieß, Barkfred, und Svilgürs Speer mit etwas Ruß einreiben, dann will ich einen Eimer Trollscheiße fressen, wenn man uns nachts erkennt.«

»Muss das sein?«, maulte Barkfred. »Ich habe die Spitze gerade erst geschliffen.«

Harvol klopfte auf einen der Helme, den er inzwischen hervorgekramt hatte. »Signe und ich machen das.«

»Nein«, entgegnete Ascan bestimmt.

»Was? Warum nicht? Wir haben schon einmal gegen die Kerle gekämpft.« Harvol deutete einen Kehlenschnitt an.

»Erstens sollt ihr nicht kämpfen – ihr befindet euch mitten im Feindeslager – und zweitens, seht euch an! Hast du einen von den Schwarzen Kriegern gesehen, der so eine Wampe hat wie du? Hast du einen gesehen, der Titten hat?«

Harvol schluckte, doch Signe lachte und pikte ihm mit dem Ast in die Brust. »Deine Titten sind auch nicht übel. Nur, wenn wir zwei Hübschen nicht gehen, wer dann?«

»Ich gehe selbst.«

»Und wen nimmst du mit?«

»Mich!«, tönte Arve, bevor Ascan hatte nachdenken, geschweige denn antworten können.

»Das halbe Hemd?« Nun musste auch Harvol lachen.

»Ich bin mit dem Schwert besser als jeder andere hier.«

»Nur schade, dass ihr keine Schwerter dabeihaben werdet«, erwiderte Harvol. »Die Scifari kämpfen nämlich mit Speeren und Lanzen.«

»Und wer außer mir soll Vircca erkennen?« Arve blickte herausfordernd in die Runde.

Der Junge hat recht, dachte Ascan. Woher sollten sie wissen, wer unter all den Geiseln die Verlobte des Erlensohns war? Alle Gefangenen auf einmal konnten sie schwerlich befreien. »Gut, du kommst mit. Aber wir sehen uns nur um. Keine, ich wiederhole, *keine* Heldentaten! Verstanden?«

»Ja«, rief Arve und schnappte sich den Helm.

Ascan konnte bereits die Feuer riechen, trotz des Helms, der ihm viel zu eng auf dem Schädel saß und dessen Nasenschutz ständig auf seinen Zinken drückte. Nicht mehr lang, und sie hatten den ersten Ring erreicht.

»Was machen wir«, fragte Arve, »wenn sie uns ansprechen?«

»Weitergehen, als hätten wir nichts gehört. Und hör auf so zu zappeln. Geh geradeaus, geh zackig. Tu immer so, als wüsstest du genau, wohin du willst.«

»Ja, ja, das ist gut. So wird's klappen.«

Ascan war sich dessen nicht so sicher. Aber es machte keinen Sinn, den Jungen seine Zweifel spüren zu lassen.

Zwischen Bäumen und Büschen wurden die ersten Flammen sichtbar. Stimmen drangen blechern an ihre Ohren. Arve rückte zum hundertsten Mal seinen Helm zurecht. Verdammt, warum nur hatte er den nervösen Kerl mitgenommen? Warum schlich er überhaupt hier durch die Nacht – mitten im Feindeslager? *Um dich zu beweisen*, verhöhnte ihn seine eigene Stimme. *Triffst mit dem Bogen kein Scheunentor mehr, aber lachst dem Tod mitten ins Gesicht. Das ist es, was deine Leute an dir bewundern.*

Sie näherten sich einer Reihe von länglichen Zelten, die sternförmig um Lagerfeuer angeordnet waren. Eine Standarte war am Rand des Lagers in den Boden gerammt. *Na ausgezeichnet*, schoss es Ascan durch den Kopf, *ausgerechnet die acht Augen auf schwarzem Grund.* Ein schlechteres Omen konnte er sich nicht vorstellen. Wenn die Männer unter diesem Banner nicht besonders wachsam waren, wer dann?

Die Soldaten saßen gesittet um dampfende Kessel, von denen ein würziger Qualm aufstieg. Der Rauch brannte scharf in Ascans Augen. Die Scifari schien er jedoch nicht zu stören. Sie aßen Suppe und unterhielten sich leise, gescherzt und gelacht wurde nicht. Im Schein der Flammen leuchteten ihre dünnen Gesichter rot. Wie Geister aus einer anderen Welt wirkten sie mit ihren tiefschwarzen Augen.

Ascan versuchte von den Gesprächen etwas aufzuschnappen, hoffte irgendetwas zu verstehen. War das wirklich eine normale Sprache? Die Sätze schienen kein Ende zu haben. Er hatte keine Ahnung, wo ein Wort aufhörte und wo das nächste begann. Es klang wie ein stetiges Raunen und Murmeln, das anschwoll und verebbte wie Wellen am Strand. Genauso gut hätte er versuchen können, dem Rauschen des Windes eine Nachricht abzulauschen.

Sie liefen mitten durch das Lager. Niemand machte Anstalten, sie aufzuhalten. Ascan äugte kurz nach rechts – Arve hielt Schritt, auch wenn er immer noch leicht humpelte. *Eine*

Kriegsverletzung, dachte er, *fällt hier sicher nicht auf.* Eine halbe Ewigkeit gingen sie so weiter, Seite an Seite, immer geradeaus, vorbei an Zelten, Feuern und Rauch. Mindestens sechstausend Mann mussten hier lagern. Und noch immer hatten sie nicht das Flussufer erreicht.

Ascan spürte Arves Blick, der Junge wollte etwas sagen. *Bitte halt die Klappe,* betete er. Jedes Wort auf Meniscisch, noch so leise geflüstert, wäre ein verräterischer Laut.

»Wir sollten uns rechts halten«, raunte Arve, »näher am Ufer.«

Ascan hätte ihn am liebsten erwürgt, und schon folgte die Strafe auf dem Fuße. Ein Ruf gellte ihnen entgegen. Wie besprochen gingen sie weiter. Wenigstens daran hielt sich der Sohn des Erls.

Ein graugesichtiger Mann mit spitzer Nase trat hinter einer Zeltwand hervor und ihnen in den Weg. In seiner Hand hielt er eine Laterne aus feinen grün-goldenen Schuppen.

Er sagte etwas.

Ascan nickte schnell.

Der Fremde – ungerüstet, also offensichtlich kein Krieger – drehte sich um und winkte sie hinterher. Sie zögerten kurz, dann folgten sie ihm. Er führte sie zwischen zwei Zelten hindurch zu einer Spinnenstandarte, die müde vor einem fensterlosen Holzhaus flatterte. Ein Haus? Wie hatten die Scifari so schnell ein Haus bauen können? Erst auf den zweiten Blick bemerkte Ascan, dass es ein Schiffsbauch war, einer ihrer Zweimaster, nur mit dem Kiel nach oben.

Der Mann duckte sich unter einer Lücke in der Bordwand hindurch. Sie gingen ihm hinterher und betraten eine hölzerne Halle. Ein ekelhafter Gestank wallte ihnen entgegen. Es roch nach Verwesung. Der Fremde stellte die Laterne auf einem Holzbock ab und drehte an ihr, bis sich die Schuppen weit aufgefächert hatten. Ein güldener Glanz sorgte für gute Sicht. Zu Füßen der Lampe lag ein länglicher Klumpen, eine menschengroße Rolle aus feinem weißem Stoff. Irgendetwas wuselte darin. Wie Ameisen oder Spinnen. Ascan lief ein Schauer den Rücken runter. Es krabbelte ihn überall, und er spürte den drängenden Impuls, sich zu kratzen.

Quer über die Halle verteilt lagen acht leblose Körper – vier größere und vier kleinere. Ihre Gesichter waren eingefallen, ihre Haut ausgetrocknet und von winzigen Löchern übersät.

Der Mann deutete auf eine offene Truhe, die bis obenhin mit Decken gefüllt war. Dann zeigte er auf die Toten.

Ascan verstand und nickte abermals rasch. Er lehnte seinen Speer gegen den gekappten Großmast und holte zwei Decken, eine davon reichte er Arve. Der Junge schwankte sichtlich. Durch den Helmschlitz sah Ascan das Weiße in seinen Augen. Der Mann jedoch schien zufrieden und ließ sie allein.

Kaum war er raus, riss Arve sich den Helm herunter. Er keuchte und würgte.

»Gut, Junge, lass es raus. Und dann nichts wie weg hier!«

Ascan atmete flach durch den Mund, während Arve auf alle viere ging und im Schwall kotzte. Besorgt beäugte er den Burschen. Mit ihm war nicht mehr viel anzufangen. Sie mussten hier raus, und zwar schnell. Ascan machte einen Schritt zur Seite und stieß mit dem Fuß gegen eine der Leichen – eine alte Frau. Ein Haufen toter Spinnen purzelte aus einer offenen Beule an ihrem Hals. Die Tiere waren durchsichtig, nicht einmal fingernagelgroß.

»Wie in Wituwart«, hörte er Arve sagen und drehte sich um. Der Junge stand hinter ihm. »Das sind die gleichen Spinnen, die der weißen Zauberin ins Ohr gekrochen sind. Tauspinnen.«

Ascan fuhr zusammen. Die weiße Rolle zu Füßen der Lampe hatte gezuckt. Da, noch einmal! Das war kein Stoff, das war ein Kokon! Ein drittes Zucken, und die Fasern rissen. Hunderte Spinnen krabbelten aus dem Schlitz.

Der Kokon wandte und wälzte sich, brach an immer mehr

Stellen auf. Zwei blasse Hände schnellten vor, zerrten und rissen von außen an den Fäden. Ein Kopf tauchte auf. Panisch, wie ein Erstickender, rang er nach Luft. Das Gesicht war blassgrün und von Stichen übersät, spuckte unzählige Spinnen aus. Die Hände umklammerten den Hals, der Brustkorb bebte, dann sackte der Körper scheinbar leblos zusammen.

Ascan und Arve sahen sich ungläubig an, erschraken, als ein Husten erklang. Die Gestalt in dem Kokon bog und wand sich abermals, dann setzte sie sich auf. Sie atmete leise und regelmäßig. Mit blutunterlaufenen Augen starrte sie sie an und sprach mit einer weiblichen Stimme.

Ascan verstand kein einziges Wort.

Sie wiederholte den Satz, zumindest klang es so, einmal, zweimal, dann hielt sie inne. Ihr Unterleib war immer noch im Kokon gefangen, umspült von toten und lebenden Spinnen.

Die Augen der Frau rollten nach innen, dann schloss sie sie und schlug sie wieder auf.

»Hier bin ich, bereit Araket zu dienen«, sagte sie in akzentfreiem Meniscisch. »Doch wer seid ihr?«

Ascan schluckte. Er trug noch immer den Helm. Arve hingegen nicht, was ihm nun einfiel. Hektisch setzte er ihn wieder auf, und das keinen Augenblick zu spät. Zwei Dienerinnen in grauen Kutten betraten den Raum, mit Lappen und Schüsseln in den Händen. Sie stürmten an ihnen vorbei, ohne sie zu beachten. Die eine begann die Frau aus dem Kokon zu befreien, die andere wusch ihr das Gesicht und den Oberkörper.

Plötzlich drehte sich die Wäscherin zu ihnen um und rief etwas, was nicht gerade freundlich klang. Ascan schnappte sich den Speer und packte Arve am Arm. Gemeinsam krabbelten sie aus der Halle hinaus und traten auf der anderen Seite ins Freie. Sie hatten kaum die schwüle, aber wohltuende Nachtluft eingeatmet, da wurde Ascan bewusst, wo sie sich befanden. Nicht mal einen Steinwurf entfernt kauerten die gefangenen Grünländer. Dutzende Kinder und Greise waren unter einer Plane zusammengepfercht. Sie waren an den Händen und Füßen gefesselt. Laternen hingen an den Pfeilern des offenen Zelts und beleuchteten das Elend. An den Ecken standen jeweils zwei Wachen.

»Siehst du deine Holde?«

Arve durchsuchte angestrengt die Menge.

Zwei Krieger betraten indessen das Gefangenenlager. Hinter ihnen ging eine verschleierte Frau. Ihr Gewand schimmerte silberweiß im Schein der Laternen.

»Eine Zauberin«, raunte Arve.

Ascan und er blieben außerhalb der Lichtkegel stehen und sahen ihr dabei zu, wie sie scheinbar ziellos umherging. Schließlich deutete sie auf einen von Hustenkrämpfen geschüttelten Jungen. Er mochte vielleicht vier oder fünf Jahre alt sein. Einer der Krieger stach ihm seinen Spieß in den Hals und zog ihn davon in die Dunkelheit. Die anderen Gefangenen zeigten keinerlei Regung, als ob sie völlig weggetreten wären. Ascan kniff die Augen zusammen. Er meinte Spinnenbisse an ihren Hälsen und Armen zu erkennen. Wie es schien, waren sie betäubt.

Ihm war speiübel, gleichzeitig spürte er eine gehörige Portion Zorn in sich aufsteigen. Zur Sicherheit legte er die Hand auf Arves Arm. Nicht dass der Junge jetzt etwas Dummes tat. Doch der schien vor Schock völlig erstarrt.

Die Zauberin ging weiter, als sei nichts geschehen. Hier schaute sie einem Mädchen prüfend auf die Hände, dort einem anderen tief in die Augen. Abrupt blieb sie stehen, direkt vor einer zierlichen Maid.

Arve erwachte aus seiner Starre. »Das ist Vircca!«

Die Verschleierte nickte ihrem Begleiter zu. Der Krieger half Vircca auf, sie kam taumelnd zum Stehen. Dann lud er sie über die Schulter und trug sie aus dem Zelt.

Vier Soldaten erwarteten sie mit einer Trage. Vircca wurde darauf abgelegt, und die Männer setzten sich in Bewegung, angeführt von der Zauberin. Krieger wie diese hatte Ascan im gesamten Lager nicht gesehen. Sie trugen weder Lanzen noch schwarze Helme, stattdessen nachtblaue Kapuzenmäntel und gekrümmte Schwerter. Die kleine Gruppe bewegte sich rasch Richtung Ufer. Ascan konnte das Rauschen des Flusses hören.

Sie folgten dem Grüppchen, immer schneller und unvorsichtiger eilte Arve ihnen hinterher.

»Langsam!«, raunte Ascan ihm zu und zog ihn in die Böschung. »Ich glaube, hier haben auch Schwarzhelme nichts mehr verloren.«

Die Zauberin ging bis zum Wasser. Dort stieg sie mit Vircca und den Soldaten in ein Boot. Sie ruderten zu einem der Schiffe, einem schlanken Zweimaster unter blauen Segeln. Die Männer kletterten an Bord und halfen den Frauen hinauf.

Ungeduldig beobachtete Arve das Geschehen. Zweimal musste Ascan ihn zurück hinter die Böschung drücken.

Schließlich wurde der Anker gelichtet. Ruder glitten ins Wasser, und das Schiff steuerte in die Strömung.

»Nach Süden? Zum Meer? Wir müssen hinterher!«, keuchte Arve. »Hinterher!«

»Wie denn? Willst du schwimmen, oder sollen wir zu zweit ein Schiff kapern?«

»Mit deinen Männern«, erwiderte Arve gehetzt, »mit deinen Männern könnte es gehen.«

Ascan packte ihn am Kragen. »Nun hör mal gut zu, Junge, meine Männer sind keine Seeleute. Und außerdem hast du in Wousigl große Reden geschwungen. Die Leute zählen auf dich und darauf, dass du ihre Kinder zurückbringst. Hast du gesehen, was da mit ihnen passiert? Und jetzt willst du deinem Mädel hinterher, anstatt den anderen zu helfen? Folgst lieber deinem Schwanz und Übermut als deinem Verstand und deiner Ehre.«

»Was weißt du schon von Ehre?«, zürnte Arve.

Ascan pfefferte ihm eine. »Dann schwimm doch allein den Fluss runter.«

Mit den Worten drehte er sich um und bahnte sich einen Weg durchs Schilf, zurück zu seiner Bande. Sein Gefühl trog ihn nicht. Er hörte, wie Arve ihm hinterhertrottete. Manchmal musste man die Jungen einfach nur erziehen.

15. KAPITEL

Mjerelmyr und das letzte Mahl

Myr!«

»Rel-myr!«

»Mje-rel-myr!«

Mjerelmyr lag auf der Wiese am Siebenfluss und staunte. Über ihm kreiste eine zerrupfte Krähe. So wenig Federn, wie sie trug, grenzte es an ein Wunder, dass sie sich überhaupt in der Luft halten konnte. Noch wunderlicher jedoch war, dass auf dem Rücken des Vogels ein Mädchen saß – Griseldis.

»Mjerelmyr, wach endlich auf!«, rief sie ihm zu. »Wozu habe ich mir denn die Mühe gemacht und dir drei Traumfänger geknüpft? Zwei davon hast du bereits kaputt gekriegt!«

Er wollte sich gerade dafür entschuldigen, als Griseldis und die Krähe im Chor brüllten: »Auf-wach-en!«

Mjerelmyr zuckte zusammen und fiel. Die Krähe schlug mit den Flügeln und schnellte in die Höhe, der Sonne entgegen. Er fiel weiter, zuckte noch einmal – und wachte auf. Er lag auf seinem Mantel in der kleinen Halle des Zahns, das Krähenskelett an seiner Keule hielt er fest umklammert. Um ihn herum schnarchten die anderen Trolle, und auch Aylind hielt sich nicht zurück.

Isinvi hatte sich vor dem Kamin zusammengerollt. Sie atmete ruhig, ein entrücktes Lächeln lag auf ihren Lippen. Ihre Augen leuchteten in einem sanften Grau.

Mjerelmyr setzte sich auf, gähnte und wunderte sich über

den Traum. Er blickte hoch zur Decke, als könnte er dort die zerrupfte Krähe entdecken, als es ihn wie ein Blitz traf. Wo war v'Ark? Er sprang auf und sah sich um. Keine Spur vom Wolfskrieger. Griseldis und die Krähe hatten ihn geweckt, dann waren sie nach oben geflogen. Mjerelmyr hatte ein übles Gefühl. Er rannte los, den Turm hinauf, nahm zwei, drei Stufen auf einmal, hetzte durch das Treppenhaus, sah Mondlicht an dessen Ende schimmern. Er lief weiter, bis ins Freie, immer im Kreis um die Turmspitze herum, höher und höher, bis er ihn endlich sah. v'Ark stand auf der letzten Stufe, einen Schritt vor dem Nichts. Der Wolfskrieger wandte sich zu Mjerelmyr um, allerdings schien er durch ihn hindurchzublicken.

»Ihr kriegt mich nicht! Ihr nicht! Ich bin keiner von euch, ich bin kein Krüppel!«

Keuchend bremste Mjerelmyr ab. v'Ark schlafwandelte! Und er war kurz davor zu springen.

Wach auf!, wollte er ihm zurufen, besann sich jedoch – was, wenn er den Wolfskrieger erschreckte? Langsam tastete Mjerelmyr sich voran.

v'Ark hatte sich wieder umgedreht. Unruhig trat er von einem Fuß auf den anderen, rutschte näher an den Abgrund heran.

Mjerelmyr schnellte vor und packte den Wolfskrieger an der Schulter, zog ihn zu sich.

»Lasst mich! Ich bin kein Krüppel!« v'Ark schlug mit dem rechten Arm um sich. Der andere hing schlaff herab. Er brüllte und schlug und schlug und brüllte.

Mjerelmyr hielt ihn fest. Obwohl er größer und schwerer als der stämmige Wolfskrieger war, kostete es ihn einige Mühe, ihn davon abzuhalten, sich in die Tiefe zu stürzen. Was v'Ark an Körpergröße fehlte, machte er durch Entschlossenheit wett. Unvermittelt warf der Wolfskrieger den Kopf nach hinten und rammte Mjerelmyr die Hörner unter das Kinn. Für einen

Herzschlag sah der Donnersänger graue Sterne, spürte, wie sie strauchelten, über den Abgrund, vor und zurück.

Plötzlich sackte v'Ark zusammen und riss die Augen weit auf. Endlich war er wach. Ein paar Atemzüge lag er in Mjerelmyrs Arm, und mit jedem einzelnen sickerte die Erkenntnis dessen, was gerade geschehen war, in sein Bewusstsein.

»Sie war in deinem Traum«, sagte Mjerelmyr.

v'Ark schüttelte den Kopf und stieß wütend seinen Arm beiseite.

»Wundfieber«, knurrte er. »Es war nur Wundfieber.«

»In Ordnung«, antwortete Mjerelmyr, »dann eben Wundfieber.«

Der Donnersänger hielt sich an die abgemachte Erklärung, auch wenn h'Ryn ihnen das Wundfieber nicht abnahm.

»Du kannst von Glück sprechen, dass Mjerelmyr dich gehört hat.« Der Lindwurmhäuptling musterte v'Ark mit ernster Miene. Sie saßen vor dem Kaminfeuer versammelt, das Aylind neu entfacht hatte. h'Ryn klang eher erschöpft denn vorwurfsvoll. »Warum hast du nichts von deinem Arm gesagt?«

v'Ark zischte nur leise. Aylind war gerade dabei, seine Wunde mit heißem Wasser auszuwaschen und mit etwas Harz zu verkleben.

Mjerelmyr bezweifelte, dass der Verband noch viel helfen würde. Er hatte viele Verletzungen gesehen, und die hier gehörte eindeutig zu den übleren.

h'Ryn war aufgestanden und lief in der Halle auf und ab. »Ich wollte hier im Zahn niemanden begraben«, sagte er und blickte in Richtung von Julferdhs Totenbett. »Geschweige denn zwei.«

»Nun mach mal halblang«, brummte v'Ark. »Ein bisschen frische Luft, und der Arm ist bald wieder so gut wie neu.«

»Wollen wir es hoffen«, erwiderte h'Ryn und blieb stehen. »Auf jeden Fall habe ich nachgedacht. Jetzt, da der Oheim tot ist und du angeschlagen bist, sollten wir die Sache mit Mjerelmyr und Aylind noch mal überdenken.«

Warum sagte er nicht einfach, dass er ihre Hilfe brauchte, dass er allein zu schwach war für die Reise durch die Eiswüste? An dem Punkt unterschieden sich v'Ark und h'Ryn kein bisschen. Keiner der beiden würde sich jemals eingestehen, auf die Hilfe eines Weibes und eines Donnersängers angewiesen zu sein. Eher würde Isvander nach Fyrland ziehen und seine geliebte Kilvi wiederfinden.

Doch Mjerelmyr hatte keine Zeit, sich darüber zu ärgern. Er war viel zu beschäftigt damit, Isinvi zu beobachten. Sie wirkte vollkommen abwesend, nur ab und zu blitzte etwas durch – ein Lächeln, jenes entrückte Lächeln aus ihrem Schlaf.

Die Albin hob den Kopf. Mjerelmyr vermutete, dass sie ihm in die Augen sah. Er fixierte sie, ließ sich nicht von ihren ausdruckslosen Kristallaugen einschüchtern. Schließlich nickte er langsam. *Ich weiß, dass du es getan hast*, dachte er, *du warst in v'Arks Traum.*

Isinvis Lächeln wurde breiter, kälter, überheblicher. Sie schüttelte den Kopf, ebenfalls langsam. Ihr Mund grinste weiter.

»Auf jeden Fall brechen wir morgen alle gemeinsam auf«, verkündete h'Ryn. »Hast du gehört, Mjerelmyr?«

»Ja, habe ich.«

Aylind zog v'Arks Verband fest, während h'Ryn und i'Rk die Reise über die Donnersteppe planten. Mjerelmyr nutzte den Moment und setzte sich neben Isinvi.

»Jemand hat heute Nacht vergessen, das richtige Lied zu singen«, säuselte sie.

»Du hast mich in meinem Traum besucht«, erwiderte Mjerelmyr. »Du hast meinen schlimmsten Albtraum gesehen und ihn vertrieben. Ich glaube nicht, dass du v'Ark hättest springen lassen.« In seinen Worten lag mehr Hoffnung als Überzeugung. »Ich glaube, du wolltest den anderen nur zeigen, wozu du in der Lage bist … was meine Lieder und ich wert sind. Du wolltest mir helfen, weil du nicht mit h'Ryn und v'Ark alleine unterwegs sein willst.«

Isinvi blickte starr geradeaus. Oder nicht? Verdammt, mit ihren Facettenaugen konnte sie überall hinschauen, ohne dass er es zu deuten vermochte.

»Bild dir nichts ein, Donnersänger«, sagte sie gelangweilt. »Ich brauche Wind und Sterne, und wäre erleichtert, wenn du mir nicht folgtest.«

Sie erhob sich und ging die Treppe hinauf, zur Spitze des Zahns.

Mjerelmyr fand schnell heraus, warum die Donnersteppe Donnersteppe hieß. Nicht weil die Krieger vom Donnerhornstamm mit ihren Bestien über die Tundra ritten und die Erde zum Beben brachten – das war nur der Stoff aus Sagen und Legenden –, sondern wegen des Windes. Wie kleine Donnerschläge grollte und knatterte er in ihren Ohren. Selbst mit Kapuzen und Fellkappen war dem ständigen Pochen nicht beizukommen.

Seit sie vom Zahn aufgebrochen waren, hatten sie keine Anzeichen für trollisches oder menschliches Leben ausmachen können. Und genauso wie die Tundra zog sich auch ihre Reise dahin. Die Tage, inzwischen zehn an der Zahl, schienen zu einem einzigen nicht enden wollenden zu verschmelzen. Die traumlosen Nächte in der zugigen Kälte waren so wenig erholsam, dass Mjerelmyr hätte schwören können, sich kein einziges Mal schlafen gelegt zu haben.

Am Horizont sahen sie immer wieder Karibuherden entlangziehen, doch für die Jagd war keine Zeit. Mjerelmyr und die anderen Trolle hatten sich beim Leichenschmaus für den Oheim ein, wie i'Rk bemerkte, mageres Fettpolster angefressen. Für Aylind und Isinvi hatten sie den letzten Schinken in dünne Streifen geschnitten und als Verpflegung mitgenommen.

h'Ryn hatte sie zunächst aus den Schlangenzähnen hinunter in die Steppe geführt, aber seit einigen Tagen wirkte er entkräfteter denn je und trottete stets an letzter Stelle. Trotzdem achtete er streng darauf, dass sich keiner der Trolle am Proviant für die Frauen vergriff. Und wenn sie rasteten, nahmen sie Aylind in ihre Mitte, um sie vor dem Wind zu schützen.

Isinvi hingegen schienen weder Wind noch Kälte etwas auszumachen. Hatte sie zu Beginn der Reise noch oft Selbstgespräche geführt, so wurde sie immer schweigsamer. v'Ark hielt sich so weit wie möglich von ihr fern und verzichtete auf Witzchen über Mjerelmyrs Schlaflieder. In seinen Augen jedoch lag ein gefährlicher Grimm. Mjerelmyr war sich sicher: Bekäme der Wolfskrieger die Gelegenheit, so würde er nicht zögern und die Albin töten.

Am Morgen des elften Tages flaute der Wind ab. Die Sonne brach durch die Wolken und wärmte ihre Gesichter, und aus dem graubraunen Boden sprossen winzige Blüten hervor.

»Mmm, Steppensesam«, verkündete Mjerelmyr und stopfte sich genüsslich eine Handvoll der gelben Blumen in den Mund.

Die anderen Trolle sahen ihn abschätzig an. Dabei schmeckten die Pflanzen köstlich. Zu Anfang etwas würzig, bekamen sie nach dem dritten oder vierten Kauen eine süßliche Note. Seine Mutter hatte früher manchmal Suppe daraus gekocht – wenn sie sie nicht vorher einfach so vom Wegesrand verputzt hatten.

Gegen Mittag erblickten sie in der Ferne einen Findling, der sich beim Näherkommen als totes Mammut herausstellte. Ein breiter Speer steckte in seinem Bauch.

»Das gefällt mir nicht«, grummelte h'Ryn. Stöhnend kniete

er sich hin und legte seine Hand auf die Flanke des Tieres. »Noch nicht kalt. Sag, i'Rk, wer jagt hier in der Gegend?«

»Eigentlich niemand. Wir Walrosstrolle bleiben am Fjord, und die Donnerhörner kommen selten so weit raus in die Tundra, sie meiden den Westwind.«

»Und doch ist das ein Trollspeer«, entgegnete h'Ryn mit düsterem Blick.

»Das muss nichts heißen«, warf Aylind ein. »Mein Vater hat mal einen Eber angeschossen und musste ihm drei Tage folgen, bis er endlich tot umfiel.«

»So oder so«, sagte v'Ark, »das Vieh ist ein Geschenk Isvanders, und das lehnt man nicht ab.« Er hockte sich neben h'Ryn ins Gras, bohrte sein Schwert in den Hals des Mammuts und zog es gleich wieder heraus. Aus ihrem Gepäck kramte er eine Schale hervor und massierte das lauwarme Blut hinein, um es in einem Zug runterzustürzen. »Ah, so kommt man zu Kräften. Ich kann meine Hand schon fast wieder richtig bewegen.«

v'Ark hatte seinen Arm mit schmerzverzerrter Miene angehoben, und Mjerelmyr sah genau hin – seine Finger bewegten sich kein bisschen.

Auch h'Ryn und i'Rk füllten ihre Becher. Mjerelmyr verzichtete, ihm schmeckte das Zeug nicht.

»Sieh mal, Blumenfresser«, tönte v'Ark, »selbst die Kleine weiß, was gut ist.«

Aylind hatte einen Schluck von dem Mammutblut genommen, verzog das Gesicht und spuckte es in hohem Bogen aus.

v'Ark und i'Rk brachen in Lachen aus.

Währenddessen machte Isinvi einen Schritt auf Aylind zu und nahm ihr den Becher aus der Hand. Ohne abzusetzen, leerte sie ihn. Dann wischte sie sich den Mund ab und blickte mit blutroten Lippen in die Runde. »Können wir jetzt weitergehen?«

i'Rk schnitt noch eilig einen dicken Klumpen Fleisch aus

dem Mammut und spießte ihn auf seine Harpune. Dann brachen sie auf.

Gegen Nachmittag reckten sie alle die Nasen in die Lüfte. Es roch nach Wasser und Salz. Der Himmel vor ihnen war diesig, und es dauerte nicht lange, da standen sie an einem felsigen Abgrund. Tief unter ihnen verlief das Auge von Ost nach West. Der Fjord spaltete das Land.

»Isvander ist mit uns«, sagte h'Ryn und klopfte zweimal gegen einen Stein, »das Auge ist noch zugefroren.«

»Wie weit ist es bis nach drüben?«, fragte Aylind.

Mjerelmyr starrte auf die andere Seite – eine ebenso schroffe Felswand – und versuchte die Distanz abzuschätzen. »Zweitausend Schritte wie ein Troll geht, würde ich sagen.«

»Bis zur Zantburg sind es nur zwei Tage«, sagte i'Rk. »Ein Feuer, Muschelsuppe, Algenschnaps – das wäre doch was.«

h'Ryn lächelte müde. »Ja, das wäre was, guter i'Rk. Aber unser Weg führt unerbittlich in den Norden.«

Von unten drangen ein leises Knistern und ein mächtiges Krachen an ihre Ohren. Das Eis sprach in vielen Sprachen.

i'Rk deutete auf den Fjord hinaus. »Dort hinten, die schwarzen Stellen müsst ihr meiden. Das sind Atemlöcher für Seeschlangen und Wale. Wenn wir erst mal unten sind, sind sie nicht mehr so einfach zu sehen, also merkt euch gut, wo sie liegen.«

Mjerelmyr nahm sich einen Augenblick Zeit und versuchte sich das Muster einzuprägen, in dem die Löcher verliefen – fast wie ein Krähenschädel im Profil mit geöffnetem Schnabel.

Dann machten sie sich an den Abstieg. Die Felswand fiel weniger steil ab, als Mjerelmyr befürchtet hatte. Zudem war sie zerklüftet und bot Trollfüßen guten Halt. An manchen Passagen mussten sie die Frauen runterheben. Ansonsten kamen sie gut voran.

Plötzlich schepperte es hinter Mjerelmyr. v'Ark, der als Letzter ging, war ausgerutscht und schoss wie eine fleischgewordene Lawine auf Isinvi zu. Die Albin sprang übernatürlich schnell zur Seite. v'Ark rutschte weiter, auf Mjerelmyr zu und in ihn hinein. Gemeinsam polterten sie bis zum nächsten Felsen. Mjerelmyr rieb sich kurz die Schulter und wollte v'Ark die Hand reichen, doch der war bereits aufgestanden und ging weiter.

Am Fuß der Felswand verschnauften sie eine Weile, bevor sie sich auf den Weg über das Auge machten. Hier und da knackte das Eis unter ihren Füßen, und an manchen Stellen war es bereits von einer dünnen Schicht Wasser überspült. Mjerelmyr fühlte sich, als würde er über ein nasses Grab spazieren – ein Grab, das fast eine ganze Weite breit war. Immer wieder hallte ein krachendes Echo von den Wänden des Fjords, wenn irgendwo die Eisdecke platzte.

i'Rk mit seinen flossenartigen Füßen ging voran, dann kamen Aylind und v'Ark und schließlich Mjerelmyr und Isinvi. Als Letzter trottete h'Ryn hinterher. Um das Eis nicht übermäßig zu strapazieren, ließen sie große Abstände zwischen sich und marschierten in einem langgestreckten Zug.

i'Rk drehte sich lachend zu ihnen um und rief: »Wenn es mich trägt, dann müsst ihr euch keine Sorgen machen.«

Ein lautes Trompeten ließ sie zusammenfahren. Keine hundert Schritte zu ihrer Linken hatte eine Seeschlange ihren schwarzen Kopf aus dem Wasser gesteckt. Sie blies eine nasse Wolke in die Luft und beäugte sie neugierig. Ihr langer Hals drehte und wendete sich, ihre winzigen Augen folgten den Bewegungen der Reisenden. Schließlich tauchte die Schlange wieder ab und war verschwunden.

»Du meine Güte«, schnaufte Aylind, »hab ich mich erschrocken.«

»Dann bleib immer schön hinter mir«, sagte i'Rk und feixte.

Sie hatten kaum zehn Schritte getan, da krachte es wieder. Das Eis vibrierte unter ihren Füßen.

»Oh, oh«, raunte v'Ark.

Sie alle blickten hinüber zum Atemloch, doch kein Schlangenhals tauchte auf. Mjerelmyr polierte das Eis mit seiner Stiefelsohle und versuchte hindurchzuschauen, doch es war zu trüb.

Wieder splitterte es. Diesmal hinter ihnen.

Gleichzeitig wandten sie die Köpfe – und sahen es:

Auf der Klippe waren Trolle. Zwanzig oder dreißig einhörnige Trolle. Einige saßen auf Donnerbestien, andere hatten Felsbrocken in den Händen und warfen sie. Wieder und wieder krachten die Steine durch das Eis und ließen Fontänen aufspritzen.

»Na endlich!«, brüllte d'Uum. Seine Stimme war unverkennbar. »Na endlich dreht ihr euch um!«

»Glaub nicht, dass ich hier unten auf dich warte!«, rief h'Ryn ihm entgegen.

»Brauchst du auch nicht!«

Was will er dann?, fragte Mjerelmyr sich.

»Ich bin nur hier, um dich zu verabschieden, letzter Lindwurm! Viel Glück bei den Alben!«

Weitere Brocken flogen und krachten ins Eis, während d'Uum brüllte. Einige Schollen lösten sich und begannen zu schwanken.

»Komm«, rief Mjerelmyr zu h'Ryn, der etwa zehn Schritte hinter dem Donnersänger stehen geblieben war, »lass ihn brüllen.«

h'Ryn nickte und wollte Mjerelmyr folgen, doch irgendetwas schien seinen Blick gefangen zu halten.

»Da ist noch jemand, der Lebewohl sagen will!« d'Uum bückte sich und hob etwas auf – diesmal keinen Stein. Es war rund und schimmerte. Er warf es. Mjerelmyr verfolgte, wie es goldglänzend durch die Luft flog. h'Ryns Helm landete auf dem Eis, gefüllt mit einem Kopf.

»Grüße von s'Kol!« d'Uum und seine Männer brüllten vor Lachen. »Bei Kilvis Brennender hat sich der Alte eingepisst, als ich ihm seine Hörner in den Arsch gerammt habe. War ein hartes Stück Arbeit bei den Krampfadern.«

h'Ryn richtete sich auf und stapfte los.

»Nicht!«, schrie i'Rk. »Das Eis!«

Weitere Steine segelten herab, landeten vor h'Ryns Füßen. Der Lindwurmhäuptling bückte sich und hob s'Kols Kopf auf. Ein Knistern, ein Knacken, dann kippte das Eis, auf dem er stand, in die Höhe, und h'Ryn rutschte ins Wasser.

Mjerelmyr rannte zu ihm. Die Eisscholle schlug platschend aufs Wasser, schaukelte kurz und lag plan.

»Mach dich flach«, rief i'Rk ihm hinterher.

Mjerelmyr warf sich auf den Bauch und robbte vor, suchte nach irgendeinem Lebenszeichen. Hinter sich hörte er i'Rk heranstampfen.

»Zur Seite!«, fuhr ihn der Walrosstroll an. Sein Fett schwabbelte, als er die Harpune hinwarf und auf die Eisscholle sprang. Er schaukelte auf und ab, bis sie sich endlich neigte und auch er im eiskalten Wasser verschwand.

»Was für ein Wahnsinniger!«, brummte v'Ark. Er und die beiden Frauen waren näher gekommen und wenige Schritte hinter Mjerelmyr stehen geblieben. »Hätte nicht gedacht, dass der Dicke so schnell ist.«

Aylind stand mit offenem Mund da.

Isinvi kicherte.

Ohne Vorwarnung schlug v'Ark nach hinten und erwischte die Albin mit der Faust. Sie ging zu Boden. Mjerelmyr sagte nichts. Fassungslos starrte er auf das Eis.

»Zwei auf einen Streich!«, tönte es von oben. Die Donnerhörner jubelten.

Mjerelmyr erwachte aus seiner Starre. Er griff i'Rks Harpune und versuchte die Schollen auseinanderzuschieben. Die Waffe verhakte sich und zerbrach.

»Komm schon, Wölfchen«, rief d'Uum, »mach die drei Weiber kalt und schließ dich uns an!«

Mjerelmyr drehte sich zu Isinvi um. Sie lag immer noch benommen auf dem Eis. v'Ark stand über ihr. In seinen Augen sah Mjerelmyr unveränderten Hass. Der Wolfskrieger packte die Albin und hob sie hoch.

»Ich habe mein Wort gegeben … und nicht dir!« Er drückte Isinvi in Mjerelmyrs Arme und marschierte auf das andere Ufer zu.

Völlig überrascht verharrte Mjerelmyr an Ort und Stelle. Erst als die nächste Salve Felsen auf ihn zuflog, ging er vorsichtig rückwärts, drehte sich um und folgte v'Ark.

»Sieh nur!« Wild mit den Händen fuchtelnd lief Aylind auf das Atemloch zu.

Ein rundes Trollgesicht war aus dem Wasser aufgetaucht. i'Rk! Er schnaubte und hievte h'Ryns nassen Leib auf den Rand. Der kroch mit letzter Kraft vom Loch weg. Nun stützte i'Rk sich ab, doch das Eis brach unter seinem Gewicht ein.

»Hmpf«, machte er und zwinkerte ihnen zu, »hier ist's dicker.«

Wieder brach das Eis unter ihm. i'Rk rutschte ab, warf die Arme in die Luft, stieß ein Gurgeln aus und war plötzlich weg. Ein länglicher Leib und schwarze Flossen platschten im Wasser. Dann waren auch sie verschwunden.

Sie starrten auf das Loch.

h'Ryn spuckte Wasser.

»Wir müssen etwas tun.« Aylind lief aufgeregt auf und ab. »Wir müssen etwas tun.«

Mjerelmyr nahm sie in den freien Arm, im anderen hielt er immer noch Isinvi, die gerade erst zu sich kam.

»Wir können nichts mehr tun«, flüsterte er. »Wenn einer schwimmen konnte, dann i'Rk.«

Trotzdem warteten sie und hofften. Aber kein i'Rk und kein Schlangenhals tauchten auf.

»Lasst uns gehen«, brummte v'Ark schließlich. »Das Eis wird nicht fester.«

»Wir gehen nicht vor den Donnerhörnern!«, entgegnete h'Ryn. »*Wir* halten i'Rks letzte Wache.«

Und das taten sie, bis in die Abenddämmerung, bis die Donnerhörner sich endlich vom Rand des Fjords zurückzogen. Niedergeschlagen wanderten sie in der anbrechenden Dunkelheit ans andere Ufer. Dort kauerten sie sich hinter ein paar Felsen zusammen. Ohne Feuer, ohne Abendbrot, dicht aneinander.

»Komme wund und gebrochen, erhebe dich heil«, sagte Mjerelmyr in die Stille hinein. »Lebewohl, i'Rk, ich werde dein Nörgeln vermissen.«

»Lebewohl«, wiederholten die anderen.

Nur v'Ark lachte leise. »Wisst ihr, wenn einer es wertschätzen kann, als gute Mahlzeit gestorben zu sein, dann i'Rk.«

h'Ryn, Aylind, Isinvi und Mjerelmyr – sie alle starrten v'Ark sprachlos an. Und plötzlich und gleichzeitig brachen sie in donnerndes Gelächter aus.

16. KAPITEL

ISINVI UND DER ERFRORENE WALD

DAMPFENDE WOLKEN STIEGEN aus den Nasenlöchern der Trolle. Schnee knirschte unter ihren Stiefeln. Das Land nördlich des Auges war flach wie die Donnersteppe, nur kälter – angenehm frostig, wie Isinvi fand.

Die eisige Luft schien auch den Riesen zu beflügeln. Mit neuer Kraft stapfte er voraus und trieb sie an: »Los, kommt schon! Schneller! d'Uum macht bestimmt keine Pause.«

Die Menschenfrau glotzte ihm mit großen Augen hinterher. »Glaubst du, er verfolgt uns?«

»Dumme Kuh«, spottete Flammenbart, »natürlich ist er hinter uns her. Scheiß drauf, was er gesagt hat. h'Ryn ist nicht ertrunken, und Bunthorn hat seinen Sohn zum Krüppel geprügelt. d'Uum hat allen Grund wütend zu sein. Da gibt er nicht auf.«

»Aber wie will er mit seiner Donnerbestie über den Fjord?«

Flammenbart zuckte mit den Schultern. »Bei der Zantburg soll das Auge schmaler sein.«

Der Riese drehte sich um. »Einen Tag«, schnaufte er, »vielleicht zwei, mehr Vorsprung haben wir nicht. Und d'Uum und seine Krieger sind beritten.«

Die letzten Worte des Riesen machten ihnen Beine, mehr als seine Anfeuerungen zuvor. Im Gegensatz zu den anderen schwebte Isinvi leichtfüßig über den Schnee. Der Wind ließ ihren dünnen Fetzen flattern, schnitt ihr tief ins Fleisch. Die

Albin liebte das heißkalte Prickeln auf der Haut. Zum ersten Mal seit langem fühlte sie sich lebendig. Das hier war zwar nicht Svarun, doch wenigstens hatten sie die Albenlande erreicht. Sie lachte und drehte sich im Kreis, blickte dabei in den eisblauen Himmel.

Bunthorn ließ sich zu ihr zurückfallen. »Ist dir nicht kalt?«

»Kalt? Ich bin in einem Turm aus Eis geboren.«

Isinvi ging weiter. Sie dachte nicht daran, mit dem Troll zu plauschen. Eine Weile trottete er schweigend neben ihr her. Dabei spielte er gedankenverloren mit dem Traumfänger am Griff seiner Keule. »Den hier hat ein Mädchen in Samanunga für mich gemacht.«

»Sie kann dich wohl nicht leiden.«

»Wie kommst du darauf?«

»Weil er hässlich ist.«

Bunthorn betrachtete das schiefe Krähenskelett und grinste schief. »Ach, ich denke schon, dass sie mich leiden kann. Es war ein Dankeschön.«

»Weißt du das oder möchtest du das glauben, weil du willst, dass jeder dich mag?«

»Ich will, dass jeder mich mag?« Bunthorn sah sie erstaunt an. War er wirklich überrascht oder tat er nur so?

»Warum kriegst du deinen Mund nicht auf, wenn sich die anderen über dich lustig machen, wenn Flammenbart deine Hand beiseiteschlägt, wenn der Riese dir sagt, was du zu tun hast?« Isinvi machte zwei Schritte auf Bunthorn zu. Die Sonne spiegelte sich in ihren Kristallaugen und warf kleine Lichtblitze auf sein Gesicht. »Du bist keiner von ihnen, und ein Mensch wirst du ebenfalls nie sein, egal wie vielen Kindern du hilfst, egal wie viele Mädchen dir in Samanunga Traumfänger basteln.«

Bunthorn wandte seinen Blick ab. »Dir … dir helfe ich auch.«

Isinvi lachte auf. »Ein Alb wirst du erst recht nicht. Und

deine Hilfe brauche ich auch nicht. Lern lieber für dich selbst einzustehen.«

Für den Bruchteil eines Herzschlags hatte Isinvi das Gefühl, ihre Worte zu bereuen. *Sei nicht so hart*, hörte sie Fëara sagen, *Mjerelmyr ist ein einsamer Wanderer – einsam, so wie du*; *sei kalt wie das Herz von Jemenjara*, verlangte ihr Vater, *alle Trolle sind unsere Feinde – und ja, göttergleich zu sein bedeutet Einsamkeit*.

»Seht mal!«, rief eine helle Stimme.

Isinvi atmete erleichtert auf. Die ewig staunende Menschenfrau kam ihr gerade recht. Mit ihrer Einfalt unterbrach sie ihren inneren Zwist. Das dicke Ding deutete mit ausgestrecktem Arm nach Norden.

»Der Berg da vorne glänzt ganz blau in der Sonne.«

Einen guten Marsch entfernt zeichnete sich eine ovale Erhebung am Horizont ab. Der Berg war nicht besonders hoch, in der flachen Schneelandschaft jedoch wirkte er majestätisch.

»Ein Eisberg«, brummte Flammenbart.

»Nein«, widersprach der Riese ihm. »Das ist das Auge von Nuë. Hurka hat es ihr ausgestochen. Sie stieß ihren Speer in den Himmel, direkt ins Auge der Göttin, und riss es heraus.«

»Oh ja.« Flammenbart lachte dröhnend. »Hurka war ein böses Riesenmädchen. Von der hätte ich mich gern mal übers Knie legen lassen.«

So große Köpfe, so viel Platz für Schwachsinn. Fast hätte Isinvi ihnen erklärt, dass Hurka Nuë lediglich geblendet hatte und dass ein Splitter ihres Speers das Herz von Jemenjara ausmachte. Aber so viel Wissen hätte sie bloß überfordert.

»Hm, wenn ihr mich fragt, sieht es nach einem Sturm aus.« Bunthorn blickte beunruhigt gen Westen. Der Himmel hatte sich zugezogen. Ein dichter Schleier hing über dem Land.

»Ein Schneesturm«, sagte der Riese. Er sah sich um und stampfte auf den Boden. »Wir lagern. Bis zum Berg schaffen wir es nicht mehr vor Sonnenuntergang, und der Platz hier ist so gut wie jeder andere.«

Isinvi sah den Trollen und der Menschenfrau dabei zu, wie sie einen Graben aushoben. Den alten Schnee türmten sie zu einer Mauer auf und klopften ihn fest.

»Die Schneetänzer von Königin Iavari«, keuchte Bunthorn, »es heißt, sie reisen in der Deckung der Stürme.«

Flammenbart nickte in Isinvis Richtung. »He, weißt du was über diese Tänzer?«

»Ich saß dreihundert Jahre lang in einem Kerker. Was soll ich schon über die Welt wissen?«

Kurz darauf waren sie mit der Schneemauer fertig. Vor dem Wind geschützt stapelte die Menschenfrau etwas Treibholz auf, das sie am Fjord eingesammelt hatte, und entfachte ein kleines Feuer. Schweigend hockten sie nebeneinander und kauten auf den letzten Schinkenstreifen.

Irgendwann stand Isinvi auf und blickte hinaus in die weiße Ebene. Sie malte sich aus, wie ein Schatten auf sie zugeritten kam, ein Albenritter auf einem Vierhorn. Sie wollte träumen … von ihm … wollte bei ihm sein … seinen Namen erfahren … ihn finden.

Die Sonne war inzwischen untergegangen, doch der Sturm ließ noch auf sich warten. Bunthorn hatte zu summen begonnen. Eine traumlose Nacht würde folgen, in einsamer Schwärze.

»Lass mich träumen!«, platzte es aus Isinvi heraus.

Bunthorn hielt inne. Die Melodie verklang.

Der Riese sah sie fragend an. »Warum sollten wir dich träumen lassen?«

»Weil … weil ich euch helfen kann. Falls sich Schneetänzer hinter dem Sturm verbergen oder falls d'Uum und seine Reiter kommen. Dann kann ich sie in den Traumlanden aufspüren.«

»Ja, und uns heimsuchen«, knurrte Flammenbart.

»Wie denn, wenn einer Wache hält? Ihr würdet merken, wenn ich in den Träumen der Schlafenden wandelte.«

Der Riese zupfte sich nachdenklich am Bart. »Das ist wahr. Warum sollten wir deine Hilfe nicht annehmen? Schließlich haben wir dasselbe Ziel.«

Wir? Dasselbe Ziel? Niemals, dachte Isinvi, *oder willst du dich genauso tot sehen wie ich dich?* Sie schwieg.

»Gut, also kein Schlaflied heute Abend.« Bunthorn nickte und rollte sich zur Seite.

Flammenbart jedoch starrte sie an. »Ich hab dich im Blick!«, raunte er, obwohl seine Augen eine andere Sprache sprachen. Er war erschöpft, dagegen konnte auch sein Zorn nichts ausrichten. Die Fäulnis in seinem Arm war sein Verderben. Wie gefrorenes Yladruum breitete sie sich aus, langsam und tödlich.

Isinvi schlief mit einem Lächeln ein …

… und erwachte in einer nachtblauen Traumlandschaft, beschienen von einem fernen Licht. Es war nicht das Leuchten des Mondes, sondern kam aus dem Norden, aus Jemenjara. Die Träume der anderen waren nur ein trüber Schimmer, nichts, das sie interessierte. Sie machte sich auf und schwebte davon, angezogen vom Silberglanz an der Spitze des Turmes.

Hätte sie nicht links und rechts des Weges schauen sollen, nach Schneetänzern und Donnerhörnern Ausschau halten? Isinvi riss sich zusammen. Ein kurzer Blick würde sie kaum aufhalten. Sie ließ sich treiben, bald hierhin, bald dorthin. Überall wartete gähnende Finsternis. Sie fand nichts und wollte umkehren, bis ein Traumfetzen an ihr vorüberzog – dunkelrot und zornig. Ein Trolltraum, d'Uums Traum.

Bunthorn, der Riese und Flammenbart lagen ausgestreckt auf dem Rücken, ihre Hände und Fußknöchel waren mit Eispickeln in den Boden gehämmert. d'Uum stand zwischen ihnen und wetzte ein Messer über seinen Ledergürtel. Im Hintergrund schrie die Menschenfrau, erstickt von den Leibern seiner Krieger.

»Nun, um wen kümmere ich mich als Erstes?« d'Uum drehte sich im Kreis. Sein Mund lachte, ohne dass ein Geräusch seine Kehle verließ. Bei Bunthorn hielt er an. »Dich hebe ich mir für den Schluss auf. Vorher will ich noch ein wenig üben.«

Ein letztes Mal schliff er seine Klinge über den Gürtel, dann hockte er sich neben Flammenbart und trennte ihm die Nase ab. Ein markerschütterndes Brüllen drang an Isinvis Ohren. Gebannt beobachtete sie, wie d'Uum erneut das Messer ansetzte. Dieses Mal an Flammenbarts Zunge.

»Wölfchen, Wölfchen, ich kann doch nicht zulassen, dass du so laut schreist. Du erschreckst mir noch die anderen.«

Flammenbart gurgelte blutigen Schaum. Er zappelte wie ein Fisch auf dem Trockenen, riss dabei die Wunden an seinen Händen und Füßen nur noch weiter auf. d'Uum ließ nicht ab. Ohren, Hörner, Finger, Zehen, Schwanz. Er schnitt den Wolfskrieger in seine Einzelteile.

So fasziniert war Isinvi von dem Anblick, dieses muskelbepackte Wesen zerstückelt zu sehen, dass sie das ferne Schimmern für einen Moment vergessen hatte. Doch jetzt zog es sie wieder an, jetzt musste sie weiter.

»d'Uum«, hörte sie sich im Davonschweben hauchen, »sieh beim Blauen Berg nach ihnen, dort wirst du sie finden.« Sie wandte sich ab. Um sie herum wurde es schwarz. d'Uums Traum war verschwunden.

Was hast du getan? Fëaras Stimme – sie klang enttäuscht und ungewohnt scharf. *Was … hast … du … getan?*

Isinvi schlug nach den Worten wie nach einem Schwarm Fliegen, zerstreute sie in alle Winde. Dann eilte sie weiter durch die nachtblaue Landschaft, nach Norden, dem Licht entgegen. Nach einer Weile gewahrte sie in der Dunkelheit einen gespaltenen Baum. Ein Vierhorn stand an einem Teich und trank, daneben der Albenritter in fließendem Gewand. Er hatte ihr den Rücken zugekehrt.

»Da bist du«, flüsterte sie. Isinvi ging zu ihm, legte von hinten ihre Arme um seinen Leib. »Endlich.« Ihre Finger glitten unter den Mantel, ertasteten nacktes Fleisch. »Ich war so lang allein.« Seine Haut war glatt und kühl wie bei allen Alben, doch als ihre Finger abwärts strichen, stießen sie auf etwas Warmes, Pulsierendes, das sie zärtlich umfasste.

Was hast du getan?

Er drehte sich um, und sie blickte in das Gesicht ihrer Schwester. Isinvis Hand brannte. Sie ließ los. Ihre Augen klärten sich. Mit einem Schrei auf den Lippen wachte sie auf. Im letzten Moment biss sie sich auf die Zunge.

Im Schlaf war sie zum Feuer gerollt und hatte hineingegriffen. Sie hielt ein Stück glühendes Holz umklammert. Isinvi öffnete die Faust und grub ihre Hand in den Schnee. Es zischte und roch nach versengtem Fleisch.

Flammenbart fuhr hoch. Es war seine Wache, und wie erwartet musste er eingenickt sein.

Isinvi drehte sich weg, hinaus aus dem Schein des Lagerfeuers. Sie gab vor zu schlafen und wartete, bis Flammenbart wieder schnarchte. Dann krabbelte sie ein Stück, stand auf und schlich davon, ohne sich noch einmal umzudrehen. Am helllichten Tag könnten die Trolle sie am Horizont sehen, denn das Land war flach. Aber jetzt war es Nacht, und bei Sonnenaufgang hatte sie vor, schon weit, weit weg zu sein.

Zunächst trat Isinvi mit vollem Gewicht auf und hinterließ eine Fährte im Schnee, die in Richtung des Blauen Berges führte. Nachdem sie ein gutes Stück gegangen war, schwenkte sie leichtfüßig und spurlos nach Nordosten.

Die Trolle werden ihre gerechte Strafe erhalten, dachte sie zufrieden – und doch nagte etwas an ihr. Nein, Isinvi hatte kein schlechtes Gewissen. Sie spürte eine unbändige Wut in sich aufsteigen. Dreihundert Jahre hatten sie ihr geraubt. Dreihundert Jahre! *Und dich haben sie getötet, Schwester, dich und deine Tochter.*

h'Ryn vielleicht, raunte Fëara, *er trägt die Schuld seiner Ahnen.*

Nicht jedoch Mjerelmyr und auch nicht v'Ark und ganz sicher nicht Aylind.

Isinvi hielt sich die Ohren zu und begann zu singen. Es half nichts, doch sie sang und sang, bis sie heiser war. Erst als die Sonne bereits hoch am Himmel stand, merkte sie, dass sie immer noch lief. Sie war zu erschöpft, um weiterzugehen, und ihre Hand pochte vor Schmerzen. Anhalten wollte sie trotzdem nicht. Schwankend schleppte sie sich vorwärts, bis sie einen Wald erreichte. Eis überzog die Bäume, von der Krone bis zur Wurzel.

»Eryn Azarin«, murmelte Isinvi.

Begleitet vom leisen Klirren der Eiszapfen, die hier und dort von den Ästen hingen, betrat sie den Erfrorenen Wald. Ein leichter Wind war aufgekommen. Ob der Sturm sie nun doch einholte? Isinvi kämpfte sich durch das Schneegestöber, nur grob ahnend, was sie erwartete.

»Bleib stehen, Fremde!«

Der Befehl war in gebrochenem Meniscisch gerufen worden.

Isinvi blickte sich um und entdeckte niemanden. Doch! Das, was zuerst wie eine zugeschneite Tanne ausgesehen hatte, entpuppte sich als eine schlanke Gestalt in einem Eisbärenfell, und der vorstehende Ast war ein auf sie gerichteter Speer aus Elfenbein. Jetzt bemerkte sie auch eine Bewegung hinter sich. Eine zweite, mit einem Bogen bewaffnete Gestalt war hinter einem Baum hervorgetreten. So gut vermochten sich nur Schneetänzer zu verstecken.

»Warum sprecht ihr nicht Caladlam mit mir?«, antwortete Isinvi.

»Weil wir nicht wissen, wer du bist«, erwiderte die Speerträgerin und machte einen Schritt auf sie zu. »Dieser Tage kommt auch fremdes Volk in den Eryn Azarin.«

Die Albin hatte weißblaue Locken und einen schmalen Mund. Weder in ihrem Blick noch in ihrer Stimme konnte

Isinvi Anzeichen von Albernheit oder Narretei erahnen – anders als sie es in den Geschichten über die Schneetänzer gehört hatte.

»Ich bin Avliq und das ist mein Bruder Yonoah.«

Der Alb hinter Isinvi senkte seinen Bogen und deutete eine Verbeugung an. Der Großteil seines Gesichts war unter einem Kristallhelm verborgen. Nur seine spitze Nase schaute hervor.

»Wohin des Wegs?«, fragte Avliq.

»In den Norden.« Isinvi hatte nicht vor, ihnen mehr zu sagen als nötig. Schließlich wusste sie nicht, wie die Schneetänzer auf Kjälvir Kaïs verlorene Tochter zu sprechen wären.

»Der Norden ist weit«, entgegnete Avliq. »Wer bist du?«

»Ich ziehe vor, euch das nicht zu sagen.«

»Gut, dann müssen wir es vorziehen, dich mitzunehmen. Komm!«, forderte Avliq Isinvi mit dem Speer auf. »Dort entlang. Er wird wissen, was mit dir zu tun ist.«

Wer ist er?, fragte Isinvi sich, während sie sich in Bewegung setzte und flankiert von den Schneetänzern durch den Wald wanderte. Einige Tannen bedeckte so klares Eis, dass es den Anschein hatte, man bräuchte sie nur anzuhauchen, damit sie wieder ergrünten. Andere Bäume hatten Frost und Schnee bis zur Unkenntlichkeit verformt. Isinvi musterte die beiden Alben. Sie waren jünger als sie, mindestens hundert oder zweihundert Jahre.

»Gehen wir noch lange? Ich bin die ganze Nacht marschiert.«

»Nein«, antwortete Avliq, »unser Lager ist nicht weit.«

Kurz darauf erspähte Isinvi eine große Gestalt zwischen den Bäumen, die ihren Schritten folgte. Sie sah genauer hin: Parallel des Weges begleitete sie ein prächtiges Vierhorn.

»Hallo, Varui!« Avliq winkte dem Tier zu. Zum ersten Mal klang sie freundlich, beinahe fröhlich. Die Antilope schnaubte zur Antwort und trabte davon.

Sie drangen immer tiefer in den Wald aus Eis und toten

Bäumen ein, bis sie an eine gespaltene Tanne kamen. Wie in ihrem Traum! Isinvis Herz schlug schneller.

»Wer ist euer Anführer?«

»Patarin«, sagte Avliq stolz, »Rebell gegen den Turm von Jemenjara.«

»Rebell? Patarin?« Isinvi sah sie verwirrt an. *»Der aus dem Tod Geborene?* Was für ein seltsamer Name – ich habe nie von ihm gehört.«

Die beiden Schneetänzer warfen sich verwunderte Blicke zu.

»Deine Augen mögen alt und stumpf sein«, sagte Yonoah schließlich, »viel gesehen haben sie jedoch nicht.«

Ob er wusste, wie recht er hatte? Isinvi schwieg. Wer war dieser Patarin, dass er es wagte, gegen ihren Vater zu rebellieren? Immerhin hatte Kjälvir Kaï die mächtigsten Ritter und Wolkenrufer auf seiner Seite. Isinvi biss die Zähne zusammen, das Brennen in ihrer Hand wurde stärker. Einen kurzen Moment wurde ihr schwarz vor Augen, und sie musste tief Luft holen, um nicht umzukippen.

Als sie glaubte, keinen Schritt mehr gehen zu können, erreichten sie endlich ein kleines Heerlager. Zu ihrer Verblüffung hatten sich hier nicht nur Schneetänzer versammelt, sondern auch viele Krieger mit schlanken Krummschwertern, und überall standen Vierhörner angebunden. Isinvi traute ihre Augen nicht. Das waren Ritter aus Jemenjara! Seit wann machten Alben aus Daushan Evendar und Svarun gemeinsame Sache?

Avliq und Yonoah führten sie an Zelten vorbei zu einem zugefrorenen See. Dort sah sie die prächtige Schneeantilope von vorhin. Ein Albenritter stand bei ihr und fütterte sie mit getrockneten Algen. Isinvi schluckte. Er trug den gleichen Mantel wie im Traum, und in diesem Moment drehte er sich zu ihr um. Er war es, er war es – nur angezogen natürlich. Die ebenmäßigen Gesichtszüge, der Glanz in seinen Augen.

»Avliq, was gibt es?« Die warme Stimme.

»Wir haben diese Albin am Rand des Waldes aufgegriffen«, antwortete die Schneetänzerin und deutete eine neckische Verbeugung an. »Wie sie heißt, hat sie uns nicht verraten.«

Patarins Blick wanderte zu ihr hinüber. Er musterte sie mit einem Lächeln. »Ich kenne sie … nur wie sie heißt, weiß ich ebenso wenig.«

»Patarin«, sagte Isinvi versonnen. »Das ist also dein Name. Warum hast du ihn mir im Traum nicht verraten?«

»Der aus dem Tod Geborene?« Patarin lachte. »Kein Name, den man gerne hört. Schon gar nicht im Traum. Und du? Sag, wie heißt du?«

»Isinvi.«

»Oh.« Patarin zog eine erstaunte Miene. »Wie die Schwester meiner Mutter. Nur ist die eine Gefangene in den Trolllanden. So sie noch lebt.«

Isinvi spürte Avliqs neugierige Blicke. Sie blendete sie aus. In ihr rauschte es. *Patarin … der Albenritter aus ihren Träumen … Sohn ihrer Schwester … führte Krieg gegen ihren Vater?*

»Aber Fëara ist tot«, stammelte sie.

»Ja«, erwiderte Patarin ernst, »deswegen auch *Der aus dem Tod Geborene*.«

»Sie erwartete ein Mädchen.«

»Und doch hat Astalastal *mich* aus ihrem kalten Leib geschnitten.« Patarin kam auf sie zu. Seine Augen strahlten, durchleuchteten sie.

Isinvi wich zurück und versteckte ihre verbrannte Hand hinter dem Rücken. Sie wollte es nicht wahrhaben und sprach es dennoch aus: »*Ich* bin die Schwester deiner Mutter!«

17. KAPITEL

MJERELMYR UND DAS DONNERHORN

MJERELMYR WACHTE AUF. Eine Schneeflocke tanzte träge auf seiner Nase, kleine Eiskristalle glitzerten in seinem Bart. Er gähnte, blinzelte und sah sich zufrieden um. Ihre Mauer hatte gut gegen den Schneesturm gehalten. Im Osten schickte die Sonne bereits ihre ersten Strahlen über die weiße Landschaft. Von Aylind, die neben ihm lag, war nichts zu sehen. Sie hatte sich unter all den Mänteln und Fellen vergraben, die die Trolle hatten entbehren können. Mjerelmyrs Magen knurrte. Ob er noch ein paar Schinkenreste in seinem Rucksack finden würde? Er räkelte sich leise, denn er wollte niemanden wecken. Wecken! Hätte er v'Ark nicht bei der Wache ablösen sollen?

Mjerelmyr sprang auf. »v'Ark! Warum hast du mich nicht geweckt?«

h'Ryn fuhr hoch, Aylind zuckte unter den Decken zusammen. Nur v'Ark schlug träge die Augen auf. Er stöhnte. Täuschte Mjerelmyr sich oder war der Wolfskrieger blass und hatte blutunterlaufene Augen, fast so als hätte er nicht geschlafen?

Aylind hatte inzwischen ihren Kopf herausgestreckt und sah sich um. »Wo ist Isinvi?«

Auf einen Schlag waren sie hellwach. Sie warfen die Decken beiseite und starrten in die Ferne. Keine Spur von der Albin. h'Ryn lehnte sich gegen die Schneemauer und ließ den Kopf hängen.

»Wohl stiften gegangen«, murmelte v'Ark.

Mjerelmyr drehte sich zu ihm um. »Du! Was hast du mit ihr gemacht?«

»Was soll ich denn mit ihr gemacht haben?«, knurrte v'Ark und verzog die Mundwinkel zu einem spöttischen Grinsen. »Was hättest *du* denn gerne mit ihr gemacht?«

»Was willst du damit sagen?«, brüllte Mjerelmyr.

»War nicht zu übersehen, wie du sie ansiehst ...«

»Dann ist nicht nur dein Arm hinüber, sondern auch deine Augen.«

»Vorsicht, Bunthörnchen, ich schneide dich auch mit *einem* Schwert in Stücke.«

»Ruhe!«, fuhr h'Ryn dazwischen und sah sie eindringlich an. »Wir ...«

Er wurde von Aylind unterbrochen, die etwas abseits stand und auf den Boden deutete. »Ich habe ihre Fußspuren gefunden. Sie sind schon fast zugeschneit. Wir müssen uns beeilen.«

»Packt eure Sachen zusammen!«, befahl h'Ryn. »Wir dürfen sie nicht verlieren.« Er nickte in Aylinds Richtung. »Vielleicht zahlt es sich jetzt aus, dass wir dich mitgenommen haben, Jägerstochter.«

»Das hat es schon lange«, flüsterte Mjerelmyr, als er ein paar Augenblicke später neben Aylind herlief.

Die junge Frau lächelte grimmig und nickte entschlossen. Knapp drei Weiten führte sie die Trolle gen Norden, dann kniete sie sich hin und wühlte im Schnee. Sie lief nach links, dann nach rechts. Schließlich schüttelte sie den Kopf.

»Nichts zu machen. Keine Spur mehr. Es hat zu viel geschneit.«

»Wenn wir ihrer Fährte in einer gedachten Linie folgen«, sagte Mjerelmyr, »kommen wir zu dem Berg.«

Gemeinsam starrten sie in die Ferne. Wie ein halbes Ei ragte der Berg aus der Ebene – bläulich schimmernd, vollkommen fehl am Platze.

»Sieht ganz danach aus«, meinte h'Ryn schließlich. »Also werden auch wir dorthin gehen.«

»Warum liegt eigentlich kein Schnee auf dem Berg?« Aylind sah sie mit großen Augen an.

Einer nach dem anderen zuckte die Schultern. Sie hatten keine Antwort, und Mjerelmyr fragte sich, warum er sich nicht schon selbst darüber gewundert hatte.

v'Ark plagte ein anderes Rätsel. »Warum gab's überhaupt eine Spur von der Albenhure?« In der Stimme des Wolfskriegers lag Argwohn. »So, wie sie sonst über den Schnee geschwebt ist, meine ich.«

Insgeheim musste Mjerelmyr sich eingestehen, dass v'Ark recht hatte.

»Für mich«, sagte der Wolfskrieger, »schmeckt das nach einer Falle.«

»Was für eine Falle?«

»Was weiß ich, du Trottel?« v'Ark winkte verächtlich ab. »Wir sind hier in den Albenweiten.«

»Na und?«, entgegnete Mjerelmyr. »Sie war dreihundert Jahre lang gefangen. Hier kennt sie sich nicht mehr aus.«

»Und wo war sie heute Nacht in ihren Träumen? Weißt du das?« v'Ark baute sich vor ihm auf. »Weißt du das, Bunthorn?«

»Wir gehen bis zum Berg«, unterbrach h'Ryn ihren Streit. »Von dort oben haben wir gute Sicht. Und falls wir nichts entdecken, das uns weiterhilft, kehren wir um. Ich bin müde ... und ihr sicher auch.«

Aylind, v'Ark und Mjerelmyr starrten ihn fassungslos an. Mit unerbittlichem Eifer hatte der Lindwurmhäuptling sie angetrieben, sie bis hierher ins Ewige Eis geführt, und nun wollte er aufgeben? Einfach so?

»Folgt ihr mir noch diesen einen Weg?«

Mjerelmyr meinte eine düstere Vorahnung in h'Ryns Blick zu erkennen. »Natürlich komme ich mit«, sagte er.

Aylind nickte stumm, und selbst v'Ark willigte ein. Niemand wollte sich h'Ryns Wunsch – fast schien es wie sein letzter – widersetzen.

So brachen sie auf, ihr Ziel klar vor Augen, und doch kamen sie dem Berg scheinbar keinen Deut näher. Die weiße Weite vor ihnen wirkte endlos und unüberbrückbar. h'Ryn stolperte mit gesenktem Kopf durch den Schnee, v'Ark gab irgendwann das Fluchen auf, und selbst Aylind strahlte und staunte nicht mehr. Schließlich stimmte Mjerelmyr ein albernes Wanderlied an, in das die anderen zu seinem Erstaunen nacheinander einfielen.

Ein Troll ohne einen Elch,
voll die Hose, voll der Kelch.
Geht auf Winterwanderschaft,
rülpst und furzt aus ganzer Kraft.

Ein Troll mit 'nem trunknen Elch,
voll die Hose, voll der Kelch.
Geh'n auf Winterwanderschaft,
rülpsen, furzen fabelhaft.

Ein Troll mit zwei trunknen Elchen,
voller Hose, vollen Kelchen.
Geh'n auf Winterwanderschaft,
rülpsen, furzen fabelhaft.

»Nanu«, lachte Aylind zwischen zwei Strophen, »v'Ark singt ja mit.«

»Besser als stur geradeaus zu laufen«, grummelte der.

Der Gesang schien Wunder zu wirken. Sie waren bei 42 Elchen angekommen, als der Berg plötzlich viel schneller vor ihnen lag, als sie zu hoffen gewagt hatten.

»Als hätte Isvander ihn uns vor die Füße geworfen«, stellte h'Ryn fest.

»Da sage noch einer, meine Lieder wären zu nichts nütze.« Für einen winzigen Augenblick meinte Mjerelmyr, v'Arks Mundwinkel zucken zu sehen – der Anflug eines Anflugs eines Lächelns.

»Merkt ihr was?«, fragte Aylind.

Sie betrachteten den Berg – blanker, blau schimmernder Granit. Er mochte kaum höher als hundertfünfzig Schritte sein. Die unteren Hänge waren von grauen Flechten überwuchert. An seinem Fuß wuchsen Büsche, und sogar Schilf stand rund um ein paar kleine Teiche.

»Es ist wärmer«, sagte h'Ryn.

Tatsächlich spürte Mjerelmyr, wie ihm eine laue Brise um die Nase wehte. Er schwitzte unter seinem langen Bart.

»Vielleicht gibt es Fische …« Aylind starrte sehnsüchtig in Richtung der Tümpel. Ihr Magen knurrte eines Trolles würdig.

»Ja, wir werden sehen«, erwiderte h'Ryn und blickte die Felswand hinauf. »Aber alles zu seiner Zeit. Erst statten wir dem Gipfel einen Besuch ab und halten Ausschau.«

Ein lautes Quaken ließ sie herumfahren – eine Entenmutter rief nach ihren drei Küken. Die Anwesenheit der Trolle schien sie nicht zu stören. In aller Seelenruhe watschelten sie von einem Teich zum nächsten.

»Fast wie wir«, kicherte Aylind. »Die Große ist h'Ryn.«

»Wohl eher Bunthörnchen«, sagte v'Ark, »so viel, wie sie schnattert.«

»Sehr witzig«, brummte Mjerelmyr, musste jedoch grinsen. *Seltsam*, dachte er, seit ihr Unterfangen so gut wie gescheitert war, hatte sich die Stimmung unter ihnen gelöst, war fast freundschaftlich.

Scherzend schlugen sie sich durchs Schilf und begannen mit ihrer Kletterpartie. Zu Anfang kamen sie leicht voran, es gab genügend Sträucher, an denen sie sich festhalten und hochziehen konnten. Doch schon bald folgte nackter Fels.

»Mammutscheiße, hier geht es nicht weiter«, fluchte v'Ark, nachdem er ein paar vergebliche Versuche unternommen hatte, im glatten Stein Halt für seine Pranken zu finden. »Vielleicht müssen wir Aylind hochwerfen.«

Einen Augenblick lang sah sie erschrocken drein, dann fiel sie in v'Arks kehliges Lachen ein.

h'Ryn seufzte. »Lasst uns umkehren.«

Ohne Einwände begannen die anderen mit dem Abstieg. Mjerelmyr hingegen zögerte. Sie waren doch nicht all die trostlosen Tage durch die verdammtesten Gegenden Norlands gewandert, hatten gehungert, gefroren und sogar einen von ihnen verloren, nur um jetzt einfach umzukehren. Irgendjemand musste doch früher in dieser Gegend gelebt haben? Jemand, der den Blauen Berg als heiligen Ort aufgesucht oder als Aussichtspunkt genutzt hatte? Bei Kilvis Brennender, es *musste* einen Weg nach oben geben! Mjerelmyr suchte die Felswand über sich zu seiner Rechten und zu seiner Linken ab.

»Halt! Dort drüben. Sind das Stufen?«

»Ich sehe nichts«, murrte v'Ark, ohne hinzugucken. Er war bereits die halbe Strecke wieder hinabgeklettert.

h'Ryn hielt inne, sein Blick folgte Mjerelmyrs ausgestrecktem Arm. »Ich weiß nicht, könnte schon sein«, meinte er schließlich. »Lasst es uns an der Stelle noch mal versuchen.«

Aylind stöhnte auf.

»Schon gut«, sagte h'Ryn, als sie den Boden erreichten. »Bleib du mit v'Ark hier. Ihr könnt Fische fangen oder Enten. Ich klettere mit Mjerelmyr hoch und sehe mich um. Bis gleich.«

Sie ließen die beiden zurück und wanderten am Fuß des Berges entlang, bis sie den Punkt erreicht hatten, an dem sie die Treppe vermuteten. Dort machten sie sich an den zweiten Aufstieg. Nachdem sie sich durch das Gestrüpp gearbeitet hatten, sahen sie tatsächlich Stufen vor sich – schmal und verwittert, aber Stufen. Vorsichtig setzten sie ihre großen Trollfüße auf die kleinen Trittsteine und tasteten sich voran. Mjerelmyr fragte sich, wer hier früher emporgestiegen war. Alben oder vielleicht die Vorfahren der Grünländer? In jüngster Vergangenheit hatte die Stufen zumindest niemand mehr genutzt.

Als sie den flachen Gipfel erreichten, troffen ihre Bärte vor Schweiß, und ihre Kleider klebten ihnen am Leib. Sie brauchten einige Atemzüge, bis sie wieder Luft tief in den Lungen spürten. Ein leichter Wind wirbelte über das Plateau, wühlte in ihren Haaren und ließ das Krähenskelett an Mjerelmyrs Keule klappern.

h'Ryn lächelte versonnen, den Blick in irgendeine unsichtbare Ferne gerichtet. Mjerelmyr sah sich um. Im Süden glaubte er Wasser glitzern zu sehen – das Auge. Im Westen war nichts als undurchdringlicher Nebel, und im Norden waberten schwarze Wolken, die das Land in Schatten tauchten. Im Osten gewahrte er eine ebenso schaurige Leere: eine unendliche weiße Weite, in der irgendwo weit entfernt ein winziges Schneegestöber tanzte. Es kam näher.

»Reiter«, murmelte Mjerelmyr, noch bevor er sich sicher war.

h'Ryn schien ihn gehört zu haben, denn er trat an seine Seite. Der Lindwurmhäuptling kniff die Augen zusammen. »Große Tiere. Mammuts oder Donnerbestien.«

»d'Uum«, sagte Mjerelmyr.

»d'Uum«, wiederholte h'Ryn. »v'Ark und Aylind – siehst du sie?«

»Nein.«

»Wir müssen sie warnen.«

Sie rannten los, kletterten und rutschten die Treppe hinunter, fingen sich und hasteten weiter, durch die Büsche, durch das Schilf, dorthin, wo sie die zwei zuletzt gesehen hatten. Sie fanden sie bei einem Tümpel an einem kleinen Feuer sitzen. Aylind grüßte sie überschwänglich. Sie hatte einen Fisch auf einen Stock gespießt und brutzelte ihn über den Flammen.

»Löscht das Feuer!«, befahl h'Ryn.

»Was?«

»Die Donnerhörner kommen!«

Während Mjerelmyr Matsch und Wasser auf die Flammen schaufelte, rafften die anderen ihre Sachen zusammen.

»Wohin?«, fragte v'Ark.

»Ins Schilf«, rief Aylind.

»Verstecken?« v'Ark lachte spöttisch. »Wie denn? Sieh dir die beiden Riesen an.«

»Zur Westseite«, sagte h'Ryn. »Wollen wir hoffen, dass sie an uns vorbeireiten.«

Die Schneewolke kam näher. Schon zeichneten sich einzelne Schemen ab. Reiter auf Donnerbestien. Wenigstens dreißig. Ein Horn ertönte. Die Reiter änderten ihren Kurs und hielten auf sie zu. Die Tiere senkten ihre Köpfe. Ihre Nasenhörner pflügten durch den Schnee.

»Zu spät«, knurrte v'Ark.

»Dann zum Hang«, rief h'Ryn, »dort können sie uns wenigstens nicht niederreiten.«

Sie hasteten in Richtung des Berges, durch die Tümpel und durchs Gestrüpp. Hinter ihnen donnerte die Erde. Mjerelmyr sah sich um. d'Uum und seine Krieger kamen immer näher. Wasser stob auf, und Zweige brachen. Sie erklommen die ersten Felsen und erreichten den sicheren Hang. Hustend und keuchend drehten sie sich um.

Die Reiter zügelten ihre Tiere und kamen am Fuß des Berges zum Stehen. Wütende Rufe gellten nach oben, dann setzte d'Uum sein Signalhorn an. Der Klang dröhnte kalt in Mjerelmyrs Ohren, das Echo von der Felswand noch viel mehr. d'Uum lenkte seine Donnerbestie den Hang hinauf, bis das Geröll unter ihren Füßen nachgab und sie langsam abwärts rutschte. Guntra schnaubte und schüttelte sich. Mjerelmyr erkannte sie an der verbrannten Nackenmähne.

»Ja, rennt nur, ihr Feiglinge!«, schrie d'Uum. »Aber diesmal entkommt ihr mir nicht. Wir lagern hier unten und warten, bis Hunger und Durst euch runtertreiben.«

»Seht ihr Isinvi bei ihnen?«, fragte h'Ryn leise. Mjerelmyr und die anderen schüttelten den Kopf. »Gut, dann hat er sie wenigstens ebenso wenig wie wir.«

»Was ist«, rief d'Uum, »steckt denn kein Funken Ehre in euch?«

»Doch!«, entgegnete h'Ryn.

»Dann kommt her und stellt euch!«

h'Ryn sah ihnen in die Augen, bevor er sich zu Mjerelmyr beugte und ihm ins Ohr raunte: »Ich habe uns das eingebrockt. Bring sie sicher zurück nach Samanunga.«

»Nein, bleib«, wollte Mjerelmyr sagen, aber h'Ryn stolperte bereits den Hang hinunter.

»d'Uum, ich kämpfe gegen dich, wenn du meine Gefährten ziehen lässt.«

»Hahaha! Und welche List hast du dir diesmal ausgedacht? Nein, Lindwurm, dich will ich nicht.« d'Uum deutete mit seinem Signalhorn auf Mjerelmyr. »Gegen ihn will ich kämpfen. Er hat meinen Sohn zum Krüppel geschlagen, und dafür wird er büßen!«

Mjerelmyr trat zu h'Ryn hinunter. »Ich mache es. Ich kämpfe.«

»Ich kann deinen Arsch nicht leiden«, zischte v'Ark ihm zu, »und deine bunten Hörner auch nicht. Aber wenn du jetzt da runtergehst, schlachtet er dich ab, und danach macht er uns nieder. Die sind mehr als dreißig und wir dann nur noch zu zweit.«

»Zu dritt«, platzte Aylind dazwischen.

»Zwei und eine Zerquetschte«, knurrte v'Ark.

»Was, wenn er euch doch gehen lässt?«

»Du meinst, weil du den Helden spielst?« Der Wolfskrieger zuckte mit den Schultern. »Träum weiter.«

Helden, dachte Mjerelmyr, *gibt es lebende oder nur tote?* Zumindest wurde über sie gesungen. Nur – wer würde über ihn singen, wenn seine Gefährten genauso tot waren wie er? Ein Schauer überkam ihn. h'Ryn hatte ihm die Hand auf die Schulter gelegt.

»Danke. Auch wenn ich es nie gesagt habe: Danke für alles. Es war mir eine Ehre, mit dir zusammen gereist zu sein.«

Mjerelmyr nickte. Er hörte h'Ryns Worte nur noch dumpf in seinen Ohren.

»Ach verflucht«, schimpfte v'Ark, »dann geh halt runter und prügle ihn weich. Er ist ja nur größer und besser bewaffnet als du.«

Aylind sah ihn schweigend an. Für einen Moment meinte Mjerelmyr Tränen in ihren Augen zu sehen, doch sie funkelten entschlossen. »Du schaffst das!«

Mjerelmyr packte seine Keule fester und machte sich an den Abstieg. Jubel brandete auf. d'Uum stieg aus dem Sattel und schnallte ein Schwert ab, das ihm bis zum Kinn reichte. Mindestens fünf Ellen war die Waffe lang. Ein letztes Mal stieß der Donnerhornhäuptling in sein Horn, bevor er es zurück in seinen Gürtel steckte. »Schaut her, ihr Geister«, rief er, »ich schicke euch eine Seele.«

Dann stürmte er los.

Mjerelmyr hatte noch Geröll unter den Füßen und rutschte aus, direkt in d'Uums Angriff hinein. Das Schwert – mehr Eisenprügel als Klinge – sauste auf seinen Schädel zu.

Mjerelmyr riss die Keule hoch, parierte den Schlag mit beiden Händen. Holzsplitter flogen, die Krähe klapperte.

Noch einmal und noch einmal und noch einmal hämmerte d'Uum auf ihn ein, als wollte er ihn der Länge nach zerteilen.

Schlag um Schlag blockte Mjerelmyr ab, die Keule knackte. Wie viele Hiebe noch, bis sie zerbrach? Endlich stand er auf ebenem Boden. Er sprang zur Seite und schwang nach d'Uum, traf den Häuptling mitten auf die Brust. Doch der schwankte keinen Fingerbreit.

»Komm schon, schlag mich!«

Und Mjerelmyr schlug. Er schmetterte die Keule gegen d'Uums Schulter, prügelte sie gegen sein Horn. d'Uum schüttelte sich und lachte, beflügelt von den Anfeuerungen seiner Krieger, die im Halbkreis um sie herumstanden und mit den Füßen stampften.

»d'Uum, d'Uum, d'Uum!« Wie dumpfe Trommelschläge dröhnten die Rufe in Mjerelmyrs Ohren. Von seinen Gefährten im Hang hörte er nichts.

In diesem Moment sprang d'Uum vorwärts, holte weit aus, schwang sein Schwert von rechts nach links. Mjerelmyr stolperte zurück und duckte sich hinter einen Felsbrocken. Die Klinge kam von der anderen Seite, kreischte über den Stein, dass Funken stoben. Für einen Wimpernschlag geriet d'Uum aus dem Gleichgewicht. Mjerelmyr machte einen Satz und hieb nach den Fingern des Donnerhornhäuptlings. Der öffnete die Fäuste, und das Schwert fiel zu Boden.

d'Uum knurrte und brüllte vor Schmerz.

Mjerelmyr trat das Schwert beiseite.

d'Uum warf sich vor.

Mjerelmyrs Keule schwang ins Leere.

d'Uums Pranke packte ihn und riss ihn zu Boden.

Mjerelmyrs Hinterkopf prallte auf Felsen. Vor seinen Augen tanzten schwarzgraue Blitze. Benommen schlug er um sich und versuchte sich zu befreien.

d'Uum hockte schwer auf seiner Brust und griff einen Stein, schmetterte ihn gegen Mjerelmyrs Schädel. Ein Knacken, ein dumpfer Hall, die Zeit blieb stehen.

Wieder holte d'Uum aus und hämmerte den Brocken gegen Mjerelmyrs Stirn. Blut schoss ihm in die Augen. Die Blitze verschwanden. Er sah nur noch rot und fragte sich, wann der Schmerz ein Ende hatte.

»Schön wach bleiben!« d'Uum spuckte ihm ins Gesicht. »Noch stirbst du nicht, du Vieh. Erst schneid ich dir die Hörner ab – wie du meinem Sohn.« Der Häuptling erhob sich. »Wo ist mein Schwert? Mein verdammtes Schwert?«

Mjerelmyrs Arme schnellten vor. Seine rechte Hand griff nach d'Uums Signalhorn und trieb es tief in den Schenkel des Häuptlings. Blut schoss aus der Wunde hervor, eine Fontäne nach der anderen. d'Uum schien es nicht mal zu bemerken. Ungerührt sah er sich um, erblickte sein Schwert und torkelte los. Er stolperte, fiel und glotzte Mjerelmyr an.

»So ein Scheiß«, murmelte er und stemmte sich auf alle viere, versuchte aufzustehen und brach erneut zusammen in einer Lache aus Matsch und Blut. »So ... ein ... Scheiß.«

Dann schwieg d'Uum und blieb liegen. Und diesmal für immer.

Stille. Unvorstellbare Stille. Dann ein Rauschen. Wie von Flügeln. Vom Blut in seinen Adern.

Das Dröhnen von Hörnern holte Mjerelmyr zurück. Er wischte sich übers Gesicht. Durch einen roten Schleier sah er, wie d'Uums Krieger auf ihn zurannten. Sie grölten und schwangen ihre Waffen. Hinter sich hörte er Schritte.

»Jetzt haben wir den Mist«, grollte v'Ark. Der Wolfskrieger hatte sein Schwert gezogen.

Neben ihm streichelte h'Ryn seine Axt. »Hört mich, ihr Ahnen ... höre mich, Kharn ... einmal noch ... einmal noch sei auf meiner Seite.«

Aylind half Mjerelmyr hoch, auf ein Knie, aufs andere, bis er schwankend stand. Er schnaufte: »Bring mir meine Waffe!« Sie drückte ihm die Keule in die Hand. Er stützte sich auf sie, atmete schwer. Seine Nase war geschwollen.

Rücken an Rücken standen sie, Aylind in ihrer Mitte. Mjerelmyr sah doppelt, rotweiße Schemen. Zehn, zwanzig, vierzig Donnerhörner umkreisten sie ... und gingen plötzlich zu Boden, heimgesucht von schneeweißen Geistern. Wie aus dem Nichts fuhren sie auf die Trolle herab. d'Uums Krieger kämpften oder nahmen Reißaus, schwangen sich auf ihre Bestien.

»Alben, Mjerelmyr, Alben!«, brüllte Aylind ihm ins Ohr.

Er sah immer noch verschwommen. »Wie viele sind es?«

»Viele! Vier- oder fünfmal mehr als die Donnerhörner, und sie reiten ihnen nach, auf Antilopen!«

Einige blieben bei ihnen und umzingelten sie. Immer enger zogen die Reiter den Kreis. Schließlich hielten sie an, mit gesenkten Lanzen.

»Wahrlich«, hörte Mjerelmyr h'Ryn sagen, »ihr kommt keinen Augenblick zu früh.«

»Eure Freude ist voreilig«, erklang eine helle Stimme.

Mjerelmyr gab es auf, Einzelheiten erkennen zu wollen. Er schloss die Augen und begnügte sich damit, dem Wortwechsel zu lauschen.

»Wir mögen keine Trolle in unseren Landen. Ganz gleich welchem Stamm sie angehören.«

»Wir danken den Geistern trotzdem für euer Erscheinen.«

»Dankt nicht den Geistern, dankt Isinvi.«

»So«, erwiderte h'Ryn, »dann habt ihr sie also gefunden. Nur – wer seid ihr? Mit wem haben wir die Ehre?«

»Patarin ist mein Name. Ich bin der Sohn der Albin, die deine Ahnen ermordet haben.« In der hellen Stimme schwang eine nicht zu überhörende Kälte mit. Mjerelmyr hatte ein schlechtes Gefühl, und für einen Moment fragte er sich, ob sie nicht vom Buckel des Wals ins Maul der Seeschlange gesprungen waren. Vielleicht wäre es besser gewesen, wenn d'Uum und seine Krieger sie einfach erschlagen hätten. Er öffnete die Augen.

Die verschwommene Gestalt des Alben bewegte sich im Sattel. »h'Ryn, Sohn des ä'Hn, Sohn des aa'Ä, letzter Erbe des Lindwurms – ich erkläre dich und dein Gefolge zu meinen Gefangenen, auf dass ihr eure gerechte Strafe erhaltet.«

18. KAPITEL

Isinvi und die schwarze Wolke

Isinvi wandelte durch das Lager. Es war zu groß, um provisorisch zu sein, und doch keine feste Siedlung. Zelte und Iglus wechselten sich ab. Sie ließ ihre Finger über die Wände der Schneehütten gleiten. Ihr Eis war rau, nicht annähernd so makellos wie das von Jemenjara. Irgendwo in der Ferne blökte ein Vierhorn-Kalb. Seit Patarin und seine Reiter aufgebrochen waren, war das Lager zwar leerer, jedoch auch lebendiger geworden. Die Alben aus Daushan Evendar tanzten und sangen unter der Nachtsonne. Isinvi verstand sie nicht. Ihre Sprache war lästig wie wirbelnder Schnee – überall um sie herum und doch nicht zu greifen. *Welch albernes Volk.* Sie hielt sich fern von ihnen. Doch auch die wenigen Jemenjaden, die im Lager zurückgeblieben waren, mied sie. Sie hatte nicht vor, ihnen gegenüberzutreten, schließlich hatten sie ihren Vater verraten.

Ohne es zu merken, war Isinvi in Richtung Koppel gelaufen. Dort stand das schreiende Kälbchen, dicht an seine Mutter gedrängt. Abseits war ein Bulle angepflockt. Seine Silbermähne flatterte im Wind, eines seiner vier Hörner war abgebrochen. Er drehte langsam seinen Kopf und starrte Isinvi aus schwarzen Augen an. Sie blickte zurück und erinnerte sich an Kasmas weiche Schnauze. Am liebsten wollte sie das Tier streicheln.

»Die machen mir Angst«, sagte Avliq. Die Schneetänzerin

schwebte über den Schnee auf Isinvi zu und blieb neben ihr stehen.

»Angst?« Isinvi war verblüfft. »Vor Vierhörnern?«

Avliq lächelte verlegen. »Ich habe nichts gegen Schneelöwen oder Frostwürmer, Vierhörner jedoch … diese dünnen Beine und der finstere Blick … sind mir irgendwie auf schöne Weise unheimlich.«

Isinvi grinste. »Seine Augen sind auch besonders schwarz.«

»Nopeas Augen vermögen die Dunkelheit zu durchdringen.«

»Er kann im Dunkeln sehen?« Isinvi musterte erst die Albin und dann die Schneeantilope.

»Ja, nur brachte das seinem Reiter kein Glück. Von der letzten Erkundung ist Nopea allein zurückgekehrt – oben, im Norden, bei Jemenjara. Das arme Tier war ganz verstört, lässt sich seither nicht mehr reiten. Wer weiß, was ihm zugestoßen ist. Ich meine, sieh dir sein Horn an.«

Isinvi dachte nach. »Du sagst, Nopeas Augen hätten seinem Reiter kein Glück gebracht. Dabei wird es im Norden im Frühjahr nicht dunkel. Im Gegenteil, die Sonne scheint fast die ganze Nacht.«

»Nein, schon seit langem nicht mehr.« Avliq seufzte. »Du hast wahrlich viel verpasst. Der Kaï … äh … dein Vater hat seinen Wolkenrufern bereits vor über hundert Jahren befohlen, den Himmel über Jemenjara zu verdunkeln. Und seit kurzem wandern die Wolken bis in den Süden.«

»So, so«, sagte Isinvi. Sie glaubte der Schneetänzerin kein Wort. Warum sollte ihr Vater das tun? Ewige Dunkelheit – das wäre der Tod seines Landes. »Dann ist das der Grund, warum Patarin gemeinsame Sache mit euch macht und Krieg gegen ihn führt?«

»Das auch«, erwiderte Avliq.

»Was denn noch?«

»Das sagt er dir besser selbst. Oje, deine Hand sieht beklagenswert aus.« Avliq beugte sich vor, um die Verbrennung zu begutachten. Zwischen ihren weißblauen Locken baumelte ein Amulett, Fëaras Schneeflocke – jenes Schmuckstück, das sie so gern getragen hatte, auch an jenem verhängnisvollen Tag vor mehr als dreihundert Jahren.

Es versetzte Isinvi einen Stich, das Schmuckstück am Hals einer Fremden zu sehen.

Sie griff nach dem Anhänger und hielt ihn zwischen den Fingerspitzen fest. »So zart, so zerbrechlich. Seltsam, manche Dinge gehen schnell kaputt und andere halten drei Leben lang.« Sie ließ das Amulett wieder los. »Hm, er liebt dich.«

»Das will ich hoffen, schließlich hat er mich zur Frau genommen.« Avliq lachte. »Macht dich das nicht zu meiner Tante?«

Isinvi hätte kotzen mögen. *Eine Schneetänzerin als Nichte.* Sie stellte sich vor, wie v'Ark ihr Gesicht zertrümmerte, und fiel in das Lachen mit ein.

»Warte, ich hole Salbe für deine Hand.«

Isinvi blickte Avliq hinterher, wie sie zwischen Zelten und Iglus verschwand. Wenn es eines gab, das sie nicht tun würde, dann war es warten. Sie kletterte über die Schneemauer und betrat die Koppel.

»So, du hast also die Finsternis gesehen?«

Nopea beobachtete Isinvi aufmerksam dabei, wie sie in den Futtersack griff. Als sie mit ausgestreckter Hand auf ihn zukam und ihm eine Handvoll Algen hinhielt, tänzelte er nervös, als könnte er sich nicht entscheiden, vor ihr davonzulaufen oder nach dem Futter zu schnappen.

»Unentschlossen? Flatterhaft? Ich würde sagen, dann haben wir etwas gemeinsam.« Zwei Schritte vor ihm blieb sie stehen.

Das Vierhorn warf den Kopf zur Seite und wollte an ihr vorbeispringen, doch der Strick, mit dem es festgepflockt war, hielt es zurück. Es blökte erst ängstlich, dann wütend.

»Du hast ein wildes Herz«, murmelte Isinvi dem Tier zu,

»und du bist verwundet, genau wie ich.« Sie trat einen Schritt näher.

Nopea brüllte und versuchte auf die Hinterbeine zu gehen. Abermals hielt ihn der Strick zurück. Da senkte er schnaubend den Kopf und stieß Isinvi seine drei verbliebenen Hörner entgegen.

Die Albin sah die Bewegung lange, bevor er sie aufspießen konnte. Sie sprang beiseite und packte ihn an den Hörnern. Die Wucht des Tieres riss sie von den Füßen, doch sie ließ nicht los.

»Nur zu, mein Freund«, sagte sie. »Schüttle mich!«

Und tatsächlich warf Nopea seinen Kopf hin und her, schleuderte Isinvi von links nach rechts.

»Weiter so!«, spornte sie ihn an. »Zeig mir deine Dunkelheit.« Sie spannte die Armmuskeln an und zog sich ein Stück hinauf, bis sie dem Vierhorn in die Augen blicken konnte, die so schwarz waren wie die dreihundert Jahre in ihrem Kerker.

Nopea hielt in der Bewegung inne, schnaufte, blinzelte und senkte den Kopf. Isinvi ließ die Hörner los.

»Wir haben beide absolute Finsternis gesehen«, sagte sie, während sie sich nach den verstreuten Algen bückte und sie dem Vierhorn erneut hinhielt. »Aber zu zweit lässt sie sich leichter ertragen.«

Nopea beäugte sie einen kurzen Moment, dann stieß er ein leises Röhren aus und fraß ihr schließlich aus der Hand. Die Haare an seinen Nüstern kitzelten, so wie damals die von Kasma. Isinvi lehnte ihre Stirn an die seine.

»Was meinst du?«, flüsterte sie. »Wir zwei … weit weg von hier … im ewigen Packeis?« Sie band ihn los. Er stupste sie in die Seite. »Natürlich nehmen wir den Futtersack mit, und den Schlauch mit dem Tran hier ebenfalls.« Isinvi packte die Sachen zusammen und schwang sich auf den Rücken des Vierhorns. Der Bulle schnaubte ungeduldig. »Ja, ich finde auch – es ist Zeit nach Jemenjara zurückzukehren.«

Ein leichter Druck ihrer Schenkel genügte, damit Nopea Anlauf nahm und über die Schneemauer hinwegsetzte, die die Koppel umgab. Als hätte er auf nichts anderes gewartet, als sie auf seinem Rücken zu tragen, galoppierte er hinaus in die weiße Ebene.

Niemand würde sie einholen. Patarin und seine Reiter waren unterwegs zum Blauen Berg. Trotzdem spornte Isinvi Nopea an. Der Gegenwind rauschte kalt in ihren Ohren. Er war ein gutes Omen. Anders als einen tosenden Sturm konnte sie diesen Wind bestimmen – seine Dauer, seine Stärke, seine Richtung. Auch viele Weiten später hatte Isinvi noch lange nicht genug, und so ritt sie immer weiter Richtung Norden.

Es war richtig, dass du Patarin gesagt hast, wo er h'Ryn finden kann. Fëara schrie ihr ins Ohr, um das Rauschen zu übertönen. Wie ein nasser Sack saß sie hinter ihr auf der Antilope. Ihr Geist war ein ebenso miserabler Reiter wie einst sie selbst.

Und jetzt komm zu mir!, brüllte der Himmel mit der Stimme ihres Vaters. Sein Gesicht hing als dunkle Wolke über ihr.

Isinvi drehte sich zu ihrer Schwester um. »Das war meine letzte gute Tat.«

Sie trieb Nopea die Hacken in die Flanken. Das Vierhorn galoppierte schneller. Fëara krallte sich fester. Isinvi war wütend.

»Lass los!«

Nein …

Die restlichen Worte verschluckte der Wind. Hufe trommelten über gefrorenen Schnee. Isinvi spürte jeden Sprung in ihren Knochen. Ihre Schenkel brannten. Sie beugte sich vor und hauchte Nopea ins Ohr: »Flieh! Flieh, so schnell du kannst.«

Die Antilope machte einen weiten Satz. Für eine Ewigkeit schien sie nicht den Boden zu berühren, bis sie umso heftiger landete. Isinvi verlor den Halt. Im letzten Moment griff sie nach den Hörnern und klammerte sich fest. Hinter ihr flog Fëara im hohen Bogen davon, und noch während sie flog, verblassten ihre Umrisse, und sie war verschwunden.

Isinvi ritt durch Tag und Nacht. Nopea war ein ausdauerndes Tier. Manchmal schlief sie sogar auf seinem Rücken. Von wegen verstört – er hatte das brave Getrippel satt, zu dem ihn die Schneetänzer gezwungen hatten. Er war ganz wild darauf zu rennen, bis sein Herz kurz vorm Bersten war, und sie ließ ihn gewähren. Nur wenn der Schaum vor seinem Maul dichter wurde, hielten sie an und verschnauften. Dann entzündete sie ein kleines Feuer, schmolz Schnee in einer Schale und kochte die Algen darin mit einem Schuss Tran. Wahrlich, es gab keine nahrhaftere Mahlzeit.

Nopea lief zielsicher gen Nordosten. Isinvi verließ sich auf seinen Orientierungssinn, doch auch sie hätte den Weg leicht gefunden. Schon kurz nachdem sie aufgebrochen waren, hatte sich der Himmel verdunkelt. Düstere Wolken dräuten in der Ferne, und mit jedem Tag wurden sie dunkler. Sie ritten von der Mitternachtssonne ins Zwielicht hinein und schließlich in die Finsternis. Seit zwei Tagen konnte sie die Sonne nur noch erahnen. Sollte Avliq am Ende recht gehabt haben? Trieb ihr Vater die Wolkenrufer dazu, das Land in ewige Dunkelheit zu hüllen? Isinvi schüttelte den Kopf. Niemals. Es musste eine andere Erklärung für die schwarzen Wolken geben.

Manchmal kamen sie an Schneehütten vorbei. Jede einzelne stand leer. Svarun war ein verlassenes Land. Das Packeis war dicht geschlossen, der Schnee stumpf und grau. Zum ersten Mal in ihrem Leben musste Isinvi sich eingestehen, dass sie fror.

Es war einer dieser Nachttage, der vierte oder fünfte, als

Nopea in einen langsamen Trab verfiel und schließlich stehen blieb. Er hob seinen Kopf und schnupperte.

»Was ist? Was siehst du?« Isinvi streichelte seine Mähne und starrte angestrengt in die Schwärze. Ob er ein Raubtier witterte? Er schien nicht nervös zu sein, seine Flanken bebten lediglich vor Anstrengung. Ohne dass sie ihm ein Signal gab, lief er weiter.

Nach einer Weile meinte Isinvi ein gleichmäßiges Zischen oder Knirschen zu vernehmen. Das Geräusch kam näher, *sie* kamen näher. In der Dunkelheit nahm sie eine Bewegung wahr. Vor ihr glitten unförmige Schatten über das Land. Schlitten. Zwei riesige Schlitten. Sie hatten Walkadaver geladen. Moschusböcke zogen, Alben schoben. Beide schienen zu erschöpft, um Isinvi zu bemerken.

Sie lenkte Nopea näher heran, bis die Walfänger in Rufweite waren. »He! He, He!«

Die Schlitten hielten an. Ein ausgemergelter Alb sprang vom ersten herab und näherte sich ihr, zwei weitere schnappten sich Hakenspeere und begleiteten ihn.

»Kindchen, Kindchen, was machst du hier mitten auf dem Eis, mitten in der Nacht … oder ist es Tag?« Der alte Silberschopf lachte bitter, und dennoch strahlten seine Augen. »Schwer zu sagen dieser Tage. Auf jeden Fall siehst du geschafft aus, Kindchen, mindestens genauso geschafft, wie wir uns fühlen. Ich bin Moras und das sind mein Söhne Uki und Tajanë.« Der alte Walfänger streckte ihr die Hand entgegen.

Isinvi beugte sich zu ihm hinunter und ließ ihn ihre Wange berühren, so wie es unter einfachem Volk gegenüber Älteren üblich war. Seine Finger waren knochig und rau auf ihrer Haut.

Uki und Tajanë nickten ihr zurückhaltend zu. Im Gegensatz zu ihrem Vater hatten sie noch schwarzes Haar.

Moras machte eine einladende Geste. »Komm, wir wollten eh bald rasten. Iss mit uns. Das heißt, wenn du mit kaltem

Fleisch vorliebnimmst. Schon eine Farce, wir sitzen hier auf genügend Tran, um ganz Jemenjara zu schmelzen, haben aber nicht mal Öl für ein Feuerchen übrig.«

»*Ich* habe Öl«, rief Isinvi. Sie freute sich, dass sie etwas zu dem Mahl beitragen konnte. Die Mienen von Moras' Söhnen hellten sich auf.

Kurz darauf saß sie mit einem Dutzend Walfänger zusammen vor einem dampfenden Kessel. Die Alben wirkten abgekämpft und grimmig. Isinvi genoss ihre düstere Gesellschaft. Sie erinnerte sie an die Male, als sie mit den Soldaten ihres Vaters ausgeritten war.

Nach wenigen Bissen merkte sie, dass es lange her war, seit sie das letzte Mal so fett gegessen hatte. Sie spürte, wie ihr Magen zu rebellieren begann, und setzte die Schale ab.

»Wie weit ist es noch bis Jemenjara?«

»Für uns fünf Tage«, antwortete Moras und nickte in Nopeas Richtung, »für dich höchstens zwei … mit dem schönen Tier.«

Die Walfänger musterten das Vierhorn neugierig.

»Und, was macht ihr so weit im Süden?«, fragte Isinvi, um abzulenken.

»Ha!«, rief Uki, »weit im Süden. Von welchem Schnee hast du denn gegessen? Wir waren schon viel südlicher auf der Suche nach Walen.«

»Was bleibt uns anderes übrig?«, fragte Tajanë wütend. »Das Packeis ist hier viel zu dick. Die schwarzen Wolken treiben uns …«

»… direkt in die Arme von Patarin und seinen Räubern«, beendete Uki den Satz seines Bruders.

Moras starrte in die Flammen und nickte langsam. »Ja, so ist es mit den hohen Herren. Die einen hüllen uns ins Dunkel, und die anderen stehlen uns unser letztes Licht.«

»Kjälvir Kaï wird sicher seinen Grund haben«, entgegnete Isinvi, vielleicht eine Spur zu trotzig.

»Oh, sicher, den hat er«, erwiderte Moras. »Er trauert um seine Töchter.«

»Eine lebt doch noch«, platzte es aus Isinvi heraus.

»Mag schon sein. Aber wenn du meine Vermutung hören willst, dann hat er die Hoffnung sie wiederzusehen schon vor langer Zeit aufgegeben. Seither befiehlt er seinen Wolkenrufern, den Himmel zu verdunkeln, und von Jahr zu Jahr wird es schlimmer. Doch genug der düsteren Geschichten. Was treibt eine Albin allein aufs Packeis? Und deinen Namen hast du uns auch noch nicht verraten.«

»Kasma«, log Isinvi, ohne zu zögern. »Ich war auf der Suche nach meinem Mann … und habe nur sein Vierhorn gefunden.«

»Tut mir leid, das zu hören«, murmelte Moras.

Isinvi stand indessen auf und klopfte sich den Schnee von den Kleidern. »Vielen Dank für eure Gastfreundschaft. Aber ich fürchte, ich muss jetzt weiter. Hier nehmt mein Öl, ich brauche es nicht mehr. Nach Jemenjara schaffe ich es auch an einem Tag.« Isinvi reichte Moras den Ölschlauch. Dann schwang sie sich auf Nopeas Rücken und galoppierte davon.

Der Turm erhob sich wie ein drohender Geist in der Landschaft. Er schien Rauch auszuspeien. Finstere Wolken verhüllten seine Spitze – die Eisnadel, die irgendwo aus der Mitte seiner Ringmauer in den Himmel stechen musste. So spät hatte Isinvi den Turm noch nie gesichtet. Sie hatte die Werkstätten mit den Trankesseln hinter sich gelassen und bereits den Schneegarten zu Füßen des Turms erreicht. Langsam ritt sie durch dessen Irrgänge. Die Alben von Svarun lebten seit Jahrhunderten in den ausgehöhlten Wällen des Gartens. Hier und da lenkte sie Nopea näher an eines der Eisfenster, um in die Behausungen zu spähen. Manchmal glaubte sie huschende oder kauernde Schatten zu sehen, doch nirgendwo brannte Licht. Jemenjara lag im Dunkeln.

Das kalte Klacken von Hufen auf Eis war das erste Lebenszeichen, das Isinvi vernahm. Nopea stellte die Ohren auf und blickte den Irrgang hinunter. Kurz darauf bogen acht Reiter um die Ecke, Jemenjaden, die Ritter ihres Vaters. Isinvi verkniff sich einen Schrei der Erleichterung. Endlich.

In Zweierreihe trabte die Patrouille auf sie zu, fließende graue Mäntel und schlanke Lanzen. Der Teenaï – ihr Hauptmann – ritt voran. Er hatte ein Krummschwert umgegürtet, der Soldat zu seiner Rechten trug eine Laterne. Ihr Schein hüllte die Ritter in eine Blase aus rotgoldenem Licht. Eine Lanzenlänge von Isinvi entfernt brachten sie ihre Vierhörner zum Stehen. Der Teenaï nahm seinen Helm ab. Sein Haar war lang und schwarz, ein Ziegenbart zierte sein spitzes Kinn. Er musterte Isinvi streng und verzog die Mundwinkel.

»Was macht sie auf einem Vierhorn?«

Isinvi streichelte Nopea über den Kopf. »Das letzte Mal, als ich hingesehen habe, war er ein Dreihorn.«

»Was maßt sie sich an? Niemand außer den Jemenjaden darf auf Antilopen reiten. Steig sofort ab und übergib uns das Tier.«

Isinvi schwang sich hinunter. »Zu freundlich. Dass Ihr ihn für mich in den Stall bringt, meine ich. Nach dem langen Ritt hat er sich eine warme Decke und einen Sack Algen verdient. Und dann … führt mich zu meinem Vater!«

Der Teenaï funkelte sie an, sein dünner Bart zitterte. Die anderen staunten mit offenen Mündern.

»Oh, falls Ihr Euch fragt, wer mein Vater ist: Sein Name lautet Kjälvir Kaï. Ihr solltet ihn kennen, Ihr steht in seinen Diensten.«

»Hochstaplerin«, zischte der Hauptmann.

»Und wenn nicht?«, meinte Isinvi den Laternenträger flüstern zu hören.

Der Teenaï schenkte ihm keine Beachtung und beugte sich

zu ihr herunter. »So, Königstochter, und jetzt sage *ich* dir, mit wem *du* es zu tun hast …«

»Lieber nicht«, unterbrach Isinvi ihn. »Wenn ich erst Euren Namen weiß, wird es mir später nur schwerer fallen meinen Vater zu bitten, Euch gebührend zu bestrafen.«

»Deinen Vater«, höhnte der Teenaï, »nicht zu glauben. Allerdings gibt es einen einfachen Weg, das herauszufinden. Komm mit, du sollst deine Audienz erhalten!«

Isinvi folgte den Rittern durch den Schneegarten. Das Wortgefecht hatte sie abgelenkt, doch nun spürte sie, wie weich ihre Knie waren. *Vom langen Ritt*, versuchte sie sich einzureden. Sie wusste es besser. Dreihundert Jahre lang hatte sie von diesem Tag geträumt: Sie war in Jemenjara, und sie würde ihren Vater wiedersehen.

Isinvi war schlecht. Zumindest der erste Teil ihres Traums schmeckte bittersüß. Zu lange hatte sie die Finsternis ihres Kerkers ertragen, Stimmen gehört, Bilder gesehen, war dem Wahnsinn bestenfalls knapp entronnen, nur um erneut von Dunkelheit empfangen zu werden. Jemenjara in Düsternis zu sehen, wenn es eigentlich unter der Mittsommersonne strahlen sollte, zerschnitt ihr das Herz.

Was war mit dem zweiten Teil ihres Traums, was war mit ihrem Vater? Wie schwarz war seine Dunkelheit?

Je näher sie dem Turm kamen, desto öfter sah man matt erleuchtete Fenster in den Schneewällen zu ihrer Linken und Rechten. Doch das trübe Licht machte die Finsternis nur schlimmer. Wie viele Alben hier wohl noch lebten? Wie viele hatten sich Patarin angeschlossen? Und wie viele waren in der dauernden Nacht gestorben?

Nach drei weiteren Biegungen gelangten sie an eine runde Steinmauer, den äußeren Ring, der den Eisturm wie ein Schutzschild umgab. Der Teenaï und die Ritter stiegen ab. Den letzten Rest des Weges gingen auch sie zu Fuß. Wortlos führten sie Isinvi die Stufen hinauf und durch das silberweiße

Tor, in dessen Flügel der volle Name Nuës geschnitzt war. 3.776 Zeichen für ihre Göttin – die meisten Symbole waren schon längst verblasst und selbst für den nicht mehr zu entziffern, der der Alten Sprache mächtig war.

Ohne Umwege durchquerten sie das breite Gemäuer und betraten den Hof, der sich wie ein zweiter Ring um den Eisturm legte. Der Wind pfiff zu ihrer Begrüßung. Eine Böe jagte die nächste. Ihr Echo hallte von den Wänden. Isinvi blickte unwillkürlich nach oben. Sie legte den Kopf in den Nacken, soweit es ging, doch die Spitze des Turms war in der Dunkelheit nicht auszumachen.

Sie gingen weiter. Andächtig berührte sie die Mauern aus Eis, so makellos glatt unter ihren Fingerspitzen. Schließlich betraten sie die Hohe Halle von Jemenjara.

Isinvi kam sich vor, als wanderte sie in einen Wald hinein. Eissäulen schossen kreuz und quer in die Höhe, um die Hallendecke, vierzig Schritt über ihnen, zu stützen. Allein der Herzstein überragte sie um mehr als das Doppelte, eingefasst in eine Eisnadel im Innenhof des Turms.

Isinvi hatte ihre Schwester früher gerne in die Große Halle gezerrt, um sie zu erschrecken. Fëara hatte sich vor den Gestalten in den Eissäulen gegruselt. Die Feinde Svaruns waren dort eingefroren: Trolle, Menschen, Sunen, sogar der Arm eines Riesen. In dem Zwielicht konnte Isinvi jedoch nur Umrisse und einzelne Fratzen erahnen, dort wo der Lichtkegel des Laternenträgers auf die Säulen fiel.

Sie folgten einem sich windenden Pfad, quer durch die Halle. Auf dem kürzesten Weg waren es 144 Schritte bis zum Thron. Isinvi war sich sicher, dass der Teenaï ihn kannte. Sie zählte mit. 100 … 110 … 120. Bei 130 verlangsamten sie ihren Schritt, bei 136 hielten sie an. Erst jetzt bemerkte sie, dass sie auf den Boden geguckt hatte. Sie sah auf und blickte zum Thron – aus Eiszapfen geschnitzt, so fein und verwoben wie ein Vogelnest. Darin saß ihr Vater.

Kjälvir Kaï war in sich zusammengesunken, schwarz-weiße Strähnen bedeckten sein Gesicht. Er war kleiner und dürrer, als sie ihn in Erinnerung hatte. Ihr Vater war tatsächlich gealtert. Wie konnte er nur? Er war ein Wolkenalb! Isinvi spürte einen ohnmächtigen Zorn in sich aufsteigen, schämte sich und schluckte ihn runter.

Die Jemenjaden verbeugten sich.

»Kjälvir Kaï«, verkündete der Hauptmann, »wir bringen Euch eine Spionin, die behauptet, Eure Tochter zu sein.«

»Spionin?« Isinvi riss sich los, doch sofort spürte sie zwei Lanzen im Rücken und blieb stehen. »Ich bin es Vater, ich, Isinvi.«

Kjälvir Kaï strich seine Haare beiseite. Seine Kristallaugen waren schwarz angelaufen.

»Er ist blind, er ist blind«, murmelte sie.

»Hören kann ich jedoch noch gut«, antwortete er. »Sie behauptet also meine Tochter zu sein? Welch makabrer Scherz.«

»Nein, kein Scherz. Ich bin es wirklich, Vater. Isinvi.«

»Isinvi ist gefangen in den Trolllanden.« Kjälvir presste die Lippen zusammen. Die Worte schienen ihm Mühe zu bereiten. »Das hätte sie wissen müssen.«

»Die Trolle haben mich freigelassen. Sie wollten mich zu Euch bringen, aber …« Isinvi stockte einen Augenblick. »Aber sie sind Patarin in die Hände gefallen, und ich habe mich allein durchgeschlagen.«

»Patarin«, wiederholte Kjälvir verächtlich den Namen seines Enkels. »Er hat sich mit Schneetänzern aus Daushan Evendar gemein gemacht, um mich zu stürzen. Wer sagt mir, dass sie keine von ihnen ist? Sie sind geschickte Lügner und Betrüger. Sie dachte wohl, sie kann einen blinden Alten zum Narren halten, was?«

»Aber so ist es nicht!« Isinvi krallte ihre Fingernägel in die Handflächen. »Erkennt Ihr denn meine Stimme nicht? Hört auf Euer Herz! Ihr wisst, dass ich es bin. Sagt den Wolkenrufern, sie sollen die Wolken ziehen lassen. Ich habe dreihundert Jahre in Dunkelheit gesessen … das will ich nicht mehr … und das solltet Ihr genauso wenig … niemand sollte das.«

»Bewegende Worte«, hauchte Kjälvir, »doch bedauerlicherweise die Worte einer Lügnerin.«

»Ich lüge nicht!«, rief Isinvi.

»Dann drehe sie sich um. Sieht sie die Säule hinter sich?«

Isinvi wandte sich um und erschrak. Sie kannte den Troll, der dort in die Säule eingefroren war. Sein dümmliches Gesicht, seine gespaltene Lippe. Hackfresse! Der Bote, der ihr das grüne Tuch ihrer Schwester geschenkt hatte.

»Meine jüngste Errungenschaft«, sagte Kjälvir. »Er kam drei Tage vor ihr an, mit einer Nachricht von den Versehrten: Meiner Tochter gehe es gut … als Gefangene!«

Isinvi spürte die Kälte von Jemenjara in ihre Glieder fahren, ihren Geist und ihre Gedanken lähmen.

»Sicher kann sie mir erklären, warum die Versehrten ihn geschickt haben, nur um meine Tochter gleich darauf freizulassen?«

Isinvi kämpfte gegen die Starre. »Ich«, stammelte sie, »ich … *kann* es erklären.«

»Schweig! Bringt sie weg und werft sie in den tiefsten Kerker. Für dreihundert Jahre! Soll sie erfahren, was es heißt, meine Tochter zu sein.«

Die Ritter griffen sie.

»Nein.«

Zogen sie weg.

»Nein!«

Hinter die Säulen.

»NEIN!«

Raus aus der Halle.

»NEEEIN!«

Erst im Freien verstummte Isinvi und kam zu sich, genug, um das zufriedene Grinsen des Hauptmanns zu sehen.

»Du widerlicher …« Sie ballte die Fäuste und wollte auf den Teenaï einschlagen. Die Soldaten neben ihr zückten ihre Klingen.

»Was geht hier vor sich?« Ein Alb in einer schwarzen Robe überquerte den Hof im Stechschritt.

Isinvi hielt in der Bewegung inne, die Soldaten ließen ihre Waffen sinken.

»Eine Spionin Patarins«, erwiderte der Teenaï. »Sie hat versucht, sich als Tochter des Kaïs auszugeben. Wir bringen sie in den Kerker.«

Der Alb zog seine Kapuze zurück. Isinvi blickte in ein altes Gesicht. Ihr Herz schlug höher. Der strenge Mund, das unruhige Flackern in den Augen – er hatte sich nicht verändert.

»Astalastal, ich bin es, Isinvi.«

Der Erste Wolkenrufer starrte sie unbewegt an. Isinvi erinnerte sich an das letzte Mal, als sie sich gesehen hatten, damals im Schlitten ihrer Schwester. Er hatte sie als blinden Passagier erwischt. Sie hatte den Kopf aus der Reisetruhe gesteckt, er hatte auf seinem Vierhorn gesessen. Er starrte weiter … und weiter … und schien das Gleiche zu denken.

»Ja, das ist Isinvi. Lasst sie frei.«

Der Griff des Hauptmanns wurde fester.

»Habt Ihr nicht gehört?«

Widerwillig ließen die Ritter sie los. »Aber der Kaï selbst hat …«

»Wollt Ihr Euch gegen mein Wort stellen?«, fragte Astalastal scharf. »Ich werde die Sache mit Kjälvir Kaï erörtern. Sicher zieht Ihr es vor, in dieser Erörterung keine Erwähnung zu finden.«

Für einen kurzen Moment zögerte der Teenaï, und Isinvi glaubte schon, er griffe nach seinem Schwert. Schließlich nickte der Hauptmann, und die Jemenjaden zogen sich zurück.

Astal legte ihr seinen Mantel um und führte sie weg.

»Kommt, Ihr müsst mir alles erzählen. Wie es Euch ergangen ist, wie Ihr hierhergekommen seid – einfach alles.« Er blickte kurz in den schwarzen Himmel und fuhr im Flüsterton fort. »Nuë schickt Euch. Vielleicht ist es noch nicht zu spät.«

»Was ist hier los? Was ist mit meinem Vater?«

Astal zog sie hinter einen Mauervorsprung. »Er ist nicht mehr Euer Vater, nicht so wie Ihr ihn kanntet. Er ist blind, im wahrsten Sinne des Wortes ebenso wie vor Trauer. Er hat es nie verwunden, Euch verloren zu haben, und er hat uns alle mitgerissen. So wie Ihr in Dunkelheit darben musstet, sollte auch sein Volk leben und Euer Schicksal teilen.«

Isinvi stockte der Atem. *Die Dunkelheit ist seine Trauer um mich.* »Astal, lasst uns zurückgehen. Ihr müsst ihm sagen, dass ich es bin.«

»Nein, er würde nicht auf mich hören. Kjälvir hat sich in seiner Finsternis eingerichtet. Schon lange.« Astal warf ihr einen Blick zu. Der Glanz in seinen Augen war einem traurigen Funkeln gewichen. »Und alles, was dieser Schwärze widerspricht, betrachtet er als Verrat.«

»Aber Ihr seid der Erste Wolkenrufer«, protestierte Isinvi. »Ihr ruft die Schwaden herbei und könnt sie auch wieder vertreiben.«

»Ja, ich bin einer, einer von vielen. Wenn ich nicht mehr wäre, würden die anderen weitermachen. Nur der oder *die* Herrschende von Svarun kann Kjälvirs Befehl aufheben.«

Isinvi musterte Astal. Ihr Mund war plötzlich ganz trocken. »Was Ihr vorschlagt, ist Mord. Königsmord. Dann wäre ich nicht besser als Patarin, dieser Rebell.«

»Im Gegensatz zu Euch hat er einen Makel«, entgegnete Astal, »das Blut von Daushan Evendar. Die Alben von Svarun würden ihm niemals trauen, würden immer einen halben Schneetänzer in ihm sehen. Ihr allerdings …«

»Nein, kein Mord.« Isinvi schüttelte den Kopf.

»Überlegt es Euch gut«, raunte Astal und machte einen

Schritt auf sie zu. »Kjälvir hat auch nicht davor zurückgeschreckt. Oder was glaubt Ihr, was die Lindwurmtrolle damals so weit im Norden gesucht haben? Der Überfall war kein Zufall. Denkt an Fëara!«

19. KAPITEL

MJERELMYR UND DAS URTEIL

ENTWAFFNET, GEFESSELT, GEFANGEN. Sie saßen in einem hohen Zelt – Mjerelmyr gegenüber von Aylind und h'Ryn gegenüber von v'Ark. Mit den Händen auf dem Rücken waren sie an Walkiefer gebunden, über die eine gebleichte Lederplane gespannt war.

Mjerelmyr bestaunte die verwirrenden Muster, die auf die Tierhäute gemalt waren. Sie erinnerten ihn an die Adern eines Blattes. Er verfolgte die feinen Linien, bis seine Augen brannten. Was sonst gab es zu tun, als zu warten? Darauf, dass man sie für etwas bestrafte, das sie nicht getan hatten? Er schüttelte den Kopf und spürte den Verband, mit dem die Alben seine Platzwunde versorgt hatten.

»Das machen die nur, damit es sich später lohnt, dir den Schädel einzuschlagen«, hatte v'Ark geknurrt, während er die Alben dabei beobachtete. »Bei Kilvis Brennender – die verstehen sich aufs Rachenehmen!«

Mjerelmyr blinzelte und sah sich um. Seitdem sie hier saßen, blickte h'Ryn stur geradeaus, als ob er ein Loch in die Zeltwand starren könnte, und v'Ark war schon seit einer ganzen Weile weggetreten. Seine Wunde stank bestialisch.

»Was geschieht jetzt?«, fragte Aylind. »Was haben sie mit uns vor?«

»Ich weiß es nicht«, erwiderte h'Ryn, »aber ich schätze, wir warten auf die gerechte Strafe, die Patarin mir angekündigt hat.«

Mjerelmyr setzte sich gerade auf und streckte die Arme hinter seinem Rücken durch. »Ich glaube, mit einem ordentlichen Ruck oder zwei, könnte ich den Knochen aus dem Boden reißen.«

»Und dann?«, entgegnete h'Ryn. »Rennen wir in die Eiswüste und lassen uns jagen wie ein paar Hasen?«

Mjerelmyr lachte in sich hinein. »Hasen mit Hörnern. Das gefällt mir. Ist auf jeden Fall besser, als einfach rumzusitzen.«

»Nein«, erwiderte h'Ryn, »wir warten das Urteil ab! Ich bin mir sicher, Patarin wird euch verschonen.«

»Darauf würde ich mich nicht verlassen.« v'Ark sprach, ohne den Kopf zu heben. Seine Lider waren nur halb geöffnet, und ein fiebriger Glanz lag in seinen Augen. »Lasst uns lieber ein paar von ihnen mitnehmen, noch ein paar Albenschädel knacken.«

»Kein Gemetzel!«, sagte h'Ryn. »Patarin will mich und niemand anderen. Ihr müsst zurück nach Samanunga und dem Rat berichten …«

»… dass wir gescheitert sind«, beendete v'Ark den Satz. Seine Stimme war kaum lauter als ein Hasenfurz. »Welch Ehre.«

Die beiden schienen zu ahnen, dass ihr Streit zu nichts führen würde, und so schwiegen sie. Für ein sinnloses Wortgefecht fehlte ihnen die Kraft. In stiller Zwietracht saßen sie beisammen und warteten … und warteten … und warteten.

Mjerelmyr summte schon eine ganze Weile vor sich hin, als er über sich selbst erschrak. Das Lied der Mädchen hatte sich auf seine Lippen geschlichen.

Brüderchen fahr den Fluss hinab,
geh auf weite Reise.
Ich bleib hier und näh mein Glück
auf siebenfache Weise.

Er schloss die Augen. Ein Schauer lief ihm über den Rücken, als er seine Mutter sah, wie sie aus Swar'og'Wikas Höhle gestürmt kam. Panisch und leichenblass. Das Lied konnte kein gutes Omen sein. Oder doch? Was Hundert wohl machte? Ob Yllok sich gut um sie kümmerte? Bei allen Geistern, er hoffte es. Wenigstens etwas Gutes sollte die Reise gebracht haben.

Als Mjerelmyr das nächste Mal die Augen öffnete, dämmerte es bereits. Von draußen drang der Geruch von Fischöl und Feuer ins Zelt. Alben tanzten um die züngelnden Flammen. Im Zwielicht sah er, wie h'Ryn ihm zunickte.

»Donnersänger, sei so gut und sing noch einmal für uns. Ich will morgen bei klarem Verstand sein und das Urteil erhobenen Hauptes ertragen.«

Dass er sich selbst nicht in den Schlaf singen konnte, schien den anderen egal zu sein. Sei es drum, Mjerelmyr war sich ohnehin nicht sicher, ob sein Lied vor hunderten traumwandelnder Alben schützte. v'Ark gab ein leises Stöhnen von sich.

»Alles in Ordnung?«, fragte Mjerelmyr.

Der Wolfskrieger antwortete nicht.

»Ich hoffe, er übersteht die Nacht«, flüsterte Aylind.

»Ich hör dich«, lallte v'Ark. »Und ich reiß dir ein zweites Arschloch auf, wenn wir hier raus sind – auch wenn du ein Mädchen bist.«

Die beiden lachten, v'Ark noch heiserer als sonst, Aylind erleichtert. Mjerelmyr begann indessen sein Lied zu singen. Tief und langsam und beruhigend geleitete er die anderen in einen traumlosen Schlaf.

»Danke«, murmelte h'Ryn mit schwerer Zunge.

Es war das letzte Wort, an das Mjerelmyr sich erinnerte, bevor er etwas Zartes über seine Wange streichen spürte – z'Arwas Feder. Ihr Blutkrähenrot strahlte noch jung und frisch, doch sein Herz war schwer.

»Zieh nicht so eine Fratze, t'Aan. Ich bin doch nicht lange

weg, bis Hraban ist es nicht weit«, sagte sie und kniff ihn in die Seite.

»Au!«, entfuhr es Mjerelmyr.

»Und ein Blumenpflücker bist du auch noch … Du hältst ja gar nichts aus. Wie hast du es zwei Jahre durch den Krieg geschafft?«

»Das ist was anderes«, brummte Mjerelmyr. »Und beeil dich, hörst du? Ich weiß doch, wie gerne a'Rd dich um sich hat. Schließlich bist du seine Lieblingsgroßgroßgroßgroßnichte.«

»Nun übertreib nicht, ein ›groß‹ hätte gereicht. So alt ist a'Rd auch nicht.«

»Sieht man ihm nicht an.«

z'Arwa lachte. Selbst die Blutrunen auf ihrer Stirn schienen zu strahlen. Die Hexenkriegerin so fröhlich zu sehen war ein seltener Moment. Mjerelmyr wollte ihn in Erinnerung behalten wie einen letzten Sonnenstrahl vor den Herbststürmen. Seufzend blickte er z'Arwa hinterher, wie sie auf dem dunklen Waldpfad verschwand. Ja, sie hatte recht, er war ein verdammter Blumenpflücker.

»Sie kam nie zurück, oder?«

»Nein«, antwortete Mjerelmyr.

Er musste sich nicht umdrehen, um zu wissen, wer hinter ihm die Lichtung betreten hatte: Patarin. Der Alb stellte sich neben ihn und schaute mit ihm in den Träumenden Wald. Gemeinsam lauschten sie dem Rauschen in den Wipfeln, dem leisen Rascheln des Laubs. Die Bäume veränderten sich. Ihre Äste wurde zu Armen und ihre Blätter zu Augen aus funkelndem Kristall. Mjerelmyr spürte ihre Blicke, sie glitten ins Leere, sah greifende Hände, doch sie erreichten ihn nicht.

»Ich habe ihnen befohlen, dir heute Nacht fernzubleiben«, sagte Patarin. »Viel länger, fürchte ich, kann ich ihren Durst nach fremden Träumen nicht aufhalten.«

»Warum hilfst du mir?«

»Ich glaube, Isinvi liegt etwas an dir, auch wenn sie es selbst nicht weiß.«

»Und was ist mit den anderen?«

»Um deine Freunde sorge dich nicht, Donnersänger, dein Schlaflied hat Macht. Aber jetzt lasse ich dich in Ruhe in die Dunkelheit starren. Die Hoffnung ist ein dorniger Pfad. Manchmal ist es leichter zu wissen, dass man jemanden nicht mehr wiedersieht.«

»Isinvi hat sie gesehen«, entgegnete Mjerelmyr ruhig.

»Von wem sprichst du?«

»Von der Albin, die *du* in deinen Träumen suchst. Von deiner Mutter. Isinvi redet mit Fëara, wenn sie denkt, dass wir es nicht hören.«

»Wahnvorstellungen«, sagte Patarin. »Isinvi hat wahrlich gelitten. Dreihundert Jahre Einsamkeit haben sie gebrochen.«

»Das würde ich nicht sagen.«

Patarin schwieg.

Mjerelmyr drehte sich zu ihm um, aber der Alb war bereits verschwunden und eins geworden mit den Armen und Augen am Rande der Lichtung.

Aus dem Rauschen in den Gipfeln wurde Stimmengewirr, aus dem Rascheln im Laub ein beharrliches Klappern. Mjerelmyr öffnete die Augen. Es war hell. Im Zelt wimmelte es von Alben. Schalen mit Schnee wurden hereingetragen und kleine dampfende Steine. Weitere Alben folgten und wickelten die Steine in Tücher. Dann tauchten sie die Tücher in die Schalen und begannen, ihnen die Gesichter damit abzureiben. Mjerelmyrs Haut spannte sich unter der Berührung, prickelnd heiß und kalt zugleich, nicht unangenehm, wie er fand.

»Was soll das?«, rief v'Ark und zerrte an seinen Fesseln.

Der Alb, der ihn wusch, zuckte zurück. »Wir bereiten euch für das Urteil vor«, sagte er, »befreien euch von allem Unreinen, damit das geschehen kann, was geschehen soll.«

»Und das wäre?«

»Euch das mitzuteilen ist allein an Patarin Ka.«

Die Planen wurden beiseitegeschlagen. Bewaffnete Alben betraten das Zelt, die Wäscher nahmen die Schüsseln und huschten hinaus.

Einer der Krieger stellte sich in der Mitte auf. »Patarin Ka erwartet euch. Seid ihr bereit?«

»Bereit, dir den Schädel einzuschlagen?«, knurrte v'Ark. »Jederzeit!«

h'Ryn atmete tief durch. »Ich habe gesagt, dass wir uns dem Urteil friedlich stellen.«

»Ja, ja, schon gut.«

Die Alben warteten ab, bis v'Ark aufhörte, wie ein wütendes Walross zu schnauben. Dann schnitten sie ihre Fesseln durch und brachten sie ins Freie. Umzingelt von zwei Dutzend Kriegern wurden sie vorgeführt. Auf der einen Seite die Vierhornreiter mit nachtschwarzen Haaren, auf der anderen Seite Speerträger in Eisbärenfelle gehüllt.

Auch die Menge teilte sich in zwei Lager – düster dreinblickende Alben aus Svarun neben den Schneetänzern Daushan Evendars, die wild durcheinanderriefen. Mehrere hundert säumten ihren Weg.

»Die wollen Blut sehen«, raunte v'Ark.

Aylind zitterte darauf so heftig, dass sie kaum noch weitergehen konnte.

»Abwarten«, raunte Mjerelmyr, um sie zu beruhigen, und legte einen Arm um sie.

Die Menge vor ihnen öffnete sich und gab den Weg auf einen runden Platz frei. Patarin erwartete sie, an seiner Seite eine Albin mit silberblauen Locken. Augenscheinlich gehörte sie zum anderen Volk. Die beiden standen vor drei großen Eisquadern.

Richtblöcke, schoss es Mjerelmyr durch den Kopf, und sein Magen verkrampfte sich.

Die Albin begann auf- und abzulaufen und musterte sie dabei wie eine Schneelöwin ihre Beute. Patarin hingegen wirkte wie angefroren. Sein Gesicht zeigte keine Regung, bis er einen Schritt auf sie zu machte und sich räusperte.

»h'Ryn, letzter Häuptling des Lindwurmstamms, der Tag ist gekommen, an dem sich der Kreis schließt. Auch wenn ich nicht damit gerechnet hatte, dass es in meine Hände fallen würde, den Fluch meiner Mutter zu erfüllen.« Patarin hielt einen Augenblick inne, die Albin blieb hinter dem mittleren Quader stehen. »Glaubt mir, ich verspüre keine Freude dabei.«

Mjerelmyr bemerkte, wie sich der Ring um sie schloss – drei Trolle und eine Menschenfrau in einem Meer aus Alben.

»Vor dreihundert Jahren«, fuhr Patarin fort, »habt ihr meine Mutter getötet und meine Tante als Geisel verschleppt. Ein Leben genommen und eines zerstört.«

»Da waren wir noch nicht mal geboren«, rief v'Ark dazwischen.

»Was kümmern uns eure kurzen Lebensspannen?«, zischte die Albin.

»Avliq!« Patarin machte eine beschwichtigende Geste. Dann wandte er sich wieder an die Trolle. »Eine Tat – ganz gleich, ob wohl oder übel – stirbt nicht, nur weil derjenige stirbt, der sie vollbracht oder begangen hat. Die Schuld des Vaters ist zugleich die des Sohnes.«

h'Ryn nickte. »Ich verstehe, was du meinst, und erkenne deine Sicht der Dinge an. Drum lass mich dir sagen: Ich bin der Einzige, dessen Ahnen eine Schuld an den Taten tragen, die du beklagst. Meine Gefährten – v'Ark der Wolfskrieger, Mjerelmyr der Donnersänger und Aylind die Fährtenleserin – haben nichts mit deinem oder meinem Schicksal zu tun. Ich finde, du solltest ihre Namen kennen, bevor du dir überlegst, einen von ihnen zu bestrafen.«

»Keine Sorge, ich bestrafe niemanden«, erwiderte Patarin. »Ihr selbst werdet das tun.«

Wie auf einen stummen Befehl holte Avliq Kharn hinter

dem Eisklotz hervor und schleifte die Trollaxt durch den Schnee, bis sie neben Patarin stand.

»Ein Leben für ein Leben, eine Geisel für eine Geisel«, verkündete der. »Nur halten wir Alben keine lebenden Gefangenen. Also werdet ihr einem Eurer Gefährten einen Arm abschlagen und einem anderen den Kopf.«

»Niemals«, keuchte h'Ryn.

»In diesem Falle sterbt ihr alle. Es ist Eure Entscheidung: vier Leben oder ein Leben und ein Arm.«

h'Ryn antwortete nicht. Mjerelmyr glaubte zu sehen, wie er die Stirn in Falten zog und grübelte.

»Bringt sie her!«, befahl Avliq.

Die Albenkrieger trieben sie mit ihren Speeren vorwärts, Schritt für Schritt auf die Richtblöcke zu.

»Ihr drei, kniet nieder und legt eure Köpfe aufs Eis!«

Mjerelmyr ging auf die Knie und blickte zur Seite, wartete auf h'Ryns Geistesblitz, doch die Augen des Lindwurms blieben leer.

»Es tut mir leid, dass ich euch hierhergebracht habe«, murmelte er. »Verzeiht ...«

Ein Brüllen unterbrach ihn.

»Nicht mit mir!«

v'Ark wirbelte herum und prügelte mit der bloßen Faust um sich. Die Alben stoben auseinander.

»Kommt her, kommt her! Ich töte euch alle!«

Er drehte sich im Kreis, sprang vor und schlug zu. Die Alben wichen aus und traten zurück.

»Nein!«, rief h'Ryn.

Mjerelmyr wollte trotzdem helfen. Schon war er dabei, einen Alben zu packen, als ein Krieger aus der Menge vorstieß und einen Speer in v'Arks Schenkel bohrte. Mjerelmyr hörte ein Zischen, die Spitze löste sich auf. v'Ark packte den Schaft und schwang ihn wie eine Keule. Er mähte drei Alben nieder und stürzte sich auf sie.

Währenddessen hielt ein halbes Dutzend Schwerter Mjerelmyr in Schach. Hilflos sah er zu, wie jemand einen Dolch in v'Arks Seite stach. Die Waffe blieb stecken. Wieder ein Zischen, und die Klinge verschwand. Blut und Silber flossen aus der Wunde, v'Ark erstarrte mit zornigem Blick.

Es brauchte vier Alben, um ihn wegzuzerren und seinen Kopf und seine Arme auf den Richtblock zu legen.

»Ihr auch!«, bellte Avliq.

Widerwillig kniete Mjerelmyr sich hin – zu seiner Linken v'Arks versteinerter Leib, zu seiner Rechten Aylind, die leise weinte. Irgendwo hinter ihnen stand h'Ryn, nicht mehr als ein tatenloser Schatten. In Mjerelmyr kochte es, und es wunderte ihn, dass sein Zorn das Eis nicht zum Schmelzen brachte.

»Gut«, sagte Patarin, »fahren wir fort.«

Aus dem Augenwinkel sah Mjerelmyr, wie Avliq h'Ryn die Axt reichte.

»Ein Leben für ein Leben, eine Geisel für eine Geisel«, verkündete Patarin abermals. »Ein Kopf und ein Arm, Lindwurmhäuptling, du hast die Wahl.«

Mjerelmyr schloss die Augen. Er hörte sein Herz schlagen, v'Arks rasselnden Atem, Aylinds Schluchzen, schwere Schritte im Schnee. h'Ryn blieb stehen. Nicht hinter ihm.

Mjerelmyr schlug die Augen wieder auf und blickte zur Seite. Kharn sauste durch die Luft und durchtrennte v'Arks verfaulten Arm. Der Wolfskrieger grunzte und gurgelte, unfähig sich zu rühren oder zu schreien. Blut plätscherte den Eisblock hinunter.

»Da habt ihr euren Arm!«, rief h'Ryn. Seine Stimme hallte unnatürlich schrill über den Platz. »Und hier kommt euer Leben!«

Für einen Herzschlag ertappte Mjerelmyr sich dabei, wie er hoffte, es würde nicht ihn treffen. Schon im nächsten Moment schämte er sich dafür und war fast erleichtert, als h'Ryn neben ihm anhielt und nicht neben Aylind. Breitbeinig stellte der Lindwurmhäuptling sich hin und holte weit aus. Mjerelmyr starrte stur geradeaus. Er wollte an seine Eltern denken und an z'Arwa. Stattdessen suchte ihn diese verfluchte Melodie heim.

Brüderchen fahr den Fluss hinab,
geh auf weite Reise …

Die Axt schwang vor. Mjerelmyr biss die Zähne zusammen. Die Axt schwang zurück. Ein Knacken ertönte. Mjerelmyr fühlte etwas Warmes im Nacken. Dann sah er die roten Spritzer im Schnee. h'Ryn lag in seinem Blut, den Dorn der Axt zwischen den Augen. Der letzte Lindwurm hatte sich selbst gerichtet.

Mjerelmyr und Aylind sahen sich fassungslos an. Ihr Gesicht war eine Maske des Schauers. Es schüttelte ihn, doch er wurde gebraucht. Der Donnersänger sprang auf und lief hinüber zu v'Ark. Seine Stichwunden waren nur Kratzer, doch sein Arm blutete ohne Unterlass.

»Helft mir, er verblutet.«

Alben eilten herbei und banden den Arm ab, verstopften die Wunde mit Eis und Schnee. Sie wurden zurück zum Zelt gebracht. Mjerelmyr trug v'Ark. Aylind trottete hinterher. Die Menge verschwamm, ihre Stimmen rauschten an ihm vorbei. Hinter den Planen fühlte er sich unbeobachtet und geschützt, zumindest für diesen Moment.

»Beim Widder, bin ich froh, nicht mehr diese Augen zu sehen.« Aylind schnäuzte in ihren Ärmel, dann hockte sie sich neben v'Ark und legte ihm die Hand auf die Stirn. »Was ist mit ihm?«

»Albenklingen«, fluchte Mjerelmyr.

»Aber er wird doch wieder gesund?«

Die Zeltplane wurde beiseitegeschlagen. Patarin trat ein. Er kam allein. »Spätestens wenn die Sonne im Zenit steht, wird v'Ark sich wieder rühren können. Wenn das deine Frage beantwortet?«

Aylind ballte die Fäuste zusammen. »Ihr … ihr … ihr Alben seid schlimmer als die Schwarze Armee!«

»Und doch wolltet ihr meinen Großvater um Kriegshilfe bitten, wenn ich Isinvi recht verstanden habe.«

Mjerelmyr legte seinen Arm um Aylinds Schulter und sah Patarin abwartend an.

»Wir befinden uns selbst im Krieg. Großvater gegen Enkelsohn, Alb gegen Alb. Mir bleibt nur euch zu raten, euch schleunigst auf den Weg zu machen, und zwar in den Süden. Proviant, Öl und Decken, all das sollt ihr bekommen. Und ich gebe euch mein Wort: Wir werden euch nicht jagen, nicht am Tage.«

Mjerelmyr wusste, was Patarin damit meinte. Er hatte nicht vor, ihm oder irgendeinem anderen Alben in seinen Träumen zu begegnen. Dennoch konnte er nicht so einfach aufbrechen.

»Ich werde h'Ryn nicht zurücklassen, ohne ihn begraben zu haben.«

»Dein Wunsch soll nicht verwehrt werden«, sagte Patarin. »Nur sollte das Begräbnis rasch vonstattengehen.«

Aylind sprang auf. »Ich will dir helfen.«

»Nein«, erwiderte Mjerelmyr strenger als gewöhnlich, »jemand muss bei v'Ark bleiben.« Ohne ihre Antwort abzuwarten, drehte er sich um und ging aus dem Zelt. Patarin folgte ihm. Draußen herrschte gespenstische Ruhe. Nur eine Handvoll von Patarins Kriegern erwartete sie. h'Ryn lag immer noch neben dem Eisblock, Kharn steckte immer noch in seinem Schädel. Mjerelmyr zog die Axt heraus und wollte sie Patarin reichen.

»Nein, behalte sie. Der Fluch hat sich erfüllt.«

Mjerelmyr legte die Waffe beiseite und betrachtete h'Ryn traurig. »Wo soll ich dich nur begraben, letzter Lindwurm, so weit von zu Hause?«

»Mochte er Bäume?«, fragte Patarin. »Es gibt einen schönen Hain in der Nähe.«

Mjerelmyr zuckte mit den Schultern. »Hm, warum nicht.«

Zwischen erfrorenen Tannen machte Mjerelmyr sich daran, ein Loch in die Erde zu hacken. Patarin half ihm dabei. Schweigend begruben sie h'Ryn – ohne Kharn. Der Gedanke, ihn auf Ewigkeit mit der Waffe zu vereinen, mit der er sich umgebracht hatte, behagte Mjerelmyr nicht. Erst als er den letzten Haufen Schnee auf dem frostigen Grabhügel festgetreten hatte, brach er die Stille.

»Wo ist Isinvi?«

»Bei ihrem Vater«, erwiderte Patarin mit finsterer Miene.

»Und das ist schlecht?«

»Sieh nach Norden und du kennst die Antwort.«

Mjerelmyr blickte in die Ferne. Pechschwarze Wolken ballten sich am Horizont und tauchten das Packeis in finstere Schatten. Es sah nach einem Gewitter aus, nur grollte kein Donner, und es zuckten keine Blitze.

»Dort muss ich hin«, sagte Patarin. »Es ist Zeit, um Abschied zu nehmen. Lebe wohl, Donnersänger.«

»Ich weiß nicht, ob ich dir das Gleiche wünschen kann.«

»Das erwarte ich nicht.«

»Wusstest du, dass v'Arks Arm verletzt war?«, rief Mjerelmyr dem Alben hinterher.

»Ja.«

»Und dass h'Ryn sich selbst erschlagen würde?«

Patarin lächelte und ging.

Als Mjerelmyr zum Zelt zurückkam, saß v'Ark bereits aufrecht. Aylind flößte ihm einen Schluck Wasser ein, die Hälfte lief ihm allerdings sofort wieder aus dem Mundwinkel. Er grinste schief, als er Mjerelmyr sah.

»h'Ryn, dieser verrückte Klotsack. Wer hätte das gedacht? Darüber musst du ein Lied singen, ganz Norland wird es singen. Sein Tod ist eine verfluchte Legende!«

»Jetzt ist keine Zeit, um Lieder zu singen. Wir müssen aufbrechen, wenn wir den Albträumen entgehen wollen.«

Mjerelmyr nickte in Richtung von v'Arks Armstumpf. »Wie geht es dir?«

»Hm, ich muss sagen, ich fühle mich irgendwie leichter. Schleppe ja auch weniger mit mir rum.«

Noch bevor die Sonne den Zenit überschritt, hatten sie Felle, Fisch und Fleisch eingepackt. Dann brachen sie auf. Im Gegensatz zum Morgen wirkte das Lager geradezu verlassen. Allen Alben, die sich trotzdem blicken ließen, rotzte v'Ark vor die Füße, bis ihm die Spucke ausging.

An h'Ryns Grab hielten sie inne. Aylind stimmte ein kurzes Trauerlied an, v'Ark summte dazu. Mjerelmyr schwieg. Er spürte ein Kribbeln in den Fingern seiner rechten Hand; die Hand, mit der er Kharn trug. Fast war ihm, als wollte die Axt sich verabschieden, als wäre noch ein Funken Leben in ihr.

»Genug geflennt«, knurrte v'Ark, der als Einziger feuchte Augen hatte.

Seite an Seite marschierten sie Richtung Süden und drehten sich nicht um, bis sie den Erfrorenen Wald verlassen hatten.

20. KAPITEL

ISINVI UND DER WEINENDE TURM

ISINVI STARRTE IN DIE FINSTERNIS. Sie saß auf dem Fenstersims von Astalastals Kammer im obersten Stockwerk des äußeren Rings. Weit jenseits des Schneegartens meinte sie Flecken grauen Lichts auszumachen – Lagerfeuer. Seit drei Tagen zog Kjälvir Kaï seine Truppen zusammen. Sie waren kurz davor, in den Süden aufzubrechen, in die entscheidende Schlacht gegen Patarin und seine Rebellen. Ihr Vater gegen den Sohn ihrer Schwester. Vergangenheit gegen Zukunft. Vertraute Düsterkeit gegen unsicheren Wandel. Isinvi wusste nicht, wem sie das Kriegsglück wünschen sollte. Ganz gleich für wen sie sich auch entschieden hätte – ihr Wunsch wäre belanglos, gab es doch keine Götter mehr, zu denen sie hätte beten können. *Die Götter sind tot, die Götter sind wir*, echote die Stimme ihres Vaters in ihrem Kopf.

Hinter Isinvi raschelte es. Sie fuhr herum. Die Felle wurden beiseitegeschoben, und Astal trat ein. Erleichtert atmete sie aus.

»Ich habe der Dienerschaft verboten, meine Gemächer zu betreten. Trotzdem solltet Ihr nicht am Fenster stehen. Ihr könntet gesehen werden.«

»Bei dem Licht?« Isinvi setzte sich auf den beinernen Schreibtisch neben dem Fenster und beobachtete Astal dabei, wie er seine Robe ablegte und Öl in eine Lampe goss. Die fast schon heruntergebrannte Flamme züngelte auf. Ihr Licht zeichnete ein Muster aus roten Flecken und tiefen Schatten auf sein Gesicht. Er wirkte angespannt.

»Ich habe versucht, Kjälvir zur Einsicht zu bringen.« Der Wolkenrufer lief quer durch die Kammer, blieb stehen und schüttelte den Kopf. »Er ist überzeugt, dass Ihr eine Verräterin seid. Genau genommen hat ihn Eure Ankunft aufgeschreckt. Heute Abend wird er all seine Ritter in den Eryn Azarin schicken, um die Rebellion ein für alle Mal zu ersticken. Isinvi Skila, seit fast fünf Tagen halte ich Euch versteckt. Uns läuft die Zeit davon. Noch kann ich Kjälvir glauben machen, Ihr säßet im Kerker. Nur mit Mühe konnte ich ihn davon abhalten, Euch foltern zu lassen, um kriegswichtige Erkenntnisse zu erhalten. Unsere Späher sind verlässlicher über die Stützpunkte der Rebellen unterrichtet, habe ich ihm gesagt.« Astal ging immer noch auf und ab. »Nur frage ich mich«, schnaufte er, »wie lange Goyokaë noch stillhalten wird.«

»Wer?«

»Der Teenaï.«

»Pah, Klotsack!«, schimpfte Isinvi.

Astal sah sie irritiert an. »Wie dem auch sei, Ihr seid ein Geschenk der Götter.«

»Wohl eher der Geister.«

»Ich bin mir nicht sicher, ob ich den Sinn Eurer Worte verstehe …«

»Die Trolle glauben an Geister, nicht an Götter. Sie waren es, die mich freigelassen haben. Wegen der Schwarzen Armee, die die Grünlande überfällt.« Isinvi blickte in Richtung Fenster. »Dabei ist sie schon längst hier im Norden.«

»Wenn wir das Schicksal des Kaïs beenden, kann es Licht und Frieden geben«, raunte Astal. »Und eine Invasion in die Grünlande? Das Ende unserer Erbfeinde? Ich kann mir Beklagenswerteres vorstellen!«

Isinvi trommelte auf den Schreibtisch. Dann griff sie einen Gänsekiel und fuhr mit den Fingern durch die Federn.

Sie musste an Bunthorn denken und an seinen klappernden Traumfänger. Ob er noch lebte? Was er wohl an ihrer Stelle tun würde? *Jetzt werde ich noch weich und wünsche mir den Rat eines Trolls herbei*, schalt sie sich innerlich und verbannte den Gedanken hinter einer Mauer aus Eis.

»Sie sprachen von einer Prophezeiung, nach der ganz Snogaard dem Untergang geweiht sei, wenn die Erbfeinde nicht zusammenstünden.«

»Lug und Trug«, sagte Astal. »Habt Ihr das etwa geglaubt?«

»*Sie* haben es«, entgegnete Isinvi.

»Ach, Trolle und Menschen. Seid beruhigt, niemand gelangt ins Ewige Eis. Niemand gelangt nach Svarun. Seit dem Fall der Brücke halten wir hier aus, auch ohne göttlichen Beistand.«

Von draußen erklangen Eisglocken, wie aus finsterer Ferne. Choräle wurden gesungen, Vierhörner brüllten.

Astal ging zum Fenster und schaute hinaus. »Die Jemenjaden brechen auf. Es ist so weit.« Er drehte sich zu Isinvi um. »Ihr müsst Eure Hände nicht selbst in Blut baden. Das wäre fürwahr ein schlechter Beginn Eurer Herrschaft. Lasst mich es tun … für Euch.«

Isinvi zitterte, ihre Stimme bebte. »Gebt mir noch eine letzte Gelegenheit. Lasst mich noch einmal mit meinem Vater sprechen. Beim Herzstein, nur wir drei.«

»Beim Herzstein?« Astal zögerte. »Kjälvir verlässt seine Gemächer kaum noch, und wenn, dann nur, um die Große Halle aufzusuchen.«

»Als engster Vertrauter des Kaïs sollte es Euch wohl gelingen, ihn dorthin zu locken.«

Astal sah sie an und nickte knapp. »Ich werde sehen, was ich tun kann. Aber wenn das Gespräch eine Wendung zum Schlechten nimmt, müssen wir handeln.«

»Ja, dann gebe ich das Zeichen«, sagte Isinvi.

In Wahrheit war sie nicht sicher, ob sie dazu bereit war, ob sie wirklich glauben konnte, dass ihr Vater Fëaras Tod befohlen hatte. Sie zerbrach die Feder.

»Eine Sache noch«, murmelte sie. »Was ich mich schon die ganze Zeit frage … damals, im Schlitten, der Halt bei dem einsamen Baum … *Ihr* hattet ihn befohlen … an genau der Stelle, wo uns die Trolle überfielen. Wart Ihr in die Pläne meines Vaters eingeweiht?«

Astal erstarrte, räusperte sich, wandte den Blick von ihr. »Ich … befolgte nur seinen Befehl.«

»Ich weiß«, hörte Isinvi sich sagen. Der Erste Wolkenrufer zerbarst vor ihren Augen zu tausend winzigen Bildern. »Ihr trugt nicht die Verantwortung, Euch trifft keine Schuld.«

»Ich bin erleichtert, dass Ihr es so seht.« Astal warf sich die Robe über und knüpfte sie zu. »Dann gehe ich jetzt zu Kjälvir.«

»Und ich erwarte Euch beim Herzstein.«

Isinvi wartete ab, bis Astals Schritte verklungen waren. Dann schlich auch sie sich aus der Kammer. Sie hatte Vorbereitungen zu treffen.

Isinvi pochte das Herz bis zum Hals. Sie rannte durch vereiste Flure, ihre Haare wehten ihr strähnig und weiß um den Kopf. Gut, dass ihr Vater sie nicht sehen konnte, sie musste aussehen wie eine Wahnsinnige. Sie bremste und lachte auf, sie *war* wahnsinnig.

Kurz darauf betrat sie den Innenhof. Von der Turmspitze drang das Heulen der Wolkenrufer an ihre Ohren – ein Gesang ohne Melodie, Töne, die bald hierhin und bald dorthin wehten, launisch wie die Winde des Nordens.

Sie sah sich um, sie war die Erste. Der Herzstein war im Halbdunkel kaum zu erkennen. Eingefroren in eine Säule aus Eis war er nur ein unscheinbarer Klumpen und doch das

Fundament des Turms, der Anker, der Jemenjara zusammenhielt.

Isinvi horchte auf. Schritte hallten in den Hof hinein. Zwei Gestalten traten durch das Tor auf der gegenüberliegenden Seite.

»Ich brauche keine Hilfe!« Kjälvir schlug Astals Arm beiseite. »Den Weg finde ich allein. Ich war zugegen, als Teruveh den Herzstein pflanzte. Habt Ihr das vergessen?«

»Nein, wie könnte ich?«, antwortete Astal und deutete eine Verbeugung an.

»Was machen wir überhaupt hier?«

»Es gibt jemanden, der mit Euch sprechen will … vertraulich.«

»Wer?«

»Ich.« Isinvi trat hinter der Eissäule hervor.

»Ich kenne die Stimme!« Kjälvir fuhr zu Astal herum. »Warum ist das Weib nicht im Kerker? Seid Ihr närrisch, Astal? Seid Ihr auf sie hereingefallen? Oder …« Kjälvir machte zwei Schritte zurück. »… gehört auch Ihr zu den Verrätern?«

»Ihr irrt, Vater«, rief Isinvi. »Entsinnt Euch an die Nacht, bevor Fëara aufbrach. Ihr spracht zu mir, hier an dieser Stelle.«

»Nein, nein!« Kjälvirs Stimme klang schrill.

»Ihr habt mir die Geschichte vom Splitter in Nuës Auge erzählt.«

»Nein!« Kjälvir warf die Arme in die Luft und hielt sich die Ohren zu, schüttelte gleichzeitig den Kopf. »Schweige sie, ich will ihre Lügen nicht hören! Verräterin!«

Astal packte Kjälvir an den Schultern und hielt ihn fest. Isinvi trat dicht an ihren Vater heran und schob die Hand beiseite, die sein rechtes Ohr bedeckte.

»Ich weiß, dass Ihr Euch erinnert«, flüsterte sie.

»Nein, nein!« Kjälvir wand sich in Astals Griff, warf den Kopf in den Nacken, versuchte seine Hand loszureißen, und trat nach ihr.

Einen Atemzug lang tat es weh, ihren Vater so zu sehen, alt, verwirrt, eines Kaïs und Wolkenalbes unwürdig. Sie wünschte sich den großen ernsthaften Mann herbei, der sie an die Hand genommen und zum Stall geführt hatte, in dem eine Überraschung auf sie warten sollte.

Sie gehört dir, Isinvi, sie heißt Kasma, und du darfst sie reiten. Dunkel hatte die Stimme ihres Vaters geklungen, während Isinvi die weiche Nase des Vierhorns gestreichelt hatte und ihr Glück kaum fassen konnte. Dunkel und warm.

Ob er mit derselben Stimme den Befehl gegeben hatte, der Fëara tötete?

»Ihr habt mir von Nuë erzählt, Vater.« Erneut packte sie Kjälvirs Hände und zog sie von seinen Ohren fort. »Wie sie halbblind und wahnsinnig war vor Schmerzen, bis ihre letzte Träne sie von dem Stück Eisen befreite, das jetzt das Herz des Turmes ist.« Isinvi legte ihre Handflächen an seine eingefallenen Wangen. Sie fühlten sich kalt an, und das, obwohl ihre eigenen Finger eisig waren. »Wisst Ihr das nicht mehr? Die Götter sind tot. Die Götter sind *wir*.«

Kjälvir erschlaffte, Astal und Isinvi ließen gleichzeitig ihre Arme sinken. Einige Atemzüge verstrichen, ohne dass einer von ihnen sich rührte.

Endlich sah Isinvi ein Flackern in den Augen ihres Vaters. Seine Mundwinkel zuckten.

»Isinvi«, hauchte er.

»Ja.«

»Du bist zurück …«

Kjälvir streckte die Arme aus und tastete nach ihr, wollte sie berühren. Isinvi erstarrte und ließ es geschehen. Nun waren es seine Hände auf ihren Wangen.

»Vater, die Dunkelheit muss ein Ende haben.«

Er packte fester zu, seine Fingerspitzen bohrten sich in ihren Hinterkopf. »Nein, Fëara war immer der Tag, aber du … du warst stets die Nacht.«

Isinvi meinte, die Stimme ihrer Schwester zu hören: *Deine düstere Seele ist wie ein Stück von Svarun.*

»Trauer!« Kjälvir lachte schrill auf. »Aus Trauer soll ich mich in Dunkelheit gehüllt haben. Ja, die Trolle haben dich mir geraubt. Aber Trauer? Von wegen! Ich habe dein Reich vorbereitet, Isinvi. Über ein Reich der Nacht sollst du herrschen, ein unbesiegbares, ein ewiges Reich. Patarin ist dafür nicht geschaffen. Es steckt zu viel von seiner Mutter in ihm, und ihr Licht hat uns schon lange verlassen.«

»Habt Ihr das Licht ausgelöscht, Vater?«

Kjälvir ließ sie los, murmelte, grollte, sah weg.

Isinvi spürte Zorn in sich aufsteigen. Trollischen Zorn.

»Ihr habt es ausgelöscht, Vater! Ihr habt sie getötet! Eure eigene Tochter!«

Kjälvir wirbelte herum. »Sie ist sehenden Auges in den Schneesturm getanzt!« Er schrie und spuckte. »Willst du, dass Svarun im Chaos versinkt so wie Daushan Evendar? Willst du das?«

»Nein«, flüsterte Isinvi und gab das Zeichen.

Astal zog einen Sivankva unter seiner Robe hervor und schnitt Kjälvir die Kehle durch. Dann stieß er ihm die Klinge von hinten ins Herz.

Isinvi schaute nicht weg. Sie wollte ihren Vater sterben sehen, den letzten Alben aus den Tagen der Götter. Schweigend sah sie dabei zu, wie er zu Boden ging und das Blut aus seinem Hals sprudelte – Tropfen für Tropfen, bis es versiegte.

»Wenn Ihr es befehlt, Isinvi Skila, so werde ich den Wolkenrufern Bescheid geben, dass sie ihren Gesang einstellen können.«

»Einen Augenblick noch.« Isinvi hockte sich neben ihren Vater und zog ihm den Sivankva aus dem Rücken. »Schon seltsam, dass sich das Yladruum nicht auflöst.«

»Wir Alben sind zu kalt«, erwiderte Astal.

»Wohl wahr.«

Sie nahm den Dolch und schnitt sich in die Hand, dann in den Unterarm.

»Was macht ihr!?«

»Es soll doch aussehen, als hätte ich mich gewehrt.«

»Wie? Was? Ich verstehe nicht!«

Isinvi ging auf Astal zu, die Klinge in der Hand. »Ihr werdet einsehen, dass ich den Mörder meines Vaters nicht ungestraft laufen lassen kann.«

»Was soll das?« Astal sah sich gehetzt um. »Die Wolkenrufer werden schweigen. Ihr habt erreicht, was ihr wollt!«

»Was will ich denn?«

Astal drehte sich um und rannte los. Er kam nicht einmal fünf Schritte weit. Walfänger mit Harpunen hielten ihn auf, packten ihn und hielten ihn fest.

Isinvi stach ihm in den Bauch.

Einmal. »Hundert Jahre«, zischte sie.

Zweimal. »Zweihundert Jahre.«

Dreimal. »Dreihundert Jahre.«

Viermal. »Für Fëara.«

Dann ließ Isinvi die Klinge los. Sie schrie oder klagte nicht, ging nicht auf die Knie und zeigte weder Wut noch Trauer. Sie war umringt von einer Horde Walfänger. Vor ihnen würde sie nicht die Fassung verlieren. Niemand sollte sie schwach oder verletzlich sehen. So viel hatte sie von ihrem Vater gelernt.

»Habt ihr den Tran?«

Die Walfänger nickten.

»Dann schafft die Kessel her und zündet sie an! Alle!«

Jemenjara weinte. Isinvi saß am Rand des Schneegartens auf einem der höchsten Wälle und sah dabei zu, wie Eiswasser am Turm herabstürzte, durch die Ringmauer floss und die Irrwege flutete. Die Nacht war hell vom Feuerschein. Der Gestank von Tran machte das Atmen schwer. Aus über hundert Ölkesseln schossen Flammen empor, leckten am Eisturm, ließen ihn weiter und weiter schmelzen.

Die Wolkenrufer hatten ihre Gesänge eingestellt. Isinvi meinte sie zu erkennen – winzige Schemen auf der Spitze des Turms, die hektisch hin und her rannten. Zuletzt stürzten sie sich in die Tiefe.

Überall waren Alben auf die Wälle geklettert und beobachteten das Geschehen. Manche hatten die Hände vor den Mund geschlagen, andere starrten mit grimmigen Mienen. Die Wolkendecke riss auf. Im Schein der Mitternachtssonne sah man Risse im Turm. Die Feuer fraßen sich zum Herzstein vor. Ein Knistern, ein Knacken, ein Krachen hallte über das Land. Die Alben verschwanden, suchten Schutz in ihren Häusern, flohen panisch in die Nacht. Allein Isinvi harrte aus.

Plötzlich klirrte es, und der Turm zerbarst. Eisbrocken krachten auf die Ringmauer nieder, Splitter flogen weit durch die Luft. Eine Schneewolke stob heran und umhüllte Isinvi.

Sie rührte sich nicht, hielt den Atem an, ließ die feuchte Kälte gewähren. Was geschehen würde, würde geschehen. Sie hatte ihren Teil getan. Als die Wolke sich schließlich legte, war Jemenjara nicht mehr – überall nur noch weiße Weite. Die Morgensonne schien Isinvi ins Gesicht. Der Schnee in ihren Haaren schmolz und tropfe auf ihre Nase. Sie erhob sich und sah sich um: Die Ringmauer, der Schneegarten, alles war verschüttet. Wer sollte hier noch leben? Im Kerker war sie in Dunkelheit einsam gewesen, nun würde sie es hier im Lichte des Nordens sein.

Hinter ihr ertönten Schritte auf dem Wall. Mehrere Paar Füße näherten sich.

»Seht, wen wir aufgegriffen haben.«

Uki und Tajanë, die Söhne des alten Walfängers, schleppten Patarin heran. Er wirkte blass und erschöpft.

»Schlich hier einfach so rum«, sagte Uki.

»Danke. Ihr könnt uns allein lassen.« Isinvi musterte Patarin. »Ihr seht aus, als wärt Ihr lange geritten.«

»Die ganze Nacht«, erwiderte er.

»Dann habt ihr die Schlacht gewonnen?«

»Es gab keine Schlacht. Als wir die Wolken schwinden sahen, eilten wir alle gen Norden – die Jemenjaden genauso wie meine Reiter. Varui und ich waren am schnellsten.«

»Setzt Euch zu mir«, forderte Isinvi ihn auf.

»Danke, ich ziehe es vor zu stehen.«

»Wie Ihr meint«, sagte sie und blickte auf die Trümmer. »Es dauert eine Weile, um die Schönheit zu erfassen. Seht, wie das Eis geschmolzen ist … in Wellen … und die Splitter darauf … jeder erzählt eine eigene Geschichte. Man muss nur lange genug hinsehen.«

»Warum?«, fragte Patarin fassungslos.

Isinvi lächelte. »Manchmal muss man Dinge kaputt machen.«

»Wie meint Ihr d…« Patarin brach ab und schüttelte den Kopf. »Wo ist der Kaï?«

Isinvi deutete auf die Turmruine. »Begraben unter dem Eis, zusammen mit Astalastal. Er hätte es nicht anders gewollt. Er war da, als Jemenjara geschaffen wurde, und er war da, als der Turm fiel.«

»Um ehrlich zu sein, weiß ich nicht, ob ich Euch danken soll. Aber wisset eins: Ich lege mein Schwert nieder. Ihr seid Kjälvirs Tochter, Ihr seid die rechtmäßige Herrscherin von Svarun.«

»Ob die Jemenjaden das genauso sehen, wage ich zu bezweifeln, zumindest solange Ihr mit Euren Rebellen und Schneetänzern auf diesem Boden weilt.« Isinvi hielt inne und wandte ihr Gesicht in die Sonne. Sie genoss die warmen Strahlen auf ihren Wangen. Und ihr war … als sende Fëara selbst ihr eine Eingebung. »Ich denke, Ihr nehmt besser Abschied von Svarun, wenn die Ritter meines Vaters mich als ihre Skila anerkennen sollen.«

»Ist das Euer Wunsch?«

»Nein, das ist mein Befehl.«

»Wisst Ihr«, sagte Patarin, »während Ihr in Gefangenschaft wart, lehnte ich mich gegen Kjälvirs Dunkelheit und Wahnsinn auf. Alben aus Svarun und Daushan Evendar unterstützten mich. Sie folgen mir, weil ich ein Kind zweier Völker bin, weil sie mir vertrauen, dass ich nach Frieden und Verständigung trachte. Doch nun sind sie müde. Wir waren zu lange auf der Flucht, zu lange ohne Heimat. Wohin soll ich sie führen, wenn man uns weder hier noch dort willkommen heißt?«

»Das«, entgegnete Isinvi, »ist nicht meine Schuld und auch nicht meine Sorge … *könnte* ich sagen. Aber Ihr seid … *du* bist … der Sohn meiner Schwester, des einzigen Geschöpfs auf dieser Welt, das ich jemals geliebt habe. Ich habe dich unter meiner Hand gespürt.« Isinvi grinste und lachte auf, als sie Patarins beschämten Blick bemerkte. »Nein, nicht in unseren Träumen, in ihrem Bauch, vor dreihundert Jahren.«

Patarin schien in Gedanken, und seine Augen glänzten warm, so wie früher Fëaras. »Kjälvir hat mir nie von ihr erzählt.«

Für einen Herzschlag oder zwei verspürte Isinvi den Drang, ihn in den Arm zu nehmen. Doch sie besann sich. Die Jemenjaden wären bald hier – was, wenn man sie sah?

»Weißt du«, sagte sie, »ich bringe kein Glück. Weit weg von mir ist ein guter Ort, und ich kenne einen, an dem man dich und die Deinen derzeit mit offenen Armen empfangen wird, wenn ihr bereit seid zu kämpfen. Lass mich dir von diesem Ort berichten …«

21. KAPITEL

MJERELMYR UND DAS ERBE DES LINDWURMS

»ICH HAB BAUCHSCHMERZEN«, grummelte Aylind.

Die Klage hatte Mjerelmyr in den vergangenen Tagen oft gehört. Kein Wunder, der Proviant, den ihnen die Alben mit auf den Weg gegeben hatten, war nicht nur reichlich, sondern für menschliche Mägen zudem schwer verdaulich – rohes Walfleisch und gegorene Vierhornmilch. Beides hielt Aylind allerdings nicht davon ab, sich damit vollzustopfen.

»Ist auch 'ne Art i'Rk zu huldigen«, brummte v'Ark immer wieder.

In der Tat waren sie während der letzten Mondläufe nie satter gewesen. Obendrein hatten sie es warm und gemütlich, dank der Robbenfelle, die Patarin ihnen überlassen hatte. Trotzdem war ihre Reise ohne i'Rks Murren und ohne h'Ryns düstere Launen trister als zuvor. Zuweilen dachte Mjerelmyr, dass ihm selbst Isinvis Launen und beißender Spott fehlten.

Sie überquerten das Auge, das immer noch zugefroren war, und durchwanderten die Donnersteppe bis zum Zahn. Dort mussten sie ein paar Strolche vertreiben, die sich im Turm eingenistet hatten. Der lange Marsch hatte sie erschöpft, und so beschlossen sie in der Ringburg zu rasten. Aus einem Tag wurden zwei und aus zwei schließlich drei. Keiner von ihnen schien es eilig zu haben aufzubrechen. v'Ark saß oft auf der Spitze des Zahns, dort wo Isinvi ihn beinahe in den Tod getrieben hatte. Aylind hatte es sich zur Aufgabe gemacht, die Karte von Snogaard, die in die Tischplatte geschnitzt war, auf ein Pergament zu kopieren – mit allen Verzierungen und Einzelheiten. Mjerelmyr selbst unternahm viele Spaziergänge. Einmal ging er bis zur Quelle des Toten Flusses. Hatte sie beim letzten Mal vielleicht noch getröpfelt, so war sie nun versiegt.

Manchmal wünschte Mjerelmyr sich, er hätte mit so offensichtlichen Dingen zu kämpfen wie Aylind und v'Ark – Magenkrämpfen oder einem fehlenden Arm. Beide schienen das Gröbste überwunden zu haben. Er hingegen fühlte sich wund, und dagegen half kein Fasten und auch kein Verband. Wie es Märte und Griseldis wohl ging? Was würden a'Rd und u'Krata sagen, wenn sie mit leeren Händen zurückkamen? Was würde z'Arwa von ihm denken? Und dann war da noch Kharn. Jedes Mal, wenn er die Axt absetzte, hatte er das Gefühl, sie würde ihn anstarren. Fehlte nur noch, dass sie mit ihm sprach.

Mjerelmyr seufzte. »Tja, wer überbringt schon gern schlechte Kunde?«

»Also auf nach Samanunga«, sagte v'Ark und spuckte in die Ecke. »Wird Zeit.«

Aylind stand auf und starrte durch eine der Schießscharten in Richtung Süden. »Ob die Schwarze Armee schon in Samanunga ist?«

»Das werden wir sehen, wenn wir dort sind«, antwortete Mjerelmyr.

Am nächsten Morgen brachen sie auf und marschierten Richtung Südosten. Am dritten Tag setzten sie über die Rothe, nicht weit von der Mündung in den Siebenfluss entfernt. Mjerelmyr hatte den Weg absichtlich so gewählt, um das Dargetal zu meiden. Er wollte in v'Ark nicht den Anschein erwecken, dass er ihn bei den Versehrten abzuliefern gedachte. Und als wollte der Wolfskrieger seine ganze Trolleskraft beweisen, zeigte er sich fortan von seiner fleißigsten Seite. Bei jeder Rast schlug er Holz und holte Wasser, und er unterrichtete Aylind sogar im Hauen und Stechen.

»Ist nie zu spät zu lernen, wie man einen Klotsack zu den Geistern schickt!« Er lachte grollend und verpasste ihr mit einem Ast blaue Flecke, während sie sein Schwert mit beiden Händen schwang. Aylind stellte sich zwar nicht ungeschickt an, aber eine Kriegerin würde nicht mehr aus ihr werden. Sei es drum, die beiden rauften und hatten ihren Spaß. Es konnte ja nicht jeder so trübsinnig sein wie er.

Das Wetter passte überhaupt nicht zu Mjerelmyrs Stimmung. Im Gegensatz zur Hinreise war der Himmel wolkenfrei. Es war warm und hatte seit vielen Tagen nicht geregnet. Sie gingen am Westufer des Siebenflusses entlang. Das Schilf stand niedrig, das Wasser ebenso. Risse durchzogen den ausgetrockneten Boden, in Pfützen und Tümpeln zappelten Fische. Fliegen surrten ständig um Mjerelmyrs Bart und flogen ihm in die Nasenlöcher.

»Einmal kräftig einatmen«, brummte v'Ark. »Ersetzt eine gute Mahlzeit.«

»Es gab Zeiten«, erinnerte Mjerelmyr sich laut, »da stand selbst der Träumende Wald unter Wasser. Übrigens, da ich gerade vom Wald spreche – wie wäre es mit einem Abstecher zum Rappen?« v'Ark schnaubte verächtlich aus und beschleunigte seinen Schritt – stur geradeaus.

»Auch wenn du Renno nicht magst«, rief Mjerelmyr ihm hinterher, »er weiß sicher, wie es um Samanunga steht. Ist kaum ein Umweg, und ich würde nur ungern ins gezückte Schwert laufen.«

v'Ark wirbelte herum. »Bunthorn, du willst doch nur wissen, wie es dem Mädchen geht!«

»Und? Was wäre so schlimm daran?«

»Nichts, wenn du wenigstens ehrlich wärst. Diesem Renno traue ich nicht – nicht mal, wenn er mir meinen Arm wieder annähen würde.«

»He, ihr Turteltrolle«, zischte Aylind, »kommt her und seht euch das an.«

Sie warfen sich noch einen zornigen Blick zu, bevor sie an Aylinds Seite traten, die ihnen bedeutete, sich zu ducken. Ein Boot bog um die Flussbiegung, ein Boot, wie Mjerelmyr es noch nie gesehen hatte: lang und schlank, mit einem zweigeteilten Bug, zwischen dessen Spitzen ein schmales Netz gespannt war. Vier Männer saßen an den gekrümmten Rudern, einer stand am Heck und hielt Ausschau. Das Boot schob sich ruckartig übers Wasser.

»Wie ein Wasserkäfer«, murmelte v'Ark.

»Eher eine Wasserspinne«, erwiderte Mjerelmyr. »Acht Ruder. Sehen fast aus wie Beine.«

»Das sind sie«, flüsterte Aylind aufgeregt. »Die Schwarzen Krieger. Sie tragen zwar keine Helme, aber ich erkenne die Lanze, auf die sich der Kerl stützt.«

So sehen also diese Feuerlanzen aus, dachte Mjerelmyr, lange Schäfte mit breiten Klingen. Wie sie jedoch brennen sollten, war ihm ein Rätsel. Die Männer waren glattrasiert und von graubrauner Hautfarbe, ihre Haare schimmerten in einem matten Blond. Sie waren dünn, fast schmächtig wie Alben, und doch trieben sie das Boot gegen die Strömung an.

»Die kommen verflucht schnell voran«, brummte v'Ark.

»Was machen sie hier?«, fragte Aylind.

»Kundschaften. Was sonst? Und fällt euch was auf?« v'Ark sah sie abwartend an. »Sie haben kein Gepäck und keine Verpflegung dabei. Ihr Lager kann nicht weit sein, höchstens einen halben Tag oder so.«

»Samanunga«, sagte Mjerelmyr tonlos.

Aylind keuchte. »Dann ist die Stadt schon erobert!«

»Oder sie wird belagert«, erwiderte v'Ark. »Wisst ihr, vielleicht sollten wir doch ein bisschen mehr in Erfahrung bringen. Wir müssen der Armee ja nicht gleich in die Arme laufen.«

»Gut, dann auf zum Rappen.« Mjerelmyr wollte sich in Bewegung setzen und rückwärts durch das Schilf robben.

v'Ark hielt ihn fest. »Halt, nicht so schnell. Lass uns noch ein bisschen Spaß haben mit denen da.«

»Wie stellst du dir das vor? Willst du hinschwimmen?«

»Nein, aber wir könnten hier im Schilf hocken, und Aylindchen lockt sie ans Ufer.«

»Bitte?«, entfuhr es Aylind. »Was, wenn sie ihre Lanzen nach mir werfen?«

»Das sind keine Wurfspeere, und außerdem sind wir ja bei dir.«

»Nein«, entschied Mjerelmyr, »solche Abenteuer heben wir uns für ein anderes Mal auf.«

»Du glaubst wohl, nur weil du Kharn trägst, hast du mir was zu sagen.«

»Ja«, entgegnete Mjerelmyr und griff die Axt fester. »Ich habe h'Ryns Verantwortung übernommen, und die gebietet mir, uns heil nach Samanunga zu bringen. Oder wer sonst soll dem Rat berichten?«

Grollend gab v'Ark nach und kroch hinter ihnen durch das Schilf. Als sie den Rand der Böschung erreicht hatten, standen Mjerelmyr und Aylind auf und schlichen geduckt in Richtung des Waldes. v'Ark folgte ihnen aufrecht.

»Was rennt ihr denn so? Die kommen nicht hinterher, selbst wenn sie uns sehen.«

Sie hatten die ersten Bäume erreicht, da fuhr Mjerelmyr herum und packte v'Ark am Kragen. »Das weißt du nicht! Und nur weil du und ich mit denen fertig werden, heißt das nicht, dass Aylind nicht in Gefahr ist. Ein Streich, und sie ist tot.«

»Ich kann auf mich aufpassen«, mischte Aylind sich ein.

»Nein, kannst du nicht! Das hier ist Krieg und kein Rumgebolze mit Knüppeln.« Mjerelmyr ließ v'Ark los und stürmte in den Träumenden Wald hinein. Es roch nach Harz, und die Tannen grünten. Gerade eben war ihm noch egal gewesen, ob ihm die anderen folgten, doch mit jedem Schritt und jedem Atemzug beruhigte er sich. Sie waren so weit gekommen, hatten so viel verloren und so wenig erreicht. Da wollte er nicht auch noch das Letzte verlieren – ihre drei verbliebenen Leben.

Mjerelmyr wurde langsamer und ließ die anderen aufholen. Die beiden alberten schon wieder miteinander. Hatte h'Ryn sich so gefühlt? Ausgeschlossen von der Gemeinschaft? Als ungeliebter Anführer?

»i'Rk hätten wir hier nicht so schnell wegbekommen«, sagte v'Ark.

»Stimmt«, erwiderte Aylind.

Mjerelmyr sah, wie sie im Vorübergehen eine Handvoll blasse Beeren pflückte und sich in den Mund stopfte. Sie verzog das Gesicht. »Sauer!«

»Nicht so sauer wie Renno, wenn ich ihm sage, dass du es warst, die seinen Stall abgefackelt hat.«

Aylind knuffte v'Ark in die Seite. »Untersteh dich!«

Mjerelmyr wandte sich ab. Er gehörte nicht zu ihnen, er gehörte nirgendwohin. Seine Aufgabe war es nur, sie auf dem schnellsten Weg durch den Wald zu führen. Alte Erinnerungen kamen in ihm hoch. Die Märsche mit z'Arwa und den anderen Kriegern, die Scharmützel mit dem Eberstamm, der traurige Abschied auf der Lichtung. Und mit den Erinnerungen erschlossen sich ihm längst vergessen geglaubte Pfade. Wie von selbst fanden seine Füße den Weg. An einem ausgetrockneten Bach entlang und über alte Gräber hinweg, immer weiter und tiefer in den Wald hinein.

Wie immer war es der Geruch von Rauch und Feuer, der den Brennenden Rappen als Erstes zwischen den Tannen verriet, doch diesmal gesellte sich ein lautes Hämmern dazu.

Das Tor der Palisade stand weit offen. Helle Planken verrieten, wo es ausgebessert worden war, an anderen Stellen war das Holz flammengeschwärzt. Guntra hatte heftige Spuren hinterlassen, als sie panisch durch die Pfähle geprescht war.

Dort, wo einst der Stall gestanden hatte, sah man nun einen flachen Zaun. Ein aufgeregtes Grunzen ertönte, als sich ein kleiner Junge mit raspelkurzen Haaren näherte. Er schleppte zwei Eimer heran und begann, die Schweine mit Abfällen zu füttern.

Das Hämmern erklang indes von dem wiedererrichteten Ausguck. Einige Männer waren dabei, Sprossen in den Holzturm zu schlagen, Renno beaufsichtigte sie von unten.

»Weiter auseinander! Sollen ja keine Zwerge raufklettern, und außerdem müssen wir Holz sparen.«

Einer seiner Männer tippte ihn an und deutete in ihre Richtung. Renno drehte sich um. Mjerelmyr hatte das Gefühl, dass es einen Wimpernschlag länger dauerte als früher, bis das breite Grinsen auf die Lippen des Wirtes trat. Und doch kam er mit offenen Armen auf sie zu.

»Bei allen Geistern, dass ich dich lebend wiedersehe! Wie vielen Toden bist du unterwegs von der Schippe gesprungen?«

»Sei gegrüßt, Renno. Ich sehe, es ist fast schon wieder alles beim Alten.«

»Ja, Turm und Palisade stehen, nur der Stall braucht noch eine Weile.« Renno trat zu ihm und wollte ihn umarmen, doch Mjerelmyr streckte seinen Arm aus und hielt ihn auf Abstand.

Der Wirt tätschelte seinen Ellenbogen. »Oh, Robbenfell! Schöner Mantel … und eine schöne Begleitung!« Er machte einen Schritt zur Seite und verbeugte sich vor Aylind, die rot anlief. v'Ark schenkte er lediglich ein kurzes Nicken. »Wo sind h'Ryn und das Walross?«, fragte er, ohne seinen Blick von Aylind abzuwenden.

Mjerelmyr spürte einen Knoten im Hals. Er wollte nicht darüber reden und schob Renno vor sich her. »Ich denke, wir gehen besser rein. Wir waren lange weg und haben einige Fragen.«

Renno lächelte nervös. »Seid meine Gäste. Ich hoffe nur, d'Uum ist euch nicht wieder auf den Fersen.«

v'Ark lachte. »Keine Sorge, den sind wir los.«

»Nicht faulenzen, Jungs!«, rief Renno über die Schulter. »Ich höre, wenn ihr nicht hämmert. Freibier gibt's nur, wenn der Turm heute Abend fertig ist.«

Vor dem Wirtshaus standen vier Ponys. Zwei Männer waren damit beschäftigt, Säcke voll Winterrüben und Körbe mit gackernden Hühnern an den Packsätteln festzuzurren.

Renno stieß die Tür auf. »Immer rein in die gute Stube!«

Die Luft im Gastraum war stickig. Über der offenen Feuerstelle dampfte wie immer ein Kessel, und die zahnlose Hörla rührte darin, als hätte sie ihren Platz nie verlassen. Die Tische waren leer. Nur vor dem Kamin saß eine Frau mit langen schwarzen Haaren. Sie hatte ihnen den Rücken zugekehrt und starrte an die Wand, wo ein Schwert und ein Bogen hingen – Waffen aus dem Vettelkrieg.

Renno klopfte auf den Tisch, an dem die Trolle bei ihrem letzten Besuch gesessen hatten. »Setzt euch, ich bin gleich wieder da. Bei einem Bierchen lässt es sich besser reden.«

»Als ob du ein Bier bräuchtest, um zu schwafeln«, sagte die Fremde mit heiserer Stimme und drehte sich um. »Sind die Ponys bepackt?«

Mjerelmyr hörte Rennos Antwort nicht. Die Frau war wunderschön und hässlich zugleich, als teilten sich eine Fee und eine Vettel dasselbe Gesicht. Er konnte nicht anders, als sie anzustarren.

»Signe!« Aylind stürzte auf die Frau zu.

»Heilige Widderscheiße!«, rief die aus. »Die Jägerstochter lebt. Hat Ascan recht behalten – du bist ein zähes Ding. Nur dünner bist du nicht geworden.«

Immer noch staunend beobachtete Mjerelmyr, wie Aylind die Hände zurückzog und Signe nicht umarmte.

»Wie … was … was machst du hier?«

»Das Gleiche könnte ich dich fragen – und dann auch noch mit zwei Trollen.«

v'Ark stellte sich neben Aylind und legte ihr den Arm um die Schulter. »Wer ist das?«

»Signe«, antwortete sie hastig, »Ascans rechte Hand.«

»Rechte Hand? Von Ascan dem Räuber? Dann ist bestimmt ein fettes Kopfgeld auf sie ausgesetzt.«

»Plappermaul!«, zischte Signe und bedachte Aylind mit einem finsteren Blick. Dann nickte sie in Richtung von v'Arks Armstumpf. »Ja, Ascans rechte Hand, Rotbart. Du allerdings könntest eher 'ne linke gebrauchen.«

Mjerelmyr zuckte zusammen. Aylind und er hatten es tunlichst vermieden, über v'Arks Arm zu sprechen.

Der Wolfskrieger nahm die Hand von Aylinds Schulter und legte sie auf den Schwertknauf. »Du hast 'ne große Klappe …«

Mjerelmyrs Faust schloss sich um Kharn.

»… gefällt mir.«

Er atmete erleichtert aus.

Signe grinste, halb elfengleich, halb hexenhaft. »Gab Gerüchte in Samanunga, du seist im Fluss ertrunken. Dein Arve hat ganz schön geheult, mehr als um seine Verlobte.«

»Arve? Vircca? Was ist mit ihnen?«

»Das Mädchen wurde verschleppt, den Fluss runter, irgendwo in den Süden. Aber Arve geht's gut. Der hängt wie eine Klette an Ascans Arsch. Die beiden haben es sich in den Kopf gesetzt, die Waisenkinder von der Schwarzen Armee zu befreien. Kümmert sich ja sonst niemand drum. Der Oxenstamm besiegt, die Bären und Donnerhörner abgezogen. Nur gr'Ast sammelt seine Wolfskrieger in Samanunga, und die Raben sind auch dageblieben. Von den Füxen ist weit und breit nichts zu sehen.«

Aylind fuhr sich nervös durch die Haare. »Und wo ist Arve jetzt?«

»Na, bei den anderen im Unterschlupf. Wir bereiten uns vor. Wenn die Schlacht beginnt, schlagen wir zu und holen die Kinder raus.«

Das war ein Unterfangen nach Mjerelmyrs Geschmack. Viel lieber würde er den Räubern helfen die Entführten zu befreien, als dem Rat die Kunde ihres Scheiterns zu überbringen – vor allem da a'Rd und u'Krata anscheinend noch in Samanunga weilten. Er stellte Kharn am Tisch ab, streckte sich kurz und nahm Platz. »Setz dich zu uns, Signe. Ich gebe einen aus. Scheint, als seist du genau die Frau, mit der wir reden müssen.«

»Danke, aber wir brechen auf. Haben nur unsere Vorräte aufgestockt.« Signe warf ihren Umhang über, zögerte kurz. »Wie sieht's aus, willst du mitkommen?«

»Ich … äh … kann nicht.« Aylind warf den Trollen einen unsicheren Blick zu. »Ich bin mit Mjerelmyr und v'Ark hier, im Auftrag des Rates. Wir sind auf dem Weg zurück nach Samanunga.«

In diesem Moment kam Renno aus der Speisekammer, in der einen Hand einen riesigen Krug Bier, in der anderen eine Platte, auf der sich Speckschwarten stapelten. »Also, was wolltet ihr so dringend wissen?«

»Wie es um Samanunga steht«, sagte Mjerelmyr. »Doch wie es scheint, kann uns Signe hier alles über die Stadt und die Schwarze Armee sagen.«

»Ja«, erwiderte sie, »wenn ihr sofort mitkommt. Ein Stückchen können wir gemeinsam gehen, bevor sich unsere Wege trennen. Wie ihr in die Stadt kommen wollt, ist mir allerdings ein Rätsel. Ihr wisst schon, dass Samanunga belagert wird?«

»Belagert?« Mjerelmyr nickte langsam. »Also hattest du recht, v'Ark.« Er senkte den Kopf, und sein Blick fiel auf Kharn. »Hm … vielleicht.« Er betrachtete die Waffe, ohne sie wirklich zu sehen. »Wenn wir …« In seinen Gedanken nahm eine Idee Gestalt an, wie selbst zwei Trolle mit etwas Glück ungesehen in eine bewachte Stadt gelangen konnten. Er packte die Axt und spürte, wie ihn eine wilde Entschlossenheit durchströmte. »Wir kommen mit und hören uns an, was du über die Kundschafter und Wachtposten der Schwarzen Armee weißt.«

»Wie, das war's?« Renno stellte Krug und Platte ab. Das Bier schwappte über die Schwarten.

»Ja«, entgegnete v'Ark und stopfte sich den Speck ins Maul. »Für i'Rk!«

Mjerelmyr beugte sich zu Aylind hinunter. »Du musst uns nicht begleiten. Einen Belagerungsring durchbrechen … das wird gefährlich.«

Aylind kniff die Lippen zusammen und schüttelte beleidigt den Kopf.

»Gut«, sagte Mjerelmyr und freute sich still, »dann wartet draußen auf mich. Ich komme gleich nach.«

Ohne ein Widerwort gingen Signe, v'Ark und Aylind hinaus. Seine plötzliche Tatkraft schien sie zu beeindrucken. Die Tür fiel hinter ihnen zu. Renno hatte sich vor ihm aufgebaut, die Hände in die Hüften gestemmt.

»Donnersänger, Donnersänger, du hast schon viele Dämlichkeiten begangen, aber das hier wird dir niemand danken! Und z'Arwa ist nicht hier, die du beeindrucken kannst.«

Mjerelmyr zuckte mit den Schultern. »Wie geht es Hundert?«

»Warum fragst du sie nicht selbst? Sie ist draußen und füttert die Schweine.«

Natürlich, schoss es Mjerelmyr durch den Kopf, *der Junge mit den kurzen Haaren!*

»Danke«, sagte er, und im Gegensatz zur Begrüßung drückte er Renno an sich, als wäre es das letzte Mal. Dann stürmte er zur Tür.

»He, deine kleine Aylind kann übrigens gerne hierbleiben. Süßes Ding. Bei mir hätte sie es gut.«

Mjerelmyr drehte sich um. »Wenn dir ihr Wohl so sehr am Herzen liegt, dann gib ihr deinen Bogen mit«, brummte er und deutete auf die Wand über dem Kamin. »Sie wird ihn brauchen. Und da wäre noch was … hast du Birnenwein?«

Renno lachte. »In rauen Mengen.«

»Dann schaffe drei Fässer ins Dargetal, die haben wir den Versehrten versprochen. Damit wären wir quitt.«

Renno nickte, doch sein Lachen erstarb.

Und so ließ Mjerelmyr ihn zurück. Er trat nach draußen, lief an Signe und den Ponys vorbei, hin zur Schweinekoppel. Hundert saß auf dem Zaun und starrte ihn an, als hätte sie ihn die ganze Zeit erwartet. Sein Krähenkopf hing an einem Lederbändel um ihren Hals.

Mjerelmyr seufzte. »Ich bin so froh, dass es dir gut geht.«

»Warum weinst du dann?«

»Ich, äh, ich … weine?«

»Ja. Auch wenn man es nicht sieht. Weil deine Freunde tot sind? Der Riese und der Dicke.«

»Woher weißt du das? Ich hätte nicht gedacht, dass du dich an irgendetwas erinnerst. Nicht mal an mich. Du warst damals …«, Mjerelmyr hielt inne. »Sagen wir, dir ging es nicht gut, als ich dich fand.«

Hundert lächelte. Sie hatte spitze kleine Zähne wie eine Maus. »Ich erinnere mich … wie in einem Traum … aber ich erinnere mich.«

Mjerelmyr wollte sie herzen, doch er hatte Angst, sie zu erdrücken. »Geht es dir gut? Hier und mit Yllok, meine ich.«

»Ja.«

»Kriegst du genug zu essen?«

»Ja.«

»Und Renno und seine Männer?« Mjerelmyr stockte und musterte Hundert. An ihr war nicht viel dran, und mit den kurzen Haaren sah sie aus wie ein Junge. Allerdings würde das den meisten Schurken, die hier im Rappen verkehrten, egal sein. »Lassen sie dich in Ruhe?«

Sie zögerte einen Augenblick. »Ja, Yllok und ich haben ein famoses Versteck.«

Mjerelmyr schnaufte vor Erleichterung aus – so heftig, dass

der Krähenkopfanhänger zu schaukeln begann. »Ich würde gerne hierbleiben und mich mit dir unterhalten …«

»Mjerelmyr!«, rief v'Ark. »Kommst du? Wir brechen auf.«

Er bückte sich und umschlang Hundert doch. Sie hatte so viel ausgehalten, da würde sie eine Trollumarmung auch noch überstehen.

»Du hast mich etwas gefragt«, raunte sie.

»Was?«

»Damals, als du dich von mir verabschiedet hast. Du wolltest wissen, was Swar'og'Wika deiner Mutter geweissagt hat.«

»Ja, stimmt.« Auf einen Schlag wurde Mjerelmyr ganz kalt. Hunderts Flüsterstimme kitzelte in seinem Ohr.

»Der Lindwurm wird der Untergang deines Sohnes sein!«

Er ließ das Mädchen los und erstarrte. Nur sein Waffenarm zitterte. Ungläubig blickte er auf seine Pranke hinab, auf Kharn. Die Axt vibrierte in seiner Faust, als wollte sie ihn auslachen. *Der Lindwurm ist mein Untergang*, schoss es Mjerelmyr durch den Kopf, *bei Kilvis Brennender – das kann nicht sein, lebt der Fluch etwa immer noch?*

»Bunthorn«, brüllte v'Ark, »jetzt oder nie!«

Mjerelmyr war froh, dass sie ihn riefen. Seine Starre löste sich. Benommen wandte er sich von Hundert ab und folgte seinen Gefährten in den Träumenden Wald.

22. KAPITEL

MJERELMYR UND DER RING VON SAMANUNGA

EIN SUMMEN IN Mjerelmyrs Ohren. Ein Klatschen. Ein Fluch.

»Verdammte Biester!«, brummte v'Ark und schlug nach den Mücken. Der Schwarm stob auseinander und formierte sich einen halben Kopf über ihnen zu einer neuen surrenden Wolke. »Kilvi sollte mal vorbeischauen und den ganzen Fluss trockenfurzen.«

Mjerelmyr wischte sich den Schweiß von der Stirn und stöhnte. »Hör auf zu maulen, v'Ark. Nimm dir ein Beispiel an Aylind und bereite dich vor.«

Die Jägerstochter hockte hinter ihnen auf einer Wurzel und überprüfte zum hundertsten Mal, ob die Sehne richtig auf dem Bogen saß. Mjerelmyr konnte immer noch nicht fassen, dass Renno ihr die Waffe geschenkt hatte. Anscheinend hatte sie es ihm wirklich angetan.

»Weißt du, Renno hat mir mit dem Bogen mindestens ein halbes Dutzend Mal den Arsch gerettet – damals im Vettelkrieg.«

»Da würde ich dieses Mal nicht drauf wetten«, unkte v'Ark. »Nur weil sie mal einen Stall in Brand geschossen hat, heißt das nicht, dass sie damit umgehen kann.«

»Aylinds Vater ist Jäger«, entgegnete Mjerelmyr. »Und hör auf, deine schlechte Laune an ihr auszulassen. Wir sind den ganzen Morgen marschiert, um uns hier auf die Lauer zu legen. Du wolltest doch auch ein Boot kapern.«

»Ja, aber ich wollte nicht den halben Tag im Schlamm rumliegen, ich wollte mich auf sie stürzen.«

»Wie es aussieht«, entgegnete Aylind, »bekommst du gleich die Gelegenheit dazu.«

Ein Boot, so wie sie es gestern gesehen hatten, bog eben um die Flussschleife – vier Ruderer und ein Ausguck.

»Na los«, zischte v'Ark, »worauf wartest du noch? Lock sie her!«

Aylind ließ den Bogen fallen, lief zum Ufer, kniete sich hin und gab vor, ihren Umhang zu waschen. Mjerelmyr und v'Ark lugten durch das Schilf. Die fremden Krieger erblickten Aylind und verlangsamten ihren Schlag. Dann holten sie die Ruder ein und suchten das Ufer ab.

»Misstrauische Klotsäcke«, zischte v'Ark. »Die kommen nicht rüber.«

»Abwarten«, raunte Mjerelmyr.

Und sie warteten ab und beobachteten Aylind dabei, wie sie überrascht und ängstlich tat und in die Böschung floh. Die Krieger in ihren grauen Lederpanzern reagierten nicht. Stattdessen starrten sie beunruhigt nach oben. Der Himmel war dunkelgrün. Im Norden braute sich ein Unwetter zusammen.

v'Ark stürmte los.

Mjerelmyr fluchte und rannte hinterher. Hoffentlich war der Fluss hier nicht zu tief. Keule und Axt ließ er am Ufer fallen, die Waffen würden ihn nur behindern. Mit langen Schritten pflügten die Trolle durchs Wasser – erst knöchel-, dann knie- und schließlich hüfttief.

Im ersten Moment schienen die Schwarzen Krieger zu erstarren, dann griffen sie nach den Rudern und wendeten das Boot. Mjerelmyr kämpfte gegen die Strömung. Das Wasser reichte ihm nun fast bis zum Hals. Noch fünf oder sechs Armlängen und er würde die Kerle schnappen. Schon konnte er das Weiße in ihren Augen erkennen. Die Ruder stachen ins Wasser, das Boot ruckte an. Neben ihm versank v'Ark, gurgelnd um sich schlagend. Mjerelmyr hechtete vor, ergriff zwei Ruderblätter und zerrte sie samt Ruderern zu sich in den Fluss. Den einen tauchte er unter, den anderen packte er am Hals. Die Männer zappelten in seinen Pranken, über ihm klirrte und puffte es. Die beiden anderen Krieger hatten ihre Lanzen gegriffen und aneinandergeschlagen. Mit nun brennenden Spitzen stachen sie nach ihm.

Mjerelmyr tauchte ab und drückte zu, spürte zwei Nacken zwischen seinen Fingern brechen. Neben ihm fuhr eine Lanze zischend ins Wasser. Die Klinge erlosch und streifte ihn an der Schulter. Er ließ die Toten los, sie trieben davon. Luft, er brauchte Luft! Prustend brach der Donnersänger durch die Wasseroberfläche, Wellen schlugen ihm entgegen, er verschluckte sich. Die Krieger stocherten nach ihm, als das Boot wild zu schaukeln begann. Rückwärts gingen die zwei über Bord.

v'Ark erwartete sie auf der anderen Seite. *Er* hatte den Kahn fast zum Kentern gebracht. Mit dem Schwert in der Hand fiel er über sie her. Ein Stich, ein Hieb und die Männer waren tot.

Mjerelmyr zog sich an der Bootswand hoch und starrte überrascht dem Ausguck ins Gesicht. Verflucht! Trotz v'Arks Schaukelei hatte der fünfte Krieger sein Gleichgewicht gehalten. Er holte aus, um zuzustoßen, mitten in Mjerelmyrs Brust hinein. Ihm blieb keine Zeit, um auszuweichen, das Bild seiner Eltern blitzte vor ihm auf, dann h'Ryns, dann Hunderts, dann sackte der Ausguck zusammen. Ein Pfeil steckte in seinem Kopf.

»Zum Glück kein Helm«, rief Aylind über den Fluss.

Mjerelmyr antwortete nicht. Er winkte nur zum Dank, aus Angst, er würde sonst noch mehr Wasser schlucken. Hustend barg er mit v'Arks Hilfe die drei Leichen, die nicht abgetrieben waren, und brachte das Boot ans Ufer. Dort begannen sie den makabren Plan umzusetzen, den er im Rappen ersonnen hatte. Oder war es Kharns Einfluss gewesen? Verflucht noch mal, die Idee war ihm beim Anblick der Lindwurmaxt gekommen.

Sie platzierten die Toten auf den ersten drei Ruderbänken und spießten sie an einer der Lanzen auf. Mjerelmyr machte einen Schritt zurück und betrachtete das Kunstwerk.

»Was meinst du, Aylind? Wenn du dich auf die letzte Bank setzt und die Lanze gut festhältst, dann müsste es gehen. v'Ark und ich schieben das Boot. Da gucken nur unsere Köpfe aus dem Wasser. Nachts werden uns die Wachtposten schon nicht anhalten.« Er klatschte in die Hände. »Und wenn sie merken, dass wir in die Stadt wollen, ist es zu spät, dann sind wir längst im Dunkeln verschwunden.«

v'Ark nickte zufrieden. Aylind warf ihm einen angewiderten Blick zu, sagte jedoch nichts.

Und so brachen sie auf wie besprochen. Aylind mit den Toten und ihrem Gepäck an Bord, die Trolle daneben. Es war kurz vor Sonnenuntergang, und sie kamen rasch voran. Zunächst blieben sie in Ufernähe. Erst kurz vor der Biegung, hinter der sie den Belagerungsring vermuteten, würden sie ins tiefere Wasser waten und abtauchen.

Der Wind wurde zunehmend stärker und peitschte den Fluss auf. Die Wellen ließen das Boot immer doller schaukeln. Aylind klammerte sich ängstlich fest.

»Wir lassen nicht los«, versuchte Mjerelmyr sie zu beruhigen.

Sie drehte sich um. »Aber der Sturm kommt näher!«

»Zwei Stürme«, erwiderte v'Ark und lachte bellend.

Überall, wo ich bin, ist Krieg, schoss es Mjerelmyr durch den Kopf. Das hatte v'Ark gesagt an dem Tag, an dem sie sich zum ersten Mal begegnet waren. *Er lebt dafür, er liebt es.*

Der Himmel im Norden war immer noch grün, doch auch aus dem Süden rasten nun Wolken heran. In der Abendsonne sahen sie aus wie brennender Schnee.

»Ha, ha«, rief v'Ark, »Kilvi und Isvander küssen sich heute

Nacht! Wie geht noch mal das Lied?« Er stimmte die Ballade der beiden letzten Riesen in so schiefen Tönen an, dass man sie nur mit viel Fantasie erkannte.

Ihr letzter Kuss
von Flammen bedacht,
sein stolz Eis
schmolz in glänzender Pracht.

»Komm schon, Mjerelmyr, sing mit!«

»Nein, mir ist nicht nach Singen zumute.« Grimmig stapfte Mjerelmyr durch den Fluss. Seit seinem Schlaflief am Abend vor h'Ryns Hinrichtung hatte er nicht mehr gesungen. Der Gedanke beunruhigte ihn.

Im Halbdunkel beugte Aylind sich zu ihm herüber. »Was war eigentlich los?«, flüsterte sie.

»Was meinst du?«

»Im Rappen, mit Hundert.«

»Ich habe keine Ahnung, wovon du sprichst.«

»Komm schon, nur weil Renno mir schöne Augen gemacht und den Bogen geschenkt hat, heißt das nicht, dass ich nicht mitbekommen hätte, wie blass du warst. Also, irgendwas war doch.«

»Nichts, was dich angeht!«, knurrte Mjerelmyr.

Aylind ließ nicht locker. »Auch wenn du es nicht hören willst, ich habe das Gefühl, dass du glaubst, h'Ryns Last auf dich nehmen zu müssen. Aber das musst du nicht. Der Spuk mit Kharn ist vorbei. Das hat Patarin selbst gesagt.«

»Was weißt du schon von Albenflüchen, Jägerstochter aus Wituwart?« Er funkelte Aylind zornig an, und diesmal hielt sie die Klappe. Dabei fiel sein Blick auf Kharn. Das Axtblatt schimmerte blutrot im letzten Licht des Tages. Was wäre, wenn er die Waffe einfach in den Fluss warf? Er verbannte den Gedanken. Nach der Schlacht war auch noch Zeit dafür. Er band

Kharn an einem Riemen fest und schwang sich die Waffe quer über die Schulter. Kämpfen würde er mit seiner Keule, so viel stand fest.

»Wir sind gleich da!«, rief er v'Ark zu, um den Wind zu übertönen. »Nur noch eine Biegung!«

Gemeinsam schoben sie das Boot ins tiefere Wasser, bis ihre Köpfe kaum noch aus dem Fluss rausragten, seiner ein Stück weiter als der von v'Ark. Selbst zwei kräftige Trolle wie sie hatten nun Mühe, den Kahn in der Strömung festzuhalten. Die Sonne ging unter.

»Mögen die Geister mit uns sein«, glaubte er Aylind beten zu hören.

»Für Kilvi und Isvander«, brummte v'Ark.

Mjerelmyr schwieg. Geister und Riesen halfen nicht mehr. Jetzt war es allein an ihnen.

In der Ferne ertönte ein Klirren und Poltern, Schreie aus hunderten Kehlen, Schreie von Angst und Wut. Die Schlacht tobte bereits, und sie musste gewaltig sein, wenn der Lärm durch den Sturm bis hierher an ihre Ohren drang. Mjerelmyr atmete tief ein. Es mochte die letzte frische Luft sein, die er für eine Weile zu schnappen bekam.

Die Nacht war nicht dunkel. Ein feuriges Glühen lag über dem Siebenfluss. In das Geschrei der Kämpfenden mischten sich Trommeln und Hörner. Die Wellen schlugen höher. Mjerelmyr streckte den Kopf aus dem Wasser. Auf den Hügeln an beiden Ufern sah er Wachtposten stehen. Die Schwarze Armee hatte ihr Lager an den Hängen errichtet – zu beiden Seiten des Flusses. Zwischen den Zelten sah er Schemen von Lanzen, Schilden und Helmen, und ihm rutschte das Herz in die Hose. Die Fremden hielten eine ganze Armee in Reserve. Wenigstens schien sie niemand zu entdecken.

Das Boot schnellte vor, doch es lag nicht an der Strömung. v'Ark schob es an. Der Wolfskrieger wollte unbedingt in die Schlacht. Aylind hatte bereits den Bogen in der Hand. Unbehelligt durchbrachen sie die Belagerung und bogen um die letzte Schleife, bevor sie endlich Samanunga erblickten.

Mjerelmyr atmete scharf aus. Die Schwarze Armee hatte die Stadt umstellt. Er erkannte sie kaum wieder. Kreuz und quer waren Gräben gezogen und mit Flusswasser geflutet worden. Zelte, Hütten und Steinkreise hatte man abgerissen und ihre Trümmer zu Bollwerken aufgetürmt. Vor, auf und zwischen den Barrikaden wurde gekämpft. Noch hielten die Verteidiger stand. Zehn Dutzend Trolle sammelten sich unter dem Raben- und dem Wolfsbanner. Immer wieder preschten sie vor und schlugen Lücken in die Reihen der Feinde. Die Grünländer setzten nach mit Speeren und Sensen. Bogenschützen schossen aus der Deckung heraus. Doch die Angreifer brandeten beharrlich an wie eine dunkle Welle, mit ihren brennenden Waffen als Gischt darauf.

Die Schwarze Armee war in der Übermacht. Fünfmal so viele Männer kämpften in ihren Reihen, und der größte Teil ihrer Streitmacht wartete immer noch jenseits der Hügel. Mjerelmyr fragte sich, ob die Verteidiger das wussten.

Hinter ihren Schilden verschanzt rückten die fremden Krieger vor. Die Flammen ihrer Lanzen loderten wild und hoch. Schritt für Schritt drängten sie die Grünländer zurück, gegen ihre eigenen Barrikaden und in Richtung des Flusses.

Auf dem Wasser wartete ihre Flotte – schwarze Segel über die ganze Breite des Stroms. Doch die Schiffe schienen nicht gegen das Unwetter anzukommen. Segel wurden eingeholt, einige Masten brachen sogar. Die Männer legten sich in die Riemen, es hatte keinen Zweck.

Mjerelmyr jubelte innerlich. Kilvi und Isvander waren tatsächlich auf ihrer Seite. Ihr stürmischer Kuss trieb sie voran, immer schneller und weiter den Fluss hinab.

»Wir müssen rüber, ans andere Ufer!«, brüllte er gegen den Wind. »Sonst landen wir noch bei der Schwarzen Flotte.«

Mit voller Kraft stemmten sie sich ab und brachten das Boot

in die Strömung. Sie schaukelten über die Wellen und steuerten, so gut es ging, auf Samanunga zu. Drei Drehungen und viermal Wasser verschlucken später knirschte endlich Sand unter ihrem Kiel. Sie waren an Land.

Vor ihnen lag ein Haufen weißer Findlinge, Überreste vom Steinkreis des Lindwurmstamms. Birkenstämme und Mammutzähne füllten die Lücken. Ein paar Grünländer standen auf den Felsen und warfen Steine, andere knüppelten auf die Angreifer ein, die wie ein Haufen Ameisen das Bollwerk erklommen.

»Denen zeig ich, was echtes Feuer ist«, rief v'Ark und rannte los. »Für Kilvi!«

Aylind sprang aus dem Boot und wollte ihm folgen, doch Mjerelmyr packte sie und hielt sie fest.

»Wir müssen ihm helfen!«, protestierte sie.

»Du hast einen Bogen, damit kämpft man nicht in der ersten Reihe!«

Schon hörte man Holz krachen. Mjerelmyr ahnte Schlimmes. Er zog Aylind in Deckung hinter einen der Findlinge. v'Ark hatte er längst aus den Augen verloren.

Schreie erklangen von der anderen Seite des Steinkreises. Die Verteidiger – eben noch mutig vorgeprescht – wurden an ihrem eigenen Bollwerk zerquetscht. Die Barrikaden fielen, die Angreifer strömten durch die Bresche, trampelten über Schutt und begrabene Leiber.

Plötzlich standen sie auch vor Mjerelmyr – vier Schwarze Krieger. Ihre Schwertlanzen brannten immer noch. Er schwang seine Keule im weiten Bogen, zerbeulte ihre Schilde und trieb sie zurück. Sie formierten sich neu und rückten abermals vor. Es blitzte und donnerte über der Stadt. Für einen Herzschlag meinte Mjerelmyr alles zu sehen – das ganze Schlachtfeld, alle Toten und Sterbenden, alle Angst, alles Leid.

Die Soldaten griffen an. Er brüllte wie zehn Trolle und spürte keinen Schmerz, als er in die Flammen sprang. Den Ersten begrub er unter sich, dem Zweiten hieb er den Helm vom Kopf, den Dritten schleuderte er gegen den Fels, der Vierte wich freiwillig zurück.

Wieder blitzte und donnerte es. Der Himmel öffnete seine Schleusen. Von jetzt auf gleich stürzte es herab, als würde das Graue Meer über ihnen ausgeschüttet. Die Lanzen flackerten und erloschen. Auf einen Schlag lag das Schlachtfeld im Dunkeln. Beißender Qualm hing in der Luft und wurde vom Regen ausgewaschen. Befehle wurden gerufen. Mjerelmyr glaubte zu sehen, wie sich die Soldaten zu einem Schildwall sammelten und langsam in Bewegung setzten. Die Schwarze Armee wich aus Samanunga zurück.

Aylind schoss ihnen mit dem Bogen hinterher.

»Spar deine Pfeile«, murrte Mjerelmyr.

»Aber wir haben gewonnen!«

Er packte die Menschenfrau und riss sie in die Höhe. »Wir haben gar nichts gewonnen, hörst du?« Er schüttelte sie. »Gar nichts!«

Sie starrte ihn an, nicht ängstlich, sondern entsetzt.

Mjerelmyr blickte beschämt zur Seite und setzte sie wieder ab. »Komm, wir gehen v'Ark suchen.«

Sie machten sich auf den Weg. Noch immer toste der Wind. Eine Böe erfasste einen kaputten Schild und wirbelte ihn in eine Pfütze. Der Boden war vom Regen aufgeweicht. Ihre Füße sanken ein in ein Feld aus Matsch und Blut. Plötzlich schrie Aylind auf. Aus einem Schutthaufen ragte eine Hand hervor und griff nach ihrer Wade. Mjerelmyr zerrte sie fort. Sie zitterte am ganzen Leib. Er wollte sie beruhigen, seinen Arm um sie legen, doch sie schlug ihn beiseite.

Er hatte keine Ahnung, wohin sie liefen, ging einfach weiter. Bei einem umgestürzten Findling hielt er an. Er schwang sich auf den Fels und sah sich um. Überall irrten Leute umher, genauso wie sie.

»Kannst du v'Ark irgendwo sehen?«

Mjerelmyr war erleichtert darüber, dass Aylind mit ihm sprach – so sehr, dass er fast vergaß, ihr zu antworten.

»Äh, nein. Aber du kennst ihn doch. Er kann gut auf sich selbst aufpassen, auch mit nur einem Arm.«

Anstelle von v'Ark erblickte er das Wolfsbanner. Ein paar Trolle trugen es durch den Regen in Richtung Ufer.

»Aber ich habe eine Ahnung, wo wir v'Ark finden können«, sagte Mjerelmyr. Er sprang vom Fels, packte Aylind am Ärmel und folgte den Wolfskriegern. Wo sie hingingen, konnte gr'Ast nicht weit sein, und wo ihr Häuptling war, waren sicher auch die anderen Mitglieder des Rates zu finden. Die Trolle steuerten auf den Flusstempel zu – ein windschiefes und doch wetterfestes Gebäude, erbaut aus allem, was der Siebenfluss den Hüterinnen überließ: Treibholz, Muscheln und Schlamm.

Die Wolfskrieger rammten das Banner in den Boden und betraten den Tempel. Mjerelmyr zögerte.

»Was ist?« Aylind sah ihn auffordernd an.

Er musste an a'Rd und u'Krata denken und an z'Arwa. *Was soll's*, er schnäuzte aus und schob den Algenvorhang beiseite. Auch wenn er sich nicht darauf freute, ihnen gegenüberzutreten, drinnen war es wenigstens trocken.

Die Halle des Flusses war gut gefüllt. Es stank nach altem Fisch und dem Schweiß zu vieler Leute. Die Schwestern eilten hin und her, um die Verletzten zu versorgen, die in den Ecken auf dem Boden lagen und stöhnten. In der Mitte der Halle hatten sich die Anführer rund um eine Feuerschale versammelt. Ardara, die Hohe Hüterin, saß in einem Fischernetz, das von der Decke baumelte, auf Augenhöhe mit den Trollen. a'Rd war auf einem Hocker zusammengesunken und starrte stumpfsinnig in die Flammen, während gr'Ast sich von seiner klitschnassen Fellrüstung befreite. Mjerelmyr suchte sich einen Platz im Halbschatten, wo er niemandem im Weg stand, und schaute sich um. v'Ark war nirgends zu sehen, dafür entdeckte er z'Arwa, die zwei Schritte hinter a'Rd stand. Eine der Priesterinnen wollte eine Wunde an ihrer Hand verbinden, doch die Tysjarka schickte sie weg und leckte das Blut von ihren Fingern.

»Kennst du sie?«

»Was?«

»Die Trollfrau mit der roten Feder.« Aylind deutete in z'Arwas Richtung. »Sieht finster aus.«

Mjerelmyr zuckte betont gleichgültig mit den Schultern. In Wahrheit war er froh, z'Arwa lebendig zu sehen.

Ein matschverschmierter Mann kam in den Tempel gerannt und eilte zu gr'Ast hinüber. Der Wolfshäuptling beugte sich zu ihm hinunter und hörte ihm zu. Dann nickte er zweimal und sah wieder auf. »Kundschafter berichten, dass sich die Schwarze Armee in ihr Lager zurückgezogen hat.«

»Der Sturm hat uns gerettet«, rief jemand.

Die Menge jubelte und stimmte das Lied von Kilvi und Isvander an, doch gr'Ast brüllte dazwischen. »Ruhe, ihr Narren! Das Wetter kann uns nicht jedes Mal den Arsch retten. Sie werden wiederkommen – mit mehr Kriegern und mehr Feuerlanzen. Und wir? Wir werden weniger. Schaut euch um. Viele sind gefallen und die meisten verletzt. Wir müssen nicht singen, sondern Pläne schmieden für morgen!« Er hielt seine Hände über die Flammen und atmete tief durch. »Sind denn wenigstens alle Ratsmitglieder da?«

a'Rd setzte sich auf und nickte.

»Was ist mit der Oxin?«, fragte gr'Ast.

Ardara stellte das Schaukeln ein. »Ich fürchte, sie ist gefallen. Als die Kunde vom Tod ihres Sohnes kam, stürzte sie sich blind in die Schlacht.«

gr'Ast knurrte so laut, dass es durch die ganze Halle dröhnte. »Macht hier denn jeder, was er will?«

In dem Moment klopfte jemand Mjerelmyr auf die Schulter, und er zuckte zusammen. v'Ark grinste ihn an. Er war von

Kopf bis Fuß mit Blut beschmiert. Aylind fiel dem Wolfskrieger trotzdem in die Arme.

Mjerelmyr schüttelte den Kopf. »Du machst auch immer, was du willst, nicht wahr?«

»Sagt doch, dass ihr euch Sorgen gemacht habt. Aber keine Angst, das ist nicht mein Blut.«

»Darum geht's nicht. Du hast Aylind und mich im Stich gelassen. Wir sind Gefährten, verstehst du das nicht?«

»Ach, komm schon, Bunthörnchen, jetzt bin ich ja wieder da.«

Mjerelmyr wandte sich wütend ab, um der Unterredung der Häuptlinge zu folgen. Ein kleiner Troll löste sich aus der Menge. Er trat ans Feuer und zog seine Kapuze zurück – es war t'Isk.

Ein aufgeregtes Murmeln erfüllte die Halle.

gr'Ast musterte den Fuxhäuptling misstrauisch. »Das letzte Mal, als ich dich gesehen habe, bist du mit eingezogenem Schwanz davongelaufen. Warum bist du zurückgekehrt? Sicher nicht aus Kampfeslust.«

»Es gibt andere Wege als die des Schwertes.« t'Isk hielt einen Augenblick inne. »Ich bin hier, um Euch Hoffnung zu bringen – selbst in der dunkelsten Stunde gibt es einen Funken davon.«

»Sosehr ich blumige Sprache mag«, krächzte a'Rd, »jetzt ist nicht die Zeit dafür.«

gr'Ast nickte grimmig. »Also!?«

»Nur weil ich nicht hier war, heißt das nicht, dass meine Kundschafter untätig waren«, antwortete t'Isk. »Sie sind viel gewandert, haben viel erfahren und viel versucht. Gerade jetzt, wo ich spreche, sind die Versehrten unterwegs nach Samanunga. sh'Arr führt sie an, um an unserer Seite zu kämpfen.«

»Die Versehrten?«, spottete gr'Ast, »welch große Hilfe. Was ist mit den anderen Stämmen? Konntest du die überreden?«

t'Isk seufzte. »Nein, vom Bärenstamm kam keine Antwort, und d'Uum ist verschollen, weit im Norden, wahrscheinlich immer noch auf der Jagd nach h'Ryn und Isinvi.«

»Gibt es vom Lindwurm wenigstens etwas Neues?«

»Leider nein …«

»Doch!«, rief Mjerelmyr und trat aus dem Schatten.

Alle Köpfe wandten sich in seine Richtung. a'Rds Blick wirkte trüb, als würde er ihn nicht erkennen, doch dafür meinte er, ein Lächeln über z'Arwas Lippen huschen zu sehen.

»Der Donnersänger«, brummte gr'Ast. »Welches Lied willst du für uns singen?«

Mjerelmyrs Mund war so trocken, dass er Angst hatte, kein weiteres Wort herauszubringen. Er räusperte sich. »Der letzte Lindwurm ist tot, und i'Rk vom Walrossstamm ebenso.«

Ein Raunen ging durch die Menge.

»Auch von den Donnerhörnern braucht ihr keine Hilfe zu erwarten«, sagte Mjerelmyr. »d'Uum starb, als er versuchte, uns aufzuhalten.«

Aus dem Raunen wurde ein Stöhnen.

»Also wart ihr erfolgreich?«, rief gr'Ast.

Die Leute schwiegen.

Mjerelmyr schüttelte den Kopf und wendete die Axt in seinen Händen. »Nein, Kharns Fluch wog zu schwer. Prinz Patarin, Fëaras Sohn, griff uns auf und verurteilte einen von uns zum Tode als Sühne für den Mord an seiner Mutter.« Mjerelmyr schluckte. »h'Ryn hat sich für uns geopfert, damit wir anderen gehen konnten.«

»Und was ist mit Isinvi?«, fragte gr'Ast. »Schickt Kjälvir seine Alben?«

»Wir haben den König nie zu Gesicht bekommen. Svarun liegt in Dunkelheit, aufgewühlt durch einen Bruderkrieg. Mit ihrer Hilfe brauchen wir nicht zu rechnen.«

Eine düstere Stille trat ein. Nur das Heulen des Windes und das Prasseln des Regens waren zu hören.

»Das sind üble Neuigkeiten«, murmelte a'Rd. »Wer ist dieser Unglücksbote?«

z'Arwa beugte sich zu ihm hinab. »u'Kratas Enkelsohn, der Donnersänger«, meinte Mjerelmyr von ihren Lippen abzulesen.

Der alte Rabe hat den Verstand verloren, dachte Mjerelmyr traurig, *seine einstmals schärfste Waffe.*

»Ganz gleich, wie schlecht es steht«, rief gr'Ast in die Menge. »Die Schwarze Armee wird morgen wieder mit ihren Feuerlanzen gegen uns anrennen. Aber wir sind die Erben der Riesen! Wir werden sie empfangen wie echte Trolle und wie echte Grünländer! Mit Stein und Eisen! Hier in Samanunga! Der Boden wird morgen mit Blut geweiht!«

Die Menge schrie und trommelte mit den Fäusten gegen die Wände, tobte lauter als der Sturm über dem Fluss. Es dauerte einen Atemzug, bis Mjerelmyr merkte, dass auch er brüllte.

3. INTERMEZZO

Ascan vor Samanunga

Ich kann dich immer noch denken hören«, knurrte Ascan. »Die Antwort bleibt Nein!«

Arve lief am Höhleneingang auf und ab. Draußen bogen sich die Tannen im Wind. Über ihren Wipfeln schimmerte es feuerrot. Der Angriff auf Samanunga hatte begonnen.

»Aber es ist dunkel, und es stürmt, und die Schwarze Armee ist ausgerückt. Worauf warten wir denn noch?«

»Jetzt ist nicht die Zeit.«

Arve blieb stehen. »Weißt du, was ich glaube? Dass du die Kinder und die Alten gar nicht befreien willst!« Er funkelte Ascan finster an. »Dann hätte ich genauso gut Vircca folgen können.«

Ascans Männer raunten.

»Oh, oh, Klaps auf'n Po«, summte Svilgür leise.

»Wir gehen nicht! Nicht ohne Signe. Das ist mein letztes Wort. Und außerdem habe ich heute Nacht ein schlechtes Gefühl …«

Schlechtes Gefühl – hallte es in der Höhle nach. Ascan fluchte innerlich. Warum hatte er nur angefangen, sich zu rechtfertigen? Jetzt sah es so aus, als ob er sich ohne Signe nicht mal mehr auf den Donnerbalken traute. Er konnte die Blicke seiner Männer spüren, selbst Harvol musterte ihn zweifelnd.

Ascan pustete die einzige Kerze aus, die sie angezündet hatten. Dann rollte er sich auf die Seite und starrte die Höhlenwand an. Früher hatte er vor jedem Raubzug, bei jedem Wetter und an jedem Ort schlafen können wie ein Stein. Heute war er froh, wenn er nicht die halbe Nacht wach lag oder fünfmal aufstehen musste, um sich ein paar jämmerliche Tropfen aus dem Schwanz zu drücken. Wie lange noch, fragte er sich, würden die anderen sich das ansehen? Wie lange noch ihm folgen?

Signe kam mitten in der Nacht – mit vier vollbeladenen Ponys und zwei ortskundigen Wilderern.

»Habt ihr etwas von der Schlacht gesehen?«, fragte Arve.

Die beiden Wilddiebe schüttelten die Köpfe.

»War alles ruhig.« Signe warf ihren Umhang ab und wrang die Haare aus. »Bis auf das scheiß Unwetter natürlich.«

Ascan liebte es, wenn ihre Haare nass glänzten. Schon komisch, die ferkeligsten Gedanken kamen ihm immer zur unpassendsten Zeit. »Alles ruhig, sagst du? Keine Feuer? Kein Schlachtenlärm?«

»Nö«, entgegnete sie und trat Lef in die Seite. »He, ich weiß, dass du wach bist. Ponys abladen, zack, zack!«

»Dann ist Samanunga schon gefallen«, sagte Harvol.

Ascan schüttelte den Kopf. »So schnell? Niemals! Die Scifari mögen viele sein, aber habt ihr schon mal Trolle kämpfen sehen? gr'Ast und seine Wolfskrieger sind schwer zu bezwingen. Nein, ich sage euch, die Scifari haben sich zurückgezogen. Vielleicht hat der Regen ihre Flammenlanzen entzaubert. Wäre kein Wunder, so wie das geschifft hat.« Ascan stand auf, steckte die Wurfäxte in den Waffengurt und warf seinen Mantel über. Seine Männer glotzten ihn überrascht an.

»Was ist, Barkfred? Ich dachte, du bist mein bester Kundschafter? Komm, schwing deinen Arsch hoch. Wir gehen nachsehen, was die Scifari treiben!«

Ascan drückte sich flach auf den matschigen Boden. Der Strauch, hinter dem sie lagen, wuchs gefährlich nah am Lager. »Bist du sicher, dass sie uns hier nicht entdecken?«

»Vertrau mir«, flüsterte Barkfred, »ich bin dein bester Kundschafter. Schon vergessen?«

»Was, wenn sie pinkeln müssen?«

»Die machen nicht in die Büsche, die haben Latrinen. Bei denen geht alles nach Vorschrift, auch das Pissen.«

Hoffentlich behielt Barkfred recht. Zumindest hatte der Sturm ganze Arbeit geleistet. Fast ein Viertel der Zelte war niedergerissen, und ein weiteres stand windschief. Das gefiel den Scifari mit ihrem Ordnungswahn sicher gar nicht. Trotzdem war es ruhig im Lager. Die Soldaten schliefen. Nur die Wachtposten waren besetzt – zwei Mann mit Laternen, Rücken an Rücken, alle drei Dutzend Schritt, rund um das Feldlager.

Ascan rutschte im Matsch hin und her. Er spürte einen fiesen Druck auf der Blase. Jetzt aufzustehen wäre Wahnsinn, doch zurückschleichen wollte er auch noch nicht. *Was soll's?*, dachte er und ließ es laufen. Waren eh nur ein paar Tropfen, und für den Moment wärmte es in der Buxe.

»Was war das? Hast du das gehört?«

»Hm«, murmelte Barkfred, »kam aus einem der Zelte.«

Da war es wieder – ein Wimmern aus einer, zwei oder noch mehr Kehlen.

Die Wachtposten vor ihrer Nase drehten sich um und sahen sich fragend an. Einer von ihnen ging zum Lager und verschwand in dem Zelt, aus dem die Geräusche kamen. Der Schein seiner Laterne warf diffuse Schatten auf die Zeltwand. Mehrere Schemen bewegten sich, schienen miteinander zu verschmelzen und drifteten wieder auseinander. Einer von ihnen sank zu Boden. Kurz darauf wurde die Zeltplane beiseitegeschoben, und vier Soldaten traten hervor, ungerüstet, aber bewaffnet. Sie gingen ein paar Schritte, hierhin und dorthin, scheinbar ohne Ziel. Schließlich näherten sie sich dem einzelnen Wachtposten, dessen Kamerad nicht wieder aus dem Zelt aufgetaucht war. Er sagte etwas. Sie antworteten nicht, sondern rammten ihm die Lanzen in den Leib. Der Wächter sackte leise zusammen.

»Bei Gothamar«, stöhnte Barkfred.

Ascan hielt den Atem an. Ihm war plötzlich kalt in der nassen Hose.

Die vier Krieger teilten sich auf. Zwei gingen nach links und zwei nach rechts, jeweils auf die nächsten Wachtposten zu. Für einen Herzschlag musste Ascan den Reflex unterdrücken, den Ahnungslosen eine Warnung zuzurufen. Was bei allen Geistern ging hier vor sich?

Soweit er sehen konnte, wurden die beiden Wächter auf der rechten Seite ebenfalls überrascht und durchbohrt. Auf der linken Seite schien es zu einem Handgemenge zu kommen. Eine Person wurde niedergestreckt. Rufe und unterdrückte Schreie ertönten jetzt aus fast allen Zelten.

»Hol die anderen«, raunte Ascan. »Wir gehen rein!«

Es war kurz vor Morgengrauen, als Barkfred mit dem Rest der Bande zurückkehrte. Ascan erwartete sie ein gutes Stück hinter den Sträuchern, geschützt vor den Blicken der Schwarzen Armee. Im Lager herrschte immer noch Unruhe. Signe und seine Männer versammelten sich im Kreis um ihn, so wie früher, wenn sie einen Raubzug planten. *Etwas anderes als ein Raubzug ist unser Unterfangen ja auch nicht*, versuchte Ascan sich zu beruhigen.

»Da geht irgendein Irrsinn vor«, erklärte er mit gedämpfter Stimme. »Die Scifari bringen sich gegenseitig um. Einige scheinen vollkommen von Sinnen zu sein, wie besessen, stechen einfach auf ihre Kameraden ein. Na ja, soll uns recht sein, das macht unsere Aufgabe leichter – aber nicht leicht, hört ihr?«

Seine Männer nickten, Lef besonders heftig, was ein sicheres Anzeichen dafür war, dass der Bengel nicht zugehört hatte. Ohne dass Ascan etwas sagen musste, trat Signe ihm auf den Fuß.

»Au!«

»Hör jetzt gefälligst zu, Junge. Jeder kleine Fehler kann uns allen den Kopf kosten.« Ascans Worte hatten Lef gegolten, jedoch hatte er Arve dabei gemustert. Auch für den Sohn des Erls war es der erste gemeinsame Raubzug, und Ascan hoffte, dass der Bursche im Ernstfall genauso gut mit dem Schwert umgehen konnte wie in den Übungskämpfen.

»Also«, fuhr er fort, »wir wissen, dass die Gefangenen unter einer Zeltplane beim Ufer festgehalten werden. Dorthin müssen wir uns durchschlagen. Und jetzt hört mir gut zu, denn ich sage es nur einmal: Befreit nur die, die selbst laufen können, oder kleine Kinder, die ihr auf den Arm nehmen könnt. Keine Gebrechlichen! Niemand, der unsere Flucht behindert! Habt ihr das verstanden?«

Wieder nickten alle, und dieses Mal stellte Lef sicher, dass er Ascan dabei in die Augen sah.

»Gut, dann los! Wir schleichen im Gänsemarsch.«

Ascan Achthand führte seine Bande an. Signe folgte ihm mit gespanntem Bogen, dann kamen Harvol und Arve, die besten Schwertkämpfer, und hinter ihnen der Rest der Meute. Lef und Barkfred, die die schärfsten Augen hatten, bildeten die Nachhut. Sie schlugen sich durchs Gebüsch in Richtung Lager, vorbei an dem verlassenen Wachtposten. Sie hielten sich dicht an den zusammengestürzten Zelten, denn dort rechneten sie mit den wenigsten Scifari. Und der Plan schien aufzugehen.

Immer wieder flammten in der Dunkelheit Lichter auf und erloschen sogleich wieder. Die Zeltplanen knatterten im

Wind. Bald drangen von allen Seiten verzerrte Schreie an ihre Ohren. Hier und da erklang ein Röcheln und Stöhnen, das sich in der Nacht verlor. Ascan kam sich vor wie in einem verschwommenen Albtraum.

Plötzlich traten zwei Soldaten aus einer Zeltgasse hervor. Sie schlurften mehr, als dass sie gingen. Ihre Schwertlanzen schleiften über den Boden. Schon hatte Ascan seine Wurfaxt in der Hand, die beiden Scifari würdigten sie allerdings keines Blickes. Er bedeutete seinen Leuten, nicht anzugreifen, und die Soldaten taumelten an ihnen vorbei.

»Die schlafwandeln«, raunte Signe.

Natürlich, alter Klotsack, die Scifari schlafwandeln, das ist es! Dann hatten sie erst recht keine Zeit zu verlieren, denn die Nacht war schon alt. Jeden Moment konnte die Sonne aufgehen.

Sie hatten gerade ein zusammengefallenes Zelt umrundet, als sie einen Schiffsrumpf erblickten – umgedreht und an Land gezogen, so wie der Spinnentempel flussabwärts.

»Wenn das Lager hier genauso aufgebaut ist wie das andere«, hörte er Arve flüstern, »sind die Gefangenen gleich dahinter.«

Ascan machte eine rudernde Armbewegung und ging hinter der Zeltruine in Deckung. Aus ihrem Versteck beobachteten sie, wie Krieger in nachtblauen Mänteln aus dem Schiffsbauch krochen. Sie hatten ihre Krummschwerter gezückt und bildeten einen Halbkreis. Kurz darauf kam eine kahlköpfige Gestalt zum Vorschein.

»Die Zauberin«, hauchte Arve.

Doch dabei blieb es nicht. Noch eine und noch eine und noch eine trat aus dem Spinnentempel ins Freie – insgesamt sieben Zauberinnen in weißen Roben. Umringt von den Kriegern setzten sie sich in Bewegung. Sie gingen in Richtung Ufer, wo ein Zweimaster lag.

»Die bringen sie in Sicherheit!«, raunte Signe.

Ascan nickte, während er der Prozession aus Zauberinnen und Kriegern hinterhersah.

Die Fremden waren gerade außer Sichtweite, da begann Svilgür zu säuseln:

Zi-Za-Zauberinnen
fressen Witwenseelen.
Macht sie weise,
Waisenblut hilft,
dass sie sich nicht quälen.

Bei allen Geistern, der Wirrkopf hatte womöglich recht. Von den Alten raubten die Zauberinnen das Wissen und von den Jungen die Gesundheit. Woher sonst kannten sie die Sprache der Grünländer, und wie sonst hätten sie hunderte Spinnenbisse überlebt? Schwarze Zauberei! Ascan schauderte. Lieber zerbrach er sich nicht weiter den Schädel darüber.

»Schnell!« Er winkte seine Männer hinter sich her und führte sie um den Schiffsrumpf herum. Auf der Rückseite des Spinnentempels saßen tatsächlich die Gefangen – gefesselt und angepflockt unter freiem Himmel. Die Zeltplane musste vom Sturm davongeweht worden sein. Lediglich vier Wachen waren bei ihnen. Sie zu überwältigen wäre ein Kinderspiel. Nur – den Angriff leise anzustellen, das war die Kunst.

Signe ging aufs Knie und zielte mit dem Bogen. Auf Ascans Zeichen schlichen Arve und Harvol in die Dunkelheit. Als er die beiden im Rücken der Wachen auftauchen sah, stürmte er los, die Wurfäxte in den Fäusten. Signes Pfeil zischte an seinem Ohr vorbei und traf eine der Wachen mitten in die Kehle. Arve und Harvol sprangen aus dem Schatten und trieben ihren Gegnern die Klingen durch die Lungen.

Nur noch einer stand. Jetzt war es an ihm. Ascan rannte um sein Leben. Er keuchte heftig, nach nicht mal zwanzig Schritten. Viel zu früh warf er die erste Axt und schickte ihr ein Gebet hinterher. Sie traf, allerdings nur in den Unterleib. Lauthals stöhnend ging der Wächter zu Boden. Mit dem nächsten Atemzug würde er Hilfe rufen.

Verflucht! Arve und Harvol waren zu weit weg, und er lief mitten durch Signes Schussfeld. Seine Lunge brannte, seine Knie zitterten. Noch einen Wurf aus dem Lauf brächte er nicht ins Ziel. Der Wächter rappelte sich auf. Ascan kniff die Augen zusammen, blähte die Backen und stürzte sich vor. Sein Gegner brachte die Lanze hoch. Zu spät! Ascan war schon vorbei und holte aus, zielte auf den Helm und zertrümmerte den Nasenschutz mitsamt der Nase. Selbst halbtot ging er mit dem Wächter zu Boden. Er fühlte sich, als müsste man ihn auf der Stelle begraben. Doch seine Zeit war noch nicht gekommen.

Harvol reichte ihm die Hand und zog ihn hoch. »Gerade so«, brummte er.

Ascan grinste schief und sah sich um. Vierzig oder fünfzig Gefangene mochten es sein. Die eine Hälfte Kinder, die andere alte Frauen. Einige starrten ängstlich, andere hoffnungsfroh, wieder andere brachen in Schluchzen aus. Zumindest wirkten sie nicht so weggetreten wie jene im anderen Lager. Ascans Leute hatten bereits damit begonnen, die Gefangenen loszuschneiden – zwei ältere Mädchen hier, eine rüstige Witwe dort.

»Schnell, schnell, schnell!«, feuerte er sie an, während er die Axt aus dem Gesicht des Toten zog. Es knackte, und ein roter Schwall besudelte seine Hemd. *Großartig*, höhnte eine Stimme in Ascans Kopf, *die Nacht ist ein einziges Bad in Matsch, Pisse und Blut.*

»Schneid mich los, schneid mich los«, rief ihm eine klapprige Greisin zu.

Ein Junge – zu klein, um zu laufen, und zu groß, um getragen zu werden – weinte zu seinen Füßen.

Ascan blendete beide aus und ging auf eine Frau zu, die ihm

einen Säugling entgegenhielt. Die Alte spuckte dem schreienden Kind auf die Stirn. »Möge die Flussmutter dich schützen!« Dann gab sie es in Ascans Hände.

Das Kind wurde ganz still auf seinem Arm – unvorstellbar bei all dem Chaos. Am liebsten hätte er sich hingehockt und es einfach gewiegt. Zufrieden sah Ascan sich um. Seine Leute waren flink wie eh und je – nur waren es diesmal Menschen und nicht Vieh oder Silber, das sie raubten. Fast alle befanden sich schon auf dem Weg zurück. Nur Arve konnte es nicht lassen, wollte immer noch mehr Gefangene befreien.

»Hier«, sagte Ascan und drückte Harvol das Kind auf den Arm. »Hau ab damit.« Dann eilte er zu Arve hinüber. »Komm jetzt, Junge! Wir sind die Letzten, mehr schaffen wir nicht!«

»Nur noch ihn … und sie, und sie!«

Arve hockte sich hin und legte sein Schwert beiseite, um einen schwarzhaarigen Jungen von seinen Fesseln zu befreien.

Lef stieß einen Warnpfiff aus. Am Rande des Gefangenenlagers tauchten zwei Wachen auf. Sie schlugen ihre Lanzen zusammen, die Klingen entflammten. Dann stürmten sie los.

Arve sah auf und griff nach seiner Waffe. Zu langsam, um die Angreifer abzuwehren. Ascan sprang vor ihn und schleuderte sein Beil. Es traf den ersten mitten in die Brust. Der zweite rannte weiter, war fast heran. Ascan griff nach der anderen Axt, doch sein Gürtel war leer. Er riss seinen Mantel ab und warf ihn nach vorn. Der Stoff wickelte sich um die Lanze und erstickte die Flammen.

Der Scifari holte aus und schlug nach ihm. Ascan blockte den Schlag mit der bloßen Hand. Ein Stechen fuhr ihm durch den Arm, hinauf bis in die Schulter.

Neben ihm schwang endlich Arve sein Schwert. Mit schnellen Hieben trieb er den Krieger zurück, als ein weiterer Wächter aus dem Halbdunkel auftauchte. Sein Speer schnellte vor und durchspießte seinen Kameraden.

Ein Schlafwandler! Ascan atmete erleichtert aus. Arve starrte ungläubig auf den Toten. Sein Retter indes blieb reglos stehen.

Abermals hob Ascan seine Axt auf. »Komm jetzt, Junge, lass uns verschwinden.«

Arve rührte sich jedoch nicht vom Fleck. Ascan nahm ihn an die Hand und zog ihn hinter sich her, da spürte er die ersten Sonnenstrahlen auf dem Gesicht. Im Lager wurde es ruhiger, der Kampfeslärm ebbte ab, Befehle wurden gebrüllt. Mit dem Sonnenaufgang schien im Feldlager Ordnung einzukehren, die Schlafwandler erwachten.

Ein plötzliches Stöhnen ließ Ascan herumfahren. Auch der Schläfer, der sie gerettet hatte, war wieder bei Sinnen, wenn auch noch träge. Er hatte zugestochen. Blut quoll aus Arves Schenkel hervor.

Ascan holte mit der Axt aus, zertrümmerte die Lanze und traf den Scifari mit kurzen Hieben – erst in die Schulter, dann gegen den Kopf. Der Krieger sackte leblos zusammen.

Arve war neben ihm in die Knie gegangen. Noch immer sickerte Blut aus der Wunde.

»Komm schon.«

»Nein«, murmelte Arve. Er war blass um die Nase.

Ascan zog ihn trotzdem hoch und stützte ihn. Der dünne Bursche war schwerer, als er aussah. Wie hatte ihn Lindrids Tochter damals nur geschleppt? Sie hatten erst ein paar Schritte zurückgelegt, da kam ihnen Signe entgegen.

»Du kommst wie gerufen«, sagte Ascan. »Komm, wir nehmen ihn in die Mitte.«

Doch Signe blieb stehen und schüttelte den Kopf. »Lass ihn liegen!«

»Er ist einer von uns!«

»Keine Gebrechlichen! Niemand, der die Flucht behindert! Deine Worte!«

Ascan hätte ihr am liebsten den Hals umgedreht.

»Sie hat recht, lasst mich liegen«, stöhnte Arve. »Ascan

Achthand, du hast mehr Gutes getan, als irgendjemand von dir erwartet hätte. Hatte ich dir erzählt, dass mein kleiner Bruder immer ein Räuber sein wollte, so wie du?«

Die Morgensonne schien auf sie herab. Ascan sah ein leeres Glänzen in Arves Augen. Der Junge griff sein Schwert und lachte. »Macht euch davon, ich halte sie auf.«

Ascan wusste nicht, was er erwidern sollte. Und so drehte er sich wortlos um. Er konnte sich nicht erinnern, sich jemals mit einem schäbigeren Gefühl aus dem Staub gemacht zu haben.

23. KAPITEL

MJERELMYR UND DIE SCHLACHT UM SAMANUNGA

MJERELMYR STARRTE EIN LOCH in das Zeltdach. Er konnte nicht glauben, dass er wieder hier lag, an seinem alten Platz gegenüber von Märtes Garküche, dort wo alles begonnen hatte. Draußen war es still. Der Sturm war zu einem lauen Lüftchen verklungen, und es hatte aufgehört zu regnen. Samanunga schlief. Doch es war nur eine Ruhe zwischen zwei Stürmen. Die Schwarze Armee würde wieder angreifen, gestern hatte sie nur das Unwetter aufgehalten. Und morgen?

»Niemand«, murmelte Mjerelmyr vor sich hin.

Es war seltsam, so alleine dazuliegen, nach all den Tagen der gemeinsamen Reise. v'Ark hatte sich wieder den Wolfskriegern angeschlossen, und Aylind hatte sich bei Märte einquartiert. Seit der Versammlung im Flusstempel hatte sie kaum ein Wort mit Mjerelmyr gesprochen. Dabei hatte er gedacht, sie hätte ihm seinen Ausbruch vom Vortag verziehen.

Er stand auf und trat vor das Zelt. Heute Nacht würde er ohnehin keinen Schlaf mehr finden. Er ging ein Stückchen auf und ab. Bei jedem dritten oder vierten Schritt stapfte er in eine tiefe Pfütze. Der Regen hatte die Flussauen in ein tückisches Gelände verwandelt. Es gab Sumpflöcher, die ausgewachsene Männer verschluckten – leider nicht annähernd genug, um alle Soldaten der Schwarzen Armee versinken zu lassen.

Mjerelmyr hockte sich auf den Baumstamm, auf dem h'Ryn damals Platz genommen und Märtes angebrannte Suppe gegessen hatte. Was gäbe er dafür, noch ein Mal mit seinem Reisegefährten reden zu können? Er bewunderte die Ruhe, die der letzte Lindwurm im Angesicht seines eigenen Untergangs bewahrt hatte. Was hatte er einmal gesagt? *Ich versuche, niemand zu sein.*

Aus dem Zelt der Wirtin drang ein ängstliches Wimmern, unterbrochen von Seufzern und unterdrückten Schreien. Griseldis träumte. Mjerelmyr überlegte, ob er hineingehen und ein Schlaflied für das Mädchen singen sollte, fand allerdings nicht die Kraft dazu. Er war froh, als der Morgen dämmerte und Leben in die Stadt einkehrte. Vom Flusstempel erklang der Gesang der Schwestern, und auf der Wiese hinter seinem Zelt drillte ein graubärtiger Kerl eine Gruppe Hirten im Umgang mit dem Speer. Olkmar oder den alten Mogred konnte Mjerelmyr nicht unter ihnen entdecken. Vielleicht hatten sie genug Verstand besessen und waren geflohen, bevor die Schwarze Armee Samanunga umkreist hatte. Er hoffte es.

»Huch, guten Morgen!« Märte war fast in ihn hineingerannt. »Hast du mich erschreckt.«

»Verzeih, das wollte ich nicht.«

Mjerelmyr drehte sich um und sah der Wirtin dabei zu, wie sie das Feuer im Steinofen schürte und einen Topf über die Flammen hängte. Sie wischte die Hände an ihrer Schürze ab und sah zu ihm auf.

»Hast du die ganze Nacht hier draußen gesessen?«

»Nur die halbe«, wollte er sagen, schluckte seine Antwort jedoch runter und grunzte stattdessen. Was würde sie von ihm denken, wenn sie wüsste, dass er nicht gekommen war, um nach ihrer Tochter zu sehen, obwohl er gehört hatte, wie arg das kleine Mädchen sich ängstigte?

Weil du willst, dass jeder dich mag, höhnte Isinvi in seinem Kopf, und er zuckte zusammen.

Märte seufzte. »So schlimme Albträume wie heute Nacht hatte Griseldis schon lange nicht mehr. Ich glaube, das alles ist zu viel für sie … für alle von uns. Sei ehrlich, Mjerelmyr, können wir die Schlacht gewinnen?«

Der Donnersänger starrte in die Pfütze zu seinen Füßen und zuckte mit den Schultern. Er brachte es nicht übers Herz zu sagen, was er dachte. Die meisten Grünländer glaubten, dass die Trolle unbezwingbar waren, und nun mussten sie mitansehen, dass auch die gehörnten Hünen bluteten und starben.

»Weißt du«, sagte Marte, »wenn es schon mein letzter Morgen ist, dann bin ich froh, dass ich ihn mit Seldis und mit dir verbringe. Wie sieht's aus, magst du ein Honigwasser?«

»Ja, sehr gern«, erwiderte Mjerelmyr und merkte, dass er lächelte. Um sein leibliches Wohl brauchte er sich in Märtes Gegenwart nie zu sorgen. i'Rk hätte die Wirtin gemocht.

Kurz darauf hatte sie ihm einen dampfenden Becher in die Hand gedrückt und war wieder im Zelt verschwunden. Mjerelmyr pustete hinein und ließ sich den süßen Duft von Honig und Waldmeister in die Nase steigen. Für einen Augenblick träumte er still vor sich hin. Dann spürte er, wie sich ein Schatten auf seine Seele legte. Aus der Pfütze starrte ihm u'Kratas verzerrtes Spiegelbild entgegen.

»Hab ich mir doch gedacht, dass du dich hier rumtreibst«, erklang ihre kühle Stimme.

Mjerelmyr blickte auf.

»Guten Morgen«, sagte er. Es war lange her, dass er seine Großmutter aus der Nähe gesehen hatte. Sie war fast neunzig Winter alt und stand immer noch stolz und aufrecht. Ihre Augen glänzten grau und klar, nur ihre Haare und ihr Backenbart waren inzwischen schlohweiß.

»Hast gestern Abend bei der Versammlung für mehr Wirbel gesorgt als der Sturm.« u'Krata schüttelte missbilligend den Kopf. »Hast dich damals einfach so davongestohlen, ohne Lebewohl zu sagen. Ts, dachtest wohl, du kannst den Helden spielen, wenn du dich einem Verfluchten als Handlanger andienst. Unsere Erbfeinde anwerben – welch Schwachsinn. Aber nicht mal das schaffst du!«

»Wenn du dein Silber zurückwillst«, antwortete Mjerelmyr ausdruckslos, »das habe ich nicht mehr.« Er dachte nicht im Traum daran, es Märte wieder abzunehmen, schließlich hatte er es ihr geschenkt, wenn auch heimlich.

»Mein Silber?«, krächzte u'Krata. »Das ist mir gleich. Vier Traumfänger habe ich bei dir bestellt. Deshalb bin ich hier.«

Mjerelmyr lachte bitter auf. »Die wirst du wohl kaum noch brauchen – wir werden nicht mehr schlafen. gr'Ast glaubt, dass die Schwarze Armee gegen Mittag angreifen wird – von allen Seiten, vom Lande und vom Wasser. Die Schlacht heute wird unser Ende sein.«

»Meine Träume und Ahnungen lügen nicht. Eine dunkle Welle rollt auf uns zu, und wir werden in unserem Schlaf nicht mehr sicher sein. Aber rede du nur von verlorenen Schlachten. Es passt zu dir, dass du aufgibst, bevor es überhaupt begonnen hat. Du bist ein Feigling wie dein Vater!«

Verwundert stellte Mjerelmyr fest, dass er noch nicht einmal mehr Zorn verspürte. Wortlos ließ er seinen Blick in die Ferne schweifen.

»Mjerelmyr ist kein Feigling!« Aylind trat aus Märtes Zelt, stellte sich neben ihn und funkelte die Trollin über verschränkte Arme hinweg böse an. »Er hat einem Berggeist die Stirn geboten und mich von Menschenfressern befreit, und außerdem hat er d'Uum im Zweikampf bezwungen.«

u'Krata warf ihr einen abschätzigen Blick zu und setzte ein falsches Lächeln auf. »Wenn er ein dickes Mädchen braucht, um sich gegen seine Großmutter zu verteidigen … dann, mein Kind, *ist* er ein Feigling.«

Also gut – Mjerelmyr spürte doch Wut in sich aufsteigen. Er erhob sich und starrte seiner Großmutter in die Augen.

»Hier, nimm die«, sagte er mit bebender Stimme und drückte ihr seine Keule in die Pranken. »Als Anzahlung. Da ist ein Traumfänger dran, der hat mir viel Glück gebracht. Und jetzt geh mit den Geistern, aber geh!«

u'Krata wendete die Keule verdutzt in ihren Händen. Mjerelmyr setzte sich wieder. Er spürte den Blick seiner Großmutter auf sich ruhen – sechs, sieben Herzschläge lang. Dann hörte er, wie sie sich endlich entfernte. Ihre Schritte klangen schlurfend, als ginge sie gebeugt.

Mjerelmyr hatte Tränen in den Augen. Er zwang sich, ihr nicht hinterherzuschauen. Stattdessen blickte er durch die geöffnete Plane in sein Zelt, wo Kharn auf seiner Bettstatt lag. *Dann ziehen eben* wir *zwei gemeinsam in die Schlacht*, dachte er und wandte sich an Aylind. »Das hättest du nicht tun müssen.«

»Ich weiß«, sagte sie und deutete auf den Becher. »Dein Honigwasser wird kalt.«

Die Morgensonne schien gülden über Samanunga. Alle, die eine Axt schwingen oder einen Bogen spannen konnten, hatten sich versammelt. Mjerelmyr wartete mit den Grünländern und einem Dutzend stammloser Trolle vor dem Flusstempel, während gr'Ast sich drinnen mit seinen Wolfskriegern besprach. Die Raben hatten bereits am Flussufer Stellung bezogen. Zusammen mit den Fischern und Flößern würden sie den Angriff vom Wasser zurückschlagen. Oder es zumindest versuchen.

Es herrschte angespannte Ruhe. Einige Menschen flehten ihre Ahnen an, andere beteten zum Fluss oder zu irgendeinem Geist, von dem sie sich Schlachtenglück erhofften. Mjerelmyr ging im Stillen die Ballade von Kilvi und Isvander durch. Er musste grinsen – Aylind war dabei eine gute Taktgeberin, denn sie trat ständig von einem Fuß auf den anderen.

Der Algenvorhang wurde beiseitegerissen. Die Wolfskrieger – dreißig an der Zahl – traten ins Freie. gr'Ast kam als

Letzter aus dem Tempel. Seine Fellrüstung war angesengt und noch nicht zugeschnürt. Er stellte sich neben dem Wolfsbanner auf und sah sich um. Dabei strich er sich in aller Ruhe über den zotteligen Bart und wartete, bis die Aufmerksamkeit der Versammelten auf ihm ruhte.

»Auf meiner Brust tummeln sich alte Narben und frische Wunden, aber ich habe noch Platz für viele mehr. Und ihr sicher auch.«

Seine Wolfskrieger brummten und starrten finster in die Menge. Die Botschaft war eindeutig: Feigheit oder Flucht wurden nicht geduldet.

»Wir werden genauso kämpfen wie gestern Nacht«, fuhr gr'Ast fort. »Die Schwarzen Krieger rücken in Formation vor, und wir werden sie an den Bollwerken erwarten.«

»Aber unser Steinhaufen ist letzte Nacht im Schlamm versunken«, sagte ein Mann.

»Und unsere Palisade wurde eingerissen«, rief ein anderer.

»Und?«, schimpfte gr'Ast. »Dafür hat uns der Regen viele tiefe Sumpflöcher beschert. Wenn wir eines wissen, dann dass die Schwarze Armee besonders stark ist, wenn sie in breiter Schlachtordnung kämpft. Um uns anzugreifen, müssen sie diese Ordnung jedoch auflösen. Und genau dann werden wir sie treffen – bei den Barrikaden, wo sie noch stehen, oder zwischen den Sumpflöchern, wo das Unwetter besonders schwer gewütet hat.«

Die Männer murmelten und nickten.

»Und um ihre Ordnung zu brechen, werden wir Trolle mitten in ihre Reihen stürmen und sie auseinandertreiben. Die Schwarzen Krieger sind wie eine Herde Moschusböcke – vorne wehrhaft, aber am Arsch ohne Hörner! Und ohne Schilde und Lanzen ebenso. Also Männer, auf geht's, in den gleichen Trupps wie gestern. Für Gothamar! Für Samanunga!«

»Für Gothamar! Für Samanunga!«, erschallte die Antwort hundertfach.

Aus der Gruppe der Wolfskrieger löste sich v'Ark, den Mjerelmyr erst jetzt zwischen seinen größeren Stammeskameraden entdeckte. Er zwinkerte ihnen zu. »He, Aylind, komm her! Du bist bei uns, wir brauchen jeden Bogenschützen an der Ostflanke.«

»Auf einmal bin ich gut genug«, entgegnete sie mit einem grimmigen Feixen und folgte ihm. Im Gehen wirbelte sie noch einmal herum. »Wart's ab, Mjerelmyr, wir sehen uns wieder.« Bevor er etwas erwidern konnte, war sie verschwunden.

Angeführt von den Trollen strömten die Grünländer in alle Richtungen davon. Nur Mjerelmyr blieb zurück. Er zuckte mit den Schultern. Es würde sich schon ein Platz finden, wo er von Nutzen wäre. Er wollte gerade irgendwohin aufbrechen, als gr'Ast nach ihm rief.

»Donnersänger!«

Mjerelmyr blieb stehen und drehte sich um.

gr'Ast musterte ihn mit seinem gelben Auge. Schließlich blieb der Blick des Wolfshäuptlings an Kharn hängen. »Die Lindwurmaxt also … wollen wir hoffen, dass sie sich ausgeflucht hat.« Er verzog die Mundwinkel zu einem düsteren Grinsen. »Was meinst du, wäre es da nicht passend, wenn du am weißen Steinkreis kämpfst … mit den Hirten? Sie kennen und schätzen dich, soweit ich weiß.«

Mjerelmyr nickte. »Mögen Kilvi und Isvander mit dir sein.«

»Und mit dir«, erwiderte gr'Ast. »Ach, eines noch, bevor du gehst: Ich habe gehört, dass du d'Uum erschlagen hast. Er war mein Waffenbruder.«

Mjerelmyr sah den Wolfshäuptling herausfordernd an. »Und?«

»Nichts. Der Kampf soll anständig gewesen sein. Kämpfe noch einmal so … und wer weiß … vielleicht leben wir ja heute Abend noch, damit ich dir eine reinhauen kann.«

»War's das?«

»Ja. Und nun lass uns ein paar Flammen auspusten gehen.«

Mjerelmyr machte kehrt und eilte zum weißen Steinkreis oder besser zu dem, was davon übrig geblieben war. Gut drei Dutzend Hirten standen bei dem Felsenhaufen, ängstlich und still. Nur einer fuchtelte mit seinem Speer herum und tanzte durch die Reihen. Es war Freder. Er jagte eine Taube, die sich auf einem der Findlinge niedergelassen hatte.

»Rrr, rrr, ich bin ein Riese«, rief er und sprang ihr hinterher, als sie zum nächsten Felsen flog.

»Wer hat dem Jungen eine Waffe gegeben?«, knurrte Mjerelmyr.

Die Hirten schauten rasch zu Boden, nur ein junger Bursche murmelte: »Preyjöd«, und deutete auf den Mann mit dem grauen Bart, der sie heute Morgen gedrillt hatte.

»Gibt es Ärger?«, fragte Preyjöd.

»Nein«, antwortete Mjerelmyr, »nur frage ich mich, wie du darauf kommst, dem Jungen einen Speer in die Hand zu drücken. Wo ist sein Vater?«

»Olkmar ist tot. Gestern gefallen.«

Mjerelmyr atmete tief durch. »Trotzdem, er verletzt sich eher selbst mit dem Speer als einen der Schwarzen Krieger.«

»Wir brauchen jeden verdammten Mann«, fluchte Preyjöd.

»Aber er ist ein Kind, bei allen Geistern, siehst du das nicht?«

»Bist du nur gekommen, um zu maulen, oder kämpfst du auch?«

Die Hirten starrten Mjerelmyr an.

»Ich werde vorstürmen und Lücken in ihre Reihen reißen«, sagte er schließlich. »So wie besprochen.«

In diesem Moment kreischte Freder aufgeregt: »Ich hab sie! Ich hab sie!« Blutig zappelte die Taube an der Spitze seines Speers.

»Gut gemacht«, sagte Mjerelmyr und streichelte ihm über den Kopf. »Bleib immer schön hinten, Fredi, hörst du? Einer muss den Rückzug decken. Am besten jemand, der so gut mit dem Speer umgehen kann wie du.«

»Rückzug decken, Rückzug decken«, gluckste Freder und starrte wie gebannt auf die Taube, die immer noch mit den Flügeln schlug.

»Ich sehe sie!«, rief ein junger Hirte, der oben auf einem der Felsen hockte. »Sie rücken vor!«

Mjerelmyr zog sich an einem Findling hoch und ließ seinen Blick schweifen. Der Himmel war wolkenlos, die Sicht klar. In ihrem Rücken schimmerte silbern der Siebenfluss, und im Norden konnte er sogar die Gipfel der Thrymmwildhöhen erahnen. Zwischen den Zelten und Hütten und überall auf den Wiesen vor der Stadt hatten sich über Nacht Sumpflöcher aufgetan. Die Schwarze Armee kam aus Nordosten. In dicht geschlossenen Reihen verdunkelte sie den halben Horizont. Flussabwärts ragten die Masten ihrer Schiffe in die Höhe. Auch sie kamen näher. Es waren viele tausend Männer, mehr als drei- oder viermal so viele wie sie, aber weniger, als er gedacht hatte.

Mjerelmyr sprang vom Felsen runter. »Das gefällt mir nicht.«

»Was?«, fragte Preyjöd.

»Gestern Nacht haben wir vom Fluss aus ihre Reserve gesehen. Eine ganze Armee. Zusammen müsste das Heer dort fast doppelt so groß sein … aber das ist es nicht. Da ist irgendeine üble List im Gange.«

»Vielleicht sind sie ja abgezogen.«

»Warum sollten sie?« Mjerelmyr sah die Männer fragend an, doch die schauten nur ratlos zurück.

»Sie halten an«, rief der junge Späher. »Nicht alle, ein paar kommen näher.«

Mjerelmyr ging einige Schritte vor, aus der Deckung des Steinkreises heraus. Er konnte erkennen, wie sich zwei Dutzend Berittene aus der dunklen Masse lösten und auf sie zukamen, in seltsam eckigen Bewegungen. Es waren keine Ponys oder Vierhörner, auf denen die Schwarzen Krieger ritten, sondern Vögel – riesige braungefiederte Vögel mit kräftigen

Beinen. Die Reiter fächerten aus. Es waren dreizehn Paare, je eine schlanke Gestalt in weißer Robe und ein blau Gerüsteter mit fliegendem Banner. Geschickt lenkten sie ihre Tiere zwischen den Sumpflöchern hindurch. Wie es schien, hielten sie auf die Verteidigungsbollwerke zu, die am deutlichsten sichtbar waren. Eines der Paare näherte sich auch ihrem Steinkreis.

Etwa sechzig Schritt entfernt hielten sie an – alle gleichzeitig, soweit Mjerelmyr sehen konnte. Das Banner vor ihnen zeigte acht Augen, das nächste eine Spinne.

»Soll ich schießen?« Der Späher auf dem Felsen hatte einen Pfeil auf die Sehne gelegt.

»Nein!«, befahl Preyjöd, der sich ebenfalls aus der Deckung gewagt hatte. »Ich will sehen, was sie wollen.«

Der weiß gekleidete Reiter richtete sich in seinem Sattel auf. Es war eine Frau.

»Ich grüße euch, ihr Menschen Samanungas«, rief sie in akzentfreiem Meniscisch, überlagert vom Echo der anderen weiß gekleideten Frauen, die synchron mit ihr sprachen. »Euer Blut muss hier und heute nicht vergossen werden. Araket, die Schlafende Göttin, hat zu uns gesprochen. In ihren Ewigen Träumen sah sie, dass wir dasselbe Antlitz tragen, dass wir *ein* Fleisch und *ein* Blut sein können. Wenn sie erwacht, wäre sie glücklich, euch in ihren Reihen zu wissen. Entsagt den gehörnten Ausgeburten, die euch seit Jahrhunderten unterjochen. Beginnt mit uns ein neues Zeitalter – das Zeitalter der Völker von Norland und von Ru-Tuan. Blutet nicht für die Ausgeburten! Sterbt nicht für die Ausgeburten! Legt eure Waffen nieder, und euch soll nichts geschehen.«

Die Hirten sahen sich verunsichert an.

»Sie sprechen unsere Sprache«, sagte einer fassungslos.

Einige Männer senkten bereits ihre Speere und schienen kurz davor, sie fallen zu lassen.

»Nein«, brummte Mjerelmyr, »das ist keine Sprache, das ist finstere Zauberei.«

»Ihr dämlichen Klotsäcke«, schimpfte Preyjöd. »Warum haben sie denn gestern nicht palavert? Ich sag's euch: Weil sie heute Angst haben, die Schlacht zu verlieren!«

»Angst?«, stieß einer der Männer aus. »Die sind zehnmal mehr als wir!«

»Wenn ihr schon dämliche Klotsäcke seid, dann seid wenigstens keine feigen Klotsäcke!« Preyjöd lief vor seinen Männern auf und ab. »Sie haben Kinder aus euren Dörfern verschleppt und alte Mütterchen! Habt ihr das schon vergessen?«

»Nein«, antworteten die Hirten beschämt.

Preyjöd blieb stehen und zeigte auf Mjerelmyr. »Also, werden wir unserer Ausgeburt in die Schlacht folgen?«

»Ja.«

»Ich kann euch nicht hören. Werden wir unserer Ausgeburt in die Schlacht folgen?«

»Jaaa!«, schrien die Männer und reckten die Speere, die sie eben noch fallenlassen wollten, in den Himmel.

»Ausgeburt! Ausgeburt! Ausgeburt!«, stimmten die Hirten an.

Ihre Anfeuerungen waren Mjerelmyr peinlich, auch wenn er zugeben musste, dass Preyjöds Worte geholfen hatten. Er war heilfroh, als von den anderen Barrikaden ebenfalls Schmährufe und Drohungen erklangen.

»So sei es!«, riefen die Reiterinnen. »Dann werdet ihr die ersten Opfer sein, deren Blut den Boden weiht, auf dem wir Arakets Kastell errichten!«

Darauf wendeten sie die Vögel und ritten zurück zum Heer, und es dauerte nicht lange, da marschierte es los. Tausende Krieger. Eine Wand. Aus Schilden. Aus schwarzen Helmen. Aus Lanzen, die schon sehr bald brennen würden.

»Hinter die Felsen!«, befahl Preyjöd. »Und keinen Mucks, bis sie da sind! Sitzen die Hebel richtig?«

»Ja«, antworteten die Männer. Sie hatten mehrere Äste am größten Felsen angesetzt, um ihn umzustürzen, auf die erste

Schlachtreihe der Angreifer. Allerdings mussten sie geduldig sein, bis sie heran war.

Mjerelmyr schmeckte Eisen. Er hatte sich auf die Lippe gebissen. Der Troll in ihm war erwacht – kein Schmerz und keine Furcht würden ihn aufhalten. Die Angst der Männer hingegen konnte er wittern wie ein Schneelöwe seine Beute. Einer kotzte sich die Seele aus dem Leib, ein anderer verpasste sich Ohrfeigen, Freder streichelte den toten Vogel. Die meisten hockten jedoch nur schweigend im Matsch.

Die Schwarze Armee rückte näher. Ihre Füße hämmerten und schmatzten im Gleichschritt über den aufgeweichten Boden. Mjerelmyr fuhr mit seinem Daumen über das Axtblatt. Kharn schimmerte in einem sanften Rot, die Schuppen an ihrem Stiel gruben sich wie Widerhaken in seine Trollhaut. *Es ist so gut wie unmöglich, die Waffe fallenzulassen,* dachte er und klopfte gegen einen der weißen Findlinge.

»Im Steinkreis des Lindwurmstamms«, flüsterte er Kharn zu, »fast wie zu Hause, was?«

Er drehte sich um. Die Hirten starrten ihn an – staunend, ängstlich, hoffend. Sie zählten auf ihn. Er ballte die Faust und nickte ihnen zu, bezweifelte allerdings, dass die Geste ihnen Mut machte.

»Noch hundert Schritte«, sagte Preyjöd. »Macht euch bereit!«

Die Hirten sprangen auf und gingen in Stellung. Der junge Späher lugte zwischen zwei Felsen hindurch. Er bedeutete den Männern an den Hebeln noch abzuwarten.

»Habt keine Furcht«, brummte Mjerelmyr, »zwischen den Sumpflöchern können nicht mehr als acht Kämpfer nebeneinanderstehen. Da spielt ihre Überzahl keine Rolle.« *Ihre Ausrüstung und Erfahrung hingegen schon*, fügte er in Gedanken hinzu. Mochten ihm die Geister die kleine Lüge verzeihen.

Jenseits des Steinkreises wurden die Schritte lauter, begleitet im Takt von hunderten Stimmen. In der Ferne ertönte ein wuchtiges Trompeten, das in spitzen Schreien mündete. Die Laute drangen Mjerelmyr bis ins Mark. So klangen also die Riesenvögel. Er griff Kharn noch fester und wunderte sich, dass der Stiel nicht brach. Er sah die Hirten zittern. *Wenn es jetzt nicht losgeht, dann rennen sie davon.*

Alle blickten gebannt auf den Späher. Hinter den Felsen klirrte es laut, Hitze wallte auf von hunderten Feuern. Die Lanzen brannten. Der Junge gab das Zeichen.

»Jetzt!«, brullte Preyjöd.

Die Männer drückten die Hebel und hängten sich daran. Der Findling wackelte vor und zurück. Die Äste brachen. Er kippte nicht.

Schon kamen die ersten Angreifer durch die Lücke. In Viererreihe, dicht gedrängt hinter ihren Schilden. Die Hirten flohen vor den Flammenlanzen.

Mjerelmyr schubste Freder hinter sich, dann rannte er mit Anlauf gegen den Felsen. Der Brocken gab nach und fiel nach vorn, begrub ein Dutzend Schwarze Krieger unter sich. Mjerelmyr warf sich über den Findling, mitten in die zweite Schlachtreihe hinein. Er brüllte und wirbelte im Kreis herum. Kharn zertrümmerte Schilde. Kharn zerfetzte Körper, schleuderte sie viele Schritt weit davon.

Die Flammen verwischten vor Mjerelmyrs Augen. Ihm war schwindlig. Er drehte sich langsamer, taumelte und blieb stehen. Immer noch wirkte alles verschwommen. Er zwinkerte und sah plötzlich doppelt und vierfach, doch gleichzeitig gestochen scharf. Kharn pulsierte heiß in seiner Faust. Die Umgebung wirkte wie eingefroren.

Die Schwarzen Krieger sammelten sich und rückten vor. Sie stachen nach ihm, Mjerelmyr jedoch sah die Lanzen kommen, nicht einmal halb so schnell, wie er erwartet hatte. Er wich ihnen aus und schlug sie beiseite. Dann sprang er vor und ergriff einen Schaft. Flammen versengten seinen Oberarm. Er ignorierte sie und ruckte an der Lanze, riss einen Soldaten aus der Schlachtreihe raus und warf ihn mit einer Pranke gegen die eigenen Männer. Fünf oder sechs gingen sofort zu Boden, die anderen stolperten ungelenk zurück.

Mjerelmyr starrte gebannt auf die Lücke, die er mit seinem Angriff gerissen hatte. Allein konnte er sie nicht füllen. Er drehte sich um. Hinter ihm kämpften einige Hirten gegen die isolierte erste Schlachtreihe. Die meisten sprangen jedoch über den Findling zu ihm. Gemeinsam zersprengten sie die feindlichen Reihen und trieben die Gegner in den Morast. Erst wo das Gelände trockener wurde, sammelten sich die Schwarzen Krieger erneut und gingen hinter ihren Schilden in Deckung.

Die Hirten jubelten ausgelassen.

»Ausgeburt! Ausgebuuurt!«

»Für Samanunga!«

Mjerelmyr keuchte. Brandblasen überzogen seinen Oberarm, doch er spürte keinen Schmerz.

Die Hirten schrien immer noch ihren Triumph heraus. Arme Narren, sie hatten lediglich den ersten Schlagabtausch gewonnen.

Schon zog hinter dem Schildwall neues Unheil herauf. Mjerelmyr sah kleine Katapulte heranrollen, flankiert von Männern mit Stabschleudern. Hinter ihnen brüllten zwei Vogelreiter Befehle.

»In Deckung!«, rief Mjerelmyr.

Nur wohin? Der große Findling war fast im Sumpfloch versunken, und die übrigen Felsen lagen zu weit weg.

Einige Hirten warfen sich flach auf den Boden, andere rannten panisch zurück.

Die Katapultarme schnellten vor. Dutzende Schweinsblasen segelten hoch durch die Luft. Eine zerplatzte an Mjerelmyrs linkem Horn. Klebrige Flüssigkeit spritzte heraus und benässte sein Gesicht und seinen Oberkörper. Sie roch süß und erinnerte ihn an heute Morgen. Er leckte sich über die Lippen. Es war Honigwasser. Was bei allen Geistern sollte das?

Im Steinkreis hinter Mjerelmyr war der Kampfeslärm erstorben. Die Hirten erstachen die letzten versprengten Soldaten. Vor ihm begannen die Schleuderer ihre Stäbe zu schwingen. Faustgroße weiße Ballen sausten auf sie zu. Zwei barsten auf Mjerelmyrs Brust. Heraus perlten Tautropfen, die allerdings nicht zerflossen, sondern wie wild zu wuseln begannen. *Spinnen!*

Schon hörte er Männer schreien und sah sie um sich schlagen. Einige hatten bereits rote Pusteln im Gesicht. Neben ihm röchelte der junge Späher und brach zusammen.

Von hinten stürmten die Hirten aus dem Steinkreis heran. Berauscht von ihrem kleinen Sieg glaubten sie wohl, ihren Kameraden helfen zu können. Doch die Kämpfer von der Front flohen panisch zurück, und so prallten die beiden Gruppen ineinander. Die Schwarzen Krieger rückten vor.

Zwischen all dem Lärm und Gebrüll hörte Mjerelmyr Fredis Kreischen. »Rrr, rrr, ich bin ein Riese!«

»Zurück! Zurück in den Steinkreis!«, rief Preyjöd.

Nicht einmal die Hälfte folgte seinem Befehl. Die meisten wankten benommen herum oder lagen bereits gelähmt am Boden.

Wo war Fredi? Mjerelmyr sah sich suchend um, während er sich Spinnen von den Armen wischte. Sie bissen auch ihn, aber seine Haut war zu dick.

Die Schlachtreihen kamen im Eilschritt näher, die Flammenlanzen weit vorgestreckt. Schon spießten sie die ersten Wehrlosen auf.

»Rrr, rrr, Riese!«

Da war Freder! Der Junge sprang hinter einem Toten hervor und stellte sich den Angreifern in den Weg. Mjerelmyr stampfte auf ihn zu und wollte ihn packen. Er kam zu spät. Ein Krieger stieß den Jungen mit dem Schild zur Seite, die Folgenden trampelten über ihn hinweg.

Mjerelmyr brüllte auf und schwang Kharn. Die Axt schien

seinen Zorn in sich aufzusaugen und erwachte in seiner Hand zum Leben. Mit dem ersten Hieb spaltete er einen Schild, mit dem zweiten trennte er einen Leib am Rumpf entzwei. Die Schlachtreihe schloss die Lücke und rückte unbeirrt vor in Richtung Steinkreis, auf die letzten Verteidiger zu. Mjerelmyr wollte nachsetzen, sie alle zerfetzen.

»Rrr, rrr«, ertönte es da in seinem Rücken.

Er fuhr herum. Freder lebte noch, er war in das Sumpfloch gerollt und versank. Mjerelmyr wollte ihm die Hand reichen, um ihn rauszuziehen, doch die Finger des Jungen waren gebrochen. Er setzte einen Fuß in das Loch und packte Freder an der Schulter, rutschte ab und tat einen weiteren Schritt hinein. Endlich bekam er ihn am Nacken zu packen und zog ihn ohne Mühe hoch. Rippenknochen stachen aus Freders Seite hervor, seine Brust war zerquetscht.

»Rrr, rrr«, gurgelte der Junge leise. Er spuckte Blut und glotzte ihn mit seinen Glubschaugen an.

Für ihn kam jede Hilfe zu spät. Es gab nur noch eins, das Mjerelmyr für ihn tun konnte.

»Fredi«, sagte er ruhig, »ich bringe dich zu deinem Vater, ja?«

Der Junge erstarrte. Zum ersten Mal, seit Mjerelmyr ihn kannte, war Freders Blick klar.

»Lebe wohl, kleiner Riese.« Er drückte den Jungen sanft in den Sumpf, als wollte er ihn betten. Dann brach er sein Genick.

Mjerelmyr richtete sich auf. Inzwischen reichte ihm der Matsch bis zur Hüfte. Er wollte aus dem Loch steigen, doch er steckte fest. Widerstandslos gab er sich dem Sumpf hin. Sein Zorn war verflogen. Statt Trauer spürte er nur eine unheimliche Leere und Müdigkeit. Schlafen, einfach nur schlafen, so wie Freder. Es wäre das Beste, wenn er dem Jungen folgte.

Benommen hörte er, wie die Hirten im Steinkreis kämpften, schrien, flehten und starben. Seinetwegen! Er hatte versagt, er hatte sie im Stich gelassen, er hatte keine Hilfe aus den Albenlanden mitgebracht. Immer noch hielt er Kharn in der Hand. Also hatte Swar'og'Wika recht behalten – der Lindwurm würde sein Tod, sein Untergang sein. Mjerelmyr schloss die Augen, er war bereit.

Ein Schmerz durchbrach seine Taubheit. Er spürte ein Stechen in der Nase und schnaubte aus, sah blutigen Rotz und Spinnen davonfliegen. Seine Haut mochte zu dick für die Bisse sein, nicht jedoch in den Nasenlöchern. Er wischte sich über die Wangen und zerquetschte die Viecher. Viele mehr wuselten in seinem Bart herum. Sie hatten sich zwischen den honigverklebten Haaren eingenistet. Wieder ein Biss, diesmal unterm Auge, dann noch einer, in seinem rechten Ohr. Die Biester krabbelten seinen Nacken hinauf und zu Dutzenden über sein Gesicht. Er schlug nach ihnen, seine Finger wurden taub, sein Arm ganz schwer.

Mit zwei Händen geht es besser, sagte ihm seine Vernunft, *lass endlich die verfluchte Axt los.*

»Niemals!«, brüllte Mjerelmyr und umklammerte Kharn wie ein Verzweifelter. Sein Blick irrlichterte im Kreis umher. Am Rand des Sumpflochs sah er die Lanze eines gefallenen Soldaten liegen. Zischend brannte ihre Spitze im Schlamm vor sich hin. Mjerelmyr streckte sich, griff nach ihr und zog sie heran. Er hielt die Flammen an sein Kinn und versengte seinen Bart und all die Spinnen darin.

Unterdessen kehrten die Schwarzen Krieger aus dem Steinkreis zurück – ihre Schlachtreihe aufgelöst, ihre Flammenlanzen erloschen. Sie blieben stehen und beäugten ihn. Mjerelmyr konnte ihre neugierigen Blicke unter den Helmen erahnen. Vermutlich hatten sie einen lebendigen Troll noch nie so nah gesehen, ohne sich ihrer Haut erwehren zu müssen. Einer zeigte auf seinen rauchenden Bart und lachte. Mjerelmyr schleuderte die Lanze nach ihm. Sie durchbohrte seinen Schild und nagelte ihn an seiner Brust fest. Der Mann fiel tot um.

Befehle wurden gebrüllt. Zwei Krieger eilten auf den Donnersänger zu, um ihn abzustechen. Er war ein leichtes Opfer, ein Bär in der Grube. Mjerelmyr drehte seine Hüfte, versuchte durch den Matsch zu waten, doch mit jeder Bewegung sank er nur tiefer ein.

»Kommt!«, brüllte er den Kriegern entgegen. »Kommt und sterbt mit mir!«

Er holte aus und schwang die Axt nach ihnen. Sie waren zu weit weg, ihre Waffen zu lang. Sie lehnten sich vor und stachen nach ihm. Eine Lanze spaltete er, eine andere fuhr ihm tief in die Seite. Mjerelmyr zog an dem Schaft. Der Krieger ließ los und verlor dennoch sein Gleichgewicht, fiel bäuchlings zu ihm ins Loch. Mjerelmyr schlug ihm mit voller Wucht in den Rücken und spürte die Wirbelsäule brechen. Krumm und reglos blieb der Krieger im Sumpf liegen. Die nächsten näherten sich, zögerlicher, aber von zwei Seiten.

Aus der Ferne ertönte plötzlich ein Horn. Tief und lang hallte es über die Ebene. Mjerelmyr traute seinen Augen nicht: Über Weiden, Sumpf und Auen trampelten dutzende Trolle heran – humpelnd und gebeugt, mit geborstenen Schilden. Die Versehrten! Sie waren tatsächlich gekommen! Wie Felsen rollten sie über das Schlachtfeld hinweg und prügelten die Reihen der Schwarzen Armee auseinander.

Mjerelmyrs Angreifer zogen sich zurück und eilten ins Gefecht. Und während auf den Feldern vor der Stadt die Schlacht tobte, kämpfte er einsam gegen den Sumpf. Er reckte und streckte sich und kam doch nicht frei. Schnaufend hielt er inne.

Das Schlachtenglück hatte sich abermals gewandelt. Die Versehrten preschten vor. Die Schwarzen Krieger sanken ab und formierten sich neu, bildeten einen Trichter, der sich in Richtung einer Anhöhe öffnete. Vom Gipfel stieß eine Schar Vogelreiter herab, wie Greifen auf eine Herde Weidevieh. Sie ritten scharf an den Trollen vorbei. Die ersten fielen unter der

Wucht ihrer Lanzen und den Klauen ihrer Vögel. Eingekesselt standen die Versehrten zusammen und stellten sich zum letzten Gefecht.

Es gab kein Entrinnen: Sie hatten verloren, und er saß fest. Mjerelmyr hatte das Gefühl, Kharns Gewicht zöge ihn tiefer und tiefer in das Sumpfloch hinein. Ein linder Wind säuselte ihm in den Ohren. *Der Lindwurm. Dein Tod. Dein Untergang.* Mjerelmyr wollte die Axt fallen lassen. Er konnte es nicht. Ihr Fluch war die Strafe für sein Versagen. Tränen der Wut schossen ihm in die Augen. Die Welt um ihn herum verschwamm, der Lärm des Schlachtfelds verebbte. Alles war auf einmal dumpf und fern. Nicht der Geruch von Schlamm, sondern Tannenduft stieg ihm in die Nase. Die Lichtung im Träumenden Wald – er war dort und wartete auf z'Arwa. Endlich würden sie sich wiedersehen, wenn nicht im Leben, dann im Tod.

Seine Tränen flossen, und er sah wieder klar, sah eine Gestalt auf die Lichtung treten – klein und zierlich, es war nicht z'Arwa. Ihm gegenüber stand Isinvi, wie aus einem schöneren Leben, ohne jede Blässe und Bitterkeit. Ihre Haare schimmerten golden, ihre Augen strahlten sanft wie das Abendrot.

»Isinvi, was machst du hier?«

Sie lächelte. Hatte er sie je lächeln sehen? Sie nahm seine Hand und streichelte sie. »Ich bin nicht Isinvi, ich bin Fëara.«

Verständnislos starrte er die Albin an. Er spürte, wie ihn eine innere Wärme erfüllte.

»Ich begleite dich schon eine ganze Weile, weißt du?«

»Aber wie? Du bist tot … seit dreihundert Jahren.«

»Kharn ist ein Teil von mir.«

»Der Fluch!«, entfuhr es Mjerelmyr. Wütend riss er seine Hand zurück.

»Nein, kein Fluch mehr«, entgegnete Fëara. »Dieser düstere Teil von mir ist mit h'Ryns Tod gegangen. Ich habe ihn nie gemocht. Aber ich, ich bin geblieben.«

Mjerelmyr wollte mit ihr zürnen, konnte ihren gütigen Blick jedoch nicht ertragen. Er starrte auf den Boden.

»Kein Fluch?« Er lachte verbittert. »Warum habe ich dann versagt?«

»Wer sagt, dass du versagt hast?«

»Märte, Griseldis … meine Großmutter … all die Leute müssen sterben … meinetwegen. Wo ist die Rettung? Wo ist das Albenheer, das ich nach Samanunga führen sollte?«

»Wer sagt, dass es allein an dir ist, Samanunga zu retten?« Fëara machte einen Schritt auf ihn zu. »Auch wenn du es nicht glauben willst, Donnersänger, du hast Freunde. Ich weiß, dass Isinvi dich mag. Warum sonst hätte sie ihn schicken sollen?«

»Ihn? Wen meinst du?«

»Schau auf, dann siehst du es!«

Mjerelmyr blickte hoch und sah, wie eine weiße Gischt über die schwarzen Reihen tanzte. Alben auf Vierhörnern. Patarin und seine Reiter. Sie trieben die Armee in Richtung Fluss zu den Schiffen. Versehrte, Wolfskrieger und Grünländer schlossen sich ihnen an. Unter lautem Gebrüll setzten sie nach. Alben und Trolle kämpften Seite an Seite, und im Siebenfluss erlosch die Flamme der Schwarzen Armee. Ihre Schiffe trieben den Fluss hinab. Mjerelmyr sah ihre Segel aus seinem Blickfeld schwinden.

Die Schlacht war gewonnen, und er versank doch – fingerbreit um fingerbreit, in sein nasses Grab. Der Sumpf stand ihm bis zum Kinn … bis zum Mund … bis zur Nase.

»Lebe wohl, Fëara«, sagte er zu Kharn.

Mjerelmyr schluckte Matsch und Wasser. Er hustete, schluckte noch mehr und wurde grob gepackt. Vier Pranken zerrten ihn auf festen Boden, zwei Wolfskrieger standen über ihm.

»Dacht ich mir doch«, brummte der eine, »dass ich die bunten Hörner hier gesehen hab.«

»Was ist mit seinem Bart?«, grunzte der andere.

»Keinen blassen Schimmer, aber wir bringen ihn zum Tempel. gr'Ast wird sich freuen. Er wollte dem Donnersänger noch 'ne Tracht Prügel verpassen.«

Blutend, triefend nass und halb taub vom Spinnengift lag Mjerelmyr da und starrte in den Abendhimmel. Er atmete. Immer noch. Plötzlich krampfte er und spuckte braunes Sumpfwasser aus. Er spuckte und spuckte, bis kein Tropfen mehr kam. Erschöpft lehnte er sich zurück. Dann lachte und weinte er, beides zugleich. Und er drückte Kharn an sich, so fest wie keinen Troll oder Menschen mehr seit langer, langer Zeit.

EPILOG

ZWISCHEN ZWEI FEUERN

ABSEITS DES TRUBELS, der anlässlich der bevorstehenden Siegesfeier in Samanunga herrschte, stieg eine einsame Wanderin einen Hang nördlich der Stadt hinauf. Es war eine junge Frau mit blonden Locken. Ihre Wangen waren rosig von dem frischen Wind, der an diesem Spätsommerabend wehte.

Sie wusste nicht, wie der Hügel hieß oder ob er überhaupt einen Namen besaß, sie kam nicht aus der Gegend. Seit fast einem halben Jahr war sie auf Reisen. Sie hatte Alben und Trolle, Berggeister und Seeschlangen gesehen, hatte den Schwarzen Kriegern mit ihren Flammenlanzen mehr als einmal gegenüberstanden. Hätte man den Leuten aus ihrem Heimatdorf gesagt, das hier ist eure Aylind, sie hätten mit den Köpfen geschüttelt, ja, sie kaum wiedererkannt. Ihre Pausbacken waren herben Gesichtszügen gewichen, und der Speck an ihren Hüften war fast gänzlich verschwunden.

Aylind hielt an und zog sich die Stiefel aus. Sie liebte es immer noch, barfuß zu gehen, das Gras unter ihren Füßen zu spüren. Unwillkürlich musste sie an das letzte Mal denken, als sie so sorgenfrei spaziert war. Es war Arves Hochzeitstag gewesen.

Mit dem Bogen und den Stiefeln in den Händen setzte sie ihren Marsch fort. Rauchwolken holten sie ein. Der Geruch von Feuer und verbranntem Fleisch stieg ihr in die Nase. Sie musste sich nicht umdrehen, sie wusste, was sie auf dem Schlachtfeld sehen würde: Leichenberge – Männer mit schwarzen Helmen brannten dort ebenso wie Grünländer-Volk in Leder und Fellen, dazwischen massige Trolle.

Aylind hatte die Schlacht unverletzt überstanden. Sie hatte aus der zweiten Reihe gekämpft und all ihre Pfeile verschossen. Auch ihre Gefährten lebten. v'Ark half dabei, die Toten aufzubahren, Mjerelmyr lag verwundet in seinem Zelt. Der Donnersänger hatte ein tiefes Loch in seinem Bein, und sein Kinn war verbrannt. Aylind hatte eine Weile an seiner Schlafstatt gesessen. Sie hatten geschwiegen. Seit h'Ryns Tod, seitdem er die verfluchte Axt an sich genommen hatte, war Mjerelmyr nicht mehr derselbe.

Schließlich war sie wieder gegangen. Nur zu gerne hätte sie erfahren, was gr'Ast, Patarin und die Hohe Hüterin im Flusstempel besprachen, aber sie war nicht erwünscht. t'Isks Späher hatten berichtet, dass die gesamte Schwarze Armee flussabwärts gesegelt war. Alles, was sie auf ihrer Flucht nicht hatten mitnehmen können, hatten sie angezündet. Aylind wollte sich selbst einen Eindruck verschaffen und das verlassene Feldlager inspizieren. Wer waren diese Fremden, und warum hatten sie Krieg nach Snogaard gebracht? Wollte außer ihr denn niemand Antworten auf diese Fragen wissen?

Auch auf der anderen Seite des Hügels rauchte es. Es war ein gespenstischer Anblick. Hunderte Feuer schwelten vor sich hin, nur ein rußgeschwärztes Schiffsskelett hatte die Flammen überlebt, wie ein gestrandeter Wal. Die Fremden mochten eilig aufgebrochen sein, trotzdem hatten nichts von Wert zurückgelassen – keine Zelte, keine Ausrüstung, keine Vorräte.

Aylind lief durch das Lager. Überall lagen fein säuberlich gestapelte Tote. Ihre Schädel waren nicht zertrümmert und ihre Knochen nicht gebrochen. Sie waren weder Trolläxten zum Opfer gefallen, noch von den Alben niedergeritten worden. Fast schien es, als hätten ihre eigenen Männer sie im Schlaf überrascht. Aylind fühlte sich in die Nacht im Zahn zurückversetzt, als Isinvi v'Ark hatte schlafwandeln lassen.

Hier und da durchwühlte sie die verbrannten Überreste mit ihrem Bogen, bis sie auf etwas Hartes stieß. Sie bückte sich und hob eine handtellergroße Scheibe auf, eine Muschelschale. Vorsichtig pustete sie die Asche weg. Eine Gravur kam zum Vorschein, das Gesicht einer Frau, darunter eine zierliche Inschrift. Das musste ein Andenken sein. Sie machte einen Schritt zurück und hielt die Muschel ins Sonnenlicht, da fuhr ihr ein sengender Schmerz in den Fuß.

»Au!«

Sie war in ein Glutnest getreten und hüpfte auf einem Bein herum. Doch der Schmerz war sofort vergessen, als sie ein leises Stöhnen hörte. Hinter der Schiffsruine lag ein regloser Mann. Er war schwer verletzt. Aylind erstarrte. Dann ließ sie alles fallen und stürzte zu ihm.

»Arve!«

Sie nahm seinen Kopf in die Hände und versuchte ihm etwas Wasser aus ihrem Trinkschlauch einzuflößen.

Arve hustete.

»Komm, ich bringe dich zu den Hüterinnen, sie können dir helfen.«

»Nein«, hauchte er, »hör mir zu.«

»Ich hör dir ja zu, aber später. Komm, komm jetzt. Ich helfe dir hoch.«

»Nein!« Er packte sie am Arm. »Ich habe keine Zeit mehr. Vircca … sie haben sie entführt … den Fluss runter.«

Aylind wischte sich über die Augen. Arve würde sterben, und sie wollte nicht, dass ihre Tränen das Letzte waren, das er sah.

»Aylind, versprich mir, dass du sie findest.«

»Nur, wenn du mir versprichst, nicht zu sterben«, erwiderte sie trotzig.

Er lächelte. »Aylind, du bist wieder da.« Darauf drückte er ihre Hand. »Ich weiß, du wirst sie finden.«

Etwas kratzte an Aylinds Fingern. Sie sah hinunter und erblickte einen Kranz aus getrockneten Eisglöckchen. Behutsam streichelte sie Arves Stirn. Viele Herzschläge verstrichen, dann rollten seine Augen zurück und sein Arm erschlaffte. Arve war tot.

Durch einen dichten Tränenschleier sah Aylind einen Schatten über sich – groß und gehörnt.

»Mjerelmyr«, schluchzte sie, »du solltest doch liegen bleiben.«

v'Arks heiseres Lachen war die Antwort. »Dass du meinen Schatten mit dem von Bunthorn verwechselst? Na gut, ich verzeihe dir die Beleidigung.«

»Wie lange stehst du schon da?«

»Lange genug«, entgegnete er und legte seine rechte Hand auf den Schwertknauf. »Wann brechen wir auf?«

GLOSSAR

ARAKET	Gottkaiserin von Ru-Tuan, auch die Schlafende Herrin genannt
CALADLAM	Sprache der Alben
DAUSHAN EVENDAR	Land des Tanzenden Schnees, eines der drei Albenreiche
DONNERBESTIE	Dickhäuter mit dichtem Nackenfell und gewaltigem Nasenhorn, wird vom Donnerhornstamm als Reittier genutzt
ELLE	Längenmaß (ca. 65 Zentimeter)
ERL	grünländischer Titel, üblicherweise Vorsteher einer Gemeinde
FYRLAND	südliche der beiden Hauptinseln von Snogaard, vulkanisch geprägt, weitestgehend unbewohnt
GOTHAMAR	Halbriese, der die Himmelsbrücke zum Einsturz brachte, Urahn der Trolle Snogaards
GRÜNLANDE	Länder der Menschen, im Süden von Norland gelegen
GRÜNLÄNDER	menschliche Bewohner von Snogaard
HÄUPTLING	Anführer eines Trollstamms
HIMMELSBRÜCKE	einstige Verbindung zwischen Snogaard und Imlar, wurde im Großen Krieg zwischen Göttern und Riesen vom Halbriesen Gothamar zerstört, um die Götter aus Snogaard zu verbannen
HURKA	Urriesin, die Nuë ein Auge ausstach
HÜTERINNEN DES FLUSSES	grünländische Priesterinnen, die den Siebenfluss verehren, anrufen und besänftigen, der Haupttempel liegt in Samanunga

IMLAR	Himmelreich der Alben, Heimat der Götter, war einst über die Himmelsbrücke mit Snogaard verbunden
ISVANDER	letzter Frostriese, lebt angeblich im Ewigen Eis Norlands
IVARI	Herr der Himmlischen Lichter, oberste Gottheit von Sperdraïdh, auch der Suchende genannt
JEMENJADEN	Albenritter aus Svarun, reiten auf Vierhörnern
JEMENJARA	Eisturm, Sitz der Alben-Könige von Svarun
KA	albischer Adelstitel, bedeutet so viel wie Prinz
KAÏ	albischer Adelstitel, bedeutet so viel wie König
KHARN	verfluchte Stammesaxt des Lindwurmstamms
KILVI	letzte Feuerriesin, lebt angeblich in Fyrland
KLOTSACK	trollisches Schimpfwort
KENISCER	allgemeiner Begriff für Menschen
KENISCISCH	Sprache der Grünländer
NORLAND	nördliche der beiden Hauptinseln von Snogaard, zum Großteil von Schnee und Eis geprägt
NUË	Herrin der Wolken und des Nebels, oberste Gottheit von Svarun, auch die Einäugige genannt
RU-TUAN	Inselreich jenseits der Ewigen See, Heimat der Scifari
SAMANUNGA	größte Stadt Snogaards, hauptsächlich aus Zelten bestehend, in jedem Frühjahr Versammlungsort von Grünländern und Trollen
SCHRITT	Längenmaß (ca. 1 Meter)

SCIFARI	menschliche Bewohner von Ru-Tuan, Meister der Schifffahrt und der Zauberei
SIEBENFLUSS	längster Strom Snogaards, entspringt aus sieben Quellen, wird als mächtiger Naturgeist verehrt, die Ringburgen aller Großen Trollstämme (bis auf den Walrossstamm) liegen an einer der Quellen
SIVANKVA	Dolch aus gefrorenem Yladruum
SKIL	albischer Adelstitel, bedeutet so viel wie Prinzessin
SKILA	albischer Adelstitel, bedeutet so viel wie Königin
SNOGAARD	Kontinent, bestehend aus den Hauptinseln Norland und Fyrland
SPERDRAÏDH	Land der Himmelsbrücke, eines der drei Albenreiche
SUNEN	Zwitterwesen, auch Sündenkinder oder Alleingeborene genannt, stammen von den Alben ab, vermehren sich ungeschlechtlich
SVARUN	Land des Immerdunkel, eines der drei Albenreiche
TAHROM	Herr des Windes und der Stürme, oberste Gottheit von Daushan Evendar, auch der Flüsterer genannt
TEENAÏ	albischer Titel, bedeutet so viel wie Hauptmann
TROLLING	junger Troll oder Trollkind
TRUULKA	Sprache der Trolle
TYSJARKA	Hexenkriegerin der Trolle
VERSEHRTE	Troll-Veteranen, die aufgrund von Verletzungen und Verkrüppelungen nicht mehr als Krieger einsatzfähig sind und deshalb in die Dargetal-Feste geschickt werden

VIERHORN	viergehörnte Schneeantilope, Reittier der Alben
WASSERROSS	ein Flussgeist, erinnert in seiner Form an ein ertrunkenes Pferd, bedeckt von Algen und Kieselsteinen
WEITE	Längenmaß (ca. 3 Kilometer)
WIDDER(GEIST)	Naturgeist, Schutzgeist von Wituwart
WOLKENALB	Alben, die noch vor dem Sturz der Himmelsbrücke geboren sind und denen ein schier ewiges Leben nachsagt wird
WURZELMÄNNCHEN	niedere Naturgeister, Diener des Widders
YLADRUUM	ein flüssiges Metall, auch Lebenssilber genannt, wird von den Alben für manche ihrer Klingen verwendet

ÜBER ALBEN UND TROLLE

Für Trolle braucht es nur drei Worte:
Hörner, Bärte, Blutdurst – Letzteres gern auch ohne Blut.

Alben sind undurchsichtiger, aber lass es mich in drei Sätzen versuchen:
Sie altern nicht, sie werden blasser. Ihre Herzen und Leiber sind so kalt wie der Schnee, über den sie wandeln. Und sie sehen verflucht noch mal alles mit ihren Kristallaugen, selbst wenn man sich von hinten anschleicht.

(Aylinds Antwort auf die Frage eines kleinen Mädchens, wie Alben und Trolle denn »so seien«.)

DANKE AN …

… Dirk, Karsten, Mark (Taufpate für Mjerelmyr), Mazyar und Regina (Taufpatin für Signe), die gemeinsam mit mir und einer Handvoll Würfeln und Zinnfiguren ein Jahr lang Abenteuer in Snogaard erlebt haben,

… meine ehemalige Lektorin Sabine Biskup fürs Einfädeln der Geschichte,

… Peter Wiest, der mich in der wohl schönsten Schreibhöhle, die man sich vorstellen kann, wohnen lässt,

… meine Lektorin Katharina Runden, die mir, wie einst Gandalf dem guten Bilbo, zur rechten Zeit »einen kleinen Schubs zur Tür hinaus gegeben hat«,

… meine Lektorin Friederike Haller, die von Anfang bis Ende mit Isinvi, Mjerelmyr und mir durch Snogaard gereist ist und dabei mit Samthandschuhen nach Gold geschürft hat und die mich mit einem einfachen »Ha!« in die heilsamen Wunder der Schreitherapie eingeweiht hat.